KB076034

여행자를 위한
나의 문화유산답사기
2

전라·제주권

유홍준

여행자를 위한
나의 문화유산답사기 2
전라·제주권

창비

답사여행객을 위한『나의 문화유산답사기』

이 책은『나의 문화유산답사기』국내편 여섯 권의 내용을 여행객들이 실질적으로 이용할 수 있도록 세 권으로 재구성한 한정판 답사 가이드북이다. 비록 한정판이지만 이미 출간된 책을 굳이 권역별로 묶어 펴내게 된 것은 순전히 독자들의 요청에 응한 것이다.

애당초 내가 처음 '답사기'를 저술할 때는 독서를 위한 기행문이었다. 그 때문에 1권, 2권, 3권, 매 권을 펴낼 때마다 되도록 여러 지역을 두루 아우르면서 문화유산의 다양한 면모를 보여주려고 노력했다.

돌이켜보건대『나의 문화유산답사기』첫 책이 출간된 것은 1993년 5월이었다. 그때는 세상의 관심사가 서구의 선진 문화에 쏠려 있어 내것을 등한시하고 우리의 옛것을 가볍게 보는 풍조가 만연해 있었다. 나는 이런 문화적 분위기에 대한 강한 거부감을 갖고 이 책을 집필하면서

"우리나라는 전 국토가 박물관이다"라고 호기 있게 외치며 시작하였다.

그런 사정으로 첫째 권은 국토의 다양한 면모를 보여주기 위하여 경주의 화려한 통일신라 유물에서 한반도 땅끝의 유배 문화에 이르기까지 문화유산의 넓이와 깊이를 증언하는 데 온 정성을 쏟았다. 그러면서 행여 독자들이 나의 주장에 동의하지 않을까 봐 "아는 만큼 보인다"고 사십대의 패기로 강하게 밀어붙이기도 하고 "사랑하면 알게 되고 알면 보이나니 그때 보이는 것은 전과 같지 않으리라"라고 호소하기도 하였다.

그런데 뜻밖에도 독자들이 거의 열광적으로 호응하였다. 자신들의 생각을 대변했다는 듯이 나의 견해에 공감을 보내왔다. 이에 힘입어 나는 둘째 권, 셋째 권을 연이어 펴내면서 이 기회에 독자들에게 우리 문화유산의 미학을 깊이 있게 소개해주고자 했다. "종소리는 때리는 자의 힘만큼 울려퍼진다"는 고유섭 선생의 말씀을 이끌며 전문적인 미술사 용어와 미학적 해석을 곁들여 석굴암 한 편을 무려 3부작으로 집필하였고, 안동의 선비 문화를 이야기하는 데 책의 4분의 1을 할애하기도 했다.

이렇게 1997년까지 5년간 세 권을 펴낸 뒤 사실 나는 이 시리즈를 거기서 끝맺을 생각이었다. 그러나 『나의 문화유산답사기』는 운명적으로 나를 붙잡고 놓아주지 않았다. 아무도 기대하지 못했던 '북한 문화유산답사기'를 쓰게 된 것이다. 나는 그것을 시대의 부름으로 받아들이고 두 차례에 걸쳐 북한을 한 달간 답사하고, 금강산을 철 따라 네 번 더 오르며 두 권으로 펴냈다. 거기까지가 『나의 문화유산답사기』 '시즌 1'이다.

이후 나는 스스로 본업이라 생각하는 한국미술사로 돌아와 『조선시대 화론 연구』 『화인열전』 『완당평전』 저술에 전념했다. 그러는 사이 세상이 많이 바뀌어 공직에 불려나가 4년간 문화재청장을 지내고 내 나이 환갑에 다시 학교로 돌아왔다. 이제 나는 『한국미술사 강의』를 집필하는 데 전념할 생각이었고 또 그렇게 했다.

그러나 『나의 문화유산답사기』가 여전히 나를 놓아주지 않았다. 정말로 오래전에 쓰인 이 책을 여전히 독자들이 찾으면서 나는 개정판을 내지 않을 수 없었다. 어떤 독자는 태어나기 전에 쓰인 글이기에 시대 상황과 맞지 않는 이야기도 있었고 문화유산의 현장과 거기로 가는 길이 너무도 달라졌기 때문이다. 그래서 나는 2011년, 출간 18년 만에 개정판을 내기에 이르렀고 내친김에 기존의 답사기에서 언급되지 않은 지역에 대한 미안함 때문에 제6권을 펴내면서 '시즌 2'로 들어가게 되었다.

그러다 제7권 제주편을 한 권으로 펴내자 많은 독자들이 이 책은 제주도 여행 가이드북을 겸하게 되어 아주 편리하고 좋았다는 반응을 보내왔다. 그리하여 제8권은 남한강을 따라 내려오는 답사기로 저술하였고 지금은 '서울편'을 집필 중이다. 이렇게 되면서 독자들로부터 기왕에 나온 답사기도 권역별로 묶어서 충실한 여행 가이드북이 되게 해달라는 요청이 들어오기에 이른 것이다.

이리하여 기존의 두 권을 한 권 분량으로 재편집하여 보니 중부권, 전라·제주권, 경상권 등 세 권으로 묶을 수 있었다. 처음 이 책을 기획했을 때 20여 년의 시차를 두고 쓴 글들을 한 권 속에 섞어도 괜찮을까라는 걱정이 있었다. 또 기행문학이 여행 책으로 격이 떨어지는 것이 아니냐는 우려도 있었다. 그러나 내 글은 꼭지별로 단락 지어 있어 독서에 큰 무리가 없었고 여행 가이드북으로 된다고 해서 품격이 떨어지는 것은 아니라고 생각하였다.

나는 아직 『나의 문화유산답사기』의 최종 형태에 대해 생각해본 적이 없다. 그러나 이렇게 권역별로 재구성하고 보니 얼핏 이런 생각이 든다. 본래 글맛이란 시대감각을 넘어설 수 없는 것이다. 육당 최남선의 『심춘순례』는 당대의 명문이지만 지금 시대의 독자는 읽기 힘든 옛글로 묻혀 있다. 다만 글 속에 담긴 내용만이 살아 있을 뿐이다. 『나의 문화유산답사기』도 어느 순간에는 글맛을 느낄 수 없는 옛글이 되어 독서의 대상으로서는 생명을 다하게 되고 내용만 살아남아 답사여행의 길잡이가 될 것이다. 그렇다면 『나의 문화유산답사기』의 최종 형태는 답사여행의 안내서로 마무리하는 것이 현명하다는 생각도 들었다.

이리하여 『나의 문화유산답사기』는 중부권, 전라·제주권, 경상권에 이어 서울편까지 국내편이 네 권, 북한편 한 권, 일본편 두 권, 그리고 앞으로 쓰일 중국편 두 권으로 재구성할 수 있게 되지 않을까. 내 여력이 된다면 국내편이 더 늘어날 수도 있다. 서울편이 두 권으로 될 수도 있고, 섬 이야기와 섬진강변의 '산사 순례'를 쓰면 전라도편이 한 권으로 독립되고 제주도는 섬 이야기 편으로 들어가게 될 것이다. 이런 생각에서 이번 경상도편에서는 진작에 써둔 창녕 답사기를 추가해 넣었다. 이런 미완의 작업 때문에 일단 한정판으로 펴내게 된 것이다.

인생이 마음대로 안 된다는 것을 잘 알고 있지만 한편으론 의지대로 방향을 바꾸어갈 수 있음도 안다. 『나의 문화유산답사기』는 내 인생 설계에 없던 일이었지만 결국은 '전 국토가 박물관이다'라고 외친 내 의지대로 국내는 물론이고 북한과 중국, 일본까지 아우르는 기행문이자 여행 가이드북으로 나아가고 있는 것이다.

다시 돌이켜보건대 이 모든 일이 지난 20여 년간 독자들의 전폭적인 지지와 요청에 응하면서 이루어진 것이다. 그 점에서 나는 누구보다도 복 받은 저자라는 행복감에 젖어든다. 독자 여러분의 성원에 진심으로 감사드리며 부디 이 책이 국토박물관의 여행 가이드북으로 오래도록 널리 이용되기를 바란다.

2016년 6월
유홍준

차례

담양 소쇄원

미완의 여로

제주도

일러두기

1. 이 책은 『나의 문화유산답사기』 국내편 제1권 '남도답사 일번지'(초판 1993; 개정2판 2011), 제2권 '산은 강을 넘지 못하고'(초판 1994; 개정판 2011), 제3권 '말하지 않는 것과의 대화'(초판 1997; 개정판 2011), 제6권 '인생도처유상수'(2011), 제7권 '제주편: 돌하르방 어디 감수광'(2012), 제8권 '남한강편: 강물은 그렇게 흘러가는데'(2015)에 수록된 글을 권역별로 묶어 세 권으로 재구성한 것입니다.

2. 재구성하여 편집하는 과정에서 본 책의 띄어쓰기 및 표기법, 도량형 등을 통일했으며, 몇몇 연도 등을 구체적으로 밝혔습니다.

3. 서로 다른 시기에 집필하여 출간한 여섯 권의 책에 실린 글이므로 각 글의 맨 뒤에 집필 시점과 개정 시점을 명기해두었고 2016년 현재에 변화된 내용에 대해서는 일부 수정하거나 부기(附記)했습니다. 다만 한정 특별판이기에 글의 전체적인 맥락을 고려해 원래의 본문을 대폭 개정하지는 않았음을 밝혀둡니다.

남도답사 일번지

아름다운 월출산과 남도의 봄

월출산 / 도갑사 / 월남사터 / 무위사 / 남도의 봄

잃어버린 옛 정취의 미련

국토의 최남단, 전라남도 강진과 해남을 『나의 문화유산답사기』제 1장 제1절로 삼은 것은 결코 무작위의 선택이 아니다(이 글은 원래 『나의 문화유산답사기』제1권의 첫번째 답사기로 집필되었다). 답사라면 사람들은 으레 경주·부여·공주 같은 옛 왕도의 화려한 유물을 구경 가는 일로 생각할 것이며, 나 또한 답사의 초심자 시절에는 그런 줄로만 알았다.

그러나 지난 20년간(1992년 집필 당시 시점) 내가 답사의 광(狂)이 되어 제철이면 나를 부르는 곳을 따라 가고 또 가고, 그리하여 나에게 다가온 저 문화유산의 느낌을 확인하고 확대하기를 되풀이하는 동안 나도 모르는 사이 여덟 번을 다녀온 곳이 바로 이 강진·해남 땅이다.

강진과 해남은 우리 역사 속에서 단 한 번도 무대의 전면에 부상하여

화려한 스포트라이트를 받아본 일 없었으니 그 옛날의 영화를 말해주는 대단한 유적과 유물이 남아 있을 리 만무한 곳이며, 지금도 반도의 오지로 어쩌다 나 같은 답사객의 발길이나 닿는 이 조용한 시골은 그 옛날 은둔자의 낙향지이거나 유배객의 귀양지였을 따름이다.

그러나 월출산, 도갑사, 월남사터, 무위사, 다산초당, 백련사, 칠량면의 옹기마을, 사당리의 고려청자 가마터, 해남 대흥사와 일지암, 고산 윤선도 고택인 녹우당, 그리고 달마산 미황사와 땅끝(土未)에 이르는 이 답삿길을 나는 언제부터인가 '남도답사 일번지'라고 명명하였다. 사실 그 표현에서 지역적 편애라는 혐의를 피할 수만 있다면 나는 '남도답사 일번지'가 아니라 '남한답사 일번지'라고 불렀을 답사의 진수처인 것이다.

거기에는 뜻있게 살다간 사람들의 살을 베어내는 듯한 아픔과 그 아픔 속에서 키워낸 진주 같은 무형의 문화유산이 있고, 저항과 항쟁과 유배의 땅에 서린 역사의 체취가 살아있으며, 이름 없는 도공, 이름 없는 농투성이들이 지금도 그렇게 살아가는 꿋꿋함과 애잔함이 동시에 느껴지는 향토의 흙내음이 있으며, 무엇보다도 조국 강산의 아름다움을 가장 극명하게 보여주는 산과 바다와 들판이 있기에 나는 주저 없이 '일번지'라는 제목을 내걸고 있는 것이다.

그리하여 나는 이 글을 쓰기 전에 '일번지'를 멋지게 장식해볼 의욕을 갖고 지난 1992년 3월 28~29일, 1박 2일 코스로 다시 한번 답사하고 돌아왔다. 때마침 그럴 수 있는 좋은 계기가 생겼던 것이다. 그러나 그것은 나의 큰 실수였고, 과욕이었다.

남도는 변하고 있었다. 10년 전과 5년 전이 다르고, 재작년이 작년과 다르더니, 올해는 또 작년과 달라졌고 내년은 올해와 다르게 변색되고 말 것이 눈에 훤히 비치고 있었다. 인간의 손때보다 더 더러운 것이 없다더니 저 더러운 손길이 닿을 적마다 옛 정취도, 자연의 생태계도, 인간의 마음 씀도 송두리째 바뀌어버리고 있다.

언제부터인가 우리의 농촌은 곡식을 길러내는 농사의 터전에서 돈 많은 도시인의 휴양지로, 소유욕과 투기의 대상으로 전락하고 있다. 그것이 강진 땅, 해남의 땅끝까지 내려오고 만 것이다.

18년 유배객이 머물던 귀양지의 소담한 시골집들은 번듯한 전원주택으로 바뀌어가고, 월출산을 가장 아름답게 바라볼 수 있는 자리에 외롭게 서 있는 월남사 폐사지의 동그만 시골 마을은 폐가가 늘어나고 그 자리에 여관과 식당이 들어섰다. 다산초당 천일각에서 훤히 내려다보이는 구강포의 너른 갯벌과 아름다운 포구는 간척지 긴 뚝방에 절반은 잘려나갔고, 만덕산 등굽이 솔밭은 솔껍질깍지벌레로 인해 처참하게 전멸하였다. 아늑하고 소담한 절집 무위사는 능력 있는 주지스님이 바야흐로 거찰이 될 터닦이를 시작했고, 칠량면 옹기마을은 드디어 그 명맥을 끊고 문을 닫았다.

그렇다면 나의 '남도답사 일번지'는 어디에서 시작해야 할 것인가? 잃어버린 옛 정취에 대한 추억으로 써야 할 것인가, 아니면 오늘의 허망을 여기에 넋두리로 늘어놓아야 할 것인가? 나는 그것을 가늠치 못하여 무수한 파지만 냈을 뿐 한 달이 다 가도록 이 글의 서두조차 꺼내지 못하고 있었다.

그러나 초심자에게 '남도답사 일번지'의 저력은 여전한 것이었다. 지난 3월 28일 나의 이곳 답사는 영남대학교 대학원 미학·미술사학과 학생 15명을 민주식 교수와 함께 인솔하는 일이었다. 일행 모두 강진 땅이 초행길이라는 이 TK(대구·경북)의 성골·진골들은 '남도답사 일번지'의 겨우 3분의 1을 답사하고서도 황홀한 문화적 충격을 받았다고 한다. 그 답사가 끝나고 한 달이 지난 지금에 와서도 "마치 꿈결 속에 다녀온 미지의 고향 같다"는 정직한 고백을 듣고 보니 나는 오늘의 상처를 아쉬워하는 할지언정 그 초행자들의 눈을 빌려 '일번지'의 자랑을 버리지 않고 이 글을 쓸 수 있게 되었다.

88고속도로 지리산휴게소

대구 칠호광장에서 출발한 우리 일행은 88고속도로를 타고 고령·거창·함양·남원·순창·광주를 거쳐 13번 국도를 타고 내려가는 길을 택하게 되었다. 서울에서 강진에 가자면 보통 버스로 일곱 시간을 잡는데 대구에서는 다섯 시간 반 걸리는 거리였다.

우리는 당연히 88고속도로 지리산휴게소에서 쉬어 갔다. 거리상으로도 그렇고, 기왕에 쉴 바에야 저 역사의 산, 지리산을 마다할 이유가 있겠는가. 그러나 나에게 지리산휴게소는 중부고속도로 중부휴게소(현재의 음성휴게소)와 함께 망측스러움에서 쌍벽을 이루는 불쾌한 곳으로 각인되어 있다.

지리산휴게소는 우선 위치 설정이 잘못되어 말이 지리산휴게소이지 지리산이 조망되는 곳이 아니다. 뱀사골 입구로 바짝 다가붙은 지점이기에 그저 눈앞에 육중한 산이 가로막고 있을 따름이다. 그것은 당연히 좀 더 남원 쪽으로 빼내어 겹겹이 싸인 산봉우리 너머 노고단을 바라볼 수 있게 하든지, 함양 쪽으로 다가가서 천왕봉 영봉의 드높음을 보여주었어야 한다. 그럴 때 휴게소에 내려 우리는 "아! 지리산!"을 가슴속으로 새길 수 있었을 것이다.

게다가 지리산휴게소 저 아래쪽에는—내가 차마 내려가서 눈으로 확인하고 싶지 않은—무슨 준공(竣工) 내지는 반공, 참전, 순국 과에 속하는 기념조형물이 설치되어 있는데, 그것은 박정희 시절에 무수히 제작된 기념조각의 전형으로 삐죽 솟은 20여 미터 기념탑 아래쪽에 작업모 쓴

| **지리산휴게소** | 88고속도로 지리산휴게소는 앞산이 가로막혀 정작 지리산은 볼 수 없는 답답한 곳이다. 게다가 예 각의 팔팔고속도로 준공탑이 산골의 평온을 망쳐버린다.

인부들이 노동하는 동상인 것이다. 특히 이 기념탑은 약 80도를 이루는 예각의 첨탑으로 삐죽 솟아 있고 위 모서리도 사선으로 마감함으로써 날카로움을 극대화시켰는데 그것이 바로 앞산 지리산을 가로막고 있는 것이다. 이 조용하고 한적한 산골에 저처럼 생선회 치는 긴 칼 모양의 조형물을 세워놓는 아이디어, 이것은 단군 갑자 이래 20세기 후반의 인간들 아니고서는 5천 년 역사 속에 없었던 일이다. 우리는 이런 엄청난 시절에 살고 있다.

지리산휴게소를 지나 남원으로 빠져나갈 때 우리는 창밖으로 지리산의 준봉들이 연이어 달리는 것을 볼 수 있었다. 침묵의 산, 지리산은 계속 우리를 따라오고 있었다. 나는 버스 안에서 마이크를 잡고 학생들에게 저 산에 대한 나의 인상을 하나씩 얘기했다. 이태(李泰)의 『남부군』과 조정래(趙廷來)의 『태백산맥』에서 읽었던 감동적인 장면들을 기억나는

| **여원치고개에서 본 지리산** | 남원에서 운봉으로 넘어가는 여원치고갯마루에서 지리산의 운해를 볼 때 지리산은 가장 지리산답다.

대로 엮어넣기도 했다. 그리고 나서, 자연의 지리산이 아닌 역사 속의 지리산을 가장 뜨겁고 애절하게 노래한 시로는 김지하(金芝河)의 「지리산」이 단연코 백미라고 생각하는데 나는 이 시의 첫 마디 두 행밖에 기억하지 못한다며 이렇게 읊었다.

저놈의 산만 보면
피가 끓는다

그후 답사에서 돌아와 이 시의 이미지 전개를 되새기고 싶어서 김지하의 시집을 꺼내 펴보니 나의 기억은 아주 엉뚱한 것이었다.

눈 쌓인 산을 보면
피가 끓는다
푸른 저 대샆을 보면
노여움이 불붙는다

왜 그랬을까? "눈 쌓인 산을 보면"이 왜 내게는 "저놈의 산만 보면"으로 되었단 말인가? 김지하 시인은 저렇게 장중한 목소리로 유장하게 읊었는데 나는 왜 그렇게 열받아 악에 받친 아우성으로 기억했을까? 내 정서가 그렇게 과격하단 말인가? 그것은 항시 나 스스로의 의문이었는데 이제 와 생각하니 내가 읊고자 했던 또 다른 시와 뒤엉켜 있었던 것이 분명하다.

저놈의 준공탑만 보면
피가 끓는다

남도의 황토, 남도의 들판

광주 시내를 빠져나와 나주 남평들판을 지나면서 우리는 비로소 남도 땅으로 들어선 기분을 갖게 되었다. 나주평야의 넓은 들 저편으로는 완만한 산등성의 여린 곡선이 시야로 들어온다. 들판은 넓고 평평한데도 산은 가깝게 다가오니 참으로 이상스럽다. 나는 이곳을 지날 때마다 마치 길게 엎드려 누운 여인의 등허리 곡선처럼 느슨하면서도 완급의 강약이 있는 리듬을 느낀다. 남도 사투리에서 말끝을 당기며 "~잉" 소리를 내는 여운과도 같고, 구성진 육자배기의 끊길 듯 이어지는 가락같이도 느껴진다. 그것은 나만이 느끼는 별스러운 감정이 아니었다. 김 아무개라는 졸업생이 내게 이렇게 말을 걸어온다.

"남도 땅의 산등성은 참으로 포근하게 감싸주는 아늑함이 있네요. 경산의 압량벌이나 안동 쪽에서는 평퍼짐하거나 육중한 것이 가로막아 저런 따스함을 못 느끼거든요."

인간은 자신이 경험한 만큼만 느끼는 법이다. 그 경험의 폭은 반드시 지적인 것에 국한되는 것이 아니라 시각적 경험, 삶의 체험 모두를 말한다. 지금 말한 그 졸업생은 이제 들판의 이미지에 새로운 시각적 경험을 얻게 된 것이다. 남도의 들판을 시각적으로 경험해본 사람과 그러지 않은 사람은 산과 들 그 자체뿐만 아니라 풍경화나 산수화를 보는 시각에서도 정서 반응의 차이를 보일 수밖에 없다. 답사와 여행이 중요하고 매력적인 것이 되는 큰 이유가 바로 여기에 있다.

달리는 차창 밖 풍경이 산비탈의 과수밭으로 펼쳐졌을 때 우리 일행은 남도의 황토를 가까이서 볼 수 있었다. 누런 황토가 아닌 시뻘건 남도의 황토를 처음 보는 사람들에게는 그것 자체가 시각적 충격이 아닐 수 없었을 것이다. 전라북도 정읍·부안, 고창 땅 갑오농민전쟁의 현장 황토현을 가본다면 더욱 실감할 남도의 붉은 황토는 그날따라 습기를 머금은 채 검붉게 피어오르고 있었다.

우리 현대미술에 관심이 많은 한 늙은 학생이 망연히 창밖을 바라보다가 내게 감탄 어린 고백을 한다.

"저는 손장섭, 강연균, 임옥상 같은 호남의 화가들이 풍경 속에 그리는 시뻘건 들판이 남도의 역사적 아픔과 한을 담아낸 조형적 변형인 줄 알았는데, 여기 와보니 그것 자체가 리얼리티였네요. 정말로 강렬한 빛깔이네요."

나의 학생들은 이처럼 시각적으로 감성적으로 정직하고, 무엇인가 느낄 줄 아는 답사의 모범생들이었다. 25년 전 대학생 시절 나 역시 처음 남도 땅을 밟았을 때, 나에게 다가온 가장 큰 감동은 남도의 포근한 들판과 느릿한 산등성이의 곡선 그리고 저 황토의 붉은빛이었다.

반남 땅을 지나면서

우리의 버스는 계속 남으로 달리고 있었다. 내가 처음 이곳에 왔을 때는 비포장 신작로 흙길이었는데 훗날 2차선으로 아스팔트가 깔리더니 지금은 4차선 확장공사를 하느라고 바쁘다. 저 공사가 끝난 다음 강진 땅으로 가는 여정은 어떤 것일까? 지금 이 길을 달리는 기분도 올해로 끝이 될 것만은 틀림없다.

어느새 우리의 버스는 영산포를 지나 반남들판을 가로지르고 있었다. 나는 마이크를 잡고 해설을 시작했다.

모두들 창 오른쪽을 보십시오. 여기는 나주군 반남면(潘南面). 반남 박씨의 본관지입니다. 저 안쪽 들판은 대단히 넓은 곡창지인데 곧장 뻗으면 영산강 줄기와 맞닿습니다. 그래서 이 땅의 풍요를 바탕으로 일찍부터 토호들이 성장하여 백제시대에도 하남·공주·부여의 문화와는 다른 지방적 특성이 있었습니다. 그것이 유명한 반남 고분군의 독무덤입니다.

반남면 신촌리, 대안리, 덕산리에는 일고여덟개씩의 큰 무덤들이 떼를 지어 있는데 그 무덤에서는 커다란 독 두세 개를 포개서 만든 옹관(甕棺)이 나옵니다. 그리고 이런 옹관묘는 삼국시대에 오직 영산강 일대에서만 발견되는 독특한 무덤 형식인 것입니다. 지금 광주박물관에 진열되어 있는 무지하게 큰 옹관은 신촌리에서 수습된 것입니다.

그래서 오랫동안 광주박물관장을 지낸 이을호 관장은 남도에 답사 온 학생들을 보면 "여기는 금관은 없어도 옹관은 있어요잉"이라며 뼈 있는 농담으로 시작하곤 했습니다.

그런데 신촌리 제9호 무덤에서는 다섯 개의 옹관이 한꺼번에 나오면서 그 가운데 옹관에서는 금동관이 출토되었습니다. 이것은 공주의 무령왕릉이 발굴되기 이전에 유일하게 백제 지역에서 출토된 금동관으로, 백제의 금관과는 다른 것이었습니다. 그렇다면 이 금동관의 주인공은 누구일까요? 그것이 고고학과 역사학계에서 매우 흥미로운 문제로 부각되고 있는데, 대체로 마한의 마지막 족장이 아닐까 추정되고 있습니다. 마한은 처음에 충청·호남 지방에 근거를 두었는데 북쪽에서 내려온 백제에 밀려 충청도 직산에서 금강 이남인 전라도 익산으로 쫓겨갔다가 4세기 후반 근초고왕의 영토 확장 때 이곳 영산강까지 밀리게 되며 이후 백제가 공주·부여로 내려오면서 더욱 압박을 받게 되어 5세기 말에는 완전히 굴복하고 만 것으로 추정됩니다. 그러니까 반남 고분군은 대개 5세기 유적으로 비정되고 있죠.

나의 이야기가 계속되는 동안 학생들은 창밖의 풍경을 놓치지 않으려고 뚫어지게 바라보고 있었다. 그중에는 반남 박씨도 한 명 있었던 모양이다. 땅의 의미란 그런 것이다. 모르고 볼 때는 낯선 남의 땅이지만, 그 역사적 의미를 알고 보면 내 나라의 땅, 우리의 땅으로 느껴지는 것이다.

| **차창 밖으로 비친 월출산** | 저녁 안개가 내려앉으면서 산의 두께를 느낄 수 있을 때 월출산은 더욱 신비롭고 아름답다.

월출산의 조형성

반남을 지난 우리의 버스가 영암에 거의 다 닿았을 때 일행은 모두 육중하게 다가오는 검고 푸른 바위산의 준수한 자태에 탄성을 지른다. 처음 보는 사람에게 월출산은 마냥 신기하기만 하다. 완만한 곡선의 산등성이 끊기듯 이어지더니 너른 벌판에 어떻게 저러한 골산(骨山)이 첩첩이 쌓여 바닥부터 송두리째 몸을 내보이고 있는 것일까? 그것은 신령스럽기도 하고, 조형적이기도 하면서 한편으로는 대단히 회화적이다.

계절에 따라, 시각에 따라, 보는 방향에 따라 월출산의 느낌과 아름다움은 다르기 마련이지만 겨울날 산봉우리에 하얀 눈이 덮여 있을 때, 아침 햇살이 역광으로 비칠 때, 그리고 저녁나절 옅은 안개가 봉우리 사이사이로 비치면서, 마치 산수화에서 수묵의 번지기 효과처럼 공간감이 살아날 때는 그것 자체가 완벽한 풍경화가 된다.

현대미술에 관심이 많은 그 늙은 학생이 내게 또 물었다.

"호남 화단에 수많은 산수화가, 풍경화가가 있는데 왜 월출산을 그
리는 화가는 없나요? 혹시 있습니까?"

없다! 아니, 있기는 있다. 어쩌다 전라남도 도전(道展)의 도록이나, 개
인전 팸플릿에서 슬쩍 본 적은 있다. 그러나 그것은 월출산의 혼을 그린
것은 아니었다. 무덤덤한 풍경화에 지나지 않았다. 그러기에 아직껏 이
명산의 화가는 없는 셈이다. 그것은 호남 화단의 고루함과 매너리즘을
말해주는 물증이기도 하다. 일부 민족미술인을 제외하고 대부분의 호남
화가들은 관념과 전통의 인습에 파묻혀 있을 뿐, 현실과 현장은 외면하
고 있다. 호남 화단의 양적 풍부함은 그래서 허구로 비칠 때도 있다. 광
주, 목포, 영암, 강진, 해남 어디를 가나 집집마다, 식당, 다방 심지어는 담
뱃가게에도 그림과 글씨가 주렁주렁 걸려 있다. 액틀 하나라도 걸 줄 아
는 것이 남도 사람들의 풍류인 것만은 틀림없지만 그 내용은 의미도 모
르고 읽지도 못하는 초서 현판, 있을 수 없는 공상의 산수, 감동은 빼버
린 사군자 나부랭이들이다. 남도의 황토와 아름다운 산등성, 너른 들판,
야생초, 동백꽃, 월출산 같은 그림은 눈을 씻고 보아도 없다. 이래도 남도
의 화가들은 아니라고 우길 것인가.

호남의 화가들이여! 예술은 관념에서 시작하는 것이 아니라 모름지기
대상에 대한 사랑과 감동에서 시작함을 다시 한번 새길 일이다.

| **도갑사 경내** | 도갑사 경내는 아주 조용하고 정갈한 분위기를 지니고 있다. 남도의 산사들은 소담스러운 분위기가 있어서 더욱 정감이 간다. 지금은 이층 대웅보전이 들어서는 등 큰 불사를 하여 호젓한 산사의 정취를 느낄 수 없다.

월출산 도갑사

주어진 일정인지라 우리는 월출산의 대표적인 절집 도갑사(道岬寺)를 지나치고 말았지만, 남도답사 일번지를 2박 3일, 3박 4일로 잡을 때면 당연히 도갑사 아랫마을 구림리 민박집에서 하루를 묵어갔었다. 월출산 산장호텔이라는 아담한 갑종 여관이 한 채 있어, 중년의 나이인 요즈음에는 그 집에 묵어간 일도 있지만 젊은 시절 그 집은 나에게 마냥 사치스러워 보였다. 남도뿐만 아니라 나 자신도 그렇게 변해버린 것이다.

도갑사의 정취는 아침나절 산안개가 걷힐 때 가장 아름답다고 기억된다. 매표소에서 돌담을 끼고 계곡을 따라 조금 가다보면 비스듬히 출입문이 나 있는 것을 볼 수 있는데 이 해탈문(解脫門)은 국보 제50호로 일찍부터 문화재로 지정되어 있다. 조선 초기의 목조건축으로 집의 생김새가 특이하고 주심포·다포 양식의 공존이라는 건축사적 의의를 모르는 바 아니지만 이 정도 건물에 국보라는 가치를 부여한 것에 나는 선뜻 동의할 수가 없다. 시대가 오래되고 드물면 국보로 되는 것은 아니리라.

도갑사 경내로 들어서면 한적하고 소담스러운 분위기가 무위사만은 못해도 그 나름의 운치가 없는 것은 아니었는데 근래에 들어와서 조용한 산사들이 너나없이 장대하게 보이려고 밀어젖히는 허장성세의 유행이 도갑사에도 미치어 주위의 옛집과 나무를 모조리 쳐버리니 시원스럽기는커녕 허전하기만 하다. 그래서 대웅전 한쪽 컨 나무숲에 둘러쳐져 있던 묘각화상(妙覺和尙)의 탑비가 덩그러니 온몸을 드러내고 있어 쓸쓸한 기분마저 감돈다. 이 비석의 주인공이나 생김새에 특별한 해설이 필요할 것 같지 않은데 다만 비문 중에는 특이하게도 석수(石手)와 야장(冶匠)의 이름까지 새겨져 있어서 나는 항시 그것을 신기하게 생각하고 있다. 이런 경우는 아주 드문 일인데, 이 비석은 1629년에 세워진 것인바, 17세기의 다른 비문에서도 몇 개 더 볼 수 있을 뿐이니 임진왜란 이후 세상이 변하면서 잠시 있었던 일인지도 모르겠다.

대웅전 뒤쪽 대밭을 지나는 오솔길은 곧장 월출산으로 오르는 길이 되는데, 계곡을 따라 표지판대로 오르면 미륵전이라는 아주 가난하게 생긴 옛 당우(堂宇)가 하나 나온다. 낮게 둘러져 있는 담장도 허름한 모습이지만 그 운치만은 살아있으니 사람들은 여기에서 곧잘 사진을 찍는다. 미륵전 안에는 미륵님이 모셔져 있는 것이 아니라 고려 말의 석조 석가여래상(보물 제89호)이 항마촉지인(降魔觸地印)을 하고 있다. 석가를 모셔놓고도 미륵전이라고 부르던 것이 조선 후기의 불교였다. 그러니까 부처님의 교리보다도 그저 세상을 구원하는 미륵님이면 그만이던 말세의 신앙이 남긴 흔적인 것이다. 이 석조여래상은 그 생김이 미남형이어서 개성적인 고려 불상 중 예외적으로 잘생긴 편에 속한다.

작년에 이 미륵전에 왔을 때 나는 새로 봉안한 신중탱화를 보았는데,

이것이 사람의 눈을 놀라게 하는 바가 있었다. 요즘 새로 만드는 불화들은 전통 불화도 아니고 신식 불화도 아닌 '이발소 그림의 불화적 재생산'이라고나 할 무성격한 키치(Kitsch)의 만연이라고 하겠는데, 이 불화는 그렇지가 않다. 검정에 가까운 감색으로 바닥을 칠하고 금빛으로 여러 신중의 군상을 그려놓았기 때문에 그것이 어두컴컴한 조명 속에서는 괴이한 집단적 항거의 모습을 연출하고 있다. 나는 이런 독창적인 20세기 후반의 불화가 많이 나오기를 은연중 기대해왔다. 함께 갔던 화가 김호득에게 나는 농담으로 "저 미륵전 안에 임옥상이가 납품한 것 같은 불화가 있어"라고 했더니 김호득은 얼른 보고 나오면서 킥킥거리며 "맞다, 맞어, 괴이한 게 꼭 그렇다"라며 내 안목에 동의했다.

도갑사 관음32응신도

사실 도갑사의 불화로 말할 것 같으면 생각할수록 아쉬움이 남는 조선시대 불화의 최고 명작이 봉안되어 있었다. 지금은 일본 교토(京都)의 대찰인 지온인(知恩院)에 소장되어 있는 「관음32응신도(觀音三十二應身圖)」다. 높이 2.3미터, 폭 1.3미터의 비교적 대작인 이 두루마리 탱화는 화려한 고려 불화의 전통과 조선 전기의 산수화풍이 어우러진 둘도 없는 명작으로 1550년 인종 왕비인 공의왕대비(恭懿王大妃)가 돌아가신 인종의 명복을 빌기 위하여 이자실(李自實)에게 그리게 하여 이곳 도갑사에 봉안했던 것이다.

「관음32응신도」란 『묘법연화경』의 「관세음보살 보문품(普門品)」에서 관세음보살이 서른두 가지로 변신하여 그때마다 다른 모습으로 중생을 구제한다는 내용을 그림으로 풀어낸 것이다. 중앙에 관세음보살을 절벽 위에 편안히 앉아 있는 유희좌(遊戲座)의 모습으로 그리고 그 아래로는 무수한 산봉우리가 펼쳐지면서 중생이 도적을 만났을 때, 옥에 갇혔을 때, 바다에서 풍랑을 만났을 때 등 그때마다 관음의 도움을 받는 그림이 동시 축약으로 담겨 있다. 각 장면은 바위, 소나무, 전각, 인물들로 이루어진 낱폭의 산수인물도라 할 만큼 회화성이 아주 높은데 바위에는 경전의 내용을 마치 암각 글씨인 양 금물로 써넣어 각 장면의 의미를 명확히 하였다.

더욱이 이 탱화는 우측 상단에 붉은빛을 띠는 경면주사로 1550년에 왕대비가 인종의 명복을 빌기 위해 이 그림을 그려 월출산 도갑사에 봉안한다는 관기(款記)가 분명하고 또 좌측 하단에는 신(臣) 이자실이 목수경사(沐手敬寫, 손을 씻고 삼가 그림)하여 바친다고 적혀 있어 제작 동기, 봉안 장소, 화가의 이름까지 모두가 밝혀진 조선시대 회화사의 기념비적 작품이다. 1997년 호암미술관에서 열린 '조선 전기 국보전' 때 모처럼 국내에 공개되어 많은 미술사가와 관객들이 「몽유도원도」 못지않게 이 작품에서 큰 감명을 받았다. 이 그림을 그린 이자실이 과연 누구인가에 대해서는 아직 확언하기 힘들지만 이동주 선생은 여러 전거를 들어 「송하보월도」를 그린 노비 출신의 화가인 학포 이상좌일 가능성이 높다고 했는데, 나 또한 그렇게 생각하고 있다.

이런 명화가 어떻게 일본으로 건너가게 되었을까? 나는 임진왜란, 또는 그 직전 이 일대에 빈발하던 왜변(倭變) 때 왜구들이 약탈해간 것으로 생각하고 있다. 16세기 후반 강진·영암 일대에 일어났던 왜변의 상황은 벽초 홍명희의 『임꺽정』 제3권 양반편 마지막 장에 잘 그려져 있다. 활 잘 쏘는 이봉학이와 돌팔매질 잘하는 배돌석이가 재주 시합한 곳이 바

| 관음32응신도 | 이자실이 그린 이 탱화는 조선시대 불화의 최고 명작으로 불화이면서 산수인물화의 멋도 함께 보여준다.

| **도선국사비** | 전설 속의 스님 도선국사의 일대기를 새긴 이 비석은 17세기에 세워진 것이
지만 그 규모의 장대함과 조각의 섬세함이 볼만하다.

로 영암성이었다. 왜구의 침입이 그렇게 잦았고 그들은 우리 사찰의 범
종과 불화를 가져다 일본 사찰에 거금을 받고 팔아넘기곤 했던 것이다.
그러나 이제 와서 그들이 이 그림을 반환해줄 리 만무인지라 잃어버린
문화유산의 이야기로만 남을 수밖에 없어 아쉽기 그지없다(근래에는 도갑
사에서 실물대 정밀 복사본을 만들어 지금 도갑사 유물기념관에 전시해놓고 있다).

미륵전에서 내려와 다시 산 위쪽으로 몇 걸음 더 올라가면 도갑사를 일으킨 도선(道詵)과 중창한 수미(守眉)선사 두 분의 공적을 새긴 높이 4.8미터의 거대한 비석을 볼 수 있다. 이 비석을 받치고 있는 돌거북은 아마도 우리나라 비석거북 중에서 가장 큰 것이 아닐까 생각되는 거대한 모습이다. 게다가 고개를 왼쪽으로 틀게 하여 생동감도 표출하였고 흰 대리석 비의 용머리 부분도 아주 정교하여 볼만한 물건인데 겨우 지방문화재로 지정되어 있을 뿐이다. 비문을 보면 이 비석 제작에 17년이 걸렸다고 하니 옛사람들의 공력과 시간 개념에는 퍽이나 지긋한 면이 있었다는 생각을 갖는다. 글을 지은 분은 삼전도비를 쓴 바 있는 영의정 이경석(李景奭, 1596~1671)이고, 글씨는 한석봉의 제자 오준(吳竣, 1587~1666)이 썼다.

이것으로 도갑사의 볼거리는 다 본 것인데 사실 더욱 중요한 것은 따로 있으니, 월출산이 낳은 불세출의 인물 도선국사를 말하지 않고는 여기를 다녀간 의미가 반감된다. 그러나 나는 언젠가 그분을 위한 글을 따로 써야만 할 것 같다. 그리고 영암 월출산이 내세우는 또 하나의 인물, 백제 왕인(王仁) 박사의 유허지가 도갑사 남쪽 성기동(聖基洞)에 있는데 한 번은 가볼 만하다. 왕인 박사는 백제 고이왕 52년(285)에 일본에 한문(천자문)을 전해주어 일본의 문명이 발전할 수 있는 인프라를 제공했던 백제인이다.

그러나 그가 영암 출신임을 크게 내세워 지금처럼 자랑하는 방식에 대해 나는 조금은 생각을 달리한다. 왕인을 추앙할 사람들은 우리보다 일본인이다. 아펜젤러는 한국 개화사에서 이름난 것이지 미국 현대사에 족적을 남긴 인물이 아닌 것처럼. 실제로 일본 도쿄의 우에노공원을 거닐다가 길가에 세워진 왕인 박사 추모비를 보면 일본 사람들이 고마워하는 마음을 엿볼 수 있었다. 영암의 왕인 박사 유적지도 이처럼 조용하고 차분한 사적지로 만들었으면 거기서 마음으로 생각게 하는 바가 더 깊고 그윽했을 성싶다. 그러나 자못 거대한 기념관으로 치장해놓고 보니 혹시 식민지 시절 일본에 당했던 아픔의 정신적 보상을 이런 식으로나 찾으려는 것이 아닌가 싶어 오히려 애처로운 마음이 일어 발길이 한 번에 그치고 말았다.

월남사터를 지나며

각설하고, 이제 우리는 다시 일정대로 움직여야겠다. 영암에서 월출산을 오른쪽으로 비껴두고 들판 너머 의연히 서 있는 산의 자태를 차창 밖으로 그림 보듯 감상하다보니 차는 이내 큰 고개를 넘고 있다. 그 고개가 풀티재, 초령(草嶺)이다. 찻길이 나기 전, 그 옛날에는 험하고 험한 누릿재, 황치(黃峙)를 넘어야 했다고 한다. 풀티재, 누릿재 고갯마루는 영암과 강진을 갈라놓는 경계선이다.

고갯길을 내려가면서 우리는 다시 월출산이 봉우리부터 나타나기 시작하는 것을 볼 수 있었다. 그리고 고개가 끝날 무렵 시야가 넓어지면서 오른쪽으로 마을이 나타나니 거기가 월남리(月南里)이다. 나는 다시 마이크를 잡았다.

창 오른쪽 월남상회 옆으로 난 길을 따라가면 예쁜 마을이 나옵니다. 거기에는 준수하게 생긴 고려시대 삼층석탑이 있습니다. 석탑을 연구하는 사람들은 이것을 모전석탑(模塼石塔)이라고 부르는데, 그것은 맞는 표현이 아닙니다. 탑의 지붕돌이 지붕꼴이 아니라 계단식으로 되어서 그렇게 부른 모양인데 그렇다고 벽돌 모양인 것은 아닙니다. 이 탑이 중요한 것은 고려시대에 만들어졌음에도 부여의 정림사탑을

| **월남사터 삼층석탑** | 월출산이 가장 아름답게 보이는 자리에 세워진 월남사터 삼층석탑은 고려시대 탑이지만 백제 양식이라는 지방적 특성이 잘 살아나 있다.

모방하는 지역적 특성이 살아 있다는 점이며 그래서 늘씬하고 우아한 풍모가 느껴진다는 점입니다.

월남사터 삼층석탑 가까이에는 깨진 비석을 등에 이고 있는 돌거북이 있는데, 돌거북 얼굴은 용머리 형상으로 힘이 장사로 느껴집니다. 대부분의 고려 조형물에 보이는 완력과 괴력의 강조가 여기에도 나타나 있습니다. 이 비는 월남사를 창건한 진각(眞覺)국사의 비입니다.

나의 해설은 여기서 그쳤다. 그 바람에 나는 정작 중요한 사실은 빼버린 셈이었다. 모든 절터가 그렇듯이 월남사 자리는 역시 명당이다. 멀리 아스라이 보이는 월출산 봉우리들은 이제까지 도로변에서 보던 것과는 달리 더욱 신령스럽다. 그러니까 월출산을 가장 아름답게 바라볼 수 있는 자리에 절터를 잡은 것이었다. 서울 사람인 나는 그 뾰족한 봉우리의 연속이 마치 도봉산 만장봉, 자운봉 줄기 같다는 인상을 받곤 하는데 그 옛날 다산(茶山) 정약용(丁若鏞, 1762~1836)이 강진 땅으로 유배 가던 길에 여기를 지나며 쓴 시의 내용이 바로 그렇다.

> 누리령 산봉우리는 바위가 우뚝 우뚝
> 나그네 뿌린 눈물로 언제나 젖어 있네
> 월남리로 고개 돌려 월출산을 보지 말게
> 봉우리 봉우리마다 어쩌면 그리도 도봉산 같을까

1980년대만 하여도 월남사터는 상처받은 대로 정취 어린 곳이었다. 탑전마을로 들어가는 과수밭 탱자나무 울타리도 예쁘고, 대밭으로 둘러진 집들의 모습도 아취 있게 느껴졌다. 언젠가 여름 답사 때 삼층석탑 앞집 돌담을 타고 피어오른 능소화가 어쩌나 곱고 예뻤던지.

월남사터 아래쪽으로는 계단식 논밭과 오붓한 옛 마을이 시골의 정취를 간직하고 있다. 농사가 뒷전으로 밀리면서 밭은 채소가 아니라 매화나무·감나무가 대신 차지했고 폐가는 하나둘씩 토속 식당으로 변해가고 있지만 그래도 마을의 자리앉음새가 정겨워 한 바퀴 둘러보며 향토적 서정을 몸으로 느끼고 싶게 한다. 나는 그때 아무리 일정이 바빴어도 월남사터는 들렀어야 했다고 후회하고 있다. 그렇게 우리가 서둘렀던 이유는 해가 지기 전에 무위사를 답사하기 위함이었다. 지금은 월남사터 뒷산이 설록차밭으로 아름답게 가꾸어져 있고 산길이 좋게 뚫려서 길도 빠르고 중턱에서 드넓은 차밭을 내려다보는 풍광도 환상적이지만 그때만 해도 월남사터와 무위사는 큰 산자락으로 갈라져 있었다.

| 무위사 극락보전 | 조선 초에 세워진 대표적인 목조건축으로 맞배지붕의 단아한 기품을 잃지 않으면서 불당의 엄숙성도 유지하고 있다.

무위사 극락보전의 아름다움

남도답사 일번지의 첫 기착지로 나는 항상 무위사를 택했다. 바삐 움직이는 도회적 삶에 익숙한 사람들은 이 무위사에 당도하는 순간 세상에는 이처럼 소담하고, 한적하고, 검소하고, 질박한 아름다움도 있다는 사실에 스스로 놀라곤 한다. 더욱이 그 소박함은 가난의 미가 아니라 단아(端雅)한 아름다움이라는 것을 배우게 된다.

월남리에서 강진 쪽으로 불과 3킬로미터. 길가에는 '국보 제13호'라는 큰 글씨와 이발소 그림풍의 관음보살상 입간판이 오른쪽으로 화살표를 해놓고 있다. 여기서 월출산 쪽으로 다시 3킬로미터.

사실 우리는 이 입구부터 걸어가야 옳았다. 비탈길을 계단식 논으로 경작해 흙과 함께 살고 있는 농부들의 일하는 모습, 그 일하는 사람들이

| 극락보전의 측면관 | 극락보전은 측면관이 아주 아름답다. 기둥과 들보를 노출시키면서 조화로운 면 분할로 집의 단정한 멋을 은근히 풍기고 있다.

옹기종기 모여 사는 동그만 마을과 마을. 그리고 저 위쪽 마을, 오래된 한옥과 연꽃이 장엄하게 피어난다는 백운동(白雲洞)의 연못도 구경하고, 가다가 모정(茅亭)에 쉬면서 촌로의 강한 남도 사투리도 들어보았어야 했다. 그러다 보면 산모퉁이를 도는 순간 월출산의 동남쪽 봉우리가 환상의 나라 입간판처럼 피어올랐을 것이다. 우리는 이 행복한 40분간의 산책로를, 무감각하게도 문명의 이기를 이용하여 5분 만에 지나 무위사 천왕문 앞에 당도해버렸다. 그것은 편리가 아니라 경박성이라고 해야 할 것이다.

천왕문을 지나면 곧바로 경내, 오른쪽으로는 허름한 슬라브집 요사채가 궁색해 보이지만 정면에 보이는 정면 3칸의 맞배지붕 주심포집이 그렇게 아담하고 의젓하게 보일 수가 없다. 조선시대 성종 7년(1476) 무렵에 지은 우리나라의 대표적인 목조건축의 하나다.

세상의 국보 중에는 국보답지 못한 것이 적지 않지만 무위사 극락보전은 국보 제13호의 영예에 유감없이 답하고 있다.

예산 수덕사 대웅전, 안동 봉정사 극락전, 영주 부석사 조사당 같은 고려시대 맞배지붕 주심포집의 엄숙함을 그대로 이어받으면서 한편으로는 조선시대 종묘나 명륜당 대성전에서 보이는 단아함이 여기 그대로 살아 있다. 거기에다 권위보다도 친근함을 주기 위함인지 용마루의 직선을 슬쩍 둥글린 것이 더더욱 매력적이다. 치장이 드러나지 않은 문살에도 조선 초가 아니면 볼 수 없는 단정함이 살아 있다.

내가 어떤 미사여구를 동원한다 해도 이 한적한 절집의 분위기에 척 어울리는 저 소담하고 단정한 극락보전의 아름다움을 반도 전하지 못할 것 같다. 언제 어느 때 보아도 극락보전은 나에게 "너도 인생을 가꾸려면 내 모습처럼 되어보렴" 하는 조용한 충언을 들려주는 것 같다.

그러나 나의 학생들은 극락보전의 낮은 목소리를 못 듣는 것 같았다. 본래 단순한 미는 얼른 눈에 들어오지 않는 법이다. 나는 학생들을 법당 안으로 들어가게 하였다.

상하 구도와 원형 구도의 차이

극락보전 안에는 성종 7년에 그림을 끝맺었다는 화기(畵記)가 있는 아미타삼존벽화와 수월관음도(水月觀音圖)가 원화 그대로 보존되어 있다. 이것은 두루마리 탱화가 아닌 토벽의 붙박이 벽화로 그려진 가장 오래된 후불(後佛)벽화로, 화려하고 섬세했던 고려 불화의 전통을 유감없이 이어받은 명작 중의 명작이다. 무위사 벽화 이래로 고려 불화의 전통은 맥을 잃게 되고 우리가 대부분의 절집에서 볼 수 있는 후불탱화들은 모두 임란 이후 18~19세기의 것이니 그 기법과 분위기의 차이는 엄청난

것이다.

그러나 무위사 벽화는 역시 조선시대 불화답게 고려 불화의 엄격한 상하2단 구도를 포기하고 화면을 꽉 채우는 원형 구도로 바뀌었다. 고려 불화라면 협시보살(脇侍菩薩)로 설정한 관음과 지장 보살을 아미타여래 무릎 아래로 그려 위계질서를 강조하면서 부처의 권위를 극대화했겠지만, 무위사 벽화에서는 협시보살이 양옆에 서고 그 위로는 6인의 나한상이 구름 속에 싸이면서 부처님을 중심으로 행복한 친화 관계를 유지하고 있다. 같은 불화라도 상하2단 구도와 원형 구도는 이처럼 신앙 형태상의 차이를 반영하는 것이니 미술이 그 시대를 드러내는 것은 꼭 내용만이 아니라 이처럼 형식에서도 구해진다.

극락보전 안벽에는 이외에도 많은 벽화가 그려져 있었다. 그러나 세월이 흘러 곧 허물어질 지경에 이르게 되어 1974년부터 해체 보수를 시도하였고 지금은 그 벽화들을 통째로 들어내어 한쪽에 벽화보존각을 지어놓고 일반에게 관람케 하고 있다.

후불 벽화의 뒷면, 그러니까 극락보전의 작은 뒷문 쪽에도 벽화가 그려져 있다. 백의관음이 손에 버드나무와 정병(淨瓶)을 들고 구름 위에 떠 있는데 아래쪽에는 선재동자(善財童子)가 무릎을 꿇고 물음을 구하고 있는 그림이다. 박락이 심하여 아름답다는 인상은 주지 않으나 그 도상은 역시 고려 불화의 전통이라 의의는 있다. 그런데 이 벽화에는 어떤 기독교 신자가 열십자를 굵게 그어놓아 일부러 불화를 파괴했으니 이는 또 무슨 해괴한 20세기의 자취인가. 그 기독교 신자가 그때 했을 바로 그 말을 나는 아낌없이 되돌려주고 싶다. "사탄아 물러가라."

| **극락보전의 벽화** | 고려 불화의 화려하고 섬세한 기법이 그대로 남아 있는 조선 초 벽화의 대표작으로 꼽히고 있다.

| **무위사의 늙은 개** | 송아지만 한 이 큰 누렁이는 능구렁이가 다 되어 답사
객이 밀어닥쳐도 눈 하나 꿈쩍 않고 낮잠을 즐겼다. 그러나 이제 이 누렁이도
세상을 떠났다.

무위사의 늙은 개

극락보전 옆에는 고려 초 이 절을 세번째로 중수하여 방옥사(芳玉寺)
라 이름 붙였던 선각(禪覺)국사의 사리탑비가 1천 년이 되도록 상처 하나
입지 않고 온전히 보존되어 있어 이 절집의 예스러운 분위기를 살려준다.

그러한 무위사를 몇 년 전 능력 있는 스님이 들어와 손을 대기 시작했
다. 담장이 둘러지고 천왕문을 새로 지었으며 입구에는 매표소도 만들어
놓았다. 극락보전을 감싸고 있던 대밭을 몽땅 베어버렸고 경내 한쪽의
목백일홍도 온데간데없다. 감싸주던 아늑함은 사라지고 펑 뚫린 허망함
만 극대화되어버린 것이다. 그리하여 경내 저쪽에 자리잡은 천불전, 미
륵전, 삼신각들이 한눈에 들어오게 되었다. 의도인즉 호방하게 보이기
위함이었겠지만 내 눈에는 마냥 허전하게만 느껴진다.

변함없는 것은 오직 무위사의 늙은 개뿐이었다. 진돗개, 셰퍼드, 도사
견, 누렁이의 잡종인 이 송아지만 한 무위사 개는 아마도 천수를 다했을
나이다. 내가 이 덩치 큰 무위사 개를 본 게 이미 80년대 초였다. 이 늙은

개는 능구렁이가 다 되어 답사객이 들어오건 불자가 들어오건 꿈쩍도 않는다. 양지바른 벽 쪽에 길게 엎드려 고개를 앞발에 푹 묻고는 다만 눈꺼풀만 잠시 들었다가 2, 3초 이내에 감아버린다. "응, 너 또 왔냐"는 식이다. 저것은 능청일까, 달관일까, 체념일까? 정답은 음흉이었다 .

무위사의 이 늙은 개는 이상하게도 적색 공포증이 있다. 나는 이 사실을 잘 알고 있기에 빨간 파카를 입은 여학생에게 가까이 가지 못하도록 주의를 주었다. 언젠가 한번은 성전 우체부 아저씨가 예의 빨간색 오토바이를 타고 와서 소포를 전해주고 돌아가는 길에 이 개한테 물리는 것을 보았는데 절집 아주머니 왈, 저 개는 빨간색을 보면 달려든다는 것이었다. 누렁이마저 냉전시대, 분단시대의 지병을 앓고 있는 것인가? 그러나저러나 이 누렁이를 본 것도 그것이 마지막이었다.

남도의 봄, 남도의 원색

이제 우리의 오늘 일정은 끝났다. 강진 읍내 남도장여관에 여장을 풀고 해태식당에서 저녁을 먹는 일만 남았다. 나는 인솔자의 긴장을 풀고 차창 밖으로 비치는 남도의 봄빛을 한껏 끌어안았다. 내 얼마나 그리워하던 남도의 봄날이었던가. 그것은 여덟 번의 답사 중 꼭 두번째 만나는 조선의 원색이었다.

유난히도 봄이 일찍 찾아온 1992년 3월 28일, 강진 땅의 모든 봄꽃이 피어 있었다. 산그늘마다 연분홍 진달래가 햇살을 받으며 밝은 광채를 발하고, 길가엔 개나리가 아직도 노란 꽃을 머금은 채 연둣빛 새순을 피우고 있었다. 무위사 극락보전 뒤 언덕에는 해묵은 동백나무의 동백꽃이 윤기 나는 진초록 잎 사이로 점점이 선홍빛을 내뿜고, 목이 부러지듯 잔인하게 벌어진 꽃송이들은 풀밭에 누워 피를 토하고 있었다. 그리고 강

| 영랑 생가 뒤뜰의 동백꽃 | 영랑 생가 뒤뜰의 동백꽃이 한창 피고 질 때면 사람들은 왜 동백꽃은 반쯤 폈을 때가 아름다운지 절로 알게 된다.

진읍 묵은 동네 토담 위로는 키 큰 살구나무에서 하얀 꽃잎이 떨어져 내리고 있었다. 이것이 바로 남도의 봄빛이었다. 피고 지는 저 꽃잎의 화사한 빛깔은 어쩌다 때가 되면 한번쯤 입어보는 남도의 연회복이라면, 남도 땅의 평상복은 시뻘건 황토에 일렁이는 보리밭의 초록 물결 그리고 간간이 악센트를 가하듯 심겨 있는 노오란 유채꽃, 장다리꽃이다.

한반도에서 일조량이 가장 풍부하다는 강진의 하늘빛은 언제나 맑다. 강진만 구강포의 푸르름보다도 더 진한 하늘빛이다. 그것은 우리가 알고 있는 청색의 원색이다. 색상표에서 제시하는바 사이언(C) 100퍼센트이다. 솔밭과 동백나무숲이 어우러지며 보리밭 물결이 자아내는 그 빛깔은 노란색과 청색 100퍼센트가 합쳐진 초록의 원색이다. 유채꽃, 장다리꽃, 개나리꽃은 100퍼센트 노랑(Y)의 원색이며, 선홍색 동백꽃잎은 100퍼센트 마젠타(M)이다. 그 파랑, 그 초록, 그 노랑, 그 빨강의 원색을 구사하며 그림을 그리는 화가는 남도의 봄 이외에 아무도 없다. 그 원색을 변주하여 흑갈색 황토와 연분홍 진달래, 누우런 바다갈대밭을 그려낸 화가도 남도의 봄 이외엔 아무도 없다.

서양 사람들이 그들의 자연 빛에 맞추어 만든 먼셀 색상표에 눈이 익어 버렸고, 그 수치에 맞추어 제조된 물감과 잉크로 그림 그리는 일, 인쇄하는 일, 그렇게 제작된 제품에 익숙한 우리의 눈에 저 남도의 봄날이 그려 보인 원색의 향연은 차라리 이국적이고, 저 먼 옛날 단원 김홍도, 혜원 신윤복 그림에서나 본 조선왕조의 원색으로 느껴진다. 하물며 연짓빛, 등황빛, 치 잣빛, 쪽빛의 청순한 색감을 여기서 더 논해 무엇할 것이냐.

나는 우리 시대의 화가들에게 단호히 말한다. 남도의 봄빛을 보지 못한 자는 감히 색에 대하여 말하지 말라. 되다란 기름기의 번적이는 물감을 아무런 정서적 거부감 없이 사용하면서 함부로 민족적 서정이니 향토색이니 논하지 말라. 그리고 모든 화학공학자, 모든 화공품 제조업자, 모든 화장품 회사, 모든 염색업자, 모든 물감 공장의 관계자들에게 민족의 이름으로 부탁드린다. 그 뛰어난 기술, 그 좋은 시설의 100분의 1만이라도 잃어버린 조선의 원색을 찾아내는 데 사용해달라고. 우리에게 무한한 평온과 행복한 환희의 감정으로 다가오는 향토의 원색을 제조해달라고.

남도의 봄, 그것은 우리가 영원히 간직해야 할 자연의 원색이고 우리의 원색인 것이다. 나는 그날 그 원색의 물결 속을 거닐고 있었다.

1992. 4. / 2011. 5.

* 무위사의 선각국사 사리탑이 어떤 책에는 도선국사의 비로 나와 있다는 질문이 있었는데 그건 착각이다. 도선국사의 시호도 선각(先覺)이긴 하지만 당신의 비는 광양 옥룡사에 있고 여기 있는 선각국사는 동명이인으로 무위사를 중수하고 방옥사라 이름 붙인 스님이다. 스님의 속명은 최형미(崔逈微)로 864년에 태어나 중국 유학을 10년간 했는데 왕건과 가까워 917년 궁예에게 죽임을 당했다. 비의 생김새와 글씨가 모두 당대의 대표작이다.

영랑의 슬픔과 다산의 아픔

해태식당 / 영랑 생가 / 구강포 귤동마을 / 다산초당

한정식의 3대 음식점

강진 땅을 답사할 때 나는 언제나 남도장여관에 여장을 풀고 해태식당에서 저녁을 먹는다. 본래 답삿길에 나는 절집 가까운 여관에 머물다가 이튿날 새벽 일찍 일어나 관광객이 아직 잠들어 있을 때 한적하게 사찰 경내를 둘러본 다음 아침식사를 하고는 아홉시가 되기 전, 그러니까 주위가 소란스러워지기 전에 그곳을 떠나는 것을 상례로 삼고 있다. 그렇게 하는 것이 시간도 절약되고 유흥지의 번잡함을 피할 수 있는 유일한 묘책이기 때문이다. 그러나 강진 땅에는 그럴 만한 숙박지가 없기 때문에 읍내에 머물 수밖에 없다. 그중 내가 남도장여관을 택하는 이유는 남도탕 목욕탕이 맞붙어 있고 또 다음 날 아침 읍내 저쪽의 김영랑 생가를 산책 겸 답사하기 좋은 위치에 있기 때문이다. 그런데 올봄(1992)에

갔더니 남도장여관은 인심이 사나워져 목욕탕 값을 따로 받고 있었다.

해태식당은 강진 공용터미널 뒤쪽에 있는 한정식집으로 낡은 기와집인지라 시설이 깨끗지는 못하고, 연륜도 아직 20년이 채 못 되었으니 (1992년 집필 당시 기준) 대단한 명물이라 소개할 만한 형식은 못 갖추었다. 그러나 강진 해태식당은 해남 천일식당, 서울 인사동 영희네집과 더불어 조선 백반의 진수를 보여주는, 내 경험으로 꼽을 3대 한정식집 중 하나다. 사람에 따라서는 서울 삼청각이나 장원, 광주 송죽헌, 남원 청석골, 순천 대원식당을 꼽을 분이 있을지도 모르겠지만 그런 요릿집들은 서민 내지 소시민의 차지가 못 될뿐더러 고급스러운 취미가 유별나서 우리네 보통 사람 입맛에는 맞지도 않는다.

내가 꼽은 3대 한정식집 중, 인사동 영희네집은 맛의 정갈함과 담백함이 가히 일품이지만 예약 안 하고는 발 디딜 재간이 없고 또 셋 중 가장 비싼 곳이며, 천일식당은 맛이 화려하고 푸짐하며 떡갈비 같은 별식이 가히 환상적이라고 하겠는데 음식맛이 너무 진하다는 약점이 있는 데다 값비싼 별식을 주문하지 않으면 손님 대접을 해주지 않는 장삿속이 있다. 이에 비해 해태식당은 주인아줌마의 인상이 넉넉하고 며느님도 상냥하게 맞아주고 한정식 한 상에 채어육(菜魚肉), 즉 육해공군이 밑반찬과 요리로 28접시나 나온다. 돔배젓·토하젓 같은 토산 젓갈뿐만 아니라 깻잎 하나를 무쳐도 서울 맛과는 다른 접시가 되며, 생선회와 찌개는 철 따라 메뉴가 달라진다.

나는 이 집 한정식이 1인당 500원일 때부터 드나들었는데—그래 봤자 여덟 번이다—지금(1992)은 8,000원이 되었다. 1인당 5,000원을 받던 2년 전 여름 답사 때 생선회는 빼고 3,000원짜리 백반으로 우리 답사회 식구들이 아침저녁을 먹기도 했는데, 올해 갔을 때도 그런 식으로 해달라니까 이제는 안 된다고 거절하였다. 그것은 남도 땅이 나를 슬프게 하는 여러 사항 중 하나였다.

영랑 생가의 툇마루에서

해 질 녘, 저녁식사가 끝나면 향토의 술맛이 생각나지 않을 수 없을 것
이다. 나는 술을 거의 못 하지만 분위기와 안주만은 남보다 잘 먹고 잘
마신다. 강진에서는 당연히 돌다리 밑 선술집으로 가야 한다. 가서 초고
추장에 찍어 머리부터 통째로 씹어먹는 세발낙지를 맛보아야 남도에 온
기분이 난다. 정력에 무한대로 좋다는 이 작고 발이 가는 세발낙지를 입
에 넣으면 씹어 삼킬 때까지 그 가는 발의 빨대가 입천장과 볼 안쪽에 달
라붙는 몬도가네식의 징그러움이 따르지만 그 고소한 맛은 이 글을 쓰
는 순간에도 군침이 돌게 하는 것이다.

올봄 답사에도 나는 이 세발낙지를 찾았다. 그러나 세발낙지는 봄철
엔 나오지 않는다는 것을 나는 몰랐다. 만능의 인솔자인 척했던 나의 밑
바다 실력은 간혹 이렇게 드러나곤 한다. 남도를 아무리 사랑해도 나는
역시 외지 사람, 강진 땅의 이방인인 것이다.

남도장에서 하룻밤을 자고 이튿날 아침이면 나는 나의 답사객들과 함
께 일정대로 김영랑 생가로 산책을 나선다. 강진 읍내 군청 뒷산 초입에
있는 영랑 생가로 가자면 「모란이 피기까지는」의 시인의 고향답게 모란
아파트가 있고 영랑화랑이라는 이름의 표구점도 있다.

영랑 생가는 강진군 강진읍 남성리 211번지. 김영랑(金永郞, 1903~50)
의 본명은 윤식(允植), 1903년 이곳에서 대지주의 아들로 태어나 강진
공립보통학교를 졸업하고, 휘문의숙에 다니다가 3·1운동 때 6개월간 복
역하고, 출옥 후 일본 아오야마(靑山)학원 영문과에 입학했으나 1923년
방학 때 잠시 귀국한 사이 관동대지진 소식을 듣고는 학업을 중단했다.

| **영랑 생가** | 소담한 초가 안채와 뒤뜰의 해묵은 동백꽃은 영랑의 시처럼 아름답지만 요새 만든 영랑시비는 우악스러워 고가의 분위기를 망쳐버렸다. 그래도 남도 서정의 잔편이 곳곳에 남아 있다.

22세인 1925년에 결혼하고 1930년 박용철, 정지용, 이하윤, 정인보 등과 『시문학』지를 창간하여 「내 마음을 아실 이」 같은 향토색 물씬 풍기는 영롱한 서정시로 이름을 얻고 또 '북의 소월, 남의 영랑'이라는 말과 함께 뭇사람의 사랑을 받았다. 1945년 해방 공간 때는 강진에서 우익운동을 주도하여 강진대동청년단장으로 활동하고 1948년 가족과 함께 서울 신당동으로 이사한 후 공보처 출판국장도 역임했으나 한국전쟁 중 은신하다 포탄에 맞고 사망, 서울 망우리에 안장되었다. 향년 47세. 이것이 영랑 생가에서 답사팀당 한 장만 나눠주는 안내문에 실린 그의 약력이다.

영랑 생가는 동산 중턱 양지바른 쪽 읍내가 훤히 내려다보이는 터에 본채와 사랑채가 널찍이 자리잡고 있다. 화단에는 방문객을 위함인지 그를 기리기 위함인지 모란꽃을 가득 심어놓아 그 작위적 발상이 가상스러운데, 한쪽에는 1988년에 세운 영랑 시비가 육중하고 촌스러운 자태로 이 집의 운치를 다 망쳐놓았다. 오직 볼만한 것은 뒷담 쪽으로 빽빽이 들어선 대밭의 싱그러움과 해묵은 고목이 된 동백나무 여남은 그루가 있어 아리땁고 그윽한 남도의 정취를 보여주고 있음이다. 그러께는 이 집을 지방문화재 제89호(중요민속자료 제252호)로 지정하여 사랑채를 초가로 올려 복원해놓았는데, 나는 이 영랑 생가 초가 사랑채 툇마루에 앉아 아침 햇살을 받으면서 나에게 있어서 영랑은 누구인가를 한번쯤 생각해보았다.

> 돌담에 소색이는 햇발같이
> 풀 아래 웃음 짓는 샘물같이
> 내 마음 고요히 고운 봄 길 위에
> 오늘 하루 하늘을 우러르고 싶다
>
> 새악시 볼에 떠오는 부끄럼같이
> 시(詩)의 가슴에 살포시 젖는 물결같이
> 보드레한 에메랄드 얇게 흐르는
> 실비단 하늘을 바라보고 싶다

「돌담에 소색이는 햇발」 같은 영랑의 시를 생각하면 첫째로 나는 1930년대 식민지 현실 속에 만연한 인간적 상실과 좌절을 뼛속까지 느끼게 된다. 영랑의 시가 향토적 서정과 민족적 운율을 동반한 영롱한 서정시라는 것은 문학사가들의 해설이 없어도 알겠고 또 실수 없이 느낄 수도 있다. 그러나 그 서정의 발현이라는 것이 너무 파리하고 가냘프다. 모란이 피기까지 그가 기다린다는 것은 고작 '찬란한 슬픔의 봄'이었다.

1910년 한일병합이 되고, 1919년 3·1운동이 일어나고 개화·신문화 운동이 뿌리를 내리기 시작하여 1925년이 되면 카프(KAPF)를 비롯한 진보적인 문예운동이 일어나다가 1930년대 들어서면 국내는 진보적 운동이 결정타를 맞고 그 대신 남만주와 북간도에서는 항일 게릴라와 독립군이 무장투쟁을 하고 있을 때다. 이때 우파의 문학·예술인들은 맥없이 순수예술을 주장하다가 그래도 그중 괜찮다는 사람들이 일말의 양심 내지 자존심에서 좌파가 내세운 민족성·현실성의 가치 중 일부를 고작해서 향토색이라는 이름으로 흡수하여갔다. 그것이 문학에서 국민문학파이고 미술에서 오지호·김용준 등의 향토색 논쟁이며 김중현·김종태의 향토적 서정주의 그림이다. 그리고 음악에서 홍난파 같은 작곡가를 낳았다. 속알맹이는 송두리째 일제에 빼앗겨버린 식민지적 현실을 극복할 비전과 의지는 상실한 채 형식에서만 향토적 빛깔과 맛을 찾으면서 그것으로 민족적 아이덴티티를 지켜보려 했던, 그런 시절이 있었던 것이다. 그래서 나는 영랑의 시에서 차라리 측은한 인간적 상실과 사회적 좌절의 비애가 느껴지는 것이다.

둘째는 미학적인 질문이다. 김영랑을 비롯한『시문학』동인의 문학적 특질은 시에 회화적 묘사와 음악적 운율을 끌어들인 데 있다고 한다. 특히 김영랑 시의 음악성과 정지용 시의 회화성은 아주 극명하게 대비된다.

그런데 이상하게도 음악성을 내세운 김영랑의 시는 멋진 노래로 작곡된 것이 없는 반면에 정지용의 회화적 정경은「고향」「향수」처럼 멋들어진 노래로 만들어졌다. 나는 강진에 오면서 차 안에서 박인수와 이동원이 부르는 정지용의「향수」를 두어 번 반복해서 들었다. 이 노래는 플라시도 도밍고와 존 덴버가 부른「퍼햅스 러브」를 번안했다는 생각을 버릴 수 없지만 그래도 그 노래가 풍기는 정취는 싫지 않았기 때문이다. 이것이 무슨 아이러니인가?

그 이유를 나는 둘 중 하나라고 생각한다. 첫째는 시어(詩語) 자체가 운율을 지니고 있기 때문에 음악적으로 요리할 폭이 그만큼 좁아져버린 것이 아닌가 하는 생각이다. 하인리히 하이네의 시, 김소월의 시도 이 점에서 마찬가지일지 모른다는 생각이 더욱 그렇게 만든다.

그러나 또 한편으로 김영랑 시의 운율성은 그야말로 향토적인 것인데 작곡하는 노래 형식이 향토적인 것이 아닌 서양음악이라는 이질적인 문법으로 접근했기 때문에 실패했거나 성공하지 못한 것이 아닌가 하는 의문이 든다. 만약에 서양음악의 7음계에 기본을 두는 것이 아니라 우리 음악의 5음계에 근거한 노래로 만든다 치면 성공할 수 있는 것은 정지용의 시가 아니라 김영랑의 시일 것이라는 생각도 드는 것이다. 김영랑은 소문난 고수(鼓手)였다니 더구나 그런 생각이 든다. 그러나 우리 시대에는 아직 그런 음악적 시도가 이루어진 것을 보지 못했으니 내가 제기한 의문은 그저 의문으로 남을 뿐이다.

영랑 생가의 툇마루에서 일어나 강진읍 묵은 동네 돌담길을 따라 숙소로 돌아오는 길에 아침 햇살을 역광으로 받으면서 내 입가에 맴도는 노래는 김영랑의 "돌담에 소색이는 햇발같이"가 아니라 정지용의 "넓은 벌 동쪽 끝으로 옛이야기 지즐대며……"였다.

다산초당으로 가는 길

김영랑을 강진 사람들이 기리는 마음은 끔찍하다. 읍내로 들어가는 입구를 영랑로터리라고 이름 붙이고 영랑 동상도 세워놓았다. 그러나 강진 땅이 나의 '남도답사 일번지'로 올라온 것은 다산 정약용의 18년 유배지가 여기였고, 여기에서 그의 학문이 결실을 맺게 되었고, 여기에서 그의 숱한 저술, 저 유명한 『목민심서(牧民心書)』가 집필되었기 때문이다. 다산의 유배지를 답사하는 사람들은 곧잘 다산초당으로 직행하는데 사실 그분의 강진 유배처는 네 번 옮겨졌다.

나는 가경 신유년(1801) 겨울에 강진에 도착하여 동문 밖 주막집에 우거하였다. 을축년(1805) 겨울에는 보은산방(寶恩山房, 高聲寺)에서 기식하였고, 병인년(1806) 가을에는 학래(鶴來, 李靖)의 집에 이사 가 있다가, 무진년(1808) 봄에야 다산에서 살았으니 통계하여 유배지에 있었던 것이 18년인데, 읍내에서 살았던 게 8년이고 다산에서 살았던 것이 11년째였다. 처음 왔을 때에는 백성들이 모두 겁을 먹고 문을 부수고 담을 무너뜨리고〔破門壞墻〕 달아나며 편안히 만나는 것을 허락하지 않았다.(『다산신계』 중에서)

유배 온 귀양객을 사람들이 마치 대독(大毒)인 듯 여겨 파문괴장(破門壞墻)하고 달아날 때 그를 가련히 여겨 돌봐준 이는 술집〔酒家〕이자 밥집〔賣飯家〕 주인인 오두막 노파였다고 한다. 다산은 이 오두막에서 무려 4년을 지냈고 그 집 당호를 '마땅히 지켜야 할 네 가지'라는 뜻으로 사의재(四宜齋)라 했다고 한다. 그 집이 지금 어디인지 한번 가보고 싶은데 박석무의 『다산기행』에 의하면 샘물이 있어서 샘거리라고 하는 곳 어드메쯤 된다고 한다. 지금은 읍내에 사의재가 복원되어 찻집으로 손님을 맞이하고 있다.

강진 읍내에서 다산초당까지는 자동차로 불과 10여 분밖에 안 걸리는 가까운 거리다. 그리하여 사람들은 유배지로 가는 길을 실감하기 힘들다. 그러나 이 길이 포장되지 않았던 5년 전까지만 해도 다산초당을 찾아가는 맛이 참으로 별스러웠다.

강진읍을 나와 목포와 해남으로 갈라지는 길목에서 해남 쪽으로 뻗은 길을 타고 조심스럽게 가다가 왼쪽 편으로 '○○○부대'라는 군부대 입간판을 보는 순간 좌회전해야 했다. 하필이면 군대가 여기까지 따라붙을까? 아무튼 이정표는 그것뿐이었다. 나는 두 번인가 이 표지판을 놓쳐 되돌아왔으니 지금도 여기 갈 때면 습관적으로 두 눈이 긴장된다. 길을 꺾어들면 여기부터 비포장길, 그래도 오른쪽 만덕산 기슭의 군부대가 보일 때까지는 그런대로 갈 만했다. 그러나 군부대를 지나면 아주 좁은 농로 외길로, 거기에 비라도 내리게 되면 차바퀴는 미끄럼타기 바빠 구르질 못했다. 설상가상으로 하루 두 번 다니는 시외버스를 마주치면 엄청난 낭패를 보며, 경운기만 만나도 그 뒷수습이 용이치 않던 흉악한 시골길이었다. 다행히 길 중간 백련사로 들어가는 입구에 숨통이 있어서 그런 난국을 모두 수습했었다. 이제 와 생각해보니 그것이 다산초당으로 가는 길다웠다.

그렇게 그렇게 털털거리며 30여 분을 찻속에서 시달릴 때도 차창 밖으로 펼쳐지는 강진만 구강포의 넓은 바다와 키 큰 바다갈대들이 우리 버스의 바퀴까지 올라오는 포구의 정취는 도회인의 몸과 가슴속에 사무치는 스산한 정서를 유발하곤 했다. 그래서 다산초당 입구에서 하차하면 답사객들은 초당으로 올라가는 길로 들어설 생각보다도 내내 오도록 창 밖으로 바라본 포구 쪽 갈대밭으로 먼저 눈길이 간다. 특히 정서와 감정이 풍부하다 못해 제어장치가 잘 돌아가지 않는 예술가, 그것도 이름 높은 예술가가 답사객 중에 있으면 영락없이 그쪽으로 달려간다. 그런 사태가 벌어지면 답사 일정은 다 망가진다.

1986년 민족미술협의회 답사 때는 각 장르마다 이름 높은 예술가들이 동참했는데 소설 쓰는 송기원과 영화 만드는 장선우는 구강포 바다갈대밭에 아예 신 벗고 들어갔다. 이들이 돌아오길 기다리다 지친 나는 있는 대로 신경질을 부리며 끌고 왔다. 그때 이들은 나더러 "역시 너는 학삐리 이론가야"라며 내 정서의 메마름을 불쌍히 여겼다.

| 귤동마을의 어제 | 1970년대 귤동마을은 이처럼 향토적 서정이 짙게 풍기는 전형적인 남도의 시골 마을이었다.

귤동마을은 우리나라 여느 시골 동네와 마찬가지로 육중한 농협창고가 초입에 점잖게 자리잡고 있고 그 뒤쪽 언덕배기로 집집마다 이마를 맞대고 이어지는 동그만 마을이다. 그리고 넓고 큰 농협 담벽에는 어김없이 붉은 글씨의 반공 표어가 붙어 있다. "때려잡자 공산당, 찢어죽이자 김일성"이 0.1시력의 내 눈에도 선명히 보이게 쓰여 있었다. 아직도 마찬가지인데 이 반공 표어는 궁벽한 시골로 들어갈수록 된소리를 많이 구사한다.

그래도 귤동마을은 참으로 아담하고 정감 어린 곳이었다. 반쯤 무너져 내린 토담, 그 옆집은 탱자울타리, 그 윗집은 개나리담장, 그 뒷집은 대나무밭 안쪽, 뒤뜰엔 감나무, 오동나무, 동백나무, 목백일홍…… 돌 반, 흙 반의 비탈길에는 토종 누렁이가 뒤꽁무니로 돌아서며 짖어대고 모이 주는 아주머니 따라 병아리들이 모이던 그런 전형적인 시골 동네였다.

| 귤동마을의 오늘 | 양옥이 들어서면서 새 단장을 했지만 예스러움이 사라져 지난날의 풍광이 그리워지곤 한다.

그런데 귤동마을에도 변화가 일어나 서울 사람 여럿이서 여기에 잘 생긴 한옥을 짓고 이 마을 토박이들도 농가주택을 깔끔한 전원주택으로 바꾸어 찻집도 생기게 되니 마을은 깨끗해지고 가난의 흔적들이 지워지기는 했지만 다산초당이 있는 귤동마을의 아련한 분위기는 다시는 찾을 수 없게 되었다. 내게 마침 귤동마을의 어제와 오늘을 비교할 사진이 있어 여기에 제시하노니, 이것을 보고 나면 여러분은 내가 왜 다산초당에 당도하기까지 이리도 서론이 장황했는가를 충분히 이해할 것이다.

재작년 여름 이곳에 왔을 때 나는 귤동마을의 이런 모습이 너무도 보기 싫어서 저 아래쪽 백련사로 올라가서 만덕산을 넘어 다산초당으로 갔고 올봄에 올 때는 땅만 보면서 이 길을 올랐다.

다산초당의 허구

귤동마을 지나 이제 다산초당이 있는 다산을 오르자면 갑자기 청신한 바람이 답사객의 온몸을 휘감고 돈다. 빽빽이 들어서 하늘이 감추어진 대밭과 아름드리 소나무가 무성히 자라 초당으로 오르는 길은 언제나 어둡고 서늘하다. 이것도 올봄에 갔더니 높은 데서 지시했는지 대밭도 솔밭도 시원스레 솎아내서 자못 훤해졌는데 그래도 워낙에 울창했던 것인지라 청신한 공기에는 변함이 없었다. 생각보다 긴 이 비탈길을 오르다보면 길 한쪽 제법 평퍼짐한 곳에 묘소가 하나 있다. 그것은 윤종진(尹鍾軫, 1803~79)의 무덤인데, 그의 조부인 윤단은 정약용 외가 쪽 친척되는 분으로 정약용이 강진 읍내와 절집으로 떠돌다가 이 다산으로 오게 되는 계기였다. 이 무덤이 미술사를 전공하는 나에게 관심거리가 되는 이유는 양쪽에 서 있는 석상인데 그 얼굴형이 아주 야무지면서도 귀엽고, 경쾌하게 단순화된 것이 자못 현대적 감각을 풍긴다. 19세기에 들어서면 각 지방의 토호들은 왕릉의 문신·무신석, 양반 무덤의 호신석을 흉내 내어 자기네 조상 무덤 앞에도 이러한 석인상을 세우곤 했다. 그러니까 지배층 문화를 흉내 내어 자신들도 문화적 향유 내지 소비를 할 수 있는 경제적·신분적 상승이 있었던 것이다. 그것이 각 지방마다 지역적 특성이 있는 석인상을 다량으로 만들게끔 하였는데 귀가 크고 볼이 넓으며 눈동자가 은행알 같은 이런 형태의 석인상은 강진·해남·장흥 지방의 양식이었다.

여기서 잠시 한 호흡 돌리고 다시 가파른 길을 오르면 이내 다산초당이 보인다. 이름은 초당이라고 하였건만 정면 5칸·측면 2칸의 팔작기와지붕으로 툇마루가 넓고 길며 방도 큼직하여 도저히 유배객이 살던 집 같지가 않다. 나도 본 일이 없지만 실제로 이 집은 조그만 초당이었다고 한다. 그것이 무너져 폐가로 된 것을 1958년 다산유적보존회가 이처럼 번듯하게 지어놓은 것이다. 다산을 기리는 마음에서 살아생전의 오막살이를 헐고 큰 집을 지어드린 것이라고 치부해보고도 싶지만, 도무지 이 좁은 공간에 어울리지 않는 크기여서 그것이 못마땅하다. 더군다나 예비지식 없이 온 사람들은 유배객 팔자가 늘어졌다는 생각만 갖고 가니 이것은 허구 중의 허구다.

| 윤종진 묘의 동자석 | 정다산이 귀양지를 귤동으로 옮기게 한 해남 윤씨 집안의 한 묘 앞에는 귀엽고 현대적 조형 감각이 살아 있는 동자석이 세워져 있다.

다산초당의 툇마루에 앉아보았자, 남향집이건만 동백숲과 잡목이 우거져 한낮인데도 컴컴하고 앞에 보이는 것이 없다. 단지 뜰 앞에 넓적한 돌이 하나 있고 왼쪽에 연못이 있는데 이것은 초당 오른쪽 바위에 새겨놓은 '정석(丁石)'과 함께 정약용 유배 시절의 진짜 유적인 것이다.

정약용은 유배에서 풀려난 지 3년 되는 1821년, 당시 육순 때 손수 장문의 「자찬묘지명(自撰墓誌銘)」을 지었다. 그의 자서전이라 할 수 있는 이 글에 의하면 다산초당의 모습은 이러했다.

무진년 봄에 다산으로 거처를 옮겼다. 축대를 쌓고 연못을 파기도 하고 꽃나무를 벌여 심고 물을 끌어다 폭포를 만들기도 했다. 동서로 두 암(庵)을 마련하고 장서 천여 권을 쌓아두고 저서(著書)로써 스스

| **다산초당** | 주변의 나무숲이 울창하여 다산초당은 언제나 이처럼 어둠침침하다. 초당을 복원하면서 번듯한 기와집으로 세워 답사객들은 어리둥절해한다.

로 즐겼다. 다산은 만덕사의 서쪽에 위치한 곳인데 처사 윤단의 산정(山亭)이다. 석벽에 '정석' 두 자를 새겼다.

지금 초당 연못의 석축과, 긴 대통으로 물을 끌어 낙숫물보다 조금 굵은 폭포를 연출한 것이 그때의 모습인 것도 같다. 뜰 앞의 큰 너럭바위는 '다조(茶竈)'라고 해서 차를 그곳에서 달였던 곳이다. 그리고 '정석' 두 글자는 단정한 해서체로 크고 깊게 새겨져 있다.

다산과 추사의 현판 글씨

이 초당에서 미술사를 전공한 내 눈길을 끄는 것은 현판 글씨다. 행서로 쓰인 '다산초당(茶山艸堂)'과 예서를 변형시켜 쓴 '보정산방(寶丁山

房)' 모두 천하명필 추사 김정희의 글씨다. 이중 '다산초당'은 추사의 글씨를 집자(集字)해서 만든 것인지라 글씨에 울림은 있으나 글자의 크기와 구성이 다소 어수선해 보인다. 그러나 '보정산방' 현판은 추사체의 멋이 한껏 풍기는 명작이다. 이 현판은 다산의 제자인 청전(靑田) 이학래(李學來)가 추사에게 부탁하여 받은 작품을 나무에 새긴 것이다.

'보정산방'이란 '정약용을 보배롭게 모시는 산방'이라는 뜻으로 다산의 제자 됨을 가리킨다. 추사는 자신의 호를 100여 가지로 두루 쓰는 가운데 '보담재(寶覃齋)'라고도 했다. 이는 자신이 스승으로 모신 청나라학자 담계(覃溪) 옹방강(翁方綱)을 보배롭게 생각한다는 뜻인데, 옹방강은 또 소동파를 보배롭게 모시는 뜻에서 그 서재를 '보소재(寶蘇齋)'라고 했으니 그렇게 그렇게 연결되는 내용이다.

그런데 다산초당 연못 옆으로는 조그만 기와집이 하나 있고 거기에는

'다산동암(茶山東菴)'이라는 정약용 글씨를 집자한 현판이 걸려 있다. 이 글씨를 추사의 '보정산방'과 비교하면 두 명필의 서체와 두 학자의 성품 차이를 단번에 알아차릴 수 있게 된다.

정약용은 학자로서 상당한 명필이었다. 그의 글씨는 해서건 초서건 획이 아주 정확하고 붓을 들어올리고 내리면서 강약의 리듬을 잘 맞추어 글씨의 흐름이 겉멋으로 기울거나 자세의 흐트러짐이 없다. 멋을 부렸음에도 그 멋이 단아한 규율과 법도에 꼭 들어맞는 한에서만 구사했다. 이것은 보통 어려운 일이 아니며 보통 경지로는 될 일도 아니다. 그래서 정약용의 글씨에서는 해맑은 느낌이 마치 천고의 무공해 글씨체 같기도 하고, 술에 곯아떨어진 다음 날 아침 밥상에 나온 북엇국 백반 같기도 하다.

이에 반해 추사 김정희는 진짜 예술가로서 명필이었다. 글자의 구성과 획의 변화에서 능수능란하고 자유자재로워 멋대로인 듯하지만 질서가 있고, 파격을 구사했는데도 어지럽지 않다. 평양감사 박규수(朴珪壽, 1807~76)의 표현대로 "신기가 오가는 듯하고 조수가 넘나드는 듯하다". 그것은 프로가 아니면 이를 수 없는 경지였다. 그러나 정약용의 글씨는 프로가 아니면서도 프로를 넘어서는 아마추어리즘의 승리를 보여주는 일면을 지니고 있으니 우리는 여기에서 인생과 예술의 오묘한 변화를 다시금 생각해보게 되며 다산에게 명필이라는 칭호를 아낄 이유가 없다는 생각을 갖게 된다.

다산과 추사의 관계

한국 지성사의 두 거장인 다산과 추사의 관계는 참으로 아름다운 것이었다. 추사는 정약용보다 24세 연하로 다산의 아들인 정학연, 정학유 형제와 친구로 지냈으니 한 세대 아래인 셈이다. 추사의 문집에는 정약용에게 경학(經學)의 가르침을 구하면서 대드는 듯한 편지가 두 통 실려 있어 간혹 추사가 다산을 존경하지 않았던 것처럼 생각하는 이도 있다. 그러나 그것은 장년 시절 기고만장했던 추사의 학문적 열정이 그렇게 나타난 것일 뿐 추사가 다산을 얼마나 존경하고 사모하였는가는 다산이 지은 「수선화」라는 시에 잘 나타나 있다.

1828년 가을, 다산 나이 66세, 추사 나이 42세 때 이야기다. 추사는 평안도관찰사로 부임한 아버님을 찾아뵙고자 평양으로 갔다. 그때 마침 연경 다녀오는 사신이 평안감사에게 수선화 한 뿌리를 선물하자 추사는 이를 얻어 화분에 심은 다음 심부름꾼을 시켜 귀양살이에서 풀려나 남양주 여유당에 계신 다산 선생께 보냈다. 이 정성스러운 선물을 받은 다산은 기쁜 마음에 「수선화」라는 시를 한 수 지었다.

신선의 풍채나 도사의 골격 같은 수선화가

30년 만에 또 나의 집에 이르렀다

옛적엔 복암 이기양이 사신길에 가지고 온 것이 있었는데

지금은 추사 김정희가 대동강가 관아에서 보내주었다네

외딴 마을 동떨어진 골짝에서는 보기 드문 것이라서

일찍이 없었던 것이기에 다투어 구경하며 떠들썩하네

손주녀석은 처음엔 억센 부춧잎 같다고 하고

어린 여종은 도리어 마늘이 일찍 싹튼 것이라며 놀란다

　그런데 다산은 이 시에 부기로 달기를 "늦가을에 벗 김정희가 평양에서 수선화 한 뿌리를 부쳐왔는데 그 화분은 고려고기(高麗古器)였다"고 하였다. 참으로 다산과 추사의 아름다운 관계를 영화의 한 장면처럼 보여주는 아름다운 이야기이다.

다산동암의 그림 한 폭과 일기

　사람들은 다산을 너무도 존경한 나머지 정약용이 강진 유배 시절에 죽어라 공부만 한 줄로 아는데 인간인 그가 어떻게 그럴 수 있었겠는가? 유배 시절의 명저로 손꼽히는 『목민심서』 등 여러 글이 그의 유배 생활 18년 중 마지막 5년간에 모여 있다는 사실도 그냥 흘려버릴 일이 아니다. 나는 그가 바로 이 동암에서 심심풀이로 쓰고 그린 두 폭의 서화를 소개한다. 그중 고려대학교박물관에 소장되어 있는 「매조도(梅鳥圖)」는 정약용이 1813년 7월 14일 다산동암에서 그리고 썼다는 것으로 그림 아래쪽에는 그의 독특한 '북엇국 백반체'로 다음과 같이 쓰여 있다.

파르르 새가 날아 내 뜰 매화에 앉네   翩翩飛鳥 息我庭梅

향기 사뭇 진하여 홀연히 찾아왔네   有烈其芳 惠然其來

이제 여기 머물며 너의 집을 삼으렴   爰止爰棲 樂爾家室

만발한 꽃인지라 그 열매도 많단다   華之旣榮 有蕡其實

외로움을 달래고자 날아든 새에게조차 함께 살자고 조르는 정약용의 심사를 알 만도 한데 그 옆에 쓰여 있는 이 그림과 글씨의 사연이 더욱 쓸쓸하다.

내가 강진에서 귀양살이한 지 수년 됐을 때 부인 홍씨가 헌 치마 여 섯 폭을 부쳐왔는데, 이제 세월이 오래되어 붉은빛이 가셨기에 가위 로 잘라서 네 첩(帖)을 만들어 두 아들에게 물려주고 그 나머지로 이 족자를 만들어 딸아이에게 준다.

余謫居康津之越數年 洪夫人寄敝裙六幅 歲久紅渝 剪之爲四帖 以遺二子 用其餘 爲小障 以遺女兒

매화가지에 앉은 새의 그림 또한 그 애절한 분위기가 어느 전문화가 도 흉내 못 낼 솜씨로 되어 있다. 붓의 쓰임새가 단조롭고 먹빛과 채색의 변화도 구사되지 못했건만 화면 전체에 감도는 눈물겨운 애잔함이란 누 구도 흉내 못 낼 것 같다. 그래서 나는 예술은 감동과 감정에 근거할 때 제빛을 낼 수 있다고 믿는 것이다. 그리고 그 감정은 깊고 오랜 것일수록 좋다고. 나는 미술대학에서 학생들을 가르치다보니 이따금 실기실을 둘 러보게 되는데, 어느 날 갑자기 그림이 좋아지는 학생을 간혹 발견한다. 그런 경우 열 중 아홉은 실연당한 학생이었다.

정약용이 다산동암에서 쓴 또 다른 작품은 일기체로 된 소폭 서첩이

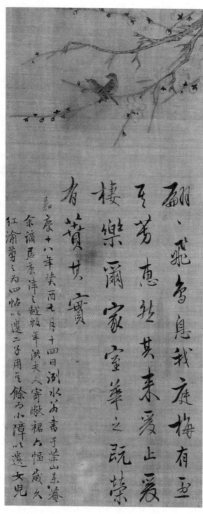

翻翻飛鳥息我庭梅有
其芳蕙貽其來爰止爰
棲樂爾家室華之旣榮
有蕡其實

嘉慶十八年癸酉七月十四日洌水翁書于茶山東菴
余謫居康津之越數年洪夫人寄橄裙六幅歲久
紅渝剪之為四帖以遺二子用其
餘為小障以遺女兒

| 정다산의 「매조도」 |　아내가 보내준 치마를 오려 장첩(障帖)을 만들어
딸을 위해 그림과 글씨를 쓴 애절한 사연이 담겨 있다.

다. 그중 다음에 소개하는 글을 읽으면 그분의 서정 어린 낭만이 너무도 고고하게 표현되어, 유배객의 심사처럼 느껴지지 않기도 한다.

9월 12일 밤, 나는 다산의 동암에 있었다. 우러러보니 하늘은 적막하고 드넓으며, 조각달이 외롭고 밝았다. 떠 있는 별은 여덟아홉에 지나지 않고 앞뜰엔 나무 그림자가 하늘하늘 춤을 추고 있었다. 옷을 주워 입고 일어나 걸으며 동자로 하여금 통소를 불게 하니 그 음향이 구름 끝까지 뚫고 나갔다. 이때 더러운 세상에서 찌든 창자를 말끔히 씻어버리니 이것은 인간 세상의 광경이 아니었다.

九月十二之夜 余在茶山東菴 仰見玉宇寥廓 月片孤淸 天星存者 不逾八九 中庭藻荇滿舞 振衣起行 令童子吹簫 響徹雲際 當此之時 塵土腸胃 洗滌得盡 非復人世之光景也

천일각에서 구강포를 바라보며

다산초당을 찾은 답사객은 어둡고 습한 초당에 오래 머물지 못한다. 너나없이 동암 바로 옆에 있는 천일각(天一閣)으로 빠져나가 거기서 멀리 훤하게 내려다보이는 구강포를 바라보며 쾌재를 부른다. 그 풍광의 시원한 눈맛이란 가보지 않은 자에겐 설명할 길이 없다.

정약용 유배 시에 천일각 건물이 없었다. 다만 그분도 독서와 저술에 지치면 초당과 동암을 나와 이 자리 어느 그루터기나 바윗등에 앉아 속마음을 후련히 씻어주는 바다를 보며 생각에 잠기기도 했을 것 같다. 이제는 세상의 편의가 있어 그 자리에 넓고 편한 정자가 세워졌으니 우리는 거기에 앉아 긴 난간에 기대어 그분을 위한 묵상에 잠겨볼 일이다.

나는 이 글을 쓰면서 다산 정약용을 어떻게 말할 것인가 무던히 고심

했다. 사실 나 또한 이 시대 대부분의 지식인처럼 다산 정약용을 존경하고 사모한다. 만약 단군 갑자 이래 이 땅의 가장 존경받을 인물을 꼽는 한국갤럽의 사회조사가 있다면 '학삐리' 사회에서는 그분이 단연코 1등을 차지할 것이다. 그분을 알기 위한 몇 권의 필독서가 있다. 송재소 번역의 『다산시선』(창비 1981; 개정증보판 2013), 박석무 번역의 『다산산문선』(창비 1985; 개정증보판 2013), 윤사순 편의 『정약용』(고려대출판부 1990), 박석무 저 『다산기행』(한길사 1988), 최익한 저 『실학파와 정다산』(청년사 1989) 등의 책과 이이화의 「목민철학의 이론가」 같은 논문을 읽어보면 정다산의 모습이 제각각이다. 세상에는 "다산을 모르는 사람도 없지만 다산을 아는 사람도 없다"는 말이 맞다는 생각이 든다. 그분이 지닌 인간적 총체성은 어디로 가고 자기 전공에 따라서 실학자도 되고, 사상가도 되고, 경륜가도 되고, 경학자(經學者)도 되고, 심지어는 천주학 했던 사람도 되고 또 의학자, 약학자, 음악가까지 되는가? 이런 판국에 내가 무슨 소리를 어떻게 들으려고 다산을 아는 척하겠는가? 그래서 나는 내 전공대로 그분의 글씨와 그림만 얘기하고 지나갔던 것이다.

다만 일찍이 위당(爲堂) 정인보(鄭寅普) 선생이 "다산 선생 한 사람에 대한 연구는 곧 조선사의 연구요, 조선 근세사상의 연구요, 조선혼의 밝음과 가리움 내지 조선 성쇠존망에 대한 연구이다"라고 설파한 것, 갑오농민전쟁 때 동학군이 선운사 마애불 배꼽에서 꺼냈던 비기(秘機)는 곧 『목민심서』였다는 전설, 심지어는 베트민의 호치민(胡志明)이 부정과 비리의 척결을 위해서는 조선 정약용의 『목민심서』가 필독의 서라고 했다는 이야기가 전하고 있으니, 이런 것을 그분 위대함의 보론으로 삼고 싶다.

다산이 후대에 끼친 영향은 학술적인 면뿐만 아니라 실천적·경세적 측면에서도 두드러진다. 전두환 대통령도 해외 출장 때에는 그 어려운 책, 그래서 나 같은 천학은 몇 장 넘겨보지도 못한 『목민심서』를 비행기

| **천일각에서 바라본 구강포** | 강진만을 내려다보는 시원스러운 전망이 있기에 다산초당은 여기에 자리잡은 것이었다.

안에서 기자들 보는 데서 열심히 읽었다는 사실, 한준수 연기군수의 관권 총선 비리 폭로장은 「목민일기」였다는 사실로써 충분치 않은가?

윤한봉의 눈물 한 방울

나는 다산을 잘 모른다고 할 수밖에 없지만 몰라도 가르쳐야 하는 것이 선생이다. 나는 조선시대 미술사를 가르칠 때면 반드시 정조시대의 미술 끝에, 그러니까 18세기의 마지막과 19세기의 첫머리를 가르는 상징적 유물로 정약용의 「매조도」를 보여준다. 1800년은 묘하게도 정조가 죽은 해고 다산이 유배 가는 해인 것이다. 그러고는 천일각에서 내려다본 구강포의 슬라이드를 비추면서 19세기의 정치·사회적 변화를 설명한다.

1987년 내가 미국 아시아문화재단 초청으로 미국 내 박물관을 두루 돌아다니고 있을 때 뉴욕에 있는 윤한봉으로부터 한청련에서 강연해달라는 부탁을 받았다. 그때 나는 80년대 한국의 민중미술에 대해 슬라이드 강연을 갖고, 그 이튿날은 쉽게 말해서 간추린 한국미술사를 역시 슬라이드로 강의했다. 거기도 물론 천일각에서 본 구강포의 풍경이 들어 있었다.

  강의가 끝나자 그 독하고 심지 굳기로 유명한 윤한봉이 내게 다가와 거의 눈물 한 방울을 머금은 채 손을 잡으면서 "고맙네. 자네 덕에 내가 미국으로 밀항 온 후 6년 만에 처음으로 고향 땅을 보았네"라고 말하는 것이었다. 윤한봉, 그의 이름을 기억 못 하는 사람은 나이가 어리거나 세상을 너무 쉽게 산 사람이다. 광주민중항쟁의 주모자로 지목되어 수배 중 화물선 갑판 밑 의무실 화장실에서 37일간 라면 부스러기로 연명하며 드디어 미국 밀항에 성공한 분이다. 그는 미국에서도 민족학교와 한청련을 조직하여 조국의 민주화와 통일을 위한 해외동포운동에 전념하고 있었던 것이다.

  윤한봉의 떨리는 목소리를 듣는 순간, 나는 그가 강진군 칠량 사람인 것이 생각났다. 그리고 천일각에서 구강포 바다 너머 보이는 산마을이 곧 칠량 땅이었으니, 그는 정말로 고향을 볼 수 있었던 셈이다.

  세월이 흘러 5공화국이 6공화국으로 넘어와 이제는 7공화국을 눈앞에 두고 있건만, 그리고 광주민중항쟁은 사회적으로 행정적으로 정치적으로 복권되었건만, 그는 아직도 고국에 돌아오지 못하고 있다. 『한겨레』에서 전한 바에 의하면 한국대사관에서 비자 발급을 해주지 않는다는 것이다. 그가 올 수 있는 길은 또다시 밀항밖에 없는 것인가? 지금 세상에도 이런 일이 아직도 있을 수 있느냐고 말하는 분이 있다면 그분은 세상을 아주 순진하게 살고 있는 분이다.

윤한봉의 눈물 한 방울. 그로 인해 천일각은 내게 더욱 숙연한 곳이 되었다.

1992. 5. / 2011. 5.

* 초판에서 나는 강진 땅에 갈 때 "언제나 남도장여관에 여장을 풀고 해태식당에서 저녁을 먹는다"고 했으나, 지금은 전혀 그렇지 않다. 책 쓸 당시만 해도 강진엔 버스 한 대의 45명을 수용할 여관이 거기밖에 없었지만 지금은 시설 좋은 새 여관이 즐비하다. 해태식당은 주인이 바뀌었다. 그리고 서울의 인사동 영희네집도 주인이 바뀌었다. 먼젓번 주인인 '영희 언니'는 나 때문에 손님이 너무 많이 몰려들어 힘들어서 그만두었다고 한다. (2016년 현재 인사동 '영희네집'은 영업을 그만두었다.)

* 토하젓은 민물새우(土鰕)로 담그는 젓갈인데 강진 시장에서 살 수 있다. 그런데 강진 시장의 한 주인아주머니는 내가 토하젓 한 바가지를 사려고 하니까 '옴천 것'이 아니라며 팔지 않았다. 강진 시장에서 판다고 다 강진 토하젓이 아니고 옴천면 맑은 물에서 잡은 옴천 토하젓이 진짜라는 것이다.

* 다산의 부인 홍씨가 보내주었다는 치마가 빛바랜 붉은색이었다는 것은 시집올 때 입은 녹의홍상(綠衣紅裳)일 가능성이 크다. 2006년에 다산의 이 '하피첩(霞皮帖)'이 200년 만에 새로 공개되어 화제를 모으기도 했다. 전문가들 사이에서는 그것이 진품이냐 아니냐를 놓고 의견이 엇갈리고 있지만, 붉은 치마에 깃든 사랑의 정만큼은 뜨겁게 느껴진다.

* 윤한봉은 결국 1993년 8월 17일에 귀국하여 광주에서 활동하다가 2007년 지병으로 작고하여 국립5·18민주묘지에 묻혔다.

세상은 어쩌다 이런 상처를 남기고

만덕산 / 백련사 / 녹우당 / 윤고산 유물전시실 / 대흥사 유선여관

만덕산 저편 백련사

다산초당 천일각에서 만덕산 허리춤을 세 굽이 가로질러 백련사에 이르는 산길은 늦은 걸음이라도 30분 안에 다다를 수 있는 쾌적한 등산길이다. 등산길이라기보다 산책길이라는 표현이 더 어울릴 이 오솔길은 그 옛날 나무꾼이 다니던 아주 좁은 산길로 정다산이 강진 유배 시절 인간적·사상적 영향을 적지않이 서로 주고받았던 백련사 혜장(惠藏, 1772~1811)스님을 만나러 다니던 길이다.

나무꾼도 길손도 없는 요즘에 와서는 나 같은 답사객이나 일없이 넘어가는 길이 되어 한여름이면 키 큰 억새를 헤치고 칡넝쿨 끊으며 새 길을 열어야 되지만, 길은 외길인지라 잃을 리 없고, 산은 육산인지라 발끝이 닿는 촉감이 사뭇 부드럽다.

| **만덕산 넘어가는 길** | 다산초당에서 백련사로 넘어가는 산길은 구강포와 아랫마을이 한눈에 들어오는 아름다운 산책길이다.

　전형적인 조선의 야산으로 소나무, 참나무, 진달래가 흩어치는 박수처럼 어지러운 가운데 그 나름의 질서가 있고 발목에 스치는 이름 모를 풀포기들이 낯설지 않아 당신의 고향 땅이 어디든 여기는 잃어버린 향토적 서정의 한 자락을 상기시켜줄 것이다.

　산허리 한 굽이를 넘어서면 시야는 넓게 펼쳐지면서 구강포 너른 바다가 한눈에 들어오고 산자락 끝 포구 가까이로는 아직도 비탈을 일구어 밭농사 짓고 있는 여남은 채 농가의 정경이 그렇게 안온하게 느껴질 수가 없다.

　만덕산의 봄은 내가 이 책 첫머리에서 끝없는 예찬을 보냈던 남도의 원색, 조선의 원색을 가장 극명하게 보여준다. 구강포의 푸른 바다, 아랫마을 밭이랑의 검붉은 황토, 보리밭 초록 물결 사이로 선명히 드러나는 노오란 장다리꽃·유채꽃 밭, 소나무 그늘에서 화사한 분홍을 발하는 진달래꽃, 돌틈에 소담하게 자라 다소곳이 고개 숙인 야생 춘란의 고운 얼굴, 그리하여 백련사 입구에 다다르면 울창한 대밭의 연둣빛 새순과 윤기 나는 진초록 동백잎 사이로 점점이 붉게 빛나는 탐스러운 동백꽃, 거기에 산새는 잊지 않고 타관 땅 답사객을 맞아주었다.

그런 만덕산에 3년 전 솔껍질깍지벌레떼가 엄습하여 소나무란 소나무는 모조리 전멸시켜버리고 말았다. 올봄(1992) 내가 다시 여기를 찾았을 때 이미 고사목이 되고 만 만덕산 소나무들이 아직 편히 누울 자리를 찾지 못하여 앙상한 뼈마디로 하늘을 향해 애절한 손짓을 보내는 처참한 광경만 볼 수 있었다.

그리고 나를 더욱 슬프게 한 것은 솔껍질깍지벌레를 죽이겠다고 헬리콥터로 무절제하게 뿌린 살충제 때문에 결국에는 산새와 들짐승부터 벌·나비까지 완전히 사멸시켜버린 것이다. 그리하여 만덕산엔 더 이상 산새가 울지 않게 되었고 빈산엔 가득한 적막만이 감돈다. 솔밭과 산새가 사라진 만덕산의 봄, 그것은 마치 외할머니 돌아가신 외가를 찾는 듯한 허전함으로 다가왔다.

백련사 가람배치의 불친절성

백련사(白蓮寺)는 읍내가 가까운 절집답게 크도 작도 않은 규모로 만덕산 한쪽 기슭 남향밭으로 자리잡고 있다. 해안변에 바짝 붙어 있는 절인지라 강화도 정수사, 김제의 망해사처럼 바다를 훤히 내다보는 호쾌한 경관도 갖고 있다. 게다가 서산 개심사 못지않은 정갈한 분위기도 갖추고 있어서 이 조용한 절집을 찾은 사람을 결코 실망시키지 않는다.

그러나 백련사는 우리나라 사찰 중에서 예외적으로 다소는 위압적인 가람배치를 하고 있다는 인상을 준다. 의젓한 풍모를 과시하는 자태가

| 백련사 전경 | 백련사의 가람배치는 앞쪽에 만경루가 육중하게 가로막고 있어서 위엄과 권위를 앞세운 느낌을 준다.

때로는 오만하게 느껴질 정도로 불친절한 인상마저 주는 곳이다. 같은
답사 코스에 들어 있는 해남 대흥사 같은 절은 그 규모가 백련사의 몇 배
도 더 되는 대찰임에도 절집에 당도하면 사람을 포근하게 감싸주는 따
뜻함이 있건만 백련사는 당우(堂宇)라고 해봤자 대여섯 채밖에 안 되는
데 그 외관에서 풍기는 인상은 마치 거구와 마주 대하는 듯한 위압감이
있다. 나는 그 이유가 무엇인가를 곰곰이 따져보았다.

　백련사의 불친절성은 그 가람배치의 특수성에 있는 것이 분명하다.
구강포 아랫마을에서 보리밭 지나 동백나무숲을 빠져나오면 백련사 초
입의 넓은 마당이 나오는데, 천왕문이라도 있음 직한 이 자리엔 아무런
축조물이 없이 저 위편에 장대한 규모의 만경루(萬景樓)가 우리의 시야
를 가로막는다. 만경루는 게다가 아래층 벽면은 무슨 창고나 되는 양 널

76

빤지로 굳게 막혀 있다. 뜰 앞에 해묵은 배롱나무가 있어서 그 답답함을 조금은 순화시켜주지만 그로 인한 위압감이 사라지는 것은 아니다.

더욱이 절 안쪽으로 유도되는 길의 배치를 보면 만경루를 완전히 감싸고 돌아 그 앞모습, 옆모습을 다 본 다음에야 대웅전 안뜰로 들어서게 되는데 대웅전 또한 높은 축대 위에 팔작다포집으로 하늘을 향해 날개를 편 듯한 형상으로 우뚝 서 있고, 그 정면에는 계단이 없으므로 또다시 저쪽 옆으로 빙 돌게끔 되어 있다. 산비탈에 절집을 짓자니 그럴 수밖에 없지 않았겠느냐고 반문할 사람도 있을 것 같다.

그러나 비슷한 구조이지만 안동 봉정사(鳳停寺)의 경우 누마루 밑을 계단으로 뚫어 그것을 정문으로 삼고, 그 길은 앞마당에서 대웅전으로 연결되어 있어 가지런한 돌계단을 밟으며 곧장 부처님 품 안으로 들어갈 수 있다. 그에 비해 백련사는 방문객을 빙빙 돌려가면서 고등학교 훈육주임처럼 우리를 감시하고 있는 것이다.

그래서 남도답사 일번지를 오게 되면 나는 나의 학생들에게 어제 본 월출산 무위사는 조용한 선비풍의 단출함이 느껴지는 반면에 만덕산 백련사는 기골이 장대한 무인의 기상이 풍긴다는 식으로 해설하곤 한다. 아닌 게 아니라 백련사에는 얼마 전까지만 해도 무술을 하는 스님이 있었고 절집의 내력도 무인과 인연이 남달리 깊었다.

백련사의 흥망성쇠

백련사의 내력은 정다산이 제자들과 찬술한 「만덕사지」, 중종 때 명문장 윤회(尹淮)가 지은 「만덕산 백련사 중창기」 그리고 지금 백련사에 남아 있는 조종저(趙宗著, 1631~90) 찬의 '백련사 사적비' 비문이 남아 있어 소상히 알 수 있다.

기록에 의하면, 839년 구산선문 중 하나인 충남 보령 성주사문을 개창했던 무염(無染)선사가 창건했다고 하니, 신라 말기에 지방 호족들이 큰스님을 초치하여 산간벽지에도 절을 세우던 그 시절에 그런 사연으로 세워진 것이다. 한반도의 끄트머리 강진 땅의 백련사가 이러한 지방 호족 발원의 작은 절집에서 역사의 전면으로 부상하게 되는 것은 13세기 초 무신정권이 들어선 때의 얘기다.

군사쿠데타에 의해 정권을 장악한 무신정권은 그들의 지배 이데올로기를 받쳐줄 사상의 강화 내지는 재정비 작업에 착수하게 되는데 여기에 부응한 불교계의 동향이 이른바 결사(結社)운동이었다. 훗날 보조국사가 된 지눌(知訥, 1158~1210)스님이 조계산 송광사에서 수선(修禪)결사를 맺으며 선종을 개혁하여 조계종을 확립하던 바로 그 시점에, 지눌의 친구이기도 했던 원묘(圓妙, 속명 서료세徐了世)스님은 백련결사를 조직하면서 천태종의 법맥을 이어간다.

원묘는 지방 호족으로 최씨정권과 밀착해 있던 강진 사람 최표, 최홍, 이인천 등의 후원을 받아 1211년부터 7년간의 대역사 끝에 80여 칸의 백련사를 중건하고 사람을 모으니 그의 제자 된 중만도 38명, 왕공·귀족·문인·관리로 결사에 들어온 사람이 300명이었다고 한다. 그것만으로도 백련사의 당당한 위세를 알 만도 한데 이후 120년간 백련사에서는 8명의 국사가 배출되었으니 그것은 백련사의 화려한 영광이 아닐 수 없다.

그러나 세월이 흘러 왕조의 말기 현상이 드러나고 왜구의 잦은 침략이 극에 달하여 급기야 해안변 40리 안쪽에는 사람이 살 수 없는 지경에 이르고 보니 강진만에 바짝 붙어 있는 백련사도 어쩔 수 없이 폐사가 되고 말았다. 그 무렵 백련사에서 구강포 맞은편에 자리잡고 있던 사당리 고려청자 가마도 문을 닫아버렸으니 강진 땅의 성대한 모습은 고려왕조의 몰락과 함께 허물어져버린 것이었다.

조선왕조가 들어선 이후 강진 땅엔 다시 사람들이 들어와 정착하게 되었고 왜구의 준동도 사라졌지만 숭유억불 정책 속에 백련사를 중창할 스님이나 토호는 없었다. 그러나 임진왜란이 끝난 후 조선 불교가 민간 신앙으로 크게 중흥하게 되어 금산사 미륵전, 법주사 팔상전, 화엄사 각황전 같은 거대한 법당이 세워지는 열기 속에서 백련사에는 행호(行乎) 스님이 나타나 효령대군이라는 왕손의 후원으로 중창을 보게 된다. 지금 백련사 종루가 세워진 뒤쪽 넓은 터에 우뚝 서 있는 '백련사 사적비'는 그때 세워진 것으로, 글은 당시 홍문관 수찬을 지내고 있던 조종저가 찬하고 글씨는 당시 왕손 중에서 명필 소리를 듣던 낭선군(郞善君) 이우(李俁)가 쓰고, 비액의 전(篆)은 그의 동생인 낭원군(郞原君) 이간(李偘)이 쓴 것이다. 다만 받침대 돌거북과 머리지붕은 원래 이 자리에 있던 원묘국사비(명문장 최자崔滋의 글임)가 깨져 없어지고 나뒹굴던 그것을 그대로 사용하였다.

행호스님은 백련사를 중창하면서 또다시 왜구의 침입이 있을 시 자체 방어를 위하여 절 앞에 토성을 쌓았다고 하는데 그것은 훗날 행호산성이라 불리게 되었고 지금은 그 자리에 해묵은 동백나무가 숲을 이루고 있다.

행호스님 이후 백련사는 그런대로 사맥을 유지하여갔으나 1760년 화재로 수백 칸을 다 태우고 2년에 걸친 역사 끝에 오늘의 모습을 갖추게 되었다. 만경루와 대웅보전에 당대의 명필 원교(圓嶠) 이광사(李匡師)의 글씨가 걸리고 대웅전에는 후불탱화와 삼장탱화가 봉안된 것이 모두 그때의 일이다. 그리고 정다산이 강진으로 유배 올 당시는 혜장스님이 주석하고 있었는데, 혜장은 대흥사 12대강사(大講師)로 기록되고 있는 큰 스님이었다.

동백숲 지나 밀밭 사이로

백련사에 오르면 반드시 대웅전 기둥에 기대서서 강진만을 바라보든지 스님의 용서를 받고 만경루에 올라 누마루에 앉아 창밖을 내다보아야 이 절집의 참맛을 알게 된다. 백련사 만경루를 답사객에게 불친절하게 보일 정도로 가파른 비탈을 이용하여 세운 이유는, 바로 만덕산 산자락에서 구강포로 이어지는 평온한 풍광을 끌어안기 위함이었던 것이다.

절집이건 서원이건 여염집이건 우리는 관객의 입장이 아니라 사용자의 입장에서 그 집을 살펴야 그 건축의 본뜻을 알게 된다. 그리고 바로 이 점, 남에게 으스대기 위하여 치장하는 것이 아니라 사용자의 편의에 입각하여 배치할 줄 아는 당연한 슬기를 이 시대 우리는 마땅히 배워야 한다.

이제 백련사를 떠나야 할 시간이 되었다. 백련사 만경루를 다시 빙 돌아 앞마당으로 내려오면 우리는 장대한 동백나무숲 한가운데로 난 길을 걸어내려가게 된다. 3,000평(9,917제곱미터) 규모의 이 울창한 동백숲은 천연기념물 제151호로 지정된 조선의 자랑거리로 고창 선운사의 동백숲보다도 훨씬 운치가 그윽하고 연륜도 깊다. 모든 것을 다 떠나서 이 동백꽃을 구경할 목적만으로 백련사를 찾아올 만도 한데, 그 시기는 동백꽃이 반쯤 겨울 때, 그리하여 탐스러운 꽃송이가 목이 부러지듯 쓰러져 나무 밑 풀밭을 시뻘겋게 물들이고 상기도 피어 있는 꽃송이들이 홍채를 잃지 않은 3월 중순께가 좋다.

그러나 떨어진 동백꽃을 비켜가며 노목이 된 동백나무 줄기를 쓰다듬으며 숲길을 산책하던 답사의 행복을 이제 우리는 갖지 못하게 되었다. 1990년 당국에서는 이 동백숲길에 장중하고도 장중한 강철 울타리를 군세고도 군세게 박아놓았다. 그리고는 철책을 넘어 들어가면 엄벌에 처한다는 반(半)공갈조의 경고문을 동백꽃보다도 붉은 빛깔로 선명하게 써

| **백련사 사리탑** | 전형적인 조선시대 승탑으로 동백숲 속에 아담하게 자리하고 있다.

놓았다. 이것은 훗날 틀림없이 20세기 후반의 뚜렷한 유적이 될 것 같다.

백련사 아랫마을로 내려가는 언덕배기 밭이랑에는 언제고 봄이면 밀을 심어놓는 곳이 있다. 요즘 우리 주변에서 밀밭을 구경한다는 것은 목화밭을 보기만큼이나 어렵게 되었다. 해마다 수입해오는 밀가루가 천문학적 수치이지만 거의 사라져버린 것이 밀농사다. 그러니 요즘 학생들이 밀밭을 본들 그것이 밀밭인지 알 리 없다. 한번은 백련사에서 내려오는 길에 밀밭 앞에서 두 학생이 주고받는 말에 나는 경악과 폭소를 금치 못했던 일이 있다.

"얘, 이게 대나무 묘목인가보다. 백련사 대밭을 이렇게 키우는 게지?"

"아니야! 아까 본 대나무는 왕죽(王竹)이고 이건 세죽(細竹)이야. 미

술사 시간에 배웠잖아. 바람에 날리면 풍죽(風竹), 비 맞아 축 처지면
우죽(雨竹) 하면서."

고 녀석들 문잣속이나 깊지 않았으면 귀엽기라도 했을 것이다.

해남 윤씨 부귀의 내력

강진 백련사에서 해남까지는 50릿길. 버스로 30분이면 우리는 국토
의 끄트머리에 있는 마지막 읍내로 들어서게 된다. 지금 내 머릿속에 감
도는 해남의 인물이라면 모두가 예술인이다. 여성 시인 고정희, 건강한
시의 모범을 보여주고 있는 김준태, 혁명가적·지사적 오롯함의 김남주,
80년대식 감성주의 황지우…… 이들의 고향이 해남이다. 게다가 시인
김지하, 소설가 황석영이 80년대 초 한때는 여기로 낙향하여 그들의 자
랑스러운 문학적 성과물을 생산해낸 곳이기도 하니 예향을 자부하는 해
남이 우리 현대문학사에서 차지하는 무게는 그 근수를 넉넉히 잴 수 있
을 것 같다. 세월을 거슬러 올라가 보면 국문학사에서 빛나는 한 장을 차
지하는 고산(孤山) 윤선도(尹善道, 1587~1671)와 조선 후기 속화(俗畫) 양
식을 제시한 선비화가 공재(恭齋) 윤두서(尹斗緖, 1668~1715)가 있었으니
지금 우리는 그들의 고택을 찾아가는 길이다.

해남읍에서 대흥사 쪽으로 꺾어지면 자못 넓은 들판을 달리게 되는데
여기를 삼산벌이라고 부르고 행정구역으로도 삼산면이다. 태백산에서 출
발하여 소백산, 속리산, 덕유산, 지리산을 이루며 호기 있게 치닫던 노령산
맥의 끝자락이 망망한 남해바다를 내다보고는 급브레이크를 밟아 주춤거
리면서 이루어낸 분지평야가 삼산벌이며 문득 정지한 지점이 두륜산이다.

차창 밖으로 내다만 보아도 풍요로움이 가슴에 와닿는 이 삼산벌 논

| 윤고산 고택 | 해남 윤씨의 종가로 고산 윤선도와 공재 윤두서를 배출한 유서 깊은 고가다.

밭의 소유자가 지금 누구인지 나는 알 턱이 없다. 그러나 그 옛날 호남의 대부호 해남 정씨의 땅에서 해남 윤씨의 소유로 넘어가는 과정을 생각하면 자본의 생리와 자본집중 논리의 무서운 힘을 엿보게 된다.

요즘 우리 사회의 상속 제도를 보면 자손에게 차등 분배하는 것이 민법상의 규정인 모양인데, 이전에는 장자상속과 자손균분이 병존하였다. 집안마다 다르기는 했지만 임진왜란을 경계로 자손균분에서 장자상속으로 넘어갔고 국가의 토지 정책도 자작소농제가 아닌 대토지소유제를 택하였으니 토지에 의한 자본집중과 팽창은 임란 이후의 현상이라는 것이 농업경제사의 설명이다.

임란 이전에 삼산벌의 주인은 해남 정씨였다. 그러나 선대의 예에 따라 자손균분의 상속으로 이 땅은 해남 윤씨에게 시집간 딸에게 떼어주게 되었다. 처갓집 덕분에 큰 부자가 된 어초은(漁樵隱) 윤효정(尹孝貞)은 일찍이 장자상속을 시행하고 이것을 윤씨 집안 만대의 유언으로 남기어 해남 윤씨의 자산은 눈덩이처럼 불어나게 되었다. 이리하여 신흥 갑부가 된 해남 윤씨 집안은 이 재력을 바탕으로 하여 인물을 배출하기 시작하니 어초은의 4대손에 이르면 고산 윤선도라는 걸출한 인물이 나오고 그의 증손자 대에는 공재 윤두서가 배출되었다. 윤고산이 정치적으로 남인이었기 때문에 그의 후손들은 노론이 주도하는 18, 19세기 정국에서 소외되어 정치적으로 큰 인물이 나오지 못했다. 하지만 장자상속의 해남 윤씨 재산만은 유지되어, 윤고산 13대손에 이르면 자유당 국회의원을 지낸 윤영선(尹泳善, 1904~97)이 이 집안 장손으로 종갓집을 지켜왔다. 이 풍요로운 삼산벌을 지날 때면 나는 창밖을 물끄러미 내다보면서 엷은 졸음을 떨쳐버리고 이런저런 생각에 잠겨보곤 한다.

녹우당과 유물전시관

삼산벌을 가로질러 3킬로미터쯤 가다보면 왼편으로 '고산 윤선도 고택'이라는 표지판이 나오는데 여기서 1킬로미터쯤 깊숙이 자리잡은 마을이 바로 연동마을이며, 연동마을 제일 안쪽 울창한 비자나무숲에 덮인 덕음산 바로 아래에 해남 윤씨 종갓집이 자리잡고 있다.

차를 타고 들어가면 연동마을을 지나 넓은 주차장이 있고, 마주 보이는 곳에 수령 500년, 높이 20미터의 은행나무가 예쁜 기와돌담을 배경으로 서 있어 이 집의 연륜을 증언해준다. 요즈음 수리공사가 한창인 이 집은 ㅁ자형으로 호남 지방의 한 양반 가옥이라 할 것이나 우리가 건축적으로 살펴보아야 할 그 무엇이 따로 있는 것은 아니다. 다만 사랑채와 안채가 따로 떨어지지 않아서 갑갑한 느낌이 들기도 한다. 혹시 서울에 비

| 녹우당 현판 | 옥동 이서의 글씨다. 옥동은 윤공재의 친구이자 성호 이익의 형님으로 동국진체(東國眞體)의 원조로 불리고 있다.

해 바깥양반의 손님이 적었던 탓으로 사랑채를 독립시키지 않았나보다라는 생각을 가볍게 해본 적이 있다.

이 집 사랑채는 고산 윤선도가 이럭저럭 30년 유배 끝에 환갑이 넘어다시 관직에 들어갔을 때 효종이 왕세자 시절 사부였던 윤고산에게 수원에 사랑칸 한 채를 지어 하사해준 것을 훗날 여기로 옮긴 것이다. 그 당호를 녹우당(綠雨堂)이라고 한 것은 천연기념물로 지정된 뒷산의 비자나무가 한줄기 바람에 스치면 우수수 봄비 내리는 소리처럼 들렸다고해서 붙인 것이다. 이 녹우당 편액(扁額)은 윤공재의 친구이자 성호 이익의 이복형인 옥동(玉洞) 이서(李漵)의 글씨이다. 그는 당대의 명필로 서결(書訣)까지 지었고, 중국과 다른 민족적 서체인 동국진체(東國眞體)의원조인 분이다.

녹우당 뜰로 올라가면 이 집안을 일으킨 어초은과 고산의 위패를 모신 사당이 있다 하나 내 발길이 거기까지 간 적은 없다. 녹우당이 녹우당으로 우리를 여기까지 부른 것은 윤고산, 윤공재가 있었기 때문이며 이들이 남긴 예술적·문화적 위업은 지금 녹우당 앞 양옆의 유물관리실과유물전시실에서 살필 수 있으니 거기로 가면 된다.

해남 윤씨 유물전시관이 처음 세워진 것은 1979년, 그후 1986년에 해

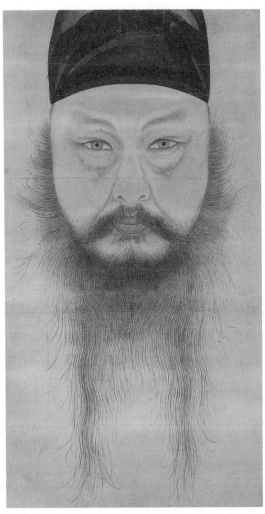

| 공재 윤두서의 자화상 | 초상화 왕국이라 불릴 조선시대의 뛰어난 초상화 중에서도 최고의 명작으로 손꼽히는 작품이다. 국보 제240호로 지정되었다.

남군에서 지금의 관리소를 짓고 유물을 전시·관리해왔는데, 작년에 새로 전시관을 따로 지어 현재는 주차장 왼편은 관리실, 오른편은 전시실로 되어 있다. 두 건물 모두 한옥 형식의 양옥으로 전통 속에 현대적 기능을 집어넣은 것인데, 전시관은 누구의 설계인지 참하고 아담하게 잘 지어졌지만, 해남군의 관리소는 박정희시대부터 육영수가 그렇게 좋아했다는 미색 수성페인트를 발라놓은 '공무원표 표준설계'로 되어 있어 향토적 정취가 없는 데다 주변의 풍경과는 어울리지 않아 안타깝게 한다. 게다가 높이 솟은 국기게양대에는 항시 새마을 깃발이 창공에 나부낀다.

유물전시관에는 보물로 지정된 노비 문서, 역시 보물로 지정된 윤고산의 육필 원고 중『금쇄동기(金鎖洞記)』『산중신곡(山中新曲)』등이 전시되어 있다. 특히『산중신곡』첩 중에 "내 벗이 몇인고 하니 수석과 송죽이라 동산에 달 오르니 긔 더욱 반갑고야……"로 시작되는 유명한「오우가(五友歌)」가 펼쳐져 있어 고등학교 국어책이 생각나서 정말로 반갑고, 또 힘차며 맵시 있는 중세 한글 서체의 멋이 눈맛을 상큼하게 해준다.

그리고 이 유물관이 자랑하는 또 다른 유물은 국보 제240호로 지정된 공재 윤두서의 자화상과 보물로 지정된 윤공재와 그의 아들 윤덕희, 손자 윤용의 3대 작품을 모은『가전화첩(家傳畵帖)』인데, 아뿔싸! 이게 어찌된 일인가. 이들이 지금 전시해놓은 것은 진품이 아니라 사진복제품이었다. 관리소가 없고 전시실이 없다면 그럴 수도 있겠지만 새마을 깃발이 우렁차게 펄럭이는 관리소가 코앞에 있으면서 사진 조각을 전시해놓는단 말인가.

말하지 않아도 왜 그랬는지 나는 알고 있다. 1990년, 이 집 유물 중 공재 윤두서의 작품으로 잘못 알려진 다 낡은「미인도」를 도난당했다. 그것이 거치고 거쳐 부산의 어느 화상 손에 넘어갔는데, 이 화상은 아무것도 모르고 그림을 좋게 수복(修復)하여 비싼 물건으로 살려볼 요량으로

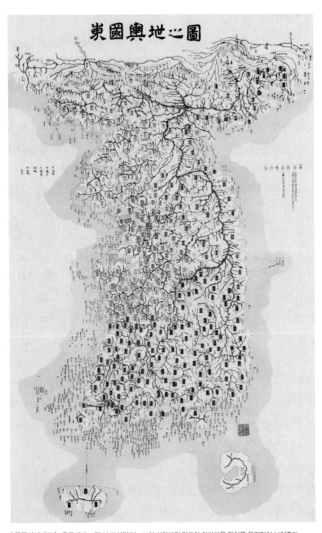

| **동국여지지도** | 윤공재가 그린 이 조선전도는 그의 실학자적 면모와 화가다운 필치를 유감없이 보여준다.

일본의 유명한 표굿집에 맡겼다가 이것이 장물인 것을 뒤늦게 알게 됐다. 부랴사랴 「미인도」는 반환되었고 화상들은 줄줄이 끌려들어갔는데 구속된 화상들이 일본으로 빼돌렸다는 자백을 받으려는 경찰의 고문과 구타를 폭로하여 세상이 시끄러워진 사건이 생겼다. 이것이 한때 소란했던 '미인도 사건'의 시말인 것이다.

'미인도 사건' 이후 유물관리소는 작품 원본들을 금고 속에 가두어넣고 사진 조각을 전시하고 있는 것이 분명하니 그렇다면 전시실은 전라도 말로 "뭣 땀시 저러코롬 좋게" 지어놓았단 말인가.

공재 윤두서의 자화상이나 다시 볼 겸 찾아온 녹우당 유물전시실에서 이 망연한 허탈감을 채울 길 없어, 내가 정말로 좋아하여 복제품을 하나 구해 족자로 표구하여 지금 내 연구실에 걸어놓은 윤공재의 「동국여지지도」만 하염없이 살피다 나왔다. 정다산의 외증조할아버지이기도 한 공재 윤두서의 이 아름다운 지도는 그가 선비화가일 뿐 아니라 실학에 보인 관심이 남달랐음을 말해주는 유물이기도 하다.

유물관을 나오면서 나는 문득, 윤고산과 윤공재가 조금은 측은하게 생각되었다. 만약에 저 유물들이 국립중앙박물관에 기탁되었다면 얼마나 빛나는 대접을 받았을까를 생각하면서…… 그래서 미술품 상속의 가장 좋은 방법은 차등분배도 장자상속도 자손균분도 아니고, 박물관 기증을 통한 사회 환원인 것이다.

유선여관의 '노랑이'

해남의 명승지 대흥사는 몇 해 전부터 관광위락 시설 단지를 재정비하고 있어서 내년쯤에는 완전히 새 모습을 보이게 될 것이다. 대흥사 초입까지 들어와 있던 상점, 여관, 식당 들을 저 아래쪽 주차장 밖으로 철거하게 되어 있다. 이 정비계획은 거의 다 시행되어 요새는 두륜산 대흥사 입장료를 절집 앞에서 받지 않고 주차장 입구에서 관리하고 있다. 그렇게 되면 대흥사로 들어가는 10리 숲길의 떡갈나무·벚나무·단풍나무의 나무 터널은 다시금 장관을 이룰 것이다.

두륜산에서 내려오는 여러 계곡이 대흥사에서 만나 제법 큰 내를 이루는데 여기 사람들은 이를 '너부내'라고 부르고 이 너부내를 뒤뜰로 하여 운치 있는 한옥을 짓고 여관과 식당을 경영하고 있는 집이 유선여관이다. 강진에 살던 차씨 아저씨가 30년 전에 이 고가를 인수하여 운영해온 유선여관은 이번 철거 대상에서도 제외되는 특전을 받았다. 지금도 장작불을 때는 전통 한옥인지라 목욕탕·화장실이 불편하지만 그래도 구들장 맛을 느껴볼 집은 여기만 한 곳이 없는지라 나는 유선여관의 단골이 되었다.

유선여관을 내가 자주 찾는 또 하나의 이유는 이 집의 누런 개 '노랑이' 때문이다. 지금 노랑이의 어미는 3년 전(1989)에 죽었는데 그 어미 이름도 노랑이였다. 순종 진돗개였던 어미 노랑이가 5년 전에 옆집 누렁이와 붙어서 낳은 것이 지금의 노랑이인 것이다.

인연이 묘해서, 5년 전 내가 송기원이 주관한 실천문학 답사팀과 한겨울 여기를 찾았을 때, 우리는 그 어미 노랑이가 백설이 날리는 눈밭에서 옆집 누렁이와 '꿀붙는 것'을 보았다. 그때 옆에서 쿵쿵대며 구경하는 한 마리 개를 보고 황석영이 저런 놈은 '덩덕개'라고 하였다. 그 말이 너무도 재미있다 싶었더니 시 쓰는 정희성은 금세 「덩덕개」라는 시를 지어 그의 시집 『한 그리움이 다른 그리움에게』에 실었다.

어미 노랑이는 참으로 영리하였다. 자기 집으로 찾아오는 손님을 반갑게 맞아주고는 이른 새벽 등산을 가거나, 대흥사, 일지암 어디로 가든 꼭 앞장서서 길을 안내하고 그 손님이 차를 타고 떠나는 것을 보아야 집

| **유선여관의 노랑이** | 대흥사 대웅보전 위에 올라가 자기 집 손님들의 거동을 살피는 영리한 진돗개이다. 이제 노랑이도 세상을 떠나고 노랑이의 아들, 손자 진돗개들이 이곳을 지키고 있다.

으로 돌아간다.

한번은 화가 김정헌이 어느 겨울날 가족들과 일지암에 오르는데 갑자기 눈이 내려 울퉁불퉁한 길 어디를 밟아야 좋을지 몰라 당황했는데 이 노랑이와 그의 똘마니들이 눈밭을 펄쩍 뛰면서 길을 만들어주어 개 발자국을 밟고 따라왔단다.

또 한번은 어느 초심자가 두륜산을 등반하는데 노랑이가 따라오자 "저놈의 개가 길 잃으려고 여기까지 오나" 하면서 자꾸 노랑이를 쫓아 보냈단다. 그러나 노랑이는 뒤따라오다가 갑자기 자지러지게 짖고는 따라오지 않고 산모퉁이를 돌아 보이지 않을 때까지 그냥 거기 서서 짖더라는 것이다. 그때 이 손님은 길을 잃어 밤늦게야 완도 쪽으로 내려왔고, 시무룩이 돌아온 노랑이는 자기가 끝까지 안내하지 못한 그 손님이 여관으로 짐 찾으러 되돌아온 다음에야 펄펄 뛰었단다.

어미 노랑이는 살아생전에 새끼 노랑이가 이렇게 하도록 교육시켜놓았다. 항시 데리고 다니면서 어미의 일을 가르쳐주었던 것이다.

올가을 유선여관에 우리 학생들을 데리고 갔을 때도 나는 노랑이와 놀았다. 그런데 아침에 일어나니 노랑이가 없다. 대흥사 가면 따라오겠지 했으나 일지암에 오르도록 노랑이는 보이지 않았다. 그러다 일지암과 두륜봉으로 갈라지는 길목에서 노랑이를 만났다. 노랑이는 두륜봉 쪽에서 달려와 내게 펄쩍 뛰며 안기는 것이었다. 나는 노랑이에게 "왜 먼저왔느냐, 일지암으로 가자" 하며 길을 재촉하였다. 얼마간 오르다가 노랑이는 더 이상 가지를 않았다. 이상하여 나도 주저앉았는데 저쪽에서 어젯밤 유선여관 안채에 들었던 나이 드신 등산객들이 내려오자 그들과 합류해 가는 것이었다. 새벽 등산에 오르는 손님을 길 안내하고 내려오는 길에 나를 만났던 것이다.

나는 이 노랑이가 단체 손님이 올 때면 꼭 인솔자나 좌상 되는 사람에 붙어 다닌다는 사실도 알고 있다. 유선여관으로 돌아와 나는 노랑이의 턱을 쓰다듬으면서 물었다.

"이놈아, 내가 인솔자인 걸 몰랐냐!"

그러자 노랑이는 제4이동통신으로 이렇게 대답했다.

"인솔자면 뭘 해! 내가 암만 개새끼지만 밤새 술 퍼마시고 해가 중천에 떠도 일어나지 않는 인간들을 손님이라고 대접할 줄 알았어!"

1992. 6. / 2011. 5.

---

* 만덕산의 나무들은 다시 소생하여 지금은 정겨운 야산으로 복원되었고, 다산기념관, 다산청소년수련원이 세워져 역사유적지로 정비되었으며 다산초당에서 백련사로 넘어가는 길은 깔끔하게 다듬어져 있다. 그러나 그 모든 것이 아무것도 없던 때만 못하다는 인상을 주니, 유적지 보존이란 원상 그대로 유지하는 것이 차원 높은 보존책이라는 생각을 갖게 한다.

일지암과 땅끝에 서린 얘기들

두륜산 대흥사 / 일지암 / 미황사 / 땅끝

아는 만큼 느낀단다

방학 때 어딜 다녀오면 좋겠느냐고 물어온 학생에게 남도답사 일번지 코스를 일러주었더니 다녀와서 내게 하는 말이 정말로 잊지 못할 환상 적인 답사였다고 감사에 감사를 거듭하고 선물까지 사왔는데, 단서가 하나 붙어 있었다.

"샌님예, 근데 대흥사는 뭐가 좋응교?"

"왜? 절집 분위기가 좋지 않디?"

"분위기가 좋은 겁니꺼. 내는 뭐 특출한 게 있는가 싶어 집이고 탑이고 유물관이고 빠싹허니 안 봤능교. 봐도 봐도 심심해 영 실망했는데, 낭구(나무) 하나는 괜않습디더."

학생의 말대로 대흥사는 큰 볼거리가 있는 절이 아니다. 비록 나라에서 보물로 지정한 유물이 셋 있으나 그것은 역사적 가치일 뿐 예술적 감동을 주는 것은 아니기 때문이다. 그렇다고 해서 대흥사의 답사적 가치가 낮은 것은 물론 아니다. 인간이 간직할 수 있는 아름다움의 범주는 거의 무한대로 넓혀져 있다. 그 아름다움은 시각적 즐거움에서 비롯되는 자연미·예술미뿐만 아니라 자못 이지적인 사색을 동반하는 문화미이기도 하다.

자연의 아름다움이란 우리가 늘상 시각적으로 경험하고 있는 대상이기에 별다른 설명 없이도 이 학생처럼 "나무 하나는 괜찮다"라고 실수 없이 간취할 수 있다. 그러나 예술미라는 인공적 아름다움과 문화미라는 정신적 가치는 그 나름의 훈련과 지식 없이 쉽게 잡아낼 수 있는 것이 아니다. 그런 의미에서 사람은 "아는 만큼 느낀다"고 할 수 있다.

만약에 그 학생이 나와 함께 대흥사에 가서 내가 천불전 분합문짝의 창살무늬를 잘 보라고 했으면 그는 아마도 수많은 사진을 찍었을 것이고, 대웅보전으로 오르는 돌계단 양쪽 머릿돌의 야무지게 생긴 도깨비상을 눈여겨보라고 했으면 그냥 예사롭게 지나쳐버렸을 리가 없다.

대흥사 여러 당우(堂宇)들에 걸려 있는 현판 글씨는 대단한 명품으로 조선 후기 서예의 집약이기도 하다. 대웅보전, 천불전, 침계루(枕溪樓)는 원교 이광사의 글씨이며, 표충사는 정조대왕의 친필이고, 가허루(駕虛樓)는 창암 이삼만, 무량수각은 추사 김정희의 글씨인 것이다. 그러나 서예에 대한 예비지식과 안목 없이는 느껴질 그 무엇이 없을 것이다.

더욱이 유형의 예술미가 아닌 무형의 문화미에 이르면 "아는 만큼 느낀다"는 말이 더더욱 실감난다. 대흥사 입구 피안교를 건너 '두륜산 대흥사'라는 편액이 걸려 있는 천왕문을 지나면 길 오른쪽으로 고승의 사리

| **천불전 창살무늬** | 사방연속무늬의 아름다움을 자랑하는 이 창살은 내소사 창
살과 함께 손꼽히는 아름다운 꽃창살이다.

탑과 비석이 즐비하게 늘어선 승탑밭이 나오는데 여기에는 서산대사 이
래 13대종사(大宗師)와 13대강사(大講師)의 납골이 모셔져 있다. 지금
나는 별로 아는 것이 없어서 이 한 시대의 고승 스물여섯 분의 삶과 사
상을 더듬으면서 느낄 수 있는 문화미를 잡아내지 못한다. 다만 오직 한
분, 초의(草衣)스님에 대해서는 들은 바가 있어서 '초의탑' 앞에서 잠시
걸음을 멈추고 추사의 제자였던 위당(威堂) 신관호(申觀浩)가 쓴 그 비
문을 살펴보고 나중에는 당신의 말년 거처였던 일지암에도 오를 것이니,

내가 아는 만큼만 느낄 뿐이다.

두륜산 대흥사의 숲

국토의 최남단에 우뚝 선 두륜산(해발 706미터)의 여러 봉우리에서 흘러
내린 골짜기들이 한줄기로 어우러져 제법 큰 계곡을 이루어 '너부내'라
는 이름을 얻은 평퍼짐한 자리에 대흥사는 자리잡고 있다. 이곳은 행정
구역상 해남군 삼산면 구림리(九林里) 장춘동(長春洞)에 속하는데, '아홉
숲'에 '긴 봄'이라는 이름이 아무렇게나 붙여진 것은 아닐 것이다.

너부내 계곡을 타고 대흥사로 들어가는 10리 숲길은 해묵은 노목들
이 하늘을 가리는 나무 터널로 이어진다. 소나무·벚나무·단풍나무가 저
마다 제멋으로 자라 연륜을 자랑하고 있으니 봄·여름·가을·겨울이 모두
계절의 제빛을 놓치지 않는다. 이 나무숲이 대흥사 경내의 연못 무염지
(無染池)까지 뻗어 여기에서 다시 왕벚꽃나무·동백나무·배롱나무가 어
울리게 되었으니 그 학생의 말대로 '낭구 하나는 장관'이 아닐 수 없다.

이 풍광 수려한 구림리 나무숲에 나 또한 당연히 내가 보낼 수 있는 최
대의 찬사를 꾸며내고 싶건만, 고은 선생이 『절을 찾아서』(책세상 1987)에
서 독백식으로 읊은 그 구절 이상으로 표현해낼 문장력이 내게는 없다.

내가 비록 나무를 좋아할 나이는 아니건만, 그 나무를 좋아하고 싶
어서 동양 사람으로 늙음을 재촉해도 그런 장난이 허락된다.

구림리 나무숲은 가을이 장관이다. 온갖 수목이 오색으로 물들고 특
히나 단풍나무의 붉은빛이 햇살에 빛날 때, 왜 단풍의 상징성을 단풍나
무가 가져갔는지 알게 된다. 그러나 나는 가을보다도 겨울날의 대흥사를

| 천불전에서 내다본 침계루 | 대흥사는 넓고 호방한 규모이지만 돌담과 당우가 적절히 배치되어 공간의 흐트러짐이 없다.

더 좋아한다. 벌거벗은 나뭇가지가 보드라운 질감으로 산의 두께를 느끼게 해주고 비탈길에는 파란 산죽들이 눈 속에서 싱싱함을 보여줄 때, 그때는 왕후장상만이 인생의 주인공이 아님을 말해준다. 그래서 구림리 윗동네가 장춘동이라 하여 긴 봄날의 화사함을 자랑한다 하더라도 나는 겨울날의 대흥사가 더 좋다는 내 생각을 바꿀 수 없다.

대흥사의 내력

대흥사(大興寺)라는 명칭이 어떻게 생겼는가를 알아보면 모든 사물에 붙여진 이름의 세월 속 탈바꿈이 얼마나 우스운가를 생각해보게 된다.

두륜산의 원래 이름은 '한듬'이었다. 국토 남단에 불쑥 솟은 그 형상에

| 대흥사 대웅보전 | 대흥사의 중심 건물인 대웅전 경내는 큰 절집이면서도 아늑한 분위기를 유지하고 있다.

서 나온 말일 것이다. 이것을 한자어와 섞어서 '대듬'이라고 부르더니 나중엔 대둔산(大芚山)이라 불리게 됐고 '한듬절'은 '대듬절'에서 '대둔사'로 바뀌게 되었다. 그런 중 또 유식한 자가 나타나서 대둔산은 중국 곤륜산(崑崙山) 줄기가 동쪽으로 흘러 백두산을 이루고 여기서 다시 뻗은 태백산 줄기의 끝이라는 뜻에서 백두산과 곤륜산에서 한 자씩 따서 두륜산(頭崙山)이라고 이름 지었는데, 일제 때 전국 지명을 새로 표기하면서 '륜' 자를 바꾸어 두륜산(頭輪山)이라고 하고 대둔사는 대흥사로 바꾸어 놓았으니 이제 와서 두륜산 대흥사라는 명칭 속에서 '한듬절'의 이미지는 되살릴 길이 없어지고 만 것이다. 세월의 흐름 속에 내용은 저버리고 형식만 바꾸어가다가 나중엔 그 본뜻을 잃어버리고 마는 사례가 여기에도 있는 것이다.

대흥사 내력은 아도화상이 세웠다는 둥 도선국사가 세웠다는 둥 그 창건설화가 구구했던 모양이다. 그런데 대흥사의 12대강사로 강진 백련사에서 다산 정약용과 가깝게 지냈던 혜장스님은 『만일암고기(挽日菴古記)』에서 이 모든 설화가 터무니없음을 증명하고 나섰다. 아마도 실사구시의 정신에서 그렇게 변증한 것이리라.

혜장스님의 이런 실증은 초의스님에게 이어져 초의는 『대둔사지』를 쓰면서 종래의 기록은 "실록(實錄)이 아닐까 두렵고", 누각당우가 번성함을 기록하고 있으나 "옛 초석과 섬돌이 하나의 자취

| 대웅보전 돌계단의 돌사자 | 돌계단 머릿돌에 이처럼 호신수를 새기는 것은 범어사에서도 볼 수 있는데 이 돌사자는 아주 매섭게 생겼다.

도 없으니 어찌 이치에 맞겠는가"라면서 설화를 부정했다. 그것 또한 스님 세계에서 받아들인 실학정신의 일단인 것이다.

그리하여 한듬절의 유래는 나말여초의 어느 때로 짐작되고 있으며 지금 확실한 물증으로 제시할 수 있는 것도 나말여초의 유물들이다. 대흥사 응진전 앞의 삼층석탑(보물 제320호), 두륜산 정상 바로 못 미쳐 있는 북미륵암의 마애불(국보 제308호)과 삼층석탑(보물 제301호), 그러니까 나라에서 국보·보물로 지정한 대흥사의 세 유물이 모두 나말여초의 시대 양식을 지니고 있다.

그럼에도 불구하고 오늘날 대흥사를 소개하는 수많은 안내 책자와 대흥사의 안내판은 버젓이 아도화상과 도선국사의 창건을 말하고 있다. 초의스님이 일껏 진실을 찾아 논증해놓은 것을 버리고 허장성세를 위해

다시 허구를 말하는 세상으로 돌아왔으니 세월이 흘러간다고 발전하는 것이 아님을 여기서도 보게 된다.

서산대사의 유언과 표충사

국토의 남단, '지방 중에서도 지방'의 절집으로 창건되어 그 이상도 이하도 아니던 '한듬절'이 대흥사로 일약 변신하게 된 것은 임진왜란 이후 서산대사(西山大師, 1520~1604)의 유언 때문이었다.

1604년 1월, 어느 날 서산대사는 묘향산 원적암에서 마지막 설법을 마치고는 제자 사명당(泗溟堂, 1544~1610)과 처영(處英)스님에게 당신의 의발(衣鉢)을 두륜산에 둘 것을 유언하였다.

두륜산은 해변 한구석에 있어 명산은 아니지만 거기에는 세 가지 중요한 뜻이 있느니라.

첫째는 기화이초(奇花異草)가 항상 아름답고 옷과 먹을 것이 끊이지를 않는다. 내가 보건대 두륜산은 모든 것이 잘될 만한 곳이다. 북으로는 월출산이 있어서 하늘을 괴는 기둥이 되고 남에는 달마산이 있어 지축에 튼튼히 연결되어 있다. (…) 바다와 산이 둘러싸 지키고 골짜기는 깊고 그윽하니 이곳은 만세토록 훼손되지 않을 땅이다.

둘째는 (…) 나의 공덕을 누가 말할 만하다 않겠는가? (나로 인한 국가에 대한 충성이) 이 때문에 보여지고 느껴진다면 후세에 저 무표정한 나무 사이를 스치는 바람 소린들 어찌 우매한 세속을 경고하지 않겠는가.

셋째는 처영과 여러 제자들이 모두 남쪽에 있고 내가 출가하여 머리 깎고 법을 들은 곳이 두륜산(頭流山, 즉 지리산)이니 여기는 종통(宗統)의 소귀처(所歸處)이다.

그러고 나서 서산대사는 자신의 영정을 꺼내어 그 뒷면에 마지막 법어를 적었다.

80년 전에는 네가 나이더니, 80년 후에는 내가 너로구나.

붓을 놓은 서산대사는 결가부좌한 채로 입멸하였다. 향년 85세, 법랍 67년이었다.

그리하여 사명당은 서산대사의 시신을 다비하여 사리는 묘향산 보현사에 안치하고 영골(靈骨)은 수습하여 금강산 유점사 북쪽 바위에 봉안하고, 스님의 금란가사(金襴袈裟)와 발우는 대흥사에 봉안하였다.

서산대사의 의발이 전해진 이후 대흥사는 문자 그대로 크게 일어났다. 임란 이후 민간신앙으로서 불교가 중흥했던 그 시대적 추세에 힘입어 수많은 당우가 세워졌다. 현재 남아 있는 대웅보전은 1667년에 심수(心粹)스님이 3년에 걸쳐 중창한 조선 후기의 전형적인 팔작지붕 다포집이다.

또 절집의 기록에 의하면 1669년에 정면 3칸 맞배지붕으로 표충사를 지어서 여기에 서산대사, 사명당, 처영스님 등 세 분의 영정을 모셨다고 한다. 그러고는 1백 년이 좀 넘었을 때 일이다. 호조판서를 지내던 서유린의 진언에 따라 정조대왕은 표충사라는 어필사액(御筆賜額)을 내려 해마다 예조에서 관리를 내려보내 제사를 지내게 하니, 지금 표충사 정면에 있는 정면 5칸 측면 3칸의 의중당(義重堂)은 제사 때 제물을 차리던 집이다.

1811년에 대흥사에 큰불이 나서 극락전·지장전·천불전 등 여러 당우가 소실되었으나 2년 후 완호(玩虎)스님이 다시 복원하였으니 현재의 대

흔적는 그때의 모습이 전해지는 것이다.

대흥사의 가람배치는 아주 뛰어난 마스터플랜을 보여준다. 양쪽에서 흘러드는 계곡을 끌어안아 절집 전체를 4구역으로 나누고는 크게 남원(南院)과 북원(北院)으로 갈라놓았다.

대웅보전을 중심으로 한 남원에는 법당과 승방이 있고, 천불전을 중심으로 한 북원에는 강원(講院)이 있으며 그 위로 표충사와 부속 건물, 대광명전과 부속 건물로 절집의 두께를 더하여갔다.

그리하여 각 당우를 낮은 돌담으로 둘러치고 그 사이사이 공간에는 해묵은 노목과 밝은 계곡 그리고 무염지가 자리잡게 하여 산사의 아늑함을 유지하면서도 대찰이 지니는 위용을 잃지 않았으니 그 공간의 경영이 자연을 거스름이 없으며 공간을 낭비한 것도 없다. 대흥사의 호방함과 안온함은 이렇게 이룩된 것이었다.

그런 대흥사의 이 멋진 가람배치가 무너져버린 것은 1970년대 박정희 대통령의 성역화 작업 때문이었다. 기회만 있으면 군사 문화를 심으려고 아산 현충사 같은 황당한 일을 벌이던 시절 대흥사에는 서산대사 성역화 작업으로 장대한 유물관을 설치하게 했던 것이다. 그것 자체야 내가 크게 나무랄 이유가 있으리요마는 그 유물관이란 예의 미색 수성페인트 콘크리트 한옥으로, 이미 있던 대흥사 당우의 몇 배 큰 건물로 들어앉아 이 절집의 조화로운 배치는 사라져버린 것이다. 마치 조순한 비구니 스님들이 계곡 곳곳에서 도란도란 얘기하는 정겨운 풍경 속에 고래고래 괴성을 지르는 남정네가 들어선 모습 같다.

그 때문이었을까? 서산대사 이후 13대종사와 13대강사를 배출하는 조선의 명찰이 되어 한국전쟁 중에도 피해가 없던 대흥사에 좋지 못한 일들이 꼬리를 물었다. 그 좋던 탱화는 도적맞았는지 팔아먹었는지 알 수도 없고, 1988년에는 신구 주지의 싸움으로 집달리 차압 문서 경고문

| **초의스님** | 다선일치를 실현하고 추사 김정희, 유산 정학연 등 문인과 교류한 당대의 학승다운 모습을 보여준다.

이 당우마다 붙여졌다. 모든 것이 그 조화로움을 잃은 뒤의 얘기들이다.

초의스님

이제 나는 내 전공에 따라 초의스님 살아생전의 상주처로서 대흥사의 문화미를 엮어간다.

초의스님의 속세 성명은 장의순(張意恂)이었으며, 1786년 나주 삼향

| **일지암** | 초의선사가 칩거하던 일지암은 다선(茶禪)의 전통을 지키기 위하여 차를 아는 스님만을 주인으로 모신다. 일지암 암주는 여연스님을 거쳐 이제는 무인스님이 맡고 계시다.

면에서 태어나 5세 때 물에 빠진 것을 어느 스님이 살려준 것이 인연이 되어 16세에 남평 운흥사(雲興寺)에 들어가 중이 되었다.

초의는 월출산·금강산·지리산·한라산 등 명산을 유람하며 선지식을 찾아다니고 불법을 구하다가 대흥사 조실 완호스님의 법맥을 이어받았다. 그는 종교로서 불교의 굴레를 벗어 학문으로서 선교(禪教)를 연구하고 유학과 도교에까지 지식을 넓혀갔다. 자하 신위, 추사 김정희, 위당 신관호 같은 당대의 대학자·문인들과 교류하여 유림에서도 큰 이름을 얻었다.

그런가 하면 맥이 끊어져가던 차(茶) 문화를 일으켜 『동다송』 같은 명저를 남기었고, 선운사 백파스님이 『선문수경』을 지어 오직 수선(修禪)에 전념할 것을 갈파했을 때 초의는 『선문사변만어』로써 선(禪)과 교(教) 어느 한 가지만 고집할 일이 아님을 주장했다. 백파가 초의의 이런 논지를 반박하여 "교·선을 둘이 아님(不二)이라고 한 것은 잘못된 곳(誤處)"이라고 지적하자 초의는 "당신이 오처(誤處)라고 한 것은 바로 내가 깨달은 바의 오처(悟處)"라고 당당하게 맞받아쳤다.

그것은 불가 나름의 실학정신이었다. 초의는 모든 것을 '있는 것'에서 생각하고 풀어나가고 생활하였다. 범패와 원예와 장 담그기에까지 일가를 이루었던 초의의 모습이나 시(詩), 차(茶), 선(禪)을 모두 하나의 경지로 통합하는 자세 등도 그러한 것이었다.

초의는 자신의 명성이 차츰 세상에 알려지자 은거에 뜻을 두고 대흥사에서 두륜봉 쪽으로 걸어서 족히 40분은 걸리는 산중턱에 일지암(一枝庵)을 짓고 거기서 두문불출하며 40여 년 지관(止觀)에 전력하니 스님께 사미계를 받은 스님이 40명, 보살계를 받은 스님이 70명, 선교와 잡공(雜工)을 배운 사람은 수백 명이었다고 한다. 향년 81세, 법랍 66년이었다.

초의와 추사와 차

초의스님은 당대의 명사, 시인, 묵객, 초야에 묻힌 어진 사람에 이르기까지 그 교류 범위가 넓었지만 무어라 해도 그의 평생지기는 추사 김정희였다. 초의와 동갑내기인 추사 김정희는 초의에게 차를 배웠다. 또 초의가 보내주는 차 마시기를 제일 좋아하였다. 그리하여 추사는 초의에게 차를 구하는 편지를 자주 보냈는데 그중 한 통에 다음과 같은 애절한 사연이 들어 있다.

편지를 보냈는데 한 번도 답은 보지 못했습니다. 아마도 산중엔 반드시 바쁜 일은 없을 줄로 생각되는데 그렇다면 나 같은 세속 사람과는 어울리고 싶지 않아서 나처럼 간절한 처지도 외면하는 것입니까.
(…)
나는 스님을 보고 싶지도 않고 또한 스님의 편지도 보고 싶지 않으

| 대웅보전 현판 | 신지도에 귀양 살고 있던 원교 이광사가 쓴 글씨이다. 획이 바싹 마르고 기교가 많이 들어갔지만 화강암의 골기가 느껴진다.

나 다만 차와의 인연만은 차마 끊어버리지도 못하고 쉽사리 부수어버리지도 못하여 또 차를 재촉하니 편지도 필요 없고 다만 두 해의 쌓인 빚을 한꺼번에 챙겨 보내되 다시는 지체하거나 빗나감이 없도록 하는 게 좋을 거요.

어린애들의 장난기 어린 투정까지 부리면서 이처럼 막역한 우정을 나누고 있는 것은 그것 자체가 미담이고, 선망의 대상이 된다.

이러한 우정이 추사의 지극정성스러운 예술과 만났을 때 그 결과는 어떠했을까. 그것이 추사의 예술 중에서 백미로 꼽히는 희대의 명작 「명선(茗禪, 차를 마시며 참선에 든다)」 같은 작품을 낳은 것이었다. 한나라 때 비문인 백석신군비(白石神君碑) 글씨에서 그 본을 구하여 웅혼한 힘과 엄정한 구성을 유지하면서도 필획의 변화가 미묘하게 살아 움직이는 추사예서체의 진수가 들어 있다. 더욱이 잔글씨로 이 작품을 쓰게 된 내력을 말하고 있는 것이 그 내용과 형식 모든 면에서 예술적 깊이를 더해준다.

초의가 스스로 만든 차를 보내왔는데, (중국의 유명한 차인) 몽정과 노

| **무량수각 현판** | 추사 김정희가 귀양살이 가면서 쓴 글씨로 획이 기름지게 살지고 구성의 임의로운 변화가 두드러져 있다.

아보다 덜하지 않다. 이 글씨를 써서 보답하는바, (한나라 때 비석인) 백석 신군비의 필의로 쓴다. 병거사의 예서.

草衣寄來自製茗 不減蒙頂露芽 書此爲報 用白石神君碑意. 病居士隷

추사 김정희와 원교 이광사

추사 김정희가 주창한 금석학과 고증학은 무너져가는 조선왕조의 이데올로기인 성리학을 뿌리부터 검증하는 일이었다. 병자호란 이후 청나라의 강희·건륭 연간에 일어난 이 신학문을 더 이상 오랑캐 학문이라고 외면해서는 안 된다는 그의 스승 박제가의 훈도를 받고, 24세 때 아버지 따라 북경에 가서 그 학문과 예술의 번성함을 보고는 더욱 확신을 얻어 여기에 매진하게 된다.

글씨에 있어서도 그동안 조선의 서체는 원교 이광사의 동국진체라는 개성적이며 향색(鄕色), 즉 민족적 색채가 짙은 것이 크게 유행하고 있었는데 추사는 이를 글씨의 고전, 한나라 때 비문 글씨체의 준경한 법도에 근거한 것으로 바꿔야 한다고 주장하였다.

추사는 신학문과 신예술의 기수가 되어 기고만장하게 30대와 40대를 보내고 54세에는 정치적으로도 출세하여 국방부차관(병조참판)이 되어 청나라에 동짓날 가는 외교사절단 부단장(동지부사冬至副使)으로 30년 만에 다시 꿈에도 잊지 못할 북경으로 떠나게 되었다. 그러나 잠깐 사이에 정변이 일어나 추사는 급기야 사형선고를 받게 된다. 다행히 벗인 영의정 조인영의 도움으로 죽음을 면하고 절해고도인 제주도 귀양길에 오르니 그 인생의 허망은 여기서 절정에 달했다.

제주도 귀양길에 추사는 전주·남원을 거쳐 완도로 가던 길에 해남 대흥사에 들러 초의를 만났다. 귀양살이 가는 처지이면서도 추사는 그 기개가 살아 있어 대흥사의 현판 글씨들을 비판하며 초의에게 하는 말이 "조선의 글씨를 다 망쳐놓은 것이 원교 이광사인데, 어떻게 안다는 사람이 그가 쓴 대웅보전 현판을 버젓이 걸어놓을 수 있는가"라며 있는 대로 호통을 치며 신경질을 부렸다. 초의는 그 극성에 못 이겨 원교의 현판을 떼어내고 추사의 글씨를 달았다고 한다.

제주도에서의 귀양살이 7년 3개월, 햇수로 9년. 추사는 유배 중 부인의 상을 당하고, 유배 중 회갑을 맞았으나 축복해주는 이 없는 외로움을 맛보았다. 처음엔 찾아주던 제자들의 방문도 뜸해졌다. 그런 중에 변치 않고 책을 구해다주는 이상적의 마음에 감동해 "날이 차가운 후(歲寒然後)에 소나무·잣나무의 푸르름을 안다"고 「세한도」를 그려주기도 하였다. 귀양살이를 하면서 그 외로움, 억울함, 쓸쓸함을 달래기 위하여 추사는 글씨를 쓰고 또 썼다. 한나라 비문체뿐만 아니라 각체를 익혔던 그가 여기에서 자신의 감정을 듬뿍 실은 개성적인 글씨를 만들어내게 되니 그것이 추사체의 완성이었던 것이다.

연암 박지원의 손자로 셔먼호 사건 때 평양감사를 지낸 박규수가 "추

| 추사의 「명선」 | 초의가 보내준 차를 받고 그 답례로 보낸 추사의 작품으로 병거사(病居士)라 낙관한 추사 말년의 대표작이다.

사는 바다를 건너간 후 남에게 구속받거나 본뜨는 일 없이 스스로 일가를 이루었다"고 평한 것은 이를 말하는 것이었다.

　　1848년 12월, 추사는 63세의 노령으로 귀양지에서 풀려나게 되었다. 햇수로 9년 만에 맞는 해방이었다. 서울로 올라가는 길에 다시 대흥사에 들른 추사는 초의를 만나 회포를 풀던 자리에서 이렇게 말했다고 한다.

　　"옛날 내가 귀양길에 떼어내라고 했던 원교의 대웅보전 현판이 지금 어디 있나? 있거든 내 글씨를 떼고 그것을 다시 달아주게. 그때는 내가 잘못 보았어."

추사 인생의 반전(反轉)은 그렇게 이루어졌다. 법도를 넘어선 개성의 가치가 무엇인지를 그는 외로운 귀양살이 9년에 체득한 것이었다. 추사 김정희, 그는 분명 영광의 북경이 아니라 아픔의 제주도로 갔기에 오늘의 추사가 될 수 있었다.

지금 대흥사 대웅보전에는 이리하여 다시 원교 이광사의 현판이 걸리게 되었고, 그 왼쪽에 있는 승방에는 추사가 귀양 가며 썼다는 '무량수각' 현판이 하나 걸려 있으니 나는 여기서 조선의 두 명필이 보여준 예술의 정수를 다시금 새겨보곤 한다. 원교의 글씨체는 획이 가늘고 빳빳하여 화강암의 골기(骨氣)를 느끼게 하는데, 추사의 글씨는 획이 살지고 윤기가 나는 상반된 미감을 보여준다. 쉽게 말해서 원교체는 손칼국수의 국숫발 같고, 추사체는 탕수육이나 난자완스를 연상케 하는 그런 맛과 멋이 있다. 그러나 귀양살이 이후의 글씨인 「명선」에 와서는 불필요한 기름기를 제거하고 자신의 기(氣)와 운(韻)을 세우게 되니 그런 경지란 원교는 꿈에도 생각지 못했을 높은 차원이었던 것이다.

'땅끝'에 서서

대흥사를 답사한 다음에는 반드시 '땅끝'에 가야 한다. 대흥사에서 차로 불과 40분이면 당도할 이 국토의 '끝'에 서서 인생과 역사를 추슬러볼 기회를 갖는다는 것은 여간 뜻깊은 일이 아닐 수 없다.

사람은 누구나 계기만 있으면 감상적 상념을 일으킨다. 봄비가 내리고 낙엽이 떨어져도 여린 상처를 받는 게 인간의 감정인데 하물며 '땅끝'

| 미황사 대웅보전 | 달마산의 준봉들을 배경으로 한 멋진 건물로 빛바랜 단청이 더욱 고찰의 맛을 자아내고 있다.

에 서서 아무런 감상이 없을 것인가.

땅끝으로 가는 길은 오갈 데 없는 절망의 벼랑으로 상상하기 십상이지만 실제로는 우리나라에서 '둘째로' 아름다운 산경(山景) 야경(野景) 해경(海景)을 보여준다.

두륜산의 여맥이 주체하지 못하여 날카로운 톱니처럼 산등성이를 그어가다가 문득 멈추어 선 곳이 땅끝이다. 땅끝으로 가는 들판을 가로지르다 보면 마치 공룡의 등뼈 같은 달마산 줄기가 한눈에 들어오는데 그 정상 가까이에는 고색창연한 미황사(美黃寺)라는 아름다운 절이 있다. 만약 일정이 허락되어 여기에 잠시 머물며 미황사 대웅전 높은 축대 한쪽에 걸터앉아 멀리 어란포에서 불어오는 서풍을 마주하고 장엄한 낙조를 바라볼 수 있다면 여러분은 답사의 행복을 만끽할 수 있을 것이다.

달마산 줄기가 한 굽이 치솟아오른 사자봉 높은 산마루, 거기가 일명 토말(土末), '땅끝'이다. 북위 34도 17분 38초. 사자봉 봉수대 옆에는 5층 건물 높이의 땅끝전망대가 세워져 있어 우리는 땅끝에 이는 모진 바람을 막고 사위를 살필 수 있다. 진도, 완도, 노화도 큰 섬 사이로 파아란 남해바다가 지는 햇살을 역광으로 받으며 아스라이 물결을 일으킬 때 우리는 정녕 땅끝에 선 것 같지 않다.

그러나 땅끝이 언제나 그렇게 아름다울 리는 없다. 어쩌다 해일이 일고 폭풍이 몰아친다면 휴거를 연상할지도 모를 일이다.

뜨겁게 살고, 용기 있게 싸우며, 치열하게 사물과 대결하는 시인의 상념 속 땅끝은 처절하고, 절박하고, 고독하다. 김지하 시인이 시와 산문으로 쓴 '땅끝'은 바로 그런 것이다.

1961년, 그의 나이 스물한 살 때 김지하는 고향 목포에 있었단다. 빈털터리로 떠돌며 몸은 지쳐 있고 세상의 뜻은 잃었고 대낮에도 식은땀을 줄줄 흘리면서 무작정 흘러다니다 목포 선착장에서 문득 '땅끝행(行)'이라는 깃발을 보았다고 한다. 그때 그는 자신이 땅끝에 와 있는 것을 느꼈고 그 절망감을 못 이겨 '땅끝'으로 가서 끝내버릴 작정이었단다. 그래서 겨우 간 곳이 용당반도 끝이었고, 그 스산한 시야 바다 물결 속에 서툰 자살 기도는 실패하고 한 편의 시만 남겼다.

　　용당리에서의 나의 죽음은
　　출렁이는 가래에 묻어올까, 묻어오는
　　소금기 바람속을
　　돌속에서 흐느적거리고 부두에서
　　노동자가 한 사람 죽어 있다
　　그러나 나의 죽음

| **'토말'비** | 해남군 송지면 갈두마을 땅끝에 세워져 있는 비석으로 멀리 노화도가 보인다.

죽음은 어디에

—「용당리에서」 부분

1985년, 그러니까 김지하가 긴 옥고를 치르고 석방되어 해남으로 내려온 지 2년째 될 때 그는 사자봉 땅끝에 서서 또다시 막바지까지 왔다는 절망감에서 한 편의 시를 썼다. 그것이 그의 유명한 「애린」이다.

땅끝에 서서
더는 갈 곳 없는 땅끝에 서서
돌아갈 수 없는 막바지
새 되어서 날거나
고기 되어서 숨거나

(…)

혼자 서서 부르는

불러

내 속에서 차츰 크게 열리어

저 바다만큼

저 하늘만큼 열리다

이내 작은 한 덩이 검은 돌에 빛나는

한 오리 햇빛

애린

나

1960년대와 70년대를 살아오면서 나는 그 시대 여느 진보적 지식인들과 마찬가지로 김지하를 좋아했고, 존경했고, 그를 따랐다. 절망의 벼랑 끝에서도, 죽음과 죽임의 총부리 칼날 아래서도 빛나는 용기와 저버리지 않는 꿈을 지켰던 김지하의 신도였다.

김지하가 우리에게 마지막 모습을 보여준 것은 1991년 어느 날 "모로 누운 돌부처"를 얘기하다가 떠난 것이다. 그리고 지금은 무얼 하고 계신지…… 그러나 나에게 있어서 김지하는 그가 땅끝에 서서 "굳게 다문 돌부처의 입술에 침을 뱉던 거역의 예리한 기쁨의 날"을 노래하던 그 장한 형님으로 남아 있다.

지난가을 어느 날 내가 다시 땅끝을 찾아와 까만 토말비에 기대서서 먼바다를 바라보며 이런저런 생각에 잠겼을 때도 땅끝에 이는 감정보다도 먼저 떠오른 것은 지하 형에 대한 상념이었다.

1992. 7.

* 답사기를 펴낸 뒤 나는 소리 소문 없이 내 책의 답사처를 다녀오곤 하는데, 풀티재 고갯마루의
강진군을 알리는 입간판은 이렇게 바뀌었다. 지금(2011)은 풀티재터널이 개통되어 고갯마
루를 넘지 않고 바로 월남리로 갈 수 있다.

지리산 연곡사와
조계산 선암사

저문 섬진강에 부치는 노래

섬진강 / 피아골 계단식 논 / 연곡사 / 연곡사 사리탑 / 현각선사탑 /
소요대사탑 / 새할아버지

강을 따라가는 길

옛 지도는 참 재미있다. 아주 간명하면서도 대단히 회화적이다. 산세
와 강줄기를 파악하는 데는 옛 지도가 요즘 지도보다 훨씬 유리하다. 그
런데 이상하게도 옛 지도에서는 길은 따로 표시된 것이 없고 동그라미로
나타낸 고을과 고을을 붉은색 실선으로 곧게 그은 것이 곧 길이었다. 길
이라면 자동찻길을 먼저 생각하고 지도라면 도로지도부터 생각하는 현
대인으로서는 신기하게 생각되기도 한다. 그러나 따지고 보면 신작로가
만들어지고 철길이 놓이면서 길에 대한 개념이 그렇게 바뀐 것이지 옛날
에는 그 방향으로 앞사람이 걸어간 자취를 따라가면 그것이 길이었다.

그런 시절 옛날 분들이 가장 좋아한 길은 강을 따라가는 길이었다. 산
을 넘어가는 고갯길은 가마를 타고 가도 고생스럽지만 강을 따라가는

길은 심신이 모두 편하고 즐거웠다. 그래서 길은 강을 따라 발달했고 이것은 근대사회에서도 예외가 아니었다. 그중 북에서 남으로 유유히 흐르는 낙동강과 섬진강이 하류에 이르러 만들어낸 길은 정말 아름답다.

둘 중 어느 길이 더 아름다운가를 말한다는 것은 심히 어렵고 곤란한 일이지만 나는 삼랑진에서 물금에 이르는 경부선 철길이 가장 아름답다고 생각하고 있다. 밀양부터 불어나기 시작한 낙동강이 합천 황강 쪽에서 흘러오는 또 다른 줄기와 어우러지는 삼랑진부터 자못 위용을 갖추니 여기부터 양산 물금까지 도도히 흘러내리는 모습은 차라리 장중한 교향악 같다고나 할 만하다. 특히 낙동강 하구는 폭이 좁게 마감되어 그 흐름이 더욱 유장해 보이는데 어떤 풍수가는 그로 인해 영남에서 인물이 많이 나왔다고 하고, 어떤 풍수가는 부산에 부자가 많게 됐다고 해석한다. 그러나 그 아름다운 낙동강변 경부선 철길도 구포에 이르면 갑자기 불개미집 같은 아파트가 차창으로 엄습하여 그간의 서정을 송두리째 앗아간다. 그래서 구포에 가까워오면 고개를 위로 돌리고 말게 되니 삼랑진에서 물금까지만 아름답다고 한 것이다.

그러나 기찻길이 아닌 자동찻길로 말한다면 단연코 섬진강을 따라가는 길이 아름답다. 섬진강은 남원 지나 곡성부터 물이 차츰 붇기 시작하여 조계산 쪽에서 흘러오는 보성강(일명 압록강)과 합수머리를 이루는 구례 압록부터 장히 강다운 면모를 갖춘다. 여기부터 하동까지 100릿길, 지리산 노고단을 저 멀리 두고 왕시루봉, 형제봉에서 뻗어내린 산자락 아랫도리를 끼고 섬진강을 따라가는 길은 이 세상에 둘이 있기 힘든 아름다운 길이다.

곡성부터 바짝 따라붙은 전라선 철길과 함께 섬진강을 나란히 달릴 때면 강 건너 산자락에 편안히 자리잡은 강변 마을들이 더없이 정겹게 다가온다. 구례 입구에서 전라선을 순천 쪽으로 내려보내고 지리산 밑으로 사뭇 섬진강을 따라가노라면 철따라 강가에선 은어를 잡고 재첩을 줍는 풍광이 산수화 속의 한가한 점경인물(點景人物)로 다가온다. 그리고 화개장터 강나루에는 건너갈 사람을 기다리는 나룻배가 거기를 지키고 있고, 악양 평사리께를 지나자면 은모래 백사장의 포플러가 항시 강바람에 좌우로 휩쓸리곤 한다.

이 길은 무리 지어 피어나는 꽃길로도 이름 높다. 진달래, 개나리 피는 계절 아름답지 않은 곳이 어디 있으리요마는 그보다 약간 앞서 피는 구례 산동면 상위마을의 산수유꽃과 그보다 약간 뒤에 피어나는 쌍계사 계곡 10릿길 벚꽃은 이곳의 본디 큰 자랑이다. 게다가 연전에는 강 건너 광양 쪽으로도 백운산 자락을 타고 섬진강에 바짝 붙여 새 길을 내었는데 다압면 섬진마을에서는 청매실농원에서 재배하는 매화밭이 하도 엄청스러워 매화꽃 향기가 지나는 차창에까지 깊이 파고든다.

그리하여 해마다 3월 하순에는 산수유, 개나리, 진달래부터 매화와 벚꽃까지 모두를 즐길 수 있는 날이 며칠은 있게끔 되어 있다. 그때가 섬진강 답사의 황금기라 할 것이다. 그러나 지난번 답사 때는 그런 좋은 꽃철을 다 놓치고 5월의 섬진강변을 달리면서 신록이 아름답다고 스스로 위로해보는데 구례 토지면 오미리, 운조루(雲鳥樓)가 있는 묵은 동네 뒷산 솔밭으로는 가볍게 지나가는 봄바람에도 노오란 송홧가루가 황사를 일으키듯 회오리를 치며 멀리 날리고 있었다.

저문 섬진강에 부치는 노래

섬진강은 특히나 해 질 녘 노을 물들 때가 정말 아름답다. 한낮의 섬진강은 진초록 쑥빛을 띠지만 석양을 받아 반사하는 저물녘의 섬진강은 보랏빛으로 변한다. 그 풍광의 경이로움을 보통내기들은 절대로 묘사해

| **섬진강** | 섬진강은 구례부터 하동까지가 그림처럼 아름답다. 한낮의 섬진강은 초록빛을 띠지만 저무는 섬진강은 보랏빛으로 물든다.

내질 못한다. 그래서인지 섬진강을 읊은 시인들은 한결같이 저문 섬진강을 노래했다. 섬진강 시인 김용택(金龍澤)의 「섬진강 1」 끝부분은 "저무는 섬진강을 따라가며 보라"고 했는데 고은(高銀) 선생의 「섬진강에서」는 첫 구절이 "저문 강물을 보라. 저문 강물을 보라"로 시작한다.

그런 중 내가 가장 좋아하는 섬진강의 시인은 이시영이다. 구례에서 태어나 구례중학교를 나온 그의 섬진강 노래에는 고향의 따스함과 그리움이 짙게 서려 있어 차창 밖으로 노을을 비껴보면서 사치스러운 낭만이나 화려한 애수를 늘어놓는 우리들의 서정과는 다르다. 그의 시 중에서 「형님네 부부의 초상」(『바람 속으로』, 창작과비평사 1986)은 잔잔한 감동이 가슴까지 저미는 명시다.

고향은 형님의 늙은 얼굴
혹은 노동으로 단련된 형수의 단단한 어깨
이마가 서리처럼 하얀 지리산이 나를 낳았고
허리 푸른 섬진강이 나를 키웠다
낮이면 나를 낳은 왕시루봉 골짜기에 올라 솔나무를 하고
저녁이면 무릎에 턱을 괴고 앉아
저무는 강물을 바라보며
어느 먼 곳을 그리워했지
(…)
우리가 떠난 들을 그들이 일구고
모두가 떠난 땅에서 그들은 시작한다
아침노을의 이마에서 빛나던 지리산이
저녁 섬진강의 보랏빛 물결에
잠시 그 고단한 허리를 담글 때까지

우리 답사회에는 참으로 개성적인 회원이 많다. 그중 중년 신사인 우사장은 사람을 아주 편하게 해주는 능숙한 친화력을 가진 분인데 말하는 것은 꼭 MBC FM '배철수의 음악캠프'의 배철수 비슷해서 회원들 간에 인기가 아주 높다. 우사장은 항시 부부가 다니는데 한번은 '섬진강변의 절집들' 답사 때 혼자 왔다. 부인은 친정에 우환이 있어 못 왔는데 섬진강을 잘 보고 집에 와서 얘기해달라고 했다는 것이다. 떠날 때는 생각 없이 그러마고 했지만 이제 집에 가서 이 감동적인 아름다움을 어떻게 말해야 할지 큰 고민이라며 나에게 도와달라고 했다. 나는 이 애매한 물음을 슬기롭게 피할 궁리를 내어 즉흥적으로 "보는 섬진강이지 말하는 섬진강이 아니다라고 대답하십시오"라고 했다. 그러자 우사장은 명답을

얻었다고 좋아하며 몇 번이고 그 말을 되뇌었다.

　그리고 이튿날 답사를 마치고 돌아기는 길에 꿈결 같은 저문 섬진강을 보게 되었을 때 우사장은 내게 다시 물었다.

　"유선생, 어제 섬진강을 뭐라고 말하라고 했지요?"
　"그새 잊어버렸어요? 잘 생각해보세요."
　"두 마디로 했는데 한 마디가 생각 안 나요."
　"한 마디는 생각나요?"
　"네, 섬진강은 말이 없다. 그다음은 뭐죠?"

피아골의 계단식 논

　섬진강변 지리산 산자락엔 명찰이 많다. 천은사, 화엄사, 쌍계사 등이 그중 이름 높은 절집인데 나는 이들보다도 연곡사(鷰谷寺)를 더 좋아하고 더 높이 친다. 요즘(1996년 집필 당시) 가본 사람들이 죄다 한마디씩 하듯이 지리산의 산사들은 고찰(古刹)로서의 면모를 다 잃어버렸고 연곡사도 10여 년 전의 고즈넉함에 비하자면 마땅치 않지만 그나마 연곡사는 유례를 찾아보기 힘든 승탑(부도)들의 축제를 고이 간직하고 있어서 여기를 섬진강변 지리산 옛 절집의 마지막 보루로 삼고 있는 것이다.

　그리고 내가 아직도 연곡사를 남달리 사랑함은 연곡사로 올라가는 피아골 골짜기의 계단식 논의 아름다움 때문이기도 하다. 그것은 연곡사 승탑 못지않은 피아골의 문화유산이다. 피아골은 지리산 수백 골짜기 중에서도 계류가 크고 깊어서 연곡천이라는 이름을 따로 갖고 있으며, 골짜기 위로 트인 하늘은 넓고 밝아 어느 계곡보다도 기상이 호방한데 그 골짜기로 기운 경사면을 계단식 논으로 쌓아올린 신기로움과 아름다움

| **피아골 계단식 논** | 피아골 계곡의 버렁을 계단식 논으로 만든 것은 자연을 대상으로 벌인 최대의 설치미술 같다. 요즘은 특용작물인 차를 많이 재배해 계단의 느낌이 사라졌다.

은 차라리 눈물겨운 것이기도 하다.

옛날 우리의 논배미는 거의 다 계단식 논이었다. 경작지라고 해야 들판보다 비탈이 더 많으니 위에서부터 물을 대는 천수답이 아니고서는 논을 고루 경영할 수 없었던 것이다. 그리하여 비탈을 타고 내려오는 계단식 논의 굽이진 논배미는 조상들의 슬기와 삶의 멋이 한껏 배어 있는 우리 땅의 가장 아름답고 전형적인 표정으로 되어 있다. 경지정리가 되면서 계단식 논은 우리 주위에서 자꾸 사라져가고 있지만 아직도 그것은 지울 수 없는 우리네 향토적 서정의 징표다. 그래서 가톨릭대 안병욱(安秉旭) 교수는 '내 마음속의 문화유산 셋'을 논하면서 그중 하나로 이 논배미를 꼽고 이렇게 말했다.

원만하게 굴곡진 먼 들판의 모습은 자연과 가장 잘 어울린 인간이 만들 수 있는 최고의 예술품, 바로 그것이다. (…) 어디도 모나지 않은 논배미는 순한 농군의 심성을 그대로 반영한다. 그 논은 절대로 한쪽으로 기울지 않는다. 우리 선인들은 자연을 거스르지 않고 그 흐름에 따라 물결 같은 논두렁을 그리면서 중심 바닥만은 공평을 잃지 않은 것이다. 나는 들녘을 바라보면서 생존의 고단함을 무심히 달랬고 거기 넘실대는 나락을 보면서 생의 의지를 돋우었을 농민을 생각해본다.

그런 계단식 논배미의 마지막 보루가 여기 피아골이다. 가파르게 계곡으로 내리지르는 비탈을 깎아 논을 만들자니 비탈마다 보통은 몇십 계단의 논으로 석축을 쌓았는데 논배미가 작은 것은 겨우 열 평 남짓 되는 것도 있고, 높게 쌓은 석축은 사람 키 두 길이나 되는 것도 있고 또 봇물을 끌어댄 물길이 '실하게 두 마장은 되는 것'도 있다. 그리고 숲속으로 돌아간 논두렁 끝이 보이지 않는 높은 비탈엔 거의 100층의 논배미가 계단을 이루고 있다. 정말로 장관이다.

피아골 계단식 논은 여기에서 벌을 치면서 4년간 글을 쓴 송기숙 선생이 철저하게 관찰해서 그 미세한 사실들을 소설 『녹두장군』 제5권 '공중배미'편에 세세하게 묘사해놓았는데, 어느 논두렁 석축도 안으로 기운 것이 없고 모두 한 뼘이라도 더 넓히려고 바짝 곧추세웠다는 것이다. 그래서 논배미는 생긴 모양에 따라 삿갓배미, 치마배미, 항아리배미 같은 별명이 붙은바 어떤 논은 아랫논에 기댄 것이 5분의 1도 안 되니 차라리 공중배미라고 할 만한 것이었다는 얘기다.

피아골 계단식 논은 농민들의 땅에 대한 무서운 사랑과 집념을 남김없이 보여준다. 옛 속담에 '자식 죽는 것은 보아도 곡식 타는 것은 못 본다'는 그런 농군의 정성이 피아골 계단식 논을 가능케 한 것이다.

피아골의 계단식 논, 그것은 우리의 위대한 문화유산이자 우리 조상들이 장기간의 세월 속에 이룩한 집체 창작이며, 삶과 예술이 분리되지 않고 자연과 예술이 하나 됨을 보여주는 달인들의 명작인 것이다. 계단식 논이 살아 있는 한 피아골은 살아 있고, 그것이 살아 있을 때 피아골은 살아 있다.

연곡사의 연혁과 역사

지금 연곡사는 제법 큰 절로 모양새를 갖추어 주차장 공터도 넓고 법당도 그럴듯하며 요사채 쪽 돌축대도 장해 보인다. 또 한쪽으로는 선암사의 뒷간을 모방한 잘생긴 화장실도 지었다. 그러나 그 역사(役事)들은 최근 일어난 일이었다. 1983년에 대적광전이 준공되고 85년에 요사채와 선방이 낙성되었는데, 그 이전에는 한국전쟁 때 폐사가 된 뒤 조그마한 대웅전이 요사채를 겸하면서 절의 명맥을 유지해왔을 뿐이다. 그래서 나는 뇌리에 각인된 첫인상 때문에 연곡사를 아직도 폐사지로 생각할 때가 많다.

연곡사의 연혁에 대해서는 전남대학교박물관에서 펴낸 『구례 연곡사 지표조사 보고서』(1993)에서 이계표 씨가 쓴 「연곡사의 연혁」이 가장 자세하고 신빙할 수 있는 글이다.

연곡사는 8세기 통일신라의 큰스님인 연기법사(緣起法師)가 창건했다고 한다. 연기법사는 지금 호암미술관이 소장하고 있는 『백지묵서 화엄경 사경(寫經)』을 총감독한 스님으로 연곡사 이외에도 화엄사, 대원사 등 지리산에만도 세 개의 절을 세운 전설적인 인물이다. 그러나 이때의 모습을 알려주는 유물이나 기록은 아무것도 없다. 다만 그로부터 100년쯤 뒤로 생각되는 9세기 후반에 세워진 것이 틀림없는 연곡사 사리탑(연곡사 동부도, 국보 제53호)과 비석을 잃은 돌거북비석받침과 용머리지붕돌

| 연곡사 삼층석탑 | 연곡사 절집 초입에 외로이 서 있는 통일신라 삼층석탑은 원래 금당이 이쪽에 있었음을 말해준다.

(보물 제153호)만이 남아 있을 뿐이다. 우리나라의 대표적인 승탑 중 하나인 이 연곡사 사리탑의 주인공이 누구냐는 한국미술사의 큰 의문 중 하나이다. 속전(俗傳)에는 도선국사(道詵國師, 827~98) 사리탑이라는 설이 있는데 그 근거는 알 수 없지만 그럴 수 있는 가능성이 전혀 없는 것은 아니다. 만약 그것이 정말로 최창조(崔昌祚) 씨가 주장하는 '자생 풍수'의 원조인 도선국사의 사리탑이라면 그 역사적 가치는 엄청난 것이다.

연곡사 사리탑 다음의 역사를 말해주는 유물은 역시 비석을 잃은 돌거북비석받침과 용머리지붕돌만 남아 있는 현각선사(玄覺禪師)탑비(보물 제152호)와 현각선사의 사리탑이라고 생각되는 현각선사탑(북부도, 국보 제54호)이다. 현각선사탑은 고려 경종 4년(979)에 세워진 것으로 연곡사 사리탑을 빼어내듯 흉내 낸 것이다. 나말여초의 선종 사찰에는 이처럼 하대신라 개창조와 고려시대 중창조의 사리탑이 쌍을 이루는 것이 많다. 문경 봉암사, 곡성 태안사, 남원 실상사, 장흥 보림사, 여주 고달사 등이 모두 똑같은 현상을 보였으니 이는 우연이 아니라 고려 초에는 빙켈만(Johann J. Winckelmann)이 말한 '모방자 양식'의 풍조가 있었던 것이라고 할 만하다.

그러나 정작 현각선사가 누구인지는 모르겠고 지금 연곡사 한쪽 켠에 있는 삼층석탑(보물 제151호)은 대개 현각선사 시대의 유물로 추정되고 있다.

이후 고려시대에는 진정국사(眞靜國師)가 주석한 적이 있다는 단편적인 기록과 조선시대 중종 때(1530) 편찬한 『신증동국여지승람』에 구례현에는 연곡사가 있다는 기록이 있으니 그럭저럭 사맥(寺脈)을 유지해온 듯하다. 그러나 정유재란 때 일이다. "1598년 4월 10일 왜적 400명이 하동 악양을 거쳐 지리산 쌍계사, 칠불사, 연곡사에 들어와 살육과 방화를 자행했다"는 『난중잡록(亂中雜錄)』의 기록이 있어서 이때 폐허가 된 상황을 짐작게 한다.

조선 후기 이래의 연곡사

불탄 연곡사를 다시 중창한 분은 서산대사의 제자로 조선 후기 큰스님인 소요대사(逍遙大師) 태능(太能, 1562~1649)이다. 바로 이분의 사리탑이 소요대사탑(서부도, 보물 제154호)이다. 이 무렵(1655) 사세(寺勢)가 제법 확장되었던 듯 연곡사에서는 「석가여래 성도기(成道記)」를 목판으로 찍어내기도 했다.

그리고 연곡사가 역사 속에 다시 나타나는 것은 1728년, 이인좌가 모반을 일으켰을 때 스님 대유(大有)와 승려 출신의 술사(術士) 송하(宋賀)가 쌍계사와 연곡사를 거점으로 명화적(明火賊)들과 연합하여 이 반란에 가담했다고 하는데, 이 반란이 실패하자 그들은 지리산 속으로 종적을 감추었다고 한다. 그들은 당시의 빨치산이었던 셈이다.

연곡사는 이후 역사의 기록에 다시 한 번 나타나는데, 1745년(영조 21년) 10월 21일 나라에서 연곡사를 왕가의 신주목(神主木, 위패를 만드는 나무)을 봉납하는 장소로 지정하여 연곡사 주지가 밤나무 단지를 경영하는 책임자로 된 것이다. 그것은 연곡사의 한 특권이기도 하여 이로 인해 연곡사는 지방 향리의 경제적 수탈에서 벗어날 수 있었다. 그 무렵 연곡사 스님들의 수도와 포교가 계속되어 "원암(圓庵)스님이 만년에 연곡사 용수암에서 도반 취운(翠雲)과 함께 하루 한 끼만 먹으면서 수년 동안 용맹정진했다"는 기록도 있고 '보월당(葆月堂) 영탑(靈塔)'이라는 명문이 있는 보주(寶珠)형 사리탑이 하나, 팔각지붕을 얹은 작은 사리탑 두 개가 남아 있어서 끊길 듯 이어진 연곡사의 역사를 살필 수 있다. 그러나 19세기 말에는 연곡사 밤나무를 남벌하여 율목봉산지소(栗木封山之所)로서 자기 기능을 못한 책임이 돌아올까 두려워 중들이 절을 버리고 도망가게 되니 그로 인해 폐사가 되고 말았다.

그런 연곡사가 또다시 역사에 나타나는 것은 을사조약으로 제2차 의병운동이 일어날 때 고광순(高光洵)이 1907년 8월 26일 연곡사에 본영을 설치하고 항일투쟁을 벌이면서이다. 고광순은 봉기와 동시에 화개장터로 내려가 일본군 열 명을 죽이고, 연일 일본군을 공격하면서 9월 6일에는 의병 소재를 찾으러 들어온 일본군 수십 명을 공격하여 또 열 명을

| **고광순 순절비** | 항일의병대장 고광순의 순절비가 동백나무 아래 조용히 모셔져 있다.

죽이는 전공을 거두었다. 그러나 무기 하나 신통한 것 없으면서도 오직 나라를 잃어서는 안 된다는 의지와 신념으로 싸워온 고광순 의병대는 한 달 뒤인 10월 11일 일본군의 야간 기습을 받아 연곡사 옆 피아골 계곡에서 전멸하고 연곡사는 일본군의 방화로 잿더미가 된다. 지금 연곡사 소요대사 사리탑 아래쪽 해묵은 동백나무 그늘 아래 1958년에 까만 대리석으로 세운 고광순 의병장의 순절비(殉節碑)가 그 뜻을 기리고 있다.

　이후 연곡사는 일제시대에 한 불교 신자가 암자를 지어 경영하다가 한국전쟁 때 다시 폐사가 되었다. 피아골은 동란 뒤 만든 전쟁영화, 노경희 주연의 「피아골」 때문에 살벌한 분위기로 뇌리에 강하게 박힌 노인네들이 적지 않을 텐데, 이태(李泰)의 『남부군』에서는 '피아골의 축제'가 빨치산의 한순간 낭만을 흥겹게 그려냈으니 그것을 인상 깊게 생각하는 젊은이들이 또 적지 않을 것 같다. 그러나 피아골 자체는 계곡의 하늘이 넓어 은폐하기 어렵기 때문에 빨치산 전투에는 부적격하여 큰 전투는 없었던 곳이라고 한다. 이후 연곡사는 1960년대 후반에 작은 절이 들어 섰다가 80년대에 큰 절로 발돋움하게 된 것이다. 이것이 우리가 지금 알고 있는 연곡사 역사의 전부이다.

여담 같은 얘기로 연곡사는 소설 속에 한 번 크게 등장했다. 박경리의 『토지』에서 최참판 댁 안주인인 윤씨 부인이 요절한 남편의 명복을 빌기 위해 연곡사에 백일기도를 드리러 갔다가 연곡사 주지인 우관스님의 동생으로 동학의 장수인 김개주에게 겁탈당하고 사생아 김환을 낳는다는 얘기이다. 그러나 소설 속에선 오직 이 이야기만 나올 뿐이다. 피아골의 눈물겨운 아름다움의 계단식 논배미, 그리고 연곡사의 그 요염한 승탑의 생김새 얘기는 없어 서운했다.

승탑 중의 꽃, 연곡사 사리탑

연곡사의 역사를 살피면서 나는 우리나라 돌문화의 위대함을 다시 한 번 새겨보게 된다. '연곡사 사적기'라는 것이 제대로 전하는 것이 없어도 통일신라부터 조선 말기까지 시대를 점철하는 석조물이 있어서 그 면면한 역사를 읽어낼 수 있으니 그것이 돌의 위대함이 아니고 무엇인가.

뿐만 아니라 연곡사는 저 아름다운 연곡사 사리탑이 있어 연곡사의 이름도 빛내고 피아골의 역사적·인문적·예술적 가치를 드높이고 있다. 아무리 문화유산이 많아도 뛰어난 작품 하나가 없으면 어딘지 허전하지만, 모든 게 사라진 폐허라도 그 속에 천하의 명품 하나가 있으면 축복받을 수 있는 법이다. 변변한 문화유산을 간직지 못한 태백산, 설악산, 소백산 어느 골짜기에 이런 명품 하나가 있을 경우 그 산과 계곡이 얻었을 명성을 생각해본다면 우리 돌문화의 위대함을 새삼 깨닫게 된다.

연곡사 사리탑은 완벽한 형태미와 섬세한 조각장식의 아름다움으로 승탑 중의 꽃이라는 찬사를 받고 있다. 아마도 쌍봉사 철감국사 사리탑과 쌍벽을 이룰 치밀한 아름다움이 있다. 팔각기단 연화받침에 팔각당 몸체를 앉히고 팔각기둥을 씌운 전형적인 팔각당 사리탑으로 기단부엔 사자, 연화대좌엔 날개 달린 주악천녀(奏樂天女), 몸체엔 사천왕과 문짝, 그리고 지붕돌엔 서까래와 천녀, 상륜부엔 극락조(가릉빈가) 등이 섬세하고 아름답게 조각되어 그 야무진 조형미로 우리를 뇌쇄한다.

연곡사 사리탑은 무엇보다도 형태상에서 몸체에 해당하는 팔각당을 사다리꼴로 위를 약간 좁게 하여 날렵한 인상을 주고, 지붕돌은 맵시 있게 반전하여 그 경쾌함이 산들바람에도 날릴 것 같은데, 치밀한 조각장식은 마치 몸매가 다 드러나도록 꽉 조이는 쫄쫄이 옷을 입은 젊은 미녀를 연상케 하는 탄력이 있다. 어디를 봐도 미운 구석이 없고 불완전한 티가 없다. 이처럼 연곡사 사리탑은 날렵하고 경쾌한 형태미를 자랑하지만 가볍거나 들떠 있다는 느낌이 없다.

앙증맞고 발랄하지만 되바라진 데도, 새침한 데도 없다. 귀엽고 명랑하고 예쁘기 그지없지만 젠체하는 구석이 없다. 저런 아름다움을 창출할 수 있었던 때가 9세기 하대신라 호족 문화의 시대였던 것인데, 정작 저 사리탑의 주인공을 알지 못하니 그게 안타까울 뿐이다.

승탑을 찾아가는 환상 특급

섬진강 지리산 언저리를 순례하는 답사가 우리 답사회에서는 1년에 한 번은 꼭 있다. 그럴 때마다 탐방하는 유적도 약간씩 다르고, 주제도 다르게 잡히는데 한번은 2박 3일 일정으로 남도의 하대신라 선종 사찰을 두루 답사한 적이 있다. 그때 어느 회원이 이번 3일간의 답사는 승탑

| **연곡사 사리탑** | 우리나라 승탑 중의 꽃이라 할 만큼 형태미와 조각 솜씨가 빼어나다. 그러나 어느 스님의 사리탑인지 아직 모른다. 이 사진은 복원하기 전의 모습으로, 복원 과정에서 상륜부 꼭대기의 보륜 위치가 바뀌었다.

을 찾아가는 환상 특급을 탄 기분이었다며 낱낱 승탑에 대해 은유법으로 말하는데 그게 참 인상적이었다.

"쌍봉사 철감국사탑은 큰 영광을 얻은 분의 모든 것 같고, 실상사 증

| **현각선사탑** | 북부도라고 칭하는 현각선사탑은 연곡사 사리탑을 빼다 박은 듯한 모방작이다. 사진으로는 거의 구별할 수 없을 정도로 같으나 분위기는 사뭇 다르다.

각국사탑은 듬직한 큰아들 같고, 태안사 적인선사탑은 정숙한 며느리 같고, 보림사 보조선사탑은 능력 있는 사윗감 같은데, 연곡사 사리탑 은 귀엽게 자란 막내딸 같습니다.

쌍봉사 철감국사탑은 비단 마고자를 입은 중년 남자 같고, 실상사

| **연곡사 사리탑 비석받침과 지붕돌** | 사리탑의 뛰어난 조형 감각에 걸맞게 비석받침의 거북조각과 비석지붕의 용조각이 생동감 넘치는 사실성을 보여준다.

증각국사탑은 양복에 코트까지 입은 젊은 남자 같고, 태안사 적인선사탑은 검정색 투피스로 정장한 중년 여인 같고, 보림사 보조선사탑은 멋쟁이 콤비를 입은 총각 같은데, 연곡사 사리탑은 미니스커트 아니면 청바지에 빨간 하이힐을 신은 것 같습니다."

연곡사 사리탑은 그렇게 발랄하고 앙증맞으면서 한편으로는 색태(色態)가 느껴지는 가벼운 요염성도 없지 않아 있다.

연곡사 사리탑을 보고 나서 현각선사탑을 보면 눈 없는 사람은 똑같은 것이 거기 또 있는 줄로 알고, 눈 있는 사람은 모방작이 갖는 게으름

| **현각선사탑비 받침과 지붕돌** | 돌거북의 모습엔 다소 과장이 들어 있어 힘이 장사로 느껴진다.

에 혀를 절로 차게 된다. 만약에 연곡사 사리탑을 보지 않고 먼저 현각선사탑을 보았다면 우리는 그 형태미와 조각의 섬세함에 찬사를 보냈을 것이다. 그러나 우리는 이미 완벽한 조형미를 보고 온 터인지라 이런 모방자 양식엔 감동은커녕 실망을 말하게 된다. 그래서 나는 맹목적인 모방은 미움이고 실패일 뿐이라는 교훈을 새기는 현장으로 연곡사만한 데가 없다고 생각하며, 미술사적 안목의 훈련과 시험장으로 여기보다 좋은 곳이 없다고 생각하고 있다.

이에 반하여 서부도라 불리는 소요대사탑은 연곡사 사리탑을 본뜨긴 했으면서도 그것을 익살스럽게 변화시켜 보는 이로 하여금 절로 웃음을

| **소요대사탑** | 연곡사 사리탑을 본떴지만 사천왕의 조각에는 의도적으로 희화화한 솜씨가 돋보인다.

짓게 한다. 이런 것이 진짜 패러디(parody)이다. 진지한 것을 희화화(戱畵化)해 유머도 풍기면서 동질성을 획득한다는 것은 모방이 아니라 변주이며 계승인 것이다. 특히 사천왕상은 능글맞고 넉살 좋게 조각되어 코미디를 보는 듯한 경쾌한 즐거움이 있다.

연곡사 승탑밭에서 또 무시할 수 없는 것은 보주형(寶珠型)의 보월당탑과 팔각형 몸체에 팔각지붕을 얹은 승탑이다. 이 둘은 그간 보아온 3기의 승탑에 비할 때 공력과 재력이 많이 든 것은 아니다. 그러나 주어진 조건 속에서 최선을 다한 조형적 성실성과 세련미는 만점이다. 저런 능력의 조각가에게 큰일을 맡겼다면 또 어떤 대작의 명품이 나왔을지도 모를 가능성이 감지된다. 그러나 그 곁에 있는 둥근 몸체에 팔각지붕돌을 얹은 승탑과 20세기 후반의 종인화상탑은 조형상으로 그 자리에 같이 있다는 사실 자체가 오만으로 비칠 정도로 조형적 특징이나 매력이 없다.

한 4년 전 일인가보다. 영남대 조형대학 교수연수회와 연곡사로 왔을 때 나는 시각디자인을 전공하는 이봉섭(李奉燮) 교수와 한국화가인 정치환(鄭致煥) 교수에게 모두 7기의 승탑에 대해 평점표를 만들어달라고 하고 나 또한 작성했는데 놀랍게도 우리들의 채점은 같았다.

1. 연곡사 사리탑: A⁺   2. 현각선사탑: B°   3. 소요대사탑: A°
4. 보월당탑: B⁺   5. 팔각몸체에 팔각지붕을 한 승탑: A°
6. 원형몸체 팔각지붕돌 승탑: D   7. 종인화상탑: F

지리산 새할아버지

피아골 연곡사의 사계절은 참으로 특색 있다. 사실 그것을 즐기는 것만으로도 피아골은 대단한 답사처다. 특히 봄과 가을이 좋다고 한다. 아닌 게 아니라 피아골 계곡 바닥으로 집채만 한 바윗덩이 틈새에 자란 물철쭉이 만개하는 늦은 봄과 등산로로 가로수로 심겨진 단풍나무가 빨갛게 물드는 늦가을이 피아골의 큰 자랑이라 하겠지만 계곡 물소리가 우렁찬 여름날과 흰눈이 소복이 쌓인 한겨울의 피아골이 그만 못할 것도 없다.

연곡사에 가면 유난히 새가 많다는 것을 알게 된다. 산비둘기 구구대는 소리와 5월이 되기 무섭게 울어대는 뻐꾸기야 우리 산천 어딘들 없으리요마는 이 나무 저 나무로 때로는 홀로 때로는 무리 지어 나는 새를 쉽게 만나게 된다. 그래서 나는 속없이 연곡사라고 제비 연(鷰) 자가 들어

| 보월당 영탑 | 조선 후기의 보주형 승탑으로 형태미가 매우 깔끔하다.
| 팔각몸체에 팔각지붕을 한 승탑 | 조선 후기의 전형적인 사리탑 형식이지만 이처럼 잘 짜인 구조미를 보여주는 명품은 흔치 않다.

온 것이 이런 새와 무슨 관련 있나 혼자 생각해왔다.

그러다 3년 전에 나는 연곡사에서 새할아버지를 만나고서 그 연유를 알게 됐다. 새할아버지는 이제 나이 칠순을 넘겼고, 이름이 김행률이라는 것이외에는 산새를 보호하기 위하여 새 먹이를 놓고 다니는 일을 30년 동안한결같이 해오시고 있다는 사실만을 알고 있을 뿐이다(1993년 당시 시점).

새할아버지는 어렸을 때 꿈이 '푸른 산을 만들자. 내 자손에겐 푸른 산을 넘겨주자'였다고 한다. 전쟁이 끝나고 벌거벗은 붉은 산에 나무를 심는 일, 그것으로 70 평생을 살아오셨단다. 그는 치산녹화 10개년계획 때몸을 바쳐 일했고 그때 박대통령에게 불려가 작은 벼슬자리라도 받을 기회가 있었단다. 그러나 그는 나무 100억 주를 심겠다며 오직 나무 심는일만 했고 이제 생각하니 지난 50년간 그만큼 심은 것도 같다는 것이다.

그러나 5·6공을 거쳐 문민정부에 이르기까지 정부가 나무 심는 것은 고사하고 심은 나무 관리에도 정성을 보이지 않았고 오히려 그나마도 죽어가는 것을 보니 이제는 '나무를 심자'가 아니라 '보호하자'가 더 중요하게 생각되어 산림 보호에 나섰다는 것이다.

산림 보호의 치명상은 벌레인데 벌레 제거에는 산새가 최고라는 것이다. 박새, 할미새, 곤줄박이 같은 작은 토종새가 벌레 잡는 데 귀신이고 산까치, 꿩, 덤불새 같은 큰 새도 한 짐씩 거든다고 한다. 그런데 지금의 자연환경에서는 먹이가 부족하여 산새가 제대로 살 수 없으므로 승탑밭, 돌기단, 언덕배기의 큰 바위 한쪽 등 길목마다 먹이를 놓아 보호하고 계신 것이다.

새할아버지의 산새 보호는 도봉산, 북한산에서부터 시작했단다. 누가 시킨 것도 누가 곡식을 준 것도 아니란다. 새할아버지 말씀대로 '아르바이트'해서 새 모이를 주었다. 쌀, 좁쌀, 콩 같은 낟알을 새가 잘 보이는 데 꾸준히 놓으니 새들이 모여들고 살아가기 시작하였단다. 그렇게 몇 해를 하고 나니 산새를 1만 마리 정도 헤아리게 됐다는 것이다. 새할아버지 얘기를 그렇게 듣고 있는데 나서기 잘하는 한 여성 회원이 톡 튀어나왔다.

"할아버지 1만 마리인지 어떻게 알아요?"

"다 세는 법이 있지. 인간은 의리를 저버려도 짐승은 그러질 않아요. 내가 백무동으로 올라가면 최소 2천 마리는 나를 따라오며 에스코트해요. 새를 사람만 못하다고 하지 마세요."

새할아버지의 이 정성을 알고 '양귀비 같은' 등산반원 일곱이 북한산 산새 관리를 맡겠다고 나섰다 한다. 그래서 새할아버지는 용문산으로 가서 또 몇 해 새 모이를 놓으니 거기서도 1만 마리를 번식시키게 됐단다. 그래서 1994년에는 지리산으로 와서 이렇게 모이를 주고 다니니 벌써

3만 마리가 됐다며 지리산의 위대함을 말한다. 그러면서 우리에게 답사 올 때 곡식을 한 됫박씩 들고 와 놓으라고 권하셨다. 놀랍기도 하고 고맙기도 하고 한편 부끄럽기도 하였다. 나는 새할아버지의 뜻에 같이한다는 마음을 표하고 싶었다.

"할아버지, 우리가 미처 몰라서 그냥 왔는데 저희가 좁쌀 한 가마 사 드리면 좀 놓아주시겠어요?"
"아, 그야 물론이지."

나는 답사회 총무 서종애 씨를 찾았다.

"서총무, 우리 답사운영비에서 5만 원만 봉투에 넣어서 할아버지 드리세요."
"아, 봉투는 필요 없어. 그런데 요즘 좁쌀 한 가마는 6만 원인데……"

그때 회원들은 즉석에서 따로 모금해서 좁쌀 한 가마니 값을 만들었고 '섬진강은 말이 없다'의 우사장은 따로 좁쌀 한 가마니 값을 헌금했다. 새할아버지는 횡재했다며 어서 아침 새 모이 놓겠다고 떠나셨다. 그리고 우리가 현각선사탑을 거쳐 소요대사탑에 왔을 때 승탑 기단석에 모이를 놓고 있는 새할아버지를 다시 만났다. 할아버지는 우리가 드린 지폐를 왼손에 꼭 쥐고 계셨다.

"할아버지, 돈은 주머니에 넣으시지 왜 들고 다니세요?"
"아! 이 사람아! 새들한테 보여줘야지, 오늘 너희들 먹이 살 돈 들어왔다고. 그러지 않고 내 주머니에 쑥 집어넣으면 새들이 기분 좋겠어?"

그때 나서기 잘하는 그 회원이 또 튀어나왔다.

"할아버지, 조류학자 얘기를 들어보니 고기 기름을 가져다가 나무에 걸어주면 좋다고 하던데요."

"좋기야 좋지. 새들이 거기에 부리를 비비며 좋아하지. 그러나 나무 벌레 잡아먹는 새는 박새, 할미새 같은 작은 새거든. 특히 박새는 식사를 어떻게나 깨끗이 하는지 한 나무를 다 잡아먹어야 다음 나무로 가요. 완벽하게 청소하지. 그런데 고기 기름 걸어놓으면 까마귀 같은 큰 새가 차지하려고 작은 새는 막 쪼아 쫓아버려요. 이론하고 실제하곤 많이 달라. 새는 어디까지나 새여."

"그래도 조류학자 얘기는 그런 게 있어야 희귀조가 보호된다고 하던데요."

"왜 조류학자들은 앉아서 희귀조와 새 색깔만 따지나 몰라. 주둥이 까마면 까만부리 무슨 새, 머리에 빨간 점이 있으면 빨강머리 무슨 새 하고 희귀조니 뭐니 하는지 모르겠어. 빨강머리 할미새고 까만부리 할미새고 새가 굶어죽는데 밥을 줘야지. 새도 먹이가 없으면 죽는다는 것은 누가 연구하나."

대답을 마치고 새할아버지는 이러다가 아침 모이 주는 것 늦겠다며 우리를 뒤로하고 피아골 계곡을 계속 올라가셨다.

1996. 5. / 2011. 5.

산사의 미학: 깊은 산, 깊은 절

산사의 전형 / 제1회 광주비엔날레 / 정직한 관객 / 한국의 들과 산 /
선암사 진입로 / 승선교와 강선루 / 삼인당 / 깊은 산, 깊은 절

산사의 모범 답안

1997년, 나라에서는 그해를 '문화유산의 해'로 정하고 대대적으로 행사를 벌였다. 당시 『중앙일보』에서는 각계 인사들에게 '내 마음속의 문화유산 셋'이라는 릴레이 특집을 기획했다. 그때 내가 꼽은 것은 한글과 백자, 그리고 산사(山寺)였으며, 산사의 대표적 예로 든 것이 선암사(仙巖寺)였다.

선암사는 내 마음속의 문화유산일 뿐 아니라 내가 답사를 다니기 시작한 지 30년이 되도록 한 해도 거르지 않고 다녀온 남도답사의 필수처다. 그러나 선암사의 매력이 어디에 있는지 구체적으로 딱 집어 말하기는 참으로 힘들다. 따지고 보면 미술사적 유적으로 뛰어난 것이 있는 것도 아니고 경관이 빼어난 것도 아니지만, 가고 싶은 마음이 절로 일어나

고, 가면 마음이 마냥 편해지는 절집이다.

굳이 말하자면 선암사는 우리나라 산사의 전형이라고 대답할 수밖에 없는데, 본래 전형이라는 것은 평범하다는 뜻이기도 하여 그 특징을 잡아내지 못하는 것은 당연한 일인지도 모른다. 이럴 때는 오히려 외국인, 특히 안목 있는 외국인의 눈을 통해 그 구체적 내용을 알게 되는 경우가 있다.

1995년 개막한 제1회 광주비엔날레 때 나는 커미셔너 중 한 명으로 참여했다. 그중 외국인 커미셔너가 4명이었는데 지금(2009년 집필 당시) 뉴욕 현대미술관(MoMA) 부관장으로 있는 캐서린 할브라이시(Catherin Halbreich)가 미주 지역을 맡아 참여했다. 캐서린은 당시 미니애폴리스에 있는 워커아트센터 관장으로 있었다. 나는 캐서린을 포함한 커미셔너들과 선암사를 다녀온 후 그 매력의 정체를 명확히 알게 되었다. 이들과 선암사를 가게 된 것은 그들이 보름간 머물며 일하면서 한국의 이미지를 좋지 않게 보는 일들이 생겨 내가 우리 문화의 저력을 보여주고 싶은 마음에서 여행을 제안했기 때문이었다.

제1회 광주비엔날레 뒷이야기

1995년 제1회 광주비엔날레는 급조한 전시회여서 외국인 커미셔너들의 불만이 이만저만이 아니었다. 전시회 개막을 일주일 앞두었는데 아직도 전시장에는 망치 소리, 전기톱 돌아가는 소리로 귀가 따갑고, 구름다리 아래에는 공사장 쓰레기가 산더미로 쌓여 있어 커미셔너들이 선정해 온 작품들이 도착했어도 설치하지 못하고 애를 태우고 있었다.

이제 와 그때의 전후 사정을 들은 대로 전하자면, 300억 원이 들어간 광주비엔날레의 시작은 문민정부가 호남의 민심을 달래기 위해 급히 내

| **선암사 전경** | 1929년 조선불교중앙교무원에서 출간한 『조선사찰 31본사 사진첩』에 실린 선암사 전경. 절집 앞산에 올라 부감법으로 찍었기 때문에 진경산수화를 보는 듯하다. 당시는 건물이 50여 채였으나 지금은 23채만 남아 있다.

놓은 정치적 목적의 문화 행사였다. 1980년 광주항쟁 이후 처음으로 대통령이 광주를 방문할 수 있는 계기를 찾던 중 예향(藝鄕)을 자부하는 광주에 제대로 된 국제전을 열어 그 개막식에 김영삼 대통령이 참석함으로써 이 난제를 자연스럽게 풀자는 것이었다. 그래서 모든 준비가 시간에 쫓겼다(정작 대통령은 결국 남총련 학생들의 반대로 개막식에 참석하지 못했다).

그날도 늘 그랬듯 외국인 커미셔너들과 점심을 같이하는데, 영국인 커미셔너가 오늘도 자기 구역은 페인트칠을 다 하지 못해 일을 할 수 없다며 푸념하는 것이었다. 그는 이 전시회에 참여하면서 이제까지 다섯 번 올 때마다 크게 놀랐다고 했다. 첫번째는 이런 큰 전시회를 불과 10개월 후에 열겠다고 해서 놀랐고, 두번째는 11월에 1차 커미셔너회의에 참석했더니 허허벌판을 가리키며 거기에 새 전시장을 짓는다고 해서 놀랐고, 세번째는 이듬해 4월 2차 회의에 오니 건물 뼈대가 벌써 다 돼 있어 놀랐고, 네번째는 7월 3차 회의에 왔더니 성수대교가 무너져 놀랐고, 지금은 전시장 공사 쓰레기를 개막 전에 다 치우지 못할 것 같아 놀라고 있다는 것이다.

그러자 모두 똑같은 심정이라면서 이구동성으로 개막식이 제날짜에 열리지 못할 것 같아 걱정이라고들 했다. 이런 이야기를 듣고 있자니 주최국 사람으로서 미안하기도 하고 자존심도 있어 나는 이렇게 제안했다.

"미안합니다. 그러나 당신들은 이제부터 진짜 놀랄 것입니다. 날짜를 정해놓으면 무슨 수를 써서라도 해내는 것이 대한민국입니다. 내 생각에 전시장을 완전히 마무리하려면 이틀은 더 걸릴 것 같으니, 이렇게 앉아서 걱정만 하지 말고 나하고 한국의 환상적인 옛 절집을 구경 갑시다. 다녀오면 전시장이 말끔히 정리되어 있을 테니 그때부터 본격적으로 일합시다."

그러자 모두 고맙기는 하지만 당장은 사양한다고 했다. 이유는 "일이 먼저"(business first)라는 것이었다. 그러나 전시회가 무사히 열리면 귀국하기 전에 꼭 한번 따라가고 싶으니 개막식 끝나고 다음 날 하루 나를 따라 여행하기로 약속했다.

그들이 걱정하던 산더미 같은 공사장 쓰레기 문제는 이튿날 아침 귀신같이 해결되었다. 육군 31사단 1개 중대 병력이 투입되어 순식간에 말끔히 치워버린 것이었다. 그때 솔밭 언덕에 '보따리' 설치미술을 김수자 씨가 진열해놓은 헌 옷가지들까지 쓰레기로 담아가는 바람에 이를 되찾아오는 소동도 벌어졌다. 그리고 119구조대가 와서 말끔히 물청소를 하면서 세 시간 만에 준비가 끝났다. 커미셔너들은 이 광경을 보면서 "믿을 수 없다"(unbelievable)는 소리를 연발하였다.

정직한 관객

이리하여 제1회 광주비엔날레는 차질 없이 개막식을 치르게 되었다. 이날 외국인 커미셔너들은 서로 감회에 젖어 현장을 몇 바퀴씩 둘러보면서 기꺼워했다. 그러다 나는 또 다른 곤경에 봉착했다. 주최 측에서 관객 동원에 너무 신경을 쓴 나머지 관람객들이 밀려드는데 태반이 시골 할머니·할아버지들이었다. 외국인 커미셔너들은 이 진귀한 광경을 보면서 나에게 "저분들 인생과 이 전시회가 무슨 관계가 있습니까?"라고 묻는 것이었다. 그들 나라에선 안 볼 사람은 안 보면 그만인데, 우리나라는 실망할지언정 안 보면 큰일 나는 줄 알고 몰려든 것이었다. 그것은 문화의 차이였다.

그날 나는 아주 정직한 관객 두 분을 만났다. 한 분은 중년의 신사로 아마도 서울에서 아내와 함께 구경 온 것 같았다. 이 중년 신사는 비엔날레 전시장 출구에서 담배를 피우며 이제나저제나 나올 때만 기다리던 아내의 모습이 비치자 고래고래 소리를 지르는 것이었다.

"아니, 뭐 볼 게 있다고 여지껏 있는 거야. 이따위가 무슨 예술이야, 죄다 사기지."

이 중년 신사는 연방 아픈 다리를 털면서 아내를 원망하는 것이었다. 추측건대 아내의 성화 때문에 비엔날레에도 마지못해 왔는데 구경거리라는 것이 하도 요상해서 홧김에 세상 사람 들으라고, 아니면 현대미술가라는 잘난 인생들 들으라고 소리치는 것 같았다. 맞다, 이건 사기다. 백

| **크초의「잊어버리기 위하여」** | 제1회 광주비엔날레 대상 수상작으로 빈 맥주병 위에 조각배를 얹어 쿠바의 보트피플 신세를 나타낸 멋진 설치미술이다.

남준도 일찍이 "예술은 사기다"라고 일갈하지 않았던가.

　광주비엔날레에서는 회화, 조각, 사진, 공예 등의 전통적인 장르 개념은 무시되었다. 어지럽고 지저분한 설치미술이 대종이었고 작가들은 무언가 고상하고 품위 있게 그 무엇을 창출하려는 성의도 없었다. 현대사회에 아주 민감하게 대응하며 정직하게 시각적 이미지를 제시하고 그것에 대한 해석은 관객에게 맡겨버리는 식이었다. 나 역시 여기서 벌어진 설치작업에서 깊은 미적 감동을 받은 것은 몇 안 되었다. 다만 미술평론가이기에 낱낱 작품들을 이해하고 있을 따름이다.

　또 한 분은 말씨로 보아 벌교나 장흥쯤에서 오신 듯한 할아버지였다. 이 할아버지는 대상 수상작인 쿠바의 알렉시스 레이바 크초(Alexis Leyva Kcho)의 「잊어버리기 위하여」라는 작품 앞에서 할머니와 작은 다툼을 벌이고 있었다. 상황을 보아하니 군(郡)에서 광주에서 큰 구경 났다고 공짜표를 주어 엑스포 같은 것인 줄 알고 왔는데 전시회라고 해괴하기 짝이 없는 데다가 영감님은 어서 갈 생각은 않고 이 대상 수상작 앞에서 영 떠나질 않는 것이었다. 크초의 이 작품은 2천여 개의 맥주병 위에 빈 조각배를 올려놓은 것으로 당시의 쿠바 난민들의 처지를 은유한 것이었다. 참으로 대상을 받을 만한 명작이었다. 한잔 걸치신 것인지 주독이 오른 것인지 코가 빨간 할아버지는 연방 맥주병만 보고 있는데 할머니가 자꾸 가자고 보채는 것이었다.

"영감, 인자 그만 보고 가십시다요. 오래 본다고 아요? 다 배움이 깊어야 아는 법이제."
"모르긴 뭘 몰러? 임자는 꼭 날 무시해야 쓰겄는가?"
"그라믄 이게 다 뭐다요?"
"뭐긴 뭐여, 인생이란 맥주병 위에 떠 있는 빈 배란 말이시."

천연덕스러운 이 할아버지의 해설 앞에 나는 미술평론가로서 무릎을 꿇지 않을 수 없었다. '인생도처유상수'였다. 할아버지는 이 작품을 보면서 자신의 고단했던 삶과 그 삶 속에 함께했던 술, 그 술기운에 실어왔던 꿈과 그 꿈의 허망을 모두 읽어냈던 것이다.

백남준의 말을 빌리든, 한 중년 신사의 고함을 인용하든 현대미술을 일컬어 사기라고 해도 좋다. 그러나 여기서 말하는 사기란 비자금 파문을 일으키는 정치꾼이나 장사꾼의 그것과는 아주 다르다. 애교 있고 악의 없는, 그래서 우리의 정서 환기에 매우 유익한 것이다. 예술은 사기이되 이유가 있는 사기인 것이다.

가을 들판의 논

이렇게 개막식은 어김없이 제날짜에 무사히 치러졌고, 다음 날 아침 9시 나는 약속대로 외국인 커미셔너 넷을 인솔하여 선암사로 떠났다. 비좁은 내 포니 승용차에 네 명을 태우고 출발하니 그들은 마침내 무거운 일에서 해방되어 바캉스라도 가듯 재잘거리는데, 대상을 받은 작품에 대한 할아버지의 평을 듣고는 까무러치듯 웃으며 "우리 평론가 직업을 내놓자"고들 했다. 대상 작가를 선발해온 캐서린은 더욱 기뻐하였다. 차가 광주 시내를 벗어나자 들판에는 벼가 누렇게 익어가고 있었다. 갑자기 시끄럽던 뒷자리가 조용해졌다.

백미러로 살짝 보니 모두 말없이 창밖을 바라보고 있었다. 옆자리에 앉은 캐서린은 아예 고개를 창 쪽으로 돌리고 있었다. 그리고 한참 있다 "저게 뭐예요?"(What's that?)라고 물어왔다. 나는 그녀가 무엇을 묻는지 몰랐다. 그래서 "못 알아들었는데요?"(excuse me?)라고 되묻자, 논을 가리키며 "누런 풀"(yellow grass)이라고 했다.

"벼(rice plants)예요"라고 대답하자 그녀는 "아, 알겠습니다"(Oh, I see)라고 하고는 다시 하염없이 창밖을 바라보았다. 가만히 생각해보니 이들 이방인은 벼가 익어가는 들판을 보기는 힘들었을 것 같았다. 캐서린은 또 내게 항상 저렇게 누렇느냐, 논둑이 왜 평평하지 않고 계단식으로 되었느냐는 등 계속 물었다. 논에는 물이 차 있다고 알려주자 정말이냐고 놀란다.

사정없이 들어오는 질문에 짧은 영어로 대답하려니 정말 힘들었다. 이럴 때면 내가 쓰는 술책이 있다. 그것은 내가 질문해서 그쪽이 계속 말하게 하는 것이다. 내가 캐서린에게 "어때요?"(How do you like it?)라고 묻자 그녀는 기다렸다는 듯 아름다운 풍광이라면서 동양의 색감이 서양과 다를 수밖에 없다는 것을 알게 되었다고 했다.

그녀는 그동안 여러 나라를 다녔어도 현대 도시의 현대미술만 상대했는데, 이런 시골 풍경까지 접할 기회를 갖게 되어 기쁘다고 했다. 내로라 하는 미술평론가들이기 때문에 보는 눈이 여러모로 달랐다. 미술 평론하는 사람들은 새로운 시각적 경험에 매우 민감하게 반응한다.

일종의 직업병적·즉발적 반사작용이어서 그것은 편견일 수는 있어도 거짓은 아니다. 지금 이들 이국의 미술평론가들이 논을 보면서 느끼는 반응은 마치 시베리아 스텝에 핀 들꽃을 보는 듯한 감동인 것이다. 그때 이후 나는 더욱 자신 있게 하는 말이 있다.

"우리나라에서 가장 아름다운 정원은 논이다."

깊은 산

지금은 광주에서 순천으로 가는 27번 국도가 4차로에 시속 80킬로미터로 달릴 수 있는 반듯한 길로 바뀌었지만, 그때만 해도 산굽이 따라 강물 따라 느리지만 운치 있게 돌아갔다.

우리의 차가 곡성 태안사를 저만치 두고 보성강변을 따라가는데 캐서린이 사진을 찍고 싶다고 해서 허름한 휴게소에 차를 세웠다. 모두 잠시차에서 내려 유유히 흐르는 보성강과 강 건너 논, 발아래 작은 마을, 그리고 먼 산을 무슨 큰 구경거리인 양 바라보았다. 다시 차에 올라 운전하면서 캐서린에게 물었다.

"사진 잘 찍었습니까?"
"물론이죠. 참 아름답습니다. 나는 여러 나라를 여행해보았지만 지

| **캐서린과 함께 찍은 보성강변** | 캐서린은 이 강마을 풍경을 보면서 산과 들과 강과 마을을 한 컷의 사진에 담을 수 있는 매우 정겨운 장면이라며 한국 산하의 일상적 풍광에 감탄했다.

금처럼 산과 들과 마을과 강이 한 프레임 안에 들어오는 풍광이 있으리라고는 상상하지 못했습니다. 당신네 나라 사람들은 자연을 대하는 방식이 다른 나라 사람들과 많이 다를 것 같습니다."

어제까지만 해도 우리나라에 대해 불만만 말하던 그녀가 이 평화로운 풍광 앞에서 목소리마저 나긋나긋해지는 것이 반갑고도 고마워 추임새를 넣듯 대화를 이어갔다.

"특히 산이 그렇습니다. 당신네 나라 사람들에게 등산이라고 하면 전문 산악인이나 하는 일이지요? 그러나 한국인에게 산은 곁에 두고 살면서 언제 어느 때나 어린애부터 노인까지 누구나 오르는 대상입니다. 한국인에게 산은 일상의 공간인 셈입니다."

"그렇군요. 산이 높이 솟은 것이 아니라 여러 겹으로 겹쳐 있는 것이 특이합니다. 이 산을 보니 동양화에서 산을 왜 그렇게 표현했는지 알 수 있겠네요."

그녀는 미국의 시카고 지방에 살고 있었으니 우리의 산등성을 보고 그런 이국적 감정을 느낄 만하다고 생각했다. 반대로 나는 미국에서 해발 4,000미터가 넘는다는 파이크스 피크(Pikes Peak)를 자동차로 올라보면서 세상에 이렇게 싱거운 산이 다 있는가 허망했던 기억이 났다. 그 산은 몸뚱이가 하나가 달랑 산이었다. 그래서 캐서린에게 다시 설명해주었다.

"우리나라 사람들은 저렇게 생긴 산을 높은 산이 아니라 깊은 산 (deep mountain)이라고 합니다. 내가 뉴욕에서 만난 동양미술 큐레이터에게 한국의 사찰은 깊은 산속에 있다고 했더니, 그는 평소 내 영어가 서툰 것을 알고 산은 깊은 것이 아니라 높은 것이라고 교정해주면서 깊은 강(deep river)은 있어도 깊은 산은 없다고 하더군요. 그래서 나는 할 말을 잃은 적이 있습니다. 당신이 생각하기에 내 영어가 틀렸습니까?"

"깊은 산이라…… 그것 재미있는 표현이네요. 완전히 한국화한 영어(Koreanized English)입니다. 그러나 한국의 풍광에 맞는 말입니다."

그러면서 캐서린은 미소를 지으며 작은 목소리로 '딥 마운틴'(deep mountain)을 몇 번인가 되뇌었다.

| **선암사 진입로 옛 모습** | 선암사의 옛 진입로는 이처럼 호젓한 산길이었다.

선암사 진입로

선암사 주차장에 차를 세워두고 나는 이들과 함께 매표소를 지나 진입로를 따라 천천히 걸어갔다. 이들에게 절까지는 25분 정도는 걸어야한다고 알려주었는데 모두들 아무 문제 없다고 했다. 귀한 손님을 모시고 왔다고 절 종무소에 연락해 편의를 제공받을 수도 있었지만, 나는 어떤 경우에도 절집 안까지 차를 타고 들어간 일도 없고 그래서는 안 된다고 생각한다.

우리나라 산사 건축은 진입로로부터 시작된다. 산사의 진입로는 그 자체가 건축적·조경적 의미를 지닌 산사의 얼굴이다. 약 반 시간 걸리는 이 5릿길 진입로는 공간적으로 시간적으로 속세와 성역을 가르는 분할 공간이자 완충 지역이다. 그래서 우리나라 산사에는 반드시 저마다의 특징을 가진 진입로가 있다.

| 선암사 진입로 현재 모습 | 어느 날 선암사 진입로는 널찍한 찻길로 변하여 산사로 들어가는 옛 정취를 잃어버렸다.

그 진입로는 산의 형상에 따라, 그 지방의 식생(植生) 환경에 따라 다르다. 오대산 월정사의 전나무숲길, 하동 쌍계사의 10리 벚꽃길, 합천 해인사의 홍유동계곡길, 장성 백양사의 굴참나무길, 영월 법흥사의 준수한 소나무숲길, 부안 내소사의 곧게 뻗은 전나무 가로수길, 영주 부석사의 은행나무 비탈길, 조계산 송광사의 활엽수와 침엽수가 어우러진 길……

어느 절의 진입로가 더 아름다운지 따지는 것은 불가능하다. 그중에서도 선암사 진입로는 평범하고 친숙한 우리 야산의 전형으로, 줄곧 계곡을 곁에 두고 물소리를 들으며 걷게 된다. 그러나 어느만큼 가다보면 만나게 되는 그때그때의 인공 설치물이 이 길의 단조로움을 날려준다.

해묵은 굴참나무가 여러 그루 늘어선 넓은 공터를 지나면 키 큰 측백나무를 배경으로 한 승탑밭이 나온다. 승탑밭을 지나면 장승과 산문(山門) 역할을 하는 석주(石柱) 한 쌍이 길 양편에 서 있고, 여기서 산모서리를 돌아서면 아름다운 승선교(昇仙橋)가 드라마틱하게 나타난다.

승선교를 지나면 강선루(降仙樓)가 나오고, 강선루 정자 밑을 지나면 삼인당(三印塘)이라는 타원형의 연못에 이른다. 여기서 야생 차나무가 성글게 자라는 산모서리를 가볍게 돌면 비로소 '조계산 선암사'라는 현판이 걸린 절문 계단 앞에 다다르게 된다.

그리하여 지금 당신이 행복하게 걷는 이 산책길은 절대자를 만나러 가는 길임을 은연중에 알려준다. 느긋이 따라오는 캐서린에게 지나가는 말로 물었다.

"많이 걸어도 괜찮아요?"

"문제없어요. 매우 좋아요. 길이 아름답고 인간적인 크기(human scale)입니다. 특히 계곡을 따라 돌아가도록 멋지게 디자인되어 있네요."

그녀가 디자인이라는 단어를 사용한 것이 신기했다. 나는 평소 이 길은 그냥 계곡을 따라 밟고 다녀서 난 길이고, 승선교 이후에 가서야 디자인 개념이 나타난다고 생각했다. 그러나 그녀에게는 아무런 인공이 가해지지 않은 산길을 인간적 크기로 낸 것 그 자체에 디자인 개념이 들어 있다고 여겨진 것이다.

그러나 지금 이 길은 그녀가 감탄한 인간적 크기는 상실했다. 우리가 다녀온 뒤 얼마 안 되어 이 진입로는 자동차 두 대가 비켜갈 수 있는 크기로 확장되어버렸기 때문이다.

1926년 육당 최남선이 『심춘순례(尋春巡禮)』라는 제목을 걸고 남도기행문을 쓸 때, 순천에서 선암사로 들어오는 길이 넓혀진다는 계획을 듣고 큰 걱정을 하면서 떠났는데, 그때 이미 본래 산사 진입로의 디자인 효과는 무너져버린 것이었다. 더구나 그나마 인간적 체취를 느낄 수 있던 좁은 길이 이제는 완전히 자동차 두 대가 비켜갈 수 있는 대로가 되었다. 이를 피할 수 없는 변화로 받아들여야 할 것인가? 아닐 것이다. 우리 시대는 이렇게 몰(沒)디자인하게 망가뜨려놓았지만 훗날 안목 있는 후손들은 이 길을 다시 인간적 크기로 환원하기를 진심으로 바란다. 건축가 김수근 선생의 건축 수상집이 생각난다. 그 책의 제목은 이렇다.

좋은 길은 좁을수록 좋고, 나쁜 길은 넓을수록 좋다.

승선교와 강선루

계곡물 소리를 들으며 야산의 정취를 만끽하며 걷던 길이 승선교 가까이 접어들었을 때 이들은 일제히 "멋있다"(wonderful)는 감탄사를 큰 소리로 내었다. 승선교는 선암사 진입로의 하이라이트다.

평범한 산길이 여기 와서 드라마틱하게 변한다. 승선교 무지개다리 아래로는 아무렇게나 굴러 있는 바윗덩이 사이로 맑은 계곡물이 흐르는데, 멀리 계곡 돌아가는 길목에는 강선루 이층 정자가 우뚝 서 있어 우리에게 여기서 쉬어가라는 무언의 신호를 보낸다.

냇물이 잔잔히 흐를 때는 무지개다리가 물속의 그림자와 합쳐 둥근 원을 그린다. 그럴 때 계곡 아래로 내려가보면 그 동그라미 속에 강선루가 들어앉은 듯 보인다. 모든 선암사 안내책과 글에는 계곡 아래에서 승선교 무지개다리 너머로 보이는 강선루 사진이 실려 있을 정도로, 여기는 다른 절에서는 볼 수 없는 선암사의 제1경이라고 할 만하다.

보물 제400호로 지정된 승선교는 우리나라 돌다리 중 명작으로 손꼽힌다. 무지개다리를 놓으면서 기단부를 계곡 양쪽의 자연 암반을 그대로 이용해 무너질 일 없게 하고 홍예석을 돌린 다음 잡석을 이 맞추어 쌓아

| **승선교** | 선암사 승선교는 우리나라 산사 진입로 중에서 가장 환상적인 분위기를 연출해 보인다.

올린 뒤 그 위는 흙을 덮어 양쪽 길로 연결하였다.

그리고 포물선 꼭짓점에 해당하는 홍예 정가운데는 멋지게 조각한 용머리가 있어 마치 냇물을 내려다보는 것처럼 고개를 내밀고 있다. 그것이 중심추 역할을 해서 다리의 균형이 매우 잘 맞는다. 이 승선교는 숙종 24년(1698)의 대화재 이후 선암사를 중축한 호암(護巖)선사가 축조했고, 순조 24년(1824) 해붕(海鵬)대사가 중수한 것으로 기록에 남아 있다.

선암사 스님들은 이 무지개다리를 놓은 경험 덕분에 인근 보성 벌교의 무지개다리(보물 제304호, 1729년 축조)도 놓았다고 한다. 그러나 유감스럽게도 승선교 디자인의 원래 취지는 새로 난 찻길로 인해 제맛을 상실했다. 승선교는 아래쪽의 작은 다리와 위쪽의 큰 다리 두개로 구성되어 있다. 본래 선암사 진입로는 이 작은 다리 건너 계곡 건너편 길을 통해

다시 큰 다리를 건너오게 되어 있었다. 그래서 동선이 ㄷ자로 이루어진 그 길과 다리의 구조가 더욱 드라마틱한 것이었다. 그러나 지금은 오른쪽 산자락에 붙여 새 길을 내서 사람들이 그쪽으로 다니니, 승선교 두 다리는 그저 장식으로 남아 있는 셈이 되었다.

그래서 나는 일부러 작은 승선교 넘어 큰 승선교를 건너다닌다. 그것은 본래 진입로의 디자인 취지를 맛보려는 뜻도 있지만 승선교의 건강을 위해서다. 특히 해동기인 봄철에는 사람들이 다리를 밟아주어야 돌틈 사이로 흙이 메워져 장마철에 빗물이 스며드는 것을 막아준다.

옛 풍속에 3월 3일 삼짇날 아낙네가 머리에 돌을 이고 108번 왕래하면 복이 온다며 놋다리밟기, 성곽밟기를 한 것은 중노동을 놀이 형식으로 바꾼 민속놀이였다. 그러나 요즘은 기껏 만들어놓은 다리를 사용하지

않다보니 지난 30년간 보수에 보수를 거듭하여 제 모습을 보여준 기간
과 공사 기간이 비슷할 정도다.

집이든 다리든 사람이 사용하지 않으면 망가진다. 그것은 기계 제품
도 마찬가지다. 그래서 문화재 보호는 그것을 사용하면서 보존하는 것이
최상책인 것이다. 나는 이들을 이끌고 작은 승선교를 건너가 한참 동안
이 장관의 풍광을 이모저모로 살펴보게 하고 다시 큰 승선교를 건너 강
선루로 향했다.

강선루를 지날 때도 옆으로 난 찻길이 아니라 누마루 밑으로 지나갔
다. 강선루 옆기둥 하나가 계곡에 빠져 있는 것을 보여주기 위해서였다.
우리나라의 정자는 연못이나 계곡가에 지을 때 위험스러울 정도로 최대
한 물 가까이로 내밀어 짓는다. 그 이유는 정자에서 풍광을 내려다볼 때
시선이 땅을 거치지 않고 곧바로 물로 떨어지게 하려는 의도에 있다. 그
러나 지금 강선루는 그 많은 관람객을 감당할 수 없어 항시 자물쇠로 굳
게 잠겨 있어 안타까운 마음이 일어난다.

삼인당이라는 연못

강선루 지나 삼인당이라는 못에 이르러서는 잠시 이들을 이끌고 못
위쪽으로 올라가 너럭바위에 걸터앉아 쉬게 했다. 이제 저 모서리만 돌
면 절문이 나오니 여기서 잠시 쉬었다 가자고 했다. 본래 학생들과 함께
오면 꼭 이 자리에서 이 못이 갖는 토목공학적·종교적·미학적 의미를
설명해주고는 한다.

삼인당 연못은 산비탈 한쪽에 일부러 조성한 것이다. 굳이 이 자리에
못을 만든 것은 여름 장마철에 큰물이 오면 일단 여기에 가두었다 계곡
으로 흘려보내는 기능을 하기 위해서다. 이 못이 없으면 이 산자락에는

| **삼인당 연못** | 선암사 입구에 있는 삼인당이라는 연못은 종교적·토목공학적·미학적 뜻이 모두 담겨 있다. 못 가운데 섬이 있어 더욱 정취 있고 섬에는 배롱나무가 있어 여름철에 더욱 아름답다.

홍수 때 지나간 물길 자국만 남아 토사가 빈번히 일어났을 것이다.

삼인당 물은 선암사 동쪽 기슭에서 내려오는 작은 개울물을 모아 채우는데, 발굴조사에 의하면 땅에 묻힌 암거(暗渠, 속도랑) 자취가 발견되었다고 한다. 선암사는 산자락을 타고 집들이 펼쳐져 있기 때문에 경내에는 비탈진 곳마다 이런 못이 여섯 곳이나 있다. 삼성각과 천불전 계단 아래에는 네모난 방지(方池)가 있고, 심검당과 종무소 곁에는 쌍둥이못 쌍지(雙池)가 있고, 범종각과 대변소 사이의 석축 아래로는 자연스러운 형태의 지원(池苑)이 있는데 모두 조경적 기능과 토목적 기능을 같이하는 것이다.

이 못의 이름을 삼인당이라고 지은 것은 제행무상(諸行無常), 제법무아(諸法無我), 열반적정(涅槃寂靜) 등 세 가지 새김(印)을 말하는 것인데, 요지인즉 마음속에 불법의 기본 원리를 각인한다는 뜻이다. 왜 그런 마음의 새김을 다른 곳 아닌 못에서 상기시키는 것일까?

그것은 판유리가 나오기 이전에 사람이 자신의 전체 모습을 볼 수 있는 것은 못에 비친 그림자가 전부였기 때문이다. 삼인당의 구조가 타원형으로 생긴 것은 그 지형 탓도 있지만 경내의 네모난 방지와 석축 밑의 자연스러운 못과는 다른 다양성을 위한 것일 수 있다. 그런데 타원형의 못 한쪽으로 치우쳐 달걀 모양의 섬은 왜 만들었을까?

거기에는 아마도 두 가지 의도가 있었던 것 같다. 삼인당으로 흘러드는 물길은 위쪽 가운데로 들어와 아래쪽 옆으로 빠져나가게 되어 있어, 이 섬이 없으면 못 왼쪽은 물의 흐름이 생기지 않아 고인 물이 썩게 된다. 그런데 섬이 있음으로 해서 유입된 물이 못 전체를 돌아 나가는 회로가 생기는 것이다.

또 하나는 미학적 배려다. 인간의 시각적 습관에는 일정한 법칙이 있다. 예를 들어 우리가 극장 객석에 앉으면 무대 오른쪽보다 왼쪽으로 눈이 먼저 가고 또 많이 간다. 그래서 연극에서 무대장치의 기본 원칙을 말해주는 '무대 지도'(stage geography)를 보면 오른쪽을 무겁게 하고 왼쪽을 비워두라고 한다.

이런 연구에 능했던 예술심리학자 루돌프 아른하임(Rudolf Arnheim)의 『미술과 시지각』(*Art and Visual Perception*)을 보면 "하나의 공간에 나타난 물체는 또 다른 공간을 창출해낸다"고 했다. 즉, 수평선이 바라보이는 빈 바다에 오징어잡이배가 떠 있으면 그로 인해 바다는 더 넓고 다양한 공간감을 갖게 된다는 것이다.

이상하게 들릴지 모르지만 삼인당에 섬이 있어 못이 더 커 보이고 깊은 공간감을 갖게 된 것이다. 삼인당 섬에는 전나무 한 그루와 배롱나무 한 그루가 심어져 있다. 그래서 겨울이면 늘푸른 전나무가 삭막한 계절의 쓸쓸함을 달래주고, 여름이면 배롱나무 빨간 꽃이 석 달 열흘간 해맑은 빛으로 피어난다. 내가 캐서린 일행과 왔을 때는 배롱나무의 철 지난

| 선암사 조계문 | 선암사 일주문은 마주 보이는 것이 아니라 S자로 휘어진 길을 돌아서면 나타나게 되어 있다. 긴 진입로의 끝과 절집의 시작을 그렇게 은근히 알려준다.

마지막 꽃대 서너 송이가 부끄럼을 빛내듯 홍채를 발하고 있었다.

묵은 동네 같은 절

선암사 경내에 들어와서는 대웅전 앞마당부터 시작해 경내를 두루 산보하듯 걸어다녔다. 학생들과 답사할 때면 선암사의 내력에서부터 여기가 조계종이 아니라 태고종 사찰이라는 것, 그리고 그 차이가 왜 생겼는지까지도 설명해준다. 그러나 이들 이방인에게는 그런 설명이 필요하지 않을 것 같아 건물만 둘러보고 즐기는 방식으로 안내하였다.

대웅전 뒤로 돌아 돌축대를 올라 정원처럼 가꾼 빈터에서 매화나무·벚나무·철쭉나무 노목 사이를 지나 팔상전(八相殿)과 불조전(佛祖殿)을 둘러보고, 처마밑 길을 통해 다시 돌계단을 올라 원통전(圓通殿)과 노전(爐殿)

| **선암사 절집의 풍경** | 선암사의 가람배치는 마스터플랜에 의한 것이 아니라 지형에 따라 증축되어 마치 연륜 있는 마을의 구성 같은 다양함이 정겹게 드러난다.

앞을 지나갔다.

스님의 허락을 받아 달마전 안채로 들어가 4단 석조(石槽)를 보고 돌아내려오면서 무우전(無憂殿) 툇마루에 이들을 앉혀놓으니, 이제는 건물을 구경하는 것이 아니라 이 절집에 사는 사람의 입장이 되어 느긋이 사방을 둘러보고 있었다. 한 건축의 기능과 아름다움은 이처럼 관객이 아니라 사용자 입장이 되어야 그 참맛을 제대로 알 수 있다고 말해주었다.

누구나 이 자리에 와본 사람은 알겠지만 무우전 툇마루에서 무덤덤한 산등성이 느리게 뻗어나가는 조계산의 모습을 보면 그렇게 듬직하고 차분한 맛을 느낄 수가 없다. 조계산의 이런 모습을 육당(六堂)은 "천지변화를 통으로 잡아 수제빗국으로 끓여내는 것 같은 장관"이라고 했다.

무우전에서 나와 팔상전 앞 큰길을 따라 천불전 방지로 가서 길게 누운 소나무의 기묘한 자태에 웃음을 한 번 주고, 길 아래로 내려와 쌍지에 머리채를 담근 버드나무 곁을 지나 샘물에서 모두 물 한 모금씩 마셨다. 원래 나의 답사 코스는 여기서 대변소(화장실)를 들러 해천당(海川堂) 돌담길을 끼고 돌아 대각암(大覺庵)으로 올라가는 것이 상례지만, 시간도 시간이거니와 이만하여도 이방인들의 산사 구경은 넘쳤다는 생각에 만세루 아랫길로 접어들었다.

선암사는 절집의 배치가 매우 독특한 경우다. 우리나라의 산사는 그 위치와 건물 구조에 따라 대략 네 가지로 나누어볼 수 있다. 첫째는 강진 무위사처럼 소박한 절집이다. 둘째는 부안 내소사처럼 규모를 갖춘 화려한 절이다. 셋째는 구례 화엄사처럼 궁궐 같은 장엄한 절이다. 넷째는 영주 부석사처럼 장대한 파노라마의 전망을 가진 절이다. 그러나 선암사는 이도 저도 아니고 크고 작은 당우들이 길 따라 옹기종기 모여 있어 마치 묵은 동네 같은 절이다. 그래서 선암사는 어느 절보다 친숙한 느낌, 편안한 기분이 드는 것이다. 실제로 선암사는 어느 한 시점의 마스터플랜에 의해 지은 절이 아니다.

몇 차례 대화재로 전소되고 17세기 호암선사의 중창 때부터 처음에는 대웅전과 삼층석탑의 쌍탑이 있는 앞마당을 둘러싼 요사채의 심검당, 선방인 설선당, 야외 법당인 만세루만 있었을 것이다. 그후 필요에 따라 크고 작은 건물을 하나씩 증축한 것이 오늘날에는 25채에 이르고, 한국전쟁 전에는 50채나 되었던 것이다.

그래서 건물의 규모도 일정하지 않고, 건물이 앉은 레벨도 일정하지 않아 올라가는 계단도 각기 다른 모습인데, 곳곳에 돌담을 둘러 공간을 감싸고 있기 때문에 연륜 있는 양반 마을에 온 것 같은 기분이 드는 것이다. 전문적으로 말해 선암사의 평면에는 중심축이 보이지 않는다.

선암사가 우리를 더욱 매료시키는 것은 지금 이루 다 말하지 못하는 저 다양한 꽃나무 덕분인데, 이들 나무도 일정한 질서를 갖는 정원 개념으로 심은 것이 아니라 그때마다 빈칸을 메우듯 심어 지금처럼 어우러진 것이다. 혹자는 이것을 선암사 정원의 부족함으로 말하기도 하지만, 나는 오히려 그것을 뛰어난 점으로 본다.

서양 정원이나 일본·중국 정원에 익숙한 사람에게는 그럴지 모른다. 그러나 의도적으로 조성한 정원은 어떤 식으로든 우리를 긴장시키지만, 선암사의 정원에는 그런 경직됨이 없다. 선암사 진입로가 디자인한 태를 보이지 않으면서 사실은 더 디자인적인 배려가 있는 것과 마찬가지다.

선암사 경내를 두루 둘러보고 막 절문 쪽을 향할 때는 정오가 조금 못 되었다. 그때 홀연히 설선당 안에서 스님들의 범패 소리가 합창으로 은은히 흘러나왔다. 이방인들은 모두 주춤 멈추고 그쪽으로 가만히 귀를 기울였다. 긴 음으로 연이어지는 육중한 저음의 범패 소리를 들으며 느린 걸음으로 발길을 옮겼다.

범패 소리는 점점 더 크고 높게 올라갔다. 지나가던 탐방객들도 우리처럼 그쪽으로 향해 서서히 발을 옮겼다. 산사에 가장 잘 어울리는 음악은 역시 범패라는 것을 그때 새삼 깨달았다. 우리가 절문을 나설 때 범패는 끝났다. 캐서린은 나에게 눈길을 주더니 엄지손가락을 치켜올리며 "기막히다"(incredible)고 했다.

같은 길이라도 나가는 길은 들어가는 길보다 짧게 느껴진다. 절문을 나서 삼인당 아랫길로 돌아 강선루를 지나 승선교를 넘어 장승과 승탑밭을 지나니 다시 굴참나무 늘어선 빈터로 나오게 되었다.

선암장의 산채비빔밥

나는 일행을 이끌고 사하촌 식당으로 내려갔다. 아까 선암사에 당도하자마자 나의 단골 여관으로 식당을 겸하는 선암장 아주머니께 이들의 의견을 물어볼 것도 없이 산채비빔밥을 맞춰놓았다. 이들과 보름간 일하면서 점심을 같이 먹을 때면 그들은 예외 없이 무조건 비빔밥을 주문했기 때문이었다. 그것이 그들의 식성에 맞을 뿐 아니라 각자 자기 접시를 따로 갖고 먹는 음식습관에도 잘 맞는 것 같았다. 그때 나는 한국 음식 중에서 특히 비빔밥은 국제화할 수 있는 메뉴라는 생각을 가졌다.

선암장은 비록 남루하지만 외지 사람이 아니라 동네 토박이가 운영하는 곳이어서 인심이 좋아 단골이 되었다. 선암장은 계곡가 다리께에 바짝 붙어 있고, 아래채에는 서른 명도 더 들어가는 긴 방이 있다. 이 방에 누우면 냇물이 머리 밑으로 흘러가는 기분이 든다. 그래서 답사회 사람들은 '침계루(枕溪樓, 계곡을 베개 삼는 누각)' 방이라고 부른다.

지금은 나이 들어 그러지 못하지만 한때는 경비도 아낄 겸 침계루 방에서 학생들과 함께 자곤 했다. 거의 해마다 들르는 편인데 어느 해 답사 때 선암장에 갔더니 주인아주머니가 남학생들은 침계루 방에 들어가고 선생님은 특별히 208호실을 쓰라고 큰 인심 쓰듯 열쇠를 따로 주는 것이었다. 이층에 있는 208호실로 올라가보니 아주 작은 방이었다. 둘이 누우면 몸이 달라붙을 정도로 좁아 교도소 독방인 0.75평보다 작아 보였다.

식당으로 내려와 주인아주머니께 "코딱지만 한 방을 하나 주면서 웬 생색을 그렇게 내셨수" 하고 물으니, 아주머니는 몸짓을 크게 고치고는 목청껏 "그래 배두 그 방은 「아제 아제 바라아제」 영화 찍을 때 강수연이 보름간 자고 간 방이여. 뭘 줘두 몰라" 했다.

깊은 산, 깊은 절

선암장 아주머니는 그날 특별히 산채비빔밥을 맛있게 해주셨다. 이것도 내 수법 중 하나인데 비빔밥 한 그릇에 5천 원이지만 내가 7천 원씩 드릴 테니 무얼 넣든 그만큼 더 넣어달라고 하면 연구에 연구를 거듭해 집에서 먹는 밑반찬까지 따로 나온다.

평상에서 산채비빔밥을 맛있게 다 먹고 잠시 두 다리 뻗고 커피를 마시면서 쉬는데 캐서린이 일행을 대표해 내게 감사의 마무리말을 했다.

"감사합니다. 좋은 구경을 했습니다. 오늘 당신이 말한 깊은 산속에 있는 절의 아름다움을 마음껏 즐겼습니다. 사실 나는 건축을 좋아해 세계 여러 나라의 건축을 보았는데, 이 절처럼 특이한 건축은 처음 보았습니다.

모든 건축은 자기 고유의 표정이 있습니다. 이집트 피라미드는 네모뿔 모양이고, 파르테논 신전은 맞배지붕집이고, 타지마할은 네모난 상자 위에 양파가 얹힌 것 같고, 중세의 교회들은 파사드로 특징을 만들어냅니다.

그런데 이 절은 건물들이 복합적으로 구성되어 있어 내가 이 절을 다 보았는지 아닌지도 모르겠습니다. 건물을 돌아 뒤쪽으로 가면 아까 본 건물이 다른 모습으로 보이고, 또 한쪽으로 옮기면 새 건물이 드러납니다. 그 넓이와 깊이를 알 수 없습니다.

당신은 한국의 산은 깊은 산이라고 했는데, 그러면 이런 건축을 깊은 건축(deep architecture)이라고 합니까, 깊은 절(deep temple)이라고 합니까?"

'깊은 산속의 깊은 절'

그것이 바로 우리나라 산사의 미학적 특질인 것이다.

2009. 10. / 2011. 5.

365일 꽃이 지지 않는 옛 가람

선암사의 사계절 / 승탑밭 / 태고종과 조계종 / 장승과 석주 /
선암사 경내 / 무우전 / 선암사 매화 / 뒷간 / 선암사 시

꽃이 아름다운 절

광주에 사는 한 제자가 내 추천을 받아 한 사립박물관 학예연구원에
지원했는데 며칠이 지나도록 아무런 소식이 없자 애가 탔는지 혹시 무
슨 연락이 없었느냐며 내게 전화를 걸어왔다. 내게도 아직 연락이 없다
고 대답하고 나서 그냥 전화를 끊기가 뭣해 지나가는 말로 물었다.

"그래, 오늘은 무얼 하려고 하니?"
"선생님께 연락해보고 아무 일 없으면 절에나 가보려고요."
"어느 절에?"
"선암사요."

내가 남도에 사는 사람들을 부러워하는 것은 세 가지다. 하나는 음식 맛이 좋은 것이고, 둘째는 이웃과 친구 간의 끈끈한 인간관계이고, 셋째는 주위에 아름다운 절집이 무진장 많다는 점이다. 화엄사 천은사 연곡사 태안사 실상사 백양사 운주사 불회사 쌍봉사 보림사 대흥사 도갑사 무위사 송광사 선암사……

하나만 있어도 좋을 그 많은 절을 모두 한 시간 반 안에 갈 수 있다. 남도 사람들은 처처에 절집이라는 공원을 곁에 두고 사는 셈이라고나 할까.

"그래? 좋겠다. 그런데 왜 선암사니?"
"꽃을 보려고요. 선암사는 꽃이 좋다고 하셨잖아요? 선암사에 대해 선생님께 들은 이야기는 꽃과 나무 이야기밖에 기억에 남는 게 없어요. 다른 아이들도 다 그렇게 말해요."

가만히 생각해보니 그랬던 것이 확실하다. 내가 선암사에 가면 학생들에게 우리나라 나무에 대해 설명하는 데는 이유가 있다. 문화유산도 장소성이라는 것을 크게 타는 편이어서 그 절집만의 고유한 가치가 따로 있다. 예를 들어 선암사 대웅전 앞 삼층석탑은 보물 제395호로 지정된 당당한 통일신라 유물이고, 고려시대 승탑 석 점이 전라남도 유형문화재로 지정돼 있지만 그것을 선암사만의 자랑으로 삼을 수는 없다.

선암사에서 제일 먼저 손꼽을 것은 아무래도 저 아름다운 나무들이다. 우리나라에는 약 1,000종의 나무가 있다고 한다. 그중 우리가 궁궐이나 정원에서 대할 수 있는 나무는 100종 정도 된다고 하는데, 선암사에서는 그 모두를 볼 수 있다. 말하자면 선암사는 우리나라 정원수의 표본 전시장이라고 할 만하다.

선암사의 사계절

선암사는 1년 365일 꽃이 없는 날이 없다. 춘삼월 생강나무, 산수유의 노란 꽃이 새봄을 알리기 시작하면 매화 살구 개나리 진달래 복숭아 자두 배 사과 영산홍 자산홍 철쭉이 시차를 두고 연이어 피어난다. 그것도 어느 곳에서는 볼 수 없는 늠름한 고목에서 피어나는 것이기 때문에 감히 예쁘다는 말도 나오지 않는다.

그때가 되면 선암사는 열흘마다 몸단장을 달리한 것처럼 우리를 새롭게 맞이한다. 봄의 빛깔이란 어제와 오늘은 비슷해도 열흘을 두고 보면 확연히 다르다. 옛사람들은 화무십일홍(花無十日紅)이라고 했지만, 선암사는 열흘마다 다른 꽃을 선보이며 꽃이 지지 않는 절이 되었다.

신록의 계절에는 온 산이 파스텔톤의 연둣빛으로 물드는 것이 꽃보다 아름다운데, 백당나무·불두화는 주먹만 한 하얀 꽃을 불쑥 내민다. 이때 계곡 한쪽에서는 산딸나무·층층나무의 새하얀 꽃이 청순한 자태를 조용히 드러낸다. 절마당에서는 태산목이 연꽃봉오리 같은 탐스러운 하얀 꽃을 오늘은 이 가지, 내일은 저 가지에서 한 달 내내 피웠다 떨어뜨린다.

이처럼 신록의 계절에는 나무꽃이 하얗게 피어난다. 그러다 여름으로 들어서기 무섭게 오동나무는 보랏빛 꽃대를 높이 세우고, 자귀나무 빨간 꽃은 뺨을 재듯 가지마다 옆에서 뻗어나온다.

여름이 깊어지면 배롱나무꽃이 피기 시작해 장장 석 달 열흘을 위부터 아래까지 온몸을 붉게 물들인다. 그때가 되면 선암사 한쪽 구석에는 모감주나무의 노란 꽃, 치자나무의 하얀 꽃, 석류나무의 빨간 꽃이 부끄럼을 빛내며 우리에게 눈길을 보낸다.

봄이 나무꽃의 계절이라면 여름은 풀꽃의 세상이다. 선암사 뒤안길 돌담 밑에는 봉숭아·채송화·달리아가 돌보는 이 없이도 해마다 그 자리에서 그 모습으로 잘도 피고 진다. 그러나 절집의 꽃으로는 역시 가녀린 꽃대에 분홍빛으로 청순하게 피어나는 상사화가 제격이고, 여름이 짙어 가면 삼인당 섬동산은 빨간 꽃술의 꽃무릇으로 환상적으로 뒤덮인다.

가을은 은행잎이 떨어져 절마당을 노란 카펫으로 장식하고 청단풍이 새빨갛게 물들어갈 때가 절정이다. 가을이 깊어가면 밤나무 상수리나무 굴참나무 떡갈나무가 온 산을 마치 캔버스에 바탕색 칠하듯 차분한 갈색으로 뒤덮으며 들국화 구절초 쑥부쟁이 코스모스 감국이 여름꽃의 바통을 이어받아 선암사 화단을 장식하면서 호젓하고 스산한 정취를 자아낸다. 가을을 심하게 타는 사람이 아니라 할지라도 이 계절 선암사에 오면 누구나 여린 감상에 물들게 된다.

사람들은 곧잘 겨울은 삭막하다고 말한다. 겨울나무는 앙상한 나뭇가지만 남아 있다며 꽃 피고 잎 돋던 그때와 비교하며 깊은 정을 주지 않는다. 그러나 선암사의 겨울은 그렇지 않다.

소나무 전나무 같은 늘푸른바늘잎나무야 우리 산천 어디서나 볼 수 있는 것이지만, 선암사는 한반도의 남쪽 끝자락 남해바다 가까이 있어 늘푸른넓은잎나무의 난대성 식물이 잘 자란다. 동백나무 후박나무 녹나무 태산목 팔손이나무 붉가시나무 종가시나무 호랑가시나무가 여전히 절마당 곳곳에서 초록을 빛내고 있다.

남들이 요란을 떨며 꽃을 피우고 열매를 맺고 화려한 단풍으로 자태를 뽐낼 때는 아무 일 없다는 듯 묵묵히 자기를 키워온 이들 늘푸른넓은잎나무가 윤기 나고 두터운 사철 푸른 잎을 자랑하며 나무 전체가 꽃이라는 듯 우리의 시선과 마음을 사로잡는다.

아직도 남아 있는 산수유나무 마가목 먼나무 호랑가시나무의 빨갛고 탐스러운 열매가 빛바랜 계절의 꽃처럼 행세하고 있을 때 벌써 한 송이 두 송이 피어나기 시작하는 빠알간 동백꽃이 겨울은 결코 무채색의 계

| **선암사의 사계절** | 사계절이 아름다운 선암사의 풍광. 겨울 풍광은 쓸쓸해 보일 것 같지만 선암사는 조계산의 촉감 부드러운 겨울나무숲과 늘푸른나무들로 수묵화의 그윽함 같은 것이 있다.

절만이 아님을 말해준다. 이때 풀꽃이 사라진 쓸쓸한 화단 곳곳에서는 키 작은 남천의 빨간 잎, 빨간 열매가 빛의 조건에 따라 짙고 옅음을 달리하며 가녀린 맵시를 다소곳이 내보인다.

　남쪽이어서 눈이 드물 것 같지만 선암사에는 눈도 많이 내린다. 눈 덮인 선암사 진입로 산자락을 뒤덮은 산죽밭의 모습은 환상의 겨울 나라에서만 볼 수 있는 초록과 흰색의 향연이다. 내가 선암사에서 다른 것보다 이들 나무의 이름을 학생들에게 가르쳐주려고 애쓰는 것에는 나름대로 생각이 있어서다. 그것은 나무의 이름을 알고 보는 것과 모르고 보는 것에는 너무도 차이가 많기 때문이다.

학교 선생이라는 직업에서 가장 어려운 것의 하나가 학생들 이름을 외우는 것이다. 나이가 들수록 이름 외우기가 힘들어지는데, 그래도 애써 외우고 아이들 이름을 불러주는 까닭은 학생들 이름을 알고 가르치는 것과 그러지 않는 것은 교육의 내용과 효과가 매우 다르게 나타나기 때문이다.

그래서 나는 학생들에게 열심히 나무마다 이름을 말해주지만, 나의 학생들은 그것을 별로 귀담아듣는 것 같지 않다. 그러나 나는 장담한다. 두고 봐라, 너희도 나이가 들면 반드시 나무를 좋아하게 될 때가 있을 것이니, 그때 가서는 반드시 나를 이해하게 될 것이라고……

선암사 승탑밭

선암사로 들어서면서 제일 먼저 만나는 문화재는 진입로 길가 언덕에 널찍이 자리잡은 승탑밭이다. 열댓 개의 승탑과 비석이 무질서한 가운데 제법 위세 있게 늘어서 있어 이 절의 만만치 않은 연륜을 여기서부터 알 수 있다. 승탑이란 고승의 사리탑이다. 이 절에 주석했던 스님이 열반에 들면 다비를 하고 수습한 사리를 모신 것으로, 승탑은 신라 말부터 유행하기 시작했다. 나말여초의 승탑은 대부분 팔각당 형식으로 경내 뒤쪽에 사당처럼 모셔져 있다.

선암사에도 고려시대에 제작된 팔각당 승탑으로 무우전 승탑, 대각암 승탑, 선조암터 승탑 등 모두 3기가 있다(한때는 이 승탑을 부도라고 해서 애매한 이름으로 불렀고 문화재 명칭에 그대로 남아 있기도 하지만 승탑이라고 해야 그 의미가 확실하고 학계에서도 이렇게 용어를 통일해가고 있다).

| **선암사 승탑밭** | 선암사 승탑밭에는 조선 후기부터 현대에 이르는 사리탑과 비석이 늘어서 있어 이 절집의 만만치 않은 연륜과 사세를 자랑하고 있다.

고려 때까지만 해도 고승들에 국한해 승탑에 모셨던 것 같다. 그러나 임진왜란 후 조선 불교가 다시 일어나면서 승탑이 크게 유행해 절집마다 내세우는 스님은 거의 모두 승탑으로 모시면서 형식도 팔각당에서 종(鐘)·연꽃봉오리·달걀 모양 등 여러 형태로 간소화되고 변형됐다.

이것은 분명 조형성의 쇠퇴라고 말할 수 있는 것인데, 그 대신 승탑들을 한곳에 모심으로써 집체적 조형성, 요즘 현대미술로 말하자면 설치미술 같은 조형 효과를 갖게 되었다. 승탑밭을 혹은 승탑전이라고 해서 밭 전(田) 자를 쓰기도 하고 전각 전(殿) 자를 쓰기도 하지만 나는 승탑밭이라는 이름에서 오히려 선적(禪的) 여운을 느낀다.

승탑밭에는 조선 숙종 때의 침굉당(枕肱堂, 1616~84), 영조 때의 상월당(霜月堂, 1687~1767), 순조 때의 해붕당(海鵬堂, ?~1826)과 눌암당(訥庵堂, 1752~1830)을 비롯해 19세기와 20세기 초의 승탑 13기가 모셔져 있다. 그런데 참으로 이상한 것은 오래된 것일수록 조형성이 우수하다는 점이다. 네 마리 사자가 석탑을 받치는 복잡한 구성을 보여주는 20세기 초 승탑이 얼핏 화려해 보이지만 조형적 밀도가 떨어져 아담한 침굉당이나 환허당 승탑의 짜임새를 따라가지 못한다. 진입로 승탑밭에는 모두 8기의 승탑비가 있는데, 이중 상월당 승탑비만 정조 때(1782) 것이고, 나머지는 모두 20세기에 세운 것이다.

본래 승탑비는 돌거북받침〔龜趺〕에 용머리지붕〔螭首〕으로 장식하는 것이 전통이다. 그러나 여기 있는 승탑비 중 이 전통을 따른 것은 오직 하나뿐이고 나머지는 저마다 다른 모습을 하고 있어 그것이 큰 볼거리이고 연구감이다. 전통 비석 형식을 맥없이 답습해 일종의 매너리즘에 빠진 근래의 승탑비에서는 별 감동이 없다. 그러나 제작 당시의 정서와 취미를 순진하게 반영한 비석받침과 지붕돌의 조각을 보면 명지대 이태호 교수의 말대로 조선 후기의 민화를 보는 듯한 재미가 일어난다. 지붕돌의 조각으로는 용머리가 아니라 도깨비 형상을 새긴 것도 있고, 흉배에 나오는 학을 새긴 것도 있고, 아예 민화 형식의 연꽃을 무늬로 넣은 것도 있다.

네모난 비석받침에 귀여운 강아지—아마도 쌍사자—두 마리를 돌출시킨 것도 있고, 비석 측면에 팔괴(八怪)를 새겨넣은 것도 있다. 그중에는 자연석 받침을 이용하면서 엉성하게 네모 속에 동그라미를 그린 추상적 표현도 있는데, 마치 수화(樹話) 김환기(金煥基, 1913~74)의 추상화를 연상케 하는 근대적 멋이 있다. 어느 것을 보아도 조형상에 거짓된 정서를 부린 것이 없다. 이것이 바로 민화에서 느끼는 그 매력이다. 그래서 나는 이 승탑밭에서 근대의 문턱에 있던 어지러운 사회적 상황에서 흔들리던 미적 기준과 그 혼란의 틈 속에서 일어난 서민들의 조형적 해방을 동시에 읽으며 많은 시간을 보낸다.

선암사에는 이 진입로의 승탑밭 말고 '서부도전(西浮屠田)'이 따로

| 선암사 승탑밭 디테일 | 승탑밭의 비석받침과 지붕돌의 조각들은 갖가지 도상들로 구성되어 있어 민화를 보는 듯한 재미가 있다. 1. 운룡도 2. 쌍사자 3. 귀면 4. 추상무늬.

있다. 강선루를 지나면 삼인당으로 꺾이는 지점에 왼쪽으로 대각암으로 곧장 올라가는 길이 있는데, 이 길을 따라 100미터쯤 가면 조선시대 승탑 12기가 안치된 매우 조순한 승탑밭이 나온다. 환허당(幻虛堂, 1690~1742), 호암당(護巖堂, 1664~1738) 등 18세기 조선 영조 연간에 선암사에 주석했던 고승들의 사리탑이다.

태고종 사찰 선암사

선암사에 오면 누구나 한 번쯤은 묻는 질문이 있다.

"태고종이 뭐예요?"

이런 질문을 받을 때 "뭐라고 알고 있습니까"라고 되물으면 으레 나오는 대답이 "대처승은 태고종이고 비구승은 조계종 아닌가요?" 한다.

나도 한때는 그렇게 알았지만, 태고종은 승려의 결혼을 허용해 자율에 맡길 뿐이지 대처승이 곧 태고종의 스님을 말하는 것은 아니다. 실제로 태고종 스님 중 3분의 1 이상이 비구라고 한다.

똑같은 절대자를 모시면서도 교리 해석과 신앙의 형태를 달리하는 분파가 있다. 요즘 이슬람교에서 시아파와 수니파가 때로는 적대적 모습까지 보이는 것은 그 극단적 예다. 기독교에 감리교, 장로교, 순복음교, 안식교, 여호와의증인교, 통일교 등 100여 종파가 있는 것과 마찬가지로, 우리나라 불교계에도 조계종, 태고종, 천태종 등 이른바 27개 종단이 있고, 문화체육관광부의 종무실에서 파악하기로는 그 수가 100여 개에 이르지만, 어떤 종단은 사찰 한두 곳에 스님 서너 명으로 되어 있으니 그 숫자에는 허수가 있다.

그중 가장 큰 종단이 조계종이고 그다음이 태고종으로, 2008년에 나온 한 조사보고서에 따르면 조계종은 2,444개 사찰에 승려가 1만 3,576명이고 신도 수는 2,000만 명으로 되어 있으며, 태고종은 승려가 8,378명이고 신도는 480만 명이라고 한다. 태고종은 사찰의 개인 소유를 인정하고, 재가교역자(在家敎役者) 제도인 교임제도를 두어 출가하지 않더라도 사찰을 운영할 수 있어 사찰의 개념이 좀 다르다. 전통 태고종 사찰로는 선암사 외에 서울 신촌의 봉원사, 완주 봉서사 등이 있다.

100여 종단에서 유독 조계종과 태고종 사이에 분규가 있고, 그 분규의 상징이 선암사로 되어 있는 것은 한국불교사의 엄청난 사건이었던 1954년의 법난(法難) 때문이다. 조계종의 근본사찰이 서울의 조계사이듯 태고종의 근본사찰은 선암사인데, 이 선암사의 소유권을 놓고 벌인 물리적 다툼이 법정으로 옮겨진 이후 30여 년이 되도록 아직 결말이 나지 않고 대법원에 계류되어 있다(2016년 현재에도 분쟁 중). 지금도 법적 관리권은 순천시장에게 있을 정도로 복잡하다. 선암사가 근래에 그 흔한 중창불사 한 번 없이 옛 모습을 지니고 있게 된 데에는 이런 사정이 있었으니 이를 아이러니라고 해야 할까, 불행 중 다행이라고 해야 할까, 전화위복이라고 해야 할까.

대한불교조계종과 한국불교태고종

통일신라의 불교는 교종(敎宗) 5교였다. 그러다 하대신라에 도의(道義)선사가 선종(禪宗)을 들여오면서 9산선문이 성립됐다. 그리하여 고려시대 불교는 5교 9산으로 나뉘어 있었다. 11세기에 대각국사 의천(義天, 1055~1101)이 나서서 천태종으로 선종과 교종의 통합을 시도했으나 실패하고 또 하나의 종파만 낳는 결과를 가져왔다.

12세기에 보조국사 지눌(知訥, 1158~1210)이 쇠퇴하는 승풍을 바로 세우기 위해 송광산 길상사에서 정혜결사(定慧結社)를 일으키며 선종과 교종의 통합을 부르짖자 고려 희종은 이를 지지하며 송광산의 이름을 조계산으로 고치도록 명하고, 길상사에는 수선사(修禪寺, 오늘의 송광사)라는 이름을 내려주었다. 그리고 고려 말의 고승인 태고(太古) 보우(普愚, 1301~82)스님이 당시 원나라에 가서 임제종(臨濟宗)의 법맥을 이어받아 5교 9산을 단일 종단으로 통합할 것을 주장했다(태고 보우국사를 조선 중종 때의 보우普雨스님과 혼동해서는 안 된다). 이후 우리 불교는 임제종을 맥으로 하며 태고스님을 종조로 받들어왔다.

조선시대로 들어오면 국초부터 시작된 불교 탄압 속에서 선교(禪敎) 양종 체제로 정리되면서 종단 활동을 펼치지 못하고 불교의 명맥만을 잇고 있었다. 임란 이후 불교가 다시 일어날 때도 이 무종무파(無宗無派)

| 종단 갈등 | 법난으로 불린 태고종과 조계종의 갈등은 결국 두 종단의 화합으로 일단 봉합되었다. 그 긴 갈등의 끝을 알리는 신문 기사는 그간의 사정을 말해준다.(『경향신문』, 1970년 12월 9일자)

는 하나의 전통처럼 되어 있었다. 그러다 1908년 일제의 한일 불교 통합에 호응한 승려들이 원종(圓宗)을 발족하고 종무원을 두면서 이회광(李晦光)을 대종정으로 추대하는 일이 벌어졌다. 이에 1911년 영·호남 승려들이 송광사에 모여 임제종을 세울 것을 결의하고 선암사의 경운(擎雲) 스님을 종정으로 모셨으나 연로하시어 범어사의 청년 승려 한용운(韓龍雲)이 종정대리를 맡으며 서울의 원종과 맞섰다. 이때 임제종이라는 이름이 일본에도 있어 이와 혼동을 피하기 위해 '조선불교조계종'으로 명칭을 바꾸며 한국불교의 법통을 고수했다.

그리고 일제는 1911년 사찰령을 내려 선교 양종 30본산 체제로(나중에는 31본산으로) 불교계를 정리했다. 1945년 해방을 맞은 한국불교는 9월 서울 태고사(현 조계사)에서 조선불교 전국승려대표자회의를 열고 교헌을 제정하고 중앙총무원을 탄생시켰다. 이때의 명칭은 '조선불교'였다. 초대 교정(敎正)은 박한영, 2대는 방한암, 3대는 송만암이었고, 중앙총무원장은 김법린이었으니, 불교계 원로들이 조선불교를 이끌어갔음을 알 수 있다. 그러나 1954년 이승만 대통령이 불교계를 정화하겠다며 7차에 걸쳐 대통령

유시를 내리면서 조계종과 태고종의 분규가 일어났다.

모든 분야가 그러했듯 일제강점기를 거치면서 불교계에도 정화가 필요했고, 그 근본 처방을 위해서는 절집이 청정도량으로 되어야 한다는 판단에서 "대처승은 사찰을 떠나라"고 했던 것이다. 이후 불교계는 말할 수 없는 법난에 휘말렸다. 대통령 유시에 따라 선암사의 대처승들은 공권력(경찰)에 의해 절에서 쫓겨나고 비구 스님들이 들어왔다. 그러나 쫓겨난 선암사 스님들이 다시 절에 들어와 서로 주인이라고 싸우며 대치했다. 절을 빼앗으려는 스님과 이를 지키려는 스님들 사이에 각목 대결이 벌어지기도 했다. 양쪽 입장에 동조하는 스님들이 원정을 와 합세하기도 했다. 이런 분규가 몇 해를 두고 선암사에서 일어났다. 그런 상황에서 5·16군사쿠데타가 일어나고 1962년 2월 '비구·대처 통합 불교재건 비상총회'가 열렸으나 좀처럼 통합은 이루어지지 않았다. 그해 4월 자정(自淨)과 쇄신을 내세운 비구 측 스님들은 기존의 대처 측과는 함께 종단을 이끌 수 없다고 판단하고 단독으로 대한불교조계종을 발족했다. 이때 조계종은 기존 불교와 차별되는 새 종헌을 채택하면서 보조국사 지눌을 종조(宗祖)로 삼았다. 한편 대처 측 스님들은 1970년 태고 보우스님을 종조로 하는 한국불교태고종을 세웠던 것이다. 이것이 오늘날의 조계종과 태고종이다.

종조의 문제

이리하여 조계종은 수행납자(修行衲子)의 승풍을 일으키며 한국불교의 최대 종단으로 성장했다. 그러나 조계종은 아무리 세가 커도 정치적으로 말하면 일종의 탈당인 셈이어서 종조의 문제가 끊임없이 대두하게 됐다. 원래 불교 종단의 차이는 소의경전(所依經典)이 무엇이고, 법맥이

어떻게 다르고, 종조를 누구로 삼느냐에 있다. 그런데 조계종이든 태고
종이든 소의경전으로는 『금강경』과 『화엄경』을 삼고 있으니 차이가 없
다. 법맥도 모두 임제종의 선을 맥으로 한다. 다만 종조의 문제에서는 혁
신적 비구 스님들이 기존 불교와 차별을 두기 위해 보조국사 지눌을 종
조로 모셨지만, 조계종의 상당수 스님은 혁신적 종단 발족에는 동의하
면서도 자신의 뿌리인 종조는 바꿀 수 없다며 여전히 태고스님이 종조
라고 생각한다.

비구·대처의 분규에서 보조종조설이 나오자 비구 측 종정이던 송만
암 스님은 "환부역조(換父逆祖)"한다며 정화운동에서 손을 뗀 일도 있었
다. 또 조계종 종정이던 성철(性徹)스님도 열반하기 전 어느 제자가 "우
리의 종조는 과연 누구입니까"라고 묻자 "두말 할 것 없이 태고스님"이
라고 분명히 하셨다는 것이다.

스님의 세계에서 종조의 문제가 왜 중요하냐 하면, 법맥이란 스님들
의 호적과 마찬가지기 때문이다. 생각이 아무리 바뀌어도 김해 김씨는
김해 김씨고 전주 이씨는 전주 이씨인 것과 마찬가지로 법맥은 바꿀 수
없는 일이라는 것이다. 그래서 조계종 스님들은 불교계의 정화와 종조
문제는 다른 것이라고 말한다.

결국 조계종은 1994년 9월 29일자로 종헌을 개정 공포하면서 제1조
에 "본 종은 신라 도의국사가 창수(創樹)한 가지산문에서 기원하여 고려
보조국사의 중천(重闡)을 거쳐, 태고 보우국사의 제종포섭(諸宗包攝)으
로 조계종이라 공칭하여 이후 그 종맥이 면면부절(綿綿不絶)한 것이다"
라고 하였다. 이리하여 현재 조계종은 종조를 도의, 중천조(重闡祖)를 보
조 지눌, 중흥조(中興祖)를 태고 보우스님으로 하여 한국불교를 일으킨
큰스님들을 모두 모시게 되었다. 이것이 조계종의 종조 시비에 관한 시
말서(始末書)다.

선암사 석주

선암사 진입로 중간쯤에는 나무장승도 있고 돌무지에 우뚝 세워놓은 한 쌍의 돌기둥〔石柱〕도 있다. 나무장승은 생긴 것도 씩씩하고 크기도 여느 마을 장승하고는 다른 사찰장승으로서 규모가 당당하다. 그러나 유감스럽게도 원래의 장승은 더 이상 길가에 둘 수 없을 정도로 부식이 심해져서 박물관으로 옮기고 그 복제품을 세워놓았다. 복제품이라도 원본에 충실하여 그 기상이 살아 있지만 왠지 눈길이 덜 가고 정도 잘 붙지 않는다.

돌기둥에는 8·15해방 후 조선불교의 초대 교정(종정)을 지낸 대단한 학승인 박한영 스님이 지은 게송 대구가 붉은 글씨로 새겨져 있다. 글씨도 좋지만 내용이 이 절집에 딱 맞아 지날 때마다 소리 내어 읽어보게 된다.

放出曹磎一派淸 (방출조계일파청)
劈開南岳千峰秀 (벽개남악천봉수)

번역해보면 "조계(육조 혜능)스님이 나타나자 온 물결이 맑게 되었고, 남악(회양懷讓)스님이 등장하자 일천 봉우리가 빼어나게 되었네"라는 뜻이다.

요즘 학생들은 한문은 고사하고 한자도 못 읽어 큰 문제인데 어느 해인가 제법 한문에 관심이 많아 한문 강습소도 다니는 기특한 녀석이 여기에 이르자 먼저 달려가 읽어보고는 내게 자랑삼아 해석해 보이는 것이었다. "선생님, 조계 일파를 방출하자, 데모 구호를 써놓은 건가요?"라고 하는 것이었다.

하도 기가 막혀 제대로 해석해주려고 원문을 읽어보니 마지막 한 글자가 돌무더기에 파묻혀 "방출조계일파(放出曹磎一派)"라고만 되어 있는 것이었다. 학생의 번역이 틀렸다고 말할 수가 없다. 세상에! 이럴 수가

| 선암사 석주 | 길 양쪽에 세워진 돌기둥 앞면에는 조계산 선암사라는 사찰의 이름이 새겨 있고 뒷면에는 선종 사찰을 예찬한 대구가 새겨져 있다.

있는가? 불교의 선맥(禪脈)을 말한 이 멋진 법구(法句)가 '맑을 청(淸)' 자가 빠져버리니 태고종의 데모 구호로 바뀌고 말다니. '맑을 청' 자 하나.

석등 없는 사찰

선암사를 유심히 둘러본 분들은 이미 알고 있겠지만 선암사 경내에는 석등이 없다. 그 이유는 선암사에 화재가 잦아 아예 불을 상징하는 것은 두지 않은 때문이다. 실제로 선암사에는 큰불이 자주 일어났다. 1597년 정유재란 때에는 거의 전소돼 석탑과 승탑 외에 목조건물로는 문수전 하나만 남았다. 그외에 남은 건물은 일주문과 대변소뿐이었다고 한다. 전란 후 선암사는 당우를 하나씩 복원하면서 교학(敎學)의 명찰로 되었다. 그래서 같은 조계산에 있으면서 송광사가 16국사를 배출할 때 선암사는 무엇을 했느냐고 물어오면 "우리는 불교의 뿌리를 튼실히 길러갔다"고 대답한다고 한다.

그러나 선암사는 영조 35년(1759)에 또 화재를 만나 큰 피해를 보게 되었다. 이에 상월당스님이 중창불사를 일으키는데 그것이 선암사 5차 중창이었다고 한다. 이때 상월당은 선암사가 산은 강하고 물은 약한 산강수약(山强水弱)의 지형이어서 화재가 빈번히 일어난다며, 조계산을 청량산(淸涼山)이라고 겸하여 부르게 하고 절 이름도 해천사(海川寺)라고 바꾸었다. 그래서 지금 선암사 일주문 '조계산 선암사'라는 현판 안쪽에는 전서체로 쓴 '고(古) 청량산 해천사'라는 현판이 걸려 있다. 그래도 선암사는 화재를 비켜갈 수 없었다. 순조 23년(1823) 대화재가 일어나 대웅전을 비롯한 10동의 건물을 모두 태우고 말았다. 이에 해붕대사가 나서서 선암사 제6차 중수를 한 것이 오늘날 선암사의 기본이 되었는데, 이때 이름을 다시 조계산 선암사로 되돌렸다.

이런 연유로 선암사의 불조심은 각별했고 석등을 두지 않았다. 간간이 대시주들이 석등을 시주해도 경내에는 들이지 않았다고 한다. 오히려 선암사 부엌인 심검당의 연기 구멍에는 풍수로 치면 비보(神補)에 해당하고, 무속으로 치면 액막이하는 셈으로 '바다 해(海)' 자와 '물 수(水)' 자를 조각해넣어 '자나 깨나 불조심표' 환기통을 만들었다.

이렇게 조심하며 불기운의 접근을 막았던 선암사인데, 90년대에는 대웅전 앞마당에 2기의 석등이 있었고 경내 여기저기에 모두 6기의 석등이 있었다. 나는 이것이 못마땅해 갈 때마다 주지스님께 석등을 치워달라고 항의성 부탁을 했다. 내 항의를 가장 많이 받은 스님은 선암사 주지를 세 번이나 맡았던 지허스님이었다.

내가 해마다 반복적으로 잔소리하듯 항의하자 지허스님은 어느 해인가

| **석등 없는 선암사 대웅전** | 선암사는 불조심을 위해 절마당에 석등을 세우지 않았다. 한때는 마당에 쌍등이 있었는데 지금은 다시 석등을 없애 옛 모습으로 돌아왔다.

내게 이렇게 말하는 것이었다. "유교수님, 나도 잘 알고 있어요. 그러나 저 석등을 갖다놓으신 분들이 우리 절의 대시주이신데 우리는 어떻게 절을 운영하라고 자꾸 치우라고만 하십니까"라고 속내를 털어놓는 것이었다.

그뒤로 나는 지허스님을 만나도 석등을 치우라는 항의를 하지 않았다. 그런데 어느 해인가, 선암사에 갔더니 경내의 석등이 말끔히 없어졌다. 너무도 기뻐 고맙다는 인사를 드리려고 지허스님이 계신 무우전으로 달려갔다. 그러자 지허스님은 웃으며 들어와 차나 한잔 들고 가라고 했다. 아는 분은 알겠지만 지허스님은 칠전선원(七殿禪院) 다원(茶園)의 맥을 이어온 분으로, 당신의 차가 하도 좋아『뿌리깊은나무』의 고(故) 한창기 사장이 '징광차'를 만들게 하여 보급한 다도의 대가이다. 나는 지허스님께서 솜씨 좋게 달인 차를 들면서 물었다.

"스님, 석등을 치우긴 잘 치우셨습니다마는 대시주님들께는 무어라

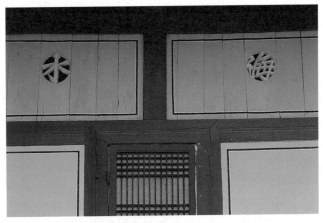

| 심검당 환기 구멍 | 대웅전 옆 심검당은 본래 요사채의 부엌으로 쓰인 건물이다. 이 부엌 위쪽에 설치된 환기 구멍에는 물 수(水) 자와 바다 해(海) 자를 새겨 불조심을 강조하고 있다.

고 하셨습니까?"

"뭐, 간단히 말씀드렸지. '본래 석등이란 어두운 곳에서 밝혀주어야 하는 것이니 절집 진입로 산죽밭에 숨은 듯이 있으면 더 효험이 있겠습니다'라고 말하고 다 밖으로 내다 세웠죠. 왜, 절에 들어오면서 못 보았수?"

지허스님은 지금은 순천 금둔사에서 금화산 잎차를 만들고 계시며, 선암사 진입로 산죽밭 곳곳에서는 20세기의 석등들이 우리의 발길을 비추고 있다.

만세루의 '육조고사' 현판

선암사 일주문은 돌계단 위에 높직이 서 있다. 그리고 일주문 너머 팔손이나뭇잎을 양옆에 끼고 있는 종각 기둥 사잇길이 한눈에 들어온다. 양파를 벗기듯 차례로 전각이 들어오며 장면마다 색다른 표정을 짓는 선암사는 입구부터 그 인상이 남다르다.

돌계단을 올라 만세루 앞에 서면 좌우로 넓은 길이 화단을 끼고 시원하게 뻗어 있다. 이 길이 선암사의 가람배치에서 가로로 지르는 주 동선으로, 어느 쪽으로 돌아가든 다시 이 자리에 서게 된다. 여기는 만세루 뒤편으로, 위쪽에 장중한 예서체로 '육조고사(六朝古寺)'라고 쓴 현판이 걸려 있다.

달마대사가 살았던 육조시대부터 내려오는 오래된 절이라는 뜻인데, 서포(西浦) 김만중(金萬重, 1637~92)의 부친으로 병자호란 때 강화도에서 순절한 김익겸(金益兼, 1614~36)의 글씨로 전한다. 그의 글씨를 따로 본 것이 없어 서가(書家)로서 김익겸을 말할 수는 없지만 이 글씨만은 굳셈과 멋을 한껏 발휘한 명작이라고 할 만하다. 특히 육(六) 자를 쓰면서 세로획을 치켜올린 것에서 자칫 딱딱해 보일 글씨에 숨통을 열어주었다는 느낌이다.

어느 때인가 등산복 차림의 중년 신사가 호기 있게 일행을 이끌고 이 만세루 앞에 서서는 지팡이로 현판을 가리키며 "그 글씨 한번 잘 썼다"고 큰 소리로 말하여 귀를 그쪽으로 두고 다음에 해설을 어떻게 하나 귀동냥하고 있으려니, 이 신사가 현판 글자를 큰 소리로 읽는데 "견조고사라"라고 하여 속으로 얼마나 웃었는지 모른다. 육(六) 자의 가로획 끝을 멋으로 꼬부린 것을 점으로 보아 개 견(犬) 자로 읽었던 것이다.

선암사 경내 순례

대웅전에서 무우전까지 대웅전 앞마당은 좁은 편이다. 그러나 대웅전

| **육조고사 현판** | 만세루에 걸려 있는 '육조고사'라는 현판은 선종의 육조인 혜능스님을 모신 오래된 절이라는 뜻으로 글씨는 아주 멋스럽고 힘찬 필치로 되어 있다.

오른편과 설선당 사이가 널찍이 트여 돌계단 너머 원통전까지 시선이 멀리 닿고, 대웅전 왼편과 심검당 사이는 지장전 너머 무우전까지 아기자기하게 길이 나 있어 좁다는 인상도, 답답한 느낌도 들지 않는다.

그리고 잘생긴 삼층석탑 한 쌍이 이 마당의 무게중심을 잡아주기 때문에 '육조고사'다운 기품이 살아난다. 사찰을 꼼꼼히 살피는 편이라면 대웅전 오른편으로 올라 불조전과 원통전으로 가서 두 전각의 내력과 창살무늬를 살필 만하고, 그저 나처럼 공원에 온 듯이 느긋이 즐길 양이면 지장전을 스쳐나 곧장 무우전으로 향하면 된다.

선암사 공간 구조에서 무우전은 가장 좋은 자리에 위치해 있다. 화재로 여러 차례 중수하면서 달라졌지만 본래는 여기가 대웅전 자리였다고 한다. 무우전은 문이 닫혀 있어 일반인 출입이 금지되기도 하지만, 스님의 허락을 얻어 무우전 툇마루에 가만히 앉아 선암사를 감싸고 있는 조계산의 느릿한 능선을 넋 놓고 바라볼 때 우리는 비로소 선암사를 보았다고 말할 수 있을 것이다.

| **무우전 뒷마당** | 선암사에서 가장 그윽한 분위기를 보여주는 곳은 무우전이다. 그리고 그 뒤편 역시 아늑한 공간을 이루고 있다.

봄날 무우전의 담장 너머에서 천연기념물로 지정된 노매(老梅)들이 피어날 때는 매운맛까지 나는 매화 향기에 취해 차마 자리에서 일어나지 못한다. 겨울날 무우전에서 조계산 자락을 보면 산은 분명 잎 떨군 겨울 산이지만 나뭇가지들이 둥글게 부풀어오르며 뭉실뭉실하게 연이어져 만지면 보드라울 것만 같고, 올라앉으면 쿠션이 있을 것만 같다.

법정스님이 산 너머 송광사 불일암에 계실 때 『산방한담』에서 겨울 조계산을 어떻게 그리도 아련하게 묘사할 수 있었는지 바로 알아차릴 수 있을 것이다. 메마르고 표정이 없을 것 같은 겨울산이 이처럼 포근하게 느껴지다니…… 선암사는 정녕 우리의 마음을 편하게 해주는 산사 중의 산사다.

『태백산맥』의 작가 조정래 선생은 이 선암사 스님의 아들이다. 그래서

194

선암사에 오면 한 번쯤은 그를 생각하지 않을 수 없는데, 그것은 대개 이 무우전에서 조계산을 바라보며 넋 놓고 있을 때다. 이런 자연을 어려서 경험한 사람과, 나처럼 순 서울내기 사이에는 자연을 보는 말할 수 없는 간격이 있는 것이 아닐까 하는 생각도 한다. 내가 애써 나무를 좋아하고 그 이름을 달달 외우고 다니는 것은 어쩌면 그 열등감을 극복하고 싶은 욕망 때문이었는지도 모른다.

| 달마전의 4단 석조 | 달마전 뒤편에는 석함 네 개를 연이어 놓은 4단 석조가 있다. 커다란 석조가 아니라 네 개를 연이은 물확의 멋스러움이 선암사의 자연미를 더욱 돋보이게 한다.

칠전선원 돌아 해천당까지

무우전 뒤편으로 돌아 오른쪽 운수암으로 가는 길가에는 크고 당당하게 잘생긴 비석 2기가 있다. 하나는 숙종 33년(1707) 당대의 문장가인 채팽윤(蔡彭胤, 1669~1731)이 짓고 당대의 명필인 이진휴(李震休, 1657~1710)가 글씨를 쓴 선암사 중수비고, 또 하나는 이를 본떠 1929년 세운 선암사 사적비다.

무우전 오른편 산자락으로는 칠전선원이 있고, 그 뒤편에는 1,000평(3,306제곱미터)이 넘는 야생차밭이 있다. 그 차밭 맨 위쪽에는 고려 때 세운 이른바 무우전 승탑밭이 있어 한차례 순롓길이 되는데, 여기 또한 일반인 출입을 금해 선암사의 뒤가 이렇게 두텁다는 사실만 알아두면 될 것 같다.

칠전선원 안의 달마전은 원래 조실스님이 기거하는 곳으로 부엌에 가

면 조왕(竈王)이라는 부엌신을 사당처럼 모신 것이 있고, 뒤켠으로는 유명한 4단 석조가 있어 그 넉넉한 조형정신에 경의를 표하게 된다. 칠전선원에서 나와 오른쪽으로 돌면 장경각·삼성각·천불전을 지나 종무소와 설선당 사이의 쌍지라는 못을 만나게 된다.

　쌍지 아래 물확에는 쉬지 않고 샘물이 흐른다. 샘물 아래쪽으로는 다 허물어져가는 돌담에 둘러싸인 납작한 살림집이 보인다. 이 집은 해천당이라는 객관(客館)으로 한때 송기숙 선생이 머물며 장편『녹두장군』을 집필했던 곳이다. 해천당에서 돌담길을 따라 경내를 벗어나면 바로 대각국사 의천의 사적이 어려 있는 대각암으로 오르는 길이 나온다.

선암사 뒤깐

| **선암사 뒷간 현판** | 선암사 뒷간에는 한자로 대변소(**大便所**), 한글로 '뒤깐'을 오른쪽에서 왼쪽으로 써넣었다. 뒷간 안쪽에는 칸마다 창살이 있어 밖이 은히 내다보인다.

해천당 바로 옆에는 우리나라 사찰 뒷간 중 압권인 선암사 대변소가 있다. 영월 보덕사 해우소와 함께 문화재로 지정된 뒷간이다. 정(丁) 자형 건물의 선암사 뒷간은 그냥 눈으로 보는 것이 아니라 안에 들어가 볼일을 보아야 제맛을 알 수 있다. 앞으로 돌출한 캐노피(canopy)를 따라 들어가면 왼쪽은 남자, 오른쪽은 여자, 각각 8칸씩 나뉜 공동변소인데, 뚫려 있는 창살 사이로 경내가 다 보인다. 그러나 밖에서는 안쪽이 보이지 않는다. 여기서 우리는 오픈 스페이스의 매력을 만끽할 수 있다.

선암사 뒷간 현판이 매우 재미있다. 네모판에 위에는 '대변소(大便所)'라고 오른쪽에서 왼쪽으로 쓰고, 그 아래 '뒤깐'이라고 한글 고어로 써놓은 바람에 한자를 모르는 요즘 학생들은 이를 '깐뒤'라고 읽고는 제풀에 깔깔거리곤 한다. 그러나 선암사 '깐뒤'의 제멋은 사용자로서 그 속에 들어가 큰 거든 작은 거든 일을 볼 때다. 눈앞에 마주하는 뚫린 창살로 밖을 내다보며 내 몸의 배설물이 저 아래 허공으로 떨어지는 소리를 들으면 뒷간이 이럴 수도 있구나 하는 생각이 든다. 시인 정호승은 「선암사」라는 시에서 이렇게 읊었다(『눈물이 나면 기차를 타라』, 창비 1999).

> 눈물이 나면 기차를 타고 선암사로 가라
> 선암사 해우소에 가서 실컷 울어라
> 해우소에 쭈그리고 앉아 울고 있으면

죽은 소나무 뿌리가 기어다니고
목어가 푸른 하늘을 날아다닌다
풀잎들이 손수건을 꺼내 눈물을 닦아주고
새들이 가슴속으로 날아와 종소리를 울린다
눈물이 나면 걸어서라도 선암사로 가라
선암사 해우소 앞
등 굽은 소나무에 기대어 통곡하라

선암사 무우전매

선암사 최고의 볼거리는 역시 꽃이다. 그중에서도 선암사를 대표하는
꽃은 매화이며, 선암사 매화 중에서도 제일가는 것은 노매 20여 그루가
줄지어 있는 무우전과 팔상전 담장길의 매화다. 한쪽은 백매, 한쪽은 홍
매가 만개할 때면 오직 그것만을 보기 위해서라도 선암사를 찾아갈 일
이다. 고려시대 대각국사가 사찰을 중창할 무렵, 삼성각 앞의 와룡송(臥
龍松)과 함께 매화를 처음 심었다고 상량문에 전해지고 있으니 매화는
고려시대 이후 선암사의 역사와 함께했음을 알 수 있다. 내가 선암사에
간 것이 수십 차례인데 그중 절반이 춘삼월 매화꽃 필 때였다.

육당 최남선의 『심춘순례』는 송광사에서 송광굴목재 너머 선암사로
넘어오는 산길이었다. 나도 두어 차례 이 산길을 넘어가며 굴목재의 아
름다운 돌배나무꽃도 보고 장군봉에 흐드러지게 핀 철쭉꽃도 원 없이
즐겼지만 역시 매화가 주는 감동은 따라오지 못했다.

그런데 육당은 그날 다섯 시간 이상 걸리는 산길을 넘어오느라 몹시
피곤하여 선암사에 당도하여 바로 곯아떨어졌던 모양이다. 그리고 이튿
날 아침에 매화를 보고는 이렇게 억울해했다.

| 선암사 무우전 매화 | 무우전 담장의 매화는 수령이 오래되어 천연기념물로 지정되었다. 홍매와 백매가 어울려 더욱 장관을 이룬다.

이럭저럭 '굴묵이' 넘어온 피곤을 잊어버리고, 무엇인지 코가 에어져나가는 듯한 향기를 맡으면서 청량(淸凉)한 꿈을 찾아들었다.

이튿날(십팔일). 일뜨며 창을 밀치니 맑고도 진한 향기가 와짝을 들이밀어 코로부터 온몸, 온 방 안을 둘러싸버린다. 새빨간 꽃을 퍼다 부은 춘매(春梅)가 바로 지대(地臺) 밑에 있는 것을 몰랐었다. (…) 이러한 미인이 창전(窓前)에 대령한 줄을 모르고 아무 맛 없이 곱송그려 새우잠을 자고 났거니 하매, 아침나절에 입맛이 쩍쩍 다시어진다.

선암사를 드나들면서 나는 이런 것이 천연기념물로 지정되지 않으면 무엇이 천연기념물인가 생각하곤 했다. 문화재청장으로 있을 때 나는 박상진(농학박사, 경북대 명예교수), 이은복(이학박사, 한서대), 안형재(매화연구원장)

전문가 세 분께 전국에 있는 노매를 조사하여 천연기념물로 지정하는 용역을 의뢰하였다. 그 결과 네 그루의 매화가 지정 대상이 되었다. 나는 이분들에게 매화마다 고유 이름을 지어달라고 부탁하였다. 그리하여 강릉 오죽헌의 율곡매, 장성 백양사의 고불매, 구례 화엄사 백매, 그리고 선암사 무우전매가 천연기념물로 지정되었다. 무우전매란 정확히 말하면 원통전 담장 뒤편의 백매와 각황전 담길의 홍매 두 그루로, 천연기념물 제488호다.

매화는 마니아가 많다. 역대로 매화를 좋아한 명사는 수를 헤아릴 수 없고 매화를 읊은 시를 모으면 수십 권의 책이 됨 직하고 또 지금도 거기에 심취하여 매화를 찾는 분도 적지 않다. 매화를 좋아함은 무엇보다도 고고한 기품과 짙은 향기 때문이다. 그 높은 품격 때문에 거기에서 감히 색태(色態)를 느꼈다는 말을 못한다. 그러나 육당은 대담히 이렇게 솔직히 털어놓았다.

청수(淸瘦)하여 고사(高士)에 비할 것이 매화의 호품(好品)일지는 모르되, 화사하면서도 농염한 것이 탐스러운 부잣집 새색시가 곱게 차려입은 화려한 복장(靚粧華服)에 고급 향수(蘭麝名香)를 기구껏 차린 듯한 매화도 결코 못쓸 것이 아님을 알았다. 매화다운 매화도 좋지마는, 도화(桃花) 같은 매화도 또한 일종의 정취가 있는 것이다. 하물며 도화일 성불러도 매화의 기품이 있을 것이 다 있음에랴. 매화인 체를 아니하는 매화, 매화티를 벗어난 매화가 어느 의미로 말하면 진짜 매화라 할 매화일지도 모를 것이다.

아마도 말은 안 해도 내남이 매화에서 그런 모습을 보았을 것이다. 특히나 무우전의 홍매를 보면 육당의 말이 무슨 말인지 알 수 있을 것이다.

김극기의 선암사 시

나는 답사기를 쓰면서 되도록 먼저 다녀간 분들의 아름다운 기행시를 소개하려고 노력하고 있다. 나의 얕은 감상을 늘어놓는 것보다 시인의 눈과 가슴을 빌려 내가 못다 한 이야기를 독자에게 답사객에게 전하고 싶기 때문이다. 그러나 이상하게도 이 아름다운 절 선암사를 읊은 옛 시는 찾지 못했다. 강선루에도 만세루에도 여러 편의 시가 걸려 있지만 내 실력으로는 읽기도 힘들고 그 시의 품격을 가늠하기 힘들다. 그러나 역시 육당의 눈은 달랐다.

돌아오매 잔조(殘照)가 오히려 만세루에 걸려 있기로 다시 올라가서 기둥 사이[楹間]에 걸린 시 새긴 것[題刻]을 둘러보았다. 선암(仙巖)에는 시인이 오기를 덜하였는지, 와도 짓기를 덜하였는지 (…) 소리하여 외고 싶은 것은 하나도 없었다. 김극기(金克己)의 고시(古詩)라도 새겨 걸었으면 하였다. 글 대신 종을 한 번 울렸다.

육당이 아쉬워한 김극기의 시는 다음과 같다.

적적한 산골 속 절이요	寂寂洞中寺
쓸쓸한 숲 아래의 중일세	蕭蕭林下僧
마음속 티끌은 온통 씻어 떨어뜨렸고	情塵渾擺落
지혜의 물은 맑고 용하기도 하네	智水正澄疑*
8천 성인에게 예배하고	殷禮八千聖
담담한 사귐은 삼요(三要)의 벗일세	淡交三要朋
내 와서 뜨거운 번뇌 식히니	我來消熱惱

마치 옥병 속 얼음 대한 듯하네.   如對玉壺氷

*『심춘순례』에는 凝으로 되어 있다.

한문도 한시도 제대로 배운 바 없어 『신증동국여지승람』에서도 손꼽
은 이 명시를 읽고도 그 시격(詩格)을 제대로 이해하지 못함은 미안하고,
육당처럼 소리하여 읊고 싶은 것이 없었다는 안목은 부러움을 넘어 차
라리 억울하다. 그래도 한글은 배운 바 있어 나는 박남준 시인의 「선암사
에서 시 쓰기」라는 시의 앞부분을 옮기며 산사의 미학을 마무리 짓는다
(『그 숲에 새를 묻지 못한 사람이 있다』, 창비 1995).

　선암사에 갔습니다. 구례를 지나 산동을 지나 조계산 선암사 가는
길가엔 봄날의 햇살을 터뜨리면 저러할까 노오란 산수유꽃빛 처연해
보입니다. 문득 가까이 혹은 멀리 여기저기 산자락에 희고 연붉은 매
화꽃, 사태처럼 피어나서 차창을 열지 않아도 파르릉거리며 매화 향
내 날아든 것 같습니다. 눈에 보이는 꽃빛에 따라서 들고일어나는 마
음이 변덕을 부리는 것을 보면 쓸쓸한 자조가 파묻져왔습니다.

　산문에 들었습니다. 봄날 기지개를 켜며 깨어나는 산빛 쇠락한 풍
경, 언제 가보아도 눈에 띄게 화려하지도 웅장하지도 주눅이 들게 하
지도 않는 선암사는 한 폭 담담한 수묵화 같아서 그때마다 가만히 고
개 숙여집니다.

2009. 10. / 2011. 5.

담양 소쇄원

자연과 인공의 행복한 조화

중부휴게소 / 누정의 미학 / 소쇄원

중부휴게소의 피곤과 불쾌감

나 홀로 답삿길에 오르는 것이 아니라 관광버스 한 대를 빌려 한국문화유산답사회 식구들을 인솔하여 남쪽 지방으로 답사를 떠날 때면, 나는 떠나가는 자의 홀가분한 해방감보다도 인솔자로서의 중압감에 심하게 짓눌린다. 그런 긴장 중에서 나를 가장 고통스럽게 하는 것은 서울을 과연 몇 시간 만에 빠져나갈 수 있을까 하는 불안이다.

그동안 다녀본 경험에 의하면 그래도 중부고속도로가 경부고속도로보다 소통이 원활한 편이어서 나의 남쪽 땅 답삿길은 강남의 한 백화점 주차장에서 출발하여 중부고속도로를 타고 떠난다(지금은 천안논산 고속도로를 이용한다). 그리고 천신만고 끝에 서울을 벗어나 중부휴게소(지금의 음성휴게소)에 내려 첫 휴식을 취하는 순간에야 비로소 답사객의 자유로움을 맞이하게 된다. 그러나 중부휴게소는 니에게 그린 홀가분한 해방감을 안겨주는 반가운 곳은 결코 아니다. 거기에는 또 다른 피곤과 불쾌감이 기다리고 있다.

중부휴게소는 하일 기점으로부터 80킬로미터 떨어진 곳, 서울에서 광주·곤지암·이천·호법·일죽을 지나 충청북도 음성군 삼성면 덕정리에 위치하고 있다. 서울 강남의 출발지로부터 제아무리 빨라야 한 시간 반, 보통은 두 시간이 되어야 도착하는 거리다. 유언비어에 의하면 5공의 실력자 측근이 실력을 발휘하여 총 112.8킬로미터 되는 중부고속도로상에 두 군데 만들 휴게소를 하나로 통폐합시켜 그 이권을 독차지했다는 곳이다(훗날 이천휴게소가 생겼다).

인간은 동물이기에 생체의 리듬이 있다. 일상적인 움직임에서 벗어나 버스 속 의자에 가만히 앉아 있어야 하는 상황으로 바뀌면 곧 생체의 리듬이 맞지 않아 불편하고 힘들게 느낀다. 이 경우 적당한 시점에서 그 피곤함을 풀어주면 생체리듬은 바로 새로운 환경에 익숙해지게끔 되어 있는데, 중부휴게소는 차를 탄 지루함을 한참 느낀 다음에야 나타나는 비인간적·비생물적 위치에 세워진 것이다. 5공이 무너지고 6공이 들어선 한참 후에야 만남의광장과 이천휴게소가 생겼지만 한동안 중부휴게소까지 가는 길은 항시 멀게만 느끼며 답사를 다녔다.

상업주의 공간 배치의 영악스러움

중부휴게소 건물은 겉으로 보기엔 현대적인 멋이 풍기는 근사한 집 같지만 사용자 입장에서는 불편하고, 불결하고, 불쾌하기 짝이 없는 해괴한 공간 배치를 하고 있다. 휴게소 화장실을 건물 중앙홀 안쪽에 설치하여 모든 통행자들이 중앙홀을 통과하도록 그 동선(動線)을 유도해놓은 것이다.

그리고 중앙홀 양쪽에서는 커피·사탕·호두과자 등을 팔고 있으니 구매를 촉발하는 구조로 이보다 영악스러운 공간 배치는 없을 성싶다.

중부휴게소에 처음 내린 사람이 변소에 갈 때는 습관적으로 건물 옆쪽으로 가곤 한다. 차마 저렇게 번듯하게 생긴 집 안방 자리에 뒷간이 모셔져 있으리라는 생각이 들지 않기 때문이다. 그래서 중부휴게소 긴 건물 양쪽 끝에는 "화장실은 중앙홀 안쪽에 있음"이라는 안내문이 짜증스러운 글씨체로 쓰여 있다. 오는 사람마다 변소 어디 있느냐고 묻는 것에 대한 신경질적 반응이다.

하나 신경질 낼 사람은 오히려 우리 같은 사용자 측이다. 왜 상식에 벗어난 구조를 만들어 사람을 헛걸음질시키며, 화장실에 가는 사람이 무슨 대단한 벼슬문에라도 들어가듯 중앙홀에 모여 있는 사람들을 밀치면서 가게 하여 남부끄럽게 만들었는가. 그리고 그 넓은 공간을 다 버려두고 요 구석만 바글거리게 해놓았는가.

중부휴게소 건물은 이른바 포스트모더니즘 경향의 건축물이다. 다원적 요소를 공존시키고 일상적 공간 습관을 해체·변형시키며, 공간 분할에 오픈 스페이스 개념을 확대하였다. 내용과 형식 모든 면에서 현대인의 골 아프고 뒤숭숭한 정서를 즉자적으로 반영하고 있는 셈이다. 그래서 중앙홀의 천장은 철빔으로 떠받쳐 으레 막혔다고 생각하는 천장을 시각적으로 노출시키고, 식당이나 커피숍이 있을 만한 자리에 뒷간을 모셔놓고, 드나드는 자와 쉬는 자, 물건 사는 자의 동선을 뒤엉키게 하고, 변소 입구엔 문짝도 달지 않아 해방감을 확대시킨다. 하지만 그 결과란 바글대는 메인홀과 변소의 배설물 냄새가 커피 판매대에까지 진동하는 도떼기 장바닥처럼 된 것일 뿐이다.

포스트모더니즘은 독점자본주의사회의 한 문화이념이라더니 소유자의 철저한 상업주의는 승리하고 이용자의 편리성은 철저히 배제된 비공

공성의 공공건물이 되고 말았다.

중부휴게소 건물이 상행선과 하행선 모두 똑같은 설계로 되어 있다는 사실 또한 영악스러운 상업주의적 발상으로, 이용자인 우리들은 혹심한 정서 해독을 받게 된다. 두 건물을 똑같은 형태로 지으면 우선 설계비와 시공비를 많이 절감할 수 있다는 이점이 있고, 이용자에게는 이 휴게소의 이미지를 반복적으로 심어주어 광고효과를 증대시킬 수 있다.

그러나 서울을 떠나 지방으로 가는 사람과 지방에서 서울로 올라오는 사람의 정서는 아주 다른 것이다. 지금 같은 건물은 상행선 휴게소로서는 걸맞은 것일 수 있다. 이제 서울이 가까워졌다는 인상을 풍겨주면서 서울로 들어가면 이런 모던한 분위기를 맛볼 수도 있고 또한 정신없고 어지러운 일이 많게 될 것이라는 예고편으로서.

하나 하행선은 다른 것이다. 하행선에서는 누구나 서울이라는 괴물스럽고 지겨운 도회 공간을 떠나 모처럼 만에 전원의 목가적 서정과 도드람산의 아리따운 봉우리를 대하면서 저마다 그 옛날의 향수와 화려한 재회를 맛보게 된다. 그런 연후에 하차한 휴게소, 그것이 왜 또 지겨운 도회의 감정을 유발해놓는단 말인가. 만약에 중부휴게소가 충청도 음성 땅의 향토적 서정에 걸맞은 소담스러운 분위기로 되어 있을 경우, 그것이 우리의 정서에 공헌하는 바는 이루 형언키 어려울 것이다.

중부휴게소 설계에서 가장 바보스러운 오류는 이 집 화장실이 상행선과 하행선에서 남녀 위치가 다르게 되어 있다는 사실에서 그 극치에 이른다. 상행선은 남자가 좌측인데, 하행선은 여자가 좌측이다. 일반적 관습에 따를진대 좌남우녀(左男右女)가 보통이니 하행선이 잘못된 것이다. 하행선에서 무심코 고개 숙이고 화장실을 향하던 아주머니, 할머니들이 출입구 앞에서 깜짝 놀라 뒤돌아서는 모습이 곧잘 눈에 띄는 것은 이런 습관에 익어 있기 때문인 것이다. 아! 정말로 슬픈 일이다. 어쩌다 이 시대 문화능력은 변소 하나 제대로 짓지 못하는 실력이 되고 말았는가!

나는 중부휴게소의 이런 영악스러움과 용렬스러움이 단순히 건물주와 건축가의 생각이 모자라서 그렇게 되었다고만은 생각지 않는다. 이런 건물이 버젓이 세워져도 그 불편과 불쾌감을 느끼지 못하고 사는 우리들, 나아가서는 이런 식으로 유식한 척해야 잘 지은 집이라고 생각하는 모더니즘 증후군이 이런 위치에 이런 건물을 짓도록 시킨 것이라고 생각한다. 그 점에서 나를 포함한 20세기 우리 시대 인간 모두가 이 허구성의 공범인 셈이다.

나는 지금 전라도 담양 땅에 무리 지어 있는 옛 정자와 원림을 찾아가고 있는 길이다. 가서 우리가 보고 느낄 것이 하나둘 아니겠지만, 무엇보다도 인간과 자연의 행복한 조화 관계만은 틀림없이 배우게 될 것이다. 그러한즉 거기로 가는 길목에 들른 중부휴게소의 모습은 유식해 보이기는커녕 오히려 생각이 퍽이나 가난한 사람들의 건조물이라는 참괴감마저 슬프게 일어나는 것이다.

누정의 미학

광주직할시의 동북 방향, 무등산 북쪽 기슭과 맞대고 있는 담양군 고서면과 봉산면 일대에는 참으로 많은 누각과 정자 그리고 원림들이 곳곳에 자리잡고 있다. 면앙정(俛仰亭), 송강정(松江亭), 명옥헌(鳴玉軒), 소쇄원(瀟灑園), 환벽당(環碧堂), 취가정(醉歌亭), 식영정(息影亭), 거기에 송강 정철의 별서(別墅)까지 들러보는 답사 코스는 조선시대 조원(造園)의 아름다움을 맛볼 수 있는 황금 코스이며, 이른바 조선시대 호남가단(歌壇)이라 불리는 가사(歌辭)문학의 본고장이니 국문학도들에게는 필수의 답사 코스가 된다.

우리나라에는 일찍부터 정자 문화가 발달해왔다. 16세기, 중종 연간에 편찬된 『신증동국여지승람』에 기록된 이름난 누정(樓亭, 누각과 정자)의 수가 885개나 될 정도이다. 그리고 그 숫자의 반이 영남과 호남에 퍼져 있는 데서 드러나듯 따뜻한 남쪽에서 더욱 발달했다.

정자는 휴식처이자 사람이 모이는 공간이다. 한가할 때 홀로 거기에서 휴식을 취하거나 마음을 정리해보기도 하고, 때로는 여럿이 오붓하게 모여 정서를 교감하고 흥을 돋우었던 장소인 것이다. 재미나는 이야기로 길고 무더운 여름밤을 보내기도 했고, 정치적 문제를 놓고 열띤 토론을 벌이기도 했고, 기분이 나면 노래 한 곡 뽑기도 했다. 게다가 조선시대 지식인들은 흥이 나면 언제고 시 한 수쯤은 거뜬히 지어낼 수 있을 정도로 문학의 생활화가 이루어져 있었다. 마치 우리시대의 사람들이 유행가를 부르듯이 그들의 시작(詩作)은 일반화되어 있었던 것이다. 그러니 옛 정자는 문학의 산실이기도 했다. 이것이 곧 우리가 정자 문화라고 부르는 내용이다.

이러한 정자를 세우는 데 가장 중요한 사항은 말할 것도 없이 위치 설정이었다. 마을 어귀 사람들이 편안히 모일 수 있는 한쪽 켠, 전망이 좋은 언덕, 강변의 한쪽…… 우리가 지나가다 잠시 머물고 싶은 생각이 드는 곳에는 여지없이 정자가 세워져 있다.

답사의 초보자들은 이름난 정자에 다다르면 정자의 건물부터 유심히 살핀다. 그렇게 하는 것이 답사라고 생각하는 습성 때문이다. 그러나 중요한 것은 그 건물이 아니라 위치이니 정자의 누마루에 걸터앉아 주변을 조용히 둘러보는 맛, 그것이 본질인 것이다.

뿌리 깊은 이 정자 문화는 오늘날 동네마다 아파트마다 세워진 노인정으로 계승됐다면 계승됐다. 하지만 정자를 세우던 마음은 계승되지 않았다. 아파트 노인정이야 어쩔 수 없다 치더라도 88고속도로에서 지리산휴게소가 답답한 산골에 자리잡은 꼴이나, 중부휴게소·망향휴게소에서 정자를 세워놓은 곳이 본건물 저 위쪽, 그러니까 휴게소에 내린 사람들이 일삼아 올라가기 전에는 발길이 닿지 않는 구경거리로서의 정자일 뿐이니 그것을 사용하면서 일구어내는 정자 문화는 없는 셈이다. 전통의 겉껍질만 흉내내고 본질을 상실한 대표적인 사례가 바로 우리 시대 정자 문화인 것이다.

원림의 미학

원림(園林)으로 말할 것 같으면 그 의미와 미학이 더욱 깊어진다. 원림이란 일종의 정원이라고 해야겠는데 원림과 정원의 뜻은 사뭇 다르다. 정원(庭園)이라는 말은 일본인들이 메이지시대에 만들어낸 것으로 우리에게 식민지시대에 이식된 단어다. 그래서 1982년 '한국정원학회'가 창립되면서 공식적으로 채택한 표기는 정원(庭園)이 아니라 정원(庭苑)이다. 고려·조선 시대에는 가원(家園), 임원(林園), 화원(花園), 임천(林泉), 원림(園林), 궁원(宮苑) 등이 두루 쓰였다. 그 표현이야 어찌 됐든 정원이 일반적으로 도심 속의 주택에서 인위적인 조경작업을 통하여 동산(園)의 분위기를 연출한 것이라면, 원림은 교외—옛날에는 성 밖(城外)—에서 동산(園)과 숲(林)의 자연 상태를 그대로 조경으로 삼으면서 적절한 위치에 집칸과 정자를 배치한 것이다. 그러니까 정원과 원림에서 자연과 인공의 관계는 정반대로 된다. 우리가 찾아갈 소쇄원과 명옥헌은 정원이 아닌 원림인 것이다.

인간은 사물을 통하여 언어를 만들어낸다. 그리고 반대로 언어를 통하여 사물을 인식하게 된다. 그리하여 어휘력은 인간 정신의 고양과 정서의 함양에 크게 기여한다. 뿐만 아니라 풍부한 어휘력은 사물에 대한 관찰과 인식이 남나름을 의미하는 것이기도 하다. 예를 들어 에스키모인들은 눈(雪)의 종류를 70여 가지로 분류한다고 하니 열대인이 알고 있는 눈과는 너무도 큰 차이가 있는 것이다.

정원이라는 단어를 알고 있는 사람은 그 단어만 들어도 그것이 내포하는 의미와 사례와 서정을 일으킬 수 있다. 마찬가지로 원림이라는 낱말 뜻을 알게 된 현명한 독자들은 그 정취가 얼마나 풍성할까를 능히 상상해낼 수 있으리라 믿는다. 그런 의미에서 원림을 본 일이 없을지언정 원림이라는 단어를 알고 있다는 사실 자체가 우리 시대의 각박한 일상 속에서 상큼한 청량제 역할을 할 수 있다. 그러나 원림이라는 단어는 이미 죽어버린 지 오래된 낱말이며 어느 국어사전에도 이 낱말 풀이를 제대로 해낸 것이 없다. 이런 현상을 나는 항상 가슴 아프게 생각하고 있다.

전라남도 담양군 남면 지곡리, 광주직할시 무등산 북쪽 산자락과 마주한 이 동네에는 증암천이라는 제법 큰 냇물이 저 아래쪽 광주댐의 너른 호수로 흘러들어간다. 이 지곡리 일대에는 소쇄원, 식영정, 환벽당, 취가정이 냇물 좌우 언덕에 자리잡아 서로가 서로를 마주보고, 비껴보고 있으니 이 유서 깊은 동네의 풍광을 내가 자세히 묘사하지 않아도 단박에 느낄 수 있으리라 믿는다. 그중에서도 소쇄원은 현존하는 우리나라 원림 중에서 단연코 으뜸이라 할 것이니 이번 답사기의 하이라이트는 바로 여기가 된다.

소쇄원의 조영 내력

소쇄원을 조영한 분은 양산보(梁山甫, 1503~57)였다. 양산보의 본관은 제주, 자는 언진(彦鎭)이라 했으며 연산군 9년에 이곳에서 양사원(梁泗源)의 세 아들 중 장남으로 태어났다. 부친의 행적은 확실히 알려진 바

없는데 그의 호가 창암(蒼巖)이라 하여 그 동네를 창암촌이라 부른다.

양산보는 나이 15세 되던 1517년에 아버지를 따라 서울로 올라가 정암(靜庵) 조광조(趙光祖, 1482~1519)의 문하생이 되었다. 그 2년 뒤인 1519년 스승 조광조가 대사헌으로 있을 때, 현량과(賢良科)를 실시하여 자기 문하의 이른바 신진사류를 대거 등용시킨 일이 있었는데 양산보도 이때 급제하였다. 그러나 바로 이해에 조광조가 능주로 유배되는 기묘사화가 일어남으로써 양산보는 낙향하여 창암촌으로 되돌아왔다. 조광조의 제자인 학포 양팽손이 화순으로 낙향한 것도 스승의 유배처 가까이로 따라온 것이듯 양산보도 스승을 따라 내려온 것이었다. 그러나 조광조는 결국 그해 겨울에 사약을 받아 죽었으며 이후 양산보는 두문불출하고 55세로 일생을 마칠 때까지 고향에서 은일자적한 삶을 보내게 되었다. 그를 처사공(處士公)이라고 부르게 된 것도 이런 연유였다.

214

양산보가 낙향한 후 언제부터 이 소쇄원을 짓기 시작했는지는 확실치 않지만 정동오 교수는 『한국의 정원』(민음사 1986)에서 30대에 초가정자를 짓기 시작한 후 40세 때 면앙정의 송순(宋純)의 도움으로 소쇄원을 완성한 것으로 추정하고 있다. 조선건축사 내지 조선정원사 연구에서 소쇄원의 창건연대를 밝히는 것은 중요한 과제인데, 송강(松江) 정철(鄭澈, 1536~93)이 쓴 「소쇄원 초정(草亭)에 부치는 시」에 이렇게 언급되어 있다.

내가 태어나던 해에 이 정자를 세워
사람이 가고 오고 마흔 해로다.
시냇물 서늘히 벽오동 아래로 흐르니
손님이 와서 취하고는 깨지도 않네.

송강이 태어난 해가 1536년이니 양산보의 이때 나이는 34세, 지석촌으로 낙향한 지 17년 되던 해다. 송강이 이 시를 쓴 1575년은 그가 소쇄원 옆 지실마을로 잠시 낙향해 있을 때였다.

소쇄원에 관한 기록은 비교적 풍부한데 『소쇄원사실(事實)』에 실려 있는 「처사공실기(處士公實記)」를 보면 그의 은일자적 자세와 소쇄원 조성 배경을 엿볼 수 있다.

선생은 일찍이 도연명(陶淵明)과 주무숙(周茂叔)을 존경하여 도연명의 「귀거래사(歸去來辭)」와 주무숙의 「애련설(愛蓮說)」 같은 책을 항시 서재 좌우에 두고 있었다고 한다. 도연명을 좋아한 것은 그가 은일처사의 모범이었기 때문일 것이며 주무숙은 그의 은사 조광조가 흠모한 분

| **광풍각** | 소쇄원의 중심이 되는 계곡의 한가운데에 단칸 정자를 짓고 광풍각이라고 했다. 두 사람이 겨우 누울 수 있는 작은 방은 겨울철 난방을 고려함이고, 사방으로 둘러져 있는 마루는 여름날을 위함이다.

이라는 사실 때문이었다.

소쇄원의 뜻과 그 정신

양산보가 원림의 이름을 소쇄원이라 하고 사랑채와 서재가 붙은 집을 '제월당(霽月堂)', 계곡 가까이 세운 누정을 '광풍각(光風閣)'이라고 한 것은, 송나라 때 명필인 황정견이 주무숙의 인물됨을 "흉회쇄락 여광풍제월(胸懷灑落 如光風霽月)", 뜻을 새기자면 "가슴에 품은 뜻의 맑고 맑음이 마치 비 갠 뒤 해가 뜨며 부는 청량한 바람과도 같고 밝은 날의 달빛과도 같네"라고 한 데에서 따온 것이다.

그리고 『처사공실기』에는, 양산보가 어렸을 때 이곳 계곡에서 놀다가 물오리가 헤엄치는 대로 따라 올라가게 되었는데 지금 소쇄원 자리에 이르자 작은 폭포와 못을 이루며 계곡이 깊어지고 주위의 풍광이 너무도 수려하여 거기에서 미역도 감고 이리저리 뛰놀며 언젠가는 여기에 와서 살 뜻을 세웠다고 전한다. 그후 사화로 낙향하게 되자 이 소쇄원을 만들게 되었는데, 그는 자손들에게 "절대로 남에게 팔지 말 것"과 "돌 하나 계곡 한구석 내 손길, 내 발자국 닿지 않은 곳이 없으니 하나도 상함이 없게 할 것"을 당부하였다고 한다. 옛날 당나라 때 이덕유(李德裕)가 평천장(平泉莊)을 만들고 그랬다는 사실을 환기시키면서.

세월이 흘러 소쇄원의 집들은 낡고 헐어 무너지고 게다가 전란 속에 피해를 입어 옛 모습을 잃었지만, 1755년에 이 원림의 구조와 건물 배치를 자세히 그린 「소쇄원도」를 목판화로 남겨두어 우리는 그 원모습을 남김없이 복원해볼 수 있게 되었다. 더욱이 퇴락해버렸을지언정 그 분위기는 그대로 살아 있어 조선시대 원림 중 가장 보존 상태가 좋은 것으로 평가되며, 그 후손들은 15대째 내려오도록 처사공의 유언대로 남에게 팔

| 제월당 | 양지바른 언덕에 사랑채와 서재를 겸한 제월당이 이 집의 주 건물이다.

지 않았다.

1975년 소쇄원은 전라남도 지정문화재가 되었고, 1983년에 사적 304호로 지정되어 이제는 나라가 인정해준 유적으로 그 생명은 나라와 함께하게 되었다. 그러나 걱정이 없는 것은 아니다. 1985년 문화재관리국에서는 소쇄원을 손질하여 외나무다리도 보수하고 무너진 초가정자인 '대봉대(待鳳臺)'도 복원하였는데, 제법한 솜씨로 다듬기는 했으나 손대기 이전만 하려면 어림도 없다. 그래서 나는 항시 우리 시대의 문화능력으로는 옛 유적에 손대지 않는 것이 최상의 보존이라고 생각하고 있는 것이다.

이런 상황인데 어느 날 「소쇄원도」에 입각한 복원계획이라도 세워지는 날이면 소쇄원도 끝장날 것이 분명하니 그것이 걱정스럽다. 게다가 1984년에는 「소쇄원도」 목판본 원판을 도둑맞았다고 한다. 모든 게 유명

| 화단을 2단으로 쌓은 매대 | 담벽에는 훗날 송시열이 '소쇄처사 양공지려'라는 일종의 문패를 써서 달게 했다.

해져서 생긴 재앙이라고 해야 할 것인가.

소쇄원 원림은 현재 1,400평. 계곡을 낀 야산에 조성되었다. 이 원림의 마스터플랜은 양산보가 어린 시절에 미역 감으며 뛰놀았다는 너럭바위로 흐르는 계곡이 갑자기 골이 깊어지면서 작은 폭포와 못을 이루는 부분을 중심으로 삼았다. 그 옆에 '광풍각'이라는 정자를 짓고, 위쪽 양지바른 곳에는 사랑채와 서재를 겸한 '제월당'을 세웠다. 또한 지석촌 마을과는 기와를 얹은 흙돌담을 ㄱ자로 돌려 차단하고, 한쪽에는 화단을 2단으로 쌓아 매화와 꽃가지를 심은 '매대(梅臺)'를 설치하였다.

계곡의 자연스러운 흐름에 인공을 가하여 못을 넓히고 물살의 방향을 나무홈통으로 바꾸어 수차(水車)를 돌리기도 하며 물확을 만들어 물고기들이 항시 거기에 모이게도 하였다.

여름날에 시원스러운 벽오동과 목백일홍, 봄날에 아름다운 꽃이 피는

| 돌다리담장 | 흙돌담 밑으로 개울이 흘러갈 수 있도록 설계하여 자연을 거스르지 않는 인공미를 절묘하게 연출했다.

매화와 복사나무, 가을날 단풍이 진하게 물드는 단풍나무가 적절히 배치
되어 계절의 빛깔까지 맞추었으니 그 조원의 공교로움을 나는 이루 다
묘사할 수가 없다.

　소쇄원의 아름다움을 글로써 형언키 어려운 것은 나뿐만이 아니었다.
기대승(奇大升), 송순, 정철, 백광훈(白光勳), 고경명(高敬命), 김인후(金
麟厚)라면 당대의 명유(名儒), 명문(名文), 명류(名流)라 할 것인데 그들
이 모두 소쇄원을 찬양한 시를 남긴 분들이니 이로써도 소쇄원의 성가
가 얼마나 높았는가를 증명할 수 있다. 특히 양산보와 사돈 간이었던 김
인후는 소쇄원을 48가지로 노래하고도 모자라서 10편의 시를 또 지었으
니 알 만한 일이 아닌가.

　그중에서 「꿈에 소쇄원을 노닐다」라는 시를 지은 바 있던 고경명이
1573년에 쓴 『유서석록(遊瑞石錄)』은 내가 못다 표현한 소쇄원의 구조와

아름다움을 대신해줄 것으로 믿는다.

소쇄원은 양산인 모 씨의 구업(舊業)이다. 계곡물이 집 동쪽으로부터 와서 문과 담을 통해 뜰아래를 따라 흘러간다. 위에는 외나무다리가 있는데 외나무다리 아래의 돌 위에는 저절로 웅덩이가 이루어져 이름하여 조담(槽潭)이라 한다. 이것이 쏟아져서 작은 폭포가 되니 영롱함이 마치 가야금, 거문고 소리 같다. 조담 위에는 노송이 서려 있는데 마치 덮개가 기울어 못의 수면을 가로 지나가듯 한다. 조그만 폭포의 서쪽에는 작은 집이 있는데 완연히 그림으로 꾸민 배 모양이다. 그 남쪽에는 돌을 포개어 높여서 작은 정자를 지었으니 그 모습을 펼치면 우산과 같다. 처마 앞에는 벽오동이 있는데 해묵은 연륜에 가지가 반이 썩었다. 정자 아래에는 작은 못을 파서 쪼갠 나무로 계곡물을 끌어 여기에 대었다. 못 서쪽에는 연못이 있는데 돌로 벽돌을 깔아 작은 못의 물을 끌어 대나무 아래로 지나게 하였다. 연지의 북쪽에는 또 작은 방아가 있다. 어느 구석을 보아도 수려하지 않은 곳이 없으니 하서 김인후는 이를 48가지로 노래하였다.

자연과 인공의 행복한 조화

소쇄원 원림은 결국 자연의 풍치를 그대로 살리면서 곳곳에 인공을 가하여 자연과 인공의 행복한 조화 공간을 창출한 점에 그 미덕이 있는 것이다.

| 소쇄원 계곡 | 소쇄원 원림은 계곡의 자연스러운 흐름에 인공을 가해 못을 넓히고 물살의 방향을 나무홈통으로 바꾸어 수차를 돌리기도 했다.

소쇄원에 설치된 집과 담장 그리고 화단과 물살의 방향 바꿈 그 모두가 인공의 정성과 공교로움을 다하고 있지만 사람의 손길들은 자연을 정복하거나 자연을 경영한다는 느낌이 아니라 자연 속에 행복하게 파묻히고자 하는 온정을 심어놓은 모습이기에 우리는 조선시대 원림의 미학이라는 하나의 미적 규범을 거기서 배우고 감탄하게 되는 것이다.

소쇄원에 처음 가보는 사람들은 우선 길이가 50미터나 되는 기와지붕을 얹은 긴 흙돌담의 아이디어에 놀라게 된다. 가지런하게 잘 쌓은 이 흙돌담은 소쇄원과 지석마을을 갈라놓는 경계 구실을 하고 있지만, 안에서 바라볼 때는 소쇄원을 더없이 아늑한 공간으로 감싸주는 기능을 한다. 본래 자연 그대로의 상태라는 것은 두려움 내지 무서움을 유발한다. 그러나 인간의 손길이 적절히 닿아 있을 때 우리의 정서는 안정을 찾는다. 그러니까 담장은 외부 공간과의 차단, 온화한 내부 공간의 조성, 자연에 가한 인간의 손길이라는 3중 효과를 갖고 있다.

그런데 담장에는 필연적으로 폐쇄감이 있기 마련이니 자연과 인공의 조화로움을 파괴할 소지가 거기에 도사리고 있는 것이다. 그 문제를 소쇄원은 두 가지 방법으로 해결하였다. 하나는 대문이 없는 개방 공간, 이른바 오픈 스페이스로 풀어버린 것이다. 또 하나는, ㄱ자로 둘러 친 담장의 북쪽편은 계곡을 가로지르게 되어 있는데 마치 돌다리를 놓듯이 받침돌이 담장을 고이고 있어서 담장 밑으로 냇물이 자연 그대로 흐르게 해놓은 것이다. 절묘한 개방성이며, 자연을 거스르지 않겠다는 인공의 겸손이 바로 이런 곳에서도 드러나고 있는 것이다. 그래서 김인후는 「소쇄원 48영가(詠歌)」 중 「담장을 뚫고 흐르는 계곡물」에서 이렇게 노래하였다.

걸음 걸음 물결을 보며 걷자니
한 걸음에 시 한 수 생각은 깊어지는데

흐르는 물의 근원을 알 수 없으니
　　물끄러미 담장 밑 계류만 바라보네.

　이 천연스러움의 발상이 어떻게 가능했을까를 생각해본다. 양산보는
건축가가 아니었다. 그럼에도 어느 조원설계가보다도 탁월한 구상과 섬
세한 디자인을 보여준 슬기와 힘이 어디에서 나왔을까?

　나는 이것을 조선시대 사대부 문화의 위대한 강점이라고 생각하고 있
다. 사대부는 군자로서 살아가는 길을 끊임없이 반성하면서 삶을 영위
하는 확고한 도덕률을 갖추고 있었다. 그들이 지향한 바는 전문인·기능
인이 아니라 총체적 지식인으로서 문사철(文史哲)을 겸비한 사람이었으
며, 그리하여 그 지식으로 세상을 경륜하고, 그 안목으로 시를 짓고 거문
고를 뜯고 글씨를 쓰고 집을 짓고 사랑방을 디자인하였던 것이다. 심지
어는 전쟁조차도 전문성보다는 총체성에 입각하여 대처했던 것이다.

　우리 시대의 전문인들이 잃어버린 바로 그 총체성을 우리는 이곳 소
쇄원에서 배워 마땅할 것이다.

소쇄원의 어느 겨울날

　나는 이 글을 쓰면서 소쇄원의 구조를 낱낱이 설명하는 일을 애시당
초 포기해버렸다. 그것은 내 능력 밖의 일이기도 하거니와 문자 매체로
는 불가능한 일이라고 생각했기 때문이다. 그렇다고 나는 독자의 상상력
에 맡겨버릴 의사가 있는 것도 아니다.

　인간의 상상력과 창의력은 꽤나 근수가 나갈 것 같지만 알고 보면 별
것 아닌 것이 그것이다. 어떤 화가도 자연 속의 풍경 그 자체의 맛을 만
분의 일도 못 잡아내며, 어떤 소설가의 상상력도 광주민중항쟁이나 6월

| **소쇄원 입구 대밭** | 소쇄원 입구는 이처럼 시원스러운 대밭으로 이어져 답사객들은 초입부터 청신한 기분을 만끽하게 된다.

혁명의 파국과 대전환을 드라마로 꾸며내지 못한다.

　그러나 모방과 경험에 기초한 상상력과 창의력은 거의 무한대에 가까운 것이니 겸재의 「박연폭포」 그림이나 벽초의 『임꺽정』, 나관중의 『삼국지』는 실경이나 사실보다도 엄청난 감동으로 우리 가슴속에 깊이 각인된다. 만약에 당신이 소쇄원이나 윤선도가 보길도에 지은 부용동 원림 같은 것을 본 다음에는 그보다 더 훌륭한 원림을 조영할 수도 있겠지만 한 번도 본 일이 없는 상태에서 함부로 원림을 상상할 일이 아니다. 소쇄원 원림에 대한 당신의 상상은 아마도 입구부터 틀릴 것이다.

　소쇄원의 입구는 울창한 대밭으로 시작된다. 여기는 담양 땅, 우리나라 죽림의 종가터가 아니던가. 하늘을 찌를 듯이 뻗어오른 수죽(脩竹)의 안쪽은 언제나 어둠에 덮여 그 깊이를 좀처럼 알 수 없다. 한여름 아무리 무더운 남도의 땡볕이라도 소쇄원 들어가는 길의 대밭에서는 청신한 그늘이 더위를 씻어준다. 어쩌다 소슬바람이 불어 댓잎끼리 스치는 소리라도 가볍게 들리면 그것은 영락없이 대청마루에 올라서는 여인의 치마 끄는 소리와 같다. 그러나 나는 소쇄원의 겨울을 더 좋아한다.

1985년 겨울, 유난히도 눈이 많이 내린 섣달 스무날, 나는 처음으로 문화유산답사의 인솔자가 되어 그림 그리는 친구와 후배 그리고 젊은 미술학도 45명을 이끌고 남도를 순례하는 첫 기착지로 소쇄원에 들렀다. 그때 나의 답사팀 모두는 소쇄원 입구 대밭으로 들어서는 순간 집단적으로 탄성을 질렀다. 천지가 하얗게 눈으로 덮인 세상에 대밭만이 의연히 청정한 푸른빛을 발하고 있음에 대한 감동이었을 것이다. 대나무가 겨울에도 푸르다는 것이야 모를 리 있었으리요마는 모두가 상상을 초월하는 이 황홀한 실경에 감복한 것이었다.

그런데 그때 답사객 중에는 연세대 한국어학당에 다니던 말레이시아 학생이 한 명 있었다. 그는 소쇄원 대밭에 감탄하는 일행들을 이상하다는 듯이 쳐다보면서 하는 말이 "대나무가 이렇게 작은 것도 있네요. 말레이시아 대나무는 전신주보다 더 굵어요" 하며 두 손을 펴서 한 아름 안아 보이는 것이었다. 그 바람에 답사객들은 한바탕 웃으면서 모처럼의 흥취를 잃어버리고 "김샜다"를 연발하고 말았다. 그 대신 그 말레이시아 학생이 그때 큰 감동을 받은 것은 하얀 눈이었다고 했다. 그는 스노(snow)라는 단어와 사진만 보았을 뿐 생전에 처음 보는 눈이 이렇게 아름다운 줄은 정말 몰랐다고 몇 번이고 되뇌곤 했다. 인간이 자연환경의 차이에서 일으키는 문화적 반응의 상위점이 이토록 편차가 크다는 확인이기도 했으며, 경험에 기초하지 않은 상상력은 보잘것없다는 또 다른 증거이기도 했다.

1992. 3. / 2011. 5.

＊ 초판이 나온 뒤 나는 소쇄원의 양재영 님으로부터 긴 편지를 받았다. 소쇄공의 15대손으로 오직 사명감으로 관리해오고 있다는 양재영 님은 나의 글로 인하여 관리의 한계를 느낄 정도로 관람 인파가 몰려들어 관람객이 지켜야 할 질서와 공중도덕을 환기시켜달라는 부탁도 해왔다. 양재영 님은 내 글의 몇 가지 오류에 대하여 가르침을 주어 그것을 모두 정정하였는데, 그중의 두 항목은 고치지 않았다. 소쇄원의 면적이 『소쇄원사실』에는 3정보(약 1만평)로 기록되어 있지만 현재는 1,350평만 등록되어 있고 원림 자체의 면적도 그 정도인지라 나는 약 1,400평으로 적었던 것이다. 소쇄원의 건립연대 문제에서 『소쇄원사실』에는 김억령과 김인후가 1527년에 쓴 시와 기록이 있음을 내게 환기시켜주었으나, 나는 그때 과연 이 원림이 조영되었는가는 의문인지라 정철의 시로써 1536년으로 추정하는 주장을 그대로 남겨두고 독자에게도 이런 제설이 있음을 알려둔다. 아울러 양재영 님께 감사와 사과의 말씀을 올린다.

자미탄의 옛 정자를 찾아서
식영정 / 서하당 / 환벽당 / 취가정 / 명옥헌

잃어버린 자미탄의 여름

소쇄원·식영정·취가정·환벽당을 양 품에 안고 광주댐 너른 호수로 흘러 들어가는 증암천을 그 옛날에는 자미탄(紫薇灘)이라 불렀다. '자미'는 목백일홍나무의 별칭이고 '탄'은 여울이라는 뜻이니 개울 양옆으로 늘어선 목백일홍의 아름다움으로 얻은 이름일 것이다.

목백일홍은 순우리말로는 배롱나무라고 부르는데 따뜻한 남쪽이 원산지여서 차령산맥 북쪽에서는 정원수로 가꾸기 전에는 살 수 없다. 그래서 나 같은 서울 사람은 배롱나무의 아름다움이 차라리 남녘에 대한 향수의 상징같이 각인되어 있다.

배롱나무는 낙엽교목 또는 관목으로 분류될 정도로 키가 크지 않은 나무이다. 하지만 해묵은 배롱나무에는 작은 기인과도 같은 늠름한 기품

이 배어 있다. 줄기는 약간 경사지게 구부러지면서 자라고, 가지는 옆으로 넓게 퍼져서 불균형의 부정형을 이룬다. 그런데 그 줄기와 가지는 아주 단단하고 매끄럽고 윤기가 나면서 고귀한 멋이 가득하여 한 터럭의 속기(俗氣)도 없고 한편으론 가벼운 색태(色態)를 드러내는 날렵한 멋으로 가득하다. 잎이 다 떨어진 겨울날의 배롱나무는 나신(裸身)과도 같아서 어찌 보면 뼈마디를 드러낸 무용수의 몸매 같기도 하고, 사람의 손이 닿으면 가지 끝을 파르르 떤다고 부끄럼나무라고도 하고 간지럼나무라고도 한다. 일본 사람들은 이 배롱나무를 사루스베리(さるすべり), 원숭이도 미끄러지는 나무라고 부른다.

배롱나무의 진짜 아름다움은 한여름 꽃이 만개할 때이다. 배롱나무꽃은 작은 꽃송이가 한데 어울려 포도송이를 올려세운 모양으로 피어나는데 7월이 되면 나무 아래쪽부터 피어오르기 시작하여 9월까지 100일간 붉은빛을 발한다. 그래서 백일홍이라는 이름이 붙었고, 저 꽃이 다 지면 벼가 익는다고 해서 쌀밥나무라는 별명도 얻었다. 탐스러운 꽃송이가 윤기 나는 가지 위로 무리 지어 피어날 때면 그 화사함에 취하지 않을 인간이 없다.

본래 화려함에는 으레껏 번잡스러움이 뒤따르게 마련이지만 배롱나무의 청순한 맑은 빛에서는 오히려 정숙한 분위기마저 느끼게 되니 아무리 격조 높은 화가인들 이처럼 맑은 밝고 화사한 색감을 구사할 수 있을 것인가.

나는 배롱나무꽃이 한여름 땡볕에 피어난다는 사실에 더욱 큰 매력을 느낀다. 춘삼월이 되면 대부분의 나무는 잎이 채 나기도 전에 앞을 다투어 꽃부터 피우며 갖은 맵시를 자랑하다가 5월이면 벌써 연둣빛 신록에 묻혀버리고 마는데, 배롱나무는 그 빛깔 있는 계절에는 미동도 하지 않고 묵묵히 자신을 준비하고서는 세상이 꽃에 대한 감각을 잃어갈 즈음에 장장 석 달하고도 열흘을 피어보이니 인간 세상에서 대기만성하는 분들의 모습이 그런 것 아닌가 싶기도 하다. 그래서 나는 배롱나무를 볼 적이면 곱디곱게 늙은 비구니 스님의 잔잔한 미소 같은 청아(淸雅)한 기품을 느끼곤 한다.

그런 배롱나무가 지금 증암천변에서는 자취를 감추었다. 아마도 신작로를 낼 때 베어졌을 것이며, 천변에 시멘트 방죽을 쌓으면서 베어지기도 했을 것이다. 식영정의 옛 주인이던 석천(石川) 임억령(林億齡)이 쓴 시 「배롱나무꽃 핀 여울」에서는 "누군가 가장 아끼던 것을 산 아래 시내에다 심어놓았구나"라고 하였으니, 옛사람은 없던 배롱나무도 새로 심어놓았건만 우리는 어찌하여 '잃어버린 자미탄의 여름날'을 안타까워하는 쓸쓸한 신세가 되었다. 정녕 우리 시대의 정서가 이처럼 삭막한 것이란 말인가.

식영정, 그림자가 쉬고 있는 정자의 숨은 뜻

자미탄 여울가에 있는 정자 중 언덕배기 벼랑에 위치하여 가장 좋은 전망을 갖고 있는 것은 식영정(息影亭)이다. 별뫼라고도 부르는 성산(星山)을 마주 대한 탁 트인 자리에 정면 두 칸, 측면 두 칸의 골기와 팔각지붕에 한 칸짜리 서재와 넓은 툇마루로 구성된 정자이다.

주위에는 아름드리 노송이 에워싸고 있는데 훤칠하게 뻗어올라간 모습이 그렇게 시원스럽고 아름답게 보일 수가 없다. 낙락장송이라는 말에 어울리는 듬직한 소나무도 있고, 마치 이상좌(李上佐)의 「송하보월도(松下步月圖)」에 나오는 멋쟁이 소나무, 곁가지가 현애(懸崖)를 치며 늘어지는 꺾임새를 자랑하는 소나무도 있다. 그리고 뒤뜰로 돌아서면 배롱나무 노목들이 몇 그루 심어져 있으니 자미탄의 옛 모습을 여기서 상상해볼 수도 있다.

| **식영정의 노송** | 식영정 주위에는 이처럼 멋진 노송이 몇 그루 둘러져 있다. 그러나 그 앞에 성산별곡 시비가 무지막지하게 설치되어 그 운치를 해치고 말았다.

　식영정 툇마루에 앉아 절벽 아래쪽 자미탄 여울을 내려다보면, 아직도 그물을 갖고 물고기를 잡는 동네 아이들을 볼 수도 있고, 천둥벌거숭이로 미역 감는 모습이 펼쳐질 때도 있다. 시야를 멀리 여울 아래쪽으로 돌리면 광주호가 한눈에 들어온다. 인공 호수로 근래에 만들어진 호수이니 그 옛날 식영정 주인은 보지 못했을 풍광이 우리의 눈맛을 시원스럽게 해준다. 언제 어느 때 보아도 잔잔한 호숫물은 햇빛에 반사하며 어른거린다. 그것은 엷은 시정(詩情)의 세계가 아니라 깊은 사색의 세계로 이

끌어가는 평온이다.

식영정, 이 정자의 이름을 나는 한동안 '그림자도 쉬어간다'는 뜻으로 새기고 이 정자의 이름이 서정적이라는 생각을 해왔다. 그러나 옛 식영정 주인이 쓴 기문(記文)을 읽어 보니 전혀 그런 것이 아니라 '그림자가 쉬고 있다'는 자못 심오한 뜻이 들어 있는 것이었다. 식영정은 서하당(棲霞堂) 김성원(金成遠)이 그의 장인어른인 석천 임억령에게 여기에 쉬도록 지어올린 집인데, 정자의 이름을 지으면서 장인 사위 사이에 그림자 이야기가 오갔던 모양이다. 그 내용이 『식영정기』에는 이렇게 실려 있다.

장자에서 말하기를 옛날에 자기 그림자를 두려워하는 사람이 있었는데 그 사람은 이 그림자에서 벗어나려고 죽을힘을 다하여 달아났다. 그런데 그림자는 이 사람이 빨리 뛰면 빨리 쫓아오고 천천히 뛰면 천천히 쫓아오며 끝끝내 뒤에 붙어다녔다. 그러다 다급한 김에 나무 그늘 아래로 달아났더니 그림자가 문득 사라져 나타나지 않더라는 이야기가 있다.

(내 말을 듣고 나서) 김성원은 말하기를, 사람과 그림자의 관계는 그렇다고 칩시다. 그러나 선생(임억령)이 (…) 스스로 자기 빛을 숨기고 자취를 감추고 있는 것은 자연의 순리와 관계없는 일이 아니지 않느냐고 되물었다. 이에 나는 말하기를 (…) 내가 이 외진 두메로 들어온 것은 한갓 그림자를 없애려고만 한 것이 아니고 시원하게 바람 타고 자연 조화와 함께 어울리며 끝없는 거친 들에서 노니는 것이니 (…) 그림자도 쉬고 있다는 뜻으로 식영이라 이름 짓는 것이 어떠하냐. 이에 김성원도 좋다고 응하였다.

때는 1560년, 명종 15년으로 임억령 나이 65세 때의 일이다.

식영정의 날벼락 두 번

이 아름다운 정자 식영정, 고매한 인품을 지닌 식영정의 주인으로 인하여 호남 사림(士林)의 명현들이 여기를 찾았다. 송순, 김윤제, 김인후, 기대승, 양산보, 백광훈, 송익필, 김덕령, 정철······ 그들은 한결같이 명문장가들이었기에 식영정에 부치는 시를 짓고, 그 시의 운을 따서 또 시를 지은 것이 오늘날에도 모두 전해지고 있다. 「난간에 서서 고기를 보다」 「양파에 오이 심어」 「벽오동에 비치는 서늘한 날」 「평교 목동의 피리 소리」 「다리를 건너 돌아가는 스님」 「배롱나무꽃 핀 여울」 「연못에 꽃 필 때」······ 그들이 읊은 시들은 모두 은일자의 맑은 뜻과 다짐이 서려 있고, 자연과 벗하는 즐거움에 애써 자위하는 내용들이다. 그중 한 수, 김성원이 지은 「양파에 오이 심어」를 옮겨본다.

> 남쪽 비탈에 오이를 심었지
> 이야말로 내 마음 진정시키는 약이라오
> 아침나절 김매고 물 주고
> 도롱이 벗어놓고 단잠을 잔다

그런 중, 식영정의 이름이 세상에 널리 알려지게 한 글은 송강 정철이 지은 『성산별곡(星山別曲)』이었다. 식영정 앞산인 별뫼, 성산을 노래한 이 가사의 첫머리는 식영정 주인 김성원을 부르는 것으로 시작된다.

> 어떤 지날 손이 성산에 머물면서
> 서하당(棲霞堂) 식영정 주인아
> 내 말 듣소

인간 세상에 좋은 일 많건마는

어찌 한 강산을 그처럼 낮게 여겨

적막한 산중에 들고 아니 나시는고

(…)

세월이 흘러 옛 식영정의 시인들은 세상을 떠나고, 호남의 시성이 그 옛날처럼 풍성하지 못하고 영락의 길로 떨어지면서 그런 풍류의 맥이 끊겼다. 어쩌다 지나가는 명사가 있어 옛 주인을 그리는 시를 짓기는 했으나 그것은 과객의 회포였지 자미탄 사람의 정서는 아니었다.

세월이 더 흘러, 드디어 처참한 20세기 문화에 이르면 모든 것이 다 옛날얘기가 되고 만다. 애향심이 남다른 호남 사람들, 자랑스러운 조상을 모시고 있는 후손들이 그래도 그 옛날을 사모하는 정이 있어서, 또 남들에게 내보이고 싶어서 일을 꾸몄다. 으레 그렇듯 생각해낸 것이 비석 하나 세우는 일이었다. 그래서 정철의 『성산별곡』 중에서 "짝 맞은 솔〔松〕이란 조대(釣臺)에 세워두고, 그 아래 배를 띄워 가는 대로 버려두니……"라는 구절을 새겨놓은 것이었다.

여기까지는 잘못된 것이 아무것도 없다. 그러나 역시 20세기 인간들의 일인지라 정말로 20세기답게 비석을 세웠다. 엄청나게 큰 대리석에다 이 비석을 세운 내력을 앞에 적고, 뒤에는 『성산별곡』 한 구절을 새겨 식영정 낙락장송 바로 앞에 세워놓은 것이다. 그 바람에 식영정의 정원은 말이 아닌 추물(醜物)이 되고 말았다. 비석을 세울 요량이면 저 아래쪽 주차장 근처면 오죽이나 좋았으련만 하필이면 앞마당 소나무 앞이었단 말인가. 그것은 식영정에 떨어진 날벼락이었다. 식영정의 옛 정취는 멍들고 돈 낸 사람들의 기분만 살아난 20세기 우리 문화능력의 표상이 되었다.

식영정에 떨어진 두번째 날벼락은 진짜 벼락이었다. 3년 전인가, 4년 전이던가 벼락이 내리쳐 저 아름다운 소나무, 내가 「송하보월도」 그림 속의 소나무 같다던 그 소나무의 윗동이 부러져나갔다.

나는 작년 여름 식영정에 가서 이 처참한 모습을 보고서 한없이 가슴으로 울었다. 식영정 툇마루에 앉아 차마 왼쪽을 볼 수가 없었다. 고사목이 된 소나무, 전라도 말로 육실하게 큰 비석 덩어리, 그쪽으로 고개를 돌릴 자신이 없었다. 망연히 앞쪽 먼 곳을 바라보니 자미탄 여울에선 그날도 미역 감는 소년이 있고, 광주호 잔잔한 물살에는 아련한 햇살이 어른거리고 있었다.

서하당, 환벽당, 취가정

식영정 돌계단을 내려오다보면 왼쪽 깊숙한 곳으로 연못에 바짝 붙여 지은 부용당이 보인다. 이 정자는 1972년에 지은 것이고, 그 뒤편 주춧돌이 널려 있는 곳이 서하당 터였으니 곧 김성원의 거처가 있던 곳이다.

이야기가 식영정에서 시작되는 바람에 거꾸로 되었지만, 이를 체계적으로 바로잡자면, 김성원이 바로 이 자리에 서하당을 지은 것이 자미탄을 중심으로 한 호남가단(湖南歌壇)의 진원으로 된 것이었다.

김성원은 그의 스승이자 장인인 임억령을 위해 식영정을 지었고, 옆 동네 지실마을에서 어린 시절을 보냈던 송강 정철은 서하당 김성원에게 글을 배웠다. 서하당은 송강 '처가의 외가의 재당숙'이니 요즘으로 치면 남이겠지만 그 시절에는 계촌(計寸)하는 인척이었던 것이다.

그리고 서하당에서 자미탄 건너 마주 보이는 곳에는 그의 종숙(從叔)인 사촌(沙村) 김윤제(金允悌)가 을사사화가 일어나는 것을 보고는 벼슬을 버리고 여기로 와서 서재를 짓고 칩거하게 되는 환벽당(環碧堂)이 있다. 김성원과 김윤제는 퍽이나 친하게 지내어 개울 건너 마주 보고 사는 것도 멀다고 느꼈던 모양인지 무지개다리를 가설하여 수시로 오갔다고 한다. 그러나 그 다리는 물론 지금은 없어졌다.

이렇게 문인들이 모여들었으니 풍성한 시회(詩會)가 어찌 없었겠는가? 카메라가 없던 시절이라 그 모습을 전하는 것은 없지만 그림이 카메라의 기능을 대신하여 「성산계류탁열도(星山溪柳濯熱圖)」로 그려진 것이 『송강집(松江集)』부록에 실려 있다. 뜻을 새기자면 "별뫼계곡 버드나무 아래서 더위를 씻는다"쯤 된다.

자미탄을 건너 환벽당 입구로 돌아서자면 낚시하기 꼭 알맞은 큰 바위가 하나 있는데 이것이 『성산별곡』에 나오는 조대(釣臺)이며, 그 맞은편에는 이에 걸맞게도 매운탕집이 널찍이 자리잡고 있다. 환벽당 뒤뜰에는 역시 배롱나무가 예쁘게 가꾸어져 있다. 그리고 환벽당 현판은 훗날 송시열이 이곳을 방문했을 때 쓴 것이니 그때 그들이 칩거한 뜻은 오래도록 기리는 바가 되었던 모양이다.

환벽당에서 이제 우리는 취가정(醉歌亭)으로 발길을 옮겨야 한다. 걸어서 불과 5분 거리다. 이때 사람들은 대개 자미탄 개울길을 따라가지만 나는 항시 뒤편으로 돌아서 탱자나무 울타리가 인상적인 묵은 동네 뒷길로 간다. 길가엔 무슨 연고인지 사금파리가 많이 깔려 있는데 17세기 도편(陶片)이 적지 않아 그것이 항시 나의 미술사적 의문이 되고 있다.

취가정은 임진왜란 때 의병장 김덕령(金德齡)의 후손인 김만식(金晩植)이 1890년에 장군의 덕을 기리며 지은 정자다. 그 정자 이름을 취가정이라 한 것은 송강의 제자였던 권석주(權石洲, 1569~1612)라는 분의 꿈에 김덕령 장군이 나타나서 취시가(醉時歌)를 불렀다는 얘기에서 따온 것이다. 임진왜란 때 의병장으로 맹활약을 했던 김덕령이 결국은 옥사를 하고 마는 원한의 노래였다.

| **환벽당** | 환벽당의 툇마루에 앉으면 자미탄의 아기자기한 전경이 한눈에 들어온다.

취가정의 전망은 시원스레 펼쳐지는 옥답과 자미탄이니 크게 별스러운 것은 아니라고 말할 수도 있다. 그러나 취가정의 위치 설정에서 가장 중요한 것은 툇마루 바로 앞에 서 있는 소나무다. 두 팔을 벌리고 춤을 추는 것도 같고, 날렵한 여인네의 요염한 몸매무새 같기도 한 이 소나무가 취가정 자리매김의 기본 아이디어였던 것이다.

본래 우리나라의 전통 조원(造園)에서 조경설계자들이 가장 먼저 고려한 것은 나무, 그중에서도 소나무의 위치였다. 집은 자리를 이곳저곳에 잡을 수 있으나 나무 특히 소나무의 위치는 옮길 수 없는 것이기 때문이다. 식영정에서도 이 원칙은 마찬가지였던 것이다. 그러니 취가정은 저 흐드러지는 멋이 넘쳐흐르는 소나무를 위해 지은 정자라고도 할 만하다.

얼마 전까지만 해도 취가정은 나의 자미탄 답사의 종점이었다. 거기서 술 한잔에 취해 노래 부르며, 의미 다른 취가를 즐길 수도 있었다. 또

| **취가정의 소나무** | 취가정 마루에 앉으면 이 아름다운 소나무가 앞을 가로막는다. 즉, 취가정은 이 소나무를 바라보는 자리에 지은 것이다. 지금은 소나무가 부러졌다.

저 색기 넘치는 소나무에 올라 개구쟁이 시절 내 모습을 보이기도 하였다. 그러나 지금의 취가정에서는 그러지 않는다. 1990년 여름에 갔더니 취가정 건물을 단장한답시고 붉은 페인트에 니스를 요란하게 처발라놓았다. 나는 불쾌하고 불쌍한 마음이 들어 취가정에 오래 머물지 않는다. 다만 그 소나무 허리춤을 한번 쓰다듬고 싶어 취가정에 갈 따름이다.

장진주사의 '원숭이 정서'

취가정에서 자미탄을 건너보면 성산, 장원봉, 효자봉, 열녀봉으로 이어지는 산줄기 한가운데에서 또 하나의 산줄기가 떨어지며 그 아래 옹기종기 붙어 있는 마을 집들이 보인다. 거기가 담양군 남면 지촌리 지실 마을이며, 송강 정철이 어린 시절을 보냈던 곳이다.

시실마을에 들어가본들 별 구경거리는 없다. 하지만 이 오랜 연륜의 동네에는 집집마다 돌담장이 정감 어리고, 늦가을 감을 딸 때라면 아름다운 우리 농촌의 빛깔을 흠씬 느낄 수 있을 것이다.

동네 깊숙한 곳, 송강의 15대손 되는 정하용 씨 댁에 들르면 영감님은 아마도 당신을 반갑게 맞으며 송강의 일대기를 장편 다큐멘터리 생방송으로 들려주실지 모른다. 그리고 행운을 얻어 영감님의 안내를 받을 수만 있다면 울창한 대밭 속을 흐르는 만수동(萬壽洞)계곡을 오르면서 송강이 바위마다 못마다 이름 붙인 사연을 들을 수도 있을 것이다. 그리고 답사의 묘미는 이름 있는 명승지가 아니라 이처럼 전설이 깃들인 평범한 곳에 있음도 확인할 수 있으리라.

나는 국문학도가 아니기에 송강 정철이나 풍성했다던 호남가단에 대하여 별로 아는 바도 나름의 소견도 없다. 그러나 담양 땅의 옛 정자와 원림을 찾자면 다음 네 편의 글 중 최소한 하나는 읽어보고 떠나야 제맛이 난다.

임형택의 「16세기 광주·나주지역의 사림층과 송순의 시세계:계산(溪山)풍류의 발전」, 이강로·장덕순·이경선 공저 『문학의 산실, 누정을 찾아서』(시인사 1987), 정익섭의 「호남가단 연구」 그리고 조동일의 『한국문학통사』 제2권 중 이 시대 부분.

전공을 떠나 한 사람의 독자로서 송강을 생각할 때 그의 가사와 시조는 무엇보다도 한글로 쓰여 있고, 자신의 심성을 자신의 흥과 목소리로 노래했다는 점에서 큰 매력을 느끼고 있다. 그의 시가 「사미인곡」처럼 봉건사회의 이데올로기에 얽매인 모습에서는 어쩔 수 없는 답답함을 느끼지만 「장진주사(將進酒辭)」에 이르러서는 저 호쾌한 낭만과 분출하는 정서의 발산으로 인하여 믿지 않은 허무적 도피라는 생각도 든다. 조동일의 표현을 빌리면 "자연의 움직임을 받아들이고 그 생동감에 동참하는 분방함이야말로 다른 무엇이 아닌 풍류이며, 풍류를 즐기노라니 괴로움도 쓸쓸함도 없는 세계"로 깊숙이 빠져들게 된다.

　　한잔 먹세그려, 또 한잔 먹세그려
　　꽃 꺾어 셈하면서 무진무진 먹세그려
　　이 몸 죽은 후에
　　지게 위에 거적 덮어 졸라매어 지고 가나
　　화려한 꽃상여에 만인이 울며 가나
　　억새, 속새, 떡갈나무, 백양 속에 가기만 하면 누른 해, 흰 달, 가는
　　비, 굵은 눈, 쌀쌀한 바람 불 때
　　누가 한잔 먹자 할꼬
　　하물며 무덤 위에 원숭이 휘파람 불 때 뉘우친들 무엇하리

　이만한 낭만과 호기라면 한 번쯤 가져볼 만하지 않겠는가. 그러나 내가 송강의 「장진주사」를 무작정 좋아하는 것은 아니다. 내게는 그럴 만한 풍류도 허무도 없다. 더더욱 마지막 구절 "원숭이 휘파람"이라는 표현은 아주 못마땅하다. 송강은 원숭이를 본 일도 없었을뿐더러 동시대 독자인들 그런 이국의 짐승을 알 리 만무한데 왜, 그것도 마지막 구절에 집어넣었는가? 만약에 '송장메뚜기 뛰놀 때'라고 했으면 오히려 우리의 정서에도 맞고 그 의미가 살아나는 것이 아닐까.

　나는 여기에서 송강과 송강시대 지식인의 한 단편을 본다. 모든 것을 자기 정서에 내맡기지 못하는 불안감, 고전에서 한 구절을 따와 공부가 많음을 은근히 드러내고, 뭔가 남모를 유식한 끼가 있어야 차원이 높아 보이며, 이국적인 냄새도 약간 풍겨야 촌스러움을 벗어날 것 같은 착각이 일어나는 자신감의 상실증인 것이다.

　나는 송강의 이 허구성을 우리 시대의 민족문학, 민족예술에서도 수

| 지실마을의 돌담길 | 송강 정철의 고향집이 있는 지실마을은 옛 마을의 정취를 간직하고 있다.

없이 보아왔다. 평론·시·그림·음악·연극 모든 분야에서 부질없이 유식한 체하기도 하고 모더니즘 냄새를 풍기고 인용하지 않아도 좋을 명저의 구절을 인용하고……

송강이 성리학의 세계관에 입각해 사물을 인식한 것은 그가 넘기 어려운 성벽 안쪽 일이었음을 용인하지만 나는 이 '원숭이 정서'만은 받아들이지 못한다.

지실마을을 거닐면서 어렸을 때 송강, 이른바 성산삼귀(星山三歸)라해서 정치적으로 불우할 때면 아늑한 고향에 돌아와 시대의 명작을 산출한 송강의 위업과 공을 기리면서도 그의 일부분은 나의 타산지석이되어 행여 지금 내 처신과 글 속엔 그런 '원숭이 정서'는 없는가 스스로되물으며 섬뜩해하곤 한다.

명옥헌의 배롱나무

이제 자미탄을 떠나야 할 시간이 되었다. 우리의 일정은 담양군 고서면 원강리에 있는 송강정, 봉산면 제월리 마항마을 뒷산에 있는 송순의 면앙정을 거쳐 다시 고서면 산덕리 후산마을의 명옥헌으로 이어져 있다. 그러나 우리의 일정이 너무 지체되었다. 정자마다 원림마다 옛 주인을 만나러 간 양으로 길게 쉬어가다보니 시간상으로 송강정, 면앙정, 명옥헌 중 한 곳을 들르기에도 빠듯하게 되었다. 나는 그중 명옥헌을 택했다.

한국문학사적 의의로 말하자면 면앙정과 송강정이 훨씬 위에 놓이겠지만 옛 원림을 보는 시각적 즐거움으로 셈하자면 명옥헌이 단연 앞선다. 또 명옥헌은 비록 지도상에 나와 있는 명소이기는 하지만 안내자 없이는 쉽게 찾아갈 수 없는 곳이고, 그래서 한가로이 답사하기엔 더없이 좋은 곳이기 때문이다.

명옥헌은 비록 원형이 부서져버리고 말았지만 소쇄원에 비길 만한 조선시대 원림터다. 소쇄원이 깊숙한 계곡의 한쪽을 차지했다면 명옥헌은 산언덕 너머 전망이 툭 터진 곳에 자리잡았다. 똑같은 원림인지라 자연을 그대로 받아들이며 인공을 가한 것이지만 소쇄원은 아늑함을, 명옥헌은 활달함을 취했다. 그것이 이 두 원림의 설계자, 사용자의 기본 아이디어였을 것이니 우리는 이를 비교하기 위해서라도 송강정, 면앙정보다도 명옥헌을 택해야 한다.

명옥헌은 소쇄원에서 일곱 굽이인가 아홉 굽이인가를 산길로 넘어야 나온다. 그리하여 고서면 산덕리에 이르면 길 오른쪽에 '인조대왕 개마비'가 서 있는데 여기서 산허리를 지르는 길을 따라올라야 한다. 언덕배기 중턱에 이르면 마을이 나오는데 여기가 후산마을. 마을 입구에는 엄청나게 큰 은행나무가 한 그루 있어 동네의 연륜을 말해준다. 그리고 이

| **명옥헌의 호수와 배롱나무** | 고목이 된 배롱나무가 늘어선 명옥헌은 한여름 꽃이 필 때 그 아름다움이 절정에 달한다.

은행나무가 바로 인조가 말고삐를 맨 곳이다. 내력인즉, 인조가 쿠데타를 일으키려고 사람을 모을 당시 임란 때 의병장인 고경명의 손자 월봉(月峯) 고부천(高傅川, 1578~1636)을 담양 창평으로 찾아왔더니, 고부천이 뜻은 같이하나 왕년에 광해군의 녹을 먹은 일이 있어 동참할 수 없고 다만 후서마을의 숨은 인재 오희도(吳希道)를 찾아가라고 천거했다는 것이다. 그리하여 인조는 이곳 후서마을에 와서 은행나무에 말고삐를 매놓고 오희도를 만났으며, 쿠데타는 성공하여 반역이 아니라 반정(反正)이 되고 오희도는 한림학사가 되었다. 이후 오희도는 높은 벼슬을 마다하고 다시 후서마을로 내려왔다. 그리고 그의 아들 오명중(吳明仲, 1619~55)이 아예 세상을 버리고 여기에 칩거할 뜻으로 조영한 원림이 이 명옥헌이다.

명옥헌은 가운데 섬이 있는 네모난 연못을 파고 그 위쪽에 정자와 서재를 겸한 건물을 지은 간단한 구성이지만 연못 주위에 소나무와 배롱나무를 장엄하게 포치하고 언덕 아래로 내려다보이는 시야를 끌어들임으로써 더없이 시원한 공간을 창출한 뛰어난 조경 설계를 보여주는 원림이다.

　명옥헌의 배롱나무숲은 거대한 고목으로 자라났다. 일조량이 많은 곳이라 남도의 여느 배롱나무와는 달리 키가 크고 가지도 무성하고 꽃송이가 많이 달린다. 한여름 배롱나무꽃이 만개할 때 여기에 들른 사람들은 좀처럼 발길을 떼지 못한다.

　본래 배롱나무는 자미탄처럼 개울가에 자연스럽게 자란 모습으로 있을 때보다 정원수로 자랄 때가 멋있다. 남도의 고찰 해남 대흥사, 강진 무위사, 고창 선운사 경내의 배롱나무는 극락세계의 안내양처럼 해맑은 미소를 띠고 있다. 국립중앙박물관은 고 최순우 관장 이래로 배롱나무를 정원수로 채택하고 있다. 중국의 당나라 시절 3성 6부의 하나인 중서성(中書省)에는 배롱나무를 많이 심었다고 해서 양귀비 애인인 현종이 중서성을 자미성이라고 불렀다고도 한다. 그런 배롱나무를 350년 전에 원림의 나무로 키운 것이 명옥헌이다.

　1989년 가을, 나는 명옥헌을 처음 찾아가보았다. 이렇게 훌륭한 원림인 줄은 꿈에도 모르고서. 그때 나는 내 친구, 낙향한 시인 황지우가 명옥헌 연못가에 붙어 있는 농가로 이사해서 헛간을 개조해 집필실로 삼고 있다기에 그를 만나러 간 것이었다. 그리고 이듬해 여름 배롱나무꽃이 만개했을 때 나는 황지우보다도 명옥헌을 보기 위해 여기를 다시 찾았다. 그리고 왜 이런 문화유산이 세상에 알려지지 않았는지 또다시 고개를 흔들어보게 되었다.

　황지우, 그는 사물을 보는 안목이 아주 높고 남다르다. 그의 시에 회화성이 강한 것도 나는 그 안목 덕이라고 생각하고 있다. 또 보고 즐기는

데 대한 욕심도 많아 다른 복은 몰라도 안복(眼福)은 많은 시인이다. 그 덕에 그는 지금 사실상의 명옥헌 주인, 최소한 사용자가 된 것이다.

그러면 황지우는 이 낭만의 명소에서 과연 어떤 시를 쓸 것인가. 그것이 나는 자못 궁금했다. 선경(仙境) 같은 곳에 묻혀 시상에 변동이 일지 않을까 걱정도 해보았다. 그런데 놀랍게도 그는 여기에서 스스로도 명작이라 자부하고 나도 그렇게 생각하는 5·18광주민주화운동을 읊은 「화엄광주」라는 비장한 장시를 썼다.

> 그때에 온 사찰과 교회와 성당과 무당에서
> 다 함께 종 울리고
> 집집마다 들고 나온 연등에서도 빛의
> 긴 범종소리 따라 울리리라
> (…)
> 땅에서는 환호성, 하늘에서는
> 비밀한 불꽃 빛 천둥 음악
> 마침내 망월로 가는 길목 산수에는
> 기쁜 눈으로 세상 보는 보리수 꽃들
> 푸르른 억만 송이, 작은 귓속말 속삭이고

명옥헌 황지우의 집필실 남쪽 커다란 창 정면으로 보이는 산 그 너머가 망월동이다.

조요한 선생님의 '한국 정원미'

숭실대 총장을 지낸 예술철학자 고 조요한 선생은 서울대 미학과에 출강하시면서 황지우를 무척 아끼셨다. 나도 선생의 제자이긴 마찬가지지만 곁에서 보기에도 부러울 정도로 두 분은 사제지간의 정이 깊었다. 조요한 선생은 어쩌다 나를 만날 때면 나보다도 지우 안부를 먼저 물어볼 정도였으니까. 80년대 사회적으로 힘들고 개인적으로 어려운 삶을 살 수밖에 없던 황지우를 선생은 항시 마음 한쪽으로 안타까워하셨다. 그리고 마침내 조요한 선생은 낙향한 황지우를 한번 만나러 광주로 내려가셨다. 그때 지우는 명옥헌 자신의 작업실로 선생님을 모시고 가 이 아름다운 옛 원림을 보여드렸다. 조요한 선생은 서울로 돌아오신 뒤 나를 만나자마자 명옥헌의 아름다움을 입이 마르도록 감탄하고는 함경도 사투리로 이렇게 말씀하셨다(선생의 고향은 함북 경성이다).

"내레 지우가 그렇게 당당하고 멋있게 사는지 몰랐지비. 그런 줄도 모르고 괜히 마음만 썼구마. 역시 시인은 사는 게 우리완 달라. 내 마음이 확 풀리더구마. 그리구 명옥헌은 대단한 원림임둥."

본래 조요한 선생은 서양 철학과 미학을 전공했지만 특히 예술철학에 높은 식견을 갖고 계셨고 동서양 미학의 비교, 한국미학의 정립을 위한 한·중·일 예술의 비교에 많은 관심을 가지셨다. 선생은 생전에 평소의 생각을 정리하여 『한국미의 조명』(초판, 열화당 1999)이라는 저서를 펴냈는데 여기서 한국의 정원미를 중국·일본과 비교하면서 다음과 같은 결론을 말씀하셨다.

한국의 정원미는 중국 정원처럼 인공에 의하여 창조하는 것도 아니고, 일본 정원처럼 자연을 주택의 마당에 끌어들여서 주인 행세를 하는 것도 아니다. 한국 정원의 이상은 소박함으로 돌아가는 것이다.

나는 스승의 이 결론으로 담양 땅의 원림과 정자를 찾아가는 이 글의 맺음말을 삼고 싶다.

모정을 지나면서

담양 땅의 원림과 정자를 답사하면서 사실 나는 중대한 사실 하나를 말하지 않고 지나갔다. 그것은 이 정자와 원림을 경영하던 사람들의 재산 문제이다. 최근에 김일근 교수가 발굴한 송순의 『분재기(分財記)』에 의하면 이 자칭 죽림칠현이 얼마나 부자였던가를 알 수 있다. 그 점에서 나의 이번 답사기는 호화판 인생의 풍류를 더듬는 반민중적 성격을 띤다. 그러나 내 글이 절대로 풍류객의 객담이라고는 생각지 않는다.

부자라고 모두 그런 정자와 원림을 경영한 것은 아니었다. 또 부자의 정서가 모두 반민중적인 것은 아니다. 지배층의 문화를 모두 반민중적인 것으로 치부해버린다면 우리가 민중이라는 이름으로 할 수 있는 일이란 모든 문화유산을 모조리 폐기 처분하는 것밖에 없다. 인간이 자신의 정서를 고양시키어, 자신의 삶을 풍요롭게 하는 데에는 여러 방식이 있을 수 있다. 옛날에는 사대부 지배층만이 독차지했던 정자와 원림의 미학을 보다 넓은 계급적 지평에서 그것의 공공성으로 환원하는 일이 민중적 재창조의 길이 될 것이다. 만약 민중적 삶 속에서 정자의 의미를 찾고 싶으면 다른 현장으로 가야 한다. 그것은 곧 모정(茅亭)이다.

담양의 원림과 정자를 답사하고 올라오는 길, 나는 차창 밖으로 넓은 들판 한쪽에 외롭게 서 있는 모정을 보면서 또 다른 명상에 잠시 잠겨본다.

모정은 농촌 사회의 품앗이, 두레의 유물이다. 거기에 모여 김매기, 가을걷이의 일정을 논의하기도 하고, 땡볕을 피해 새참을 들기도 한다. 마

| **들판에 세워진 모정** | 농촌 사회 두레의 한 상징인 모정은 옛날에는 대개 초가지붕이었으나 최근에는 콘크리트기둥에 팔각, 사각의 기와지붕이 얹혀 있다.

을 가까이 있는 모정은 향촌 두레의 여름날 회의장도 된다. 그것이 대개는 초가로 올린 정자이기에 모정이라고 했고, 우리나라 옛 지명에 나오는 모정리는 죄다 모정이 있거나 있던 곳이다.

그 모정에서 이루어지는 문화는 소비·향락·여가·지적 문화가 아니라 생산·노동·육체의 문화이다. 지배층의 문화가 아니라 기층문화이다. 이 기층문화에 대한 답사는 유형의 문화재가 아니라 무형의 문화재와 함께 만날 때 실감하게 된다. 그것은 동제(洞祭) 복합 문화로 생산과 축제와 휴식의 현장으로 만날 때 가치가 있다. 나의 문화유산답사기는 언젠가 저 모정의 현장으로 발을 딛게 될 것이고 그것은 솟대와 장승이 있는 옛 마을의 대보름 답사 때가 될 것이다.

1992. 4. / 2011. 5.

미
완
의 여
로

이루어지지 않은 왕도의 꿈

가람 생가 /「서동요」/ 미륵사터 / 미륵사터 구층석탑 / 복원된 동탑

호남의 첫 마을 여산

남이 보기엔 어지간히 할 일이 없던 날이었다. 한국문화유산답사회의 공식적인 답사가 50회를 맞게 되니 나름대로 감회가 없지 않아 그간 나와 함께 답사회를 꾸려온 김효형 총무와 좋은 추억들을 되새기는 시간을 갖다가 재미 삼아 그동안 우리가 가장 많이 간 곳이 어딘가를 헤아려보았다.

그 결과 지역으로는 경주가 가장 많았지만 유물로는 익산 미륵사터가 압도적으로 많았다. 그러나 미륵사터는 그 자체가 답사의 목표가 된 적은 한 번밖에 없었고 다만 우리의 호남행에는 거의 빠짐없이 여기를 들렀던 것이다. 서울에서 아침에 떠날 때면 여기에서 점심 도시락을 먹기 안성맞춤이었고, 휴게소에서 일없이 쉬어가느니 하나라도 더 보자고 미

륵사터를 들러갔고, 일정에 없으면서도 하행길 아니면 상행길에 답사의
보너스로 여기를 집어넣곤 했던 것이다.

그렇게 보고 또 보아도 물리지 않는 것을 보면 그곳이 답사의 명소이
긴 명소인가보다. 그러나 미륵사터를 스치듯 들러가는 곳으로만 삼았다
는 것은 그 존대한 유적에 참으로 큰 실례를 범한 것이었다. 익산 미륵사
터는 결코 그럴 곳이 아니다. 역사적으로는 이루어지지 않은 왕도(王都)
의 꿈이 서린 곳이며, 한국미술사의 가장 우뚝한 봉우리인 석탑의 시원
양식이 지금도 그곳 폐허 속에서 금자탑보다도 더 찬란한 빛을 발하고
있는 것이다.

익산 미륵사터를 찾아가는 답사의 첫 관문은 여산(礪山)이다. 지금은
사정이 조금 달라졌지만 호남고속도로에 있는 첫 휴게소이자 최대 규모
이며 최고의 장삿목이 된 곳이 바로 여산휴게소이다. 여산휴게소가 생기
기 전에 여산이 어디인지 아는 사람은 별로 없었을 것이다. 그러나 오늘
날 여산은 휴게소로 인하여 그 모체인 익산보다 더 유명해졌다.

그런데 이 또한 공교로운 일이어서 여산은 조선시대에 역원이었던 곳
으로 전라도 땅으로 들어가는 첫 마을이었으니 여산휴게소는 여산 땅의
팔자소관으로 생긴 것인지도 모르겠다. 판소리 「춘향가」 중에서 이도령
이 암행어사가 되어 남원 땅으로 출두하면서 역졸들에게 이르기를 "너
희들은 전라도 초읍(初邑) 여산에 가서 기다려라!" 했다. 거기는 지금의
익산시 여산면 여산리 주막거리이다.

나는 여산휴게소에 올 때마다 작은 소망 하나를 말하곤 한다. 그것은
휴게소 안쪽 원수리(源水里) 참실골(眞絲洞)에는 가람(嘉藍) 이병기(李
秉岐, 1891~1968) 선생의 생가가 있는바, 여기에 가람의 시비를 하나 세웠
으면 하는 희망이다.

가람 선생은 여기에서 태어나 한학을 공부하다가 신학문을 익혀 한성

사범학교를 마친 뒤 여산공립보통학교를 비롯하여 해방 후 서울대학교까지 줄곧 교편을 잡으며 국문학 연구에 전념하신 선비로 시조의 전통을 혁신하면서 우리말을 아름답게 갈고닦는 데 누구보다 큰 공을 세웠다. 가람 선생은 이태준(李泰俊), 정지용(鄭芝溶), 김기림(金起林) 같은 당대의 문사를 배출한 선생으로 이름 높지만 그에 못지않은 것이 당신의 문장이고 시조였다. 그런 중 내가 개인적으로 가람의 글 중에서 가장 감동받은 것은 당신의 말년 일기이다. 가람 선생은 1957년, 66세 때 뇌일혈로 쓰러진 것으로 연보에 나와 있다. 가람 선생은 늘 일기를 썼는데, 세상을 떠나기 이태 전인 1966년의 일기는 처연하기 그지없다.

1966년 1월 1일
하후(下後) 1시 40분, 대변(大便)을 보았다. 종일 맑다.

1966년 1월 28일

밤에 눈이 오다. 눈이 남지어 오다. 하후에도 오고 또 오다.

종희(鍾熙)는 8시 여산을 갔다. 11시 20분 대변을 보았다.

우리가 초등학교 시절에 일기 쓰는 법을 배울 때면 선생님께 누누이 듣는 주의 사항이 밥 먹고 똥 싼 것 같은 일상의 되풀이는 쓰지 말라는 것이었다. 그런데 가람의 말년 일기는 오직 밥 먹고 대변 본 얘기로만 끝난다. 이것은 아이러니가 아니다. 타계하기 직전 가람 선생에게는 그것이 일상사가 아니라 하루 일과의 전부였던 것이다. 그래서 이 일기는 더욱 눈물겨운 것이다.

그러면 여기에 서울 가람의 시비에는 어떤 시가 좋을까? 익산 미륵사 터, 백제의 옛 자취를 생각한다면 당신이 「대성암(大聖庵)」이라는 제목으로 백제의 향기를 읊은 시조가 제격일 것 같다.

고개 고개 넘어 호젓은 하다마는
풀섶 바위서리 발간 딸기 패랭이꽃
가다가 다가도 보며 휘휘한 줄 모르겠다
(…)
그리운 옛날 자취 물어도 알 이 없고
벌건 뫼 검은 바위 파란 물 하얀 모래
맑고도 고운 그 모양 눈에 모여 어린다
(…)
볕이 쩅쩅하고 하늘도 말갛더니
설레는 바람 끝에 구름은 서들대고
거뭇한 먼 산 머리에 비가 몰아 들온다

이루어지지 않은 왕도, 금마

여산휴게소에서 불과 6킬로미터 못 미처 익산인터체인지가 있는데 여기서 익산 쪽으로 꺾어들면 비로소 우리는 정겨운 전라도 땅으로 들어선 맛을 만끽하게 된다. 구릉을 넘어가자면 언덕길 양쪽으로 밭고랑마다 검붉은 황토의 흙가슴이 뜨거운 태양을 마다 않고 남김없이 받아들인다.

타관 땅 사람들은 저 진흙 같은 황토밭이 마냥 이채롭게 느껴지겠지만 감자고 고추고 무엇이든 길러내는 황토의 싱그러운 생산력은 호남의 향토적 서정으로 살아 있다. 오늘날에는 인삼 같은 고소득 작물이 황토를 차지하고 말았지만 호남에서 어린 시절을 보낸 사람들은 저 붉은 땅에서 캐내던 육질 좋고, 수분 많고, 당도 높은 빠알간 물고구마의 추억을 잊지 못한다.

언덕을 넘어 내리막길을 달리면 차는 반듯한 네거리 신호등 앞에 서게 된다. 곧장 가면 익산, 왼쪽은 왕궁리, 오른쪽은 금마읍내와 미륵사터로 빠지는 길이 된다. 금마 일대에는 참으로 많은 유적이 밀집해 있다. 미륵사터, 왕궁평(王宮坪) 오층석탑, 고도리(古都里) 석인상, 쌍릉, 기준산성(箕準山城), 사자사(師子寺)터, 연동리 석불좌상, 오금산성, 태봉사 삼존석불…… 익산군 시절에 발간한 향토지 『미륵산의 정기』를 보면 모두 82군데의 유적지 해설이 들어 있을 정도다. 더욱이 각 유물·유적들이 차로 10분, 걸어서 30분 안짝으로 연결되어 있으니 경주, 부여 같은 왕도가 아니고는 드문 일이다.

그리고 실제로 금마는 몇 차례 왕도에 준하는 영광의 도시로 역사 속에서 명멸하였다. 마한(馬韓)의 월지국(月支國, 또는 目支國, 箕準의 마한국), 백제 무왕의 별궁, 후백제 견훤의 왕궁, 고구려 유민인 안승의 보덕국 등 어느 하나 오랜 경륜을 펴지 못했으나 금마 땅 고도리 왕궁평 들판과 미륵산에는 미완의 왕도가 남긴 유적들이 폐허 속에 즐비하게 널려 있는 것이다.

금마는 마한의 중심지였다. 삼한시대에 마한은 54개의 소국으로 큰 나라는 1만여 호요, 작은 나라는 수천 호로 총 10여만 호인데, 총수인 진왕(辰王)은 월지국을 다스렸다고 『후한서』와 『삼국지 위지』가 증언하고 있다. 그런 마한의 성립에 대해서는 두 가지 설이 있다. 기원전 108년 고조선이 위만에게 망하자 기자(箕子)의 41대손으로 기자조선의 마지막 왕이 된 준왕(準王), 즉 기준이 남쪽으로 내려와 마한을 쳐 이기고 한왕(韓王)이 되었다고 『후한서』에 기록되어 있다. 그러나 『삼국유사』는 기준이 세운 나라가 바로 마한이라고 적고 있다. 이에 대한 고증은 아직도 역사학의 숙제이지만 다산 정약용이 『아방강역고(我邦疆域考)』에서 "마한은 지금의 익산군으로, 금마는 마한 전체 총왕의 도읍이다"라고 말한바, 금마가 마한의 중심지였음만은 분명하다.

그러나 마한은 고대국가로 성장하지 못하고 이내 멸망의 길로 들어섰다. 북쪽에서 백제가 강성하게 일어나면서 온조왕 26년(기원후 8년)에 마한을 함락시켜버리고 말았던 것이다. 그래서 금마 땅에는 마한보다 백제의 자취가 더 진하게 남게 되었다.

백제 무왕의 탄생

백제왕조의 치하에서 금마는 김제평야의 경제적 부와 금강의 수로 때문에 중요한 몫을 담당했을 것이 분명하고, 수도가 점점 남하하여 성왕(聖王)이 부여로 천도한(538) 이후는 더욱 비중이 커졌음은 기록이 없어도 알 만하다. 그러다가 금마가 다시 역사상 부상하는 것은 무왕(武王)의 탄생부터이다.

「서동요」의 주인공인 무왕의 탄생과 등극 전설은 참으로 기묘하다. 이 전설을 어디까지 믿어야 좋을지 모르지만 그저 전설일 뿐이라고 무시해 버리기에는 암시적인 내용이 너무 많다. 더욱이 미륵사 창건설화가 여기에서 나올 뿐 아니라 『삼국유사』에서 증언한 전설적인 가람배치가 실제로 있던 일이었음이 발굴로 확인됨으로써 더욱 신비로울 따름이다. 『삼국유사』의 백제 무왕조를 보면 이렇게 시작된다.

제30대 무왕의 이름은 장(璋)이다. 그 어머니는 과부가 되어 서울(부여) 남쪽 못가에 집을 짓고 살고 있었는데, 그녀는 못의 용과 성관계를 맺어 장을 낳았다. 아이 때 이름은 서동(薯童)이다. 그는 재기와 도량이 헤아리기 어려울 정도로 컸다. 또 그는 마를 캐어 팔아서 생업을 삼았으므로 나라 사람들이 그로 말미암아 서동이라 불렀다.

서동은 또 마동(麻童)이라고도 했고 그냥 맛동이라고도 했단다. 그런데 『신증동국여지승람』에서는 그 못이 익산 오금산(五金山) 마룡지(馬龍池)라고 했다. 그러면 용으로 묘사된 서동의 아비는 누구일까? 일연스님은 글 끝에 "『삼국사기』에서는 법왕(法王)의 아들이라고 했다"는 주석을 붙여놓았다. 그렇다면 법왕이 왕자 시절에 미륵산에 드나들면서 서동모와 정을 통하여 낳은 것으로 보는 것이 가장 설득력 있는 해석이 된다. 『삼국유사』의 기사는 또 이렇게 계속된다.

(서동이 성장한 뒤 신라) 진평왕의 셋째공주 선화(善花)가 아름답기 짝이 없다는 말을 듣고 머리를 깎고 신라의 서울로 가서 마를 갖고 동네 아이들을 먹이니 아이들이 친해져 그를 따르게 되었다. 이에 동요를 하나 짓고 아이들을 꾀어 부르게 하였는데, 그 노래는 "선화공주님은

남몰래 시집가서 서동이를 밤에 몰래 안고 간다"라 하였다. 동요가 서라벌에 퍼져 대궐까지 알려지니 백관이 임금에게 강력히 주장하여 공주를 먼 곳으로 귀양 가게 하였다.

그래서 집에서 쫓겨난 선화공주는 서동을 만나 정을 통해 부부가 되었고, 공주가 떠날 때 어머니에게 황금 한 말을 받은 것을 보여주자 서동이 마를 캘 때 그런 황금을 많이 보았던 것이 기억났고, 이를 용화산 사자사의 지명법사(智命法師) 신통력을 빌려 서라벌의 장인에게 보내니 진평왕이 서동을 좋아하여 편지로 자주 안부를 물은 것, 그리하여 이후 서동이 인심을 얻어 왕위에 오른 것 등등 그 긴긴 내용은 여기서 그냥 넘어가지만 거기에 서린 숨은 뜻만은 짚고 넘어갈 필요가 있다.

사람들은 백제와 신라 양국이 전쟁을 치르는 적대국인데 그게 어떻게 가능하겠냐, 과부의 아들이 어찌 일국의 공주를 넘보느냐며 이 전설을 황당한 얘기로 치부하곤 한다. 그러나 당시 양국의 관계란 근대의 민족국가 같은 폐쇄성이 아니라, 마치 유럽 근세에 왕통이 끊기면 이웃 나라에서 왕을 모셔다 앉히는 정도는 아닐지라도, 그와 유사한 분위기로 이해해야 옳다. 그가 법왕의 서얼이라는 것도 조선시대의 서출 개념이 아니라 오히려 귀인(貴人)의 소출이라는 뜻이 되는 것이며, 서동이 선화공주를 얻어 스스로 귀인임을 내세운 것은 그의 뛰어난 정치력으로 해석될 사항이고, 끝내는 인심을 얻어 왕이 되었다는 사실은 그의 탁월한 정권 창출 능력으로 보아야 한다.

아무튼 무왕은 금마에서 태어나 금마에서 자라고 금마를 배경으로 왕이 됐으며, 금마는 백제의 지정학상 중요한 위치를 갖게 됐으니 그것은 조선왕조 정조대왕 시절 수원이 갖는 위치와 비슷한 것이었다.

무왕의 미륵사 창건

서동은 무왕이 된 다음 자신의 본거지인 금마로 천도했다는 설이 있다. 그러나 천도까지 한 것은 아닌 것 같고 고산자(古山子) 김정호(金正浩)의 『대동지지』 「익산군」 조에 "백제 때 금마지(今麻只)는 무왕 때 축성하고 이곳에 별도(別都)를 두었으니 지금의 금마저(金馬渚)다"라는 기록으로 보아 별궁이 있었던 것으로 보이며, 그 별궁은 고도리 왕궁평으로 추정된다. 정조대왕이 노론세력을 견제하기 위해 수원 천도를 구상하고 수원성을 쌓았듯이, 무왕은 부여의 토착세력을 꺾을 요량으로 금마 천도를 생각하였고 그 전초작업으로 탄생한 것이 왕궁리의 별궁과 용화산 미륵사였다.

이런 구상 때문에 무왕은 자주 금마를 찾았고 그러던 어느 날 왕이 되기 전에 큰 도움을 얻었던 용화산(일명 미륵산) 사자사의 지명법사를 찾아뵙다가 미륵사터를 메우게 된 내력을 『삼국유사』는 다음과 같이 기록하고 있다.

하루는 왕이 부인과 함께 사자사에 가다가 용화산 아래 큰 못가에 이르자 못 가운데서 미륵삼존이 나타나므로 수레를 멈추고 경건히 예를 올렸다. 부인이 왕에게 이르되 나의 소원이니 이곳에 큰 절을 이룩하면 좋겠다고 하였다. 왕이 허락하고 지명법사에게 가서 못을 메울 방책을 물으니 신통력으로 하룻밤에 산을 무너뜨려 못을 메워 평지를 만들어 미륵삼존과 회전(會殿, 법당), 탑(塔), 낭무(廊廡, 회랑)를 각각 세 곳에 세우고 액호를 미륵사라 하니 진평왕이 백공을 보내서 도와주었다. 지금까지 그 절이 있다.

미륵사터 발굴 결과 이 얘기는 사실로 증명됐다. 미륵사가 늪지에 세

| **미륵사 전경** | 백제 미륵사는 총 5만 평으로 동양 최대의 가람이었다. 동탑과 서탑이 멀찍이서 마주보고 있다.

워져 서쪽 금당은 경주 감은사터에서 본 바와 같이 높은 주춧돌로 받쳐 있고, 법당, 탑, 회랑이 각각 세 곳에 세워져 있음을 알게 됐다.

서탑 사리함과 사리봉안기

2009년 서탑을 복원하기 위하여 해체하던 중 기단부에서 사리장엄구가 발견되었다. 10년에 걸친 미륵사 발굴 때는 본원의 목탑과 동원의 석탑 자리에서는 아무런 사리장치를 발견하지 못하였는데 서탑을 복원하기 위하여 탑을 해체하던 중 석탑 1층 중심에 몸돌의 무게를 떠받치는 기능을 하는 심주석에서 사리공을 발견한 것이다.

사리공 안에는 금사리호와 총 194자의 금사리봉안기(15.5×10.5센티미터) 등 총 400여 점이 출토되었다. 이들은 사리함 봉안식 때 탑의 안전과 개인의 복을 기원하는 공양품으로 넣은 것으로 생각된다.

금사리호 안에는 작은 금내호가 들어 있고 내호 안에서는 갈색 유리 파편과 함께 12개의 사리가 들어 있어 금외호→금내호→유리병의 삼중 구조로 사리를 봉안했음을 알 수 있다. 금사리호의 기형은 둥근 몸체에 긴 목과 넓은 입을 갖고 있고, 둥글납작한 뚜껑 위에 보주형 꼭지가 달려 있다. 사리호에는 말할 수 없이 아름다운 꽃무늬가 새겨져 있다. 몸체의 바닥과 목 그리고 뚜껑에는 연꽃잎을 새기고 몸체에는 인동초와 넝쿨무늬를 배열하면서 여백에는 어자무늬라는 물고기알 모양의 작은 동그라미무늬를 촘촘히 넣었다. 백제 금속공예의 진면목을 보여주는 명작이다.

얇은 금판(15.5×10.5센티미터)의 앞뒷면에 새긴 금사리봉안기에는 총 194자의 발원문이 적혀 있었다. 그런데 그 내용은 전혀 예상 밖이었다.

우리 백제 왕후는 좌평 사택적덕의 따님으로 지극히 오랜 세월 착한 인연을 심어 (…) 만민을 어루만져 기르시고 불교의 대들보가 되셨기에 깨끗한 재물을 희사하여 가람을 세우고 기해년 정월 29일에 사리를 받들어 맞이했다. (…) 원하옵건대 대왕 폐하의 수명은 산과 같이 하고 (…) 왕후의 심신은 수정과 같아서 법계를 비추고 (…) 모든 중생들도 불도를 이루게 하소서.

기해년은 무왕 40년(639)이 되고 무왕의 왕후는 백제 귀족인 사택적덕의 딸인 셈이다. 기록과 유물 사이에 차이가 있을 경우 우리는 유물에 따라야 한다. 그러나 『삼국유사』의 서동과 선화공주의 설화를 무조건 허구로 돌리기도 힘들다. 미륵사가 착공에서 완공까지는 수십 년이 걸렸을

| 미륵사터 서탑 사리장엄구 | 서탑 해체 중 발견된 사리장엄구는 '화려하되 사치스럽지 않았다'는 백제의 미학을 여실히 보여주는 삼국시대 금속공예의 최고 명작 중 하나다.

것이며 본원이 세워진 뒤에 동서 별원의 석탑이 세워졌을 것이다. 이러한 사실을 종합적으로 판단하여 현재로서 해석할 수 있는 것은, 창건 당시는 선화공주의 발원으로 이루어지고 선화공주가 사망하여 새로 맞이했거나 또는 후비인 왕후 사택적덕의 딸이 서탑에 발원문을 봉안했다고 생각할 수도 있다. 이 과정에서 이상한 것은 미륵사의 창건에 대해 『삼국사기』에는 아무런 기록이 없다는 사실이다.

미륵사 가람배치의 슬기

미륵사의 3탑 3금당(金堂) 3회랑(廻廊) 가람배치는 삼국시대에 다른 예가 없는 특이한 구조다. 본래 백제의 사찰은 1탑 1금당 식이라고 해서 남북 일직선 축선상에 남문, 중문, 탑, 금당, 강당, 승방으로 이어지고 중

| **미륵사터 가람배치 모형** | 남북 일직선상의 기본 축에 동서로 별원을 두는 과정에서 석탑이 발생한 것을 알 수 있다. 단순한 가람배치지만 결코 단조롭지 않은 사찰이었음을 보여준다.

문과 강당을 ㅁ자로 잇는 회랑만으로 끝나는 것이 보통이었다. 이런 가람배치는 모두 일곱가지 집으로 구성됐다고 해서 칠당가람이라고 하는데 부여의 군수리 폐사지, 정림사터가 그 대표적인 예이다. 고구려의 청암사터·정릉사터가 1탑 3금당 식으로 탑을 중심으로 ㄷ자로 돌려지고, 신라 황룡사터만 1탑 3금당 식으로 탑 뒤로 금당 세 채가 나란히 늘어서는 것과는 달리 간결하고 군더더기가 없는 명쾌한 구도인 것이다. 그런데 백제의 미륵사가 3탑 3금당으로 갑자기 화려해진 것은 무슨 연유일까?

미륵사는 말이 3탑 3금당이지 실제로는 1탑 1금당의 기본 축을 포기하거나 파괴한 것이 아니었다. 그들이 존중했던 간결성의 미학은 그대로 살아 있다. 다만 여기에 동서로 별원(別院)을 붙여 규모를 확대한 것이다. 서양에서는 이럴 때 날개(wing)를 달았다는 표현을 쓴다. 그렇게 함으로써 기본 축을 존중하면서 장중하고 화려한 멋을 더할 수 있게 된 것이다. 이 점은 오늘날에도 깊이 생각해볼 미학적 성과이다. 우리도 얼마든지 위엄 있는 건물, 화려한 건물을 원할 수 있다. 그러나 딱딱하지 않게, 번잡스럽지 않게 그 미적 욕구를 충족시켜주는 것은 대단히 어려운 일이다. 이에 대한 최상의 묘책은 기본 축을 지키는 것이라는 사실을 지금 미륵사 마스터플랜이 말해주고 있는 것이다. 중심을 잃지 않는다는 말이 여기서도 어울린다.

그다음, 별원은 본원(本院)과 차별성을 두어야 했다. 어떻게 할 것인가? 규모만 작게 해서 차별성을 부여하는 것은 초급자의 발상이다. 백제의 거장들은 이 문제에서 석탑을 고안하게 된 것이다. 중앙 본원에는 높이 60미터는 족히 될 만한 거대한 목조건축의 탑을 세우고, 동서의 별원에는 그 목조건축을 충실하게 모방한 석탑을 세웠다. 규모를 작게 하는 대신 돌로 쌓은 것이다. 미륵사터의 석탑은 수만 장의 돌로 짜맞춘 목탑 형식이었다. 이렇게 함으로써 미륵사의 정면관(파사드)은 목탑을 중심으로 하여 좌우 석탑을 협시보살처럼 거느린 안정되고 권위 있는 삼각형 구도를 갖추게 되었다. 이것이 미륵사 가람배치의 특징이자 석탑 탄생의 기원이다.

미륵사의 위용과 몰락

백제 멸망 뒤 미륵사의 상황에 대하여는 단편적인 기록 몇몇만이 종잡을 수 없이 전해지고 있을 뿐이다. 『삼국사기』「신라본기」성덕왕조를 보면 "금마군 미륵사에 지진(또는 뇌진)이 있었다"고 하였는데 조선왕조 영조 때 이긍익(李肯翊)의 『연려실기술(燃藜室記述)』에는 "성덕왕 29년 (730) 6월에 뇌진이 쳐서 서쪽이 반쯤 무너졌는데 그뒤 누차 무너졌으나 더 이상 붕괴되지 않고 중간에 옛 모습대로 고쳐놓았다"고 한다.

지금까지의 미륵사 발굴 성과를 보건대 고려청자 도편이 무수히 수습되고 있는 것을 보아 고려시대에는 건재하였고, 조선 성종 때 간행된 『신증동국여지승람』에서도 미륵사의 석탑을 언급하고 있으나 절 자체에 대한 기록은 없으니 조선 초에 이 유지하기 힘든 대찰은 폐사가 되고 만 것 같다. 이 황량한 폐사지의 모습을 증언한 글로는 조선왕조 시절 인조 때 중추부사를 지낸 이 고장 출신의 문인 소동명(蘇東鳴, 1590~1673)이 지은 「미륵사를 지나며」가 단연코 압권이다.

옛날의 크나큰 절 이제는 황폐했네	古寺今荒廢
외로이 피어난 꽃 가련하게 보이도다	開花獨可憐
기준왕 남하하여 즐겨 놀던 옛터건만	箕王遊樂地
석양에 방초만 무성하구나	芳草夕陽天
옛일이 감회 깊어 가던 걸음 멈추고	感舊停行馬
서러워 우는 두견 쫓아버렸네	傷春却杜鵑
당간지주 망주인 양 헛되이 솟아 있고	空餘華表柱
석양의 구름 아래 저묾도 잊었어라	高倚暮雲邊

무너진 석탑의 아름다움

미륵사가 폐사지가 되어 목조건축은 모두 불타고 무너져버리게 되었을 때도 석탑만은 건재할 수 있었다. 발굴조사에 의하면 동탑·서탑이 똑같은 구조였는데 어찌 된 영문인지 동탑은 완전히 도괴되어 낱낱 석탑 부재(部材)들이 깡그리 없어지고, 서탑은 6층까지만 간신히 남아 그 형상의 뼈대만 보여주게 되었다.

그러다가 1910년, 일제시대 초 서탑의 서쪽이 크게 무너져내리자 일
제 총독부의 문화재 조사를 전담했던 세키노 다다시(關野貞)가 거대한
시멘트 벽체를 설치함으로써 더 이상 무너지는 것을 막았다. 그것은 토
함산 석불사의 석굴을 보수한다고 바른 것과 똑같은 무지막지한 시멘트
였다.

전체의 반 이상이 무너져버렸지만 서탑의 동쪽면 6층까지는 원상이
온전하여 백제 건축의 구조적 특징과 세련미를 우리는 실수 없이 읽을
수 있다.

이 미륵사탑이 우리나라 석탑의 시원 양식임을 밝혀낸 분은 우현 고
유섭 선생이다. 우현 선생은 미륵사탑이 부여 정림사 오층탑으로 정리되
고 이것이 신라의 의성 탑리 오층석탑으로 전파되어 통일신라의 감은사
탑과 불국사의 석가탑으로 발전하는 과정을 치밀한 양식 분석으로 논증
하였다. 그것은 한국미술사 연구에서 '양식사(樣式史)로서 미술사'의 길
을 열어준 모범 사례로 그의『조선탑파의 연구』는 영원한 우리 미술사
의 고전이 되었다.

미륵사탑은 석탑이지만 목조건축을 충실히 반영한 석탑이므로 목조
건축의 아름다움을 여기에 빠짐없이 구현하였다. 압도하는 스케일의 중
량감, 적당한 비례의 배흘림기둥, 정연한 체감률로 안정감을 주는 중층
구조…… 미륵사의 석탑 앞에 서면 장중한 축조물이면서도 단아한 아름
다움을 간직해낸 백제인들의 우아한 세련미에 절로 경의를 표하게 된다.
그것은 이루어지지 않은 왕도의 꿈을 밟는 답사에서 우리에게 가장 뜨
거운 미적 감동을 부여하는 대상이다.

미륵사탑의 세부적인 아름다움의 백미는 추녀의 묘사에 있다. 거의

| **익산 미륵사터 석탑** | 우리나라 석탑의 시원 양식으로, '석탑의 나라' 한국의 기념비적 유물이다.

| 석탑 앞의 석인상 | 석탑을 수호하는 네 귀퉁이의 석상은 우리 전래의 수호신상이 불교에 흡수된 것이다. 즉 장승의 원조이다.

직선으로 그어가던 반듯한 처마가 추녀에 이르러서는 살포시 반전하는 그 맵시가 여간 고운 것이 아니다. 어떻게 저런 선맛과 형태미가 가능했을까를 나는 여러 번 생각해보았다. 요즈음 건축가 중에서 전통을 계승한답시고 어거지로 한옥의 지붕선을 이용한 라인을 보면, 추녀 끝을 슬쩍 올리긴 올렸는데 그것이 '살포시 반전하는 맵시'가 아니라 '벌렁 뒤집어지는구나' 하는 불안감만 감도는데 저 백제인의 비결은 무엇이었을까?

그 노하우는 추녀를 반전하되 그냥 끌어올리는 것이 아니라 두께를 주면서 반전한 점에 있었던 것이다. 그러니까 위로 올라가려는 동세(動勢)가 위에서 누르는 무게에 눌려 긴장감 있고 안정감 있는 가운데 가벼운 변화가 일어나고 그 변화는 곱고 멋지고 귀여운 미적 가치로 전환된 것이다.

미륵사탑 앞에는 또 이 명작에 걸맞은 에필로그 같기도 하고 특별 보너스같이 망외의 기쁨을 주는 유물이 하나 있다. 그것은 석탑 한쪽 모서리에 세워져 있는 석인상이다.

미륵사탑 네 귀퉁이에는 석인상이 모두 네 분 모셔져 있었다. 그런데 한 분은 없어졌고 두 분은 마모됐고 오직 서남쪽 모퉁이 석인상만이 오롯이 남아 있다. 그나마도 얼굴의 형체는 비바람 속에 거의 다 잃었지만 두 손을 가슴에 얹은 자세만은 역력히 보인다. 영락없이 제주도 돌하르방이나 전라도 돌장승 같은 포즈인데 아닌 게 아니라 이 석인상은 그런 장승의 원조이다. 훗날 경주 분황사나 다보탑에서 보이듯 석탑의 둘레에는 네 마리 사자를 모시는 것이 불교미술의 원리인데 불교가 아직 토속신앙을 흡수해가던 단계에서는 민간의 수호 신앙을 그렇게 끌어들였던 것이다. 이런 것을 보통 흡합(洽合) 현상이라고 한다. 그러니까 저 석인상은 우리의 토종 수호신이면서도 불탑을 지키게 되었는데 그 나이는 대략 1,400살이 된다.

허망과 허상의 복원탑

그러나 1993년 봄, 미륵사터에 비극의 막이 올랐다. 미륵사터 발굴조사작업이 '동탑 복원작업'으로 이어져 5년간의 대역사 끝에 동쪽 석탑이 완공된 것이다. 총예산이 몇십억 원이었다. 그러나 그렇게 복원된 거대한 동탑은 보기에도 끔찍스러운 흉물이 되고 말았다. 애초에 복원이라는 발상 자체부터 잘못된 것이다.

한동안 미륵사터 석탑은 7층으로 추정되었었다. 그러다 컴퓨터 복원으로 여러 시안을 제시한 결과 9층으로 결론을 보게 되었고 여기까지는 아무 잘못도 이상도 없었다. 그러나 막상 복원된 동탑을 보니 그것은 완전히 시신 같은 건물이었다. 뽀얀 돌빛은 시체보다 더 창백한 빛깔로 변했고, 반듯한 느낌의 예각은 싸늘한 날카로움으로 변했으며, 거대한 양괴감(量塊感)은 둔중한 느낌으로 변했고, 정확한 비례감은 고지식한 면비례로 변했다.

컴퓨터를 동원한 과학적인 복원인데 무엇이 잘못된 것일까? 복원된

| **복원된 미륵사탑** | 5년간의 대역사 끝에 복원된 동탑의 모습은 형언할 수 없는 박제품이 되고 말았다. 손으로 하는 일과 기계로 하는 일이 얼마나 차이가 있는지 한눈에 알 수 있다. 그래도 해 질 녘 땅거미가 내려앉을 때는 이 석탑도 아름답게 보인다.

탑을 원상과 비교해보면 형태상의 잘못은 발견되지 않는다. 그러나 느낌 상의 차이는 현저하게 드러난다.

나는 미륵사탑의 아름다움과 복원된 탑의 미움이 어디에서 연유한 것 인가를 곰곰이 따져보았다. 그것은 실제로 돌이 죽어 있기 때문이었다. 한마디로 복원된 탑은 자연석이 아니라 인조석으로 만든 탑처럼 보인다. 돌을 정으로 쪼은 것과 기계로 깎은 것의 차이인 것이다. 그리고 낱낱 부 재를 이어맞춘다는 것은 돌 하나하나의 성격이 살아 있는 연결이어야 하는데 복원된 것은 마치 긴 돌이 없어서 그랬다는 듯이 낱장 낱장의 성격을 죽여버리니까 이같이 박제된 시체처럼 된 것이다. 그것은 기계만 과신하고 손의 묘를 가볍게 생각한 탓이다. 요즘 유행하는 무덤 앞의 석물들이 옛날 것과 달리 멋도 없고 생경하게 느껴지는 것도 정으로 쪼은 것이 아니라 기계로 깎은 것이라는 사실에 기인하는 것이다.

그러나 그런 형식상의 차이보다 더 중요한 것은 아마도 정신에 있는지도 모른다. 우리 시대는 공사계획과 견적에 따라 석조물을 복원한다는 생각에서 한 것임에 반하여 백제 사람은 절대자를 모신다는 종교 하는 마음으로 했다는 사실이 이런 결과를 낳은 것이리라.

그래도 이 미륵사의 20세기 석탑이 아름답게 보일 때도 있다. 그것은 해 넘어간 어둔 녘 희끄무레 땅거미가 내려앉을 때다. 하기야 그런 상태에서는 어떤 여인도 다 괜찮아 보이는 법이다.

미륵사터 흙더미에 올라

미륵사터의 건물 부지들은 반듯하게 발굴되어 잔디가 입혀 있다. 회랑터 잔디 사이로는 깔끔하게 깎은 주춧돌들이 가지런히 놓여 있고, 돌계단 장대석(長臺石)들도 정연한 기품을 발하고 있다. 서쪽 별원의 금당 자리에는 늪지에서 흔히 보이듯 긴 석주로 마루받침을 삼았는데, 본원 목탑 자리 앞에는 석등받침으로 사용했던 팔판 연화문이 귀꽃을 살포시 세우고 어여쁜 매무새로 햇살에 반짝이고 있다. 그것은 우리나라에서 가장 오래된 석등받침돌이다. 한 쌍의 당간지주는 통일신라시대 때 만든 것인데 그 고전적 기품이 미륵사탑과 흔연히 어울린다.

회랑지, 목탑지, 금당지, 강당지를 두루 돌아보고 나면, 나는 으레 미륵사터 입구 흙더미로 올라간다. 이 흙더미는 발굴하면서 퍼낸 흙을 쌓은

| **목탑터 앞의 석등받침** | 팔각 연화좌대의 맵시 있는 귀꽃은 백제 미술에서만 보이는 간결한 세련미를 보여주고 있다. 현재까지 알려진 가장 오래된 석등받침돌이다.

곳인데 이 자리가 마침 전체를 조망하기 좋은 곳인지라 답사의 마무리는 여기서 한다(정비가 끝나면서 이 흙더미도 사라졌다).

언제 보아도 미륵사의 그 무너진 탑은 정말로 아름답다. 아름다움이라는 또 다른 진실을 담지하고 있는 저 미륵사탑을 보면서 내 마음과 서정을 거기에 동화시키면서 갈무리하는 것은 그 또한 또 다른 수도(修道)라는 생각이 들 때도 있다. 그래서 남들이 절을 찾고, 교회를 나가듯 나는 아름다운 문화유산을 찾는다.

그러나 그런 감성의 수련은 잠시일 뿐 나는 천성대로 감성의 해방을 더 좋아한다. 넉넉하고 즐겁고 기쁜 마음으로, 생각하면 생각할수록 웃음이 나와 실없이 빙그레 웃게 되거나 그 웃음을 참으려고 양볼이 무거워지는 정경을 좋아한다.

미륵사탑에도 나는 그런 기꺼운 이야기를 두 개 갖고 있다. 하나는 조선왕조 영조 때 강후진(姜候晉)이라는 분이 쓴 「금마와유기(金馬臥遊記)」
에 나오는 구절인데 그는 이렇게 말하고 있다. "미륵사 석탑은 무너지기
는 했으나 동방 석탑의 최대 탑으로 7층의 석탑 옥개석 위에 서너 명의
농부가 앉아서 쉬고 있더라"라는 것이다. 그래서 우리는 18세기에 여기
는 논이었고 미륵사는 확실히 폐사가 된 것을 더욱 알 수 있는데 그 농부
아저씨들은 어쩌자고 그 높은 석탑에 올라가 쉬고 있더란 말인가? 그때
나 지금이나 말썽꾸러기와 장난꾼은 여전히 있었던 게다.

또 하나는 아주 그림 같은 정경이다. 그것은 신동엽(申東曄)의 「금강」
제19장 첫머리의 얘기다.

금마, / 하늬는 전우들과 작별 / 부여로 가는 길 / 마한, 백제의 꽃밭 /
금마를 찾았다. // 언제였던가 / 가을걷이 손 털고 / 재작년 늦가을 / 진아
는 하늬의 손가락 끼어 / 미륵사탑 아래 / 그림으로 / 서 있었지, // 그날
은 / 저 탑날개 / 이끼 위 / 꽃잠자리가 / 앉아 있었다.

여기서 하늬는 신동엽 자신이고 진아는 그의 애인이다. 그래서 나는
미륵사탑 앞에 서면 그 옛날 신동엽 시인이 고운 연인과 손가락 깍지 끼
고 저 맵시 있게 반전한 추녀 끝을 바라보며 그림같이 서 있었을 모습을
상상해보곤 했다. 그러다 1989년 내가 신동엽 시인의 미망인인 인병선
(印炳善) 여사와 함께 혜화동에서 '예술마당 금강'을 꾸려가고 있을 때
한가한 틈을 타 인여사에게 넌지시 물어봤다.

"인여사님, 신선생님하고 연애할 때 미륵사에 가신 것이 언제였어요?"
"미륵사요? 그런 데 간 적 없는데요."

| 당간지주 너머로 본 석탑과 미륵산 | 미륵사터의 당간지주는 반듯한 균형미와 절제된 장식성으로 늘씬한 아름다움과 함께 힘을 유지하고 있다. 여기서 볼 때 미륵사터는 폐사지이면서도 당당했을 옛 모습을 여실히 느낄 수 있게 된다.

어라! 그러면 신동엽 시인은 어떤 여인하고 거길 갔었나? 그럴 분이 아닌데.

각설하고, 이 시구에서 내가 정말로 아름다운 표현이라고 생각하는 것은 탑 앞에 그림같이 서 있는 연인보다도 옥개석 추녀자락을 시인이 '탑날개'라고 부른 것이다. 얼마나 멋진 표현인가! 미륵사탑만큼이나 운치 있고 아름다운 말이다. 누가 우리말은 조어력(造語力)이 없다고 공연히 나무라는가.

탑날개! 거기에 고추잠자리가 날아앉을 때 나도 하늬처럼 진아 같은 여인과 손가락 끼고 그 앞에 그림으로 서보고 싶다.

1994. 3. / 2011. 5.

끝끝내 지켜온 소중한 아름다움들

부안 장승 / 구암리 고인돌 / 수성당 / 내소사 / 반계 선생 유허지 /
유천리 도요지 / 개암사

강진·부안 비교론

이제 와서 이런 얘기를 한다는 것이 부질없는 일인지도 모르지만 『나
의 문화유산답사기』를 쓰면서 나는 그 일번지를 놓고 강진과 부안을 여
러 번 저울질하였다. 조용하고 조촐한 가운데 우리에게 무한한 마음의
평온을 안겨다주는 저 소중한 아름다움을 끝끝내 지켜준 그 고마움의
뜻을 담은 일번지의 영광을 그럴 수만 있다면 강진과 부안 모두에게 부
여하고 싶었다.

실제로 강진과 부안의 자연과 인문은 신기할 정도로 비슷하며, 어디
가 더 우위를 점하는지 가늠하기 힘든 깊이와 무게를 지니고 있다. 강진
에 월출산이 있듯이 부안에 변산이 있다. 강진에 강진만 구강포가 있듯
이 부안에는 줄포만 곰소바다가 있다. 강진에 다산 정약용이 유배 와서

『목민심서』를 지었듯이 부안에는 반계 유형원이 낙향하여 『반계수록』을 남겼다. 강진이 김영랑을 낳았다고 말하면 부안은 신석정을 말할 수 있다. 강진에 무위사와 백련사가 있음을 자랑한다면 부안은 내소사와 개암사로 답할 수 있다. 강진이 사당리의 고려청자를 말한다면 부안은 유천리의 상감청자를 말할 것이고, 강진이 칠량의 옹기가마를 말한다면 부안은 우동리의 분청사기를 말할 수 있다. 강진이 동백꽃과 남도의 봄을 내세운다면 부안 역시 동백꽃과 겨울날의 호랑가시나무, 꽝꽝나무의 푸르름을 자랑할 것이다. 강진이 해남 대흥사와 가까이 있음을 말한다면 부안은 고창 선운사와 연계됨을 말할 수 있고, 강진이 반남의 고분군을 내세우면 부안은 고인돌까지 말할 것이며, 강진이 귀여운 석인상을 말한다면 부안은 의젓한 돌장승으로 응수할 것이다.

강진이 아름다운 곳이면 부안 역시 아름다운 곳이며, 강진이 일번지라면 부안 또한 일번지인 것이다.

월간 『사회평론』에 연재를 시작하면서 내가 제일 먼저 쓴 글은 고창 선운사였다. 그 글은 곧장 부안 변산으로 이어질 예정이었다. 그러나 당시 편집자가 여러 지역을 고루 써달라는 주문을 해오는 바람에 내포 땅, 경주 등을 두루 답사하고 강진·해남편에 와서는 편집자 요구를 무시하고 '남도 답사 일번지'라는 제목으로 내 맘껏 쓰게 되었다. 그것이 책으로 엮어지면서 제1장 제1절을 차지하게 되었고 고창 선운사는 '미완의 여로'를 남겨둔 채 뒤쪽에 실리게 되었다. 그리하여 나는 그때 쓰지 못했던 부안 변산으로 가는 길을 '미완의 여로'라는 제목을 달고 이제야 쓰게 된 것이다.

솟대의 꿈

부안의 답사는 부안 읍내에서 시작된다. 부안의 동문안 당산과 서문

| **부안 서문안 당산** | 돌솟대와 돌장승으로 이루어진 이 당산은 조선 후기 향촌 사회의 새로운 활력을 상징하는 기념비적 유물이다.

안 당산은 모두 한 쌍의 돌솟대와 돌장승으로 구성되어 있는데 이는 우리나라 향촌 사회에 뿌리 깊게 내려오는 마을 축제와 민간신앙이 함께 어우러지는, 이른바 동제복합 문화(洞祭複合文化)의 한 이정표가 되는 기념비적 유물이다. 그것은 땅과 더불어 살아온 사람들만이 간직하고

있는 문화적 징표이다.

장승과 솟대의 기원은 손진태(孫晉泰) 선생의 「장승고(考)」 이래로 모든 민속학자들이 동의하듯이 청동기시대의 원시 신앙적 조형물로 등장하였다. 장승은 마을의 수호신으로 이정표와 경계 표시 몫까지 갖고 있었으며 솟대는 성역의 상징이었다. 마한시대에 소도(蘇塗, 솟대)가 있어 죄지은 자가 있어도 이곳에 들어가면 잡지 못했다는 기록과 대전 괴정동에서 출토된 솟대 그림의 청동제기가 이 사실을 뒷받침해준다. 그러니까 부안의 돌장승과 돌솟대는 자그마치 2천 년 이상의 전통을 갖고 있는 것이다.

민속이란 이처럼 무서운 전승력을 갖고 있다. 민속은 끊임없이 계승된다는 점에 그 힘과 뜻이 있는 것이다. 그러나 민속의 또 다른 특징은 변한다는 데 있다. 전승되지만 그대로 전승되는 것이 아니라 변하면서 계승된다는 것이다.

전통적인 토템의 형식으로서 장승과 솟대는 고대국가의 등장과 함께 그것의 이데올로기적 성격은 불교에, 나중에는 유교에 자리를 양보하고 한낱 민속으로서 명맥을 유지하게 되었다. 때로는 불교의 뛰어난 흡입력에 빨려들어 미륵사탑의 네 모서리 수호신상으로 변질되어가기도 하였다.

그러한 장승과 솟대가 다시 부활하게 된 것은 임진·병자 양란 이후 향촌 사회가 개편되고 전후(戰後) 국가 재건이 촉진되면서부터였다. 생산력의 증가, 생산에 참여하는 민의 의식 향상, 두레에 의한 협동의 필요 그리고 마을 공동체 문화의 형성 과정 속에서 마을굿이라는 동제복합 문화가 다시 일어났다. 여기에서 솟대는 소도, 짐대, 진똘배기라는 이름으로 퍼졌고 장승은 장생, 벅수, 할머니, 하르방 등의 이름으로 지방마다 세워지며 마을 공동체 문화의 상징적 조형물로 발전하게 되었다. 그 시기를 역사민속학자들은 17세기 후반으로 생각하고 있는데, 부안 서문안 당산의 부러진 솟대에는 1689년에 세웠다는 건립연도가 새겨져 있으니

| **부안 내요리 돌모산 돌솟대** | 대보름날 줄다리기를 하며 인화를
도모한 상징의 새끼줄을 돌솟대에 감으며 한 해의 풍요를 기원하곤
하였다.

그 역사적·민속적 의의는 여간 큰 것이 아니다.

 부안의 장승은 할머니, 할아버지로 불리는바 그 형상이 실제로 두 볼
이 처진 할아버지와 앞니가 빠진 할머니 상을 하고 있다. 할아버지 몸체
에 상원당장군(上元唐將軍), 할머니 몸체에 하원주장군(下元周將軍)이라
쓰인 것은 『삼국지』의 제갈량과 주유를 지칭하는 것으로서 이는 조선 초
부터 액막이 그림으로 정초에 대문에 붙이는 금갑(金甲)장군이 민중 사
회에 그렇게 퍼지게 되었던 것이다.

 마을 사람들은 정월대보름이면 당산제(堂山祭)를 지낸다. 겨울 한철

| 부안 장승 | 서문안의 어리숙한 할아버지(왼쪽), 동문안의 앙칼진 할머니(오른쪽) 장승을 보면 농민들이 그리는 인간상의 한 측면을 엿볼 수 있다.

농한기에 쉬었던 이완된 생활을 걷어젖히고 이제 입춘이 머지않았으니 한 해의 농사를 시작한다는 결심의 뜻으로 마을굿을 지내고 줄다리기를 하며 두레의 결속과 공동체의 인화와 생산의 풍요를 기원하였다. 줄다리기가 끝난 다음 그 새끼줄을 솟대에 감아올려 그날의 축제와 기원을 1년 내내 기억하곤 하였다. 그 대보름 당산제가 지금도 행해지고 있으니 민속의 저력과 함께 끝끝내 지켜오는 소중한 아름다움의 한 징표가 여기에 있는 것이다.

10년 전(1984) 나는 나의 학문적 도반(道伴)이자 동지이며 남들로부터 쌍생아, 동업자라는 말을 들어오는 이태호 교수와 서문안 당산의 명문(銘文)을 탁본하였다. 바스러진 글씨를 한 자라도 더 찾아보려는 마음이었다. 우리는 뜻밖에도 거기에서 화주(化主)의 이름들과 함께 석공(石工) 김은인(金恩仁)과 조갑신(曹甲申)의 이름을 읽어낼 수 있게 되었다. 그날 밤 우리는 얼마나 좋아했는지 모른다.

17세기의 민중 조각가가 만든 부안의 당산은 할머니, 할아버지의 이미지를 담아내려고 노력하였다. 불거진 두 볼에 납작한 코, 퉁방울 같은 두 눈에 앵돌아진 얼굴, 여기에는 분명 하나의 추(醜)의 미학이 구현되고 있다. 그 추의 미학이 지향하는 미적 목표는 무엇인가? 나는 이태호와 공동 연구로 「미술사의 시각에서 본 장승」(『장승』, 열화당 1987)을 쓰면서 이렇게 결론 내렸다. "생명의 힘, 파격의 미." 그것은 장승의 아름다움이자 곧 솟대의 꿈인 것이다.

고인돌 찻집의 희망

부안에서 변산해수욕장 쪽으로 뻗은 길은 반듯한 들판을 가로지른다. 바다가 가깝기에 들판은 더욱 넓어 보이고 드문드문 등을 올린 둔덕은 묏자리로 덮여 있다. 산이 없으니 산소를 쓸 곳이라고는 언덕보다도 낮은 둔덕이 되었던 모양이다.

찻길 한쪽으로는 주황색 비닐판을 깔아 수렁을 만든 미꾸라지 양식장이 보인다. 추어탕집에 납품하는 미꾸라지들임에 틀림없는데 양식장 아저씨는 내게 기막힌 자연의 원리를 말해준다.

"본시 미꾸리 천적은 메기인디, 양식장에 메기가 있어야 미꾸리가 잘된당께."

"어째서 그래요? 메기가 잡아먹으면 미꾸라지가 줄 것 아닌가요?"

"그럴 것 같지만 그렇질 않아. 메기가 없으면 미꾸리가 빈둥빈둥 놀

기만 해서 살도 힘이 없구 차지질 않아. 메기가 있어야 놀다가도 잽싸
게 진흙 속에 몸을 처박아 튼튼해지고 잘 자라는 뱁이거들랑."

그런 걸 두고 생태계의 섭리, 삶의 긴장이라고 해도 좋을 것 같다. 나
역시 답사기를 쓰면서 잡지의 마감 날짜가 있어서 썼지 놀면서 써둔 것
은 없지 않는가.

들판을 달리던 찻길이 마을을 앞에 두고 왼쪽 내변산으로 들어가는
지방도로 736번의 표지를 만나면 저쪽으로 오붓하게 들어앉은 평온한
마을, 구암리가 한눈에 들어온다. 봄철이면 마을 안쪽 해묵은 벚나무들
이 흐드러지게 꽃을 피워 멀리서 보기에도 아름다웠는데 이듬해 봄에
가보니 공사판 다니는 트럭에 부닥친다고 묵은 가지들을 몽땅 쳐버리는
바람에 고목이 된 줄기만 장승처럼 늘어서는 형상이 되고 말았다. 향촌
은 그런 식으로 상처를 받고 있었다.

구암리(龜岩里)마을은 내 장담컨대 앞으로 부안의 명소, 대한의 명소
로 크게 부상하는 날이 반드시 있을 것이다. 기와흙담이 소담하게 둘러
쳐진 300평 남짓한 한 집(백영기 씨 댁)에는 신기하게도 크고 작은 고인돌
10여 기가 옹기종기 모여 있다. 큰 고인돌은 덮개돌이 6.4×4.5×0.8미
터로 남한에서 가장 큰 것이고, 받침돌이 여덟 개로 되어 있어 양식상으
로도 주목받고 있는 것이다.

1956년, 이홍직 선생이 처음 발견했을 때는 12기라고 했고 사적 제
103호로 지정되었는데 지금은 10기만 확인되고 있다. 구암리 고인돌집
은 그 분위기가 생긴 그대로 청동기시대 유물관이라 할 만하다. 키 큰 은
행나무 몇 그루와 한쪽 담장으로 늘어선 호랑가시나무들, 마당에 즐비한
국화와 한쪽에 비켜선 매화, 만약에 마당 한가운데를 차지한 허름한 슬
라브집 두 채를 헐어내고 기와흙담을 고인돌의 유적 경계로 삼는다면 구

| **구암리 돌담집의 고인돌** | 구암리의 한 돌담집 안에는 신기하게도 10기의 고인돌이 정답게 모여 있다. 지금은 민가를 없애고 잔디밭을 깔아 고인돌공원으로 조성해놓았다.

암리 고인돌집은 답사의 쉼터로서 더할 나위 없는 명소가 될 것만 같다.

그러나 나라에서 이 고인돌을 보호한다고 고인돌마다 철책을 뺑 둘러놓았다. 기와흙담 자체가 보호벽이 된 마당에 뭐 때문에 고인돌마다 철창에 가두어야 했단 말인가.

15년 전, 나는 처음 구암리 고인돌집에 와본 다음 해마다 답삿길에 여기에 들렀다. 봄꽃이 피어날 때면 매화와 벚꽃이 아름다웠고, 여름엔 녹음 속에 피어난 채송화, 봉숭아가 순정을 다하고, 가을엔 떨어진 은행잎이 고인돌을 뒤덮으며 장관을 연출한다. 특히 겨울날 눈에 덮인 고인돌이 호랑가시나무의 윤기 나는 이파리와 빨간 열매와 어울리는 것이 어찌나 곱고 예뻤는지 모른다.

나는 이 고인돌집을 살 작정이었다. 사서 저 폐가를 헐고 거기에 붓꽃과 조롱박을 심고 무너진 담장가로는 대밭을 만들어 환상적인 고인돌집을 만들고, 먼 훗날 여기에 고인돌 찻집을 내어 변산에 이르는 초입의 명소를 만들고 싶었다. 수소문하여 서울로 올라간 집주인 연락처도 알아두었다.

그러나 연락도 제대로 안 되고, 당장 목돈도 없고 바쁘기도 하여 10년을 넘기고 말았다. 5년 전(1989)에는 이 폐가에 교회가 들어와 차지해버렸다. 그 이름이 소망교회인지 희망교회인지 기억이 가물댄다. 그리고 작년에 갔더니 교회가 나가게 되고 이제는 다시 폐가로 남아 있다. 고인돌 찻집의 희망은 아직도 살아 있는 셈이다. 나는 그 꿈을 모든 분들과 나누어갖고 싶었지만 또 잊은 채 여러 해가 지났고 지금은 꿈도 사라지고 어찌 되었는지도 모르고 있다.

구암리 저쪽 바닷가에는 새만금 간척사업, 서해안 개발사업이 한창이다. 개발에 개발을 더해갈수록 고인돌이 지닌 문화적 가치와 생명력은 더해갈 것이니, 나는 나의 지지자들에게 호소한다. 생각 있는 분이여, 그 누구든 저 고인돌집을 사서 고인돌 찻집으로 살려내주시오. 나라의 문화재 보호 능력과 소견이란 그 모양이니 민(民)이 아니고서는 소생이 불가능하다오. 구암리에 와본 사람이라면 내가 제시하는 환상적인 고인돌 찻집에의 꿈은 결코 꿈이 아님을 알게 될 것입니다.

변산의 낙조와 수성당

구암리에서 다시 변산으로 길을 잡으면 차는 이내 해안선을 따라 서해바다를 내다보면서 고갯길을 오르내린다. 변산해수욕장은 일찍부터 알려진 천연의 모래사장인데 해수욕장으로는 너무 작고 주변 시설도 낙후되어 있다. 이 점은 훗날 개발된 고사포해수욕장, 격포해수욕장도 마찬가지다. 서해안의 명소로 부안은 격포의 채석강과 적벽강을 내세운다. 그러나 오늘날처럼 산간오지의 명소를 다 경험하고 해외마저 다녀온 사

| 모항 어촌 풍경 | 곰소만을 타고 들면 차창 밖으로 조용한 어촌 마을들이 점점이 이어간다.

람에겐 그것이 신기로울 리 없다. 여름날 바글거리는 사람들의 모습이
짜증스럽기만 할 것이다.

그러나 해변의 정취란 어떤 조건에서도 가녀린 낭만의 서정을 불러일
으킨다. 해수욕장으로서 변산은 궁색하지만, 늠름한 해송과 모래밭이 둥
근 선을 그리며 망망대해를 껴안은 자태는 앤디 윌리엄스의 「해변의 길
손」이라도 목 놓아 부르고 싶게 한다.

날이 좋아 서해의 낙조와 노을을 볼 수 있다면 그 여행은 변산의 석양
이 가장 강렬한 인상으로 남게 되어 여타의 유적 답사가 시시해진다. 자
연이 주는 감동의 크기와 무게를 인공미는 감히 대항하지 못한다.

나의 미완의 여로가 1박 2일 일정이면 반드시 변산이나 모항의 바닷
가에서 하룻밤을 묵고, 2박 3일이면 또 하룻밤을 선운사에서 묵는다. 그

것이 정석이다. 답사회에는 남자보다 여자가 많이 참석한다. 그 여자들과 10년간 답사를 다니다보니 바다에 임하는 여인의 정서가 나이마다 다른 것을 알 수 있었다. 노처녀는 노을 진 석양의 바다를 더 좋아하고, 숫처녀는 밤바다를 더 좋아하는데, 유부녀는 아침바다를 더 좋아한다. 그 이유는 나도 알 수 없는데 현상만은 그렇게 나타난다.

몇 해 전 일이다. 변산의 낙조를 꼭 보고 싶다고 답사에 따라온 한 노처녀가 있었는데 그날따라 비가 오는 바람에 지는 해는커녕 떠 있는 해도 보지 못했다. 이튿날 비가 갠 새벽바다에 그 노처녀가 일찍부터 서성이고 있었다. 어찌 이른 새벽에 나왔느냐고 물으니 대답이 걸작이었다.

"어제 저녁에 일몰을 보지 못해서 그 대신 일출이라도 보려고 일찍 일어났어요."

너무도 거기에 성심이 있은 나머지 해는 동쪽에서 뜬다는 사실도 잊었노라며 스스로 잠시나마 아둔했음을 실토하며 웃는 것이었다.

수성당 개양할미의 뜻

변산을 답사할 때면 나는 남들이 곧잘 놓치는 수성당(水城堂)에 꼭 오른다. 거기에서 위도를 바라보는 전망이 상큼하기 때문이다. 본래 전망이 좋은 곳이란 정자의 위치로도 좋지만 군부대 초소로도 그만이다. 그래서 70년대와 80년대를 보내면서는 해안 경비를 맡은 군부대의 감읍스러운 허락을 얻고서야 오를 수 있었다. 그 해안 초소가 이제 철수하여 수성당 사당은 우람한 시멘트 벙커들과 등을 맞대고 있다.

격포 사람들은 해마다 정월 초사흗날이면 수성당 할머니에게 제사를

| 수성당 사당 | 철거된 군부대 초소와 함께 자리하고 있는 수성당은 폐허의 상처로 남아 있었지만, 1996년에 비로소 새 사당을 지어 복원하였다.

지낸다. 언제부터 그랬는지는 알 수 없으나 수성당 들보에 1804년에 건립했다고 했으니 역시 동제복합 문화의 한 소산 같다. 그 기원을 더 거슬러 올라가면, 1992년 전주박물관이 주관한 이곳 죽막동(竹幕洞) 1차 발굴 때 삼국시대 이래의 제사터인 것을 확인했으니 그 발굴의 진행에 따라 수성당의 역사는 더 오를 수도 있게 된다.

수성당 할머니는 '개양할미'라고 해서 서해바다의 수호신이다. 딸이 아홉 있는데 여덟을 팔도에 시집보냈다고도 하고 칠산바다 각 섬에 파견 보냈다고도 하며 막내딸만 데리고 수성당을 지킨단다. 그 수성당 할머니는 키가 몹시 커서 나막신을 신고 서해안 수심을 재어 어부에게 알려주며 풍랑을 막아주는 고맙고도 소중한 분이다.

그런 할머니가 있는데, 1993년엔 서해페리호가 격포를 떠나 위도에 갔다 오는 길에 근 300명의 목숨을 앗아가는 대형 참변이 생겼다. 사고

원인은 정원 초과에 있다고 한다. 그러나 무시 못 할 사항 하나는 이 수성당 할머니를 잘못 모신 데도 있다고 나는 생각하고 있다.

서해의 수심을 제어주는 할머니를 우습게 알아 올바른 사당 하나 지어주지 못하고 시멘트 벽돌집에 폐군대지의 벙커가 둘러싼 것에 대한 할머니의 분노였다는 주장이 아니다. 지금 서해안 간척사업으로 인해 가뜩이나 낮은 서해안 수심이 더욱 낮아지고 옛날 수성당 할머니가 재어준 치수는 다 바뀌게 되었는데 그 수심의 변화가 지금도 시시각각으로 달라지니 그것을 가늠치 못하는 항해사와 어부는 물살의 방향과 속도를 모르게 되는 것이다.

수성당 할머니는 자연과 함께 살아가면서 생긴 수호신이다. 옛날에는 그 신을 믿는 겸손이 있었는데, 오늘날에는 과학과 개발만 믿는 만용으로 그런 참사를 당했던 것이다.

후박나무, 꽝꽝나무, 호랑가시나무

수성당으로 오르는 길에는 해양배양장 담장과 마주한 개울 건너편에 후박나무 군락지(천연기념물 제123호)가 있다. 제주도와 남해안 섬에 많은 후박나무의 자생지는 여기가 북방한계선이란다. 10여 그루의 후박나무가 무리 지어 있는 모습은 그것 자체가 장관인데 안타깝게도 예의 철망 때문에 가까이 가지 못한다. 이 토종 후박나무는 오동나무 비슷한 일본산 후박나무와 다르다. 이파리는 가죽처럼 두꺼운데 광택이 있고 야무지며 키는 작지만 늠름하다. 아마도 그 옛날엔 이 복스러운 나무들이 이 마을의 방풍림이었을 것이다.

부안에는 천연기념물이 많다. 변산면 중계리 쪽에는 이름도 재미있는 꽝꽝나무 군락지(제124호)가 있다. 꽝꽝나무는 얼핏 보기에 회양목 비슷

| 1.후박나무 2.꽝꽝나무 3.호랑가시나무 | 부안 지방이 아니면 한꺼번에 만나기 힘든 늘푸른나무들로 윤기 나는 잎에 아름다운 열매들이 달린다.

하지만 그 기품이 다르다. 이파리를 난로 위에 올려놓으면 꽝꽝 소리가 난다고 해서 얻은 이름인데 우리나라 동식물 이름에는 이렇게 순수한 우리말이 살아 있어서 여간 고마운 것이 아니다.

또 변산면 도청리에는 호랑가시나무 군락지(제122호)가 있다. 호랑가시나무는 잎 가장자리의 각점 끝에 딱딱한 가시바늘이 있어서 찔리면 제법 아픈데, 호랑이가 등이 가려우면 이 나뭇잎으로 긁었다는 데서 그 이름이 나왔으며 호랑이등긁이나무라고도 한다. 서양에선 크리스마스 트리에 잘 쓰이는 나무로, 가을이면 작은 포도송이처럼 엉킨 열매가 빨갛게 익어 두껍고 윤기 나는 이파리 속에 숨어 부끄러움을 감춘다. 그 모습 또한 여간 복스럽고 사랑스러운 것이 아니다.

후박나무, 꽝꽝나무, 호랑가시나무는 모두 난대성 늘푸른나무다. 키가 크지 않고 잎은 모두 가죽질의 광택이 있다. 그래서 눈 내린 겨울에 이 나무들이 무리 지어 있는 것을 보면 남쪽 땅의 아름다움과 마음까지 읽어보게 된다. 부안 변산의 자연은 이렇게 아름답고 복스럽다. 동백나무는 애기조차 하지 않았는데도 말이다.

정농회의 젊은 농사꾼들

격포에서 모항을 지나 내소사를 거쳐 곰소로 가는 길은 줄포만을 어귀부터 타고 들어가는 환상의 해안 드라이브 코스다. 1989년까지 비포장도로 시절에는 험한 산마을 길을 차가 들까불러 엉덩이를 의자에 제대로 붙이지도 못하고 족히 한 시간을 가야 하는 길이었건만 지금은 아스팔트 포장으로 15분이면 내소사 입구에 당도한다. 비라도 흩뿌리는 날이면 아예 다시 부안으로 나가 돌아들어가는 80킬로미터가 비포장 15킬로미터보다 빨랐으니 문명이 좋기는 좋은 것인가보다.

격포에서 모항을 지날 때면 사람들은 모두 해변의 아늑한 정경에 취한다. 그 수려하고 조용한 풍광이 좋아서 나는 변산보다도 모항에 있는 콘도미니엄식 농원(일신농원)에서 여러 번 묵어갔다.

남들이 모두 해안 쪽으로 눈을 돌릴 때 나는 잠시 도청리 쪽으로 고개를 돌린다. 호랑가시나무의 추억 때문이 아니다. 도청리에는 일찍이 농사꾼이 되어 거기에서 우리 땅을 지키며 말없이 살다가 지금은 고인이 된 나와 동갑내기였던 오건의 집과 농토가 있었기 때문이다. 나는 오건과 생전에 교분이 없었다. 그러나 그의 형인 화가 고(故) 오윤, 누님인 화가 오숙희와 가까이 지냈고, 지내고 있기에 그의 의연한 삶을 들어서 알고 있다. 그는 1989년에 고인이 되었지만 그가 이곳 부안농민회에 뿌린 씨앗은 지금 정농회원들이 그 정신과 삶을 이어가고 있다. 나는 그 정농회원 중 한 분인 정경식 씨가 '한 유기농업 실천 농민의 수기'라는 부제로 쓴 「한(恨)에서 희망으로」라는 글을 『녹색평론』(제7호, 1993년 5·6월)에서 읽고 큰 감명을 받았다. 그분의 삶을 보면서 풍광 수려한 곳을 찾아 답사나 다니는 나 자신이 부끄럽고 미안하기 그지없었다. 그분들이 지금도 있기에 부안 변산은 더더욱 끝끝내 지켜온 소중한 아름다움의 답삿길이 된다.

오건이 대학을 마치고 군대에 다녀온 뒤 곧장 부안으로 농사지으러 떠나는 모습은 그의 아버지인 오영수가 쓴 소설 「어린 상록수」에 너무도 생생히 그려져 있다. 이 희대의 농군이 어려서부터 짧은 일생을 다할 때까지 보여준 성실하고 정직한 천진성은 약삭빠른 도회적 감성으로는 그 모두가 '사산도깨비'로만 보일 행동이었다. 오영수가 아비로서 자식을 키우며 본 대로 써나간 그의 대표작 중 하나이다.

이 소설의 마지막은 부안 산내면 도청리에 신접살림을 차린 자식이 급히 필요하다는 자금을 마련해와서 아들 내외가 흙과 뒹굴며 꿋꿋이 농사짓는 고단하면서도 대견한 모습을 보고 부안 시외버스정류장에서 전송받는 것으로 끝난다. 그는 아들과 며느리에게 짜장면이라도 먹여주고 싶었지만 차 시간이 임박하여 라면 한 박스를 사주고 차에 올라탔다. 그리고 마지막 장면을 이렇게 마무리하였다.

비가 또 오기 시작한다. 아이놈 내외는 길옆 가게 처마 밑으로 비를 피하면서 나란히 서서 바라보고 있다.

그는 손수건으로 유리를 훔치고 손짓으로 돌아가라는 시늉을 해보인다. 아이들도 뭐라고 하는 모양인데 차 발동 소리 때문에 알아들을 수가 없었다.

─저러고도 제들의 뜻을 이루지 못한다면, 이룰 수가 없다면, 이 세상에서는 믿을 것이란 아무것도 없다. 종교도 신도 있을 수 없다─이런 생각을 하면서 몸을 돌려 눈을 감고 차에 흔들렸다. 왠지 눈시울이 뜨듯해왔다.

박형진의 시「사랑」

오건의 형, 오윤이 살아 있을 때의 얘기다.

"윤이 형 , 아버지가 쓴「어린 상록수」는 동생 건이의 실화지?"

"실화긴 실화지."

"실화 아닌 데도 있나?"

"있지 않구, 그놈아가 첫 휴가 나왔다고 고깃국에다 물오징어를 사다가 데치고 초고추장 찍어 먹는 얘기 있잖아. 그건 생판 딴 얘기라구. 당신이 소설 쓰다가 잡숫고 싶은 것을 죄다 밥상에 올려놓은 거지……"

격포를 떠난 우리의 차는 아름다운 어촌 모항을 돌아 해변을 따라 달린다. 작년(1993) 이맘때, 나의 책 출간을 기념하여 창비 식구들과 이곳을 답사했을 때 나는 모항에 사는 정농회원 박형진을 만났다. 작은 체구에 검게 탄 얼굴, 그러나 맑고 힘 있는 그의 눈빛을 보면서 나는 오건과 오영수의「어린 상록수」마지막 구절을 다시 한번 상기하게 되었다. 그가 얼마 전에 시집을 내어 보내왔는데 그중「사랑」이라는 시는 혼자만 읽기에 너무 아까웠다.

풀여치 한 마리 길을 가는데

내 옷에 앉아 함께 간다

(…)

풀여치 앉은 나는 한 포기 풀잎

내가 풀잎이라고 생각할 때

그도 온전한 한 마리 풀여치

| **내소사 일주문** | 내소사 일주문은 진입로를 약간 감춘 방향으로 세워 그 안쪽을 신비롭게 감싸안는다.

하늘은 맑고
들은 햇살로 물결치는 속 바람 속
나는 나를 잊고 한없이 걸었다
(…)

내소사의 일주문과 전나무 숲길

내소사 입구까지 길이 포장된 것은 몇 해 되지 않는다. 내소사 입구 주
차장이 마련된 것도 얼마 되지 않는다. 그러니까 내소사가 관광지로 알
려진 것도 근래의 일이다. 절 입구에 여관 한 채 없고, 허름한 가게 몇 채
와 민박집 식당이 두엇 있을 따름이니 우리 같은 도회인으로는 그런 한적
함이 여간 맘에 드는 일이 아닐 수 없다. 주차장에 내려 가겟집 너머로 내

소사 쪽을 향하면 화려한 원색으로 단청한 일주문이 우리를 반갑게 맞아주는데 그 안쪽은 한 치도 시선에 들어오지 않는다. 그것을 대수롭지 않게 보고 지나칠 수도 있지만 공간 내부를 신비롭게 또는 호기심이 나게 유도하는 건축적 사고의 한 반영이었음은 일주문을 들어서는 순간에는 알게 된다. 도대체 그 안이 어떻게 생겼기에 대문의 각도를 비틀었는가?

매표소를 지나 일주문을 들어서는 순간 답사객은 저마다 가벼운 탄성을 지르지 않을 수 없다. 하늘을 찌를 듯 치솟은 전나무 숲길이 반듯하게 뻗어 멀리 앞서가는 사람이 꼬마의 키가 된다. 늘씬하게 뻗어오른 전나무 옆으로는 산죽과 잡목들이 뒤엉키어 숲길은 더욱 호젓하고 한 걸음 내딛고는 심호흡 한 번, 한 번 고개 들어 하늘을 올려보고 또 한 걸음 내딛고…… 전나무가 터널을 이룬 내소사 입구는 내소사 자체보다도 답사객의 마음을 감동시킨다.

나는 이 전나무숲이 꽤나 오랜 연륜을 지닌 줄로만 알았다. 숲길이 장대해서 그렇게 생각했고 그 조림의 발상이 현대인의 아이디어라고 상상키 어려웠던 탓이다. 그러나 이 전나무 숲길은 불과 50년 전, 해방 직후에 조림된 것이란다. 그때만 해도 이런 안목이 있었다니 고맙다. 50년만 내다보아도 이런 장관을 만들어낼 수 있는데, 우리 시대에 50년 뒤 후손을 위해 조림해놓은 것이 과연 어디에 무엇이 있을까 궁금해진다.

600미터에 이르는 전나무 숲길이 끝나면 능가산의 아리따운 바위들이 고개를 내밀고 길은 다시 벚나무 가로수를 양쪽에 끼고 천왕문까지 뻗으며 우리를 그쪽으로 안내한다. 천왕문 양쪽으로 낮은 기와담이 길게 뻗어 있는 것이 조금도 부담스럽지 않다. 내소사는 근래에 들어와 손을

| 내소사의 전나무 숲길 | 600미터에 달하는 내소사의 전나무 숲길은 답사객마다 절로 심호흡을 하게끔 하는 장관을 보여준다.

| 내소사 대웅전 | 높은 축대 위에서 팔작지붕이 한껏 나래를 편 모습인지라 능가산의 호기 있는 봉우리에 결코 지
지 않는 기세로 버티고 있다는 호쾌한 인상까지 자아낸다.

많이 본 절집이다. 그러나 손을 대면서도 여느 절집처럼 화려함이나 요
사스러움을 드러내지 않고 내소사의 원형을 다치지 않게끔 단정한 가운
데 소탈한 분위기를 살려내고 있다. 그것 또한 끝끝내 지켜오는 소중한

아름다움의 실천인 것이다.

천왕문으로 들어서서 내소사 대웅보전에 이르기까지는 서너 단의 낮은 돌축대로 경사면이 다듬어져 있다. 근래의 보수로 이 돌축대의 포치에 다소 변경이 생겼지만 한 단을 오르면 수령 950년을 자랑하는 느티나무가 중심을 잡고, 또 한 단을 오르면 단풍나무, 매화나무, 배롱나무, 벚나무들이 곳곳에 포치되어 절집 앞마당으로 이르는 길을 적당히 열어주고 적당히 막아준다.

또 한 단을 올라서면 오른쪽으로는 축대 위에 요사채 대문과 사랑채 툇마루가 한눈에 들어오는데 대웅보전 앞마당에 이르는 면은 봉래루(蓬萊樓) 이층 누각이 앞을 막은 채 그 옆으로 빠끔히 공간을 열어 우리를 그쪽으로 유도한다.

그리고 요사채 앞을 지나 봉래루 옆으로 돌아서면 그제야 돌축대 위에 석탑을 모신 앞마당과 학이 날개를 편 듯한 시원스러운 모습의 대웅보전이 능가산의 연봉들을 뒤로하고 우리를 맞아준다.

일주문에서 대웅보전에 이르기까지 우리는 숲과 나무와 건물과 돌계단을 거닐면서 어느덧 세속의 잡사를 홀연히 떨쳐버리게 되니 이 공간배치의 오묘함과 슬기로움에서 잊혀가는 공간적 사고를 다시금 새겨보게 된다. 자연을 이용하고 자연을 경영하는 그 깊고 높은 안목을.

대웅보전의 꽃창살무늬

능가산(楞伽山)이란 '그곳에 이르기 어렵다'는 범어에서 나온 이름이다. 그리고 내소사(來蘇寺)의 원래 이름은 소래사였다. '다시 태어나 찾아온다'는 뜻이다. 백제 무왕 34년(633)에 혜구(惠丘)스님이 창건한 이래 고려시대를 거쳐 조선 성종 때 간행된 『신증동국여지승람』에 기록되기

| 내소사 대웅보전의 꽃창살무늬 | 화려하면서도 소탈한 멋을 동시에 풍기는 이 꽃창살 사방연속무늬는 조선적 멋의 최고봉을 보여준다.

까지도 소래사였다. 그러던 것이 조선 인조 11년(1633)에 청민선사가 중건할 때쯤에 내소사로 바뀐 것 같은데 그 이유는 확실치 않다. 속전에 나당연합군 합동작전 때 당나라 소정방이 와서 시주하면서 '소정방이 왔

다'는 뜻으로 이름이 바뀌었다는 얘기가 있으나 근거가 없다. 이는 개암사의 울금바위가 우금암(遇金岩)이라고 해서 소정방과 김유신이 만났다는 속전이 있는 것과 함께 당시 백제의 마지막 상황이 어떠했는가를 말해주는 아픔의 이야기로만 의미 있을 뿐이다.

내소사의 전설이라면 변산에서 두번째로 높은 쌍선봉 기슭에 자리잡고 있는 월명암(月明庵)에 얽힌 부설(浮雪)선사의 일화가 재미있다. 또 내소사의 참맛은 월명암까지 등반을 할 때라고 다녀온 사람마다 찬사가 자자하지만 나의 발길은 아직껏 거기에 닿지 못했다.

나의 내소사 답사는 항시 멀찍이서 대웅보전의 시원스러운 자태를 엿보다가 돌계단에 올라 아름다운 꽃창살의 묘미를 읽는 것으로 끝난다. 그러고도 나는 내소사 답사에서 한 오라기 부족함을 느낀 때가 없다. 어쩌다 긴 바람에 풍경 소리가 자지러질 듯 딸랑거리면 그곳을 차마 떠나지 못했다.

강진의 무위사는 한적하고 소담한 만큼 스산하고 처연한 분위기가 서려 있다. 거기에 부슬비라도 내리면 음울한 심사를 주체하기 힘들어진다. 그러나 부안의 내소사에는 그런 처량기가 조금도 없다. 능가산의 준수한 연봉들이 병풍처럼 받쳐주어 그 의지하는 바가 미덥고, 높직한 돌축대 위에 추녀를 바짝 치켜올린 다포집의 다복한 생김새로 차라리 평화로운 복됨을 느끼게 된다. 게다가 꽃창살의 사방연속무늬는 우리나라 장식문양 중에서 최고 수준을 보여주는 한국적인 아름다움의 극치이다. 그 모든 것이 오색단청이 아니라 나뭇빛깔과 나뭇결[木理]을 그대로 드러내는 소지(素地)단청인지라 살아난 것이다.

승탑밭 해안스님의 비

떠나기 싫은 발걸음을 억지로 옮기면서 가다가 뒤돌아보고, 가다가는

| **내소사 경내** | 내소사는 근래에 들어 손을 많이 본 절집이나 여느 절집처럼 화려함이나 요사스러움을 드러내지 않고 원형을 다치지 않게끔 단정한 가운데 소탈한 분위기를 살려내고 있다.

맴돌아 서성이다 이윽고 천왕문을 나서게 되면 나는 내소사 답사의 여운을 위하여 단풍나무 가로수길 오른쪽으로 나 있는 승탑밭에 오른다. 가파른 비탈 양지바른 곳에 안치한 승탑밭으로 오르려면 배수로로 낸 실개천에 걸쳐놓은 돌다리를 밟아야 한다. 그 돌다리 생김새는 자연석 두 짝을 궁둥이처럼 맞대놓았는데 그 천연스러운 조형미가 예사롭지 않다. 그것도 내 눈에는 요새 사람 솜씨 같지가 않다.

한 쌍의 배롱나무가 자태조차 요염하게 서 있는 승탑밭의 여러 비 중에서 내 눈에 들어오는 것은 맨 왼쪽 탄허스님의 호쾌한 흘림체로 새겨진 '해안범부지비(海眼凡夫之碑)'이다.

해안스님은 1974년에 74세로 입적한 내소사의 조실 스님이었다. 생전에 인간애가 넘쳐 제자와 신도들에게 더없이 자상했고 편지도 잘 썼다고 한다. 해안은 이곳 격포 출생으로 어려서 내소사에 와서 한학을 공부하던 중 목탁 소리와 종소리가 좋아서 머리 깎고 중이 되었다고 한다. 한창 공부하던 시절 백양사의 조실 학명(鶴鳴)스님에게서 "은산철벽(銀山鐵壁)을 뚫어라"라는 화두를 받고 용맹정진한 끝에 "철벽은 뚫을 수 없으니 날아서 넘는다"는 깨달음을 얻었다고 한다. 그 해안스님의 비를 쓰면서 선사, 대사라는 호칭을 버리고 범부라고 한 탄허의 안목이 돋보이는데 뒷면을 보니 그 오묘한 반어법이 역시 대선사들의 차지였다.

생사가 여기에 있는데 여기엔 생사가 없다.　　生死於是 是無生死

우동리의 반계마을

내소사에서 곰소 쪽으로 조금 가다보면 길가에 "유형원 선생 유적지"라는 안내판을 실수 없이 볼 수 있다. 표지판에 따라 시멘트 농로를 따라

가다보면 두 갈래, 여기서 오른쪽으로 들어가면 큰 당산나무 너머 우동리마을이 보이고 왼쪽으로 꺾어들면 반계마을로 이어진다.

반계마을로 들어서면 앞산 중턱에 머리만 내민 기와집이 보인다. 거기가 유형원(柳馨遠, 1622~73) 선생이 만년에 칩거하면서 글 쓰고 공부하는 틈틈이 아이들 글 가르치던 서당 자리다. 저 멀리 우반동에 있던 반계(磻溪) 선생의 고택은 밭이 되어 흔적도 없고 반계 선생이 파놓은 우물은 시멘트로 발라진 채 사용도 못 하니 우리는 선생을 기리기 위해 서당까지 올라야 한다.

외딴집 앞에 차를 세우고 오솔길을 걸으면 길가엔 고추밭, 고추밭 지나 감나무·대추나무 그리고 솔밭이 나오면 그 길을 따라 사뭇 오르면 된다. 한여름 이 길을 걸으면 비탈을 따라 그물을 쳐놓은 것이 보인다. 그것은 뱀그물로, 뱀은 타고 오르는 습성이 있어서 그물에 부닥치면 위로 오르다가 구덩이로 빠지게끔 되어 있다. 작년 여름엔 길가에 초롱꽃 같은 야생초가 즐비하게 피어난 것이 하도 예뻐서 내려오는 길에 한 송이 꺾어 촌로에게 여쭈었더니 "못써, 이건 아무짝에도 쓰잘데없는 풀이여, 풀, 잡초랑 거 몰라"라고 자세하게 알려주셨다.

서당에 당도하면 낮은 돌담이 안채를 꼭 껴안듯 정답고 솟을대문도 거드름이 없다. 조촐한 문을 열고 집 안을 둘러보니 방 두 칸에 부엌, 그리고 넓은 툇마루가 제법 짜임새 있게 잘생겼다.

주인 없는 집인지라 주인 행세하고 툇마루에 올라앉아 앞을 내다보니 돌담 너머로 우동리 안마을이 한눈에 들어오고, 시선을 멀리 뻗으니 고부 쪽이 훤하게 내려다보인다. 그 시원스러운 조망감이란 곧 이 서당이 자리잡은 뜻이 된다. 툇마루 한쪽을 불쑥 높여 난간까지 둘러놓은 뜻은 거기를 아늑한 누마루로 설정한 뜻이다. 그런 뜻을 읽고 새길 때 한옥의 공간 배치와 구조의 참 멋이 들어온다.

| **반계 선생 유허지** | 반계 유형원 선생이 『반계수록』을 저술한 곳이다. 조선후기 실학의 토대를 쌓은 유적이라 생각하니 역사적 감회가 일어난다.

반계 유형원 선생은 조선 후기 실학의 선구이다. 당신이 이룩한 실학의 전통은 성호 이익에서 다산 정약용으로 이어진다. 서울에서 태어난 반계는 나이 30세까지 벼슬에 드는 일 없이 곳곳을 전전하다가 32세에 이곳 우반동에 은거하여 20여 년간 학문에 힘쓰다 숱한 저술을 남기고 세상을 떠났다. 지금 우리는 『반계수록(磻溪隨錄)』 26권만 알고 있을 뿐 목록으로만 전하는 경학, 지리학, 역사학, 음운학의 저서들은 그 행방조차 모르고 있다.

그러나 그가 농촌 생활의 체험을 바탕으로 경세제민(經世濟民)의 정책론을 제시한 『반계수록』은 한국사상사의 한 이정표가 되고 있다. 반계 선생이 세상을 떠난 지 100년이 되도록 그의 인물됨과 학문이 세상에 별로 알려지지 않았는데 영조가 『반계수록』의 초고를 읽어보고 크게 감동하여 이를 발간토록 지시함으로써 1770년에 세상에 반포되었으니, 문예

중흥기의 시도자란 어떠한 모습인가도 아울러 느낄 만한 일이다. 선생이 부민부국(富民富國)을 위해서는 경자유전(耕者有田)의 원칙과 균전제의 시행에 그 길이 있다고 한 주장은 그의 학문이 곧 민(民)에 대한 사랑과 현실에 뿌리 둠을 아무런 해설 없이도 알 수 있는 것이다.

성호 이익이 지은 「반계선생전」을 보면 평소 선생은 이런 말씀을 하셨다고 한다.

천하의 이치도 사물이 아니면 들어붙지 아니하고, 성인의 도라도 섬기지 않으면 행해지지 않는다.

天下之理 非物不着 聖人之道 非事不行

반계 선생의 이러한 실천적 사고와 민에 대한 사랑, 투철한 현실 인식은 실학이라는 이름의 전통이 되어 공재 윤두서, 성호 이익, 다산 정약용, 연암 박지원, 환재 박규수로 이어진다. 그리고 단재 신채호, 위당 정인보로 이어지고 내 이루 이름을 열거할 수 없는 재야(在野)의 학인들이 그 정신적 뿌리를 여기서 찾고 있다. 20세기 한국지성사에서 흔들릴 수 없는 재야 학자들의 종갓집이 바로 여기이다. 바로 그 자리 그분의 서재 툇마루에 우리는 걸터앉아 있는 것이다.

우동리의 당산나무와 유천리 도요지

반계 선생 서당 툇마루에서는 돌담 너머로 저 건넛마을 우동리의 의젓한 당산나무가 한눈에 들어온다. 우동리 당산은 이 느티나무에 입석(立石)과 솟대를 세워 더욱 신령스럽게 장식되어 있다. 우리나라 마을 곳곳에는 잘생긴 당산나무가 자리잡고 있어서 어느 것이 제일이라는 말조

| 우동리 대보름 축제 | 대보름이면 이렇게 한판 줄다리기를 벌이며 공동체 두레 의식을 다지던 이 마을 축제도 이제는 볼 수 없는 옛 풍물로 사라져가고 있다.

차 꺼내기 힘들다. 그런 중에도 강진과 부안에는 자랑스러운 당산나무가 있다. 강진의 청자 도요지가 있는 사당리의 당산나무는 해묵은 가지의 뻗침에 귀기(鬼氣)까지 서려 있는데, 부안 우동리의 저 당산나무는 한 마을의 모든 희망을 끌어안기에 족할 만큼 넉넉한 기품이 서려 있다.

정월대보름이면 우동리 마을 전체가 잔치굿으로 벌이는 줄다리기와 솟대세우기가 행해진다. 이제는 떠난 사람이 많아 격년으로 올려지는데 우리 답사회가 갔던 그해는 줄을 꼬아놓고도 줄을 잡을 사람이 없어 40명의 회원들이 우동리 사람들과 한바탕 어울리고 돌아오는 행복하고도 씁쓸한 대보름 답사를 보낸 일도 있었다.

우동리 안마을 저수지 너머로는 조선시대 분청자 가마터가 있다. 세계 도자사상 유례가 없는 질박한 아름다움, 서민적 체취의 건강미, 무심(無心)과 무기교(無技巧)의 경지를 보여준 분청자의 한 원산지가 거기다.

15세기 박시분청·조화분청의 듬직한 기형, 튼실한 질감, 대담한 디자인의 물고기 그림들은 여기 우동리에서 제작, 생산된 것이다.

우동리를 나와 개암사로 향할 때 우리는 유천리(柳川里) 황토언덕을 지나게 된다. 그 언덕마루 솔밭에는 작은 기념비, 고려청자 도요지 비석이 세워져 있다. 고려시대의 난숙한 문화를 상징하는 고려청자의 원산지는 강진의 용운리, 사당리와 이곳 부안의 유천리뿐이었다. 그런 중에도 상감청자에 이르러서는 강진보다도 부안이 한 수 위였다는 것이 도자사를 전공하는 이들의 평가다.

개암사의 진입로

우동리에서 유천리로 가는 길에 곰소마을을 지날 때 우리는 차창 밖으로 염전을 볼 수 있다. 값싼 중국 소금이 밀려들어오고 있어 이 염전의 생명이 얼마만큼 더할 것인지 마냥 안타까워지지만 신토불이의 정신이 살아 있는 한 지켜지리라는 희망의 안간힘으로 수차를 힘껏 밟는 염전의 아저씨에게 손을 흔들어본다.

곰소마을의 갯가 정취는 안온한 어촌 풍경으로 일찍부터 알려졌다. 우리나라 풍경사생화의 아카데미즘을 형성한 목우회(木友會) 회원들이 해마다 사생대회를 갖는 곳이 이곳 곰소마을이다.

곰소를 지나 유천리 언덕을 넘으면 보안면사무소가 나오는데 여기서 오른쪽으로 꺾어 남쪽으로 내려가면 줄포와 흥덕을 거쳐 선운사로 들어가게 되고, 왼쪽으로 꺾어 부안 쪽으로 오르는 북쪽 길을 잡으면 이내 개암사 입구에 당도하게 된다. 요즈음 개암죽염으로 더 유명해진 곳이다.

개암사(開岩寺)로 들어가는 길에는 개암저수지 가장자리를 맴돌아가야 하는데 들판을 눈앞에 둔 산속의 호수란 사람의 마음을 더없이 안온

| 개암사 입구 돌길 | 개암사로 들어가는 돌길과 단풍나무 터널은 눈앞의 성벽을 따라 오르는 길이라 더욱 상쾌한 느낌을 갖게 된다.

하게 다독여준다. 개암사는 아직도 찾는 사람이 적어 주차장이 매우 비좁다. 관광버스는 뒤로 돌릴 자리를 찾기 어려울 정도로 좁은 길 한쪽이다. 그 덕에 개암사는 아직 사람의 손때를 덜 탄 절이다. 몇 해 전부터 새로 터닦기를 시작하면서 예의 20세기 흉물스러운 사자석등이 놓이고 요새는 중창불사 기와 시주를 받고 있는데 그때 가서는 어찌 될지 모르나 아직은 개암사의 저력이 살아 있다.

개암사의 매력은 내소사와 마찬가지로 절 입구의 치경(治景)과 대웅보전(보물 제292호)의 늠름한 자태에 있다. 개암사 진입로는 내소사의 일직선상 전나무숲과는 정반대로 느티나무, 단풍나무가 자연스럽게 포치된 가운데 넓적한 냇돌이 박혀 있는 비탈길이다. 눈앞에는 높직한 돌축대가 시야를 가로막고 우리는 축대 저쪽으로 돌아 대웅보전으로 오르게끔 되어 있다. 돌축대 아래쪽으로는 억새풀과 텃밭이 자리잡고 한쪽 컨은 대밭이 그 속의 깊이를 감춘다.

돌길을 걸으며 개암사로 오르자면 시선이 머무르는 순간순간이 그림이고 사진 작품 같다. 실제로 개암사는 사진작가들이 즐겨 찾던 곳이다. 우리나라는 지금도 사(士)와 가(家)를 구분해 쓰고 있다. 사(士)는 기사(技士)로 기술자이고, 가(家)는 예술가의 준말쯤 된다. 건축사와 건축가가 그 대표적 예이며, 사진도 사진사와 사진가—이 경우는 사진작가—로 나뉜다. 같은 사라도 이발사·미용사는 사(師)며, 조각사(彫刻士)·화사(畵士)라는 말은 안 쓴다. 그러나 어디부터가 사이고 어디까지가 가인지는 분명치 않으며 그것의 개념 차가 더욱 희미했던 시절이 있었다. 국전(國展)의 사진 부문은 항시 사와 가의 혼합 각축장으로, 수적으로는 단연코 사가 많았다. 그래도 사는 가라고 주장했다. 그것이 우리 사진예술계의 난맥상을 이룬다.

그래서 우리가 사진 작품으로 흔히 보아왔던 것이 바다나 산속에 이유 없이 벌거벗은 여자를 세워놓고 찍은 작품들이다. 그리고 작품 제목으로 '해심(海心)' '여름의 마음'쯤 붙이면 입선·특선이 되었다.

개암사의 돌축대와 억새풀, 대밭, 새빨간 단풍나무는 그런 사진사에게도 좋은 세트가 됐다. 돌담 저쪽에 벌거벗은 여자 하나 세워놓고 찍은 다음 '성벽과 여인' '추정(秋情)'이라고 제목 붙이면 될 바로 그런 사진 작품의 구도 속으로 우리는 걸어들어가고 있는 것이다.

개암사의 넉넉함

돌길을 걸어 돌축대에 오르면 저 위쪽 돌축대 위로 대웅보전이 울금바위의 준수한 봉우리를 병풍으로 삼아 늘씬하게 날개를 편 모습과 마주하게 된다. 대웅보전의 추녀에는 긴 받침목, 활주(活柱)가 바지랑대처

| **개암사 대웅보전** | 울금바위를 배경으로 의연한 자태를 보여주는 대웅전 때문에 개암사의 분위기는 더욱 밝고 힘차게 느껴진다.

럼 받쳐 있어 그 비상하는 자태가 더욱 시원스럽다. 사방을 둘러보면 하늘이 동그랗게 원을 그리며 주변의 산세는 개암사를 멀리서 호위한다. 그 아늑함과 넉넉함이란!

나는 한 회원에게 물었다. "개암사가 더 좋으니, 내소사가 더 좋으니?" 회원은 대답이 없다. 마치 엄마가 더 좋으냐 아빠가 더 좋으냐는 짓궂은 질문이라는 표정이다. "둘 중 한 군데서 살라고 하면 개암사에서 살래, 내소사에서 살래?" 나의 회원은 잠깐 생각하더니 이렇게 대답했다.

"나는 개암사에 살면서 내소사에 놀러 다닐래요."

『개암사지』에 의하면 개암사는 변한(弁韓)의 왕궁터였다고 한다. 그러다 백제 때 묘련(妙蓮)왕사가 궁선을 고쳐 개암사를 지었다는 것이다. 작은 나라의 궁터가 절터로 바뀌었다는 얘기다.

이것이 또 뒤바뀌어 절터가 궁터로 바뀐다. 백제가 멸망한 뒤 백제 부흥운동이 일어날 때 일본에 가 있던 부여풍(扶餘豊)을 받들어 최후의 항쟁을 벌였다는 주류성(周留城)이 어디인가에 대하여는 충남 한산(韓山) 설과 이곳 부안설로 나뉜다. 울금산성을 놓고 위금(位金), 우금(遇金), 우금(禹金), 우진(禹陳) 등 표기가 다양하고, 울금바위의 큰 굴이 백제 부흥운동의 스님 복신의 굴이라고도 하고 원효방이라고도 한다. 어느 말을 믿어야 할지 나도 모른다. 다만 폐망하는 나라의 어지러운 모습만은 역력하다.

내가 확실하게 알고 있는 것은 개암사의 저 아늑함과 넉넉함뿐이다. 그것은 끝끝내 지켜온 소중한 아름다움의 한 현장이라는 사실. 아직도 '미완의 여로' 답삿길은 멀고도 먼데 떠나려야 떠날 수 없는 마음으로 돌축대 한쪽 계단에 주저앉아 왜 내가 답사 일정을 이렇게 짧게 잡았던가만 원망하고 있을 뿐이다. 그것은 과거와 현재를 결코 분리시키지 않는 역사의 저력이 아니라 아름다운 자연을 아름답게 경영한 위대한 미학의 강력한 흡입력 때문이다. 그래서 진짜로 아름다운 것은 사람의 혼을 바꾸어놓는다는 말까지도 가능해진다. 지극한 아름다움은 숭고한 이념보다도 더 위대하다고.

1994. 7. / 2011. 5.

* 나는 사(士)와 가(家)의 차이를 논하면서 건축사, 조각가, 사진사 등을 예시했는데 이발사를 사(士)로 알고 쓴 것에 대해 한 의사 선생님이 이발사는 스승 사(師) 자를 쓴다는 것을 일깨워주셨다. 이유는 옛날엔 외과의사가 이발사를 겸했기 때문이라는 것이다. 고마운 마음 그지없는데 그 의사 선생님 이름을 그만 잊어버렸다. 죄송하고 고맙다는 말씀을 올린다.

미완의 혁명, 미완의 역사

고부향교 / 백산 / 만석보터 / 말목장터 / 녹두장군집 / 황토현

과자의 사회사

답사를 다닐 때면 내 가방에는 으레 캐러멜 한 갑이 들어 있다. 버스가 고속도로로 들어서서 신나게 달릴 쯤이면 나는 이 캐러멜을 꺼내 먹으며 나의 답사를 시작한다. 항시 옆에서 이 모습을 보아온 회원들은 내가 아직도 어린애 티를 못 벗어났다고 놀려대기도 하고, 여행 중에는 피로를 풀기 위한 당분 섭취가 중요하다며 나름대로 이해하기도 한다. 그러나 그들은 내가 반드시 '오리온 밀크캐러멜'만 사 먹는다는 사실은 잘 모른다.

한국전쟁 때 세살배기였던 나는 어렸을 때 눈깔사탕과 별사탕을 사 먹으며 자랐다. 그것은 일제식민지시대가 남긴 유산이었다. 전쟁 뒤 구호물자로 가루우유가 쏟아져 들어오면서 우유와 물엿을 섞어 만든 '비가'가 나오자 그것은 나의 어린 시절 군것질을 지배했다. 바야흐로 일본의

영향에서 미국의 영향권으로 넘어가는 과정이었다. 그리고 이 비가를 더욱 서구화시킨 것이 오리온 밀크캬라멜이었다. 오리온 밀크캬라멜은 맛과 포장, 즉 내용과 형식 모두에서 모더니즘적 성취를 이룬, 당시로서는 최고급 과자였다. 한국현대미술사에서 추상표현주의운동, 이른바 '앵포르멜운동'이 밀어닥친 것이 1957년이었는데 바로 그 무렵 우리의 문화는 이렇게 바뀌고 있었다.

그러나 내가 항시 오리온 밀크캬라멜을 사 먹을 수 있었던 것은 아니었다. 평소에는 눈깔사탕과 비가를 먹고 소풍 갈 때는 이것을 먹을 수 있었다. 엄마는 소풍 가방에 도시락과 수통을 넣어주고 바깥쪽 작은 주머니에 꼭 이것을 두 갑 넣어주셨다. 갈 때 한 갑, 올 때 한 갑 먹으라는 말씀과 함께. 그러나 돌아올 때면 항시 그것이 빈 갑으로 남아 있곤 했다. 그때의 향수 때문에 어른 소풍이나 다름없는 답삿길에 나는 오리온 밀크캬라멜을 곧잘 사 먹는 것이다.

나의 어린 시절에는 여름이면 '아이스께끼' 장수가 하루에도 몇십 번씩 동네를 돌아다니면서 "아이스께끼, 얼음과자"를 외치며 아이들을 불러냈다. 가내수공업으로 제조된 이 얼음과자는 아주 여러 종류가 있었는데 그중 부산 석빙고 앙꼬아이스께끼―이것은 지금도 부산 서면로터리에서 사 먹을 수 있다―와 대구 보천당 아이스께끼가 최고의 인기 품목이었다.

그러나 1960년이 되면 삼강 하드가 나오면서 아이스께끼 시장에도 모더니즘을 불러일으키고 나중엔 전통 얼음과자 시장을 석권하게 된다. 삼강 하드는 아이스께끼를 종래의 얼음식에서 크림식으로 바꾼 값비싼 얼음과자였다. 결국 삼강 하드와 오리온 밀크캬라멜은 대기업이 구멍가게를 점령하는 첫 포격이었다. 이제 과자의 세계는 모더니즘을 구가하며 치열한 상품 경쟁의 장이 된다. 1970년대로 들어서는 문턱에서는 라면 문화의 탄생과 함께 뽀빠이, 라면땅, 자야, 새우깡이 등장하게 된다. 그러나 이것은 고급 과자는 아니었다. 예를 들어 라면땅—정식 명칭은 '땅'인데 흔히는 그렇게 불렀다—은 한 봉지 10원으로 처음엔 23그램이었는데 나중엔 10그램으로 양을 줄이고 값은 올리지 않았다.

본격적으로 고급 과자가 등장하는 것은 70년대 중반부터이다. 우리 경제의 산업화와 고도성장에 의한 소비문화의 질적 변화가 이때 일어났다. 신흥 중산층이 사회적으로 부각되면서 맨션아파트가 우후죽순으로 세워지고 미술계에는 단군 갑자 이래 최대의 미술 붐이 일어나 화랑계를 형성하게 된다. 모든 소비자가 고급화되어가는 추세에서 과자의 세계는 버터를 많이 넣은 해태 사브레가 등장하면서 아이들의 입맛을 사로잡았다. 사브레는 종래의 깨물어 먹는 과자를 침으로 부드럽게 녹이는 방식을 취하면서 인기를 얻었던 것이다.

냉장 시설의 보급이 대중화되면서 얼음과자 시장은 치열한 경쟁을 벌였다. 크림식 아이스께끼인 누가바와 쵸코바, 얼음식인 캔디바와 쭈쭈바에서 최근의 혼합식인 메로나에 이르기까지 해마다 신상품이 선을 보였다. 과자의 시장은 유례없이 다양해졌고 아이들 군것질의 선택폭이 넓어졌다. 컬러텔레비전의 대중 보급과 함께 상품광고는 무자비하게 공격을 해대고 있다. 결국 아이들의 입맛을 일정한 상태로 놓아두질 않는 것이다. 과자 맛의 변화는 이 시대의 부박한 세태를 증언하듯 급속하게 일어났다 급속하게 사라진다. 복식에서도 캐주얼이 큰 인기를 얻고 있지만 이상스러울 정도로 백 명이면 백 명이 제각기 다른 옷을 입고 있는 세상이 되었다. 이것을 문학과 예술, 인문·사회과학에서는 포스트모던 현상이라고 말한다.

과자 세계의 변화를 보면서 나는 나의 어린 시절이 비록 궁핍한 것이기는 했지만 요즘 아이들보다 훨씬 정감 있고 안정된 정서가 배어 있었다는 생각을 갖게 된다. 그 이유가 무엇일까? 그것은 아마도 뿌리 깊게 내려온 전통 사회의 저력이 아직도 건재했던 시설의 건강성일 것이다.

맛의 변화, 길의 변화, 의식의 변화

과자 맛의 변화란 곧 생활문화의 변화를 의미하며 나아가서는 취미의
변화, 의식의 변화까지 의미한다. 해방 후 우리 사회가 서구화·근대화라
는 모더니즘의 세례를 받고 급기야 포스트모던으로 전환하기에 이르기
까지, 즉 나무 상자에서 꺼내 팔던 얼음과자를 사먹던 세대에서 메로나
세대까지 오는 사이에 가장 큰 의식의 변화를 보여주는 것은 향촌 사회
에 대한 정서이다. 얼음과자 세대는 그가 비록 도회인이라 해도 시골, 고
향, 농촌 등의 개념 속에 내재한 전통 사회의 체취를 체감할 수 있는 삶
과 교육이 있었다. 그러나 메로나 세대로 들어오면 시골에 살면서도 그
것을 가질 수 없게끔 되어가고 있다.

답사에서 돌아오는 길이면 나는 회원들과 마이크를 돌려가며 답사 소
감과 함께 가장 감명 깊었던 것 꼭 하나씩만 말하기로 하며 경험을 공유
하는 시간을 갖곤 한다. 그런데 근래에 들어와서는 "보리 이삭이 팬 것을
처음 본 것이 가장 감동적이었다"는 식으로 말하는 젊은 세대가 부쩍 늘
어났다. 이미 그들의 머리와 가슴 속에 간직하고 있는 땅, 길, 곡식, 꽃나
무 등의 관념들이 나와는 점점 먼 거리에 있게 된 것이다.

그 변화는 길에서도 마찬가지이다. 같은 길이라도 70년대 이전은 말
할 것도 없고 80년대 초와 90년대 초는 너무도 다르다.

내가 처음으로 갑오농민전쟁의 현장을 답사한 것은 1981년 초봄이었
다. 그 당시 만석보터, 말목장터, 황토재, 녹두장군집으로 이어지는 길들
은 비포장 황톳길이었다. 때마침 봄비가 부슬부슬 내리자 황토는 진흙이
되어 자동차 바퀴에 더께째로 들러붙는 바람에 버스는 연신 미끄러지기

바쁘고 좀처럼 구르지를 못했다. 그날 버스 기사가 내게 퍼부은 불평과 투정은 내가 평생 받을 양의 두 배도 더 되는 것 같다. 하기야 시속 5킬로미터도 낼 수 없어 차로 10분 거리를 한 시간 걸렸으니.

1987년 이후 이 길은 완벽하게 포장되었다. 녹두장군집에서 황토재를 가자면 말목장터를 돌아서 가야만 했다. 거기를 지르는 길은 키 큰 포플러가 양옆에 늘어선 신작로길이 어느만치 뻗어 있었으나 반도 못 가서 끊어지고 겨우 경운기나 다닐 농로였다. 그 길을 지금은 2차선 아스팔트길로 반듯하게 밀어놓았다. 전에는 40분 잡아야 되는 길이 10분 거리로 된 것이다. 결국 농민전쟁의 현장을 답사하는 일정이 전에는 그것만으로 하루를 잡아야 했지만 이제는 나의 '미완의 여로' 끝에 한나절이면 돌고도 남는 편리함이 생긴 것이다. 그러나 길의 변화로 인하여 농민전쟁의 현장을 찾아가는 답사는 날이 갈수록 그 체감의 강도와 감동의 폭이 낮아지고 좁아진다. 하물며 메로나 세대가 아스팔트길을 따라 후닥닥 휘둘러보면서 무엇을 어떻게 느낄 수 있겠는가.

5년 전(1989)의 얘기다. 꽃샘추위 바람이 모질던 그날 답사객 중 한 명은 그 바람이 싫다며 만석보터에서 내리지 않고 차창 밖으로 멀끄러미 바라만 보고 있었다. 나는 그날 그를 답사회에서 제명시켰다. 3년 전 늦가을 눈발조차 날리던 쌀쌀한 날 나의 학생들을 데리고 여기에 왔을 적에도 차 안에서 내리지 않는 자들이 있었다. 화도 나고 신경질도 나고 괘씸하기도 해서 달려와 빨리 내리라고 했더니 "샌님여, 거기 뭐 볼 꺼 있는데예?"라는 것이었다. 나는 그만 '졌다'는 생각이 들었다. "그래, 네들은 여기서 수다나 떨어라" 하고 나는 듯이 비석 쪽으로 달려갔다. 모르는 자, 느낄 의사가 없는 자에게 배들평야의 들바람이란 고역일 수밖에 없을 것이라고 생각했다. 그러나 꼭 그런 것만은 아니었다. 역사적 거리라는 것이 있었다.

나는 작년에 한국현대미술사를 가르치면서 70년대의 정치적 상황을 실명하는데 학생들이 '긴급조치' '동아일보 광고사태' '조선투위·동아투위' 등을 전혀 알아듣지 못함을 보고 얼마간 화가 났었다. 그러나 나중에 생각해보니 나의 수강생들은 1974년 바로 그해에 태어난 아이들이었다. 나로서는 엊그제같이 생각되지만 그들로서는 내가 일제시대의 청결 검사 따위를 생각하는 것만큼 멀고 체감할 수 없는 거리에 있었던 것이다. 더욱이 그들은 빈 들판에 서려 있는 향촌의 정취를 알지 못하니 그 들바람이 싫을 수밖에 없었던 것이다.

걷는다는 미덕과 문학의 힘

농민전쟁의 현장에 대한 답사는 역사 탐방길이다. 거기에는 문화재가 아무것도 없다. 있을 리도 없다. 산이 있는 것도 아니고 강이 있는 것도 아니다. 수려한 풍광을 찾거나 기대하는 자는 여기에 올 필요가 없다. 오직 드넓은 들판과 바람, 언덕 위의 솔밭과 시뻘건 황토만 있을 뿐이다. 호남의 황토 중에서도 가장 붉은 빛깔을 많이 머금은 황토, 특히나 초봄에 갈아엎은 밭고랑의 뒤집어진 흙들이 아침 이슬을 머금어 홍채를 토하고 있을 때 우리는 100년 전 농군의 가슴에 조금은 다가설 수 있게 된다.

농민전쟁의 현장답사에서 그 역사의 체취, 향토의 체취를 만끽하기 위해서는 걷는다는 미덕을 발휘해야 한다. 걷는 것만큼 인간의 정신을 원시적 건강성으로 되돌려주는 것이 없다. 그 미덕을 살려 나는 곧잘 녹두장군집에서 황토재까지 10릿길을 회원들과 걷는다. 버스는 황토현 전적기념관 주차장에서 만나기로 하고 우리는 황토를 걸으면서 시골서 자란 이가 있으면 보릿대를 꺾어 보리피리를 불어보게도 한다. 납작한 토담집을 지날 때면 지붕 너머로 널린 세간살이를 넘겨보면서 무엇이 우리와 같고 무엇이 우리와 다른지를 함께 살펴보기도 한다. 가난하게 생긴 꽃밭에 피어난 분꽃과 달리아를 보면서 초등학교 때 가꾸던 학급 화단도 생각해본다. 그것은 동시대 같은 땅에서 다른 삶을 살고 있는 그네들의 궁핍한 양태를 동포애로서 바라보는 계기가 되는 것이다.

그러나 답사의 일정에 그만한 여유가 없을 때면 나는 호소력 있는 해진 목소리의 소유자를 골라 김지하의 「황톳길」을 낭독하게 한다. 그럴 때면 문학의 효용성과 위대함을 새삼 모두가 느끼게 된다.

> 황톳길에 선연한
> 핏자국 핏자국 따라
> 나는 간다 애비야
> 네가 죽었고
> 지금은 검고 해만 타는 곳
> 두 손엔 철삿줄
> 뜨거운 해가
> 땀과 눈물과 모밀밭을 태우는
> 총부리 칼날 아래 더위 속으로
> 나는 간다 애비야
> 네가 죽은 곳
> 부줏머리 갯가에 숭어가 뛸 때
> 가마니 속에서 네가 죽은 곳
> (…)

고부향교의 은행나무

1894년, 갑오년 농민전쟁의 진원지인 옛 고부 땅(지금 정읍시 고부면·영원면·이평면, 부안군 백산면, 고창군 부안면)의 답사는 농민 봉기의 진행 과정을 더 듬어갈 때 더욱 의미 있게 된다. 그러나 길의 맥락이 꼭 그렇게 되지 않으므로 왔던 길을 다시 돌아오지 않으려면 고부 관아터→백산→만석보터→말목장터→녹두장군집→황토현 전적기념관 순서로 답사하든지 백산부터 시작해서 고부 관아터로 끝맺는 방법이 무난하다.

부안 변산이나 고창 선운사 입구에서 하룻밤을 묵었다면 그 첫번째 답사처는 포악한 군수 조병갑의 고부 관아를 찾아가는 일로 시작된다.

고부 관아 자리에는 고부초등학교가 들어서 있다. 관아터는 주춧돌조차도 없다. 그 대신 학교 담과 맞붙어 있는 고부향교가 있어서 그 옛날을 회상하는 계기를 부여해준다. 향교 입구에는 홍살문이 어엿하고 명륜당도 복원되어 어느 지방의 향교보다도 대접을 잘 받고 있는 셈이다. 농민전쟁 답사지로 외지인들이 모여드는 바람에 누린 복일지니 농민전쟁 덕이 엉뚱하게도 향교에 떨어진 셈이다.

고부향교의 대성전은 언덕을 바짝 타고 올라앉아 있다. 거기로 오르는 돌계단이 사뭇 가팔라 치마 입은 여자는 오를 생각도 못 하게 하는데 그 돌계단 양옆에 서 있는 늠름한 은행나무 한 쌍은 그렇게 듬직스러울 수가 없다. 어디에나 향교에는 은행나무가 있다. 그중 서울 성균관의 명륜당 앞에 있는 은행나무, 경기도 광주군 춘궁리에 있는 향교의 은행나무와 함께 이 고부향교 은행나무는 3대 명물로 지칭할 만한 품위가 있다. 수령도 족히 600년은 된다. 특히나 늦가을 은행잎이 향교 마당에 가득 깔릴 때면 이 시골의 옛 학교는 농민전쟁의 상처보다도 차라리 옛사람이 살던 삶의 방식에 향수를 느끼게도 해준다.

고부향교를 나와 고부초등학교 정문 쪽을 기웃거리면 빨간 벽돌의 거대한 창고 건물이 한눈에 들어온다. 나는 이 건물이 무엇하는 곳인가를 동네 분들에게 여러 차례 물었지만 번번이 "내 알감?"이라는 퉁명스러운

| **고부향교** 대성전 양옆에 서 있는 해묵은 은행나무가 이 옛 고을의 위용을 전해준다.

대답만 들었다. 내가 꼭 알고 싶은 이유는 그것이 현대판 조병갑의 창고처럼 생겨서가 아니다. 건물 측면에 반듯하고 굵고 크게 '재건'이라는 흰 페인트 글씨가 눈에도 선명하게 쓰여 있기 때문이다.

'재건'이라! 5·16군사쿠데타 이후 우리는 얼마나 재건 소리에 시달려왔는가. 재건체조, 재건복, 재건담배, 양아치 재건대, 재건빵······ 어느 시골에는 그 무렵에 문을 연 재건이발소가 지금도 건재하다. 그 재건의 유적이 여기에 이렇게 남아 있는 것이다. 이것은 잊혀가는 1960년대의 역사를 가장 극명하게 보여주는 유적인지도 모른다. 어쩌면 최소한 지방문화자료로 지정하여 변치 않게 보존해야 할 것인지도 모른다. 메로나 세대는 물론이고 누가바 세대, 라면땅 세대는 이 우렁찬 말뜻을 알지 못하고 암만 설명해야 이해는 할지언정 체감은 못 하는 역사유물인 것이다.

1989년 초봄, 나는 한 무리의 미술인·문학인을 인솔하여 이곳을 답사

| **고부초등학교의 벽돌집** | '재건'이라는 구호가 선명하여 60년대의 재건 문화를 알려주는 유적이 되고 있다.

한 적이 있다. 신동엽 시인의 부인인 인병선 여사가 '예술마당 금강'을 개관할 때 그 개관기념전은 내가 기획한 '황토현에서 곰나루까지'로 열렸다. 그 전시회를 위한 답사였던 것이다. 그때 나는 함께 온 정희성 시인과 함께 이 붉은 벽돌집 재건 글씨를 음미하러 가까이 갔더니 벽에는 갱지에 구호를 써서 붙인 것이 여러 장 있었다. 그 구호를 나는 아직도 기억하고 있다.

　　못내 못내 절대 못내!
　　부당 징수 물값 못내!

　이것은 그해 여의도 농민 집회로 연결된 물값 항쟁의 구호였다. 100년 전이나 지금 이 시절이나 농투성이를 괴롭히는 물값의 원한은 그렇게 살아 있었던 것이다.

백산에 올라

고부에서 부안 쪽으로 곧장 올라가면 그 유명한 백산(白山)이 나온다. 이 지역엔 백산과 백산면이 두 곳 있는데 하나는 김제시 백산이고 또 하나가 이 부안군 백산이다. 언덕에 지나지 않는, 높이 47미터의 이 둔덕이 김제만경평야·배들평야에서는 어엿한 산으로 대접받고 있다. 나보다 훨씬 전에, 농민전쟁을 말한다는 것 자체를 불온시하던 시절에 이 전적지를 답사했던 선배들 얘기로는 백산을 찾는 데 무척 힘들었다고 한다. 지도상으로 보거나 멀리서 볼 때는 분명 여기에 산이 있는데 와보면 산이 없어지고 사방을 또 헤매다보면 지평선 위로 볼록한 산이 있어서 와보면 또 이 언덕밖에 없는 신기루 같은 것이었다고 한다.

그러나 백산에 오르면 동서남북 사방으로 100릿길이 한눈에 조망된다. 그제야 사람들은 47미터 언덕도 산일 수 있다는 사실, 경우에 따라서는 절대평가보다 상대평가가 중요하다는 사실을 알게 되며, 부안·고부·신태인·김제 농민들의 집결지가 왜 백산으로 되었던가, 그리고 왜 여기에 농민군이 진을 쳤던가도 알게 된다. 각 고을 사람들이 확실한 표적으로 삼을 수 있는 곳이 백산이며, 여기서는 관군이 쳐들어오는 것을 미리 알아챌 수 있다는 지형상의 이점이 있다는 사실도 곧 알게 된다.

1894년 1월 10일, 고부 관아를 때려부순 녹두장군의 농민군들은 이곳으로 와서 전열을 가다듬었다. 그리고 남쪽으로 내려가 무장의 손화중 농민군과 합세한 다음에는 3월 25일 다시 이곳 백산에 모여 보름 뒤 관군과 맞붙을 전쟁 채비를 하고 있었다. 그때 농민군들이 쌓은 토성이 백산토성이다. 그러나 백산토성은 백산의 채석장으로 다 갉아먹고 없다. 산이 없어 돌이 귀한 이곳에 채석장이 생겨 몇십 년째 백산은 부서지고 바스러져 북쪽 기슭은 낭떠러지로 되고 말았다. 모르긴 해도 백산의 7분

| 배들평야의 지평선 | 드넓은 배들평야는 멀리 반듯한 지평선을 그으며 아득히 사라지는데 지평선 왼쪽으로 볼록 솟은 것이 백산이다.

의 1은 이미 산이 아니라 허공에 떴다. 뜻있는 사람들이 이 채석을 금지시키려고 무던히 노력했다. 국회 문공위에서까지 이 문제가 거론되기도 했다. 그러나 채석장의 다이너마이트와 정을 치는 소리는 지금도 사라지지 않는다.

백산은 농민전쟁 이후 "서면 백산(白山) 앉으면 죽산(竹山)"이라는 말이 생겼다. 죽창을 든 농민군이 일어서면 흰 농부복으로 가득하고, 앉으면 대창만 꼿꼿해지므로 생긴 말이라고 한다. 그런데 오지영의 『동학사』를 보면 이 말을 "입즉백산(立則白山) 좌즉죽산(坐則竹山)이라는 비결(秘訣)이 맞았다"라고 하며 "이는 본래 백산과 죽산이 남북에 있음을 말하는 것이다"라는 부기가 적혀 있다.

나는 왜 이 말이 '비결'이었는가를 오랫동안 이해하지 못했다. 그러다 김제 벽골제에서 한 할아버지 얘기를 듣고 알았다. 부안 백산면 위쪽(북쪽)은 김제시 죽산면으로, 죽산면에는 죽산이 있는데 모두 일망무제의 들판에 있는지라 김제에서 논둑에 앉아서 보면 죽산만 보이는데 일어서면 백산이 보인다고 해서 생긴 말이란다. 그런데 결국 백산 자체가 그 말을 받아가게 됐으니 예언이자 비결이었던 셈이다.

동학과 기독교

1986년 초여름이었던 것 같다. 나는 광주의 이태호 교수가 이끄는 답사팀과 백산에서 만나 합세하기로 하고 서울을 떠났다. 그때의 농민군들이 모이는 기분을 낸 그럴듯한 약속이었다. 우리는 그날 하루 배들평야를 함께 돌면서 정말로 뜻있고 즐거운 한때를 보냈다.

이태호의 광주 답사팀이 백산에 먼저 당도하여 울긋불긋 오색으로 물들인 것을 보고 백산에 오르면서 우리는 때마침 저 위쪽에서 하얀 치마 저고리를 입은 흰머리의 할머니가 우리 쪽으로 향해 내려오는 것을 만났다. 회원들은 가벼운 탄성과 함께 사진 찍기 바빴다. 백산에 꼭 어울리는 패션이고 백산에 꼭 어울리는 모델이었다. 그 모델의 패션을 보면서 답사객들은 동학농민군을 연상했던 것이다. 나는 기왕이면 본토 사투리의 생생한 음향효과를 낼 요량으로 할머니께 말을 걸었다.

"안녕하세요. 할머니 여기가 백산 맞지요?"
"맞지라우. 근데 으디서 왔당가?"
"서울서요."
"서울서요잉, 뭐 땀시 왔능가?"
"옛날 농민군이 모였던 곳이라서요."

"농민군이라구. 잡을 소리 하덜 마."

나는 즉시 후회했다. 그때의 상처, 역적으로 몰렸던 농민군 후예들의
아픔을 보는 것도 같았다. 그래서 금방 말을 돌렸다.

"농민군이 아니라 동학군, 아니 동학패들이 여기에 올랐었지요."
"쓰잘데없는 소리 말어. 그나저나 학생들인가?"
"예, 일요일이라 답사 온 거예요."
"에구, 안됐구먼. 배웠다는 사람들이 쯧쯧. 주일인디 교회는 않 가구."

백산에 올라 주위를 살피면 북쪽으로 김제, 서쪽으로 부안, 남쪽으로
고부, 동쪽으로 신태인 마을들이 한눈에 들어온다. 사뭇 먼 거리라 집들
은 납작하게 낮은 포복을 하고 있지만 낮은 지붕 위로 우뚝하니 솟은 것
은 모두 교회당들이다. 그것도 한두 개가 아니다. 나의 미술사적 안목으
로는 고딕식, 로마네스크식, 바실리카식들이 몇 개씩 첩첩이 겹쳐 있다.
동학이 그렇게 셌다는 이 마을들을 지배하고 있는 종교 이념은 기독교
로 완벽하게 바뀐 것이다.

세계에서 인구에 비해 가장 많은 교회를 갖고 있는 도시는 군산시라
고 기네스북에 올라 있다. 그리고 기네스북에 항목이 없어서 못 오른 기
록으로는 단일 건물 안에 교회당이 많기로는 한동안 서울 대치동 은마
아파트 상가 건물에 14개 있는 것이 최고이다. 그리고 마을 단위로 치자
면 신태인, 부안, 백산 등은 어디가 1위를 할지 막상막하이다. 동학과 서
학(기독교)은 원래 대(對)를 이루는 것이 아니었던가? 서학과 서세(西勢)
가 판을 치게 되는 것을 보고 전통 사상 유불선(儒佛仙)을 합쳐 동학을
세웠다고 배우고 외워서 사지선다형의 시험이라면 그렇게 쓴 항목에 ○

표를 해야만 하지 않는가? 그들이 동학군이었다면, 동학이 서학의 대개념이라면 어떻게 이런 역전이 가능했을까? 나의 오래고 오랜 의문이었다. 나는 이 문제를 동학의 교주 최제우(崔濟愚, 1824~64)가 지은 『동경대전(東經大全)』의 「논학문(論學文)」을 읽고서 감을 잡을 수 있었다.

경신년(1860)에 접어들어 전하여 들은 소문에 따르면, 서양 사람들은 하느님을 위하는 마음으로 부귀를 추구하지 않고 천하를 정복하여 교당(敎堂)을 세우고 그들의 종교를 편다고 한다. 그러므로 나도 과연 그럴까, 어찌 그럴 수 있을까 의심스러웠다. 뜻밖에도 이해 4월 어느 날 나는 마음이 아찔아찔하고 몸이 부들부들 떨렸다. (…) 이 순간에 어떤 선어(仙語)가 문득 들려왔다. 나는 소스라쳐 일어나 캐어물었다.
"무서워 말고 두려워 마라! 세상 사람들이 나를 상제(上帝)라고 부르는데, 너는 상제도 알지 못하느냐!"
라고 하느님은 말했다. 나는 하느님이 이렇게 나타나시는 까닭을 물었다.
"(…) 너를 이 세상에 나게 하여 이 법(法)을 사람들에게 가르치려고 한다. 부디 내 이 말을 의심하지 마라!"
라고 하느님이 대답했다.
"그러면 서교(西敎)로써 사람들을 가르치려고 하십니까?"
라고 나는 다시 물어보았다.
"그렇지 않다. 나는 영부(靈符)를 가지고 있는데, (…) 이 영부를 받아 사람들을 질병으로부터 구해주고, 나로부터 주문(呪文)을 받아 사람들을 가르쳐서 나를 위하게 하여라!"
라고 하느님이 대답하였다.

한마디로 말하여 동학은 서학을 주체적으로 수용한, 즉 기독교의 동도서기 내지 서도동기식 변형이었다. 한울〔天主〕님을 내세우는 것, 회당(會堂)을 짓고 거기에 모이는 것, 21자의 주문〔主祈禱文〕을 외우는 것…… 최제우의 말대로 도(道)는 같고 이(理)만 다른 것이다. 그러니까 서학과 동학은 대개념이라기보다 유사 개념이고 그로 인하여 서세의 흡입력 속에 거부감 없이 빨려들 수도 있었던 것이다.

만석보터의 들바람

백산에서 내려와 이제 우리는 만석보터로 향한다. 백산에서 신태인 쪽으로 가다가 이평으로 향하면 뚝방 위로 비석이 보이는데 거기가 만석보터이다. 그 이상의 길잡이 설명은 불가능하다. 왜냐하면 여기는 그저 들판일 뿐 길잡이로 삼을 건물이 없다.

모악산에서 발원한 태인천과 내장산에서 발원한 정읍천이 여기 만석보터에서 만나 동진강을 이루면서 제법 큰 내가 되어 백산 쪽으로 유유히 흘러간다. 강줄기를 따라 시선을 서쪽으로 향하면 아득히 먼 곳에 반듯한 지평선이 가물거리고 거기에 사발을 엎은 듯한 형상으로, 또는 신라의 고분처럼 볼록하니 백산이 얹혀 있다. 우리나라에서 반듯한 지평선을 볼 수 있는 곳은 여기뿐이다. 아, 우리나라에 이렇게 넓은 들판이 있다는 것이 너무도 고맙고 신기하고 자랑스럽다. 여기가 배들평야 한복판이며 만석보는 이 들판에 물 대주는 작은 댐이었다. 그러나 보(洑)는 벌써 오래전에 사라졌고 강물은 점점 말라만 간다.

배들평야는 이평(梨坪)면에 있고 또 요새는 배들보다도 이평이라고 더 많이 부른다. 그래서 사람들은 한자를 풀어서 옛날엔 배밭이 많던 들판이라고 해석하고는 한 터럭 의심을 갖지 않는다. 나 역시 마찬가지였다. 그러나 여기에 어디 배밭이 있게 생겼는가. 한국사의 일대 전환의 계기를 제공한 만석보가 배밭에 물 주기가 아니었잖은가? 나는 이 중대한 의문을 1986년 이태호의 답사팀과 함께 이 자리에 왔을 때 그의 해설을 듣고 풀 수 있었다.

"여기는 배들평야, 이평입니다. 배밭이 많아서 이평이 아니고 배가 여기까지 드나들었다고 해서 그냥 배들이라고 불렀는데 일제 때 지적도를 만들면서 면서기가 그 뜻은 모른 채 이평(梨坪)으로 적은 것이 지금껏 그대로 내려온 것입니다. 굳이 한자로 말하자면 선입(船入)이 되는 것이죠."

그때 광주팀들은 나에게도 뭔가 한마디 하라고 요구했다. 나는 할 얘기가 없다니까 우스갯소리라도 해달라고 했다. 그렇다면 내가 할 얘기가 있었다.

"여기 있는 비석은 1973년에 동빈 김상기 선생이 주도한 동학혁명 기념사업회에서 세운 것으로 전주의 서예가인 강암 송성룡 선생의 글씨입니다. 그리고 저 알루미늄판은 나라에서 세운 것이고요. 두 개를 비교하면 확실히 민이 하는 일이 관의 일보다 여유 있고 풍성한 맛과 자연스러운 변화가 있습니다. 반면에 관은 주위 경관의 배려라는 예외가 없이 획일적으로, 즉 감사에 걸리지 않게 하는 경향이 있지요. 어디서나 보는 예의 안내판 그대로입니다. 그 대신 관에서 한 것은 정확하고 민에서 만든 것은 세부에서 잘못된 것이 많습니다.

예를 들어 관의 안내판에는 오자가 없는데 민의 비석에는 그 몇 자 안 되는 비문 가운데도 오자가 많습니다. 여기 보면 '보(洑)를 맊고'라고 쌍기역 받침을 했거든요. 아마도 '꺾다' '깎다'가 쌍기역이니까 막다도 부지불식간에 쌍기역 받침을 했나봐요. 아니면 '강력하게 막다'라는 뜻으로 '맊다'가 됐는지도 모르죠. 그것은 애교일 수 있습니다.

문제는 관의 획일성입니다. 송성룡 선생은 이 유허지 비의 앞면을 '만석보유지비(萬石洑遺址碑)'라고 썼습니다. 이 글자 속에 남길 유 자는 없어도 되는 것이지만 그것을 삽입한 데는 심오한 뜻이 있는 것입니다. 폐허에는 본래 지(址) 자만 쓰는 것이 보통이어서 백산성터는 성지(城址)이고 변산의 실상사터는 실상사지이듯이 만석보터는 만석보지가 됩니다. 그러나 이렇게 써놓으면 소리 내서 발음하기가 매우 힘듭니다. 잘 끊어 읽어야 하는데 가운데를 끊어도 말이 되거든요. 그래서 '유' 자를 하나 더 넣은 것입니다. 그러나 관의 일이란 이런 예외가 없거든요.

그냥 '만석보지'가 되는 것이고 그것도 한글로 꽉 박아버린 것이죠. 이럴 땐 '만석보터'라고 쓰면 되겠건만 그 글자 하나 바꿀 수 없는 것이 관의 생리입니다."

사람이건 자연이건 유물이건 그것의 첫인상이 가장 강하게 남는다. 1981년 초봄, 만석보터 뚝방에 처음 왔을 때 그때의 강렬한 인상을 나는 지금도 잊지 못한다.

만석보터에는 사시장철 들바람이 세차게 일어난다. 일망무제 만경창파라고 했으니 한번 일어난 회오리바람을 막을 산이나 나무가 없다. 홀연히 일어나는 들바람은 들판을 휘감고 돌면서, 초여름이면 갓 모내기한 논의 어린 벼포기들이 일렁이는 논물에 잠겼다 일어나는 율동을 일으키고, 늦가을이면 누런 벼이삭들이 어깨동무한 채로 긴 곡선을 그어간다. 내가 처음 당도한 그날은 때늦게 놓은 쥐불이 들바람을 타고 빨간 불꽃을 사르며 파란 연기를 봉화처럼 올리고 있었던 것이다. 나는 그 파란 연

| 만석보 유허비 | 내장산에서 발원한 정읍천과 모악산에서 발원한 태인천이 만나 동진강을 이루는 자리에 있던 댐(洑)이 농민전쟁 봉기의 도화선이 되었다.

기가 저 멀리 지평선으로 사라질 때까지 바라보면서 배들평야의 들바람에는 살 속까지 저미는 영기(靈氣)가 있다고 생각했다. 그 배들평야의 들바람을 가장 잘 그린 화가는 임옥상이었다. 그러니까 그의 명작「들불」은 상징주의 수법으로 비치지만 반 이상이 리얼리즘이었던 것이다.

말목장터 감나무

만석보터에서 이평면사무소 소재지까지는 차로 10분도 채 안 걸린다. 배들평야를 가로질러 예동마을을 지나면 이내 세 갈래 길이 나오는데 여기가 마항(馬項), 말목장터다. 서산의 마방(馬房), 서울의 말죽거리 등과 함께 말의 쉼터 시설을 갖춘 장터였다. 그러니까 꽤 큰 장터였던 것이다.

1894년 1월 10일, 고부 농민들이 데모하여 쫓아낸 조병갑이 손을 쓰

| **임옥상의 「들불」** | 들바람과 들불을 상징적 수법으로 그린 그의 작품은 사실상 반은 리얼리즘적 성격을 띠고 있음을 여기 오면 알게 된다.

고 술수를 부려 다시 고부군수로 부임한 그 이튿날 농민들은 녹두장군의 지도하에 바로 이 말목장터 감나무 아래 모여 고부 관아로 쳐들어갔다. 그것이 곧 갑오농민전쟁의 첫 봉화였던 것이다.

지금 이평면사무소 맞은편에는 큼직한 정자가 있고 그 뒤로는 늙은 감나무가 한 그루 있으며 문화재 안내판도 세워졌다. 정자와 안내판은 모두 100주년 행사가 열리면서 답사객이 부쩍 늘자 세운 것이고 몇 해 전만 해도 예비군 중대본부 건물의 뒤뜰이었다.

100주년을 맞아 그 자리를 기리는 뜻이야 백번 잘한 일이겠지만 문제는 이 정자다. 과연 이 자리에 이처럼 거대한 누각을 지어야 했을까? 어쩌자고 농민 봉기의 현장에 한가한 양반 문화의 상징이 앞을 막는단 말인가? 있어도 부숴버릴 판이 아니었던가. 그러고는 이 정자의 이름을 '삼오정(三五亭)'이라고 지었다. 삼강오륜에서 따온 것이란다. 농민전쟁

100주년 행사로 누구보다 바쁘고 열성적인 이이화 선생은 이 한심한 이름을 좌시할 수 없어 안 된다고 항의하며 '말목정'으로 바꾸게 했단다. 그런 중 다행이지만 정말로 추모와 기념의 뜻이 있었다면 빈터로 놔두었으면 그것으로 만점인 것이었다.

이제는 말목정이 있어서 누구나 말목장터 감나무를 쉽게 찾지만 80년대 초에는 이 숨어 있는 감나무가 눈에 잘 들어오지 않았다. 나에게 여기가 말목장터임을 알려준 것은 오직 삼거리 모퉁이에 있는 말목다방뿐이었다.

'말목다방'이라. 나는 말목다방 주인아주머니의 이 정직한 작명에 같은 민으로서 감사에 감사를 드린다. 우리나라에 다방, 담뱃가게, 약국 셋 중에 어느 것이 많으냐는 질문이 있을 정도로 곳곳에 다방이 있다. 지방에 있는 다방 이름을 보면 재빠른 상업주의가 만연하면서 가장 많은 것이 약속다방이고 그다음은 88다방이다. 70년대만 해도 서정주의가 살아 있어서 가장 많은 것이 길다방, 그다음이 정다방, 그다음이 별다방이었다. 그런 중 '말목다방'이라는 민족적이고 역사적이고 향토적이고 리얼리즘적인 이름이, 그것도 이 아득한 촌구석에 남아 있음에 어찌 감사하지 않을 수 있겠는가.

내가 본 말목장터의 풍경 중 가장 인상 깊었던 것은 '기호 3번 김대중' 후보가 결국은 낙선하고 마는 1987년 12월 어느 날 대통령 유세전이 한창일 때였다. 그때 갑자기 각 신문마다 정부에서 발표한 희한한 보도를 큼직하게 실었다. 요지인즉, '전봉준장군 유적 정화사업'이 마무리 단계에 들어갔다는 기사 같지 않은 기사였다. 아마도 전라도 표심을 위하여 정부 여당에서 선심성 발표를 한 것 같은데 무슨 근거가 있어 이런 기사가 나왔을까 궁금하였다. 나는 그 궁금증을 참지 못하여 또 여기를 찾아왔다―지금 생각하면 나는 어지간히 할 일 없는 사람(실제로 당시 나는 실

| **말목장터 감나무** | 1894년 1월 10일 고부 봉기의 현장을 증언하는 것은 오직 이 한 그루 감나무뿐이었다. 100주년을 맞아 세운 말목정이 오히려 거추장스러워 보인다.

업자였다)이거나 궁금한 게 있으면 풀어야지 그러지 않으면 큰 병이 날 사람이라는, 한마디로 정상은 아니었던 것 같다. 와보니 말목장터 감나무와 이평면 예비군 중대 건물에 가로 걸쳐 매어 단 '기호 3번 김대중' 플래카드가 동학농민군의 현대판 설치미술처럼 장하게 나부끼고 있었고 이 희한한 기사에 대해서는 전두환 대통령과 녹두장군 전봉준이 같은 종씨라 전씨 집안 위선(爲先)사업으로 이 사업이 진행되었다는 이야기를 전해 듣게 되었다.

전두환 대통령의 위선사업

박정희 대통령은 19년 재임 기간에 무수한 문화재의 복원을 명할 정도로 여기에 관심이 많았다. 그런데 그 관심을 전문가에게 맡긴 것이 아니라 자신의 안목과 생각으로 지시하여 지금도 돌이킬 수 없는 많은 상처를 남겨놓았다. 그러나 전두환 대통령은 그런 일이 없었다. 그래서 나의 문화유산답사기에서 위정자에 대한 비판이 주로 박정희 시절에 가해졌던 것이다.

그 대신 전두환 대통령은 곳곳에 자기 조상을 내세우는 위선사업을 벌였다. 그중 대표작이 경남 창녕 영산(靈山)에 세운 '전제(全霽) 장군 충절사적비'와 '전봉준 장군 유적 정화사업'이다. 지금도 창녕 부곡온천 가는 길에 볼 수 있는 23층짜리 충혼탑인 '전제 장군 충절사적비'의 설립과정은 한 편의 소설이 되고도 남는다. 전두환의 13대조인 전제라는 인물은 임진왜란 때 도망가다 죽은 것으로 알려져왔는데 어느 날 장군으로 이력이 둔갑되면서 충절비까지 세워지게 된 것이다. 그것은 가문을 위한 극진한 마음에서 나온 일이라고 생각해주며 누가 그 20세기 유적에 큰 신경을 쓸 것 같지도 않다.

그러나 전봉준 장군이 전두환과 같은 전주 전(全)씨라 종씨 현창사업을 했다는 것은 희대의 아이러니가 아닐 수 없다. 차라리 그 대범성에 놀랄 만한 일이다. 그래서 그의 위선사업이 '위선(爲先)'이었는지 '위선(僞善)'이었는지 얼른 판단하지 못한다.

말목다방에서 이평면 장내리 조소마을의 녹두장군집까지는 차로 10여 분 거리다. 80년대 초에는 창동마을에 버스를 세우고 거기서 10분 남짓 농로를 따라 걸어들어가야 했다. 그러나 '전봉준 장군 유적 정화사업' 이후 조소마을로 들어가는 길은 2차선 도로가 나 있고, 마을 어귀에 넓은 주차장과 유적지마다 있는 예의 화장실이 세워졌다.

본래 녹두장군집은 방, 부엌, 건넌방이 붙어 있는 초라한 초가삼간과 초가흙담으로 둘러진 마당 한쪽에 헛간이 딸려 있는 옴폭한 옛집이었다. 지금도 이 모습은 그대로 보존되어 있지만 정화사업으로 옆집·앞집을 죄다 헐어 200평 대지에 잔디를 입히고 녹두장군집 안담을 헐어 이어놓으니, 졸지에 큼직한 정원을 갖추게 되었다. 더욱 가관인 것은 문화재 소방 도구라고 드럼통을 반으로 자른 물통과 쇠갈고리들에 소방서 빛깔, 새빨간 색을 칠해 담장 아래 늘어놓은 것이었다. 이것은 이듬해 가보니 헛간에 넣어두고 헛간문을 자물쇠로 채워놓았다. 소방 도구를 쇠로 잠근다는 발상이 또한 대단한 것이다.

1987년에는 녹두장군집 옆에 전에 볼 수 없던 큼직하고 반듯한 초가집이 한 채 들어섰다. 안돼도 녹두장군집 세 배는 되고 기둥도 깔끔하게 다듬어서 여간 고급스러운 것이 아니다. 누구 기죽일 일 있나 싶어 뭐 하는 집이냐고 물으니, 그것은 녹두장군집 유적관리소란다.

녹두장군집은 한동안 전봉준 생가(生家)라고 표기해왔으나 그가 태어난 곳이 아니므로 고가(古家)로 고쳐야 한다고 10년을 두고 사람마다 주장해왔는데 이것은 100주년 행사를 맞으며 시정되었다. 그러나 나는 내식대로 항시 녹두장군집이라고 부른다.

녹두장군집에 들르면 나는 툇마루에 걸터앉아 이 불세출의 농민군 지도자의 의연한 모습을 다시 한번 그려보게 된다. 그의 전기와 그를 주제로 한 모든 소설들이 그의 인간상을 영웅적으로 그려놓았고 "새야 새야 파랑새야"에서 파랑새란 곧 팔왕(八王), 즉 전(全) 자의 파자라는 설까지 나오고 실제로 지역에 따라서는 '팔왕장군'을 노래하고 있으니 100년 전이나 지금이나 그를 기리는 마음엔 변함이 없는 것 같다.

그러나 이러한 또 다른 영웅사관은 그의 인간상을 파악하는 데 곧잘

| 녹두장군집 | 세 칸짜리 낡은 초가집에 콩떡담장이었으나 요즘은 뒤뜰에 널찍한 잔디 정원이 생겼다.

방해가 된다. 영웅으로 묘사되면 될수록 보통 사람은 범접할 수 없는 의
지와 슬기가 부각되고 그의 인간적 고뇌와 사랑 같은 것은 약화되기 십
상이기 때문이다. 그래서 나는 그의 인간상을 전해주는 두 편의 시를 먼
저 생각해보게 된다. 하나는 불과 13살 때 지은 「백구(白鷗)」라는 칠언율
시이고, 또 하나는 절명시(絶命詩)이다. 결국 그의 생애 처음과 끝을 보여
주는 것이다. 먼저 「백구」를 옮겨본다.

스스로 모래밭에 마음껏 노닐 적에   自在沙鄕得意遊

흰 날개 가는 다리로 맑은 가을날 홀로 섰네   雪翔瘦脚獨淸秋

부슬부슬 찬비는 꿈결같이 오는데   蕭蕭寒雨來時夢

때때로 고기잡이 돌아가면 언덕에 오르네   往往漁人去後邱

수많은 수석은 낯설지 아니하고   許多水石非生面

일나나 많은 풍상을 겪었는지 머리 희었도다.　　　　閱幾風霜已白頭
마시고 쪼는 것이 비록 번거로우나 분수를 아노니　　飲啄雖煩無過分
강호의 고기떼들아 너무 근심치 말지어다　　　　　　江湖漁族莫深愁

　사물을 보는 시각이 이처럼 섬세하고 신중했던 그였다. 전쟁에 나서기 이전의 녹두장군 모습을 말해주는 증언은 아주 드문데 그가 어린 자식들을 데리고 병고 끝에 먼저 떠난 아내의 무덤을 자주 찾아갔다는 이야기는 그가 애처가였다는 개인사적 일화라기보다는, 사회적 통념을 넘어서서 망자에 대해 끊임없는 사랑을 보여준 인간애로 다가온다. 부인의 묘소는 이제 우리가 찾아갈 황토재 남쪽 언덕 어느메라고 했으니 그의 집에서 10리 떨어진 곳이었다.

　결국 그가 체포되어 국사범으로 처형당하기까지 의연히 대했던 수사 기록, 속칭 '녹두장군 공초'는 그의 인간적 크기와 의로움을 남김없이 말해주는데 세상을 떠나면서 남긴 절명시에 이르러서는 더욱 그 기상이 의연하여 절로 고개를 숙이게 된다.

때를 만나서는 천하도 힘을 합하더니　　　　　時來天地皆同力
운이 다하니 영웅도 어쩔 수 없구나　　　　　運去英雄不自謀
민을 사랑하고 의를 바로 세움에 나는 아무 잘못이 없었건만
　　　　　　　　　　　　　　　　　　　　　愛民正義我無失
나라를 위한 일편단심을 그 누가 알아주리　　爲國丹心誰有知

황토현의 두 유적비

　황토재, 요즘은 한자 표기로 황토현이라고 굳어버린 이 솔밭언덕은

1894년 농민전쟁의 일대 전기를 이룬 격전장이었다. 고부에서 봉기한 녹두장군의 농민군이 무장으로 내려가 그곳의 손화중 부대와 합세하여 백산으로 올라와 진을 치고 있을 때 정부에서는 군산항으로 장위영 부대 800명을 급파하여 1,300명의 보부상 부대의 지원을 받으며 농민군 토벌에 나섰다. 신식 무기로 무장한 관군과 죽창과 농기구로 맞서는 농민군의 한판 승부란 대학생과 초등학생의 싸움 아니면 사냥꾼과 토끼떼의 대치 같은 것이었는지도 모른다. 그러나 4월 6일 밤 관군을 이곳 황토재로 유인한 농민군은 이튿날 새벽까지 치열한 전투 끝에 승리를 거둔다. 이것은 농민군에게 전투의 불안을 투쟁의 희망으로 돌리게 하는 결정적 계기가 되었고 그 충천한 사기로 황룡강전투와 전주 입성까지 이르게 했던 것이다.

황토재에는 그날의 승전을 기리는 기념비가 1963년에 세워졌다. 이름하여 '갑오동학혁명비'. 화강암 기념탑을 세우고 "제폭구민 보국안민(除暴求民 輔國安民)" 여덟 글자를 전서(篆書)체로 모양을 내어 붙이고 양옆으로 비문과 당시로는 보기 힘든 '민중미술' 부조가 설치되고 농민군의 노래 「가보세」와 「새야 새야」를 깊게 새겨놓았다. 탑의 수수한 생김새와 구성이 그럴듯한데 다만 탑 위의 피뢰침이 너무 가난해 보이고, 여덟 글자의 전서체가 너무 유식해서 농민전쟁과 분위기가 맞지 않는데 그 여덟 자를 쓰면서 보(輔) 자를 보(保) 자로 잘못 쓰는 오기(誤記)도 있다.

그러나 1963년에 동학농민전쟁 기념비가 세워졌다는 것은 참으로 큰 뜻이 있는 것이었다. 63년이 되면 혁명이라는 단어는 '5·16혁명' 이외에는 함부로 쓰지 못하게 하여 4·19혁명을 4·19의거로 바꾸는 시기였다. 그러나 이 기념탑은 4·19혁명과 함께 계획되어 추진되다가 63년 대통령 선거 때 제막식을 갖게 됨으로써 박정희 대통령후보까지 이 행사에 참여하는 큰 잔치를 벌이게도 되었다. 그 바람에 탑은 무사히 세워질 수 있었다. 그 제막식 행사에서는 행방을 알 수 없던 녹두장군의 따님이라는 분이 소복을 하고 나와 꽃다발을 받는 행사가 있었다고 한다. 훗날 동학 농민전쟁 연구자들이 이 녹두장군 따님을 찾아가보았더니 그 할머니는 녹두장군 사후 3년 되는 1897년생으로 그날 행사를 위해 임시 차출됐던 것이라고 한다. 지금 세상 사람들은 이해하기 힘든 일이 그때는 이렇게 버젓이 행해졌다는 것을 이해할 줄 알 때 우리 현대사를 이해했다고 말할 수 있는 것이다.

그런 연유로 해서 황토재의 기념비는 언덕기슭에 세워졌고 찾는 이 드물어도 멀리 황토마루 솔밭 너머로 가물거리는 백산을 바라보며 오늘도 그 옛날을 지키고 있다. 훗날 기념탑으로 오르는 길이 수십 개의 돌계단으로 정비되어 거기에 앉아 망연히 먼 데 들판을 바라보는 것이 동학 농민전쟁답사의 가장 한가로운 시간이 된다. 답사의 충만을 위하여 농민 전쟁에 바친 시를 낭송해도 여기가 좋고, 소리 잘하는 사람을 불러내어 농부가를 한 곡 들어도 여기가 제격이다. 어쩌다 들바람이 불어와도 만석보터 배들평야의 그것처럼 사납지 않고, 발아래 황토밭에는 철마다 소채가 재배되고 거기엔 100년 전과 똑같이 괭이로 밭을 일구고, 흰 수건을 머리에 동여맨 아낙네의 손길과 발걸음이 있어 우리의 시선이 거기에 사뭇 오래도록 머물게 된다. 그런 황토재 풍광을 가장 뜨겁게 노래한 시인은 김지하이고, 가장 담담하게 그린 화가는 김정헌이다.

이 한적한 황토재가 찬란한 기념관을 갖게 된 것은 1983년 전두환 대통령의 유시로 시작된 '전봉준 장군 유적 정화사업'이 5년 만인 1987년에 완공되고부터였다. 그 예산은 대단한 규모였다. 주변 도로 확장, 포장 공사까지 합치면 수백억의 사업이었다. 이로 인하여 삶의 편의가 생겼으리니 그 사업은 고부 사람들에게 고마운 사업이었다. 황토현 전적기념관의 기본 구상은 아산 현충사 같은 것을 축소한 형태로, 낮은 돌기와담으

| **황토현 기념비** | 1963년에 처음 세운 농민전쟁 기념비는 큰 멋을 부리지 않아 여느 기념탑보다도 품위를 갖추게 되었다.

로 반듯하게 구획 짓고, 기념관 안쪽에 또 하나의 담을 설정하여 엄숙성을 유도한 것, 그리고 전쟁유물 전시장, 초상화 봉안, 동상 및 기념 조각의 설치 등 자못 공들인 흔적이 역력하다.

그러나 모든 일이라는 것이 누가 그것을 하느냐에 따라 그 결과가 천차만별로 된다. 관이 하는 일이었기에 그것은 기존의 전쟁기념관과 같은 틀을 지녔고, 화가·조각가도 관의 안목으로는 자격 요건을 갖춘 원로·중진 작가로 국전의 운영위원급, 심사위원급에서 택했다. 바로 거기에 문제가 있었다. 녹두장군의 정신, 농민전쟁의 역사적 의의를 작가 의식으로 간직한 분이 아니라 테크닉에서만─그것 자체도 사실 문제 있지만─고려하다보니 결과는 정말로 눈 뜨고 볼 수 없는 것이 되었다.

녹두장군의 초상화를 유화로 그려놓은 것을 보면 전형적인 조선시대 초상화의 의상으로 녹두장군의 얼굴을 사실적으로 그린 것이다. 흰 도포

| **녹두장군 초상** | 유화로 그린 녹두장군 초상은 성난 얼굴에 도포를 입은 형상으로 되어 있어 마치 표독스러운 양반 지주라는 인상을 준다.

를 입은 양반 초상 형식이다. 그러나 우리가 알고 있는 녹두장군 초상화는 서울로 압송될 때 가마 안에서 고개를 돌리며 매섭고 의연한 눈초리로 이쪽을 노려보는 모습이다. 이 사진은 당시 일본군이 압송하면서 보도 자료로 제공할 사진을 위하여 어느 집 곳간 앞에서 일본군은 빼놓고 찍은 것으로, 사진 찍히는 그 순간에도 자신의 기개를 굽히지 않은 녹두장군의 당당한 모습이었다. 바로 그 얼굴과 양반 복장을 하고 의자에 앉아 있는 모습이 합성된 초상화가 되고 보니 녹두장군은 성난 양반, 표독스러운 양반이 되고 말았다.

조각은 더욱 가관이다. 맨상투에 두루마기를 입은 동상의 옷주름이

| **황토현 전적기념관의 동상** | 내용으로나 형식으로나 도저히 눈 뜨고 볼 수 없는 20세기의 전형적인 상투적 기념 조형물이다.

날렵하게 날이 선 것은 조형적 강조를 위한 변형이라고 하자. 그러나 그 뒤로 둘러 있는 돌부조를 보면 농민군의 행렬이 오동통하게 살진 농부들이 소풍 가는 모습으로 되어 있고, 전쟁 장면은 어리숭한 원근법으로 유치하기 그지없다. 이 돌부조는 정으로 쫀 것이 아니라 그라인더로 민 것이어서 그 질감이 더없이 보드랍다. 아무리 미술에 문맹이라도 이처럼 유치한 조각을 보면서 한숨짓지 않을 수 없는 금세기 최고의 '문제작'이다. 이 조각을 맡은 분은 작고한 김경승으로 일제 말기에 징용·징병 권장도를 그린 이른바 친일 미술가로, 그는 4·19 때 부서진 이승만 동상, 인천 자유공원의 맥아더 동상을 조각했는데 그 찬란한 이력으로 녹두장군까지 세우게 되었던 것이다.

전쟁유물기념관에 들어가면 온갖 허구가 다 장식되어 있다. 녹두장군 글씨라는 것도 고증되지 않은 것이며, 효수된 녹두장군 머리란 다른 사람의 사진이며, 농민군의 무기라고 진열된 것에는 관군의 무기가 섞여 있다.

굳이 좋게 해석하자면 관군 것을 빼앗아서 싸웠다는 해석이렷다. 전시관에는 농민전쟁의 전개 과정을 효율적으로 설명하기 위한 전광판이 있는데 단추를 누르면 그때그때의 전시 상황을 설명해주는 아주 유치한 장치이다. 그러나 나는 해마다 가보았는데 88년 봄에만 불이 들어왔고 그뒤로 불 들어오는 것을 보지 못했다.

기념관 한쪽에는 1987년 10월 1일자로 세운 '황토현 전적지 정화기념비'가 듬직하니 무게를 잡고 있다. 그 비문 마지막은 "전두환 대통령의 유시(諭示)로……"라고 적혀 있는데 그 이름 석 자는 이미 돌로 짓이겨져 보이지 않는다. 이런 '괘씸한' 행위는 공주 우금치에 세운 '동학혁명군 위령탑'에도 똑같이 나타나 있다. 그것은 1973년 박정희 대통령이 휘호까지 내려준 것인데 유신헌법 1주년을 맞아 세우며 감사문에 대통령의 뜻을 적어놓았건만 역시 돌로 으깨어져 있다.

황토현 전적기념관에는 또 하나의 20세기 '유적 아닌 유적'이 있다. 전시관 바로 앞 잔디밭에 벚나무 한 그루가 서 있는데, 이것은 1987년 10월 17일(나는 그렇게 기억하고 있다) 전두환 대통령이 대통령직을 물러나기 직전에 이 거대한 위선사업의 완공을 축하하러 와서 심은 기념식수이다. 벚나무 2미터 앞쯤에는 땅을 깊이 파고 콘크리트로 기초를 단단히 하고서 거기에 "전두환 대통령각하 기념식수"라는 동판 푯말을 세워두었던 것이다. 그것도 세우자마자 사람들이 돌로 으깨는 대상이 되어 글자가 보이지 않게 되었다. 그리고 이제는 완전히 콘크리트 기초까지 파헤쳐져 동그란 빈터로, 마치 잔디밭의 상처처럼 되었다. 나는 잔디밭의 이 동그란 빈자리야말로 그 나름의 역사를 지닌 의미 있는 폐허라고 생각하고 있다. 마치 그분의 머리처럼 벗겨진 이 동그란 자리를 영원토록 후세에 남겨두어야 할 의무 같은 것을 느끼곤 한다. 그러나 잔디라는 놈들이 번식력이 강해서 자꾸만 이 자리로 뿌리를 뻗고 있으니 이 '유적 아닌 유적'이 얼마나 갈지는 나도 모르겠다.

황토현에서 곰나루까지

1894년 농민전쟁의 현장에 대한 답사는 사실상 그 옛날의 답사가 아니라 오늘의 답사가 되지 않을 수 없다. 그것이 '미완의 혁명'이었기에 그때의 과제는 우리에게 그대로 넘어오고, 그 역사적 과제는 아직도 미완의 상태로 오늘을 살아가고 있는 것이다. 그런 뜻에서 100년의 세월은 그리 먼 것이 아니었다. 1989년 예술마당 금강의 개관기념전 '황토현에서 곰나루까지'에는 정희성 시인이 동참하여 같은 제목의 시를 써서 보내주었다. 기획자로서 나는 이 시를 신영복 선생님께 붓글씨로 받아 전시회에 출품하였다. 그리고 이 희대의 명작을 누구도 사주는 사람이 없었고, 또 한편으로는 남에게 파는 것이 아깝게 생각되어 내가 정당한 가격으로 구입하여 연구실에 한동안 걸어놓았다.

그러나 아무리 보아도 그것은 내 차지가 될 작품이 아니었다. 모든 미술품은 그 나름으로 제자리가 있는 법이다. 그러던 어느 날 내 친구 안병욱이가 새로 창립한 한국역사연구회에서 1894년 농민전쟁 100주년을 맞는 학술 행사의 후원인 교섭 문제를 상의하러 내 연구실로 찾아왔다. 그날 나는 이 작품을 그에게 기증하며 한국역사연구회 회의실에 걸라고 하였다.

관이 아니고 민에서 5년 뒤의 행사를 구상하는 그 연구자들의 모임이면 충분히 가질 자격이 있다고 생각했던 것이다.

이 겨울 갑오농민전쟁 전적지를 찾아
황토현에서 곰나루까지 더듬으며
나는 이 시대의 기묘한 대조법을 본다.
우금치 동학혁명군 위령탑은
일본군 장교 출신 박정희가 세웠고
황토현 녹두장군 기념관은 전두환이 세웠으니
광주항쟁 시민군 위령탑은 또
어떤 자가 세울 것인가.
생각하며 지나는 마을마다
텃밭에 버려진 고추는 상기도 붉고
조병갑이 물세 받던 만석보는 흔적 없는데
고부 부안 흥덕 고창 농투사니들은 지금도
물세를 못 내겠다고 아우성치고
백마강가 신동엽 시비 옆에는
반공순국지사 기념비도 세웠구나.
아아 기막힌 대조법이여 모진 갈증이여
곰나루 바람 부는 모래펄에 서서
검불 모아 불을 싸지르고
싸늘한 성계육 한 점을 씹으며
박불똥이 건네주는 막걸리 한잔을 단숨에 컨다.

미완의 혁명, 미완의 역사

1994년으로 갑오농민전쟁은 100주년을 맞았고 이에 따른 행사가 각
분야에 걸쳐 곳곳에서 열렸다. 나 또한 범미술인 연합전인 '새야 새야 파

| **전시관 앞의 벚나무** | 전두환 대통령의 기념식수 푯말이 빠
진 자리는 지금도 잔디가 나지 않는다.

랑새야' 전시회를 조직하는 일원이 되어 이 뜻깊은 행사에 동참하게 되
었다. 그것은 살아가면서 누리기 힘든 기회의 만남이었다.

2월 27일, 말목장터에서는 '농민 봉기 재현굿'이 성대하게 열렸다. 아
마도 100년 전 말목장터 집회 이래의 최대 인파였을 것이다. 각지에서
모여든 축하객으로 말목장터 삼거리에는 발 디딜 틈도 없었다.

그날 나는 이평국민학교 교정 철봉대 아래서 이 재현굿의 뒤풀이를
보면서 나도 모르게 찾아드는 물음 하나로 하루 종일 우울했다. 나로서
는 풀 수 없는 아주 어려운 문제였다.

지금 고부 봉기를 기념하는 이 자리가 이처럼 축제의 한마당이 될 수
있게 된 이유가 무엇인가? 농민 봉기의 의로움, 장함을 기리는 마음이야

| 말목장터의 농민 봉기 재현굿 | 농민 봉기 100주년을 맞는 역사맞이굿에 축하객들이 운집해 있다.

모를 바 없는 일이지만, 그렇다면 2080년의 후손들은 5·18광주민중항쟁을 시민군 봉기라는 축하의 마당으로 펼칠지도 모르는 일 아니겠는가? 그때 우리가 그들에게 뭐라 할 것인가. 땅속의 농민군들이 지금 벌어지고 있는 우리들의 신나는 굿판을 보면서 뭐라고 할 것인가?

갑오농민전쟁을 우리는 역사적 사건으로서 기억하고 있을 뿐이다. 현실로서 체감한 사건이 아니다. 100년의 세월 속에 그 관계자들은 모두 세상을 떠났다. 그래서 우리는 얼마든지 축제의 현장으로 말목장터에 올 수 있는 것이다. 그러나 5·18 광주는 그렇지 않다. 그래서 우리는 애도의 눈물과 안타까움 없이 금남로로 가지 못한다. 그런 의미에서 역사란, 역사적 거리란 냉혹하고 잔인스러운 데가 있다.

그러나 모든 역사적 사건의 기념이란 시간상의 거리만으로 측정할 수 없는 더 큰 기준이 하나 있는 것 같다. 그것은 행사 당시의 정치적·역사적 상황 여하이다. 농민전쟁 100주년을 맞으면서 관은 민이 하는 일을 방해하지 않고 지원해주는 척하는 것으로 끝났다. 관이 나서서는 하지 못할 '미완의 역사'가 서려 있음을 그들이 잘 알고 있기 때문이리라.

그래서 나의 '미완의 여로'는 물음에 물음을 더할 뿐 좀처럼 끝을 맺지 못한다.

1994. 7. / 2011. 5.

동백꽃과 백파스님,
그리고 동학군의 비기(秘機)

동백숲 / 상갑리 고인돌 / 낙조대 / 칠송대 암각여래상 /
백파선사비 / 풍천장어와 복분자술

선운사 동백꽃

4월 말·5월 초에 누가 나에게 답사처를 상의해오면, 나는 서슴없이 고
창 선운사에 가보라고 권한다. 그때쯤 한창 만개해 있을 동백꽃의 아름
다움 때문이다.

나 같은 서울 토박이, 농촌에서 살아본 경험이 없고, 더욱이 따뜻한 남
쪽 지방의 사계절에 익숙지 않은 사람들은 탱자나무 울타리, 동구 밖의
대밭, 초봄의 유채꽃, 여름날의 목백일홍 같은 꽃나무만 보아도 신선한
감동을 받게 된다. 그중에서도 동백꽃은 그 윤기 나는 진초록 잎에 복스
럽기 그지없는 진홍빛 꽃송이로 우리를 충분히 매료시킨다. 거기에는 저
마다의 소망이 성취된 듯한 축제의 분위기가 있다.

동백꽃이 유명하기로는 제주도와 울릉도 그리고 여수 앞바다의 동백

섬으로 불리는 오동도가 이름 높다. 그러나 나는 이들보다도 보길도 부용동의 윤고산 별장, 강진 백련사 입구의 동백나무 가로수, 그리고 고창 선운사 뒷산의 동백나무숲을 더 높이 친다. 왜냐하면 거기에는 동백꽃의 아름다움뿐만 아니라 땅의 연륜과 인간의 체취가 함께하기 때문이다. 게다가 이 절집의 동백숲은 천연기념물 제184호로 지정되어 있을 정도로 노목의 기품을 자랑하고 있으며, 그 수령은 대략 500년으로 잡고 있다.

보길도와 강진의 동백꽃은 3월 말이면 다 질 정도로 일찍 피지만, 선운사 동백꽃은 동백나무 자생지의 북방한계선상 가까이에 있기 때문에 4월 말이 되어야 절정을 이루며 고창군에서 주관하는 선운사 동백연(冬柏燕)도 이 무렵에 열린다. 동백꽃은 반쯤 져갈 때가 보기 좋다. 떨어진 동백꽃이 검붉게 빛바랜 채 깔려 있는데 밝은 햇살을 받아 반짝거리는 이파리 사이사이로 아직도 붉고 싱싱한 동백꽃송이들이 얼굴을 내밀고 있는 모습은 마치 그림 속에 점점이 붉은 악센트를 가한 한 폭의 명화를 연상케 한다. 그날따라 하늘이 유난히 맑다면 가히 환상적이다.

그러나 동백꽃이 지는 모습 자체는 차라리 잔인스럽다. 꽃잎이 흩날리며 시들어가는 것이 꽃들의 생리겠건만 동백꽃은 송이째 부러지며 쓰러진다. 마치 비정한 칼끝에 목이 베여나가는 것만 같다. 1978년 처음으로 동백꽃 지는 것을 보았을 때 나는 이 세상의 허망이 거기 있다고 생각하며 유신독재의 비호 속에 영화를 누리는 자들의 초상이 바로 저것이라고 생각했다. 그러나 1981년, 광주의 아픔을 어떻게 새겨야 할지 가늠하기 힘들던 시절, 선운사 뒷산에 버려진 듯 뒹구는 동백꽃송이들은 마치도 덧없이 쓰러져간 민중의 넋이 거기 누워 있다는 느낌을 주었다. 자연은 우리에게 이처럼 상황에 따라, 사람에 따라 다르게 다가온다는 것을 나는 그때 알았다.

이런 동백꽃의 아름다움을 때맞추어 본다는 것은 여간한 행운이 아니고는 힘들다. 그것도 평일이 아닌 휴일을 택하자면 일 년에 꼭 한 번밖에 없는 것이다. 그래서 이 고장 출신 시인 서정주가 말(末)당이 아니라 미당(未堂)이었던 시절에 쓴 「선운사 동구」라는 명시가 나왔다.

　　선운사 골째기로 / 선운사 동백꽃을 / 보러 갔더니 / 동백꽃은 아직 일러 / 피지 안했고 / 막걸릿집 여자의 / 육자배기 가락에 / 작년 것만 상기도 남었읍니다. / 그것도 목이 쉬어 남었읍니다.

　　선운사 동구 길가의 밭 한모퉁이에는 서정주가 쓴 이 시의 육필 원고를 그대로 새긴 '미당 시비'가 세워져 있다.

아산면 상갑리의 고인돌 떼무덤

　　어느 쪽에서 오든 외지 사람이 선운사로 들어가려면 정읍이나 부안에서 흥덕을 거쳐가거나, 고창에서 법성포로 질러가다가 아산에서 꺾어들어가야 한다. 어느 길이건 넓은 들판이 아득히 펼쳐지고 갈무리해놓은 황토는 시뻘건 빛을 토하면서 무엇이든 길러낼 수 있는 건강한 대지의 힘을 내보이고 있어 이 고장의 땅이 지닌 막강한 농업생산력을 알려준다.

　　고창읍에서 아산을 거쳐 선운사로 가자면 상갑리(上甲里)를 지나게 되는데 이 일대 야산에는 800여 개의 고인돌이 즐비하게 널려 있다. 나는 여기를 별명 지어 '고인돌 떼무덤'이라 부르곤 한다. 지석묘군(支石墓群)을 한글로 풀자면 '고인돌 무덤떼'라고 해야 맞지만 왠지 어감에 힘이 없어 '떼강도 사건'에서 힌트를 얻어 고인돌 떼무덤이라고 불러본 것이 그렇게 입에 익어버렸다.

　　특히 매산동 노인정 앞에서 산을 올려다보면 한눈에 100여 개의 고인

| 상갑리 고인돌 떼무덤 | 500여 개의 고인돌이 야산에 즐비하여 고인돌 동산으로 옛사람의 체취를 느끼는 공원이
되기에 안성맞춤이었다. 이곳은 2000년에 유네스코 세계문화유산으로 등재되면서 실제로 공원으로 조성되었다.

돌이 계단식 논 위에 늘어선 장관을 볼 수 있다. 아직 길가에 표지판 하
나 세워지지 않았을 정도로 세상에 알려져 있지 않은 이 고인돌 떼무덤
을 나라에서는 얼마 전부터 조사하기 시작했다. 1991년 대보름 답사 때
여기에 들렀더니 '2354'식으로 고인돌마다 고유 번호를 매겨가며 하얀
페인트로 써놓았다. 얼핏 보기에 그것이 꼭 죄수 번호 같아서 혼자 웃
고 말았다.

　상갑리의 고인돌 떼무덤은 2,500년 전부터 약 500년간 이 지역을 지
배했던 족장의 가족 묘역이었을 것으로 해석되고 있다. 교과서에서 청동
기시대로 불리는 삼한(三韓)시대 이전의 진국(辰國) 유물인 것이다. 청
동기인들은 농사를 기본으로 한 족장 내지 부족 체제의 사회를 구성하
고 있었다. 이전에 살았던 신석기시대 빗살무늬토기인들이 해안변이나
강가에서 생활했던 것과는 달리 비옥한 터전을 찾아 야산과 들판에 자

리잡고 살았던 것이다. 고창은 그들이 선택한 땅의 하나였다.

도솔산 낙조대

선운사로 들어가는 길로 꺾어들면 낮은 구릉을 달리던 찻길이 갑자기 우람한 산자락을 바짝 옆으로 끼고서 그 사이를 헤집고 돌아간다. 바다에 가까운 내륙의 풍경이 대부분 그렇듯 지맥이 바다로 빠지기 전에 마지막 용틀임을 하면서 생긴 형상 같다. 그래서 바다와 마주한 산은 때로는 절묘하고 때로는 괴이하다. 선운사의 뒷산 도솔산, 일명 선운산은 그렇게 절묘하고 괴이하다. 산의 높이는 해발 335미터밖에 안 되지만 지표가 거의 해면과 같기 때문에 산 정상까지 올라야 할 거리는 만만치 않다.

도솔산에 오르는 사람들은 대개 국사봉 정상보다도 낙조대를 택한다. 거대한 암반들이 이국적인 정취를 자아내기도 하는데 그 호방한 풍광이 가슴 벅차게 다가온다. 칠산 앞바다와 줄포만, 위도가 장관으로 펼쳐지는 낙조대에서의 석양과 노을은 우리나라에서 첫째는 아닐지 몰라도 둘째가라면 서러울 아름다운 일몰을 연출한다. 칠산바다에는 언제나 법성포와 위도의 조기잡이배가 떠 있다. 영광굴비로 알려진 조기는 모두 여기서 잡은 것이다.

목넹기 갈보야 뛰지 마라 우라시(조기잡이배) 떠나면 네나 나나 (…)

낙조대에서 고개를 돌려 북쪽을 바라보면 거기는 줄포만 곰소바다가 되는데 염전으로 유명하고 지금도 변함없이 소금을 쪄내고 있다. 선운사를 창건하고 유지해준 것은 이와 같은 고창의 농업, 칠산바다의 어업, 곰소의 소금이었다.

선운사 창건설화

선운사의 창건설화는 아주 독특하다. 지역적으로 보아서는 백제의 고찰이라고 해야 할 것 같은데 『선운사 사적기』에 의하면 백제 27대 위덕왕 24년(577)에 검단(黔丹)선사가 자기와 친분이 두터웠던 신라의 의운(義雲)조사와 합력하여 신라 진흥왕의 시주를 얻어 개창했다고 한다.

또 설화에 의하면 죽도포(竹島浦)에 돌배가 떠와서 사람들이 끌어오려고 했으나 그때마다 배가 바다 쪽으로 떠내려가곤 했다 한다. 소문을 듣고 검단선사가 달려가보니 배가 저절로 다가와 올라가본즉, 배 안에는 삼존불상과 탱화, 나한, 옥돌부처, 금옷 입은 사람이 있더라는 것이다. 그 금옷 입은 사람의 품 안에서 "이 배는 인도에서 왔으며 배 안의 부처님을 인연 있는 곳에 봉안하면 길이 중생을 제도 이익케 하리라"는 편지가 있으므로 본래 연못이었던 지금의 절터를 메워서 절을 짓게 되었는데, 이때 진흥왕이 재물을 내리고 장정 100명을 보내 뒷산의 무성한 소나무를 베어 숯을 구워 자금에 보태게 함으로써 역사(役事)를 도왔다는 것이다. 그리고 절집의 기둥들은 목재를 바닷물에 담갔다가 사용한 것이라 한다.

이 창건설화는 물론 후대에 만들어진 신비화된 내용이다. 검단을 선사(禪師)라고 했는데 선종이 우리나라에 들어온 것은 통일신라 후기인 9세기 이후의 일이고 보면 그것부터 말이 안 된다. 또 인도에서 온 배 이야기는 경주 황룡사의 창건설화를 흉내 낸 것임이 분명하다.

그러나 무릇 설화 속에는 그 설화를 가능케 한 한 가닥의 근거는 있는 법이다. 본래 이 지방에는 도적이 많았으나 검단이 와서 해안에 사는 사람들에게 소금 만드는 법을 가르쳐 생업을 삼게 했다는 얘기가 사적기에 나오는데 이것은 사실일 가능성이 크다. 불교를 포교하던 초기 스님들은 이처럼 구체적이고 현실적인 이익을 중생들에게 베풀면서 포교

| 선운사 경내 | 선운사는 화려하지도 작지도 않은 조용한 절집의 아늑한 정취가 살아 있었다. 그러나 근래에 절마당을 무작정 넓혀놓아 그런 멋은 이제 찾아볼 수 없다.

를 시작했었다. 흔히는 병 고쳐주는 의술을 썼는데 검단의 경우 이 지역의 특수성상 염전법으로 된 것이다. 그것은 소금 만드는 이 고장을 검단리라고 하고, 또 8·15해방 때까지만 해도 이곳 염전마을 사람들이 보은염(報恩鹽)이라고 해서 선운사에 소금을 시납했다는 사실로도 뒷받침된다. 그런고로 선운사는 검단이 세운 백제의 고찰이다.

그런데 나는 지금 검단스님에 대한 기록은 어디에서도 찾아낼 수가 없다. 『동사열전(東師列傳)』의 저자인 각안(覺岸)스님이 이 책의 자서(自序)에서 "선운사 도솔암에서 검단선사의 비결을 봉독하였다"고 했으니 그가 큰스님이었던 것만은 확실히 알겠고, 아직도 우리나라 옛 동리 이름에 '검단리'가 적지 않고 울산 검단리, 김포 검단리, 그리고 팔당댐 뒷산 이름이 검단산인 것도 분명 이 스님과 관련된 어떤 내력을 지닌 것이겠건만 정작 그분이 어떤 분이었는지는 알려진 것이 없다.

진흥왕의 설화는 선운사에서 도솔암으로 가는 길가에 있는 진흥굴과 연결된다. 진흥왕은 왕위를 버리고 왕비 도솔과 공주 중애(重愛)를 데리고 이 천연 동굴에서 수도하였는데 어느 날 그의 꿈에 미륵삼존이 바위를 가르고 나타났다고 해서 이 굴을 열석굴(裂石窟)이라 이름 지었다는 것이다. 선운사 창건설화는 바로 이것을 검단스님 애기와 연결시켜 만든 것이다. 경주나 개성이 아니라 지방에 세워진 절들은 그 창건설화의 주인공이 의상·원효·자장·진표 등 신라의 스님이며, 9세기 이후가 되면 흔히는 도선국사를 창건자로 삼는다. 그러나 백제의 스님을 내세운 예는 호남 땅에서도 드물다. 그 이유는 통일신라시대는 말할 것도 없고 고려시대에조차 백제의 전통을 잇는다는 것 자체를 불가능하게 했던 시대적 분위기가 있었던 탓이다. 다시 말해서 백제의 고찰이고 검단선사가 창건했다고 해도 좋을 것을 군이 진흥왕과 연결시켜야 권위를 세울 수 있고 보호를 받을 수 있었던 것이다. 호남 사람들이 그때도 그렇게 당했던 상흔이 여기에 이렇게 남아 있는 것이다.

칠송대의 암각여래상

선운산 중턱, 도솔암이 있는 칠송대라는 암봉의 남쪽 벼랑에는 거대한 여래상이 새겨져 있다. 40미터가 넘는 깎아지른 암벽에 새겨져 있는 이 암각여래상은 그 위용이 장대하기 그지없다. 양식으로 보아 고려시대 불상인 것이 틀림없다. 사적기에 의하면 고려 충숙왕 때 효정(孝正)선사

| 도솔암 석각여래상 | 배꼽의 비결로 더 유명해진 고려시대 마애불이다. 칠송대 양옆에는 멋들어진 소나무 한 쌍이 마치 협시보살처럼 자리하고 있어서 더욱 멋지다.

에 의해 선운사가 크게 중수됐다고 하는데 바로 그때 제작된 것이 아닌가 생각된다.

이 석각여래상은 결코 원만한 인상이거나 부드러운 미소를 띤 이상적인 인간상을 반영하고 있지 않다. 반대로 우람하고 도발적인 인상에다 젊고 능력 있는 개성을 보여준다. 이 점은 하대신라 이래로 지방의 호족들이 발원한 부처님상에 공통적으로 나타나는 특징이다. 곧 호족들의 자화상적 이미지가 거기에 반영되어 있는 것이다.

이 불상을 새기는 작업은 아마도 대역사였을 것이다. 여기에 동원된 인원과 장비는 엄청난 것이었음에 틀림없고 제작 기간도 상당히 길었을 것이다. 더욱이 여래상 머리 위에는 닫집(누각 모양의 보호각)까지 지었었다. 지금 여래상 위쪽에는 군데군데 구멍이 나 있고 두 군데 바위구멍에는 부러진 나무가 박혀 있는 것을 볼 수 있는데 이것은 닫집이 무너진 흔적이다. 기록에는 인조 26년(1648)에 붕괴되었다고 한다.

복장 감실과 동학군의 비결

이 암각여래상의 배꼽(정확히는 명치) 부위에는 네모난 서랍이 파여 있다. 이것은 부처님을 봉안할 때 복장(腹藏)하는 감실(龕室)이다. 여기에는 불경이나 결명주사로 찍은 다라니, 사리 대용구인 구슬 그리고 시주자의 이름 등 조성 내력이 기록된 문서가 들어가는 것이 보통이다. 그러고는 세월이 많이 흘러갔다. 불교가 배척받는 긴 세월 동안 복장을 한 감실의 내력을 기억하는 사람이 없어지고 기괴한 전설이 하나 생겼다. 이 부처님의 배꼽 속에는 신기한 비결이 들어 있어서 그 비결이 나오는 날 한양이 망한다는 유언비어가 널리 퍼지게 된 것이다. 이른바 갑오농민전쟁의 '석불비결'로 알려진 이 이야기는 송기숙의 소설 『녹두장군』에도 나오는데, 그 원전은 이 사건 관련자의 한 사람인 오지영의 『동학사』에 실려 있다.

1820년, 이서구(李書九)가 전라도관찰사로 도임한 후 며칠 안 되어 무슨 조짐(望氣)을 보고 남쪽으로 내려가 무장현(茂長縣) 선운사에 이르러 도솔암에 있는 석불의 배꼽을 떼고 그 비결을 내어 보려는데, 그때 마침 뇌성벽력이 일어나므로 그 비결책을 못다 보고 도로 봉해두었다고 한다. 그 비결의 첫머리에 쓰여 있으되 "전라감사 이서구가 열어본다"라고 한 글자만 보고 말았다는 것이다. 그후에도 어느 사람이 열어보고자 하였으나 벼락이 무서워서 못 했다는 것이다.

그런데 1892년 8월 어느 날, 손화중(孫華仲) 접중(接中)에서는 석불비결 이야기가 나왔다. 그 비결책을 내어 보았으면 좋기는 하겠으나 벼락이 또 일어날까 걱정이라고 하였다. 그 좌중에 오하영이라는 도인이 말하되 그 비결을 꼭 보아야 할 것 같으면 벼락은 걱정할 것이 없다는 것이다. "나는 듣건대 그런 중대한 것을 봉할 때에는 벼락살(霹靂殺)이라는 것을 넣어 택일하여 봉하면 훗날 사람들이 함부로 열어보지 못하게 된다는 말을 들었다. (그러나) 내 생각엔 지금 열어보아도 아무 일이 없으리라 본다. (왜냐하면) 이서구가 열어볼 때 이미 벼락이 일어나 벼락살이 없어졌는데 무슨 벼락이 또 있겠는가. 또 때가 되면 열어보게 되는 법이니 여러분은 걱정 말고 그 책임은 내가 맡아 하리라."

이리하여 청죽 수백 개와 새끼줄 수천 다발을 구하여 부계(浮械)를 만들어 석불의 전면에 안치하고 석불 배꼽을 도끼로 부수고 그 속에 있는 것을 꺼내었다. 그것을 꺼내기 전에 절 중들의 방해를 막기 위해 미리 수십 명의 중을 결박하여두었는데, 일이 끝나자 중들이 관청에 이 사실을 고발하였다. 그날로 무장현감은 각지의 동학군을 모조리

잡아들여 수백 명이 잡히었다. 그 괴수로는 강경중, 오지영, 고영숙이 지목되었다. 무장원님은 여러 날을 두고 취조를 하는데 첫 문제가 비결책을 들이라는 것이고, 손화중과 기타 주모자 두령이 있는 곳을 대라는 것이었다. 갖은 악형을 다하면서 묻는다. 태장(笞杖)질이며, 곤장(棍杖)질이며, 형장(刑杖)질이며, 주뢰(周牢)질이며, 볼기가 다 해지고 앞 정강이가 다 부러졌었다. 그러나 소위 비결이라고 하는 것은 손화중이 어디론가 가지고 가고 말았으며 여러 두령들도 다 어디로 도망 갔는지 알 수 없다 하여 10여 일 동안 형벌을 받다가 전라감사에게 보고되어 주모자 3인은 모두 강도 및 역적죄로 사형에 처하고 남은 100여 명은 엄장(嚴杖)을 때리어 방송하였다.

갑오농민전쟁이 일어나기 1년 반 전의 일이다. 망해가는 나라의 쇠운과 일어서는 민중의 힘과 의지가 서려 있는 얘기다. 그 비결책은 무엇이었을까? 있었다면 불경이 고작일 것인데 왜 이렇게 역적죄에까지 연루되는 사건으로 확대되었을까?

비결책은 분명 석불의 배꼽에서는 나오지 않았을 것이다. 그 배꼽을 연 것은 비결책보다도 그렇게 하면 한양이 망한다는 전설의 예언 때문이었을 것이다. 한양을 망하게 해야겠다는 동학군의 의지까지는 아니라 하더라도 바람이 있었던 것이 당시의 상황이었다는 증거가 여기 있다.

세월이 또다시 흘러 이 비결책에는 또 다른 증명할 길 없는 전설이 붙었다. 그 비결책이란 다름 아닌 다산 정약용의 『목민심서』와 『경세유표』였다는 것이다. 그리하여 선운사 암각여래상의 배꼽은 1894년 갑오농민전쟁의 서막을 장식할 위대한 전설을 갖게 되었으니 우리는 헛된 수고로움으로 그것을 논증할 필요는 없을 것이다.

추사의 백파선사 비문

아무런 예비지식 없이 선운사를 찾는다면 그냥 지나쳐버리기 십상인 이 절집의 최대 명물, 그래서 나 같은 사람으로 하여금 몇 번이고 여기를 찾게 하는 것은 추사 김정희가 쓴 백파선사의 비문이다. 매표소 오른쪽 전나무숲 안쪽의 승탑밭 한가운데 남포오석(藍浦烏石)으로 된 백파선사의 비가 서 있다.

하도 많은 사람들이 탁본을 하고 싶어하는 바람에 절에서 콩기름을 매끈매끈하게 발라놓아 멀리서 보아도 반짝이는 것이 조금은 눈에 거슬렸는데 올해(1991년) 가보니 그 콩기름들이 다 떨어져나가 다시 제 모습을 찾았다.

비석의 앞면에는 엄격한 규율을 느끼게 하는 방정한 해서체의 힘찬 필치로 "화엄종주 백파대율사 대기대용지비(華嚴宗主 白坡大律師 大機大用之碑)"라 쓰여 있는데, 나는 세상 사람들이 추사체를 일러 '웅혼한 힘'을 보여준다고 표현한 것을 여기서 처음으로 실감하였다. 또 혹자가 말하기를 추사가 글씨를 쓸 때는 마치 "송곳으로 강판을 뚫는 힘"으로 붓끝을 강하게 내리꽂았다고 한 것도 거짓이 아님을 알 수 있었다.

뒷면에는 추사가 이 비문을 지으면서 왜 백파를 화엄종주라고 했고, 대율사라고 불렀으며 대기대용이라는 말을 꼭 써야 했는가를 풀이한 비문과 그분의 삶을 기리는 명(銘)이 잔글씨로 새겨져 있다. 울림이 강하고 변화가 많은 추사체의 전형을 보여주는 이 행서 글씨는 추사 말년의 최고 명작으로 평가되는 금석문이다. 최완수 씨는 추사가 타계하기 1년 전인 1855년에 쓴 것으로 고증하고 있는데, 이 비가 세워진 것은 추사가 세상을 떠난 2년 뒤인 1858년이었다. 따라서 비문의 글씨 중 "숭정기원후 4무오 5월 일입(崇禎紀元後四戊午五月 日立)"이라는 글씨는 추사의 글씨가 아닌 것이 분명하고, 완당학사 김정희라는 글씨도 누군가에 의해 새

| **선운사 승탑밭** | 선운사 입구 울창한 전나무숲 속에 있다. 가운데 새까만 비석이 백파선사비다. 지금 이 백파선사비는 선운사박물관으로 옮겨졌다.

로 쓰인 것이 분명한데 이 글씨 또한 추사체 비슷하게 되어 있다. 그러니까 자세히 보면 추사의 글씨와 추사체를 모방한 글씨 사이의 미묘한 차이를 엿볼 수 있으니 그 비교의 시각적 훈련은 우리가 글씨의 안목을 키우는 데 적지 않은 도움을 줄 것이다.

그런 백파비문이기에 나는 그것의 탁본을 여러 벌 구하여 귀한 선물할 데가 있으면 족자로 만들어 보내고, 지금 내 연구실에도 앞뒷면 탁본 족자가 걸려 있어 항시 보고 즐기며 배우는 바가 되었다. 그런데 언젠가 지곡서당(芝谷書堂)의 청명 임창순 선생을 찾아뵙고 밤늦게까지 바둑 서너 판을 둔 다음 이런저런 담소 끝에 백파비문 얘기가 나왔는데 선생은 내게 이렇게 묻는 것이었다.

"자네 그 비문 중에 추사 글씨 아닌 곳이 있는데 아는가?"

364

"그럼요. 완당학사 김정희와 건립 일자요."

"그것 말고 또 있네."

"그래요? 전혀 몰랐는데요. 무슨 글씬가요?"

"가서 잘 보게. 자네면 알 수 있을 걸세."

"탁본을 매일 보면서도 몰랐는데요. 무슨 글씬가요?"

"지금 생각이 잘 안 나는데, 그건 찢어지거나 무슨 사정이 있어서 우봉(又峯) 조희룡(趙熙龍) 같은 이가 대필한 것이 분명해."

이튿날 지곡서당을 떠나 나는 곧바로 내 연구실에 와서 탁본을 다시 훑어보았다. 아뿔싸! 비문의 마지막 줄에 쓰인 비명의 글씨들은 추사의 글씨가 아니었다. 추사체로 쓰인 듯싶지만 획의 구성과 붓의 놀림이 과장되고 어지러운 구석이 있다. 행간의 구사도 전혀 아니올시다이고 아닐 '불(不)' 자를 본문과 비교해보니 더욱 그렇다. 10년을 보면서도 모른 것을 선생의 가르침 한마디로 알 수 있게 된 것이 부끄러운 것인가, 기쁜 것인가? 세상에 안다는 것, 본다는 것이 이렇게 힘든 줄은 몰랐다. 그래서 미술품에 대한 안목을 높이는 것은 "좋은 작품을 좋은 선생과 함께 보는 것"이라는 말을 더더욱 실감할 수 있었다.

올겨울 선운사에서 나는 시 쓰는 황지우를 만났다. 지우를 데리고 백파비에 대해 내가 아는 바를 설명했더니 저 감수성 예민한 시인은 이리저리 보면서 신기한듯 어루만지는 것이었다. 나는 지우에게 이렇게 말을 건넸다.

"지우야, 나는 이 비를 볼 때마다 추사보다 더 위대한 것은 석공의 손끝이었다고 생각해. 글씨 획의 강약 리듬에 맞추어 힘준 곳은 깊이 파고 흘려내리듯 그은 것은 얕게 새겨 추사체의 울림을 남김없이 입체화시켰잖아."

지우는 내 말이 떨어지자 비문을 다시 만지면서 음미해보고, 멀찍이
떨어져 느낌을 확인하는 것이었다. 그리고 백파비를 떠나 우리가 다시
전나무숲을 걷게 되었을 때 지우는 내게 이렇게 말했다.

"세상엔 고수(高手)가 많아요잉. 그래도 나는 추사가 석공보다 한
수 위인 것 같네. 석공은 입면에 리듬을 새겼지만 추사는 그것을 평면
에 했잖아."

백파와 추사의 선 논쟁

백파(白坡, 1767~1852)스님은 전북 고창에서 태어나 18세 때 선운사
의 중이 되었다. 출가의 동기는 "한 자식이 출가하면 구족(九族)이 모두
천상에 난다"는 말을 듣고 그런 효심에서 나온 것이었다고 한다. 백파는
23세 때 지리산 영원사의 설파(雪坡, 1707~91)스님을 찾아가 스승에게
구족계를 받아 율종(律宗)의 계맥을 이어가며, 50세 때 『선문수경(禪文手
鏡)』을 지어 당시 불교계에 일대 논쟁을 일으키게 된다.

백파의 선 사상은 선종의 제8대조인 마조(馬祖, 709~88)에서 본격적
으로 제창되어 제11대조 임제(臨濟, ?~867)에 이르러 크게 일어난 조사
선(祖師禪) 우위 사상에 입각한 정통성의 확립이었다. 백파는 임제선사
가 확실한 개념 규정 없이 제시한 이른바 임제삼구(臨濟三句)에 모든 교
(敎)·선(禪)의 요지가 포함되었다고 보면서 이 임제삼구의 내용에 따라
선을 의리선(義理禪), 여래선(如來禪), 조사선(祖師禪)으로 구분하였다.

그리고 백파는 마음의 청정함[佛]을 대기(大機), 마음의 광명[法]을 대

용(大用)이라 하고, 그 청정과 광명이 함께 베풀어짐(道)을 기용제시(機用齊施)라 생각했으니, 이 역시 임제선사의 사상에 기초한 것이었다. 그러면서 백파스님은 조사선에서는 대기대용이 베풀어지면서 세상의 실상과 허상, 드러남과 감추어짐이 함께 작용하는 살활자재(殺活自在)의 경지에 이르게 된다는 것이었다.

백파가 『선문수경』을 세상에 내놓자 이에 맞서 반박 논리를 편 것은 해남 대흥사 일지암의 초의(草衣, 1786~1866)선사였다. 초의는 실학(實學)의 불교적 수용자라고 지칭되는바, 그는 교와 선은 다른 것이 아니라며, 조사선이 여래선보다 우위에 있는 것이 아니라 입각처가 선이면 조사선이고, 교면 여래선으로 된다면서 "깨달으면 교가 선이 되고, 미혹하면 선이 교가 된다"는 유명한 명제를 내세웠다.

이리하여 초의는 선을 넷으로 나누어 조사선과 여래선, 격외선(格外禪)과 의리선으로 구분한 『선문사변만어(禪門四辨漫語)』를 펴내었다. 이 논쟁의 와중에 초의의 절친한 벗이자, 해동의 유마거사라고 불교의 박식함이 칭송되고 있던 추사 김정희가 끼어들어 백파와 한판의 불꽃 튀는 논쟁을 벌이게 된다. 추사가 백파의 오류를 적어 보낸 편지에 대하여, 백파는 13가지로 논증한 답신을 보냈다. 이에 대하여 추사는 다시 백파의 논지가 잘못됐음을 15가지로 일일이 논증했으니 이것이 그 유명한 「백파망증 15조(白坡妄證十五條)」이다. 추사와 백파의 이 왕복 서한 논쟁은 20세기 초 루카치(György Lukács)와 안나 제거스(Anna Seghers)의 표현주의 논쟁에서 보이는 바와 같은 박진감이 느껴지는데, 추사의 신랄한 말투는 우리의 상상력을 뛰어넘는 바가 있다.

(…) 이제 또 스님의 소설(所說)이 이와 같은 것을 보니 선문(禪門)의 모든 사람들은 자고 이래로 거개가 다 무식한 무리들뿐이라 더 이상

이렇고 저렇고 따질 거리가 못 되니 내가 이들을 상대로 그렇고 저렇고 따지는 것이 철부지 어린애와 떡 다툼하는 것 같아서 도리어 창피하도다. 이것이 스님의 망증(妄證) 제1이오.

(…) 심지어는 정자(程子)·주자(朱子)·퇴계·율곡의 학설을 원용하여 유불(儒佛) 비유를 일삼으니 무엄하고 기탄없음이 이와 같은 자를 일찍이 보지 못하였노라. 이는 곧 개소리·쇠소리를 가지고 함·영·소·호(咸英韶護)의 율음(律音)을 같은 것으로 보는 격이니 진실로 하룻강아지 범 무서운 줄 모르는 꼴이다. 이것이 스님의 망증 제2요.

(…) 또 스님은 육조(六祖)의 구결(口訣)을 여기저기서 닥치는 대로 망증하여 무식한 육조(혜능)를 유식한 육조로 만들어놓았으니 육조인들 그 어찌 마땅히 여기랴? (…) 이것이 스님의 망증 제5요.

(…) 원효, 보조가 대혜서(大慧書)로 벗을 삼았다고 말했으나 그 어느 책에 이런 말이 써 있던가? (…) 이것이 스님의 망증 제6이오.

선문의 모든 사람들은 그저 경전이 번역된 것만을 다행히 여기고 원본과 대조함이 없이 장님끼리 서로 귀띔하듯이 내려오던 그대로 통째로 받아들여 무조건 '부처님이 말씀하시기를' 하지만 (…) 번역이란 이렇듯 무조건 믿을 것이 못 되거늘 스님같이 무식하고 경솔한 무리들은 다만 캄캄한 산 귀신굴 속에 떨어져 다만 입으로만 지저거려내며 사설(邪說) 망증을 일삼지 않는 자가 하나도 없도다. 그렇지 않은가? 이것이 스님의 망증 제10이오.

스님은 매양 80여 년 공을 쌓은 나인데 그 누가 나를 넘어설 자가 있느냐고 호언장담하더니 그 공 쌓은 것이 겨우 이것이냐? 내 묻노니 심안상속(心眼相屬)이란 무슨 뜻이뇨? (…) 아무런 심증도 없이 이것저것 주워 보태서 입으로만 지껄이는 그 꼴이 점점 볼만하도다. 이것이 스님의 망증 제12요. (…)

논지의 옳고 그름을 떠나서 안하무인격으로 남을 이렇게 사갈시할 수 있다는 추사의 대담성에 나는 놀라지 않을 수 없다. 지금 백파가 추사에게 보낸 편지는 전해지는 것이 없는데 전하는 말로는 「망증 15조」를 읽은 백파는 "반딧불로 수미산을 태우려고 덤비는 꼴"이라고 가볍게 받아넘겼다고 한다. 확실히 속인보다 스님 중에 고수가 많다. 사실 이쯤 되는 것이 구단(九段)의 경지가 아닐까?

그런데 고형곤(高亨坤) 박사는 일찍이 추사의 「백파망증 15조」 연구 논문을 발표하면서 추사의 해박한 고증학적 비판의 타당성을 인정하면서도 추사가 오히려 망증한 것도 다수 지적하며 결론을 이렇게 맺었다. 고형곤 박사도 역시 고수다웠다.

    망증 15조는 무승부.

백파스님은 『선문수경』 이후에도 수많은 저술을 남기고 쇠잔한 불교계에 활력을 넣어주며 지리산 화엄사에서 1852년 세수 86세, 법랍 68년으로 세상을 떠났다.

백파와 초의의 논쟁은 그 제자들에게도 이어졌다. 초의의 『선문사변만어』는 제자인 우담(優曇)스님의 『선문증정록(禪門證正錄)』으로 나왔고, 백파의 제자인 설두(雪竇)스님은 『선원소류(禪源溯流)』를 내어 백파의 설을 보완하니 또다시 초의 쪽에서는 축원(竺源)스님이 『선문재정록(禪門再正錄)』을 펴내었다. 돌이켜보건대 우리 한국사상사에서 이처럼 빛나는 논쟁이 있었다는 사실 자체가 얼마나 행복한 일인가?

추사의 백파비문

그런데 추사의 백파비문을 보면 그가 56세에 쓴 「백파망증 15조」와는 완연히 다른 자세를 보여준다. 그 글의 공손함과 스님에 대한 존경이 가히 심금을 울리는 내용이다. 왜 이렇게 되었을까? 죽은 자 앞에서 보여준 겸허 때문이었던가? 나는 그렇게 생각지 않는다. 추사 김정희는 9년에 걸친 제주도 귀양살이의 아픔 속에서 새롭게 태어난 위인이었다. 귀양 가기 전의 그의 오만함은 그가 원교 이광사의 글씨에 대하여 매몰차게 썼던 「원교서결후(圓嶠書訣後)」에도 여실히 보였었다. 그러나 추사는 해배되어 돌아온 후 전혀 다른 모습의 인간상을 우리에게 보여주게 된다. 세상을 보는 시각도, 세상을 대하는 태도에서도 일대 반전(反轉)을 이룬다. 이런 추사의 모습은 귀양 갈 때 초의에게 해남 대흥사의 원교 현판을 떼어내고 자신의 글씨로 걸게 했다가 해배되어 돌아오는 길에 자신의 글씨를 떼어내고 다시 원교의 글씨로 달게 했다는 전설적인 사실에서도 엿볼 수 있다. 그러니까 추사가 인생과 예술에서 그야말로 달인(達人)이 된 시점, 타계하기 1년 전의 글이기 때문에 이 백파비문은 추사체의 진면목일 뿐만 아니라, 그 내용과 문장에서도 대표적인 글로 꼽히는 것이다.

우리나라에는 근래에 율사(律師)로서 일가를 이룬 이가 없었는데 오직 백파만이 여기에 해당할 수 있다. 고로 여기에 율사라고 적은 것이다. 대기대용(大機大用), 이것은 백파가 팔십 평생 가장 힘들인 곳인데, 혹자는 기용(機用)과 살활(殺活)을 지리하고 억지스럽다고 하지만 이는 결코 그런 것이 아니다. 무릇 보통 사람들을 대치함에 어느 것이나 살활과 기용 아닌 것이 없으니, 비록 팔만대장경이라고는 하나 어느 것 하나 살활과 기용에서 벗어난 것은 없는 것이다. 그런데도 사람

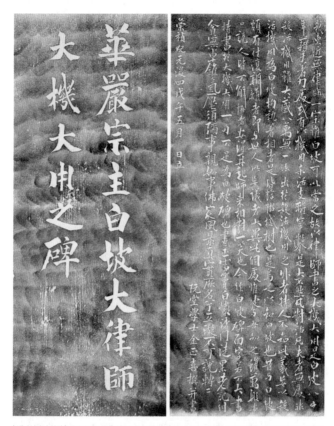

| **백파선사비 앞면** | "화엄종주 백파대율사 대기대용지비"라는 글씨를 힘차고 굵게 새겨놓아 추사체의 굳센 필력을 느끼게 해준다.

| **백파선사비 뒷면** | 글자 획의 굵기와 자간(字間)의 간격 조정이 어지러울 정도로 자유자재롭지만 그것이 바로 추사체의 진면목을 보여주는 자율성이다.

들이 이 뜻을 모르고 허망되게 살활과 기용을 갖고 백파가 고집했다고 말하는 것은 모두 하루살이가 느티나무를 흔들려는 격인 것이다. 이래서야 어찌 백파를 안다고 할 수 있겠는가? 옛날에 내가 백파와 더불어 여러 번 왕복 서한으로 변증한 것은 세상 사람들이 헛되이 의논하는 것과는 크게 다른 것이었다. 이 점에 대해서는 오직 백파와 나만이 알고 있을 따름이다. 비록 만 가지 방법으로 입이 쓰도록 사활을 설득하려 해도 모두 깨닫지 못하니 어찌하여 백파를 다시 일으켜 서로 마주 보고 한번 웃어볼 수 있을 것인가! 이제 백파의 비문을 지으면서 만약 대기대용 이 한 구절을 크고 뚜렷하게 쓰지 않는다면 그것은 백파비로서는 부족하다 할 것이다. 설두, 백암 등 문도들에게 이것을 써주면서 과로(果老, 추사의 별호. 즉 과천에 사는 노인)는 다음과 같이 부기하노라.

가난하기는 송곳 꽂을 자리도 없었으나
기상은 수미산을 덮을 만하도다
어버이 섬기기를 부처님 모시듯 하였으니
그 가풍은 정말로 진실하도다
속세의 이름은 긍선이나
그 나머지야 말해 무엇하리요

완당학사 김정희가 찬하고 또 쓰다

我東近無律師 一宗, 惟白坡 可以當之, 故以律師書之. 大機大用, 是白坡八十年藉手着力處. 或有以機用殺活, 支離穿鑿, 是大不然. 凡對治凡夫者, 無處非殺活機用, 雖大藏八萬, 無一法出於殺活機用之外者. 特人不知此義, 妄以殺活機用, 爲白坡拘執着相者, 是皆蜉蝣撼樹也. 是烏足以知白坡也. 昔與白坡, 頗有往復辨難者, 卽與世人所妄議者大異. 此個處, 惟坡與吾知之.
雖萬般苦口說人, 皆不解悟者, 安得再起師來, 相對一笑也. 今作白坡碑面
字, 若不大書特書於大機大用一句, 不足爲白坡碑也. 書示雪竇白巖諸門徒,
果老 記付, 貧無卓錐, 氣壓須彌. 事親如事佛, 家風最眞實. 厥名兮亘璇, 不
可說轉轉.

阮堂學士 金正喜 撰幷書.

崇禎紀元後四戊午五月日立.

석전스님 박한영

백파 이후 선운사에 큰스님이 몇이나 배출되었는지 나는 잘 모른다.
다만 서정주가 쓴 「추사와 백파와 석전」이라는 시를 통하여 정호(鼎鎬,
1870~1948)스님의 아호가 석전(石顚, 돌이마)이 된 기막힌 사연만은 알 수
있다.

질마재마을의 절간 선운사의 중 백파한테 그의 친구 추사 김정희가
만년(晩年)의 어느 날 찾아들었습니다.
종이쪽지에 적어온 '돌이마[石顚]'란 아호(雅號) 하나를 백파에게
주면서,
"누구 주고 싶은 사람 있거든 주라"고 했습니다.
그러나, 백파는 그의 생전 그것을 아무에게도 주지 않고 아껴 혼자
지니고 있다가 이승을 뜰 때, "이것은 추사가 내게 맡겨 전하는 것이니
후세가 임자를 찾아서 주라"는 유언으로 감싸서 남겨놓았습니다.
그것이 이조(李朝)가 끝나도록 절간 설합 속에서 묵어오다가, (…)
박한영이라는 중을 만나 비로소 전해졌습니다. (…)

정호스님은 본명이 박한영(朴漢永)으로 19세에 전주 태조암에서 중이 된 이후 구한말·일제시대의 시대적 비운 속에 그래도 자신을 지킨 몇 안 되는 스님 중 한 분이었다.

1911년, 한일병합 이듬해에 이회광(李晦光)이 일본 조동종(曹洞宗)과 연합하려 하자 한용운, 오성월(吳惺月) 스님 등과 임제종(臨濟宗)의 정통론을 내걸고 이를 저지한 분이었다. 한때는 조선불교월보 사장, 불교전문학교 교장을 지내고 1929년부터 1946년까지 조선불교 교정(敎正)을 맡은 정호스님은 만년을 정읍 내장사에서 보낸 것으로 알려져 있다.

유명한 최치원의 「사산비명(四山碑銘)」에 근세에 각주를 단 것에 석전노인주(注)라는 것이 있는데 그것이 곧 한영스님이었으니 그분 역시 백파의 제자다운 학승이었다.

선운사의 보물들

사적기에 의하면 선운사는 조선 성종 3년(1472)에 행호(幸浩)선사가 쑥대밭이 된 폐사지에 구층탑이 외롭게 서 있는 것을 보고 분발하여 다시 일으켰다고 한다. 성종의 작은아버지인 덕원군의 후원으로 대대적으로 중창했다는 것이다. 보물 제279, 제280호로 지정된 금동보살좌상과 금동지장보살은 이때 제작된 것으로 추정된다. 특히 도솔암 내원궁에 모셔놓은 지장보살상은 통일신라, 고려가 아닌 조선시대 불상의 진면목을 보여준다. 경주 석굴암 석가여래상이 통일국가의 이상을 반영하는 근엄과 권위의 화신으로 묘사되고, 도솔암 암각여래상이 지방 호족의 자화상적 이미지라면 이 지장보살은 사대부적 이상미를 반영하듯 학자풍이고 똑똑하게 생겼다. 그래서 나는 이 지장보살을 가리켜 "꼭 경기고등학교

| 도솔암 내원궁 지장보살상 | 조선 초기의 금동지장보살상으로 얼굴에는 선비의 풍이 나타나 있다.

나온 보살님"같다는 표현을 쓰기도 한다.

행호가 보았다는 구층석탑은 지금 대웅전 앞에 남아 있는 고려풍의 육층석탑일 텐데, 이것이 본래 구층이었던 것인지 아니면 행호가 미술사에 약해 탑의 기단부와 상륜부까지 층수로 세어 구층탑이라 했는지는 확실치 않다.

선운사는 1597년 정유재란 때 박살이 났다. 본당을 제외한 당우가 모두 불탔다. 성종 17년(1486)에 임금의 명으로 새긴 「석씨원류(釋氏源流)」

| 정와 | '조용한 작은 집'이라는 뜻에 걸맞은 사랑스러운 조촐한 건물이었으나 지금은 관음전으로 개수되었다.

가 깡그리 소실됐다. 광해군 5년(1613)에 이곳 현감으로 온 송석조(宋碩
祚)는 원준(元俊)이라는 후원자를 만나 다시 선운사를 재건하여 3년간
의 역사 끝에 오늘의 모습을 세웠다. 대웅전·만세루·영산전·명부전 등이
그때 지어진 건물이다. 불타버린 「석씨원류」도 사명대사가 일본에 건너
가 한 질 갖고 귀국한 것이 있어 최서룡(崔瑞龍), 해운법사(海雲法師)가
복간하였다. 총 409판으로 된 이 목판 「석씨원류」는 조선시대 삽화의 걸
작 중 걸작이다.

그런 「석씨원류」 목판 원판이 몇 년 전에 세상으로 흘러나와 인사동
골동점에서 볼 수 있었다. 당국에서 급기야 회수하느라 멋모르고 구입한
수장가들이 졸지에 문화재법 위반 현행범이 되고 말았는데, 지금은 다
찾았는지 아닌지는 알 수가 없다.

그런 선운사에서 내 눈길을 끄는 당우는 대웅전 왼쪽에 있는 세 칸짜

| **정와 현판** | 원교 이광사의 기교가 많이 들어간 글씨이다. 지금은 새로 지은 큰 건물 창방 사이에 매미처럼 매달려 있다.

리 스님방이었다. 그 조촐하고 조용한 아름다움이란 요즘같이 들뜬 세상 사람들에게 진짜 아름다운 것이 무엇인가를 무언으로 말해주는 듯하다. 게다가 당호는 원교 이광사가 힘과 기교를 다해 쓴 '정와(靜窩, 조용한 작은 집)'이다.

그러나 불행하게도 1992년 어느 날 선운사는 거찰로의 위용을 갖춘 다고 아기자기하게 나뉘어 있던 절마당을 반듯하게 펼쳐 꼭 연병장처럼 되었고 이 아담한 집은 관음전으로 개수되고 저쪽 요사채에 대방(大房)이 건립되었다. 나는 그 현판 '정와'가 어디로 갔는가 궁금하여 찾아보았더니 맙소사! 그것은 우람한 대방의 창방 사이에 빼꼼히 끼여 있는 것이 아닌 가. 그렇게 해놓고도 '조용한 집'이라는 문패를 달 생각은 어떻게 했던고.

풍천장어와 선운리 당산제

선운사 앞마을의 명물은 뭐니뭐니 해도 풍천(豊川)장어다. 풍천장어 는 판소리 사설 중에서도 천하일품 요리로 꼽고 있으니 그 유래가 자못 긴 것 같다. 본래 상어는 바다와 연이은 강줄기에서 서식하는데, 선운산 계곡이 흘러 바다로 빠지는 풍천이 최적지가 되었다. 그래서 풍천장어는 여느 장어보다 싱싱하고 힘이 좋아 기허(氣虛)한 사람은 기허한 대로, 스태미너 넘치는 사람은 그것을 유지하기 위한 영양식으로 이름 높다. 풍천장어는 복분자술이 제짝이라고 한다. 산딸기를 복분자(覆盆子)라고 부르는 것은 산딸기의 모양새가 요강을 엎어놓은 것 같기 때문인데, 속설에는 산딸기술을 먹고 오줌독에 오줌을 누면 오줌독이 엎어진다고 해서 글자 모양이 그렇게 되었다는 말도 있다. 그러니 풍천장어의 짝이 됐나보다.

몇 년 전까지만 해도 선운사를 찾는 사람은 으레 동백여관에 머물렀다. 다 허물어져가는 이층 양옥이지만 그 운치는 그만이었고 주인아줌마와 일하는 총각 맘씨가 아주 따뜻했다. 그 동백여관이 요새는 동백호텔로 면모를 일신했다. 시설은 편해졌지만 옛날 여관 시절 인심은 없어졌다.

이미 선운리마을은 그렇게 황폐화해가고 있었다. 토박이들이 뿌리를 내리고 사는 마을이 아니라 외지 사람이 뿌리고 가는 돈으로 사는 관광지의 사나운 인심이 자리잡아가고 있다.

재작년 대보름날 자정이었다. 동백호텔과 선운사 사이에 있는 이 마을 당산나무 아래에서 동네 늙은이 네 분이 사물을 치면서 당산제를 지내고 있었다. 구경꾼조차 없는 쓸쓸한 마을굿이었다. 오직 네 분이 올리는 제사인지라 한 분이 소지(燒紙) 올리면 사물은 삼물이 된다. 선운리 당산은 할머니 당산, 할아버지 당산이 마주하고 있는데 그러께 할아버지 당산이 죽고 말았다. 그래서 술을 올릴 때 할머니 당산부터 하는 것이 원칙이지만 이제는 죽은 당산 먼저 하고 산 당산은 나중 한단다.

촌로는 당제를 지내면서 구경꾼인 나에게 한숨을 섞어가면서 이렇게 말했다. "이제 우리마저 떠나면 당산제도 끝이여. 다 떠나고 누가 있어야제. 이러다간 농사짓는 것도 인간문화재 된다는 말 나올까 겁나."

올 대보름 선운리 당산제는 올려지지 않았다. 그날따라 보름달은 백내장 끼듯 희뿌옇게 떠 있었다.

1991. 4. / 2011. 5.

---

* 본문에서 나는 글이 길어지는 바람에 꼭 한번 눈여겨보아둘 유물을 그냥 지나쳐버린 것이 있다. 선운사에서 도솔암으로 오르는 길에는 천연기념물로 지정된 멋진 소나무 '장사송'이 있음은 답사객 누구나 놓치지 않을 것이지만, 냇가를 끼고 가다가 산길로 들어서는 길가에 서 있는 민불(民佛) 한 분은 대단한 명품으로 생각되는 것이다. 달덩이 같은 얼굴에 고개를 갸우뚱하며 두 손을 가슴에 얹은 모습은 소박하고 안온하며 건강한 아름다움을 한몸에 지니고 있다. 이것은 불상, 장승, 석인상의 여러 요소들이 만나 이루어진 형상이다. 이런 불상은 민속신앙으로 변한 불상이라는 뜻에서 사찰 불상과 구별하여 흔히 민불이라고 부른다. 조선 후기에 많이 제작된 민불 중에서 이 선운사 민불은 화순 운주사 가는 길에 볼 수 있는 벽나리 민불과 함께 가히 쌍벽을 이룬다고 할 명품이다.

제
주
도

본향당 팽나무에 나부끼는 하얀 소망들

제주도 / 제주의 가로수 / 산천단 / 와흘 본향당 / 소지의 내력 /
회천 석인상

제주답사 일번지, 조천·구좌

미술사학과의 현장답사란 의과대학의 임상 실험, 공과대학의 실험 실습과 같은 성격을 갖는다. 그래서 학기마다 2박 3일로 답사를 실시한다. 전국을 여덟 개의 문화권으로 나누어 4년간 여덟 번 답사를 하면 학생들은 중요한 유적지 대강을 가보게 된다. 그중 한 번은 제주도다.

지난번 봄 제주도로 답사를 떠나게 되자 학생들이 나에게 답사 코스를 상의해왔다.

"선생님이 남도답사 일번지로 꼽은 곳이 강진·해남이죠?"

"그렇지! 그래서?"

"그러면 제주답사 일번지는 어디예요?"

뜻밖의 질문이었다. 내가 제주도를 다닐 때마다 내 머릿속에 담긴 것은 그저 제주도의 동서남북 어디였지 육지처럼 어느 시, 어느 군을 의식한 것은 아니었다. 어디일까? 애월, 한림, 한경, 대정, 안덕, 남원, 성산, 표선, 조천, 구좌…… 나는 눈을 감고 제주도 읍면을 한 바퀴 그려보며 한참을 생각하다가 정답을 찾아낸 양 자세를 고쳐 앉고 큰 소리로 대답했다.

"조천, 구좌!"

학생들은 당연히 이게 무슨 소린지 몰랐다. 조천(朝天), 구좌(舊左)는 제주도 동북쪽 모서리에 있는 읍이다. 세월이 많이 흘러 오늘날에 와서는 알아채기 힘든 행정구역 이름이 되었지만 조천과 구좌라는 이름을 갖게 된 데에는 명확한 내력이 있다.

제주도의 행정구역은 수없이 변했다. 현재는 제주시와 서귀포시 둘로 나뉘어 있지만, 얼마 전까지만 해도 남제주군과 북제주군이 따로 있었다. 조선시대에는 섬 동쪽을 좌면(左面), 서쪽을 우면(右面)이라 하였는데 1895년 제주도가 부(府)가 되면서 좌면은 신좌면(新左面)과 구좌면(舊左面)으로 나뉘었다(18세기 후반이라는 설도 있음). 그러다 1935년 제주도의 행정 명칭을 개정할 때 신좌면은 조천면으로 바뀌고 구좌면은 그대로 두었다. 신좌가 없는 상태에서 구좌만 남은 것이다. 지금은 읍으로 승격되어 조천읍, 구좌읍이 되었다.

제주 자연과 인문의 속살들

조천과 구좌는 오래된 옛 고을이어서 조천 읍내엔 항구, 조천진, 연북정, 비석거리, 번듯한 기와집 마을이 있고, 중산간지대엔 와흘리, 선흘리의 본향당 신당이 신령스럽다. 교래리엔 자연휴양림도 있다. 특히나 구좌엔 김녕리, 평대리, 송당리, 세화리, 하도리, 종달리 등 이름도 아름다운 동네 열두 개가 있고 중골, 연등물, 검은흘, 솔락개, 굴막개, 섯동네 등 제주 토속을 그대로 느끼게 하는 60여 곳의 묵은 동네가 있다.

구좌는 한라산 북사면의 저지대로 넓은 초지가 바다 쪽으로 길게 뻗어 있다. 제법 넓고 비탈진 들판의 긴 밭담 속에서 당근·양파·마늘이 철따라 푸른빛을 발하고 송당목장이 있는 송당리 일대는 마지막 테우리(목동)들이 여전히 소와 말을 키우고 있다. 천연기념물로 지정된 비자림(榧子林)도 구좌에 있다.

하도리에는 지금도 제주 해녀의 10분의 1이 변함없이 물질을 하고 있고, 갯가 곳곳엔 해녀들의 쉼터인 불턱과 세화리 갯것할망당, 종달리 돈지할망당 같은 해안가 신당이 옛날 그 모습으로 성스러움을 간직하고 있다. 이처럼 구좌에는 제주의 농업, 목축업, 어업이 과거 그대로 이어져오고 있어 제주인의 건강하면서도 애틋한 삶을 속살까지 만질 수 있다.

구좌는 기생화산(寄生火山)인 오름의 왕국이다. 오름의 여왕이라 불리는 다랑쉬오름, 굽이치며 돌아가는 능선이 감미로운 용눈이오름도 여기 있다. 만장굴, 김녕사굴, 용천동굴이 있는 제주도 용암동굴의 종가이기도 하다. 문주란 자생지로 유명한 토끼섬도 구좌에 있다. 게다가 1만 8천 신들의 고향인 송당 본향당도 여기에 있으니 구좌는 제주 자연과 인문의 원단이 모여 있는 곳이라 해도 지나친 말이 아니다.

읍소재지 세화리에서 하도리 거쳐 종달리에 이르는 해안도로는 멀리 성산 일출봉이 바다를 배경으로 펼쳐져 있어 제주도 일주도로 중에서도 가장 아름다운 풍광을 보여주는 환상의 드라이브 코스다. 조천과 구좌는 어느 면으로 보나 당당히 '제주답사 일번지'로 삼을 만하다.

| 한라산 | 제주도 동북쪽 구좌의 오름들과 함께 보이는 한라산 모습이다. 남서쪽에서 본 한라산의 느릿하고 조용한 표정과 달리 대단히 묵직하고 장중한 인상을 준다.

이리하여 우리의 제주답사는 제주공항에 내려 먼저 한라산 산천단에 가서 산신께 안녕을 빌고, 와흘 본향당에 가서 제주에 왔음을 신고하고, 조천 연북정에 가서 바다를 바라보며 점심식사를 하고 묵은 동네 구석 구석을 돌아본 다음, 다랑쉬오름과 용눈이오름에 올라 제주 자연의 신비 함과 아름다움을 만끽하고 하도리 해녀박물관과 해녀 불턱, 해녀 신당을 답사한 뒤 숙소로 돌아오는 것으로 첫날 일정을 짰다.

제주도 예찬

김포공항에 도착하니 일찍 온 학생들이 삼삼오오 짝지어 내는 와자지

껄한 웃음소리로 로비가 들썩였다. 답사는 기본적으로 여행인지라 학생들은 출발부터 들뜬 기분으로 조금씩 자세가 흐트러지기 마련이다. 하물며 비행기 타고 제주도에 가는데 오죽하겠는가.

나는 공항 로비 한쪽으로 학생들을 불러모았다. 인원 점검도 하고 비행기표를 끊어올 동안 제주의 자연·인문·역사·지리에 대한 기본 사항을 이야기해주며 학생들이 들떠 있는 것을 가볍게 추스르기 위함이었다.

"제주도를 처음 가보는 사람 손들어봐요."

손을 드는 학생이 거의 없었다. 요즘은 고등학교 수학여행 때 제주도에 많이 가고 또 가족과 여름휴가로 다녀온 학생도 적지 않았다. 나는 답사 일정표를 펴게 하고 또 물었다.

"오늘 우리가 가는 산천단, 와흘 본향당, 연북정, 다랑쉬오름, 용눈이오름, 해녀 불턱, 종달리 돈지할망당 중 한 곳이라도 가본 적이 있는 사람?"

아무도 손을 들지 않고 내 얼굴만 바라보며 이 생소한 지명이 뭐 하는 곳인가 궁금해한다. 이쯤 되면 수업 분위기가 잡힌다. 나는 본격적으로 강의에 들어가는 질문을 던졌다.

"제주도의 넓이가 얼마나 되는지 아는 사람? 서울보다 넓은가 좁은가? 한반도에 비해 얼마만 한 크기인가?"

이때 한 학생이 호기있게 대답했다.

"1,848.85제곱킬로미터입니다."

소수점 이하까지 말하는 것을 보아 그 녀석은 틀림없이 그새 스마트폰으로 검색한 것이다. 요즘엔 '그놈의' 스마트폰 때문에 수업하는 데 지장이 많다. 수업 중에 "선생님 국보 79호가 아니라 78호인데요"라며 내가 대충 말한 것을 바로잡아주는 일이 비일비재하다. 선생의 권위가 곧잘 무너진다. 그래도 나는 학생들에게 아날로그적 사고의 위대함을 과시해본다.

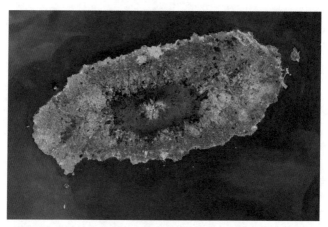

| 제주도의 위성사진 | 제주섬은 타원형으로 대략 남북이 31킬로미터, 동서가 73킬로미터, 해안선 둘레가 약 200킬로미터, 전체 면적이 약 6억 평(1,800제곱킬로미터)이다. 타원형이기 때문에 평면도 아름다워 보인다.

"고맙다, 가르쳐줘서. 그러나 그런 수치로 얼마나 넓은지 감이 오지 않지. 서울의 약 세 배 넓이죠. 평수로 대략 6억 평입니다. 서울이 2억 평이고, 남한 전체가 300억 평이랍니다. 제주 인구가 약 58만 명이니 사람이 살기에 넉넉한 편이죠.

길이로 따지면 남북 약 31킬로미터, 동서 약 73킬로미터, 섬 둘레는 약 200킬로미터로 해안선을 따라 나 있는 도로는 258킬로미터쯤 됩니다. 드라이브를 하고 다니는 관광지로 보아도 적당한 크기죠.

제주도는 한라산으로 이루어진 화산섬입니다. 높이 1,950미터의 한라산이 넓게 퍼진 것이 곧 제주섬이 되었죠. 원래는 육지와 붙어 있었지만 마지막 빙하가 물러가고 해수면이 올라오면서 신석기시대로 들어가기 직전인 1만 5천 년 전에 한반도와 분리되었답니다. 생각보다 얼마 안 된 일이죠."

이쯤 되면 정확한 수치보다 대략의 기억과 비교가 훨씬 현실감 있게 다가온다는 것에 학생들은 동의하게 된다. 이렇게 되면 나는 선생의 권위로 이야기를 이어갈 수 있게 된다.

"우리나라에 제주도가 있다는 것은 자연이 내린 축복입니다. 우리 영토가 한반도에 국한되어 있고 제주도가 없다면 그 허전함과 서운함을 무엇으로 메울 수 있겠습니까?

육지인에게 제주도가 매력적이 된 것은, 인문적으로는 같은 한국인이면서도 제주인만의 독특한 생활문화를 간직하고 있고, 자연적으로는 난대성 식물이 자생하고 있어 육지에서 보기 힘든 늘푸른나무들이 숲을 이루고 있다는 점입니다. 인문으로 보나 자연으로 보나 비슷하면서도 다른 것이 가득하여 그것이 친숙하면서도 신기하게 다가옵니다. 낯설지만 그것이 내 것의 또 다른 모습 같기 때문에, 말하자면 '낯설어서 더 좋은' 곳이라는 말입니다.

무엇보다도 제주는 온대와 난대가 교차하는 지점이어서 따뜻한 남국이면서 한편으론 온대성 사계절이 분명해 겨울엔 눈이 내린다는 매력이 있습니다. 지구상에 이처럼 눈이 내리는 난대는 아주 드물답니다. 그래서 외국인들도 찬미하고 열광하는 것이죠."

제주는 정녕 그런 곳이다. 그리고 별것 아닌 것 같아도 이런 기본적이면서도 개론적인 공간 개념을 머릿속에 담고 가야 제주도 어딜 가도 전체의 모습을 잃지 않고 즐길 수 있는 것이다.

| **비행기에서 본 제주** | 제주행 비행기 창가에 앉아 있을 때 맑은 날이면 해안가로 밀려드는 파도, 오름의 능선들, 밭담과 방풍림으로 구획된 들판 등 제주섬의 낱낱 표정들이 한눈에 들어온다.

비행기에서 본 제주

제주행 비행기를 탈 때면 나는 창가 쪽 자리를 선호한다. 하늘에서 보는 제주도의 풍광을 만끽하기 위해서다.

"저희 비행기는 잠시 후 제주국제공항에 착륙하겠습니다. 안전벨트를 다시 매어주십시오."

기내 방송이 나오면 나는 창가에 바짝 붙어 제주섬이 나타나기를 기다린다. 비행기 왼쪽 좌석이면 한라산이 먼저 나타나고 오른쪽이면 쪽빛 바다와 맞닿아 둥글게 돌아가는 해안선이 시야에 펼쳐진다.

이윽고 비행기가 제주섬 상공으로 들어오면 왼쪽 창밖으로는 오름의

산비탈에 수놓듯이 줄지어 있는 산담이 아름답고 오른쪽 창밖으로는 삼나무 방풍림 속에 짙은 초록빛으로 자란 밭작물들이 싱그러워 보인다. 비행기가 선회하여 활주로로 들어설 때는 오른쪽과 왼쪽의 풍광이 교체되면서 제주의 들과 산이 섞바뀌어 모두 볼 수 있게 된다. 올 때마다 보는 전형적인 제주의 풍광이지만 그것이 철 따라 다르고 날씨 따라 다르기 때문에 언제나 신천지에 오는 것 같은 설렘을 느끼게 된다.

구실잣밤나무, 담팔수 가로수

제주공항에 도착해 공항청사를 빠져나오면서 나는 버릇처럼 한라산 쪽을 바라보았다. 아까 비행기에서는 분명하게 보였던 한라산 백록담 봉우리가 구름에 가려 있다. 그것이 제주 날씨의 변화무쌍함이다. 제주 사람들이 말하기를 공항에 도착해서 곧바로 한라산 줄기를 통으로 볼 수 있는 사람은 복받은 사람이거나 착한 사람이라고 할 정도로 그것을 만나기가 쉽지 않다. 날씨 운이 따라야 한다는 얘기인데, 아마도 오후가 되면, 늦어도 내일이면 한라산을 볼 수 있을 것이라 믿고 학생들과 버스에 올랐다.

버스가 공항을 벗어나자 길고 널찍한 찻길 옆으로 잎사귀마다 윤기를 발하는 가로수가 연이어 펼쳐진다. 나는 마이크를 잡고 창밖의 가로수를 보라고 했다.

"얼마나 싱그러운 푸른빛을 발하고 있습니까? 육지에서는 볼 수 없는 나무지요. 시내로 들어가는 이 길가의 가로수는 구실잣밤나무랍니다."

구실잣밤나무는 나뭇가지가 위로 넓게 퍼지면서 높이 15미터 정도까지 자라기 때문에 크기 자체가 가로수로 제격인데다 윤기 나는 제법 긴 잎들이 사철 무성하여 아주 넉넉한 인상을 준다. 나무줄기는 껍질이 검회색을 띠면서 단련된 근육처럼 야무진 느낌을 준다.

열매는 고소한 잣과 밤 맛이 함께 나는데, 크기가 아주 작고 많이 달리지 않아 맛보기가 쉽지 않다. 본래 잣밤나무는 열매가 잣만 한 크기의 밤이 달려 생긴 이름이다. '구실' 자가 더 붙은 것은 비슷하다는 뜻인데, 사실상 잣밤나무와 구별하기 힘들다고 한다.

그런데 2012년 봄에 가보니 이 구실잣밤나무 가로수가 모두 담팔수로 바뀌었다. 웬일인가 알아보았더니 구실잣밤나무는 기본이 밤나무류인지라 늦봄이면 길게 늘어지는 꽃에서 끈적끈적한 짙은 향을 뿜어내는데 그 꽃향기가 퀴퀴하고 끈적거려 바꾸었다는 것이다.

담팔수(膽八樹)는 분명 제주의 상징적 나무의 하나로 아름답기 그지 없는 게 사실이다. 담팔수는 상록교목으로 키가 약 20미터까지 자란다. 역시 가로수로 제격이다. 광택이 나는 짙은 초록색 잎은 어긋나지만 멀리서 보면 여덟 잎, 열 잎이 모여 나 있는 것처럼 보인다. 그런데 그 잎의 한두 장이 붉게 물들면서 떨어진다. 그래서 반짝이는 잎 사이로 물든 잎이 하나둘 보이니 이것이 마치 꽃처럼도 보이고 사철 푸르면서 또 사철 단풍이 드는 나무처럼도 보인다. 여름이면 연한 황색 꽃이 피고 가을이면 올리브처럼 생긴 검고 자주색인 열매가 열린다. 담팔수는 제주도가 북방한계선이라 육지부에선 자라지 못하고 특히 서귀포와 섶섬, 문섬에 장하게 자생하고 있다. 천지연 서쪽 언덕 급경사지에 다섯 그루가 자생하여 높이 9미터를 이루며 물가를 향해 퍼져 있는데, 천연기념물 제163호 '제주 천지연 담팔수 자생지'로 지정되었다.

그러나 담팔수가 아름다워 바꾼 것이 아니라 구실잣밤나무의 향기 때문에 바꾸었다면 이는 고약한 얘기다. 그러면 육지에 있는 밤나무는 어쩌란 말인가? 한여름이면 오래도록 환상적인 꽃을 피우는 협죽도, 일명 유도화를 독성이 있다고 해서 제거하고 있단다. 제주의 아이덴티티를 위해 절대로 일어나서는 안 될 일이 벌어지고 있으니 안타깝기 그지없다. 평소에 나는 제주엔 구실잣밤나무 가로수, 서귀포엔 담팔수 가로수가 아름답다고 느끼며 그렇게 설명하곤 했는데 이제는 그럴 수 없게 되었고, 구실잣밤나무 가로수를 보고 싶으면 아라동 제주여고 앞길로 가보라고 말할 수밖에 없게 되었다.

제주의 공원과 정원에는 종려나무를 비롯해 아열대성 외래종을 많이

| 아름다운 제주의 가로수 | 1. 담팔수 가로수(제주 공항로) 2. 구실잣밤나무 가로수(제주여고 가는 길) 3. 삼나무 가로수(비자림로 사려니 숲길 가는 길) 4. 야자나무 가로수(일주도로 남원 부근) 5. 길가의 수국꽃(해안도로 종달리 부근) 6. 벚나무 가로수(한라수목원 가는 길)

심어놓았다. 그러나 하와이나 사모아 섬에서 장대하게 자라는 나무들이 제주에서는 억지로 겨우겨우 자라 대빗자루 몽둥이처럼 길게 올라간 것을 보면 감동은커녕 측은지심이 일어날 때가 많다.

진짜 제주도에서 우리의 눈과 마음을 기쁘게 해주는 것은 자생종 나무들이다. 구실잣밤나무, 담팔수, 먼나무, 동백나무, 후박나무, 녹나무, 협죽도 같은 늘푸른나무들이다. 자생나무로 이루어진 가로수들은 한껏 우리의 눈과 마음을 기쁘게 해준다.

제주 시내의 구실잣밤나무 가로수길, 서귀포의 담팔수 가로수길, 대정 제주 추사관 언저리의 먼나무 가로수길, 사려니 숲길 가는 길의 삼나무 가로수길, 남원 일주도로의 야자나무 가로수길, 종달리 해안도로의 수국 꽃길은 그 자체가 일품이어서 차 타고 지나가는 것만으로도 눈과 마음이 황홀해진다.

한라산 산천단

우리 답사의 첫 유적지는 한라산 산천단(山川壇)이었다. 한라산 산신께 제사드리는 산천단에 가서 답사의 안전을 빌고 가는 것이 순서에도 맞고, 또 제주도에 온 예의라는 마음도 든다. 산천단은 제주시 아라동 제주대학교 뒤편 소산봉(소산오름) 기슭에 있다.

여기는 제주시에서 한라산 동쪽 자락을 타고 서귀포로 넘어가는 1131번 도로, 속칭 5·16도로 초입으로 건너편엔 산악 통제를 위한 검문소가 있다. 이 길을 계속 따라가면 성판악 너머 돈내코로 이어지니 한라산 들머리에 산신제를 올리던 제단을 마련한 것이다.

본래 제주인들은 탐라국 시절부터 해마다 정월이면 백록담까지 올라가 산신제를 올렸다. 고려 고종 40년(1253)에는 아예 나라가 주관하는 제

| **산천단 전경** | 정초에 한라산 산신제를 지내는 제단이다. 성종 때 이약동 목사가 백성의 편의를 위해 설치한 것으로 천연기념물로 지정된 해묵은 곰솔 여덟 그루가 이 제단의 연륜을 말해준다.

례(祭禮)로 발전했고 이후 조선왕조에 들어서도 제주목사는 이 제례를 게을리하지 않았다. 그런데 한겨울에 백록담까지 올라가자면 날이 춥고 길이 험해 그때마다 제물을 지고 올라가는 사람들이 얼어죽거나 부상당하곤 했다.

조선 성종 1년(1470)에 부임한 제주목사 이약동(李約東, 1416~93)은 이런 사실을 알고 지금의 위치에 제단을 만들고 여기서 산신제를 지내게 했다. 제의를 형식이 아니라 정성으로 바꾼 대단히 혁신적인 조치였던 것이다. 이것이 산천단의 유래다.

『증보탐라지(增補耽羅誌)』를 보면 산천단에는 한라산신묘(漢拏山神

廟)라는 사당과 가뭄 등 재해를 막기 위해 제를 올리는 포신묘(脯神廟)라는 사당이 따로 있었고 주변엔 소림사(少林寺)라는 절과 소림과원(少林果園)이라는 과수원이 있어 제법 장한 규모를 갖추었다고 한다. 그러나 지금은 이 모두 사라지고 제주도 현무암을 짜맞춘 아주 소박한 제단과 이약동 목사가 건립한 작은 비석만이 남아 있을 뿐이다.

그러나 산천단 주위에는 제단을 처음 만들 당시에 심었을 수령 500년이 넘는 곰솔 여덟 그루가 이 산천단의 역사와 함께 엄숙하고도 성스러운 분위기를 보여준다. 소나무의 사촌쯤 되는 곰솔은 주로 바닷가에 자라기 때문에 해송(海松)으로도 불리고, 줄기 껍질이 소나무보다 검다고 해서 흑송(黑松)이라고도 한다. 곰솔은 생명력이 아주 강하기 때문에 제단을 만들 당시 사람들은 모진 비바람과 싸우면서 살아가는 제주인의 기상을 나타낼 수 있는 곰솔을 조경목으로 심었을 터인데 오늘날에 와서는 아예 산천단의 상징목이 되어 이렇게 빈 제단을 지키고 있다.

천연기념물 제160호로 지정된 여덟 그루 곰솔의 평균 높이는 30미터, 평균 둘레는 4.5미터다. 맨 안쪽에 있는 곰솔은 가슴 높이 둘레가 6.9미터로 가장 굵으며, 바로 옆의 곰솔은 높이 37미터로 우리나라 소나무 종류 중에서 가장 키가 크다고 한다. 나이를 먹은 다른 곳의 곰솔은 대체로 많은 가지를 내어 원뿔 모양으로 자라는 데 비해 이곳 곰솔은 가지를 별로 달지 않고 늘씬하게 쭉쭉 뻗은 것이, 처음 심을 때 촘촘히 심어 자람경쟁을 시킨 탓이라고 한다. 입구의 곰솔은 하늘로 솟아오르기가 힘에 부쳐서인지 아래부터 양 갈래로 갈라져 비스듬히 몸을 구부리고 있다. 기나긴 세월을 살아온 나무살이와 함께 신령스러움을 그렇게 보여준다.

산천단 주변에는 자생한 팽나무, 예덕나무, 멀구슬나무, 쥐똥나무, 산뽕나무들이 이 해묵은 곰솔들을 호위하듯 감싸고 더욱 성스러운 제의적 공간을 만들어주고 있으니 유적지에서 건물 못지않게 중요한 것이 조경임을 다시 한번 알겠다.

그런데 얼마 전, 여기에 참으로 기막힌 일이 벌어졌다. 천연기념물 곰솔을 벼락으로부터 보호한다고 곰솔보다 더 높이 피뢰침 철기둥을 세워 놓은 것이다. 이게 잘한 일인가, 못한 일인가? 나는 식물학자 박상진 교수께 여쭈어본 적이 있다.

"피뢰침을 꼭 저렇게 세워야 하나요?"
"아니죠. 저 산비탈 위쪽에 있는 나무에 설치하면 표도 안 나고 기능도 훨씬 뛰어납니다."

그런데 왜 이렇게 설치했을까? 아마도 이렇게 해야 피뢰침 탑을 세웠다는 표가 나기 때문이 아니었을까. 그렇다. 세상에 어려운 것이 표 안나게 일하는 것이다. 산천단에는 오래된 작은 비석이 곳곳에 있어 이 제단의 연륜을 받쳐주었는데 근래에 '목사 이약동 선생 한라산 신단 기적비'라는 표 나게 큰 신식 비가 세워졌고 제법 큰 화장실도 만들어져 예스러움을 많이 잃었다. 그 뜻과 편리함을 모르는 바 아니지만 고즈넉한 분위기에 어울리지 않는 것이 안타깝기만 하다. 이미 세운 걸 어쩔 수 없다면 산천단 조경의 슬기를 배워 비석 뒤쪽과 화장실 앞쪽에 키 작은 나무들을 심어 적당히 가려주면 한결 나을 것 같다.

청백리 이약동 목사

산천단을 만들어 백성들의 고통을 덜어준 이약동 목사는 『연려실기술(燃藜室記述)』에 '성종조의 명신'으로 올라 있는 청백리였다. 그는 제주목사 시절 조정에 건의하여 세금을 감면받도록 했고 휘하 고을 수령들이 사냥할 때 임시 서처를 지어 민폐 끼치는 일이 없도록 했다. 이약동 목사는 제주를 떠날 때 여기서 쓰던 모든 물건을 두고 말채찍 하나 가져 가지 않은 것으로 유명하다. 『연려실기술』에서는 이렇게 전한다.

공이 제주목사로 있으면서 사냥할 때 쓰던 채찍 하나가 있었는데, 임기가 차서 돌아올 때 그 채찍조차 벽 위에 걸어두었다. 후에 섬사람들이 보배처럼 간수하여 매양 목사가 부임하면 채찍을 내어놓았다. 세월이 오래되자 좀먹어 부서지니 화공(畵工)을 시켜 그 채찍의 형상을 그려 걸어놓았다.

이 이야기는 다른 버전도 있다. 이약동 목사가 배를 타고 제주를 떠나 얼마쯤 갔을 때 문득 오른손에 말채찍을 들고 있다는 것을 알고는 급히 뱃머리를 돌려 포구 옆 바위에 걸어놓고 다시 떠나자 제주 사람들은 이약동 목사의 청렴함과 선정(善政)을 기리고자 바위에 채찍을 걸어두었다고 한다. 오래되어 말채찍이 썩자 그 자리에 채찍 모양을 새긴 다음 '괘편암(掛鞭岩)'이라 불렀다고 한다. 어느 경우든 그가 공물(公物)에 손대지 않은 청렴한 분이었다는 칭송이다.

이약동 목사는 제주도를 떠난 뒤에도 제주인에 대한 사랑과 배려를 아끼지 않았다. 『조선왕조실록』 성종 8년(1477) 윤2월 2일자를 보면 대사간으로 있으면서 임금께 제주의 목마(牧馬)를 직접 건의하기도 했다.

대사간 이약동이 아뢰기를, "신이 일찍이 제주목사가 되었는데 세 고을(제주, 정의, 대정)의 수령들이 모두 사마(私馬)를 갖지 못하기 때문에 백성에게서 가져다 타므로 백성들이 심히 고통스럽게 여깁니다. 그리고 이 섬에서 기르는 말이 비록 많아도 좋은 것이 없는 것은, 들에서 놓아기르며 길들이지 않기 때문이니, 청컨대 금후로는 목사와 수령으로 하여금 국마(國馬)를 취하여 조련하여 길러서 타게 하고, 잘 길들인 좋은 것은 국용(國用)에 이바지하게 하면, 아래로는 민폐가 없고, 국가에도 또한 보탬이 있을 것입니다" 하였는데, 한명회가 말하기를, "이약동의 말이 옳습니다" 하니, 임금이 말하기를, "좋다" 하였다.

이약동의 본관은 벽진(碧珍), 자는 춘보(春甫), 호는 노촌(老村), 시호는 평정(平靖)이다. 문종 1년(1451) 문과에 급제하고 성종 1년에 제주목사가 되었으며, 나중엔 대사헌이 되어 천추사(千秋使)로 명나라에 다녀왔다. 이후 전라도관찰사, 이조참판 등을 거쳐 지중추부사에 이르렀고 만년에는 금산(金山) 하로촌(賀老村)에 물러와 살면서 호를 노촌으로 삼았다. 점필재(佔畢齋) 김종직(金宗直)과 고향이 같아 가까이 지내 금산의 경렴서원에 점필재와 함께 제향되었고, 훗날 제주도에서는 영혜사(永惠祠)라는 사당을 짓고 위패를 모셨다. 그는 진실로 제주를 사랑한, 우리가 알고 있는 최초의 육지인이었다. 이후에도 제주를 진실로 사랑하는 육지인, 외국인들이 끊임없이 나오게 된다.

중산간마을로 가는 길

산천단에서 한라산 산신께 제주도에 왔음을 고한 우리의 다음 행선지는 와흘 본향당(本鄕堂)이다. 본향당이란 제주 마을마다 있는 신당(神堂)이다. 본향당은 현재 300곳이나 남아 있는데 그중 와흘 본향당은 송당본향당, 수산 본향당, 세미 하로산당, 월평 다라쿳당과 함께 제주도민속자료로 지정된 다섯 개의 대표적인 마을 신당 중 하나다.

신당 답사는 제주도를 이해하고 제주의 속살을 느낄 수 있는 제주 답

| 밭담이 있는 들판 | 중산간지대의 들판엔 밭담이 조각보처럼 이어져 있다. 바람이 통하도록 숭숭 뚫려 있어 태풍 루사에 드라마 「올인」 세트는 날아갔어도 밭담은 하나도 무너진 것이 없다고 한다.

사의 기본이다. 제주는 1만 8천의 신이 살고 있는 제신(諸神)의 고향이다. 제주도 산에는 산신당(山神堂), 바다에는 해신당(海神堂), 마을에는 본향당이 있다. 2008~9년에 시행한 '제주 신당 조사'에 따르면 모두 554곳으로 추산되었다.

산천단에서 와흘리로 가는 일주도로는 전형적인 제주도 중산간도로다. 한라산으로 이루어진 제주도는 바닷가에서 해발 100미터까지를 해안마을, 400미터 이상을 산간마을, 그 사이를 중산간마을이라고 한다.

중산간마을은 제주에서 농토가 비교적 발달되어 유서 깊은 마을이 많고 길도 잘 닦여 있다. 산비탈을 가로질러 난 길을 따라가다보면 길가에 방풍림으로 바투 심긴 삼나무가 길게 도열하여 우리를 맞아준다.

가로세로로 구획 지은 밭담들이 지형에 따라 구불구불 겹겹이 연이어

뻗어가며 철 따라 감자며 양파며 마늘이 싱그러운 초록을 발하고 있다. 밭담의 검은빛과 채소의 초록빛이 묘하게 어울리는 모습은 육지에선 볼 수 없는 보색이 된다. 제주의 화가 강요배가 검은색과 초록색을 대비시킨 매력적인 풍경화들을 잘 그린 것은 이런 제주 농촌의 사실적 풍경에 바탕을 둔 덕분이었다.

버스 안이 이상할 정도로 조용하여 뒤를 보니 학생들은 밖을 내다보는 것 자체가 큰 볼거리인 양 차창에서 떨어질 줄 모르고 있었다. 그러던 중 누군가가 조용히 감상을 말한 것이 내 귀에 들렸다.

"야, 진짜 한적하다. 생각 밖으로 자동차도 적어 길이 훤하다."

이 점은 관광지로서 제주의 큰 장점이다. 제주도는 몇 군데 관광지를 제외하고는 여간해선 차든 사람이든 붐비지 않는다. 제주 인구는 약 58만 명이다. 여기에 관광객을 더한 숫자가 유동 인구가 된다. 매일 제주의 텔레비전 뉴스 끝에는 '오늘의 입도(入道) 인원'을 자막으로 내보내는데 하루 몇만 명 정도다.

비행기와 여객선이 만석이면 더 이상 들어올 수 없으니 자동으로 출입이 통제되는 셈이다. 연간 약 1천만 명 들어와 평균 3일을 묵어간다고 해도 하루 제주에 머무는 숫자는 10만 명 이상이 될 수 없다. 그래서 유동 인구가 많아야 70만 명이니 서울의 세 배 크기면서 사람 수는 20분의 1밖에 안 되는 것이다. 그것은 보통 장점이 아니다. 더욱이 우리가 찾아가는 제주답사 일번지는 관광지의 부산스러움이 전혀 없으니 한적하기 이를 데 없는 곳이다.

팽나무 신목의 와흘 본향당

와흘 본향당은 중산간 일주도로(1136번)와 남조로(1118번)가 만나는 네거리 바로 못 미쳐 있다.

와흘 본향당은 수령 약 400년, 높이 13미터, 둘레 4미터의 거대한 팽나무 신목(神木) 두 그루로 이루어진 신당이다. 신당 주위에는 돌담이 둘러 있는데 팽나무의 우람한 나뭇가지가 담장 밖까지 길게 뻗어 있고 형형색색의 옷감과 색동옷이 바람에 나부끼고 있다. 밖에서만 보아도 영기(靈氣)가 넘쳐난다.

돌담 주위로는 동백이 빼곡히 심겼다. 동백은 겨울을 이겨내는 강한 나무이면서 청순한 꽃송이를 피워내는 여린 모습도 보여주어 삼승할망이라 불리는 산신(産神)할머니의 상징목이기 때문이다.

길가로 둘러진 돌담을 돌아 당 안으로 들어가면 팽나무 그루터기 아래에 반원형의 제단이 있고 비석엔 '백조 십일도령 본향 신위'라는 한글로 새겨진 위패가 있다. 그리고 한쪽으로 아무렇게나 생긴 현무암을 소담하게 두르고 반듯하게 다듬은 낮은 제단이 있다. 그런데 언제 가보아도 반듯하게 만든 제단은 비어 있고 조촐한 현무암 제단엔 굵은 촛대들이 줄지어 있어 사람들이 오히려 여기에서 소원을 많이 빌고 있음을 말해준다. 거기엔 사연이 있다.

제주의 모든 신당에는 그 내력을 말해주는 '본풀이'가 있다. 와흘 본향당 입구에는 본풀이를 새긴 비석이 있다. 제주의 신을 보면 토착신, 외부에서 문명을 갖고 온 신, 힘으로 눌러앉은 신 등이 여러 형태로 연결되어 있다.

제주 신당의 원조는 송당 본향당으로 송당 본향신인 금백주의 아들 18명과 딸 28명이 각지로 흩어져 당을 만들게 되었다고 한다. 와흘 본향

| **와흘 본향당 전경** | 본향당은 영혼의 주민센터 같은 곳으로 와흘리 본향당에는 신령스럽게 자란 두 그루의 팽나무가 신목으로 모셔져 있다.

당은 송당 본향당의 열한번째 아들인 백조 도령이 이곳 서정승 댁 딸과 혼인하여 처신(妻神)으로 삼은 신당이다. 그런데 서정승 딸이 임신 중 입덧을 하여 돼지고기가 먹고 싶어 돼지털을 그슬어 냄새를 맡았건만 백조 도령은 부정 탔다면서 함께 상을 받을 수 없다고 저만치 물러나 있으라 했단다. 그래서 신단을 이렇게 별거 중인 모습으로 따로 모신 것이라

고 한다.

이 이야기는 연하의 남자인, 송당에서 온 백조 도령이 와흘 토박이인 서정승 딸로부터 신단의 주도권을 잡기 위해 취한 조치임을 암시하는 것이다. 그러나 제주에선 항상 남신보다 여신을 더 귀하게 모신다. 백조 도령 신단은 중앙에 있어도 주민들이 바친 제물이 보이지 않고, 서정승 딸의 신단엔 양초가 줄지어 있으며 그쪽 팽나무 가지엔 색동천과 소지 (素紙)라는 흰 종이들이 주렁주렁 달려 있다.

신당 안은 팽나무 신목 두 그루가 만든 짙은 그늘 때문에 아주 어둡고 음습하다. 고개를 들어 위를 바라보면 팽나무의 구불구불한 여러 줄기들이 하늘을 향해 호소하듯 큰 몸짓으로 용틀임하며 치솟아 있다. 귀기로 범벅이 된 본향당 안의 신령스러움은 거의 소름이 돋을 정도다. 심약한 학생들은 두 손으로 머리를 감싸고 한껏 웅크린 채 곁눈으로 살핀다. 나는 재미있어하며 물었다.

"왜, 귀신 나올 것 같으냐?"
"네, 꼭 「해리 포터」 무대 같아요."
"저는 「센과 치히로의 행방불명」(일본 만화영화)의 한 장면 같아 보여요."

아뿔싸! 내가 이런 중생(衆生)들에게 한국미술사를 가르치고 있다니. 하긴 난들 그 애들 시절에 무엇이 달랐겠는가? 이런 것은 다 미신이니 타파의 대상이라는 교육을 받고 자랐고, 실제로 와보면 민속이니 무속이니 하는 말로 학술적으로 치장하지만 온통 황당한 설화 아니면 귀신 나올 소리고 나뭇가지마다 너절하게 걸어놓은 것이 너무 어지럽다고만 생각했다. 그 깊은 뜻을 헤아려볼 생각을 하게 된 것은 훨씬 나이 들어서의 일이다.

순이 삼춘의 본향당 이야기

내게 제주 신당의 진정한 의미를 가르쳐준 이는 두 사람의 제주인이다. 한 분은 제주 민속을 연구하고 자랑하는 문무병 형이고, 또 한 분은 제주 여성사를 연구하는 김순이 시인이다.

그분들이 짙은 제주어로 들려주는 제주 신당의 이야기는 감동 그 자체다. 요즘 문무병 형은 몸이 안 좋은지라 지난번 우리 학생들을 데리고 갔을 때는 김순이 시인에게 도움을 요청했다.

"순이 삼춘, 와흘 본향당에 와줄 수 있어요?"

나는 김순이 시인을 '순이 삼춘'이라고 부른다. 제주도에선 형님·누님·아주머니·아저씨·할머니·할아버지 같은 호칭은 엄격하게 자신의 진짜 살붙이에게만 쓰고 남을 부를 때는 모두 삼춘(삼촌)이라고 한다. 현기영 소설 「순이 삼춘」의 주인공은 순이의 삼촌이 아니고 순이라는 이름을 가진 아주머니를 말한다. 김순이 시인은 언제나 그랬듯이 흔쾌히 내 청에 응해 우리 학생들에게 제주어로 조곤조곤 얘기를 풀어갔다.

"본향당이란 제주 사람들, 특히 제주 여인네들 영혼의 동사무소, 요즘 말로 하면 주민센터예요. 제주 여인네들은 자기 삶에서 일어난 모든 것을 본향당에 와서 신고한답니다. 아기를 낳았다, 시어머니가 돌아가셨다, 사고가 났다, 돈을 벌었다, 농사를 망쳤다, 육지에 갔다 왔다, 자동차를 샀다, 우리 애 이번에 수능시험 본다, 우리 남편 바람난 것 같다, 이런 모든 것을 신고하고 고해바칩니다.

제주 신의 중요한 특징은 신과 독대(獨對)한다는 점입니다. 제주의 신을 할망(할머니)이라고 해요. 할머니에게는 모든 것을 다 들어주는 자애로움이 있잖아요. 어머니만 해도 다소 엄격한 데가 있죠. 여성은 소문 내지 않고 자기 얘기와 고민을 들어줄 사람을 필요로 하는 심리가 있거든요. 답을 몰라서가 아니죠. 그런 하소연을 함으로써 마음의 응어리를 푸는 겁니다.

모진 자연과 싸우며 살아가는 제주인들에겐 이런 할망이 절대적으로 필요했던 것이죠. 심신의 카운슬링 상대로 할망을 모시는 것이라고 생각하면 됩니다."

순이 삼춘의 얘기가 이렇게 시작되자 학생들은 그 귀신 나올 것만 같던 본향당이 달리 보이기 시작하여 아주 인간적인 곳으로 느껴지고, 굳세게 자란 신목은 영험스럽게 다가오는 듯했던 모양이다. 성미 급한 학생이 질문을 한다.

"아무 때나 와서 빌어도 되나요?"

"아니죠. 와흘 본향당은 일뤠당(이렛당)이어서 7일, 17일, 27일 새벽에만 만날 수 있어요. 다른 본향당 중에는 여드렛당도 있어요. 또 피부병을 잘 고쳐주는 일뤠당이 따로 있어요.

이렛날 새벽에 빌러 왔는데 앞사람이 먼저 할망하고 독대하고 있으면 밖에서 그 독대가 끝날 때까지 기다렸다 그 사람이 나온 다음에야 들어갑니다. 독대하고 나온 이에게는 절대로 말을 걸어선 안 됩니다. 이건 철칙입니다.

각 마을 본향당에는 1년에 많게는 네 번의 당굿이 열립니다. 와흘 본향당에서는 1월 14일의 신년과세굿과 7월 14일 백중의 마불림제 두 번만 열리고 있어요. 하지만 그것은 연중행사일 뿐이고 와흘리 사람들의 일상 속에 아직도 간직하고 있는 신당의 의미는 아주 다른 것이죠."

학생들은 점점 더 순이 삼춘의 얘기에 빠져들어갔다. 익살맞은 남학생이 질문을 던졌다.

"카운슬링비는 얼마나 돼요?"

"자기 능력껏 내면 돼요. 없으면 안 내도 되지만 있는 사람이 조금만 내면 할망이 받아들이지도 않고 화를 냅니다. 가장 없는 사람은 양초 한 개만 가져와도 됩니다. 이건 필수예요. 그다음으로 있는 사람은 술 한 병, 그다음엔 과일을 가져와요. 그리고 더 정성을 드리는 사람은 지전(紙錢)을 한 타래 만들어 나뭇가지에 겁니다. 저쪽 끝에 있는 학생, 그 흰 종이를 들어봐요. 엽전을 꿴 모양으로 구멍이 뚫려 있죠? 그리고 넉넉한 사람은 할망이 해 입을 물색천을 걸어둡니다."

순이 삼춘의 얘기가 여기에 이르자 학생들은 "아! 나뭇가지에 걸린 색동천들에 그런 사연이 있구나" 하면서 고개를 이리저리 돌려본다. 그러다 한 학생이 질문을 겸해 소리쳤다.

"저기엔 색동 치마저고리가 있네요."

"맞았어요. 좀 잘사는 사람은 옷 한 벌쯤은 바쳐야 하지 않겠어요? 제주 관광버스 회사 사장님 정도라면 옷 한 벌은 해와야지 양초만 바치면 할망이 괘씸하게 생각할 겁니다."

"왜 꼭 옷인가요?"

"여자들은 옷을 좋아하잖아요. 옷 로비 사건 같은 것이 괜히 생겼겠어요?"

| 와흘 본향당 팽나무와 그 위에 걸려 있는 소지와 물색천 | 본향당 할망에게 소원을 빌 때 흰 종이를 가슴에 품고 말한 다음 신목에 걸어둔다. 이를 소지라고 한다.

　나도 이 점을 무척 궁금하게 생각해왔다. 할망이 입지도 않을 색동옷을 왜 요구하는 것일까? 그렇게 함으로써 그 사람에게, 또는 마을에 무슨 이득이 돌아가는 것일까? 신은 절대로 욕심을 부리는 분이 아니다. 거기에는 반드시 어떤 숨은 뜻이 들어 있을 것이다. 그것이 무엇일까? 나는 이 답사기가 끝나갈 무렵 남원의 '재일동포 공덕비'를 이야기하면서 이 문제를 다시 생각해보게 될 것이다.

팽나무에 걸린 흰 종이의 내력

이쯤에서 순이 삼촌은 가방 속에서 무엇인가를 찾더니 한지(韓紙) 한 뭉치를 꺼내들고 학생들에게 내보이며 설명을 이어간다.

"이 흰 백지를 여기서는 소지라고 해요. 아무것도 쓰여 있지 않은 하얀 한지죠. 본향당에서 소원을 빌 때 이 소지를 가슴에 대고 한 시간이고 두 시간이고 빌고서 저 나뭇가지에 걸어두는 거예요. 그렇게 하면 그 모든 사연이 소지에 찍혀 할망이 다 읽어본다고 해요."

이 순간 우리 학생들은 탄성을 지르며 팽나무 가지에 나부끼는 소지들을 바라보고 있었다. 그것은 같은 소지라도 의식 뒤에 태우는 소지(燒紙)와는 다른 것이었다.

'소원을 새긴 백지!'

사연이 많은 사람은 소지를 몇십 장 겹쳐서 가슴에 대고 빈다고 한다. 이런 높은 차원의 발원 형식이 세상천지 어디에 있을까 보냐. 본래는 글 모르는 할머니들을 위해 생겨난 의식이었다고 하는데 어떤 글을 써넣은 것보다 진한 감동을 주지 않는가!

일본의 사찰에 가면 소원을 써서 절 마당에 걸어놓는 강카케(願掛け)가 있고, 이스라엘 '통곡의 벽'에선 소원을 적어 돌 틈에 끼워넣는다고 하는데 우리 제주도에선 백지에 소원을 전사(轉寫)해서 걸어놓는 것이다. 팽나무 신목에 흰 소지가 나부끼는 와흘 본향당은 제주인의 전통과 정체성을 웅변해주는 살아 있는 민속인 것이다.

그러나 걱정이 없는 것은 아니다. 2005년 5월에는 강풍에 신목 가지가 부러져 외과수술을 한 차례 받은 바 있고, 2009년 1월엔 누군가의 방화였는지 본향당에 불이 나 한동안 신당 출입을 금했고 아직도 신목들은 그때 입은 화상이 완치되지 않았다. 굳게 닫힌 신당은 죽은 신당이지 살아 있는 신당일 수 없다. 모름지기 와흘 본향당의 문은 누구나 들어올 수 있게 열려 있어야 한다. 그래야 제주도다.

중늙은이들의 와흘 본향당 퍼포먼스

본향당에 나부끼는 흰 소지에 그런 깊은 내력이 있음을 알게 되면서 나는 이것이 제주 문화관광의 중요한 콘텐츠가 될 수 있다고 생각했다. 제주에 도착한 관광객들에게 소지 한 묶음씩을 나눠준 뒤 가슴에 품고 있다가 어느 신당에 걸게 한다면 얼마나 재미있어하고 즐거운 추억이 될까. 마치 하와이에 도착하면 꽃목걸이를 걸어주어 남국에 온 기분을 살려주는 것 같은 효과가 있지 않을까.

2009년 9월 제주도에서 열린 제3회 세계델픽대회의 조직위원장에 위촉되었을 때 나는 이 대회에 참가하는 각국의 문화예술 경연자 2천 명에게 모두 소지를 나누어주고 제주시 신산공원에 있는 해묵은 팽나무를 지정하여 여기에 걸게 하는 것을 개·폐막식 행사의 하나로 생각하고 있었다. 그러나 일이 잘되지 않으려니까 중도에 조직위원장에서 물러나지 않을 수 없었고 이 이벤트도 실현되지 않았다.

그래도 한 번은 해보고 싶은 미련이 있었는데 마침 내 형님뻘 되는 '중늙은이 답사회'인 무무회(無無會)가 제주도답사를 안내해달라고 해서 와흘 본향당으로 향했다. 내가 해안마을, 산간마을보다 중산간마을이 제주도 인문의 핵심이라고 설명하자 『할아버지가 꼭 보여주고 싶은 서양

명화 101』(마로니에북스 2012)의 저자로 내 자형의 친구인 김필규 형님이
말을 가로챘다.

"유교수가 우리들을 중늙은이라고 한 것이 놀리는 것이 아니라 칭
찬이었군요. 그것 보라고, 세상사도 우리 같은 중늙은이가 버텨줘야
잘 돌아간다구."

내가 버스에서 무무회 회원들에게 소지를 나누어주고 본향당 이야기
를 해주자 모두들 소지를 가슴에 품고 재미있게 들었다. 와흘 본향당에
도착했을 때 회원들은 다투어 가슴에 품었던 소지를 꺼내 팽나무에 묶
었다. 그것은 즐거운 퍼포먼스였다. 신당을 돌아나오는데 필규 형이 곁
에 있던 여성 회원과 주고받는 말이 역시 중늙은이들다웠다.

"난 우리 마누라가 소지를 품고 무슨 소리를 했을까 되게 궁금하네."
"난 효험이 없을 것 같아요. 사연이 너무 길어 끝도 맺지 못했는데
버스가 도착해버려 얘기가 끊어졌어요."
"아, 그래서 소지를 두 뭉치 달라고 했군요. 하여튼 여자들은 하고픈
말이 많아. 하하하."

와흘 본향당에서 한 차례 소지 이벤트를 마친 무무회 중늙은이들은
즐거운 기분으로 버스에 올라 다음 행선지인 다랑쉬오름을 향해 중산간
길을 계속 달려갔다.
그러나 우리 학생들에겐 중늙은이 답사회원들과 함께했던 소지 이벤
트를 하지 않았다. 그것은 살 날이 구만리 같은 젊은 학생들은 살 날이
산 날보다 적게 남은 중늙은이와 같을 수 없기 때문이었다. 소지를 두 뭉

치 달라고 하는 유머는 인생을 살 만큼 산 자만이 가질 수 있는 허허로움이 있기에 가능했던 것이리라.

회천 세미마을 석인상

우리의 답사가 제주의 신당, 또는 제주의 민속을 주제로 한다면 와흘 본향당 다음에는 와흘리 옆동네인 회천동(回泉洞)으로 가서 와흘 본향당과 함께 2005년 '제주도 민속자료 제9호'로 지정된 다섯 개 신당 중 하나인 세미 하로산당을 답사하는 것이 정코스라고 할 수 있다. 그러나 미술사, 또는 일반인의 답사로 초장부터 신당만 들르게 되면 무속이라는 이름으로 미신만 조장하는 것처럼 비칠 수도 있어서 자제했던 것이다.

그리고 세상사 모든 것이 그렇듯이 알고 보면 다 뜻있고 재미있지만 처음 접할 때는 낯설어서 일단은 거리를 두고 받아들이게 되는 법인데 제주 무속은 아주 내용이 다양하고 용어도 낯설어서 선뜻 이해되지도 않는다.

회천동의 세미 하로산당도 그렇다. 사실 내가 여기를 처음 찾은 이유는 다섯 곳의 신당 중 하나이기 때문이기도 하지만 이 알 듯 모를 듯한 이름에 이끌린 것이었다. 책으로는 도저히 이해되지 않던 것이 여기 와서 보니 수수께끼가 풀리듯 속 시원히 다 알 수 있었다.

오창명의 『제주도 마을이름의 종합적 연구』(제주대출판부 2007)에 의하면 세미는 동네 이름으로 옛날 이 동네에는 샘에서 흘러나오는 물이 있어 '세미マ을'(동회천) 'マ는세미マ을'(서회천)이라고 불렀는데 이를 한자로 옮기면서 세미(細味)라고 발음을 따기도 했고, 천미(泉味)라고 뜻과 발음을 모두 따서 표기하기도 했다. 그런데 일제가 5만분의 1 지도를 만들면서 이 동네의 들판 넓은 '드르세미마을'을 '야생동(野生洞)'이라고 표기

하고, 물이 돌아가는 '도래세미ᄆᆞ을'을 '회천동'이라고 하더니 1914년 일제가 전국 행정 체제를 개편 정리할 때 회천동이라고 함으로써 본래 있던 세미동은 옛 이름이 되고 오늘날 회천동으로 불리고 있다. 그나마 이제는 인구가 줄어 행정구역상 봉개동에 흡수되었으니 이 이름의 운명은 알 수가 없게 되었다.

하로산은 한라산이라는 뜻으로 하로산당의 산신을 '하로산또'라고도 부른다. 여기에는 한라산에서 사냥하며 살아갔던 수렵시대의 흔적이 고스란히 담겨 있으니 마을의 설촌(設村) 역사가 만만치 않음을 알 수 있다.

세미 하로산당은 쉽게 말해서 세미마을(동회천)의 본향당이다. '세미 하로산또'는 와흘 본향당과 마찬가지로 송당 본향신 금백주의 18명 아들 중 하나가 좌정한 것이라고 하며 혹은 여덟번째, 혹은 열두번째 아들이라고도 한다. 당은 해묵은 팽나무를 신목으로 삼고, 대나무밭에 의지한 제단이 있을 뿐이다. 찾아가자면 당 안내문이 있는 입구에서 과수원 쪽으로 100미터 정도 깊숙이 들어가야 한다.

그 내력을 모르고 답사객이 세미 하로산당에 간다는 것은 아무런 의미가 없다. 와흘 본향당처럼 영기가 넘쳐흐르는 것도 아니다. 그럼에도 내가 회천동에 갔어야 했다고 말하는 것은 여기에는 예부터 전해 내려오는 '회천 석인상'(제주시 유형문화재 제3호)이 있기 때문이다.

지금은 화천사(華泉寺)라는 새 절 뒤쪽에 있어 혹은 '화천사 오석불'이라고 쓰인 책도 있는데 이는 주객이 전도된 것이다. 예부터 여성 중심인 제주에서 남성들이 따로 지내는 동제를 포제(酺祭)라 하는데 세미마을 포제를 지내던 이 자리를 언젠가 불교가 차지해버리고 석상은 돌미륵으로 둔갑해버린 것이다. 그리고 조선시대에 유교적 제의가 국가적으로 행해지면서 이 석상에 '석불열위지신(石佛列位之神)'이라고 새겨놓았으니 제주 민속에는 유교의 흔적이 또 그렇게 들어가게 된 것이다. 그러거나

말거나 지금도 마을에서는 해마다 새해 첫 정일(丁日)에 육류를 쓰지 않는 제를 지내고 있다고 한다.

팽나무 대여섯 그루 아래 모셔진 이 다섯 석상을 보면 그야말로 서민적이고 해학적이고 무속적이고 제주도적인 모습에 절로 웃음이 나면서 깊은 정을 느끼게 된다. 불상을 보거나 돌하르방을 볼 때는 전혀 느낄 수 없는 인간적 체취이다. 삼다도의 그 많은 돌 중에서 인체를 닮은 것, 얼굴을 닮은 것 다섯 개를 골라 거기에 이목구비만 슬쩍 가했을 뿐인데 누구도 석상 아니라고 할 수 없는 인간미가 넘친다. 조형적으로 세련되었다는 얘기가 아니다. 세련되기는커녕 조형이라는 개념도 없이 민초들이 자신들의 정서에 맞는 돌을 주워다 세워놓았을 뿐인데 우리는 거기에서 말할 수 없는 친숙감을 느끼니 이것이 민속의 힘이고 아름다움이라고 할 만한 것이다.

| **석인상의 유머 넘치는 표정** | 세미마을 석인상은 얼굴 모습과 표정이 제각기 다르면서 미소를 짓게 하는 유머가 들어 있다. 서민상을 담아낸 것으로 민화를 보는 듯한 친숙감이 느껴진다.

제주도답사에서 돌아와 학생들과 얘기하는 도중에 사실 '회천 석인 상'이라는 아주 별격의 옛 석인상이 있었다며 사진을 보여주자 학생들은 제각기 다른 재미있는 모습들을 보면서 만면에 웃음을 띠며 즐거워했다. 그리고 이런 곳을 데리고 가지 않은 선생이 원망스럽고 너무도 억울하다는 표정이었다.

생각해보자니 제주의 유서 깊은 중산간마을인 세미마을은 오래도록 많은 상처를 입었다. 마을 이름은 회천동으로 둔갑했고, 포제를 지내던 신당의 석인상은 화천사 오석불이라고 불리고 몸에는 유교식 위패가 새겨졌다. 거기다 4·3사건 때 이 마을들은 전소되고 많은 희생자를 내어 그 슬픔을 이기지 못하여 세워놓은 '4·3희생자 위령비'가 길가에 쓸쓸히 서 있다.

언젠가 회천 석인상을 보고 돌아나오는데 샘이 보여 옳다구나 하고 내려가 보았더니 역시 세미마을의 유래를 전해주는 바로 그 샘이라는 표석이 있었다. 그러나 샘에서는 이 마을 이름을 낳을 정도의 그런 신비로움이 보이진 않았다. 세월은 이미 그렇게 많이 흘러가버렸다.

2012.

외면한다고 잊힐 수 없는 일

조천 연북정 / 조천 연대 / 큰물, 조근돈지 / 너븐숭이 /
제주 4·3사건의 전말 / 「순이 삼촌」 문학비

제주의 옛 관문, 조천

산천단에서 한라산 산신께 빌고, 와흘 본향당에서 제주에 왔음을 신고한 뒤 우리는 조천읍(朝天邑)으로 향했다. 와흘리에서 곧장 바다 쪽으로 내려가면 이내 조천이다.

조천은 제주시 화북(禾北)과 함께 제주의 오래된 항구로, 육지로 연결되는 관문이었다. 제주로 부임하는 관리, 귀양살이 오는 유배객, 육지를 오가는 장삿배 모두 이 두 항구로 들어왔고 이곳에서 떠났다. 때문에 조천은 일찍부터 고을이 형성되었고 진지가 제법 잘 축조되었다.

조천진(朝天鎭)은 제주에 있던 9개의 진지 중 하나로 고려 공민왕 23년(1374)에 조천관(朝天館)을 세웠다는 것이 가장 오랜 기록이다. 아마도 왜구가 창궐하여 이들이 쳐들어올 때를 대비해 쌓은 것으로 보인다.

그리고 조선 선조 23년(1590)에 성을 크게 중수해 둘레 428척, 높이 9척, 성문이 하나 있는 석성을 쌓고 초루와 객사, 군기고, 포사 등을 두었다고 한다. 임진왜란이 일어나기 전이지만 16세기 후반엔 남해안에 왜변(倭變)이 자주 일어났는데 그때 성을 크게 보완했던 것으로 보인다.

성에 배치된 인원도 대대적으로 보강하여 진지의 대장 아래 상비군 약 100명과 예비군 100명을 두었고 전용배가 한 척 있었다고 한다. 이때 성 위에 망루를 짓고 쌍벽정(雙碧亭)이라고 했는데 선조 32년(1599)에 성윤문(成允文) 목사가 다시 건물을 수리하고는 정자 이름을 연북정이라고 바꾸었다.

오늘날 조천진의 성벽은 일부만 남아 있지만 동남쪽 정면은 높이 14자의 반듯한 축대이고 북쪽은 타원형의 성곽으로 둘러싸여 있어 그 옛날의 장했던 모습을 어렴풋이나마 짐작해볼 수 있다. 모양으로 보나 크기로 보나 둥그렇게 둘러진 옹성(甕城)이었음을 알 수 있다.

연북정이 간직한 옛날

연북정 정자 건물은 정면 3칸, 측면 2칸에 앞뒤 좌우로 퇴(退)가 딸린 일곱 량 집이다. 일곱 량이란 서까래를 받치고 있는 도리가 일곱 개 있다는 뜻으로 세 량, 다섯 량이 아니라 일곱 량이나 되는 큰 집이라는 뜻이다. 기둥의 배열과 가구의 연결 방식이 모두 제주도 주택과 비슷하며 지붕은 합각지붕으로 물매가 아주 낮다. 바람이 세기 때문에 육지의 정자처럼 기둥을 높이 올리지 못하는 제약이 있었기 때문이다. 그래서 연북정은 시원스러운 멋이 아니라 야무진 집이라는 인상을 준다.

모든 정자는 건물 자체보다 거기서 내다보는 전망이 더 중요하고, 더 아름답다. 연북정에 오르면 조천항이 멀리 내다보인다. 연북정 너머 펼

| **조천진과 연북정** | 연북정은 조천진의 망루로 진지 아래서 올려다볼 때 제법 의젓해 보인다. 삼다도 바람이 강해 지붕이 육지의 그것처럼 활짝 날개를 펴지 못하고 낮게 내려앉았다.

처지는 먼바다에서 파도가 넘실넘실 춤을 추듯 포구로 밀려들어오다가 바위섬에 부딪칠 때는 '처얼썩!' 소리를 내며 하얀 포말을 일으키며 부서진다. 그러고는 해안에 다다라서는 언제 그랬느냐는 듯 가만히 뒷걸음으로 물러나며 자취를 감춘다. 열 지어 들어오는 한 무리 파도가 밀려가는 끝까지 눈길을 주면서 몇 번 일렁이나 헤아려보기도 하고, 낮은 바위를 거뜬히 타고 넘는지 숨죽여 기다려보기도 한다.

연북정 정자에 앉아 검은 바위를 넘나들며 부서지는 파도의 흰 포말을 망연히 바라보고 있노라면 내 몸과 마음이 홀연히 가벼워진다. 이상(李箱)의 표현대로 '정신이 은화(銀貨)처럼 맑아진다.' 그것이 연북정에 오르는 맛이다.

그러나 유감스럽게도 연북정에서 바라보는 조천항의 모습은 남국의

| **연북정 정면** | 연북은 북쪽을 사모한다는 뜻으로 임금에 대한 존경의 뜻을 담고 있다.

아름다운 항구와는 거리가 멀다. 본래 조천에는 두 포구가 있었다고 한
다. 작은 포구는 '알개'이고 큰 포구는 개발머리와 대섬 사이의 후미진
곳에 있던 '개낭개'로 '큰물성창'이라고도 불렸다. 현재의 조천항 가장
바깥쪽 방파제가 개발머리에 의지해 있는 것이고 그 안이 개낭개였다는
데 도저히 옛 모습을 그려볼 수 없다.

북쪽을 사모하는 마음

  일제강점기인 1935년에 자연 포구를 항만으로 개발한다며 방파제
를 쌓기 시작한 것이 오늘날의 조천항인데 그 시설이며 구조가 빈약하
여 눈길을 자꾸 피하게 만든다. 이제 제주의 관문은 제주 신항으로 옮겨
갔으니 여기에 다시 바닷길이 열릴 리 만무하여 조천항이니 조천진이니
하는 것은 단어조차 생소해지고 오직 연북정만이 그 옛날을 간직하고

있는 것이다.

연북정은 그 이름 때문에 우리에게 무언가 사무치는 마음을 일으킨다. 오매불망 북쪽을 사랑하는 마음이 얼마나 컸으면 망북(望北)도 아니고 연북(戀北)이라고 했을까?

그래서 연북정을 해설하는 글마다 유배객들이 여기에 와서 북쪽을 바라보며 해배(解配)될 날을 기다렸다는 애절한 이야기가 제법 그럴듯하게 그려져 있다. 그러나 그건 사실이 아니다. 그럴 수 없는 일이다. 귀양살이 온 죄인인 주제에 유배객이 어떻게 군사시설인 진지 위 망루에 올라 북쪽을 바라보았겠는가.

연북은 그런 좁은 뜻이 아니다. 이 고을 이름이 조천인 것, 망루가 연북정인 것, 또 제주목 관아에 망경루(望京樓)가 있는 것 등은 모두 다 조선시대의 중앙정부에 대한 충성, 임금의 존재와 권위에 대한 존경을 뜻한다. 조천이란 하늘(天), 또는 천자(天子)에게 조회(朝會)한다는 뜻이고, 망경루는 서울(京)을 바라본다는 뜻이며, 연북에서 북(北)이란 임금을 상징하기 때문에 '임금을 사모한다'는 뜻으로 통한다. 조선시대는 왕을 중심으로 한 정치사회구조였음을 말해주는 거의 보통명사에 가까운 이름들이다.

조선시대에 연북정을 찾아와 간절한 마음으로 북쪽을 바라본 사람은 아마도 제주목사, 제주판관, 정의현감, 대정현감 등 육지로 불려가기만을 기다리던 관리들이었을 것이다. 그리고 오늘날도 사무치는 마음으로 연북정에 오르는 사람은 제주를 떠나고 싶은 사람, 혹 육지에서 나를 불러주지 않을까 간절히 기다리는 사람, 이를테면 제주도에 파견 나온 공무원과 기업체 관리들일 것이다.

유배객이 자신의 유배지 한쪽에 정자를 짓고 연북정이라고 이름 짓거나 집 가까이 바위 언덕을 망경대라고 했던 예는 여럿 있다. 사적으로는 얼마든지 그럴 수 있다. 신영복 선생은 『감옥으로부터의 사색』에서 아버님께 보낸 편지에 연북정에 대한 역설을 이렇게 말했다.

유배지에서 다산 정약용이 쓴 글을 읽었습니다. 조선시대를 통틀어 대부분의 유배자들이 배소에서 망경대나 연북정 따위를 지어 임금에 대한 변함없는 충성과 연모를 표시했음에 비하여 다산은 그런 정자를 짓지도 않았거니와 조정이 다시 자기를 불러줄 것을 기대하지도 않았습니다. 그는 해배만을 기다리는 삶의 피동성과 그 피동성이 결과하는 무서운 노쇠를 일찍부터 경계하였습니다.

신영복 선생은 그런 마음으로 20년간 감옥살이를 했고 그랬기에 오늘날 존경받는 지식인상이 된 것이리라.

정호승 시인의 연북정

연북정의 말뜻과 정확한 유래를 따지는 것은 나 같은 '학삐리'들이 하는 이야기이고 북쪽을 사모할 일 없는 사람은 오직 뜨겁게 사모하는 마음, 절절히 기다리는 마음만 애틋하게 살아난다. 시인의 상상력 속에서 이 단어가 주는 의미는 더욱 애절해진다. 기다림, 헤어짐, 그리움을 탁월하게 노래하는 정호승 시인은 연북정 세 글자를 보고는 이렇게 노래했다.

기다림에 지친 사람들은 다 여기로 오라
내 책상다리를 하고 꼿꼿이 허리를 펴고 앉아
가끔은 소맷자락 긴 손을 이마에 대고
하마 그대 오시는가 북녘 하늘 바다만 바라보나니

오늘은 새벽부터 야윈 통통배 한 척 지나가노라

(…)

기다리면 님께서 부르신다기에

기다리면 님께서 바다 위로 걸어오신다기에

연북정 지붕 끝에 고요히 앉은

아침 이슬이 되어 그대를 기다리나니

그대의 사랑도 일생에 한 번쯤은 아침 이슬처럼

아름다운 순간을 갖게 되기를

기다림 없는 사랑이 어디 있느냐

—「연북정(戀北亭)」

조천 연대를 바라보며

지난번 우리 학생들과 제주도를 답사할 때 코스에 변경이 생겼다. 미술사학과의 현장답사니만큼 유적지를 좀 더 보여주자는 이태호 교수의 의견을 존중하여 조천에서 멀지 않은 삼양동 청동기시대 유적지(사적 제416호)와 제주도에 유일하게 남아 있는 고려시대 오층석탑(보물 제1187호)이 있는 불탑사(佛塔寺)를 답사하기로 했다. 그러자면 조천 읍내를 둘러볼 시간을 가질 수 없었다. 그러나 어쩌겠는가. 우리의 답사는 공부가 우선인 것을.

나는 학생들을 연북정 누마루에 모아놓고 이런 사정을 말한 다음 우리가 갈 제주시와 반대 방향을 가리키며 멀리 보이는 조천 연대(煙臺)를 설명해주었다.

"연대란 비상시에 연기를 피워 각지로 전달하는 곳으로 제주에는

| **조천 연대** | 연대는 옛 통신시설로 연기를 피워 위급 상황을 알렸다. 때문에 제주의 연대는 사방이 잘 조망되는 곳에 설치하여 여기에 오르면 전망이 넓고 시원하다. 조천 연대는 그 구조가 다른 연대보다 높고 튼실하다.

25개 봉수대와 38개 연대가 있었다고 합니다. 통신이 발달하기 전 위급한 상황을 알리는 시설로 산에는 봉수대, 해안변에는 연대가 있었던 것입니다. 현재 제주에는 25곳에 연대가 남아 있습니다. 연대의 지킴이는 낮에는 연기로 밤에는 불빛으로 상황을 전달했습니다. 그러나 날씨가 흐린 날 상황이 일어나면 지킴이는 냅다 달리기를 할 수밖에 없었다고 합니다.

조천 연대는 제주의 여느 연대와 마찬가지로 전망이 좋은 비탈에 제주 화산석으로 바람막이 벽을 네모반듯하게 높직이 쌓았습니다. 연대는 정자 못지않게 앉은 자리가 중요했겠지요. 전망 좋은 곳에 높직이 자리잡고 있어야 제 기능을 할 수 있으니까요. 그래서 연대에서 바라보는 풍광은 그 지역의 제1경관이 됩니다. 제주답사 중 연대를 만나면 나는 무조건 거기부터 올랐습니다. 별도 연대, 애월 연대 모두 그렇습니다.

특히 조천 연대는 해안도로 바로 곁, 북쪽으로 바다를 내다보며 위치해 있어 조천항을 널리 조망할 수 있고 새로 복원한 것이지만 건축적으로도 사다리꼴로 잘생겼습니다. 아래쪽에서 연대를 바라보면 각이 지게 이를 맞추어 쌓은 연대의 축조물이 거룩해 보이는 조형미가 있습니다. 연대로 오르는 돌계단이 아주 멋스럽고 위엄도 있고요. 마치 설치미술을 보는 듯해 한 차례 감상거리가 됩니다."

연대가 이런 건축적 조형미와 생활사적 의의와 아름다운 전망을 갖고 있다고 힘주어 말한 것은 금방 교육적인 효과로 나타났다. 연대가 무시할 수 없는 유적이라고 각인된 학생들은 제주답사 중 연대만 나타나면 섭지코지에선 협자 연대, 하멜표류지에선 산방 연대까지 죽어라고 오르내렸다.

조천 읍내 표정

연북정을 떠나 제주시 삼양동 선사유적지로 향하는 버스 안에서 나는 마이크를 잡고 지나쳐가는 조천 읍내를 중계방송하듯 설명해주었다. 버스가 연북정을 떠나자마자 창밖으로 제법 큰 공공시설 같은 건물이 하나 나타났다.

"저 건물은 공동목욕탕이랍니다. 지하수가 솟아서 차고 맑은 물이 항상 가득해요. 이쪽에 지붕이 있는 큰 목욕탕은 여탕이라 탕 입구에 가면 '큰물(여탕)'이라는 팻말이 붙어 있어요. 제주의 집에 대문이 없듯이 이 목욕탕에도 역시 문이 없고 개방되어 있어서 일전에 한번 살짝 안을 들여다보았더니 지붕과 기둥 사이가 뚫려 있는 천연의 목욕탕이더군요. 지붕이 있어서 노천탕이라고는 할 수 없지만 자연탕이라고는

| 조근돈지 | 마을 공동목욕탕 중 남탕은 지붕이 없는 노천탕으로 조근(작은)돈지라고 한다.

할 수 있겠죠. 제주도에서만 가능한 것이죠. 남탕은 저쪽 약간 떨어진 곳에 있는데 아주 작아요. 지붕도 없고, 입구엔 '조근돈지(남탕)'라는 팻말이 붙어 있답니다. 역시 제주에선 모든 것이 여성 우위인가 봅니다."

그사이 버스가 읍내로 들어서는 바람에 '조천리 원담'이라는 인공 고기잡이 시설이 있다는 것은 설명도 못 했다. 원담은 밀물과 썰물의 차를 이용하여 고기를 잡는 장치인데 둥글게 쌓았다고 해서 원담, 돌을 쌓았다고 해서 적담이라고도 불렸다. 멸치, 한치, 낙지, 벵에돔, 우럭 등 많은 어종이 원담에 갇히면 썰물 때 동네 사람들이 모여서 공동으로 고기를 잡았다고 한다. 부두시설이 생기면서 고기는 더 이상 들어오지 않고 원담은 제주인의 옛 삶을 보여주는 민속자료로 남아 나 같은 답사객이나

428

들여다보는 곳이 되었다.

버스가 읍내를 지나자니 조천은 여느 읍소재지와는 달리 집들이 번듯하고 기와집도 눈에 들어온다. 나는 놓칠세라 다시 설명을 시작했다.

"옛날 조천은 서울로 치면 인천 제물포에 해당하는 곳이라 마을의 연륜이 오래되었고 제주도에서는 보기 힘든 오래된 기와집들도 남아 있어요. 지금 여기는 조천리이고 저 위가 신촌리인데 신촌리에는 제주도 문화재로 지정된 '제주도의 와가(瓦家, 조규창 생가)'가 있답니다. 지붕이 기와라는 것을 빼면 전형적인 제주의 가옥 구조로, 기둥 없이 돌벽으로 이루어졌고 바람이 세기 때문에 기와가 아주 크고 무거우며, 처마 끝과 용마루 주변은 강회 땜질을 해서 육지 기와집과는 전혀 다른 모습이랍니다. 우리가 본 연북정 정자도 지붕이 낮았잖아요."

실제로 조천리 마을길을 느긋이 거니는 것은 답사의 즐거운 한때가 된다. 거닐다보면 낮은 돌담 너머로 집집마다 자기 표정을 갖고 있는 것이 아주 정겹게 다가온다. 어느 집 담 밑에는 잘 자란 하귤이 탐스러운 열매를 주렁주렁 매달고 있고, 어느 집 돌담에는 선인장이 줄지어 피어나고 있다. 담쟁이덩굴 우거진 돌담 오솔길, 한 사람 정도 지나면 딱 좋을 좁은 오솔길, 길에서 집 안으로 연결해주는 돌담 올레길, 그렇게 걷다보면 조천의 연륜을 말해주는 비석거리도 만나게 된다. 묵은 동네의 정겨움을 물씬 풍겨주는 이 길은 제주올레 제19코스이다. 나는 조천 이야기를 이어갔다.

"조천은 제주에서 가장 먼저 개명하여 3·1운동 당시 제주도에서 맨 처음 독립 만세의 함성이 터져나온 곳입니다. 이를 기념한 조천리 만세동산이 조천 연대 못 미처 있습니다. 3·1운동 뒤에는 주민들이 합심하여 조천 야학당을 세웠답니다. 4·3사건 때 유격대장이었던 이덕구(李德九)는 바로 이곳 조천읍 신촌리 출신으로 일본 유학 중 학병으로 입대해서 관동군 장교로 종전을 맞아 귀향한 뒤 조천중학원 교사로 있다가 4·3사건을 맞았다고 합니다."

나의 이야기가 4·3사건으로 흐르면서 바야흐로 현기영의 소설 「순이 삼촌」으로 넘어가려고 하는데 갑자기 학생들이 목이 빠져라 창밖을 내다보는 것이었다. 어느새 버스가 신촌초등학교 삼거리에 다다랐고 온 동네가 보리빵 마을이라고 해도 될 정도로 보리빵집이 즐비하여 군침을 흘리며 내다보고 있는 것이었다. 그중 원조 보리빵집은 덕인당이다.

신촌리 덕인당 보리빵

조천 신촌리 덕인당은 3대째 이어가는 보리빵집으로, 제주 사람들에게 보리빵은 대구 보천당 아이스케키, 부산 석빙고 팥아이스케키만큼이나 귀에 익고 정겨운 향토 특산품이다. 제주도 통보리로 만들어서 심심하면서도 물리지 않아 서양식 제빵점의 그것과는 전혀 다른 전통의 맛이 있기 때문에 사실 나도 조천에 오면 연북정 못지않게 이 보리빵이 먼저 생각날 정도다. 이것은 감귤초콜릿보다 더 진한 제주의 맛이다. 우리가 차창 밖으로 조천 밭담에서 본 파랗게 자란 보리는 바로 이 보리빵을 위해 계약 재배한 것들이다.

이 덕인당 보리빵이 진화해서 요즘은 팥앙금이 든 것과 들지 않은 것으로 나뉘고, 쑥빵과 흑미빵까지 나와 선택의 폭이 넓어졌다. 젊은이들은 역시 달큼한 것을 좋아하여 쑥빵과 팥앙금보리빵을 선호하고 중늙은

| **덕인당 보리빵집** | 신촌리 신촌초등학교 앞에는 보리빵집이 즐비한데 그중 원조는 덕인당이다.

이들은 생보리빵을 맛보다도 추억으로 먹는다.

빵값은 주먹만 한 보리빵 하나에 500원이다(2012년 7월 기준). 요즘은 택배도 된단다(064-783-6153). 진작 알았으면 우리 학생들에게 이 향토맛을 선사했을 텐데.

덕인당은 당일 만든 보리빵이 떨어지면 즉시 가게문을 닫는다고 한다. 이것은 정성이기도 하지만 인기의 비결이기도 하다. 서광다원 오설록의 녹차아이스크림이 인기가 높아 여름날이면 줄 서서 기다리는 것이 30분은 기본이 된 것도 당일 그 자리에서 만든 것만 팔고 동나면 더 이상 판매하지 않는 데 그 비결이 있다고 했다. 만약 팔고 남으면 그 양이 얼마든 아낌없이 다 버리고 이튿날 다시 만든다고 한다. 일류 음식점의 반찬이 맛있는 것도 당일 그 자리에서 나물을 무쳐주고 밥도 해놓은 게 아니라 바로 해서 주기 때문이다. 이 원칙이 무너지면 곧 일류가 이류로 된다.

오래전 미술 애호가인 청관재 조재진(曺在震) 님과 답사하면서 지방의 어느 호텔에서 아침식사를 하는데 어저께 내린 남은 커피를 데워주는 것이었다. 조사장은 즉시 지배인을 불러 "호텔의 아침 커피는 그 집 일굴입니다. 다시 내려오십시오"라고 정중하게 꾸짖고는 내게 한 말이 있다.

"문화는 소비자가 만듭니다. 소비자의 입이 까다로워야 좋은 음식이 나오고, 소비자의 안목이 높아야 상품도 작품도 질이 향상됩니다."

제주도와 4·3사건

우리 학생들과 답사했을 때는 일정이 맞지 않아 들르지 못했지만, 조천답사라면 마땅히 북촌 너븐숭이에 가야 한다. 너븐숭이는 널찍한 돌밭이라는 뜻이다. 조천에서 김녕으로 가는 일주도로를 따라가다보면 함덕 지나자마자 도로변에 '너븐숭이 4·3기념관'이라는 커다란 입간판이 서 있는 것을 볼 수 있다. 여기는 4·3 때 1949년 1월 17일, 북촌리 주민 400여 명을 남녀노소 가리지 않고 학살한 '북촌리 사건'의 현장으로 위령탑과 기념관이 있다. 그리고 여기가 바로 현기영의 소설 「순이 삼촌」의 무대여서 큰길 안쪽에 '순이 삼촌 문학비'가 세워져 있다.

제주를 답사하자면 어디를 가나 4·3과 만나게 된다. 다랑쉬오름에 가서도, 모슬포에 가서도, 돈내코에 가서도, 관덕정에 가서도, 회천 석인상에 가서도, 한라산 영실에 가서도……

이 비극적인 사실을 모르고는 제주도와 제주인들을 이해할 수 없다. 임진왜란, 3·1운동은 그때 사셨던 분들이 다 돌아가셔서 역사적 거리를 갖고 말할 수 있지만 4·3사건은 목격자, 희생자 가족, 그로 인한 이후의 억울한 고통들이 여전히 그대로 남아 있어 지나간 역사 이야기일 수가 없다.

우리는 있는 그대로 사건을 세상에 알려 영혼과 유가족을 위로하고, 그간 왜곡되어 알려졌던 사실을 바로잡아 가해자든 피해자든 역사의 굴레로부터 자유로워져야 한다. '진실과 화해를 위한 과거사' 정리가 그래서 필요했던 것이다.

제주 4·3사건은 2000년 1월 12일 제주 4·3특별법이 제정·공포되면서 비로소 정부 차원의 진상조사가 착수되었고 2003년 10월 31일에는 노무현 대통령이 공식적으로 제주도민에게 사과하고 덧없이 죽은 영혼들이 폭도가 아니라 양민이었음을 확인했다. 2008년 3월에는 제주시 봉개동 한라산 기슭에 제주 4·3평화공원이 조성되었다.

| 북촌리 4·3위령비 | 4·3 당시 북촌리 주민 학살사건으로 희생된 400여 명의 영혼을 위로하기 위해 세운 위령비이다. 비 뒤쪽에 희생자 이름들이 적혀 있다.

제주인들은 이로써 4·3이 끝나기를 바랐다. 그러나 아직도 해결되지 않은 문제가 남아 있고, 이따금씩 빨갱이들을 토벌한 사건이었다며 학살 행위에 정당성을 부여하는 발언이 나오기도 하고 또 속으로 그렇게 믿고 있는 사람도 적지 않다.

어떤 분은 4·3민주항쟁이라고 부르지만 분명한 것은 350명의 남로당 무장대를 토벌하기 위해 3만 명(현재 확인된 희생자만 약 2만 명)의 민간인이 희생된 비극적인 킬링 필드, 킬링 아일랜드 사건이었다는 것이다.

이 사건을 처음 다룬 작품이 현기영의 「순이 삼촌」이다. 이 소설은 1949년 북촌리 주민 400여 명이 학살당한 사건 때 기적적으로 살아난

'순이 삼촌'이 후유증에 시달리다 끝내는 비극적으로 자살하고 마는 이야기다.

30여 년 전 어느 겨울밤, 별안간 군인들이 들이닥쳐 마을 사람들을 끌어내더니 군경과 공무원 가족들을 나머지 사람들과 분리하기 시작했다. 마을엔 삽시간에 무서운 불길이 타오르고 동요하는 마을 사람들을 군인들은 차례차례 집단 총살했다. 순이 삼촌은 학살을 당하기 전에 기절하는 바람에 기적적으로 살아났지만, 기가 막히게도 두 아이를 잃고 말았다. 순이 삼촌은 그 너븐숭이 옴팡밭에서 사람의 뼈와 탄피 등을 골라내며 30년을 과부로 살았지만 충격과 후유증을 극복하지 못하고 이상행동을 보이다가 결국 자살을 한다.

1978년 『창작과비평』에 발표된 이 소설이 한국문학사, 한국현대사에 끼친 영향은 엄청난 것이었다. 눈물 없이는 읽을 수 없는 이 소설은 사실상 제주 4·3사건 진상 규명의 첫 기폭제가 되었다. 그러나 현기영 선생은 「순이 삼촌」을 발표한 뒤 군사정권의 정보기관에 끌려가 갖은 고문을 받았고 그 후유증으로 지금도 한쪽 귀가 들리지 않는다.

제주 4·3사건의 진행 과정

제주 4·3사건은 1948년 4월 3일 남로당 제주도당 무장대가 12개 경찰지서를 공격하는 무장봉기에서 촉발되었다. 그들이 무장봉기를 하게 된 결정적 계기는 관덕정 광장에서 열린 1947년 3·1절 기념식 때 경찰이 시위 군중에게 발포해 주민 6명이 사망한 사건이었다. 3월 10일 경찰 발포에 항의한 총파업이 있었다. 제주도 직장의 95퍼센트 이상이 참여한 유례없는 민·관 합동 총파업이었다.

이 사태를 중히 여긴 미군정청 하지(J. R. Hodge) 중장은 조사단을 제주에 파견하여 3·10총파업은 경찰 발포에 대한 도민의 반감과 이를 증폭시킨 남로당의 선동 때문이라고 분석했다. 그러나 사후 처리는 '경찰의 발포'보다 '남로당의 선동'에 비중을 두었고, 남로당원 색출작업을 강력하게 추진했다.

도지사를 비롯한 군정 수뇌부들이 전원 외지인들로 교체됐고, 응원경찰과 서북청년단원 등이 대거 제주에 내려가 파업 주모자 검거 작전을 전개했다. 검속 한 달 만에 500여 명이 체포됐고, 4·3사건 발발 직전까지 1년 동안 2,500명이 구금됐다. 테러와 고문도 잇따랐다. 제주도민들의 육지인에 대한 반감은 이때부터 심해졌다.

1948년 3월에는 일선 지서에서 잇따라 세 건의 고문치사 사건이 발생했다. 제주도는 금세 폭발할 것 같은 상황으로 변해갔다. 이때 남로당 제주도당은 조직 노출로 위기 상황을 맞고 있었다. 수세에 몰린 남로당 제주도당 신진세력들은 무장투쟁을 결정했다. 조직을 수호하고, 곧 있을 5·10단독선거에 반대하는 것을 투쟁 목표로 했다.

1948년 4월 3일 새벽 2시, 350명의 무장대가 12개 파출소와 우익 단체인 서북청년단, 대동청년단의 집을 공격하는 무장봉기를 일으켰다. 미군정청은 초기에 1,700명의 경찰력과 500명의 서북청년단을 증파하여 사태를 막고자 했다. 그러나 사태가 수습되지 않자 군대를 투입시켜 모슬포 주둔 제9연대에 진압 작전 출동 명령을 내렸다.

9연대장 김익렬 중령은 '먼저 선무해보고 안 되면 토벌하겠다'는 원칙을 세우고 무장대 측 대표 김달삼과 '4·28협상'을 통해 평화적인 사태 해결에 합의했다. 그러나 이에 불만을 품은 서북청년단이 5월 1일 '오라리 방화사건'을 일으켜 협상이 깨지고 말았다.

미군정청은 9연대장을 교체하고 11연대를 추가로 파견해 5·10선거를 성공적으로 치르려고 했다. 그러나 5월 10일 총선거에서 전국 200개 선거구 중 제주도 2개 선거구만 투표수 과반 미달로 무효 처리되었다. 그러자 미군정청은 브라운 대령을 제주지구 최고사령관으로 임명하여 강도 높은 진압 작전을 전개하며 6월 23일 재선거를 실시하려고 시도했다. 그러나 실패했다.

이후 제주사태는 한때 소강 국면을 맞았다. 무장대는 김달삼 등 남로당 지도부가 '해주대회'에 참가하면서 조직 재편의 과정을 겪었다. 이후 김달삼은 제주로 돌아오지 않았고 무장대 총책은 이덕구가 맡은 것으로 알려졌다. 군경 토벌대는 8월 15일 정부 수립 과정을 거치면서 느슨한 진압 작전을 전개했다. 그러나 대한민국 단독정부가 수립되고, 북쪽에 또 다른 정권이 세워짐에 따라 이제 제주사태는 단순한 지역 문제를 뛰어넘어 정권의 정통성에 대한 도전으로 인식되었다.

이승만정부는 10월 11일 제주도경비사령부를 설치하고 본토의 군 병력을 제주에 증파했다. 그런데 이때 제주에 파견하려던 여수의 14연대가 제주도 양민 학살에 동원될 수 없다며 출동을 거부하는 이른바 '여순반란사건'이 일어남으로써 사태는 걷잡을 수 없는 소용돌이에 휘말리게 되었다.

새로 임명된 9연대 송요찬 연대장은 해안선으로부터 5킬로미터 이상 들어간 중산간지대를 통행하는 자는 폭도배로 간주해 총살하겠다는 포고문을 발표했다. 이때부터 중산간마을을 초토화하는 대대적인 강경 진압 작전이 전개되었다. 이와 관련해 미군 정보보고서는 "9연대는 중산간지대에 위치한 마을의 모든 주민들이 명백히 게릴라 부대에 도움과 편의를 제공하고 있다는 가정 아래 마을 주민에 대한 '대량학살 계획'을 채택했다"고 적고 있다.

11월 17일, 제주도에 계엄령이 선포되었다. 계엄령하에서 중산간마을 주민들이 많은 피해를 입었다. 해안마을로 피해 온 주민들까지도 무장대에 협조했다는 이유로 죽임을 당했다. 그 결과 목숨을 부지하기 위해 입산하는 피란민이 더욱 늘었고, 이들은 추운 겨울을 한라산 속에서 숨어 다니다 잡히면 사살되거나 형무소로 보내졌다. 심지어 '도피자 가족'으로 분류되면 그 부모와 형제자매를 대신 죽이는 '대살(代殺)'이 자행됐다.

12월 말 진압 부대가 9연대에서 2연대로 교체됐지만, 강경 진압은 계속되었다. 재판 절차도 없이 주민들이 집단으로 사살되었다. 순이 삼촌의 '북촌리 사건'도 조천에 주둔하고 있던 2연대에 의해 자행되었다.

1949년 3월 제주도지구 전투사령부가 설치되면서 진압·선무 병용 작전이 전개되었다. 신임 유재홍 사령관은 한라산에 피신해 있던 사람들이 귀순하면 모두 용서하겠다는 사면 정책을 발표했다. 이때 많은 주민들이 하산했다.

1949년 5월 10일 재선거가 성공리에 치러졌다. 그리고 6월 무장대 총책 이덕구가 사살됨으로써 무장대는 사실상 궤멸되었다. 이덕구는 경찰서 앞 관덕정 광장의 전봇대에 효수되었다. 그의 주머니에는 숟가락이 꽂혀 있었다. 이것은 현기영의 소설 『지상에 숟가락 하나』의 주제가 되었다.

4·3사건은 여기서 일단락되었다. 이 사건으로 희생된 사람은 약 2만 내지 3만 명, 당시 제주도민의 10분의 1이었다.

그러나 4·3은 여기서 그치지 않고 1950년 한국전쟁이 발발하면서 또다시 비극적인 사태를 일으켰다. 입산자 가족 등이 대거 예비검속되어 죽임을 당했다. 사계리 '백조일손지묘'의 희생자들도 이때 학살된 것이었다. 전국 각지 형무소에 수감되었던 4·3사건 관련자들도 즉결처분되었다. 이때 3천여 명이 죽임을 당했고 유족들은 아직도 그 시신을 대부분 찾지 못하고 있다.

한라산 금족(禁足) 지역이 전면 개방되면서 제주 4·3사건이 완전히 가라앉은 것은 1954년 9월 21일이었다. 이로써 1947년 3·1절 발포사건과 1948년 4·3남로당 신진세력의 무장봉기로 촉발되었던 제주 4·3사건은 7년 7개월 만에 막을 내리게 된 것이다.

4·3유적지 위령탑 유감

너븐숭이 4·3유적지에는 위령탑과 기념관이 있다. 그러나 제주의 수많은 위령탑과 기념관에는 문제가 많다. 비극적인 사건으로 덧없이 희생된 영혼을 위로하기 위한 것이면서 하나같이 허위허식으로 세워져 4·3사건의 진정성을 오히려 해치고 있다. 아픔의 유적지는 아픔의 유적지다워야 하는데, 이른바 폴(pole), '그놈의 뽈대'를 세워놓은 충혼탑처럼 되어 있다. 참으로 안타깝고 미안한 이야기들이다.

나는 2009년 노무현 전 대통령이 서거하고 난 후, 그의 묘역에 설치할 아주작은비석건립위원회 위원장이 되어 세계 각국의 기념비를 연구해볼 기회를 가졌다. 전쟁과 희생을 기린 유적지와 기념비는 세계 어느 나라에나 있다. 그중 현대건축사에서 명작으로 꼽히는 것을 보면 우리 식의 '뽈대'는 거의 없다. 독일 하르부르크(Harburg) 모뉴먼트는 요헨 게르츠(Jochen Gerz)가 설계한 것으로, 12미터의 사각기둥을 세워놓은 뒤 거기에 유대인 학살 때의 기억과 추모를 사람들이 새기게 한 다음 해마다 2미터씩 땅으로 묻어 6년 뒤에는 완전히 땅속으로 집어넣었다. 과거사를 극복하는 기억의 낙서였다.

베를린 홀로코스트 모뉴먼트는 아이젠만(Peter Eisenman)의 작품으로, 무덤 모양의 콘크리트 박스 300개로 지형을 만들었다. 워싱턴에 있는 베트남전쟁 기념 모뉴먼트는 마야 린(Maya Linn)이 설계한 것으로, 땅속으로 꺼져들어가는 벽을 세우고 그 벽에 죽은 병사들의 이름을 새

| **뽑대** | 1. 제주해녀항일운동기념탑 2. 조천 만세동산 3. 세화리 충혼탑 4. 사라봉 의병항쟁기념탑

| 세계의 유명 모뉴먼트 | 1~4. 독일 하르부르크의 모뉴먼트 5~6. 워싱턴의 베트남전쟁 기념 모뉴먼트 7~8. 베를린의 홀로코스트 모뉴먼트

겨 그 앞에 서 있는 사람이 그 이름과 벽에 비치게 하였다.

수없이 많은 희생을 치른 우리나라에, 수없이 많은 위령탑을 세웠으면서 이런 건축적 사고와 진정성을 보여준 것이 하나도 없다는 것은 후손들에게 낯부끄러운 일이다.

2008년에 개관한 제주4·3평화공원 설계 공모 때, 영화 「말하는 건축가」(2012)의 정기용 등 여러 좋은 건축가들이 응모했다. 그때 뜻있는 건축가들은 광주 5·18묘역, 부마항쟁기념관, 거창양민학살 추모관 등 그간의 추모관에 모두 현충원 충혼탑 비슷한 위령탑을 경쟁적으로 높게 세우는 것은 절대로 맞지 않다고 생각하여 상투적인 위령탑 대신 지하로 길을 내고 평지를 고르면서 엄숙하게 디자인했다. 내가 알기로는 세 편의 응모작이 그랬다.

그런데 이들의 작품은 '뽈대'를 세우지 않았다고 해서 모두 예심에서 탈락했다. 예심에서 떨어진 정기용은 그때의 심정을 내게 이렇게 말했다.

"나뿐만 아니라 땅속으로 집어넣어 지상과 연결시킨 작품은 죄 떨어뜨렸어. 그것도 예심에서. 저놈의 뽈대가 우리나라 기념관에서 언제나 없어지려나."

"뽈대가 없으면 떨어질 줄 알면서 왜 안 세우고 응모했어?"

"외국의 전쟁기념관들은 하나같이 건축적 명작으로 남았는데 우리나라의 기념관, 추모공원은 천편일률적으로 뽈대를 앞세운 허황된 기념탑으로 되어 있으니 후세들이 뭐라고 흉볼지 뻔하잖아. 그때 건축가들은 다 뭐 했느냐고 질타할 거야. 나도 뽈대 없으면 떨어질 줄 알고 있었어. 하지만 이것이 잘못된 것이라고 항변한 건축가도 있었다는 증거라도 남기고 싶었던 거야. 마치 국회의원이 내가 반대했다는 사실을 속기록에 남겨달라고 요구하는 것 같은 심정으로."

| 너븐숭이 애기무덤 | 4·3 때 400여 명의 주민이 희생된 북촌리 양민 학살로 덧없이 죽은 어린아이들의 무덤이다.

순이 삼촌 문학비에서

너븐숭이에서 진짜 우리의 가슴을 미어지게 하는 추모의 염을 일으키는 것은 길가에 있는 애기무덤들이다. 관도 쓰지 않은 무덤인지라 대야만 한 크기로 동그랗게 현무암을 둘러놓은 것이 전부인 애기무덤 여남은 개가 옹기종기 모여 있다. 그 애처롭고 슬픈 풍경을 나는 다 표현하지 못한다. 무덤가에는 시민 단체들이 연합하여 세운 작은 까만 대리석 비석이 놓여 있다. 거기에는 이렇게 쓰여 있다.

"평화와 상생(相生)의 꽃으로 피어나소서. 4·3 희생자들의 넋을 기리며 남겨진 유가족들에게도 깊은 형제적 연대감과 평화를 기원하나이다."

| 「순이 삼촌」 문학비 | 너븐숭이는 현기영의 소설 「순이 삼촌」의 무대여서 문학비가 세워졌다. 소설의 한 대목씩 쓰여 있는 장대석들이 무리 지어 뒹굴고 있어 학살의 현장을 연상케 한다.

조촐할지언정 위로하고 추모하는 마음이 진실되어 가슴이 뭉클해진다. 누가 이 애기무덤과 비석을 보면서 4·3을 불온분자의 폭동이라고 할수 있겠는가. 유적지의 진정성이란 이런 것이다. 그래도 더러는 애기무덤을 보면서 "아이들까지도 죽였단 말인가?"라고 적이 놀라고 의심이 가는 분도 있을 것 같다. 그러나 정말 당시는 그랬고, 그보다 더 이해하기힘든 사실도 있다. 제주의 화가 강요배가 4·3사건을 주제로 한 「동백꽃지다」 연작을 전시할 때 얘기다. 요배 그림을 좋아한 그의 팬 한 분은 그의 이름까지 멋있다고 생각해서 "선생님은 이름도 예술적이에요. 아버님이 멋있는 분이었나 봐요"라고 친근하게 말하자 요배는 멋쩍은 듯 아무 말 하지 않고 빙긋이 웃기만 했다.

그때 요배는 모르는 사람이라 말해주지 않았지만 그의 이름에는 4·3사건의 아픔이 그대로 배어 있다. 4·3사건의 양민 학살 당시 지금 제주공항인 성뜨르에 토벌대가 수백 명의 주민들을 모아놓고 호명할 때 "김철수"라고 불러 동명을 가진 세 명이 나오면 누군지 가려내지 않고 모두 처형했다는 것이다. 그때 요배 아버지는 내 아들 이름은 절대로 동명이 나오지 않는 독특한 이름으로 지을 것이라고 마음먹어 요배의 형은 강거배, 요배는 강요배가 된 것이다. 제주인에게 4·3의 상처는 그렇게 깊고 오래 지속되었던 것이다.

너븐숭이 애기무덤 곁으로 큰길 안쪽에는 '순이 삼촌 문학비'가 세워져 있다. '순이 삼촌'이라고 새긴 기둥이 하나 서 있고 그 주위에는 「순이 삼촌」 소설의 문장들이 새겨진 수십 개의 장대석이 널부러져 있다. 마치 북촌리 학살 때 시신들이 쓰러져 있던 모습을 연상케 한다. 비석을 향해 가는 동안 소설의 구절들을 스치듯 읽게 되니 자연히 고개가 땅을 향하여 추모하는 자세가 된다. 제주도에서 본 가장 진정성이 살아 있는 기념 설치물이었다. 그중 한 대목을 읽어보니 이렇게 쓰여 있었다.

"순이 삼촌네 그 옴팡진 돌짝밭에는 끝까지 찾아가지 않은 시체가 둘 있었는데 큰아버지의 손을 빌려 치운 다음에야 고구마를 갈았다. 그해 고구마 농사는 풍작이었다. 송장 거름을 먹은 고구마는 목침 덩어리만큼 큼직큼직했다."

지금도 사람들은 행여 무슨 오해라도 살까봐 4·3을 쉬쉬하기도 한다. 그러나 이제 우리는 4·3사건을 당당히 얘기해야 한다. 그것은 외면한다고 잊힐 수 있는 일이 절대 아니다. 조천에 왔으면 마땅히 너븐숭이를 들러야 진정한 답사객이라 수 있는 것이다.

2012.

설문대할망의 장대한 대지예술

제주의 자연 / 다랑쉬오름 / 용눈이오름 / 김영갑 갤러리 /
아부오름 / 『오름나그네』

강요배의 「제주의 자연」전

지금이라고 내가 제주를 안다고 말할 수 있으랴마는 이렇게나마 제주
이야기를 들려주게 된 계기는 1994년 학고재에서 열린 강요배의 「제주
의 자연」전 덕분이다. 강요배는 1980년대 민중미술에서 독특한 위치에
있었다. 그는 '현실과발언'의 멤버로 민중미술운동의 한가운데에 섰지만
언제나 민중미술을 이념이나 논리로 접근하지 않고 오직 현실을 직시하
는 리얼리스트로서 운동에 동참했다. 혹자는 이를 강요배의 한계라고 지
적했지만 나는 이야말로 어떤 환경에서도 그의 작가적 개성을 확보해주
는 튼실한 자세라고 지지했다.

강요배는 생래적으로 거짓말을 할 줄 모른다. 그것은 그림에서도 마
찬가지였다. 한번은 그가 호박꽃을 10호 크기로 그렸는데 얼마나 순박

| **강요배 「호박꽃」** | 탐스럽고 싱싱하게 피어난 호박꽃을 클로즈업한 이 그림에는 농촌에서만 볼 수 있는 풋풋한 서정과 순정이 흠뻑 배어 있다.

하게 그렸는지 나는 그림을 사서 연구실에 걸고 싶었다. 그러나 이미 팔렸다는 것이다. 그래서 학고재 사장에게 또 한 점 그려오면 내가 살 테니 부탁해놓으라고 했다. 내가 직접 말하면 그냥 달라는 뜻이 될 것 같아 화랑을 통해 말을 건넨 것이었다. 그런데 그해 겨울이 다 가도록 통 소식이 없어서 다시 학고재로 찾아가 강요배의 호박꽃 그림이 어떻게 되었느냐고 물었더니 학고재 사장이 재촉했다가 혼만 났다는 것이다. 뭐라고 혼내더냐고 물으니 이렇게 말하더라는 것이다.

"이 사람아! 호박꽃이 펴야 그리지. 겨울에 호박꽃이 펴?"

결국 나는 요배의 「호박꽃」을 구하지 못했다. 이런 강요배이다.

1990년대에 들어서면서 문민정부 등장과 함께 민주화운동에는 큰 변화가 일어났고 민중미술도 한 고비를 넘어 저마다 새로운 길을 모색할 때 그는 고향인 제주로 낙향했다. 그런 지 2년 남짓 지난 1994년의 어느 날 과묵하기 그지없는 요배가 전화를 걸어왔다.

"제주에 한번 와주지 않으시렵니까? 오랜만에 고향으로 와 제주의 자연을 그려봤거든요."

나는 미술평론가로서 직업적인 호기심이 일어났다. 요배가 제주를 그렸다면 여느 풍경화가와는 다를 게 분명했다. 오로지 그의 작품을 보려고 제주로 갔다.

제주시 외도동 월대(月臺) 가까이 있는 그의 화실을 들어선 순간 나는 아주 신선한 감동을 받았다. 「흰 바다」「팽나무」「마파람」「황무지」「산국이 있는 가을 밭」「콩밭」「수선화」「엉겅퀴 언덕」「다랑쉬오름」…… 그가 그린 제주의 자연은 이제까지 내가 보아온 제주, 내 머릿속에 있던 제주의 이미지와 너무도 달랐다. 당연히 있으리라 기대했던 한라산 전경은 단 한 폭도 없었다.

형식 자체도 여느 풍경화가들의 그것과 달랐다. 대상은 묵직하고 필치는 느릿하고 색채는 야성적인 갈색과 검은색이 주조를 이루었다. 초록의 들판 그림에서도 검은색은 빠지지 않았고, 흰 파도의 포말도 검은 돌 위로 넘어왔다. 요배의 검은색은 제주 땅의 기본을 이루는 화산암이었다.

「흰 바다」에서는 남쪽 먼바다로부터 마파람이 불어오면서 크게 뒤채는 파도가 넘실댄다. 「팽나무」에서는 맵찬 칼바람에 살점이 깎여 검은 뼈 가지로 버티는 제주 팽나무의 생명력이 살아 있다. 넋을 잃고 작품 하나씩 감상하고 있는데 요배가 팸플릿에 실을 「작가의 변」을 건넸다. 그것은 그림보다 강렬한 이미지를 갖고 있었다.

바람이 구름을 휩쓸어 「황무지」를 후려친다. 새벽 공기 속 「호박꽃」이 싱싱한 여름, 한낮엔 속으로 붉게 타는 황금빛 「보리밭」 들판 가득 흐드러지고, 땡볕에 무르익은 「노랑참외」의 단내가 들길에 썩어 넘실거릴 때 「먼바다」는 쪽빛이다. 능선 고운 「오름」 잔디가 금빛으로 옷갈이하고 맑은 바람 속에 작은 「산꽃」들이 하늘댄다.

그것은 육지인의 눈에는 포착되지 않고 제주에 뿌리내리고 사는 자만이 보여줄 수 있는 제주의 표정들이었고 거기에 사는 제주인의 체취였다. 그것은 제주의 '풍광'이 아니라 제주의 '자연'이었다. 역시 그는 리얼리스트였다. 제주는 내게 새롭게 다가왔고 나는 그의 그림을 통해 제주를 다시 배우기 시작했다.

오름의 왕국으로 가는 길

강요배의 작품 중에는 「다랑쉬오름」이라는 아주 이색적인 그림이 있었다. 아름다운 능선의 동산 하나가 시커먼 돌무더기와 누런 흙덩이가 뒤엉킨 황무지 들판 너머로 마치 거대한 신라 고분처럼 거룩하게 솟아 있는 그림이다. 거의 이국적이라는 느낌이 들었다.

| **강요배 「산꽃」** | 다랑쉬오름의 한 자락을 그린 이 그림에는 살짝 걸쳐 있는 구름이 가볍게 지나가는 바람을 느끼게
해주면서 화면 상에 가벼운 움직임이 일어난다.

"이건 어딜 그린 건가?"

"다랑쉬오름이죠."

"신비감을 주려고 대단히 애썼구면."

"신비하고말고요. 그런데 오름 능선에 올라갔을 때 느끼는 신비감
은 다 담아내지 못했어요. 여기 올라가봤습니까?"

"아니."

"가보면 상상을 초월하는 풍광이 나옵니다. 능선에 올라선 순간
'뻥!' 하고 뚫린 분화구가 하늘을 향해 열려 있습니다. 그건 가보기 전
에는 설명이 안 됩니다."

이 대목에서 요배의 목청은 한 옥타브 올라갔다. 그리고 요배는 오름

에 올라가본 일이 없는 사람은 제주 풍광의 아름다움을 말할 수 없고, 오름을 모르는 사람은 제주인의 삶을 알지 못한다고 힘주어 말했다. 요배는 남에게 절대로 강요하는 법이 없는 성격인지라 그가 이처럼 강하게 나오는 경우는 강한 확신이 있을 때만 있는 일이다.

"오름은 제주의 빼놓을 수 없는 표정이자 제주인의 삶이 녹아 있는 곳이라!"

나는 당장 다랑쉬오름을 가보고 싶었다. 그것을 보지 않고 어떻게 그의 그림에 평을 쓸 수 있겠는가. 그리하여 그의 화실에서 하룻밤을 지내고 이튿날 아침, 일단 제주 시내로 가서 민예총의 김상철에게 전화를 걸어 답사팀을 꾸려 다랑쉬오름에 가자고 했다. 이런 일은 상철이에게 부탁하면 차질 없이, 아니 150퍼센트 해낸다. 여지없이 상철이는 자동차 가진 사람을 꼬드겨서 우리 팀에 끌어넣었다.

다랑쉬오름은 구좌읍 세화리와 송당리에 걸쳐 있다. 천연기념물로 지정된 제주의 빼놓을 수 없는 명소 비자림의 동남쪽 1킬로미터 지점이다. 제주 시내에서 가자면 번영로(97번 도로)와 비자림로, 중산간동로를 거쳐 가거나 산천단을 지나 일단 5·16도로(1131번 도로)로 들어섰다가 산굼부리를 거쳐가는 1112번 도로로 갈 수도 있다. 제주 시내에서 37킬로미터 거리로, 탐방로 입구 주차장까지 45분 정도 걸린다. 어느 길로 가야 할까? 단정적으로 말하기를 잘하는 상철이는 무조건 후자로 가야 한다고 했다.

"육지 촌사람에게 오름을 알려줄 요량이라면 윗길로 갑시다. 산굼부리도 보고 아부오름, 용눈이오름도 보여주어야 오름이 뭔지 설명이 될 게 아닙니까? 그나저나 형님은 여태껏 오름에 올라본 일이 없단 말입니까? 그러면서 어떻게 요배가 그린 「제주의 자연」 평론을 쓸 생각을 했답니까? 그동안 제주에 와서 뭘 보고 다녔습니까?"

상철이는 제주 자랑을 가슴에 담고 마냥 나를 놀리듯 말했다. 사실 나는 그때까지만 해도 제주에 많이 가보지 못했다. 요새야 너나없이 제주를 육지와 매한가지로 드나들지만 한동안은 신혼여행으로나 갈 수 있는 곳이었다. 그나마 1970년대에 제주 신혼여행은 상위 20퍼센트의 부유층만이 누리는 호사였다. 그때는 비행기를 탄다는 것 자체가 부의 상징이었다.

1975년에 결혼한 나는 신혼여행을 제주도로 못 가고 허허벌판에 세워진 유성온천 만년장호텔(지금의 리베라호텔)로 갔다. 그래도 온양온천으로 가는 촌보다는 멀리 간 셈이다. 1980년대에 나는 미술평론가라는 명함을 가졌지만 사실상 백수인 주제에 일없이 제주를 갈 형편이 안 되었다. 그러니까 강요배의 「제주의 자연」전 이전에는 생초보이고 맹탕이었던 셈이다. 그러니 어떻게 오름을 알 수 있었겠는가?

제주섬의 상징, 오름

'오름'이란 산봉우리, 또는 독립된 산을 일컫는 제주어로 한라산 자락에만 자그마치 300곳이 넘는다. 혹자는 330곳, 혹자는 360곳이라고 한다. 오름은 화산섬인 제주도의 생성 과정에서 일어난 기생화산이다. 흰죽을 끓일 때 여기저기서 부글부글거리는 현상을 연상하면 된다.

오름은 기생화산이기 때문에 지상에서 처다본 모습은 봉긋하지만 정상에 이르면 분화구가 둥글게 파여 있다. 이를 제주어로 '굼부리'라고 한다. 다랑쉬오름, 아부오름은 둥근 자배기를 엎어놓은 듯하다. 용눈이오름은 기생화산 서너 개가 겹쳐서 터지는 바람에 어깨를 맞대듯 붙어 있어 능선이 굽이치는 곡선을 이룬다. 거문오름은 굼부리가 겹쳐지면서 둥근 원이 아니라 쌍곡선을 이루며 말발굽 모양이 되었다. 어떤 오름은 서너 개의 굼부리가 삼태기 모양으로 드러나 있기도 한다. 그래서 오름은 저마다의 표정이 다르다.

제주섬 어디를 가나 오름이 없는 곳이 없다. 한 섬이 갖는 기생화산의 수로는 세계에서 으뜸이라고 한다. 오름은 자생식물의 보고(寶庫)며, 지하수 형성지대다. 중산간지대의 오름은 촌락 형성의 모태가 되기도 했고, 말을 돌보는 테우리들의 생활 터전이기도 하다. 제주인들은 태어나면서부터 오름을 보고 자랐고, 거기에 의지해 삶을 꾸렸고, 오름 자락 한쪽에 산담을 쌓고 떠나간 이의 뼈를 묻었다. 오름이 없는 제주도를 제주인들은 상상조차 할 수 없다.

전설에 따르면 제주의 거신(巨神) 설문대할망이 치마로 흙을 나르면서 한 줌씩 새어나온 게 오뚝오뚝한 오름이 되었고, 그중 너무 도드라진 오름을 주먹으로 툭 쳐서 누른 게 굼부리라고 한다. 오름은 그렇게 신성시되어 숱한 설화를 피워냈고 신비로운 오름에는 많은 제(祭)터가 남아 있다. 오름은 제주 사람과 신들의 고향이다.

상상할 수 없는 풍광, 다랑쉬오름

관광지로도 유명한 교래의 산굼부리는 그 자체는 오름인데 제주의 오름 중 굼부리가 가장 크기 때문에 산굼부리라는 이름을 갖고 있다. 산굼부리를 지나 송당목장의 언덕길을 내려서면서 차창 밖으로 경사진 들판에 있는 오름의 능선들이 눈에 들어오기 시작했다.

| **다랑쉬오름** | 마을에서 바라본 다랑쉬오름은 오름의 여왕이라는 별칭을 얻을 정도로 그 형체미가 대단히 아름답다.

　상철이는 창밖을 가리키며 왼쪽은 샘이오름, 오른쪽은 동거문오름, 앞에 보이는 건 당오름 하고 친절한 교사인 양 나에게 오름의 이름을 알려주는데 가까이서, 멀리서, 그리고 겹겹이 펼쳐지는 오름의 능선들은 그이름만큼이나 신비롭고 아름답고 정겹게 다가왔다.

　제주의 동북쪽 구좌읍 세화리 송당리 일대는 크고 작은 무수한 오름들이 저마다의 맵시를 자랑하며 드넓은 들판과 황무지에 오뚝하여 오름의 섬 제주에서도 오름이 가장 많고 아름다운 '오름의 왕국'이라고 했다. 그중에서도 다랑쉬오름은 '오름의 여왕'이라고 불린다.

　멀리서 드러난 다랑쉬오름은 자태가 정말로 우아하고 빼어났다. 바릿대를 엎어놓은 형상이지만 대지에 퍼져 내린 모습을 『오름나그네』의 김종철은 "비단 치마에 몸을 감싼 여인처럼 우아한 몸맵시가 가을 하늘에 말쑥하다"고 표현했다.

산마루는 가벼운 곡선을 그리지만 오름의 능선은 대칭을 이루어 정연한 균제미(均齊美)를 보여준다. 능선은 매끈한 풀밭으로 덮여 있어 결이 아주 곱고, 아랫자락에서는 아무렇게나 자란 나무들이 다랑쉬오름을 공손히 감싸준다.

다랑쉬라는 이름의 유래에는 여러 설이 있으나 다랑쉬오름 남쪽에 있던 마을에서 보면 북사면을 차지하고 앉아 된바람을 막아주는 오름의 분화구가 마치 달처럼 둥글어 보인다 하여 붙여졌다는 설이 가장 정겹다. 그래서 다랑쉬오름은 한자로 월랑봉(月郞峰)이라고 표기한다. 표고는 해발 382.4미터지만 주변의 지형과 비교한 산 자체의 높이인 비고(比高)는 227미터며, 밑지름이 1,013미터에 오름 전체의 둘레는 3,391미터에 이른다.

내가 처음 다랑쉬오름에 갈 때만 해도 오름이 일반에 알려지지 않아 탐방로가 따로 없었다. 분화구 정상에 이르는 가파른 경사면을 지그재그로 올라가야 했다. 그러다 패러글라이딩의 적지(適地)로 알려지고 활공장(滑空場)이 생기면서 북쪽으로 오르는 길이 생겼고 지금은 오름 오르기가 일반화되면서 자동차의 접근이 쉬운 동쪽에 넓은 주차장과 함께 타이어매트를 깐 탐방로가 개설됐다. 탐방로 입구에서 정상까지는 600미터 내외여서 늦은 걸음이라도 이삼십 분이면 오를 수 있다.

오름 아랫자락에는 삼나무와 편백나무 조림지가 있어 제법 무성하다 싶지만 숲길을 벗어나면 이내 천연의 풀밭이 나오면서 시야가 갑자기 탁 트이고 사방이 멀리 조망된다. 경사면을 따라 불어오는 그 유명한 제주의 바람이 흐르는 땀을 씻어주어 한여름이라도 더운 줄 모른다. 발길을 옮길 때마다, 한 굽이를 돌 때마다 시야는 점점 넓어지면서 가슴까지 시원하게 열린다.

| 아끈다랑쉬오름 | 다랑쉬오름을 오르다보면 계속 내려다보게 되는 아끈다랑쉬오름이 아주 귀엽기만 한데 마침내는 낮은 굼부리까지 전체 모습을 보여주게 된다.

귀여운 아끈다랑쉬오름

동쪽으로 난 탐방로를 따라 오르다보면 다랑쉬오름과 닮은 작은 오름 하나가 눈에 들어온다. 오름의 형태도 그렇고 굼부리가 파인 모습이 다랑쉬오름과 무척 닮은지라 '아끈다랑쉬'라는 이름을 얻었다. '아끈'은 버금간다는 말로 '새끼다랑쉬'라는 뜻이다. 실제로 멀리서 보면 마치 모자(母子)가 다정하게 앉아 있는 듯하다.

아끈다랑쉬는 아래서 볼 때는 그저 낮고 평퍼짐한 모습이어서 눈에 잘 띄지 않는다. 그러나 다랑쉬오름을 오르면서 내려다보면 작고 귀여운 굼부리를 점차 보여주기 시작하여 마침내는 낮게 파인 펀치볼처럼 어여쁜 전모를 드러낸다.

내가 처음 다랑쉬오름에 오를 때는 봄이 한창이어서 각시붓꽃·할미

| **다랑쉬오름과 아끈다랑쉬오름** | 다랑쉬오름 곁에는 아끈(작은)다랑쉬오름이 있어 마치 모자가 앉아 있는 모습으로 보인다. 특히 용눈이오름에서 바라볼 때 더욱 그렇게 느껴진다.

꽃·층층이꽃이 곳곳에서 웃음을 보내듯 피어 있었다. 발걸음을 내디딜 때는 이 꽃 저 꽃을 미소로 맞이했고, 한 모롱이 돌아 숨을 고를 때는 아 끈이를 내려다보며 이제는 굼부리가 얼마만큼 보이는가 눈으로 크기를 재며 올랐다. 그러다 아끈다랑쉬가 통으로 그 몸체를 드러낼 때는 어미 소가 길게 앉아 풀 뜯는 송아지를 지켜보듯 망연히 거기서 눈길을 놓지 않았다.

그리고 그해 늦가을, 다랑쉬오름이 못내 그리워 다시 찾아와 바로 그 자리에 길게 앉아 아끈다랑쉬를 내려다보는데 갑자기 조랑말 여남은 마 리가 줄지어 능선자락을 넘어갔다. 영화의 한 장면 같았다. 문득 현기영 의 소설 「마지막 테우리」의 한 장면이 떠올랐다.

한철이 끝나버린 목장은 바야흐로 초겨울 특유의 눈부신 빛이 일렁거리고 있었다. 스러져가는 생명이 마지막으로 발산하는 아름다움, 눈부신 금빛의 들판과 오름들, 서리 깔린 듯 하얀 억새꽃 무리들, 구름이 그림자를 던지며 지나갈 때마다 마치 마지막 숨을 몰아쉬듯 밝았다 어두웠다 하고 있었다. 노인은 바로 아래 소 두 마리가 외롭게 풀을 뜯고 있는 분화구 한가운데로 눈길을 돌렸다. 하늬바람이 덜 미치고 샘물통 근처라 초록빛이 조금 남아 있었다.

잊어버릴 뻔했다. 일없이 오름에 오르는 답사객은 봄꽃의 아름다움, 가을 억새의 감상을 말하며 낭만 한 자락을 꺼내들지만 오름의 주인은 조랑말과 테우리들이었다. 요배가 다랑쉬오름을 그리면서 고운 빛깔이 아니라 무거운 빛깔을 사용한 까닭은 제주인의 삶 속에 있는 오름의 무게감이 그렇게 묵직했기 때문이었나보다.

다랑쉬오름의 굼부리에서

비록 이삼십 분 거리지만 가파른 경사면을 타고 오르는 등산인지라 다리 힘이 풀린다. 그러나 아무리 힘들다고 엄살을 부리던 사람도 능선이 눈에 들어오면 언제 그랬느냐는 듯 잰걸음으로 달려간다. 마치 눈깔사탕을 끝까지 빨아먹지 못하고 마지막엔 우두둑 깨물어버리는 심리와 흡사하다.

그리하여 오름 정상에 오른 순간, 깊이 115미터의 거대한 분화구가 발 아래로 펼쳐진다. 사람들은 너나없이 넋을 잃고 장승처럼 꼿꼿이 서서 굼부리를 내려다보며 자신의 눈을 의심한다. 깔때기 모양의 분화구는 바깥 둘레가 1.5킬로미터다. 깊이는 한라산 백록담과 똑같다고 한다. 세상

| 다랑쉬오름 분화구 | 오름의 산마루에 도달하는 순간 뻥 뚫린 굼부리가 발아래로 깊이 펼쳐진다. 아래쪽에서 볼 때는 전혀 예상치 못했던 장면이 전개되어 절로 탄성을 자아내게 된다.

에 이럴 수가 있단 말인가? 굼부리 굼부리 하더니 이것이 굼부리의 진면목이던가? 신비감을 넘어선 놀라움이며 감히 탄성조차 내뱉을 수 없다. 입안 쪽으로 메어지는 침묵의 탄성이 있을 뿐이다.

지금은 출입을 제한하지만 10여 년 전 화가 임옥상, 건축가 승효상과 함께 왔을 때 옥상이는 예의 호기심을 이기지 못해 나를 끌고 굼부리 아래까지 줄달음질쳐 내려갔다. 바닥에 이르러 우리는 큰대(大)자로 누워버렸다. 원반처럼 둘린 분화구 끝 선을 따라 가을 하늘이 코발트빛 물감을 쏟아부은 듯했다. 옥상이가 가볍게 감탄을 말한다.

"지금 우리가 보고 있는 저 하늘의 넓이가 몇 평이나 될까요?"
"천오백만 평이라던데."

458

"형님은 그러니까 '구라' 소리를 듣는 거예요. 하늘은 무한대인데 무슨 근거로 일천, 이천만 평도 아니고 천오백만 평이라는 겁니까?"

"구라가 아니라 정말이라구. 지난번에 관리소 아저씨한테 들은 거야. 나는 거짓말 같은 사실을 말했지, 거짓말 보탠 구라를 핀 적이 없어요. 올라가서 관리소 아저씨 있으면 물어보라고."

우리는 등을 털고 일어나 다시 굼부리를 빠져나와 산마루에 올랐다. 내려갈 때는 순식간이었지만 올라오자니 넓적다리가 부러지는 것만 같았다. 올라오자마자 옥상이는 관리소에 있는 아저씨 쪽으로 달려가 내가 시키는 대로 물어보더니 웃음을 가득 머금고 보고하듯 말했다.

"틀렸습니다, 형님. 천오백오십만 평이랍니다. 아저씨가 재봤대요."

일망무제의 구좌 들판

우리는 분화구를 한 바퀴 돌기로 했다. 오름은 사방 경치가 한눈에 들어오는 게 큰 매력이라더니 다랑쉬오름 정상에서는 북서쪽으로 비자림과 돗오름이, 남동쪽으로 용눈이오름과 중산간의 풍력발전소가 훤히 보인다. 그리고 멀리 제주의 북쪽과 동쪽 해안까지 아스라이 눈에 들어오기도 한다.

어느 쪽으로 돌든 상관은 없지만 오르막이 가파르지 않은 시계 방향, 즉 남쪽으로 도는 게 좋다. 정상부 탐방로를 따라 10여 분 가면 점점이 펼쳐지는 오름의 모습이 장관 중 장관이다. 누군가 말하기를 카메라 셔터만 누르면 그것이 곧 작품이 된다고 했다. 그 오름군들을 조망할 수 있는 쉼터에 나 같은 육지인을 위해 2010년에 안내판이 하나 세워졌다.

| **다랑쉬오름에서 바라본 용눈이오름** | 다랑쉬오름 정상에 올라서면 사방이 널리 조망된다. 특히 용눈이오름 쪽을 바라보면 우리나라에서는 보기 힘든 거친 황무지가 펼쳐져 색다른 서정이 일어난다.

다랑쉬오름의 경관

(…) 지미봉, 은월봉, 말미오름, 성산 일출봉, 소머리오름, 용눈이오름, 손지봉, 동거미오름, 백약이오름, 좌보미오름, 높은오름, 돌오름, 둔지봉, 묘산봉, 알밤오름, 체오름, 안돌오름, 밧돌오름 등이 파노라마로 펼쳐지고, 세화, 종달, 하도, 성산 등의 마을이 바다와 함께 어우러져 한 폭의 그림을 연출한다.

나는 철 따라 다랑쉬오름에 예닐곱 번 올랐다. 다만 오름을 예찬하는 사람들이 가장 아름답다고 하는 눈 덮인 다랑쉬오름의 모습을 본 적이 없었으니 나는 아직 다랑쉬를 찬미하기에 이르다. 그 대신 2008년 늦겨울에 왔다가 맞은 모진 돌풍은 영원히 잊을 수 없는 아주 각별한 추억으로 남았다.

중늙은이 답사회인 무무회 회원들을 다랑쉬오름으로 안내하게 되었는데 마침 그날은 서울에서 떠날 때부터 강풍 때문에 비행기 이륙이 계속 취소되다가 용케도 우리가 예약한 11시 비행기부터 이륙이 가능해졌다. 우리는 행운에 쾌재를 부르며 제주에 오게 되었다.

우리가 다랑쉬오름에 오를 때만 해도 바람은 서늘한 정도였다. 그러나 정상에 올라설 무렵부터 돌풍이 몰아치는데 몸을 가눌 수가 없었다. 우리는 약속이나 한 듯이 모두 길게 누워버렸다. 유일하게 바람막이를 해주는 것은 키 작은 관목들뿐이었다. 중늙은이 여성 회원들은 서넛이 팔짱을 끼고 무게를 보태 바람을 견디고 있었다. 그러면서도 얼굴에는 미소와 웃음을 가득 띠고 "삼다도 바람, 바람 하더니 이게 삼다도의 바람이구나"를 노래하듯 외치고 있었다.

나중에 숙소에서 9시 뉴스를 보니 그날 서울에선 우리 비행기 이후 한 편만 더 이륙했고 오후 비행기는 모두 취소됐으며 제주 시내에서는 강풍으로 전신주가 쓰러졌다는 보도가 나왔다.

바람이 한풀 꺾이자 일행들은 등성이에 앉아 저 깊은 굼부리 아래를 내려다보며 자연의 신비감에 잠시 도취했다가 오름 능선 한 바퀴 도는 것은 엄두도 못 내고 또다시 삼다도 바람이 몰아칠까 도망치듯 하산했다. 죽다 살아난 기분이었지만 중늙은이들 모두가 제주의 바람과 오름을 동시에 경험했다며 지금도 그때의 추억을 즐겁게 회상하곤 한다.

타고난 관상수, 소사나무

오름은 제주 자연 식생의 보고라고도 한다. 제주도에서는 다랑쉬오름의 식생을 설명하는 다음과 같은 안내판을 세워놓았다.

| **소사나무** | 소사나무는 강인한 느낌을 주는 줄기 때문에 분재하는 분들이 사랑한다. 그러나 다랑쉬오름처럼 바람 많은 바닷가에 피어날 때 더욱 천연의 제 모습을 자랑한다.

다랑쉬오름에는 목본류와 초본류 250여 종이 분포하고 있다. 오름 사면은 전체적으로 삼나무, 편백나무로 조림되어 있으며 곰솔, 비목 등이 자연 식생하고 있다. 오름 서·북 사면은 삼나무·편백나무 숲이 울창하다. 방화로를 따라 왕벚나무, 비자나무가 식재되어 있고 곰솔, 비목, 검노린재, 국수나무 등과 잡목이 우거져 있으며 정상에는 키가 작은 곰솔, 소사나무 등이 식생하고 있다. 탐방로와 정상 주변에는 초본류가 철 따라 아름다운 꽃들을 피운다. 초본류로는 새끼노루귀, 각시붓꽃, 세복수초, 할미꽃, 산자고, 골등골나물, 층층이꽃, 솔체, 절굿대, 바디나물, 산비장이, 엉겅퀴, 섬잔대, 한라꽃향유, 한라돌쩌귀, 야고 등이 자생하고 있다.

이 많은 나무와 꽃을 나는 다는 모르겠고 다랑쉬오름의 남동쪽 경사면에 소사나무가 관목림을 형성하고 있어 이것이 철 따라 보여주는 모습은 오름 못지않은 볼거리고 기쁨이라는 사실만은 잘 알고 있다. 삼다도 강풍 때 우리의 바람막이가 되어준 관목이 소사나무였다.

소사나무는 자작나무과의 낙엽 소교목으로 분재하는 사람들이 대단히 사랑하는 나무다. 소사나무는 키가 크지 않아 아주 아담하다. 잎은 달걀 모양이고 잎자루에 잔털이 있는데 5월에 꽃이 피고 10월에 열매를 맺는다. 한국, 일본, 중국 등지에 분포하지만 우리나라가 원산지 격이어서 'Korean hornbeam'이라고 한다.

그 소사나무가 오름의 비탈에서 정원사의 가위가 아니라 제주의 바람을 맞으며 야무지면서도 단정하게 무리 지어 자라니 얼마나 예쁘고 얼마나 장관인지 보지 않아도 알 만하지 않은가. 국립수목원 이유미 연구관의 「우리 풀 우리 나무」(『주간한국』 2010. 6)에서는 소사나무가 이렇게 설명되어 있다.

소사나무는 녹음이 멋진 나무의 하나이다. 대부분의 소사나무들은 바람이 가장 많이 들고 나는 바닷가 산언덕 즈음에 무리 지어 숲을 이루어 특별한 풍광을 자아낸다. 굵어도 아주 크지 않고, 적절히 자연의 선이라고 말해도 좋을 만큼의 이리저리 부드럽게 굽은 줄기 하며, 운치 있게 흰빛 도는 수피가 점차 짙어가는 초록의 잎새와 아주 멋지게 어울린다. 그 숲을 바라보는 시선의 끝머리에 넘실대는 바다라도 보이면 더욱 근사하다.

잃어버린 마을, 다랑쉬

다랑쉬오름은 신비로움과 아름다움에 비해 전해지는 이야기가 적다.

효자 홍달한의 얘기 정도인데 그는 정의현 고성리 사람으로 효성이 지극했을 뿐만 아니라 1720년 숙종과 1724년 경종이 승하한 국상 때마다 초하룻날과 보름에 다랑쉬오름에 제단을 마련하고는 망곡(望哭)하면서 북쪽을 향해 재배(再拜)했다고 한다. 이러한 사실이 조정에 알려져 그의 집안에 정려(旌閭)가 내려져 지금도 성산읍 고성리에서 수산리로 가는 길에 효자비가 세워져 있고 그 지명을 '효자문거리'라고 한단다.

다랑쉬오름에 오다보면 짓다 만 괴이하게 생긴 집들이 줄지어 있다. 커다란 축구공처럼 생긴 것이 마치 우주탐사선 같다. 펜션을 짓다가 부도가 나는 바람에 뼈대만 남긴 건물이다. 허가해준 당국도 당국이려니와 건물 디자인을 이처럼 티 나게 한 발상이 안쓰러워 눈살을 찌푸리며 얼른 시선을 돌리게 된다.

반면에 탐방로 주차장에서 멀지 않은 곳에 해묵은 팽나무 한 그루가 서 있어 그리로 발길을 돌린다. 제주에서 연륜 있는 팽나무는 육지 촌락의 느티나무처럼 마을의 정자나무 구실을 한다. 여기는 잃어버린 북제주군 구좌읍 다랑쉬마을터다. 1948년 11월, 4·3사건 때 이 마을은 전소되었고 다시는 사람이 살지 않게 되었다. 지금도 팽나무를 중심으로 하여 집터가 여러 군데 남아 있고 집터 주변에는 대나무들이 무더기로 자라 당시 민가가 어디에 있었는지를 짐작하게 해준다. 4·3의 자취는 제주 어디를 가나 피할 수 없이 그렇게 따라다닌다.

다랑쉬마을 주민들은 밭벼·피·메밀·조 등을 일구거나 우마(牛馬)를 키우며 살았다. 4·3사건으로 소개령이 내려져 폐촌 될 무렵 이곳에는 10여 채의 가옥에 40여 명의 주민이 살았으나 인명 피해는 없었다고 했다. 그러나 1992년 3월, 팽나무에서 동남쪽으로 약 300미터 지점에 위치한 다랑쉬굴에서 11구의 시신이 발굴되면서 4·3의 아픔을 다시 한번 새겨주었다. 당시 시신 중에는 아이 1명과 여성 3명도 포함되어 있었다. 증언에 따르면 이들은 참화를 피해 숨어다니던 부근 해안마을 사람들로 1948년 12월 18일 희생되었다. 지금도 그들이 사용했던 솥·항아리·사발 등 생활 도구는 굴 속에 그대로 남아 있다.

2001년 4월 3일, 제주도지사는 '제주 4·3사건 진상규명 및 희생자 명예회복 실무위원회 위원장' 이름으로 이때의 안타까운 사정을 알리는 빗돌 하나를 팽나무 아래에 세워놓았다. 그것이 덧없이 간 영혼들에게 위안이 되었으면 하는 마음이 일어난다.

제주 산담과 동자석

오름이 제주인의 뼈를 묻는 곳이라고 하듯이 다랑쉬오름 탐방로 주차장 주변에는 유난히 산담이 많다. 오며가며 오름 비탈에 사다리꼴로 무덤을 감싼 산담을 보면 대지의 설치미술처럼 다가온다. 산담이 있음으로 해서 오름에서 더욱 제주인의 체취가 느껴지는데 그 산담의 생김새를 가까이에서 살필 수 있는 곳도 이곳만 한 데가 없다.

산담은 네모난 것 같지만 자세히 보면 사다리꼴로 위쪽이 짧고 아래쪽이 길다. 그래서 조형상 긴장감이 일어난다. 산담 안에는 둥근 봉분이 위쪽에 자리잡고 있어서 아래쪽이 넓다. 바로 그 자리에 그 유명한 동자석(童子石)이 쌍으로 무덤을 지키게 하는 것이 제주인들의 아름다운 풍습이었다.

그러나 이제 동자석이 남아 있는 무덤은 하나도 없다. 제주도 동자석이란 동자석은 모두 골동품점으로 팔려나가 육지건 제주도건 웬만한 정원에 없는 곳이 없다. 국립제주박물관 정원에 있는 것을 보면 제주도 동자석은 그렇게 심플하면서 멋질 수가 없다. 브랑쿠시(C. Brancusi)의 작품은 저리 가랄 정도다. 제주도 현무암으로 만든 것이 대부분이지만 개

| **제주의 산담** | 제주의 무덤은 산담을 두른 다음 봉분 앞에는 동자석과 망주석을 양옆에 세우는 것이 하나의 정형이었다. 산담은 삼다도의 또 하나의 상징적 표정이다. 그러나 동자석들이 정원석으로 팔려나가는 바람에 제자리를 지키고 있는 것이 아주 드물다.

중에는 대리석으로 만든 것도 있다.

제주도 동자석으로 유명했던 곳은 제주 시내 목석원이었다. 1970, 80년대 신혼여행 온 사람들의 필수 관광 코스였다. 현무암으로 꾸민 갑돌이와 갑순이의 스토리텔링도 재미있었다. 이 목석원은 지금은 없어지고 교래에 돌문화공원이라는 어마어마한 시설로 바뀌었다. 제주 사람들은 이것을 두고 잘했느니 못했느니 지금도 말이 많은데 매사엔 거기에 맞는 규모라는 것이 있는 법이니 나는 목석원 시절이 더 좋았다고 생각하는 편이다.

내가 직업적인 취미로 산담의 생김새와 동자석이 있던 자취를 요리조리 살피고 있자니 상철이는 볼 것도 없는데 오래도록 살피고 있는 모양이 더 신기해 보였는지 내게로 다가와 한마디 알려준다.

| 제주박물관 동자석들 | 제주 산담을 지키고 있던 동자석들은 단순화시킨 형체미에 정면관이 소박한 아름다움을 보여준다. 이제 거의 다 제자리를 떠나 박물관 야외조각장이나 개인 정원에서 사랑받는 조각품이 되었다.

"산담에서 뭘 찍고 있습니까? 이것도 문화재입니까? 산담을 제대로 보려면 음력 8월 초하루를 전후해서 와야 합니다. 그때가 되면 벌초꾼들의 행렬이 무덤과 어우러져서 장관을 이룹니다. 제주인에게 오름이 왜 가슴속에 있는가는 그때 진하게 다가올 것입니다."

내가 그 날짜에 맞추어 여기에 오는 것은 거의 불가능하다. 그러나 다랑쉬오름에 달 뜨는 모습만은 꼭 한번 보고 싶다. 오죽해서 다랑쉬라 했을까? 그러나 그것도 쉬운 일이 아니다. 이생진 시인은 다랑쉬오름에 뜨는 달을 보려고 송당마을 민박집에서 일주일 동안 묵었다고 한다. 그러고 쓴 그의 「다랑쉬오름」의 한 대목은 아주 간결하면서도 찡하다.

간밤에 창문을 두들기던 달

| **용눈이오름** | 침묵의 사진작가 김영갑은 평생 자신의 카메라를 제주의 풍광에 고정시켰다. 그중 그가 가장 사랑했고, 가장 잘 표현한 사진은 용눈이오름이었다.(사진 김영갑)

날 밝으니 다랑쉬로 바뀌었네

내가 거기에 무엇을 놓고 왔기에

날이면 날마다 가고 싶은가

환상적인 능선의 용눈이오름

다랑쉬오름에서 내려온 뒤 요배와 상철이는 나를 용눈이오름으로 데려갔다. 용눈이오름은 다랑쉬오름 바로 곁에 있다. 불과 1킬로미터 거리

468

다. 남북으로 비스듬히 길게 누운 끝자락 하나가 다랑쉬굴의 입구다.

　용눈이오름은 기생화산이 터질 때 여러 개가 포개져 능선과 굼부리가
부챗살 모양을 이루며 네다섯 가닥으로 흘러내리면서 굽이치는 곡선으
로 넓게 펴져 있다. 어디서 어디까지가 오름인지 모를 정도로 낮은 능선
으로 연이어져 있다. 한 굽이를 넘어서면 축구장만 한 평퍼짐한 굼부리
가 나오고 또 한 굽이를 넘으면 농구장만 한 아담한 굼부리가 나온다. 능
선은 굼틀거리면서 혹은 왕릉처럼 보이고 혹은 긴 고갯마루를 질러가는
기분을 준다. 처음 용눈이오름에 왔을 때 나는 천둥벌거숭이로 뛰어다니

며 내 인생에 이처럼 행복하게 달려본 적이 있었던가 쾌재에 쾌재를 불렀었다.

능선을 한 바퀴 돌고 나면 큰 굼부리가 하나, 작은 굼부리가 셋 있어 어미가 세쌍둥이를 보듬고 있다는 인상을 주기도 한다. 용눈이오름엔 여러 개의 알오름이 있다. 알오름은 오름 속에서 생긴 새끼오름이다. 남서쪽 경사면에는 주발뚜껑처럼 오목하게 파인 아주 예쁜 알오름이 있는데 둘레가 150미터 정도 되는 작은 크기로 잔디밭이 에워싸고 있다. 또 북동쪽에 있는 알오름은 위가 뾰족하게 도드라져 아주 귀엽다. 그 기이하고도 변화무쌍한 경관 때문에 용눈이오름이라는 이름을 얻었다.

용눈이오름은 오름 전체가 잔디로 덮인 잔디밭 오름이다. 그 보드라운 촉감과 아름다운 곡선 때문에 사람의 눈을 여간 홀리는 것이 아니다. 용눈이오름 잔디밭엔 미나리아재비도 많고 할미꽃도 많다. 그 미나리아재비와 할미꽃이 보드라운 잔디밭에 지천으로 피어났을 때를 상상해보라. 화가라는 인간은 형태와 색감과 질감에 대단히 민감한 동물이다. 화가 임옥상이 드디어 참지 못하고 내게 감상을 말한다.

"용눈이오름을 보니까 요배가 그림을 잘 그리는 게 아니라는 것을 알았슈. 대상 자체가 이렇게 아름다운데 그것뿐이 못 그렸단 말유. 저 굽이치는 곡선의 형태미를 봐유. 저 모노톤으로 깔린 색감을 봐유. 저렇게 보드라운 잔디밭 질감을 봐유. 요배가 저만큼 그렸단 말유? 이건 요배도 문제지만 평론가도 문제가 많은 거유."

"그러면 뭐라고 평해야 잘했다 소리를 들었을까?"

"그걸 내가 아나유. 모름지기 용눈이오름은 대자연이 빚어낸 한 폭

| **용눈이오름** | 세 개의 분화구가 겹치면서 이루어낸 아름다운 곡선미는 환상적인 아름다움을 연출해준다. 용눈이오름의 굽이치며 뻗어가는 능선의 곡선미는 간혹 여체의 아름다움에 비유되곤 한다.

의 누드화다. 이렇게 해야 말이 되는 거 아니겠슈."

이 환상적인 용눈이오름은 훗날 두모악 갤러리의 사진작가 고(故) 김영갑 선생이 정말로 아름답게 사진에 담아냈다. 사시사철 조석으로 변하는 용눈이오름의 아름다움을 그의 사진 이상으로 담아낸 것을 아직껏 보지 못했다.

김영갑 갤러리 두모악

용눈이오름에서 불과 20분 거리에 있는 '김영갑 갤러리 두모악'은 고 김영갑(金永甲, 1957~2005) 선생만큼이나 소중한 제주의 자산이다. 두모악(혹은 두무악)은 한라산의 별칭으로 백록담 봉우리에 나무가 없는 모양에서 나온 이름이다. 지독히도 제주도를 사랑했고, 끔찍이도 자신의 작업에 충실했던 한 사진작가의 처절한 인생이 낳은 우리들의 갤러리다.

김영갑은 1957년 부여에서 태어나 학력은 부여 홍산중학교를 졸업하고 한양공업고등학교를 졸업했다는 것만 알려져 있다. 그는 제주에 반하고 사진에 미쳐 1982년부터 3년 동안 카메라 하나 달랑 메고 서울과 제주를 오가며 사진작업을 하던 끝에 1985년에는 아예 제주에 정착하여 타계하기 직전까지 20년간 온 섬을 누비며 제주도의 자연을 소재로 20만여 장의 사진 작품을 남겼다.

밥값으로 필름을 사고 냉수로 허기를 달래며 오직 제주의 자연을 필름에 담으면서 생전에 전시회에 누구를 초대하거나 사진을 팔 생각도 하지 않고 철저한 야인으로 살았다. 작곡가 김희갑, 작사가 양인자 부부가 비나 피하라고 사준 르망 자동차가 다 찌그러지도록 제주 곳곳을 누비고 다녔다.

| **김영갑 갤러리 두모악 전경** | 한 사진작가의 혼이 담긴 제주의 풍광 사진들은 사후에도 그의 이름을 딴 갤러리에 보존되었고 그곳은 제주에서 가장 사랑받는 미술관의 하나가 되었다.

1985년부터 해마다 서울과 제주에서 사진전을 열었는데 그중 태반이 '제주의 오름'이라는 주제였다. 2004년에 펴낸『그 섬에 내가 있었네』라는 에세이집에서 김영갑은 "대자연의 신비와 경외감을 통해 신명과 아름다움을 얻는다"고 할 정도로 제주의 자연을 사랑했다. 그의 사진을 본 사람은 제주의 신비로운 아름다움을 새삼 깨닫곤 했다. 특히 그는 제주의 바람을 잘 찍어냈다.

그러던 그가 1999년 친구들 앞에서 카메라가 무겁다, 가끔 손이 떨린다고 하더니 생전 들어보지도 못한 루게릭병이란 진단을 받았다. 그러면서도 "3년 더 살면 잘 사는 거래"라며 사진을 계속 찍었다. 2002년에는 폐교된 삼달초등학교 분교를 임대하여 개조한 뒤 '김영갑 갤러리 두모악'을 개관했다. 타계하기 직전인 2005년 서울 프레스센터에서 주인공 없이 열린 전시는「내가 본 이어도 1: 용눈이오름」이었다. 그리고 그는 2005년 5월 29일 세상을 떠났고 유골은 갤러리 앞마당 감나무 아래에 뿌려졌다.

현재 김영갑 갤러리 두모악에는 그가 찍은 20만여 장의 사진 작품이 소장되어 있다. 2007년에 김영갑 갤러리 두모악 운영위원회가 발족되어 꾸준히 기획전이 열리고 있는데 최근(2012년 시점)에 열린 전시는「용눈이 오름, 바람에 실려 보낸 이야기들」(2011. 6. 20~2012. 1. 31)이었다.

원형경기장 같은 아부오름

중늙은이 답사회와 다랑쉬오름에 올랐을 때는 필규 형이 내게 다가와 특별한 청이 하나 있다고 했다.

"유교수, 다랑쉬오름, 진짜 최고야. 나는 제주도를 몇십 년 드나들었어도 오름이라는 말도 첨 알았고, 이렇게 멋있는 줄 미처 몰랐어. 세계에 이런 곳이 있다는 얘기도 들어보지 못했고."

"그런데 무슨 청이 있다는 거예요?"

"이봐요, 세상사에는 덤이라는 것이 있잖아. 아직 시간이 좀 남았는데 오름 하나 더 가볍게 보고 갈 곳이 없을까? 요담에 언제 또 유교수가 우릴 데리고 다니겠어. 단, 산에 오르는 거면 안 되고."

하기야 그랬다. 자형 친구분이니까 함께했고 또 그러니까 이런 부탁을 하는 것이지. 나는 필규 형의 청에 딱 들어맞는 오름 하나가 가까이 있는 것을 알아 흔쾌히 그쪽으로 안내했다. 아부오름이다.

영화「이재수의 난」촬영 장소가 되면서 지금은 많은 사람에게 알려진 아부오름은 송당마을 남쪽 건영목장 안에 있다. 자료를 보면 해발 300미

| 아부오름 | 아부오름은 신비롭게도 원형경기장처럼 타원형을 이루고 있다. 높은 데서 아부오름의 굼부리 전체를 내려다볼 수 있기 때문에 제주 오름의 또 다른 멋을 만끽하게 해준다.

터라고 되어 있지만 지표에서의 높이는 불과 10여 미터밖에 안 되는 비스듬한 언덕이다.

아부오름은 '앞오름'이란 말이 변해서 생겨난 이름이라고 한다. 송당 마을의 본향당을 모신 당오름 정남 1.5킬로미터 지점이어서 마을 앞쪽(남쪽)에 있는 오름이라는 뜻이 된다. 아부오름의 한자 이름은 '아부악(亞父岳, 阿父岳)'인데 이는 아부를 차음한 것이련만 아버지 다음으로 존경한다는 의미가 있다고 주장하는 사람도 있다. 내력이 그렇다 해도 나는 아부오름이라는 알 듯 모를 듯한 이름이 있어 더욱 신비로운 오름으로 가슴에 새기게 된다.

길도 없는 목장의 한편으로 말똥 소똥을 비켜가며 비스듬한 능선을 한 10분만 걸으면 다랑쉬오름의 정상에 올랐을 때와는 또 다른 신비로운 장면에 눈이 휘둥그레진다. 아니 두 눈을 의심할 정도로 상상 밖의 경관이 압도한다.

함지박 모양으로 생긴 넓은 분화구가 통째로 드러난다. 이건 오름 전체가 분화구라고 해도 과언이 아니다. 그것도 비스듬한 기울기여서 마치 이탈리아 시에나의 캄포(Campo)광장을 보는 것만 같았다. 게다가 분화구 안쪽은 삼나무가 둥글게 울타리처럼 둘려 있다. 분화구의 바깥 둘레는 1,400미터고 바닥 둘레가 500미터나 된다. 분화구의 깊이가 84미터라는데 경사면이 너무도 느슨하여 그런 깊이는 느껴지지 않고 천연으로 이루어진 로마 원형경기장 같다고나 할까? 중늙은이 답사객들은 입을 다물지 못하고 감탄을 발한다. 필규 형은 회원들에게 자기 덕에 이런 황홀한 오름을 하나 더 보았다고 생색을 낸다. 그리고 내게 물었다.

"제주의 오름 전체를 소개한 책이 있어요? 아마 없을 거야. 아직 우리나라가 거기까진 가지 못했을걸."

"아뇨. 있어요. 김종철이라는 제주도 산사나이가 쓴 『오름나그네』라는 책이 3권까지 있어요."

"관에서 만든 건 없지? 그것 봐. 우리나라는 민(民)이 관(官)보다 뛰어나다니까."

| **오름의 물결** | 구좌는 오름의 왕국이라는 별칭을 갖고 있다. 오름의 능선에 짙은 안개가 끼거나 노을이 짙게 내릴 때면 거의 환상적인 동화의 세계로 이끌어준다.(사진 오희삼)

『오름나그네』, 김종철 선생

다랑쉬오름, 용눈이오름, 아부오름뿐만 아니라 어느 오름이건 오름에 한번 올라본 이는 제주를 다시 보며 제주를 사모하고 사랑하게 된다. 오름에 빠지면 거기에 몸을 던지고 싶어진다. 결국 그렇게 오름에 미쳐 살다 육신을 오름에 묻은 분이 있다. 『오름나그네』(높은오름 1995)의 저자인 고(故) 김종철(金鍾喆, 1927~95) 선생이다.

한라산과 오름을 끔찍이 아끼고 사랑했던 김종철 선생은 제주의 덕망 높은 산악인이자 언론인이었다. 당신은 환갑 나이의 고령에 들어서면서 330여 오름을 일일이 답사하며 각 오름의 이름과 생태와 그 속에 담긴 사연들을 정리해나갔다. 1990년부터 『제민일보』에 매주 연재한 '오름나그네'는 5년간 계속되었다. 1995년 1월, 당신은 암에 걸려 투병하면서 연

| 김종철의 「오름나그네」 | 제주 산악인 고 김종철 선생은 제주 330여 개의 오름을 모두 올라 그 지질, 식생, 전설, 이름의 유래를 밝힌 최초의 오름 보고서를 '오름나그네'라는 이름으로 펴내고 세상을 떠났다.

재 원고를 정리해 『오름나그네』라는 세 권의 책을 펴냈다. 그리고 책이 나온 지 20일 만에 눈을 감았다.

『오름나그네』는 산업화 과정을 겪으면서 오랫동안 잊고 지냈던 오름의 기억을 일깨웠고, 오름을 보는 인식을 완전히 바꿔놓았다. 제주 자연의 보석이지만 지천으로 깔려 있어 귀한 줄 몰랐던 오름의 가치를 선생이 일깨워준 것이다. 골프장에 깔 흙으로 사용하기 위해 오름 하나가 영원히 사라지는 일을 방치했던 제주인들도 이제는 '오름 보호'를 외치게 되었다.

『오름나그네』이후 오름 등반 모임이 유행처럼 번지고 있다. 제주도는 마침내 오름의 소중한 가치를 널리 알리고 제주의 자연 자원을 생태관광과 체험학습장으로 활용하기 위해 동부 지역의 다랑쉬오름, 서부 지역의 노꼬메오름을 제주도의 오름 랜드마크로 지정했다.

『오름나그네』는 제주의 신이 그에게 내린 숙명적 과제였던 모양이다. 그가 아니면 해낼 수 있는 사람이 없었다. 그 앞에도 없었고, 앞으로도 없을 것이고, 오직 김종철 그분밖에 없다.

한 시절 제주에서 4년간을 보내며 그와 벗했던 고은 시인은 「제주의 D단조: 김종철에게」란 시를 제주를 떠나면서 읊었는데 『오름나그네』뒤표지에 실려 있다.

당신을 표현하기에는 언제나 형용사밖에는 없다.

바하로부터 바하까지 돌아온
G선상의 여수(旅愁)와 같다.

싱그러운 눈의 외로움
등뒤에서 비오는 소리
또한 햇무리 흐르는 계단의 정적

어떤 기쁨에라도 슬픔이 섞인다.

그러고는 아름다운 여자를 잉태한 젊은 어머니의 해변(海邊)

오늘, 저 하마유꽃(문주란)이라도 지는 흐린 날,
어제의 빈 몸으로 떠나는구나,
그러나, 아무것도 아무것도 묻지 않는다. 바람이 분다.

　선생의 유해는 유언에 따라 화장하여 한라산 1700고지 윗세오름 너머
백록담을 턱 앞에서 바라보는 곳, "진달래가 떼판으로 피어 진분홍 꽃바
다를 이루는 광활한 산중 고원", 그래서 "미쳐버리고 싶다"고 하셨던 선
작지왓에 뿌려졌다.

2012.

이보다 더 아름다운 용암동굴은 없다

유네스코 세계자연유산 / 성산 일출봉 / 용암동굴 / 당처물동굴 /
거문오름 / 용천동굴

유네스코 세계자연유산, 제주도

제주의 자연이 아름답고 경이롭다는 사실은 2007년 유네스코 세계유
산(UNESCO World Heritage Site)에 등재됨으로써 이미 객관적이고 국
제적인 평가를 받았다. 세계 7대 자연경관 선정이 관광객들의 인기투표
라면 유네스코 세계자연유산 등재는 지질, 생태, 환경 등 자연과학자들
의 전문적 평가의 결과였다. 그리고 유네스코 세계지질공원으로 인증되
고, 유네스코 생물권보전지역으로도 지정되면서 유네스코 자연환경 분
야 3관왕을 차지했으니 그랑프리와 인기상을 모두 차지한 셈이다.

제주도의 이 모든 영광은 유네스코의 세계자연유산에 등재되면서 시
작됐다고 해도 과언이 아니며, 유네스코 3관왕도 세계자연유산으로 등
재됨으로써 더 의미 있는 결과가 되었다.

유네스코 세계자연유산 등재는 참으로 까다로운 절차와 엄격한 심사를 거친다. 나는 세계자연보전연맹(IUCN, International Union for Conservation of Nature)이 작성한 심사 결과 보고서를 보면서 국제적인 시각이란 무엇인지를 많이 배웠다. 그들은 우리들이 입버릇처럼 말하는 제주의 아름다운 자연 풍광과 신비한 지질구조를 지구 전체의 시각에서 논하고 있다. 그것은 객관적이고 국제적이고 학술적인 평가였다. 그 심사 과정과 평가 보고서는 우리가 피상적으로 알고 있는 제주도의 자연적 가치를 훨씬 높은 국제적인 차원에서 말해준다.

설악산의 세계자연유산 등재 실패

제주도의 유네스코 세계자연유산 등재는 두 가지 불리한 조건 속에서 시작되었다. 하나는 '설악산 해프닝'이다.

그간 우리는 금수강산을 자랑하면서 정작 유네스코 세계자연유산에 등재된 곳은 하나도 없는 나라였다. 이것은 자존심 문제였다. 나는 한반도 전체를 볼 때 백두산, 금강산, 설악산, 한라산은 그 대상이 될 수 있다고 자평하고 있다. 지리산은 자연과 문화가 어우러진 복합유산으로서의 가능성도 있다.

이에 문화재청에서는 1995년 10월 먼저 설악산을 등재 신청했다. 그러나 참으로 불행하고도 안타깝고 슬픈 일이 벌어졌

| 설악산 세계유산 지정 반대시위 현장 | 문화재청에서 설악산을 유네스코 세계자연유산으로 신청한 것에 강원도민들이 반대시위를 한 데 이어 실사단이 도착한 김포공항에서도 반대 플래카드를 들고 시위하는 모습.

482

다. 세계자연유산으로 지정되면 개발에 제약이 많아 재산 가치가 떨어질 것이라는 생각에서 이듬해 3월 강원도 의회가 등재 반대를 결의하고 의회 및 주민 대표들이 파리 유네스코 본부를 방문하여 주민들 서명이 포함된 반대의견서를 제출했다. 그리고 6월에 세계자연보전연맹 실사단이 방한했을 때 김포공항에서 등재 반대 데모를 벌인 것이다.

그리하여 설악산은 심의조차 받아보지 못하고 유네스코 세계자연유산에 등재될 수 있는 길을 영원히 박탈당했다. 유네스코는 세계유산을 홍보할 때 지역 주민의 반대가 있으면 절대로 지정되지 않는다는 대표적인 사례로 설악산을 들 정도로 우리는 그 해프닝으로 인해 국제적인 망신을 당한 바 있다.

이런 오해는 제주도를 등재시키는 데도 있었다. 실제로 한림공원에 있는 협재의 용암동굴은 사유지로 소유주가 세계유산 등재에 동의하지 않아 심의 대상에서 제외되었다.

이에 제주도에서는 도민들의 이해와 동참을 얻고자 여러 차례 설명회를 가졌고 나아가서 55만 도민의 등재 염원 서명운동을 벌였다. 도민은 물론이고 국내외 관광객들에게도 동참을 요구하여 무려 150만 명의 서명을 받아 유네스코에 제출했다.

유네스코는 여기에 큰 감명을 받았다. 이 또한 처음 있는 일이란다. 그리하여 유네스코는 이것을 또 세계유산 홍보의 한 사례로 이야기하고 있다. 확실히 대한민국은 극과 극을 오가는 '다이내믹 코리아'이다.

유네스코 세계유산의 의의

또 하나의 불리한 조건은 우리나라가 세계유산위원회 출범 후 15년이 지난 1988년에 와서야 여기에 참여하게 되었다는 사실이다. 그동안 우리나라 문화 외교가 부진했음을 말해주는 대목이다.

유네스코가 세계유산을 등재하게 된 것은 1972년에 회원국들이 '세계 문화 및 자연 유산 보호 협약'을 채택하면서부터다. 당시 이집트가 아스완댐을 세움으로써 아부심벨 사원이 수몰될 위기에 처하자 이것은 이집트만의 문제가 아니라 인류의 문화유산이라는 인식에서 활동을 시작했다. 이집트가 재정적으로 아부심벨 사원을 안전하게 이전할 능력이 없다면 세계적 차원에서 구제해야 한다고 판단한 유네스코가 모금운동을 벌여 마침내 수몰을 면할 수 있게 되었다. 이 운동에 앞장선 분은 재클린 케네디 여사였다.

이후 유네스코는 인류가 이룩한 문화 활동의 산물인 문화유산과 뛰어난 경관과 지질학적·생물학적 가치를 지닌 자연유산, 그리고 이 두 가지가 어우러진 복합유산을 등재하여 보호하게 된 것이다.

등재 여부는 회원국 대표 전체가 참석하는 세계유산위원회에서 결정하며 이에 대한 조사와 심사 보고서는 자연유산의 경우 세계자연보전연맹에서 파견된 심사위원들이 맡는다. 그 심사위원 중 한국인은 한 명도 없었다. (문화유산과 무형유산에는 한국인이 있었다.)

세계유산 등재사업 초기에 유네스코는 이의 홍보를 위해 웬만하면 부결하는 일이 없었다. 그러나 세계유산 등재가 나라의 영광일 뿐만 아니라 관광 홍보에 엄청난 효과로 나타나자 신청이 쇄도하여 이제는 나라마다 신청 건수를 제한하게 되었고 심의도 날이 갈수록 까다로워졌다. 이런 악조건 속에서 우리는 제주도를 세계자연유산으로 등재 신청하게 된 것이다.

2007년 세계자연유산에 등재된 것은 막연히 제주도가 아니었다. 정확히 말해서 '제주 화산섬과 용암동굴'(Jeju Volcanic Island and Lava Tubes)이다. 즉 해발 800미터 이상의 한라산 천연보호구역, 거문오름과 용암동굴계(Lava Tubes), 그리고 성산 일출봉 응회구(凝灰丘) 등 세 구역, 18,845헥타르(약 6,000만 평), 제주도 전체의 약 10분의 1이다.

이렇게 제한한 이유는 이 지역이 세계자연유산을 평가하는 두 가지 핵심 평가 기준, 즉 자연의 원형을 지닌 '완전성'(integrity)과 이를 보존하는 법적·행정적 보호 관리 제도를 모두 충족시키는 곳이었기 때문이다.

지구 전체에서 본 제주도의 지질

세계자연보전연맹이 작성한 최종 실사 보고서는 아주 충실한 것이었다. 제주도를 말하는 첫머리부터가 이제까지 우리가 이야기해온 제주도와는 격이 다르다.

제주도는 120만 년 된 순상(楯狀, 방패 모양)화산으로 많은 양의 현무암질 용암류가 연속적으로 분출되고 퇴적되어 방패 모양의 완만한 대지를 형성하고 있다. 제주도는 수중 대륙붕 위에서 발생한 수성 마그마성 분화의 결과로 처음 생성되었고 이후 360개의 단성화산(오름)에서 분출된 현무암질 용암이 그 위로 쌓였다. 그리고 현무암질 용암이 관(tube) 모양을 만들면서 광범위한 규모의 용암동굴을 형성했고 현재까지 120개의 용암동굴이 알려져 있다.

즉 순상화산이고, 오름이 있고, 용암동굴이 있다는 것이 제주도와 한라산 지질의 개요이며 특질이다. 얼마나 간명한가. 이어서 보고서는 지구 전체에서 본 제주도 화산 지질의 위상을 말하고 있다.

제주도는 안정된 대륙 지각판의 연변(沿邊)에 위치한 해양 환경의 열점(hot spot)에 화산이 형성된 특이한 경우다. 지질 및 환경 측면에서 제주도 화산지형은 세계적으로 보기 드문 경우라 할 수 있다. (…) 그리고 한라산은 4계절에 따라 그 색과 구성이 달라지며 다양한 모양의 암석 형성물, 폭포, 주상절리 절벽, 분화구에 호수가 형성된 정상 부위 등이 어울리면서 그 경관적 가치와 미적 가치를 더한다.

유네스코 세계자연유산으로서 화산섬

그러나 심사 보고서는 이것만으로 세계자연유산이 되기에 충분하지는 않다고 했다. 아름다운 풍광과 지구 역사의 형성 과정을 보여주는 매우 훌륭한 사례라는 절대평가만이 아니라 이미 등록된 다른 화산섬과 상대평가를 해서 '현저한 보편적 가치'를 입증하라는 것이다. 사실 이것은 무리한 요구다. 그러나 심사단이 그렇게 말할 수밖에 없는 또 다른 이유가 있었다.

유네스코 세계자연유산으로 그동안 등재된 것이 183곳(2011년 8월 기준)이다. 그중 압도적으로 많은 것은 화산지형이었다. 미국 옐로스톤 국립공원, 러시아 캄차카화산군, 콩고 비룽가국립공원, 미국 하와이 화산국립공원, 에콰도르 갈라파고스제도, 이탈리아 에올리에제도 등 26개가 이미 등재되어 있었다.

이에 1996년 세계유산위원회는 "얼마나 많은 화산을 세계자연유산 목록에 포함시킬 것이냐?"라는 질문을 던지면서 이후 목록의 신뢰성 유지를 위해 세계자연유산 목록에 화산을 추가 등재하는 것을 막아왔던 것이다. 이것은 제주도를 등재시키는 데 결정적인 걸림돌이었다.

그러나 제주의 설문대할망이 도와준 것일까. 우리에게는 두 번의 행운이 찾아왔다. 첫번째 행운은 심사위원을 잘 만난 것이었다. 세계자연보

| 한라산 백록담 | 제주도가 유네스코 세계자연유산에 등재된 것은 지질학적 특성과 경관의 아름다움 두 가지를 모두 충족시켜주는 거문오름 용암동굴계, 성산 일출봉, 그리고 한라산 800미터 이상 천연보호구역 등 세 곳이었다.

전연맹에서 제주도의 실사를 위탁한 학자는 뉴질랜드 지질학자 폴 딩월 (Paul Dingwall)과 영국 지질학자 크리스 우드(Chris Wood)였다. 이들은 여러 차례에 걸쳐 현지 실사를 했다. 처음에는 학자로서 객관적이고 사무적으로 모든 것을 검토했다. 그러나 두 차례, 세 차례 실사를 오면서 제주의 자연과 지질에 점점 매료되어 나중에는 제주도 팬이 되었다.

이들은 우경식(강원대 지질학과), 손영관(경상대 지구환경과학과), 이광춘(상지대 자원공학과) 교수, 손인석 소장(제주도동굴연구소), 고정군 팀장(한라산연구소) 등과 현지를 조사하면서 우리에게 많은 유익한 정보를 주며 어떻게 하면 제주도가 세계자연유산에 등재될 수 있는지 도움을 주었다.

유네스코 세계유산의 선정 기준은 문화유산에서 6가지, 자연유산에서 4가지를 요구하고 있다. 이는 1972년 총회에서 채택된 '세계 문화 및 자연 유산 보호 협약'의 기준에 따라 정해진 것이다. 그중 제주도에 해당하는 항목 중에서 실사단이 첫번째로 주목한 것은 성산 일출봉의 지질학적 가치였다.

영주십경 제1경, 성산 일출봉

성산 일출봉은 제주답사의 기본 코스라 할 만큼 잘 알려져 있고, 영주십경(瀛州十景)의 제1경이 '성산에 뜨는 해'인 성산일출(城山日出)이며, 제주 올레 제1코스가 시작되는 곳일 만큼 제주의 중요한 상징이기도 하다.

성산 일출봉은 약 10만 년 전 제주도의 수많은 분화구 중에서는 드물게 바닷속에서 수중 폭발한 화산체로, 뜨거운 용암이 물과 섞일 때 일어나는 폭발로 인해 용암이 고운 화산재로 부서져 분화구 둘레에 원뿔형으로 쌓였다. 본래 바다 위에 떠 있는 화산섬이었는데, 1만 년 전 신양리쪽 땅과 섬 사이에 모래와 자갈이 쌓이면서 제주섬과 연결됐다.

성산 일출봉과 제주섬이 연결되는 약 50미터 지점은 '터진목'이라 하는데, 조수 간만의 차에 의해 이 길이 물에 닫히기도 하고 드러나 열리기도 하여 막히지 않고 트인 길목이라는 뜻으로 붙은 이름이다. 그러다 1940년대 초 이곳에 도로가 생기면서부터는 더 이상 물에 잠기지 않게 되었다.

바닷가로 멀찍이 물러나 홀로 우뚝이 자리하고 있는 성산(城山)은 생김새가 웅장한 성채를 연상시켜 이런 이름을 얻었다. 김상헌(金尙憲)의 『남사록(南槎錄)』에서도 "자연여산성(自然如山城)" 즉 '산성 같은 자연'인지라 그렇게 부른다고 했다. 성산은 제주도 동쪽 끝에 위치하여 태평양에서 떠오르는 해맞이로 유명해지더니 마을 이름이 성산이 되면서 이

| **성산 일출봉** | 약 10만 년 전에 바닷속에서 수중 폭발한 화산체로 원래는 섬이었으나 1만 년 전 신양리 쪽 땅과 섬 사이에 자갈과 모래가 쌓이면서 제주섬과 연결되었다.

제는 성산 일출봉이라고 붙여 부르고 있다.

제주섬과 연결된 서쪽을 제외한 성산 일출봉의 동·남·북쪽 외벽은 깎아내린 듯한 절벽으로 바다와 맞닿아 있다. 일출봉의 서쪽은 고운 잔디 능선 위에 돌기둥과 수백 개의 기암이 우뚝우뚝 솟아 있는데 그 사이에 계단으로 만든 등산로가 나 있다. 일출봉 등산로 중간쯤 길목에 우뚝 비껴서 있는 커다란 바위는 제주섬의 거신 설문대할망이 바느질을 하기 위해 불을 밝혔다는 '등경돌'이다. 전설에 따르면 설문대할망은 일출봉 분화구를 빨래바구니로 삼고 우도를 빨랫돌로 하여 당신 옷을 매일 세탁했다고 한다.

일출봉은 멀리서 볼 때나, 가까이 다가가 올려다볼 때나, 정상에 올라 분화구를 내려다볼 때나 풍광 그 자체의 아름다움과 감동이 있다. 특히

나 항공사진으로 찍은 성산 일출봉은 공상과학영화에나 나옴 직한 신비스러운 모습을 보여준다.

별로 힘들이지도 않고 정상에 오르면 홀연히 거대한 접시 모양의 분화구가 나타나 탐방객들은 너나없이 긴 탄성을 지른다. 분화구 둘레에 고만고만한 99개의 봉우리가 빙 둘러서 있어 마치 성벽처럼 보인다. 정상에는 지름 600미터, 바닥면의 높이 해발 90미터에 면적이 8만여 평(26만여 제곱미터)이나 되는 분화구가 참으로 평온하고 아늑하게 자리하고 있다. 한때는 숲이 무성하고 울창하여 청산(靑山)이라 불렸고 분화구 안에서 농사를 짓기도 했다는데 지금은 온통 억새밭이다.

내가 바라보며 즐기는 성산 일출봉은 대개 이런 것이었다. 그러나 세계자연유산 실사를 나온 전문가들은 성산 일출봉의 풍광보다도 지질학적 가치에 크게 주목하고 있었다.

실사보고서의 성산 일출봉

세계자연보전연맹 실사 보고서는 성산 일출봉의 지질학적 가치를 다음과 같이 단정적으로 평가하고 있다.

성채(요새) 모양의 성산 일출봉은 벽면이 해양 밖으로 솟아나와 극적인 풍경을 연출하면서 그 구조 및 퇴적학적 특성이 드러나 있는 드문 경우로 화산 분출을 이해할 수 있는 세계적으로도 중요한 곳이라 할 수 있다.

그리고 성산 일출봉은 파도에 의해 그 외부 구조 대부분이 침식되면서 내부 구조 및 지층이 절벽에 그대로 드러나 있다는 점에서 주목할 만하다고 하면서 성산 일출봉의 지질학적 특성을 지구 전체의 보편사 속에서 평가하고 있다.

지구상에 이런 예가 몇 있지만, 아이슬란드의 쉬르체이섬의 경우 생성 연대가 40년 정도로 얼마 되지 않았고 아직 중심부를 드러낼 정도로 절단되지 않아 이러한 특성을 보여주지 못한다. 그 유명한 하와이 다이아몬드 헤드 응회환 또한 단면이 노출되어 있지 않다. 이 밖에 세계적으로 중요성을 갖는 일본, 케냐, 멕시코, 필리핀의 응회환은 아직도 활동 상태에 있고 또 미국, 사우디아라비아, 이탈리아의 응회환은 자연 및 인간의 간섭에 의해 그 상태가 상당히 악화되었다. 그러나 성산 일출봉은 다른 곳에서는 불가능한 침식작용의 이해를 명백히 도와준다.

이는 유네스코 세계자연유산 실사를 통해 새롭게 확인한 성산 일출봉의 또 다른 가치였으며, 세계유산 등재의 필요조건인 '완전성'의 확보이기도 했다. 성산 일출봉에 그런 가치가 있다는 것을 알고 나서 성산 일출봉에 오르게 되면 환상적인 풍광만이 아니라 그 신비한 지질구조에 눈이 자꾸 가면서 더욱 사랑스럽고 한편으론 자랑스러워진다.

세계자연유산의 대종, 용암동굴

세계자연보전연맹 실사단이 제주의 지질학적 가치에서 가장 주목한 것은 용암동굴이었다. 결국 제주도가 세계자연유산으로 등재되는 데 결정적인 평가를 받은 것도 용암동굴이었다.

제주도는 섬 전역에서 용암동굴이 160여 개나 확인되고 있다. 특히 구

| 만장굴 수학여행 | 오랫동안 폐허에 묻혀 있던 만장굴은 1946년 부종휴 선생이 입구를 찾아냄으로써 비로소 일반에게 공개되었다.

좌읍 김녕리에는 거문오름이 폭발하면서 분출된 용암이 13킬로미터 떨어진 해안까지 흘러내리면서 생성된 것으로 추정되는 만장굴, 김녕사굴, 뱅뒤굴, 당처물동굴, 용천동굴 등이 밀집해 있다. 우리는 이를 '거문오름 용암동굴계'로 지칭하며 제주도를 세계자연유산으로 등재하기 위한 중요한 항목으로 삼았다.

유네스코 실사단은 거문오름 용암동굴계를 하나씩 조사했다. 현재 관광객이 자유롭게 드나들 수 있도록 개방된 천연기념물 제98호인 만장굴은 거문오름 용암동굴계의 대표적인 동굴이다. 약 250만 년 전 제주도 화산 폭발 시 한라산 분화구에서 흘러내린 용암이 바닷가 쪽으로 흐르면서 만들어진 것이다. 현재 1킬로미터 정도만 개방되어 있지만 총길이 13.422킬로미터로 세계에서 넷째로 긴 용암동굴이다. 최대 높이 23미터, 최대 폭은 18미터이며, 맨 끝에는 7.6미터의 세계 최대 규모의 장대한 용암석주가 서 있다.

만장굴 입구를 찾아낸 부종휴

만장굴은 현재 천장 부분이 무너지면서 세 개의 입구가 형성되어 있다. 그러나 오랫동안 폐허에 묻혀 그 입구를 알지 못했는데 1946~47년에 이를 찾아낸 분은 당시 김녕초등학교 교사이던 부종휴(夫宗休,

| **만장굴 내부** | 만장굴은 현재 1킬로미터만 개방되어 있지만 총길이는 약 13.4킬로미터로 세계에서 네번째로 긴 용암동굴이며 최대 높이는 23미터, 최대 폭은 18미터로 내부가 훤히 뚫려 있다.

1926~80) 선생이었다.

한라산생태문화연구소에서는 유네스코 자연유산 등재를 기념하면서 그간 제주의 자연이 갖는 경관적·지질학적 가치를 빛내준 분들의 이야기를 담은 『화산섬, 제주세계자연유산: 그 가치를 빛낸 선각자들』(2009)이라는 책을 펴냈다. 여기에 실린 부종휴 선생의 헌신적 탐구는 참으로 존경스러운 것이다.

지금 만장굴 자리는 사실상 폐허처럼 방치된 곳이었다. 해방 이듬해인 1946년 부활절 날 제1입구를 확인한 부종휴 선생은 그다음 주 초등학교 6학년 꼬마 탐험대를 조직해 2차 동굴 탐사에 나섰다. 조명 도구가 없어 횃불을 들고 열세 살 꼬마 탐험대 30여 명을 데리고 조사한 것이었다. 조사단은 조명반, 기록반, 측량반, 보급반으로 꾸며졌다니 귀엽다고는 할지언정 꼬마라고 얕볼 것은 아니었다.

굴 입구에서 1.2킬로미터 들어가자 무너진 돌이 돌동산을 이루고 있는데 위쪽으로 희미한 불빛이 보여 찾아낸 것이 지금 우리가 들어가고 있는 제2입구인 것이다. 그로부터 1년 뒤인 1947년 2월 부종휴 선생은 다시 탐사에 나서 동굴 끝을 찾아냈다. 거기에는 동백꽃이 만발하고 겨울딸기가 열매를 맺고 있었다고 한다.

부종휴 선생은 그 동굴 끝이 지상의 어디인가를 측정한 결과 그곳은 마을 사람들이 '만쟁이거멀'이라고 부르는 곳이었고 이로 인해 이 동굴은 만장굴이라는 이름을 갖게 되었다. 부종휴 선생은 1968년 5월 만장굴에서 홍정표 선생 주례로 산악인 30명의 축하를 받으며 결혼식을 올렸다고 한다. 그 결혼식을 계기로 만장굴이 세상에 널리 알려지게 되었다.

김녕사굴을 지킨 김군천 할아버지

원래 만장굴과 한 동굴이었던 김녕사굴(金寧蛇窟)은 동굴 천장이 붕괴되면서 따로 나뉜 것이다. 총길이 705미터의 S자형 용암동굴로, 동굴 내부가 뱀처럼 생겼다고 해서 '김녕사굴'이라 불린다. 천장 높이와 동굴 통로가 매우 넓은 대형 동굴이며, 동굴 입구는 마치 뱀의 머리처럼 크고 동굴 안으로 들어갈수록 점점 가늘어진다. 그래서 전설이 생겼다.

옛날에 굴속에 큰 구렁이가 살고 있었는데, 매년 봄가을에 만 15세의 처녀를 제물로 바치지 않으면 큰 피해를 끼쳤다고 한다. 그런데 이곳에 부임한 판관 서린(徐憐)이 중종 10년(1515) 주민을 괴롭혀온 구렁이를 용감하게 없애버렸다는 것이다. 이를 사실인 양 강조하기 위해 동굴 입구에는 판관 서린의 추모비가 있다.

일찍이 천연기념물로 지정되어 관광지가 될 수 있었던 것은 김녕중

494

| 김녕사굴 | 김녕에 있는 이 S자형 용암동굴은 입구가 마치 뱀의 머리처럼 크고 안으로 들어갈수록 점점 가늘어져 사굴, 즉 뱀굴이라는 이름이 붙여졌고 이에 따른 전설도 생겼다.

학교 서무주임을 지낸 김군천(金君天, 1922~2011) 할아버지 덕택이었다. 할아버지는 1960년 퇴임 후 정부에서 관심도 보이지 않고 방치해둔 고향의 김녕사굴 지킴이를 자원하여 여기에 정착해 사셨다. 주변 땅 1만 2,000평(3만 9,669제곱미터)을 매입해 정비하여 지금 도로변에 있는 협죽도 길, 잔디밭을 모두 가꿔내셨다. 제주에는 이런 고맙고도 위대한 알려지지 않은 분이 곳곳에 있다.

당처물동굴과 김종식·김옥희 부부

천연기념물 제384호 당처물동굴은 용천동굴과 1킬로미터 거리에 있는 역시 환상적인 용암동굴이다. 길이 110미터, 폭 5~15미터, 높이

0.5~2.5미터 규모의 작은 동굴이지만 이 동굴엔 땅 위를 덮고 있는 패사(貝沙)층의 탄산염 성분이 빗물에 의해 유입되어, 석회동굴에서만 볼 수 있는 종유관, 석순, 석주, 종유석, 동굴산호가 아름답고도 화려하게 장식되어 있다.

구좌읍 월정리에 있는 동굴 입구 문화재 안내판에는 "1995년 밭을 정리하던 중 지역 주민에 의해 우연히 발견되었다"고 적혀 있다. 그 지역 주민이란 고 김종식과 김옥희 부부이다. 왜 이름을 밝혀주지 않는 것인가. 알타미라는 발견한 소녀 이름을 따서 동굴 이름까지 붙여놓지 않았는가.

부부는 1970년 무렵 이 동굴이 있는 땅 1,200평의 밭을 샀다. 부인이 시집온 뒤로 4년간 봄이면 육지에 갔다가 추석이면 돌아오는 바깥물질을 해서 번 돈으로 산 것이었단다. 완전 돌동산이라 밭을 평평하게 고르는데 고구마나 저장하면 딱 좋겠다고 생각되는 굴을 만났다. 그래서 한번은 굴 깊이가 얼마나 되나 들어가보고 엄청나게 신기해 놀랐다는 것이다. 당처물동굴은 종유석이 아름다워 실사단이 동굴 내부 모습에 극찬을 아끼지 않은 곳이다. 부인이 이를 김녕사굴의 김군천 할아버지에게 알려주자 이를 신고하여 세상에 알려지게 된 것이다.

이 대목에서 전 문화재청장으로서 정말로 죄송스럽게 생각하는 것은 김군천 할아버지고, 김옥희 아주머니, 제주말로 삼춘들에게 그때 어떤 보상도 나라에서 해주지 않았다는 사실이다.

김녕사굴과 만장굴은 주변의 뱅뒤굴, 절굴, 발굴, 개우샛굴 등과 모두 하나의 동굴 체계로 이루어져 있는데, 이들 동굴의 길이를 모두 합하면 15.798킬로미터로서, 세계에서 가장 긴 화산동굴계로 인정받고 있다.

그 모체는 바로 거문오름이고 오름 정상 가까이에는 선흘수직동굴이라 불리는 낭떠러지 같은 동굴이 있다. 여기가 모태의 시작이다. 그래서 우리는 이를 '거문오름 용암동굴계'라는 이름으로 세계자연유산에 등재 신청하게 된 것이다.

용암동굴의 어머니, 거문오름

세계자연유산 등재를 격려하고 독촉하기 위하여 제주도를 방문했을 때 나는 당처물동굴, 김녕사굴 등 용암동굴은 현장을 확인했지만 거문오름은 올라가보지 못했다. 당시는 지금처럼 일반 개방을 위한 등반길도 없었다.

세계유산 보존 원칙에 따라 거문오름은 일반에게 제한적으로 개방되었다. 탐방 이틀 전까지 사전 예약자에 한하여 하루 300명까지만, 마을

| 거문오름 | 말발굽형 오름으로 표고 355미터 지점엔 깊이 35미터의 선흘수직동굴이 있다. 여기가 거문오름 용암동굴계의 시작점이다. 앞쪽 사면엔 삼나무가 조림되어 굼부리 안쪽은 원시림을 이루고 있다.

주민으로 구성된 자연유산해설사의 안내로만 갈 수 있게 되었다. 지난번 우리 학생들과 제주도를 답사할 때 나도 비로소 올라가볼 수 있었다.

해발 456미터의 거문오름은 분화구가 북동쪽 산사면이 크게 터진 말굽형이다. 정상에서 용암이 흘러나가며 말굽형 분화구를 만든 것이다. 때문에 다랑쉬오름 같은 굼부리는 볼 수 없고 그 분화구 안은 울창한 산림지대가 형성되어 용눈이오름 같은 능선도 보이질 않는다. 거문오름이라는 이름 자체가 검고 음산한 기운을 띠는 데서 생겼으며, 거기엔 '신령스러운 산'이라는 뜻도 포함되어 있다고 한다.

거문오름은 상당히 큰 규모였다. 정말로 안내원이 자랑할 만했다. 나는 안내원을 따라, 사실은 학생들 뒤를 따라 세 시간 반을 꼬박 돌았다. 이것은 제주도의 또 다른 체험이었다. 숲이 그렇게 울창할 수가 없었다.

식나무·붓순나무 군락 등 독특한 식생을 자랑하는 거문오름은 '곶자왈'이라는 생태계의 보고를 품고 있어 생태학적 가치도 높다더니 이건 처녀림, 원시림이나 다름없었다. 학생들은 이 천연의 숲을 보면서 입을 다물 줄 모른다. 마치 「타잔」 영화를 찍은 곳 같기도 하고 오드리 헵번과 앤서니 퍼킨스가 주연한 「녹색의 장원」 무대 같기도 하다.

가다가 옛날 숯가마터도 만났고 태평양전쟁 당시 일본군이 구축한 갱도 진지도 만났다. 거문오름에서 확인되는 일본군 갱도는 모두 10여 곳에 이른다고 한다.

그리고 마침내 표고 약 355미터 지점에서 선흘수직동굴을 만났다. 수직으로 깊이가 35미터나 된다. 이 수직동굴은 약 10만~30만 년 전 사이에 거문오름으로부터 분출한 용암에 의하여 형성된 것으로 여기부터 거대한 용암튜브가 형성되어 거문오름 용암동굴계가 생겨난 것이었다. 나는 수직동굴을 보는 순간 구좌에 널려 있는 많은 동굴의 모체가 여기이고 그로 인해 '거문오름 용암동굴계'라는 이름을 붙일 수 있었던 것에 감격했다.

그러나 학생들은 그보다도 이렇게 황홀한 처녀림을 대한민국 어디서 볼 수 있겠냐며 마냥 신기해하고 즐거워했다. 정상에 형성된 아홉 봉우리를 한 시간 반 느린 걸음으로 산행하면서 나는 학생들이 좋아하는 것을 좋아하며 뒤를 쫓아다녔다. 학생들은 안내자 없는 자유 산행이라는 것을 더욱 좋아했다.

그리고 거문오름을 내려와 평지로 걸어가는데 억새가 흐드러지게 피어 있어 사진을 찍느라고 정신이 없었다. 그러나 나는 거문오름만 가본 우리 학생들이 오름은 이렇게 생긴 것이라고 잘못 알까봐 이 오름의 특성을 자세히 설명해주었다. 그러지 않으면 거문오름이 마치 제주 330여 개 오름을 대표해서 유네스코 자연유산에 등재된 것으로 오해할 수 있기 때문이었다.

하늘이 도운 용천동굴의 발견

제주의 용암동굴은 무엇으로 보나 세계자연유산에 등록될 자격이 있다. 그러나 이 또한 간단한 일이 아니었다. 세계에는 너무도 많은 용암동굴이 있는 것이다. 베트남의 유명한 하롱베이(下龍灣)도 그 전체의 자연 풍광이 아니라 그곳에 있는 용암동굴이 세계자연유산으로 등재된 것이다.

뒤늦게 신청하는 바람에 불공평하게도(?) 절대평가만으로는 될 수 없었다. 철저한 국제적인 비교 분석을 통해 독특하고 뚜렷한 보편적 가치가 있음을 명백히 입증할 수 있어야 했다.

실사단은 이 점을 안타까워하면서 지나가는 말로 "만약에 인간의 간섭을 전혀 받지 않은 용암동굴이 하나라도 있다면 그것은 가능해질 것"이라고 했다. 그러나 이제 와 어디 가서 처녀동굴을 찾아낸단 말인가.

그러나 설문대할망이 또 도와주었는지 우리에게 행운이 일어났다. 2005년 5월 11일 새 동굴이 발견된 것이다. 당처물동굴과 1킬로미터 떨어진 도로에서 전신주 교체작업을 하는데 전신주가 갑자기 아래로 쑥 빠져버렸다. 그렇게 뚫린 구멍으로 들어가보니 정말로 인간의 간섭을 받지 않은 처녀동굴이 나타난 것이다. 문화재청은 이 동굴을 그달 25일에 즉시 천연기념물로 가(假)지정했다(2006년 천연기념물 제466호 지정).

동굴의 전체 길이는 3.4킬로미터, 최대 폭 14미터, 최대 높이 20미터이다(2010년 재조사 결과). 동굴 입구에서 바다 쪽으로 약 3킬로미터 구간에 갖가지 용암 생성물과 석회 생성물이 신비스러운 모습으로 펼쳐져 있다. 동굴 천장의 하얀 빨대 같은 종유관, 바닥의 황금빛 석순, 석주, 동굴산

호, 동굴진주 같은 탄산염 생성물도 곳곳에서 자라고 있었다.

동굴 끝에는 넓은 호수가 나타났다. 2010년 재조사 결과 길이 800미터, 수심은 8~13미터, 최대 폭은 20미터로 확인되었다. 동굴은 용천동굴, 호수는 '천년의 호수'라고 명명되었다.

용천동굴은 용암동굴이면서 석회암동굴의 성질도 지닌 세계 최대 규모의 '유사 석회동굴'(pseudo limestone cave)이었다. 때문에 천장에서는 지금도 종유석이 생성되고 있는데 가느다란 명주실 같은 것이 동굴을 가득 메우고 있어 그 환상적인 분위기는 형언할 수 없을 정도이다.

실사단은 우리 조사단의 안내를 받아 용천동굴에 들어가보더니 이런 처녀동굴을 볼 수 있다는 것은 거의 기적에 가깝다며 조사 명목이지만 안으로 들어가는 것 자체가 미안할 정도라고 했다. 이리하여 실사단은

| **용천동굴 내부** | 용천동굴 안은 색채와 형태가 정말로 환상적이다. 이 굴 끝에는 낭떠러지 아래로 넓은 호수가 형성되어 있다.

보고서에 더없이 높은 평가를 기록했다.

이후 몇 해 뒤인 2010년 2월 11일, 용천동굴에 대한 재조사 결과가 발표되었는데 국립제주박물관팀은 토기 22점, 철기 4점, 숯, 조개류 28점, 동물뼈 등 생활 유물을 60개 지점에서 수습했다. 토기는 통일신라 8세기 유물로 확인되었다. 그러나 8세기 이후 유물은 발견되지 않았으니 1,200년간은 인간의 간섭을 받지 않은 동굴인 셈이다.

심사 보고서의 평가 내용

세계자연보전연맹 보고서는 거문오름 용암동굴계의 자연유산적 가치에 대해 극찬에 가까운 의견을 제시했다. 기왕에 등록된 세계 유명 용암동굴과의 상대평가에서도 아주 높은 점수를 주었다.

우리 실사단 대부분은 제주도의 가장 중요한 자연적 특질은 용암동굴이라고 생각한다. 길이 7킬로미터가 넘는 용암동굴은 제주도의 만장굴을 포함해 세계에 단 12개만이 존재한다. 게다가 만장굴은 부근의 김녕사굴 및 용천동굴과도 이어져 13킬로미터 이상의 단일 통로를 형성하고 있다.(…)

하와이 화산국립공원에도 용암동굴이 여러 개 있으나 전체적인 규모나 상태, 접근성 측면에서 모두 제주도에 필적할 만한 것이 못 된다. 캄차카 및 갈라파고스 제도의 순상화산은 규모도 더 작고 용암동굴 등의 부차적 지형을 다양하게 보여주지 못한다. (…)

단적으로 말해 거문오름 용암동굴계는 세계자연유산으로 등재된 전 세계 용암동굴 중에서도 가장 인상적이며 중요도가 높다.

이런 이유로 세계자연보전연맹은 '제주 화산섬과 용암동굴'을 유네스코 세계자연유산에 등재할 것을 강력히 권고했다. 제주도는 참으로 당당한 세계자연유산임이 그렇게 증명된 것이다. 그리고 보고서는 마지막에 그들의 감상을 이렇게 적었다.

거문오름 용암동굴계는 (…) 그 다양성과 풍부함에서 세계 어떤 용암동굴도 단연 압도한다. 이런 종류의 용암동굴들을 이미 수없이 보아온 실사단들에게조차 엄청난 시각적 충격과 감동의 파장을 일으킨다. 총천연색의 탄산염 생성물이 동굴 바닥과 천장을 장식하고 있고 탄산염 침전물들이 곳곳에서 어두운 용암벽에 벽화를 그려놓은 듯 퍼져 있어 특유의 장관은 이루 형언할 수가 없다.

실사단은 보고서에 첨부하여 다른 나라 회원국을 위한 전문가 의견을 내놓았다. 앞으로 화산의 등재 가능성은 매우 제한적일 것이라며 어떤 나라든 화산과 용암동굴을 세계자연유산으로 등재 신청하려면 먼저 제주도의 그것과 비교한 뒤 아주 특수한 경우에만 등재가 가능하다는 사실을 알려둔다고 특기해두었다. 우리가 극복했던 악조건이 이제 다른 나라들에게는 치명적인 불리한 조건이 된 셈이었다.

제주도에 대한 세계자연보전연맹의 권고 사항

세계자연보전연맹은 우리나라에 충고도 잊지 않았다. 애초에는 실사단 중 많은 분들이 제주도 전체를 등재하는 것까지 검토했다. 최소한 제주도의 다른 응회구 및 용암동굴까지 포함하여 세계자연유산 범위를 폭넓게 확장하고 싶어했다. 그러나 결국 세 군데로만 후보 지역을 국한하기로 최종 결정을 내린 것은 토지 소유권, 소유주의 태도, 보존 상태 등 관리 측면의 완전성 때문이었다.

예를 들어 제주도에서 가장 긴 동굴로 웅장한 3차원 구조를 보이는 빌레못동굴은 천연기념물로 지정되어 법적으로 보호되고 있기는 하나 상당 부분이 개인 소유로 이미 많이 훼손되었다. 협재에 위치한 쌍용굴, 황금굴, 소천굴은 거문오름 동굴계에 비해 뛰어나지는 않지만 역시 여러 가지 석회암 생성물이 동굴 내부를 장식하고 있어 등재할 만했다. 그러나 사유지인 한림공원 내에 있어 추진이 어려웠다.

실사단은 자연유산에 추가로 포함될 가능성이 있는 여러 곳으로 산굼부리, 사라오름, 어승생악, 송악산, 산방산 등을 지목했다. 실사 보고서는 이 점에 대하여 공식적으로 대한민국에 다음과 같이 강력히 권고했다.

| 제31차 유네스코 세계유산위원회 총회 회의장 | 뉴질랜드 크라이스트처치에서 열린 총회에서 세계자연보전연맹 실사단이 제주도 조사 결과를 보고하고 있다. 스크린에 제주도 지도가 비치고 있다.

　　자연유산으로 등재된 지역 이외에 더 넓은 지역의 화산지형과 제주도의 생물 다양성 가치를 관리하는 데 더욱 주의를 기울여 추가로 제주도의 자연유산 등재 범위를 확대하는 가능성을 고려해볼 것.

　　2007년 6월 27일 뉴질랜드 크라이스트처치에서는 유네스코 세계유산위원회 제31차 총회가 열렸다. 세계자연보전연맹은 제주도 실사 결과를 보고했고 회원국의 의결에 들어갔다. 그리고 만장일치로 통과되었다. 의장은 "'제주 화산섬과 거문오름 용암동굴계'가 세계자연유산에 등재되었음을 선포합니다"라며 회의 진행봉을 '딱!' 두드렸다(그들은 한 번만 두드린다). 그러고 나서 전례에 따라 한국의 문화재청장은 2분간 이에 대한 소감을 말하라고 했다.

　　나는 우선 세계자연보전연맹 실사단의 성실한 조사에 경의를 표하고 총회에서 만장일치로 동의해준 것에 감사하며 다음과 같은 말로 인사말을 맺었다.

"나와 이 자리에 함께 있는 제주도지사는 유네스코 세계유산위원회가
공식적으로 제시한 세계자연보전연맹의 다섯 가지 권고 사항을 충실히
이행하여 훗날 제주도 전 지역이 세계자연유산으로 지정될 수 있도록
노력하겠습니다. 감사합니다."

2012.

숨비소리 아련한 빈 바다에 노을이 내리네

제주해녀항일기념탑 / 해녀박물관 / 세화리 갯것할망당 /
대상군 이야기 / 하도리 해녀 불턱 / 종달리 돈지할망당

제주 여인의 표상, 해녀

제주답사 일번지의 마지막 테마는 해녀다. 우리는 거문오름을 떠나
해녀 문화를 답사하기 위하여 구좌읍 하도리로 향했다. 제주 해녀의 상
징은 하도리에서 찾게 된다. 하도리에는 현재도 가장 많은 해녀가 물질
을 하고 있고, 일제강점기에 해녀들의 항일운동이 일어났던 곳으로 제주
해녀항일운동기념공원에는 기념탑도 세워져 있고, 2006년에 문을 연 해
녀박물관도 있다. 하도리로 가는 버스에 오르자마자 나는 마이크를 잡고
강의를 시작했다. 가는 길이 짧아 해녀와 해녀의 역사에 대해 핵심만 얘
기해주었다.

"해녀는 제주의 상징이자, 제주의 정신이고, 제주의 표상입니다. 해

| 해녀들의 물질하는 모습 | 제주 바다는 해녀들의 해산물 밭으로 제주인의 삶을 일궈가는 터전이다. 지금은 이처럼 많은 해녀들이 물질하는 모습을 볼 수 없지만 아직도 해녀는 삼다도의 상징이고 정신이다.

녀가 없는 제주는 상상할 수 없죠. 19세기까지 전통적인 농경 사회의 뿌리는 육지의 농부와 해안가의 어부였지요. 제주에서는 농부, 어부 외에 해녀와 목자(牧者)가 더 있었습니다.

제주에선 목자를 '테우리'라고 하고 해녀는 '줌녀(潛女)' 또는 '줌수(潛嫂)'라고 했습니다. 이것이 일제강점기에 해녀라는 말로 바뀌었어요. 학자 중에는 해녀는 일제가 업신여겨 만든 말이라고 해서 잠녀와 잠수를 고집하기도 합니다. 그러나 잠녀나 잠수의 어감이 별로 좋지 않은 데다 해녀라는 말이 이미 익어 있기 때문에 통상 해녀로 부릅니다. 언어는 변하는 것이니까요."

나의 이야기가 계속되는 동안 갑자기 학생들의 듣는 자세가 부산스러워진다. 이것은 나의 이야기 중 이해되지 않는 게 있을 때 나타나는 현상이라는 것을 나는 선생의 본능으로 안다. 왜 그럴까. 아, 알겠다. 잠수의 말뜻이 이상한 모양이다.

"잠수 할 때 수 자는 물 수(水) 자가 아니라 형수님 할 때의 수(嫂) 자입니다. 존칭의 의미가 들어 있는 것이죠. 제주인들이 아저씨, 아주머니를 삼촌이라고 부르는 것처럼 해녀는 형수님의 수 자를 써서 잠수라고 한 것입니다. 이처럼 제주인들은 호칭부터 모두 친척 같은 느낌을 갖고 살아왔어요."

그제야 학생들은 고개를 끄떡이고 다시 나에게 집중한다.

나잠업과 해녀의 역사

"제주에서 해녀가 언제부터 활동했는가는 알 수 없습니다. 아마도 탐라인들이 제주에 살면서 자연환경에 적응하는 생존 수단으로 자연스럽게 생겨났을 겁니다. 『고려사』를 보면 탐라군의 관리자로 부임한 윤응균이라는 분이 '남녀간의 나체(裸體) 조업을 금한다'는 금지령을 내렸다는 기사가 나옵니다. 그것이 해녀에 관한 가장 오랜 기록입니다."

이 대목에서 한 학생이 질문을 한다.

"남녀 나체 조업이었어요?"
"예, 분명 남녀 나체 조업이라고 적혀 있어요. 이를 나잠업(裸潛業)이라고 합니다. 남자 나잠업자는 포작(鮑作)이라고 해서 전복을 잡고, 여자 나잠업자는 잠녀라고 해서 주로 미역 같은 해조류를 채취했다고 합니다.

그러던 포작이 없어지면서 잠녀들이 전복 채취까지 하게 된 것입니다. 포작이 언제 왜 사라지게 되었는지 확실치 않지만 조선 인조 때도 제주목사가 '남녀가 어울려 바다에서 조업하는 것을 금한다'는 엄명을 내린 것을 보면 17세기까지만 해도 포작이 있었던 모양입니다.

그러다 제주 남자들이 뱃일과 수군(水軍)에 동원되어 일손이 부족한데, 나라에선 공물로 전복을 바치라고 독촉하니까 해녀들이 할 수 없이 남자도 하기 힘든 전복 따는 일까지 도맡게 된 것 같아요."

학생들은 막연히 알던 해녀의 역사를 들으면서 강한 호기심을 일으키고 있었다. 그들의 눈빛을 보면 다 알아챌 수 있다. 그리고 아까부터 입술을 움직거리던 여학생은 무언가를 물어보려고 기회를 노리고 있는 것이 분명했다. 마침내 입을 열고 말을 터뜨렸다.

"해녀는 우리나라에만 있나요?"

"바다에 잠수해서 해산물을 캐는 일은 세계 곳곳에 있었지만 직업인으로서 아무런 보조 장비 없이 잠수일을 하는 나잠업은 제주도와 일본에만 있다고 해요. 일본은 남자건 여자건 바다에서 해산물을 캐는 사람을 아마(海士)라고 합니다. 일본의 여자 아마와 우리 해녀는 비슷하지만 그 역량이 비교가 안 될 정도로 제주 해녀가 우수하다고 합니다. 크게 다른 것은 제주 해녀는 '물소중이'라는 해녀복을 입는데 일본 해녀는 가슴을 드러낸 채 아랫도리만 가리고 작업을 한대요."

이 대목에서 학생들은 재미있어하면서 킥킥거리며 웃는다. 그 와중에 한 녀석은 스마트폰으로 일본 해녀를 검색해서 벌거벗은 해녀 사진을

| 일본 해녀와 제주 해녀 | 직업으로서 아무런 보조 장비 없이 잠수일을 하는 나잠업은 제주도와 일본에만 있다. 일본 해녀들은 아랫도리만 가린 채 작업하고 제주 해녀들은 소중이라는 해녀복을 입고 물질해왔다. 지금은 모두 고무옷을 입고 작업한다.

찾아내고는 "진짜네"라며 곁의 친구들에게 돌려 보인다.

가혹한 전복 세금

버스 안에서는 길게 설명할 수 없었지만 해녀의 역사에는 몇 차례 굴절이 있었다. 남녀가 함께 물질하는 나잠업은 17세기까지 계속되었다. 선조의 손자 이건(李健, 1614~62)이, 아버지 인성군이 1628년 대역처분을 받아 형제들과 함께 15세의 나이로 제주도에 유배되어 10년간 귀양살이를 하면서 쓴 『제주풍토기(濟州風土記)』에는 이런 얘기가 나온다.

미역을 캐는 여자를 잠녀(潛女)라 한다. 그들은 2월부터 5월까지 바다에 들어가 미역을 캔다. 잠녀가 미역을 캘 때는 발가벗은 몸으로 낫을 들고 바다 밑에 있는 미역을 캐어 이를 끌어올리는데 남녀가 뒤섞여 일을 하고 있으나 이를 부끄러이 생각하지 않는 것을 볼 때 놀라지 않을 수 없다. 전복을 잡을 때도 이와 같이 한다. 그들은 전복을 잡아서 관가에 바치고 나머지는 팔아서 의식주를 해결하고 있다.

그러다 17세기, 인조 7년(1629)에 제주인들의 육지 출입을 금하는 출륙금지령이 내려졌다. 이는 제주인들이 모진 세금을 견디지 못하여 육지로 유망(流亡)하는 일이 많아지면서 군역에 동원할 인구가 줄어들자 취한 조치였다. 출륙금지령은 오랫동안 지속되다가 1823년 해제된다.

1702년 이형상 목사가 조정에 올린 글을 보면 "섬 안의 풍속이 남자는 전복을 따지 않고 다만 잠녀에게만 맡긴다"고 했다. 이때부터 제주의 남자는 군역을 비롯한 나라 일에 동원되고 해녀들이 세금으로 바치는 전복 공물을 도맡았던 것으로 보인다. 당시 해녀의 수는 1천여 명에 달했다고 하는데 '그놈의 전복 공물' 때문에 말할 수 없는 고통을 받았다. 전복을 제때에 바치지 못하면 태형을 받기도 했다. 그래서 영조 때 문신으로 제주도에 귀양 왔던 조관빈(趙觀彬, 1691~1757)은 이 딱한 모습을 보고 「탄잠수녀」라는 아주 슬픈 글을 지으면서 이렇게 말했다.

해녀들은 추위를 무릅쓰고 이 바닷가 저 바닷가에서 잠수하여 전복을 따는데 자주 잡다보니 전복도 적어져 공물로 바칠 양이 차지 않는다. 그런 때에는 관청에 불려들여져 매를 맞는다. 심한 경우는 부모도 붙잡혀서 질곡당하여 신음하고 남편도 매를 맞으며 해녀에게 부과된 수량을 모두 납부하기까지는 용서받지 못한다.

그래서 해녀는 무리를 해서 바다에 들어간다. 이 때문에 낙태를 하는 수도 있다고 한다. 더구나 이런 고생이 단지 국가에 바치는 공물을 위한 것이 아니라 관리들이 상사에게 뇌물로 쓰기 위한 것이라고도 한다.

나는 이것을 왕에게 직접 호소하고 싶지만 대궐 문이 겹겹이 닫혀 있어 도달할 방법이 없다. 나도 지금 축신(逐臣)이 되어 이 섬에 유배되어 있지만 해녀들의 신세를 생각하면 전복을 먹을 기분이 나지 않는다. 지금부터는 나의 밥상에 전복을 올려놓지 말라고 하고 있다.

──『회헌집(晦軒集)』

잠녀의 노역은 영조 22년(1746)에 혁파되어 관에서 사들이는 형식으로 바뀌었다. 균역법에 따라 날마다 관에 바치는 일은 없어졌다. 그러나 관에서 쳐주는 전복값이 형편없이 싸고 계속 요구하는 폐단은 그치지 않았다. 그래서 정조는 역정을 내고 다음과 같은 명을 내렸다.

전복을 잡지 말도록 한 제주의 규례에 의해 다시는 거론하지 말도록 하라. 봉진(封進)과 복정(卜定)을 해서는 안 될 뿐만 아니라, 당해 고을에서라도 만일 한 마리라도 사들여 쓰는 폐단이 있을 경우에는 그 고을 수령을 균역청(均役廳) 사목(事目)의 은결죄(隱結罪)로 다스리겠다.

──『정조실록』(정조 24년 4월 7일조)

이 조치는 헌종 15년(1849)에 와서야 완결되어 잠녀의 고역은 형식상 모두 없어지게 되었다. 그래도 탐관오리들의 가렴주구는 왕조 말기까지 계속되었다. 이것이 조선왕조까지 공납품을 위해 일하던 해녀들 모습이다.

| 해녀박물관과 제주해녀항일운동기념탑 | 하도리는 1932년 일제의 수탈에 항의하여 해녀들이 봉기한 곳이고 지금도 제주 해녀의 10분의 1이 물질을 하고 있어 여기에 기념탑과 박물관이 세워졌다.

해녀들의 항일운동

해녀의 역사에 대한 설명이 대충 끝났을 때 우리의 버스는 해녀박물관 주차장에 도착했다. 2006년에 개관한 해녀박물관은 하도리 윗동네인 상도리 연두망 작은 동산에 있는 제주해녀항일운동기념공원 안에 자리 잡고 있어 주변에 시설물들이 많다. 둥근 형태의 박물관 건물 맞은편 언덕 위쪽에는 예의 뾰족한 기념탑이 높이 솟아 있다. 한 학생이 먼저 아는 척한다. "저기에도 4·3 위령탑이 있다." 그러나 그건 '제주해녀항일운동기념탑'이다. 해녀박물관은 제주올레 제20코스의 종점이자 마지막 코스인 제21코스의 출발점이다. 제주올레에서도 해녀 문화의 중요성을 인정한 것이다.

박물관으로 들어가기에 앞서 나는 학생들을 그쪽으로 안내했다. 그 탑은 1932년 1월 구좌, 성산, 우도 일대에서 일제의 식민지 수탈에 항의하여 봉기했던 해녀들을 기려 세운 것이다. 근대사회 들어서 해녀들은 노역에서 해방되었지만 이번에는 일제와 일본 상인들, 그리고 선주들의 혹심한 착취에 시달리면서 그 수난사가 다시 시작된다.

1900년 무렵부터 일본 무역상들이 등장하여 해산물의 수요가 증가하고 환금성이 높은 상품이 되었다. 이때부터 제주 해녀들은 객주(客主)의 인솔 아래 제주를 떠나 부산, 울산, 흑산도, 일본, 중국 다롄(大連), 소련 블라디보스토크까지 진출했다. 이를 출가(出稼)해녀라고 하고 바깥물질 한다고 했다. 1920년대부터 광복을 맞을 때까지 일본 각처에 약 1,600명, 우리나라의 각 연안에 약 2,500명이 출가했던 것으로 전한다.

해녀조합도 설립되어 해산물 판매를 도와주었다. 그러나 해녀들은 해녀조합의 수탈에 시달렸고 출가해녀들은 선주들의 횡포에 눈물을 흘려야 했다. 바깥물질은 이것저것 다 제하고 나면 수확량의 20퍼센트 정도밖에 돌아오는 것이 없었다고 한다. 해녀조합에서는 미역, 감태, 전복 값을 형편없이 싸게 매겨 착취해갔다.

이에 구좌 해녀 300여 명이 1932년 1월 7일 세화리 장날에 호미와 빗창을 들고 어깨에는 양식 보따리를 메고 각 마을을 출발하여 세화리 장터까지 시위해 갔다. 이에 놀란 구좌면 지부장이 요구 조건을 다 들어주기로 해서 그날은 해산했다. 그러나 약속은 지켜지지 않았다.

닷새 뒤 12일 장날에는 하도리, 세화리, 종달리, 오조리, 우도 등의 해녀들이 봉기했다. 요구 조건으로 내건 '지정 판매 반대' '조합비 면제' '일본 상인 배척' 등을 들어주겠다는 약속을 또 받아냈다. 그러나 약속은 지켜지지 않았고 무자비한 주동자 검거가 이어졌다. 생존권 투쟁이 석방 시위와 항일운동으로 비약했다. 1월 한 달 동안 연인원 1만 7천 명이 동원된 대대적인 시위였다. 이 시위 진압을 위해 전라남도 경찰력까지 동원되었다.

시위는 한 달 만에 진압되었고 그 결과는 허망한 것이었지만 해녀 공동체의 단결력과 용감한 저항 정신은 살아남아 2차 봉기의 집결지였던 이곳에 기념탑이 세워지게 된 것이다. 제주해녀항일투쟁기념탑에는 우

| 옛 해녀들 | 해녀들이 물질하러 나가기 전에 조합으로부터 전달 사항을 듣기 위해 모여 있는 모습이다.

도 해녀들의 정신적 지주였던 이 마을 출신 강관순(康寬順)이 지었다는 「해녀의 노래」가 새겨져 있다.

순이 삼춘의 해녀 이야기

우리는 해녀박물관으로 들어갔다. 박물관에는 7분짜리 영상을 상영하는 영상실이 있고, 제1전시실에 해녀의 삶, 제2전시실에 해녀의 일터를 실물과 모형으로 전시하고 있어 해녀를 이해하는 데 유익한 정보를 제공해준다. 그러나 우리나라 지방 박물관들이 다 그렇듯이 건물은 번듯하지만 개관 이후 전시 내용이 보완되지 않아 아쉬움이 많다. 그래도 여기에 와야 해녀의 도구를 눈으로 볼 수 있다.

순이 삼춘은 곱고 정겨운 말씨로 이내 체험적 해녀 이야기로 들어갔다.

| 옛 해녀 사진 | 1964년 사진이다. 젊은 해녀들이 여(물속 바위)에 서서 물질 작업장을 바라보고 있는 모습이다. 해녀는 나이와 능력에 따라 상군, 중군, 하군으로 나뉘는데 아마도 하군 애기해녀처럼 보인다.

"저는 어려서 할머니로부터 억지로 해녀 수업을 받았어요. 우리 할머니는 네가 아무리 대학 가서 공부하더라도 살다보면 어떤 험한 세상을 만날지 모른다, 배운 것도 통하지 않고 돈도 통하지 않는 세상에서도 저 바다가 있는 한 살아남을 수 있는 사람이 돼야 한다면서 물질을 가르쳐주셨어요. 그게 자연계의 한 동물인 인간의 원초적 생존 교육이라는 것이겠죠.

예로부터 제주 여성은 남성들과 동등하게 밭일, 들일도 하고 바다에서 물질도 하며 살아왔어요. 제주에선 여자애들이 7~8세 때가 되면 갯가 헤엄은 어느 정도 익숙하죠. 그때부터는 물속 바위 틈에 숨긴 물건을 찾아내는 그런 잠수 놀이를 하며 자랍니다.

12~13세가 되면 할머니, 어머니로부터 두렁박을 받아 얕은 데서 깊은 데로 파도를 타고 나가고 들어오는 연습을 합니다. 해녀들에게는

물 위에서 헤엄을 얼마나 빨리 쳐서 얼마나 멀리 가나, 이런 건 중요하지 않아요. 호흡을 정지하고 무자맥질(잠수)하여 바닷속에 빨리 들어가는 법, 물속에서 눈을 뜨고 해산물을 찾아내 식별하는 법, 숨이 다하기 전에 물을 박차고 올라오는 법 등을 익히는 게 중요하죠. 15~16세가 되면 애기해녀로서 물질에 입문해서 비로소 해녀가 되고, 17~18세부터는 한몫잡이의 해녀로 활동합니다. 이때부터 40세 전후까지가 가장 왕성한 활동 시기이고 대체로 60세 전후까지 이어졌답니다.

그런데 지금은 이삼십대 해녀가 한 명도 없어요. 가장 나이 어린 해녀가 사십대랍니다. 현존 해녀들은 오륙십대가 대부분이고, 칠팔십대 할머니도 있어요. 사십대라고 해야 15퍼센트밖에 안 되니 향후 10년 뒤에는 어떻게 될까 불을 보듯 뻔하죠. 해녀의 맥이 이렇게 끊겨가고 있어요.

1950년대 초반에는 해녀 수가 3만여 명이었는데 70년대엔 1만 5천명, 1980년에는 1만여 명으로 줄었고, 2011년 말엔 4,800명이라는 통계가 나왔어요. 그중 우리가 있는 하도리가 500여 명으로 가장 많답니다."

순이 삼춘의 쉼 없는 해녀 이야기를 학생들은 진지하게 듣고 있었다. 여학생들은 자신의 나이를 비교하면서 해녀의 일생을 그려보는 듯했다. 순이 삼춘의 해녀 이야기는 계속되었다.

"해녀는 기량의 숙달 정도에 따라 상군(上軍)·중군(中軍)·하군(下軍)의 계층이 있답니다. 해녀 그룹의 리더를 대상군(大上軍)이라고 합니다. 첫 애기해녀는 이모나 고모 손에 이끌려 나옵니다. 엄마는 데려오지 않습니다. 해녀 불턱에서 처음 선보일 때는 '우리 순덕이 바당에 선뵈러 왔습니다'라고 인사시킵니다.

15명, 20명이 한 조를 이루며 해녀들은 대상군을 따라 바다로 나갑니다. 기러기 형태로 가다가 5분마다 뒤돌아보며 두 줄로 세 명이 번 갈아 리드합니다. 대략 2킬로미터 정도를 갑니다. 바다는 해녀들의 밭 이나 마찬가지기 때문에 얼마만큼 가면 바다 밑이 어떻게 생겼고 무 엇이 많이 잡히는지를 잘 압니다.

해녀들은 바닷속에 무자맥질하여 보통 수심 5미터에서 30초쯤 작 업하다가 물 위에 뜨곤 하지만, 기량에 따라서는 수심 20미터까지 들 어가고 2분 이상 견디기도 합니다. 물 위로 솟을 때마다 '호오이' 하면 서 한꺼번에 막혔던 숨을 몰아쉽니다. 그 소리를 '숨비소리'라고 하죠. 숨비소리는 음정이 날카로우면서도 짙은 애상을 간직한 정 깊은 생명 의 소리입니다.

그러나 때로는 해파리, 상어, 물쐐기, 솔치 등이 물질하는 해녀들을 해 치기도 하여 마음 편히 물질을 할 수 없답니다. 또 처음엔 잘 안 됩니다. 연습 땐 잘되었는데 빈손으로 가게 생겼습니다. 그럴 때면 이모가 돌미 역을 채워줍니다. 그리고 상군들도 자기가 잡은 소라, 전복을 망사리 속 에 넣어주며 '대상군 되거라'라며 축수합니다. 옆에 있던 중군, 하군도 하나씩 줍니다. 아까워서 작은 것 주는 해녀는 대상군이 못 됩니다."

순이 삼춘의 이야기는 끝 모를 듯 이어졌다. 해녀 작업은 봄에서 가을 까지, 특히 한여름철에 성행하지만 추운 겨울에도 물질을 하는 해녀들이 많다는 것, 해녀들은 밭일과 물질을 한나절씩 번갈아 하는 경우가 흔하 여 육체적으로 대단히 힘들게 살아왔다는 옛날얘기도 곁들였다.

해녀의 도구

제2전시장에는 해녀의 도구가 전시되어 있다. 우리는 10분 안에 다 둘

| **해녀 도구** | 해녀의 도구는 테왁, 망사리, 눈(물안경), 빗창이 기본이다. 둥그런 돌은 망사리 밑에 달아 물결에 떠내려가지 않도록 하는 닻돌이다.

러보기로 하고 각자 흩어져 전시장을 구경했다. 해녀는 어느 사진을 보아도 물옷을 입고 테왁 망사리를 어깨에 지고 '눈'이라고 불리는 물안경을 이마에 걸친 모습이다. 이것이 해녀의 정장이라고 할 수 있다.

테왁은 해녀가 수면에서 쉴 때 몸을 의지하거나 헤엄쳐 이동할 때 사용하는 부유(浮游) 도구이다. 해녀에게는 더없이 소중한 휴대용 구명보트인 셈이다. 종전에는 박이 이용되었다.

그런데 자연 박으로 만들던 테왁이 지금은 스티로폼 테왁으로 바뀌었다. 1960년대에 스티로폼이 나오기 시작하면서 그 실용성이 인정되어 현재는 모든 해녀들이 이것을 사용한다. 나일론 테왁이라고도 한다. 그러나 스티로폼은 잘 부서지기 쉬워 헝겊으로 싸서 사용하는 곳이 많으며 마을에 따라 일정한 색을 지정하기도 하는데 이는 어선들에게 여기 해녀들이 있다는 표시로 사고 방지용 경고 효과도 있다.

망사리는 채취한 해산물을 집어넣는 그물주머니이다. 망사리는 테왁에 매달아 한 세트가 되는데 재료에 따라, 그물 짜임의 섬세함에 따라 용도와 명칭이 다르다. 헛물망사리는 전복이나 문어·소라 등을 채취할 때 사용되는 망사리로 약간 촘촘하게 짜였다. 헛물이란 '헛물질'의 줄임말로 특정한 해산물을 집중적으로 채취하는 것이 아니라 그저 바다에 들어가 눈에 띄는 대로 잡는 거라는 설도 있고, 옛날엔 전복 잡는 것이 아주 어려워 헛물질하기 십상이기 때문에 나온 말이라는 설도 있다.

미역 채취용 망사리인 메역망사리는 그물의 짜임새가 엉성하고 폭과 깊이가 헛물망사리의 두 배쯤 되어 큰망사리라고도 한다. 감태를 채취할 때 사용하는 망사리는 걸망이라고 한다. 이렇게 해녀는 물질할 때 무얼 잡느냐에 따라 그에 알맞은 망사리를 갖고 나간다.

해물 채취 연장으로는 빗창이 필수다. 빗창은 전복을 바위에서 떼어낼 때 사용하는 것으로 쇠로 만들었다. 너비 2.5센티미터 내외이며 길쭉하고 넓적하면서도 끝은 날카롭지 않고 둥그스름하다. 끝부분이 구부러져 고리 모양인데 거기에 끈을 길게 달아 손목에 감고 사용한다. 사용하지 않을 때는 등뒤쪽 허리에 빗겨 찬다. 그래서 빗창이라고 한다.

이외에 작살인 소살, 바위 틈의 해산물이나 돌멩이를 뒤집을 때 쓰는 골갱이, 해조류를 채취하는 낫으로 종개호미(정개호미), 납작한 갈퀴인 까꾸리 등이 있다. 바다 밑은 해녀에겐 밭이나 진배없기 때문에 육지에서 호미, 낫, 괭이, 삽, 곡괭이 등 도구가 여러 가지이듯 해녀의 연장도 다양할 수밖에 없다.

제주의 해녀복, 물옷

여학생들은 역시 옷과 패션에 관심이 많았다. 순이 삼촌은 여학생들에게 해녀복에 대해 아주 친절하게 설명해주고 있었다.

"해녀가 물질할 때 입는 옷을 물옷이라고 해요. 물옷에는 물소중이, 물적삼, 물수건이 있어요. 물옷은 1970년대까지 입었는데, 이것이 곧 최초의 여성 전문 직업복인 셈이죠.

물옷을 언제부터 입기 시작했는지는 명확하지 않지만 1702년 기록인 『탐라순력도(耽羅巡歷圖)』에 물질 모습과, 물소중이랑 같아 보이는 옷이 나타납니다. 이러한 형태의 물옷이 큰 변화 없이 이어지다 1970년대 이후 고무옷을 입게 됩니다. 고무옷이 나오면서 해녀는 추위도 잘 견디고, 더 오래 물속에서 작업하게 되었지만 장시간 물속에서 일하게 됨에 따라 두통, 위장 장애 등의 또 다른 직업병이 생기게 되었어요.

물소중이는 스스로 만들어 입었는데 재봉틀이나 손바느질로 솜씨를 최대한 발휘했습니다. 어깨끈 부분과 옆트임이 있는 옆단에 '스티치'를 박아 문양을 내거나 조각 헝겊으로 악센트를 주었죠. 처음엔 흰색을 입다가 검은 물감이 흔해지면서 검정물을 들여 입기 시작했어요.

이건 어깨끈 대신 조끼허리로 개량된 물소중이입니다. 어깨를 매듭단추로 여미도록 하여 입고 벗기 편리하고 가슴이 드러나지 않도록 만들었어요. 젖먹이가 없는 처녀나 나이 든 여성들이 즐겨 착용했죠.

물적삼은 1950년대 이후에 입기 시작했는데 물소중이가 바다일에 필수라면 물적삼은 선택인 셈입니다. 물소중이는 검정물을 들여 입어도 물적삼은 흰색으로 입었어요. 물적삼은 품이며 소매 등 옷 전체가 몸에 거의 착 달라붙듯이 짧고 좁게 만들어졌어요. 물의 저항을 가능

| 해녀복 | 지금은 모두 고무옷을 입고 있지만 옛 해녀복은 물옷이라고 해서 소중이, 적삼, 물수건으로 구성되었다.

한 한 적게 받기 위해서죠."

학생들이 순이 삼춘을 병아리처럼 졸졸 따라다니며 귀를 쫑긋 세우기도 하고 공책에 메모도 하는 것이 아주 귀여워 보였다. 그것을 곁눈질로 보면서 해녀복과 여학생들을 반반으로 갈라보던 한 나이 지긋한 삼춘이 우리들 사이로 끼어들어 부탁하지도 않았는데 물안경을 설명하기 시작했다.

"요건 눈이렌 허주게. 수영 선수들 끼는 쌍안경 닮은 거, 그걸 족세눈이렌 허는디 지금은 다덜 안 써, 통으로 된 왕눈을 쓰주."

학생들은 늙은 삼춘의 얘기보다 그 제주 말씨에 취해 재미있게 듣고 있었다. 나는 이분이 젊은 여학생 앞에서 실력을 과시하려는 것으로만 생각하고 있었는데 그다음 얘기를 들으니 자진해서 해설할 만했다.

"이건 누게나 다 아는 건디, 요건 궤눈이고 요건 엄쟁이눈. 궤눈은 구좌 한동리 웃궤에 사는 사름이 만든 족은눈이고, 엄쟁이눈은 저 애월 구엄리에 사는 하르방이 만든 거란 엄쟁이눈이옌 허는 거주. 이런 걸 알아사 공부렌 허주, 그냥 족세눈 왕눈이나 보는 것사 무신 공부."

늙은 삼춘의 말이 떨어지자마자 우리 학생들은 큰 박수를 보냈다. 그러나 진짜 공부를 하려면 책과 논문으로 해야 한다. 나는 순이 삼춘이 쓴 『제주도 잠수 용어에 관한 조사보고』(제주도민속자연사박물관 1989)를 일찍이 건네받아 이렇게 감히 해녀박물관까지 학생들을 인솔할 용기를 갖게 되었다.

세화리 갯것할망당

해녀박물관 전시장을 둘러본 다음 나는 학생들을 위층 전망대로 모이게 했다. 거기에 오르면 세화리, 하도리 앞바다가 드넓게 펼쳐진다. 먼바다는 검푸른 빛을 발하고 앞바다는 비췻빛을 띠는데 갯가는 시커먼 용암이 손가락을 바짝 편 손바닥 모양으로 바다를 향해 여러 갈래로 뻗어 있다. 그리고 그 사이사이로는 흰 모래사장이 자리잡고 있어 곶(串)들이 더욱 가늘어 보인다. 그래서 이 동네 이름이 세화리(細花里)가 된 것이기도 하겠다. 세화리란 '가는 곶'이라는 원이름이 한자로 바뀌면서 미화된 듯하다.

다 같이 먼바다와 앞바다를 번갈아 바라보고 있는데 한 학생이 순이

| **세화리 갯것할망당** | 세화리 갯가에 있는 해녀 신당으로 둥글게 감싸안은 내부에는 치성물을 놓을 수 있는 제단과 궤가 마련되어 있다.

삼춘을 찾았다.

"삼춘, 저기 바닷가 암반 위에 있는 예비군 초소 같은 것은 뭐예요?"
"그거, 세화리 갯것할망당이에요. 야! 우리 학생들이 복이 많구나. 저 할망당은 밀물 때는 바닷물로 둘러싸인 섬이 되어 갈 수 없는데 지금은 썰물 때라 갈 수 있겠네요."

순이 삼춘의 말이 떨어지자마자 학생들과 해녀박물관을 나와 갯것할망당으로 향했다. 사실 학생들이 신나게 달려간 것은 할망당보다도 바다로 나가고 싶어 죽겠는데 선생 눈치가 보여 이제나 저제나 틈만 보고 있었기 때문임을 나는 잘 알고 있다. 그런 속도 모르고 순이 삼춘은 나에게 학생들 훈련 잘 시켰다고 칭찬해준다.

세화리 갯것할망당은 해녀박물관에서 보면 정북 방향이 된다. 제주어로 갯것할망당은 갯가의 신당이라는 뜻이다.

원래는 평대리 갯마리와 세화리 통항동 어부들이 공동으로 위하던 당이었는데 포구를 넓히는 바람에 자리를 옮기게 되자 심방(무당)의 조언에 따라 이곳 세화리 지경의 정순이빌레로 옮겨지게 된 것이다. 그래서 모시는 신도 정순이빌레 할마님이라고도 불린다.

갯것할망당은 한쪽으로 출입구가 나 있고 둥글게 감싸안은 내부에는 치성물을 놓을 수 있는 제단과 궤가 마련되어 있다. 궤 안에는 누군가가 할망에게 바친 오색천과 소지가 남아 있었다. 순이 삼춘은 마이크를 잡고 학생들에게 설명을 시작했다.

"갯것할망당은 어부와 해녀를 전담하는 해신당입니다. 만선을 기원하는 어부들이 오색 깃발을 이곳에 세워놓을 때도 있습니다. 이곳에 좌정하고 있는 할망은 들어오고 나가는 배 모두에게 영험이 좋은 여신입니다.

음력 정월이면 해녀와 어부들이 용왕님께 새해 인사를 드리며 요왕(용왕)맞이를 하면서 물질 잘되게 해달라고 빕니다. 용왕님께 빌 때는 쌀밥, 삼채나물(고사리, 미나리, 콩나물) 한 보시기, 사과·배 한 알, 구운 생선 한 마리, 무명실 타래, 감주 한 병, 양초 한 자루를 바칩니다. 그리고 '지드림'을 할 '지'가 필수입니다.

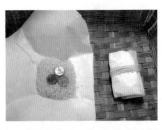

| 지드림을 위한 지 | 음력 정월 요왕맞이 때면 물질 잘되게 해달라고 비는 지드림이 있다. 지드림은 쌀, 밥, 시루떡, 무명실 타래, 동전 등을 한지에 곱게 싼 지를 바다에 던져 요왕께 드리는 것이다.

지는 쌀알을 한지에 싼 다음

| 하도리 바다 풍경 | 하도리의 바다 빛깔은 초록색, 검은색이 층을 이루며 펼쳐지고 여기에 흰 포말이 일어나면서 그 자체로 아름다운 색채의 조화를 이룬다.

무명실로 빙빙 돌려 여민 것입니다. 지를 만들 때는 정성을 다해 짜개지지 않은 온전한 쌀알만 넣어야 합니다. 우리 할머니는 지를 만들 때면 돋보기를 대고 쌀알을 골라내고 손주들 이름과 생년월일을 또박또박 썼답니다. 이 지를 바다에 던지며 용왕님께 비는 것을 지드림이라고 합니다."

순이 삼춘의 설명을 들으면서 우리 학생들은 제주 바다의 스토리텔링에 점점 빠져들고 있었다. 한 새침데기 여학생이 내게 다가와 구정 때 와서 지드림하는 것을 보고 싶다며 지금 감동받고 있음을 넌지시 말하고 지나간다.

해안도로변의 별방진

우리는 다시 버스에 올라 하도리 해녀 불턱으로 향했다. 세화리 갯것 할망당에서 해안도로를 따라 하도리로 가다보면 갑자기 거대한 성벽이 나타난다. 여기가 별방진이다. 별방진은 조선시대 군사적인 요충지로 중종 때 제주목사 장림이 왜선의 정박지가 우도에 있기 때문에 김녕 방호소를 이곳으로 옮기고 별방(別防)이라 이름 지은 것이다.

성곽의 규모는 둘레가 1,008미터, 높이는 4미터 정도로 본래 성안에는 각종 관사, 창고와 샘이 2곳, 그리고 동·서·남쪽의 3곳에 문이 있고, 옹성 3개소, 치성 7개소가 있었다고 한다. 그러나 지금 성안에는 민가가 빼곡히 들어서 있어 옛 모습은 찾을 길 없고 큰 우물만이 옛 별방진의 거대한 규모를 말해준다.

세화리에서 하도리는 잠깐 거리지만 제주에서 가장 아름다운 해안도로인지라 학생들은 창가에 매달려 잠시도 눈을 떼지 못한다. 오른쪽 창가에 앉은 애들은 설치미술 같은 밭담이 아름답다고 하고 왼쪽 창가에 앉은 애들은 우도를 배경으로 펼쳐지는 바다 풍광이 환상적이라고 한다. 그리고 앞쪽에 앉은 애들은 성산 일출봉이 여기서 보는 것이 더 멋있다고 탄성을 지른다.

하도리 해녀 불턱

우리는 하도리 해녀 불턱 앞에서 내렸다. 불턱은 해녀들이 불을 쬐는 곳으로 몽돌을 둥글게 겹으로 쌓았다. 좁지만 정겹고 참으로 아늑한 맛이 있다. 불턱에는 해녀의 삶과 애환이 다 서려 있다. 순이 삼춘은 또다시 이야기를 시작한다.

| **별방진 성벽** | 세화리에서 하도리로 가다보면 거대한 성벽이 나오는데 여기가 별방진이다. 왜선이 우도에 정박하기 때문에 김녕에 있던 방호소를 이쪽으로 옮긴 것이다. 진 안쪽은 민가가 들어서 있어 옛 모습을 잃었고 외벽만 장하게 남아 있다.

"여기는 해녀들의 쉼터이자 사랑방이랍니다. 한 시간쯤 물질을 하다보면 힘도 들지만 바닷물이 차서 몸이 얼음덩어리가 됩니다. 그러면 해녀들은 불턱에 와서 불을 쬐며 몸을 녹이고 쉽니다.

하군 해녀는 먼저 와서 불을 피워놓고 소라도 구워놓습니다. 이런 것을 잘하는 해녀가 나중에 대상군이 됩니다. 불을 피우면 연기가 바람에 한쪽으로 몰리게 되죠. 이때 바람을 등진 좋은 자리엔 대상군이 앉고 하군은 연기 나는 쪽에서 고개를 돌리고 눈을 감은 채 불을 쬡니다. 엄격한 불문율의 질서가 있어요.

불턱에서는 온갖 소문이 다 나옵니다. 어느 집 시어머니와 며느리가 싸웠나도 여기서 들통나고, 어느 해녀가 임신했나도 다 알게 됩니다. 갓난애가 있는 해녀는 구덕에 아기를 뉘어놓고 불턱에 와서 젖을

| 하도리 **해녀 불턱** | 갯가에는 해녀들의 휴식을 위한 공간으로 불턱이 있다. 둥글게 둘려진 돌담이 바람을 막아주고 가운데는 불턱이 있어 불을 쬐게 되어 있다. 불턱에 둘러앉아 정담을 나누고 하군 해녀는 일하는 요령도 배운다.

먹입니다. 해녀는 만삭이 돼도 물질을 했습니다. 그래서 갑자기 산기
(産氣)가 일어나 불턱에서 애를 낳는 경우도 있답니다.

　또 바닷속에 해초가 너무 무성해서 제초작업을 한번 해야겠다는 의
견을 내놓기도 하고 아까 전복 큰 놈을 보았는데 빗창으로 암만 떼려 해
도 꿈쩍도 안 해서 용을 쓰다가 숨이 차서 그냥 나왔다며 큰일 날 뻔했
다는 얘기도 합니다. 그럴 때면 대상군이 어떻게 대처해야 하는지를 자
세히 일러주면서 전복 다루는 법을 가르쳐줍니다."

이때 한 학생이 질문했다. 주제는 전복이었다.

"전복이 얼마나 세게 달라붙었기에 빗창으로도 떼지 못하나요?"
"마음먹고 달라붙은 놈은 장정 셋도 못 뗀다고 해요. 전복은 단숨에 떼

| **불턱에서 옷을 입고 불을 쬐는 해녀들** | 불턱에 둘러앉을 때는 연기가 많이 가는 쪽에 하군 해녀가 앉아 대상군 해녀가 편안히 쉴 수 있도록 배려한다.(사진 현용준)

내야 해요. 빗창을 넣었는데 안 떨어지면 빗창을 빨리 포기해야 하는데 그러지 못해서 해녀가 죽는 경우가 많아요. 빗창 끝에 끈이 달려 있는 것을 아까 해녀박물관에서 보았죠? 그걸 손목에다 움켜매고 빗창을 질렀는데 빗창도 안 빠지고 끈도 안 풀어지면 숨이 차서 목숨을 잃게 됩니다."

해녀 대상군

또 한 학생이 질문했다. 이번 주제는 대상군이었다.

"대상군은 해산물 따는 실력이 월등 뛰어나요?"
"대상군보다 해산물을 더 잘 따는 상군 해녀도 많습니다. 대상군은 물질뿐만 아니라 다른 것도 잘해야 합니다. 무엇보다 날씨를 볼 줄 알아야 해요. 대상군은 파도 소리만 들어도 날씨 변화를 압니다. 바다라는 텍스트를 20년 넘게 읽어서 체득한 것이죠.

대상군은 일기예보에만 의존하지 않습니다. 기상청은 바닷속 사정까지는 모르지요. 대상군은 3일 내지 7일간의 날씨를 볼 줄 압니다. 하늬바람, 마파람, 샛바람, 조류 방향을 거의 정확히 예측합니다. 어떤 때는 멀쩡한 날인데도 오후에 파도가 일어난다고 안 나가고, 날이 흐린데도 바닷속은 괜찮다며 물질 나오라고 합니다. 그래서 해녀들은 아침에 대상군 집에 전화해서 '오늘 제주시에 아들 보러 가도 됩네까?' 하고 물어봅니다.

대상군은 해녀들 하나하나에 대해서도 깊은 관심을 갖고 있습니다. 하군, 중군 해녀 중 누가 입술이 새파래지든가, 안 좋아 보이면 일을 거두고 들어가게 합니다. 물질하다 긴급히 철수시킬 때도 있습니다. '해파리 철수' '시체 철수'라고 하면 모두 뭍으로 나옵니다. 어떤 때는 다른 곳에서 죽은 시체가 조류에 실려오곤 합니다. 그러면 이를 처리하는 것도 대상군 몫입니다.

대상군은 시체를 찾을 때 능력을 발휘합니다. 익사자가 생기면 대상군은 임산부나 약한 사람은 철수시키고 상군 해녀들과 시체를 수색합니다. 시체가 있으면 부근 바닷물은 우윳빛으로 변하고 반점이 생깁니다. 그날 못 찾으면 지난밤의 바람 속도와 조류를 계산하여 찾아냅니다."

죽음과 시체 이야기에 모두들 숙연해져 있을 때 한 학생이 조용히 삼춘에게 물었다.

"대상군은 어떻게 뽑나요?"
"그건 덕성, 지혜, 포용력을 보고 해녀들이 스스로 정합니다. 능력도 능력이지만 멤버십과 리더십이 더 중요하죠. 대상군은 64세쯤 되어 판단력이 흐려져 물러날 때가 되었다고 생각되면 사퇴 의사를 표합니다. 그러면 모두들 '성님, 무슨 말을 햄수까?'라며 일단 말립니다. 그래도 물러날 뜻이 확실하면 누굴 대상군 자리에 앉히지 하며 눈치를 봅니다. 해녀들의 대상군은 함부로 못 정합니다. 지난 20년 동안의 행실이 모두 심사 대상이 됩니다.

대략 후보가 두세 명으로 압축되는데 어떤 당찬 사람이 자기가 하겠다고 나섰다가 모두 '성님은 아니우다게'라고 비토를 놓으면 겸연쩍게 물러나고, 상군들이 의견을 모아 '순덕이 어멍이 맡아주십서'라고 제청하면 모두 '그럽시다'라고 동의해야 비로소 새 대상군, 새 리더가 탄생하게 된답니다."

종달리 돈지할망당

하도리 해녀 불턱을 내려와 우리는 해녀 답사의 마지막 코스인 종달리 돈지할망당으로 향했다. 돈지는 배가 닿을 수 있는 해안가라는 의미이니 '해안가 신당'이라는 뜻이다. 아주 짧은 거리로 성산 일출봉이 코앞에 다가온다. 종달리는 '끝에 도달한 동네'라는 뜻이며 제주올레 마지막 코스이기도 하다.

종달리 해안도로에는 고망난돌 쉼터라는 곳이 있다. 어느 해 여름날 '제주 허씨'(렌터카)를 몰고 이 길을 달리는데 길가에 수국꽃이 몇 킬로미터나 장하게 피어 있는 것이 너무도 아름답고 환상적이어서 서서히 달리다가 '고망난돌 쉼터'란 표지석을 보고 문득 멈췄다.

고망난돌 쉼터에서 바다 쪽을 내려다보면 온통 기암괴석이 널려 있다. 어느 것을 고망 난(구멍 난) 돌이라고 하는지 모를 정도다. 제주에 삼보가 있어 자연, 민속, 언어를 말할 때 그 자연 속에는 오름, 용암동굴, 나무 등을 번서 떠올리지만 사실 기암괴석도 여기서 빼놓을 수 없는 제주의 장관이고 신비. 고망난돌 쉼터에는 버스를 세울 수 있는 주차장이 없어 우리 학생들은 그냥 지나칠 수밖에 없었지만 제주허씨라면 잠시 들러 해안가 기암괴석을 맘껏 즐겨볼 만한 곳이다.

종달리 돈지할망당은 구좌읍 종달리 포구 서쪽 200미터 지점에 있다. 해안가에 불룩 솟아 있는 기암괴석인데 바람에 시달려 이리저리 굽고 휜 채 낮고 길게 누워 있는 '우묵사스레피' 나무가 신령스러운 푸른빛을 발하고 있다. 종달리 돈지당은 이 천연의 괴석과 나무를 신석(神石), 신목으로 삼은 전형적인 바닷가의 해신당이다. 우묵사스레피 나무를 제주어로는 생게남이라고 한다. 그래서 '생게남 돈지당'이라고도 부르며 언제 어느 때 와도 지전과 오색천이 화려하게 걸려 있다.

종달리 돈지할망당은 어부와 해녀들의 당으로, 풍어와 해상 안전을 기원하는 곳이다. 특히 정월 초하루와 팔월 추석에 지내는 어부들의 뱃고사 때에는 제물로 돼지머리를 올린다. 해녀들은 따로 일정한 제삿날 없이 택일하여 가기도 하고 물에 들어갈 때 수시로 기원하기도 하는 곳이다.

종달리 해안도로 한쪽에 차를 세워두고 내려서 학생들에게 갯가에 불룩 솟아 있는 바위를 가리키며 "저기 늘푸른나무 한 그루 아래 오색천이 휘날리는 것이 보이지요?"라고 하자 학생들은 "예!"라는 대답과 함께 그곳으로 줄달음친다. 가서는 너도나도 사람이 나오지 않게 사진을 찍으려고 카메라를 들이대면서 누군가가 사진 프레임에 들어올 것 같으면 "포토라인, 포토라인" 하며 이 천연의 해신당을 아름답게 담아가려고 경쟁한다.

생각건대 이 종달리 돈지할망당이야말로 가장 제주의 해신당다운 곳이다. 신령스럽게 생긴 바위와 작은 굴, 그리고 모진 바람에 가지가 굽고 굽으면서도 윤기 나는 푸른 잎을 잃지 않은 생게남을 영험하게 생각하

| 종달리 돈지할망당 | 종달리 해안가에 있는 신당으로 '돈지'는 배가 닿을 수 있는 해안을 뜻하는 제주말이다. 이 할망당은 신령스럽게 자란 생게낭(우묵사스레피 나무)이 신목 구실을 하여 생게낭 돈지당이라고도 한다.

여 여기를 신당으로 삼은 것이다. 거기에 인간의 기도하는 마음이 서려 있는 오색천과 소지, 그리고 자연의 산물을 대표한 과일 몇 알로 신과 마음을 나누는 모습이 제주 신앙의 가장 아름다운 모습 아닐까. 누가 이를 미신이라고 할 것이며 추하다고 할 것이며 가난하다고 비웃을 것인가.

수많은 해녀 노래 중에서 가장 애달픈 구절은 "이여싸나 이여싸. 칠성판을 머리에 이고 바닷속에 들어간다"라는 대목이다. 조선시대 대표적인 서사시인 석북(石北) 신광수(申光洙)는 「잠녀가(潛女歌)」에서 매일같이 생사를 넘나들며 물질을 하는 해녀의 수고로움을 노래한다. 깊고 푸른 물에 의심 없이 바로 내려가 날리는 낙엽처럼 공중에 몸을 던지며 길게 휘파람 불어 숨 한 번 토해낼 제 그 소리 처량하여 멀리 수궁 속까지 흔들어놓는 것 같다며 "잠녀여! 잠녀여! 그대는 비록 즐겁다 하지만, 나

| 제주 바다의 노을 | 날마다 노을이 붉게 물드는 것은 아니지만 제주 바다의 석양은 밝은 홍조를 띠다가 서서히 짙어져가면서 아련한 애조를 남기고 어둠 속에 잠긴다.

는 슬프구나"라며 애잔한 서사시를 바쳤다.

생사를 초월한 처연한 마음이 일어나는 종달리 돈지할망당. 아! 그것은 애절하고도 아름다운 풍광이다. 그래서 나의 제주답사 일번지 종점을 이곳 종달리 생게남 돈지할망당으로 삼는다.

그날도 숨비소리 아련한 빈 바다엔 노을이 짙게 내리고 있었다.

2012.

진달랩니까, 철쭉입니까

한라산 / 임백호 『남명소승』 / 오백장군봉 / 영실 / 팔도 아줌마 /
구상나무 / 윗세오름 / 겐테 박사 / 정지용의 「백록담」

제주도에서 가장 아름다운 곳

1997년 영남대 교수 시절 이야기다. 미술대학 스케치 여행이 제주도
로 결정되자 학회장 맡은 학생이 코스를 짜기 위해 나를 찾아와 물었다.

"샘, 제주도에서 최고로 아름다운 곳은 어디예요?"

이런 게 경상도식 질문이다. 그것은 누구든 대답하기 어려운 질문이
다. 이런 경우 답을 구하는 좋은 방법이 있다. 미술평론을 하면서 사람들
에게 조언하기를, 전시장을 둘러보고 밖으로 나갈 때 그냥 가지 말고 지
금 본 그림 중에서 가장 좋은 그림이 무엇이었는지 딱 한 점만 골라본다
면 전시회도 다시 보이고 그림 보는 눈도 좋아진다고 말하곤 했다. 그런

데 한 점만 고르기가 무척 어렵다고들 했다. 그래서 나는 말을 바꾸었다. "지금 본 그림 중에서 아무거나 한 점 가져가라고 하면 어떤 것을 가질까 생각해보십시오. 바로 그것이 가장 좋은 그림입니다." 그러자 아주 쉽다고들 했다. 그러면 제주도에서 가장 아름다운 곳이 아니라 지금 나에게 아무 조건 없이 제주도의 한 곳을 떼어가라면 어디를 가질 것인가? 그것은 무조건 영실(靈室)이다.

"영실! 한라산 영실을 안 본 사람은 제주도를 안 본 거나 마찬가지야."

그때 우리는 어리목에서 출발하여 만세동산 지나 1700고지인 윗세오름까지 올라 그곳 산장휴게소에서 준비해간 도시락을 먹고 영실로 하산하면서 한라산의 아름다움을 만끽했다. 학생들은 정말로 즐거워했고 좋은 스케치들을 과제로 제출했다.

윗세오름 등반 코스

한라산 백록담까지 등반은 8, 9시간 걸리는 관음사 코스(8.7킬로미터), 성판악 코스(9.6킬로미터), 돈내코 코스(7킬로미터)가 일반적이다. 그러나 우리 같은 답사객에게는 해발 1,700미터의 윗세오름까지만 가는 것이 제격이다.

윗세오름은 한라산 위에 있는 세 개의 오름이라고 해서 붙여진 이름인데 여기에 이르면 선작지왓 너머로 백록담 봉우리의 절벽이 통째로 드러난다. 그것은 장관 중에서도 장관으로, 이렇게 말하는 순간 내 가슴은 뛰고 있다. 우리는 그것만으로도 한라산의 신비로움과 아름다움의 반은 만끽할 수 있다. 거기서 백록담까지는 1.3킬로미터 산행길이다.

| **영실에서 보는 백록담 봉우리** | 영실에서 한라산을 오르다보면 진달래밭, 구상나무숲, 윗세오름, 선작지왓, 백록담이 모두 한눈에 들어오게 된다. 나는 여기가 한라산의 가장 아름다운 풍광을 보여주는 곳이라고 생각한다.

    윗세오름에 이르는 길은 어리목 코스(4.7킬로미터)와 영실 코스(3.7킬로미터) 두 가지다. 왕복 8킬로미터, 한나절 코스로 우리나라에서, 어쩌면 세계에서 가장 환상적이면서 가장 편안한 등산길일 것이다. 답사든 등산이든 왔던 길로 다시 돌아가지 않는 게 원칙이다. 그러나 나는 나이 들면서는 영실로 올라가서 영실로 내려오곤 한다. 영실 코스는 윗세오름을 올려다보며 오르다보면 백록담 봉우리의 절벽이 드라마틱하게 나타나는 감동이 있고, 내려오는 길은 진달래밭·구상나무숲 아래로 푸른 바다가 무한대로 펼쳐지는 눈맛이 장쾌하기 때문이다.

    영실 코스는 승용차가 영실휴게소까지 올라갈 수 있어서 2.4킬로미터(40분) 다리품을 생략할 수 있다. 그러나 영실이 아무 때나 운동화 신고 오를 수 있는 곳은 절대 아니다. 영실답사는 본질이 한라산 산행이다. 등산화는 물론이고 겨울·철엔 아이젠을 차지 않고는 못 오른다. 여름날 비바람 칠 때는 그 유명한 삼다도 바람에 몸을 가눌 수 없어 산행이 불가능하다. 그래서 제주도 한라산국립공원 관리사무소(064-713-9950)는 입산객을 철저히 통제한다.

일몰 전에 하산이 완료될 수 있도록 계절별로 입산 시간을 통제하고 눈보라, 비바람 등 날씨 상황에 따라 입산 금지령을 내린다. 그래서 일기가 불순할 때는 영실 매표소(064-747-9950)에 문의해야 하고 윗세오름 날씨 상황은 윗세오름 매점(064-743-1950)에 알아봐야 한다.

이렇게 친절하게 알려드리는 것은 내 책을 읽고 떠나는 분들을 위한 우정 어린 충고이기도 하다. 지난 2012년 1월, 눈 덮인 겨울 영실을 한 번 더 보고 사진도 찍고 이 글을 쓰겠노라고 창비 식구와 가까운 친구, 선배, 연구원, 아들까지 데리고 영실에 갔다가 입산 금지령에 묶이는 바람에 한 시간 반을 기다려 겨우 입산할 수 있었고 오백장군봉에 이르렀을 때 다시 눈보라가 몰아쳐 그냥 하산하고 말았다.

영실답사 서막, 계곡의 짙은 숲

영실은 최소한 네 차례의 새로운 감동을 전해준다. 교향곡에 비유하면 라르고, 아다지오로 전개되다가 알레그로, 프레스토로 빨라지면서 급기야 마지막에는 '꿍꽝' 하고 사람 심장을 두드리는 것과 같다. 연극으로 치면 프롤로그부터 본편 4막, 그리고 에필로그까지 이어진다. 그 서막은 영실 초입의 숲길이다.

영실에 들어서면 이내 솔밭 사이로 시원한 계곡물이 흐른다. 본래 실(室)이라는 이름이 붙은 곳은 계곡을 말하는 것으로 옛 기록에는 영곡(靈谷)으로 나오기도 한다. 언제 어느 때 가도 계곡 물소리와 바람소리,

| **영실 설경** | 영실 초입의 휴게소에 이르면 벌써 한라산의 장관이 펼쳐진다. 특히 눈 내리는 겨울날이면 눈보라 속에 감춰졌다 드러났다 하여 더욱 신비롭게 느껴진다.

거기에 계곡을 끼고 도는 안개가 신령스러워 영실이라는 이름에 값한다. 무더운 여름날 소나기라도 한차례 지나간 뒤라면 이 계곡을 두른 절벽 사이로 100여 미터의 폭포가 생겨 더욱 장관을 이룬다.

숲길을 지나노라면 아래로는 제주조릿대가 떼를 이루면서 낮은 포복으로 기어가며 온통 푸르게 물들여놓고, 위로는 하늘을 가린 울창한 나무들이 크면 큰 대로 작으면 작은 대로 아름답고 기이하다. 호기심이 많아서일까, 욕심이 많아서일까. 저 나무들 이름을 알았으면 좋겠는데 누가 알려줄 사람이 없어 항시 그게 답답하다. 『탐라순력도』를 제작한 이형상(李衡祥) 목사는 충실한 행정가여서 제주의 나무들도 많이 알고 있었다. 그는 『한라산 등산기』에서 숲길을 지나며 이렇게 말했다.

| 영실 초입의 짙은 숲 | 영실 등반은 짙은 숲길을 걷는 것으로 시작된다. 아무렇게나 자란 나무들이 울창하고 제주 조릿대가 빼곡히 퍼져 있어 숲의 깊이를 알 수도 없다. 비 오는 날이면 곳곳에서 홀연히 폭포가 나타나곤 한다.

숲속으로 들어가니 굽이굽이 흐르는 계곡에는 푸른 풀더미들이 귀엽고, 잡목이 하늘을 가리었다. 동백, 산유자, 이년목, 영릉향, 녹각, 송, 비자, 측백, 황엽, 적률, 가시율, 용목, 저목, 상목, 풍목, 칠목, 후박 등이 모여서 우산처럼 덮었다. 신선 땅의 기화요초(琪花瑤草)들이 더부룩이 솟아올라 푸르르다. 기이한 새, 이상한 벌레가 어우러져 험한 바위 깊숙이서 울어대는데 늙은 산척(山尺, 산지기)도 이름을 알지 못하였다.

이 울창한 숲길을 힘들 것도 없이 계곡 따라 걷다보면 나무숲에 덮여 어두컴컴하던 길이 조금씩 환해지고 머리 위로 하늘이 보이기 시작한다. 여기까지가 영실답사의 서막이다.

영실답사 제1막, 오백장군봉

숲길을 빠져나와 머리핀처럼 돌아가는 가파른 능선 허리춤에 올라서면 홀연히 눈앞에 수백 개의 뾰족한 기암괴석들이 호를 그리며 병풍처럼 펼쳐진다. 영실답사 제1막이 오른 것이다.

오르면 오를수록 이 수직의 기암들이 점점 더 하늘로 치솟아올라 신비스럽고도 웅장한 모습에 절로 감탄이 나온다. 여기가 전설 속의 오백장군봉으로 영주십경의 하나다. 한라산 등반기를 쓴 문필가들은 이 대목에서 모두들 한목소리를 내는데 그중 이형상 목사의 묘사가 가장 출중하다.

기암과 괴석들이 쪼아 새기고 갈고 깎은 듯이 삐죽삐죽 솟아 있기도 하고, 떨어져 있기도 하고, 어기어 서 있기도 하고, 기울게 서 있기도 하고, 짝지어 서 있기도 한데, 마치 속삭이는 것 같기도 하고, 대화를 하는 것 같기도 하고, 서로 돌아보며 줄지어 따라가는 것 같기도 하다. 이는 조물주가 정성 들여 만들어놓은 것이다.

좋은 나무와 기이한 나무들이 푸르게 물들이고 치장하여 삼림이 빽빽한데 서로 손을 잡아 서 있기도 하고, 등을 돌려 서 있기도 하고, 옆으로 누워 있기도 하고, 비스듬히 서 있기도 하니, 마치 누가 어른인지 다투는 것도 같고, 누가 잘났는지 경쟁하는 것도 같고, 어지럽게 일어나 춤추고 절하며 줄지어 있는 것 같기도 하다. 이는 토신이 힘을 다하여 심어놓은 것이다.

신선과 아라한이 그 사이를 여기저기 걸어다닌다. 이쯤 되면 경개(景槪)를 갖추었다고 할 만하다.

이런 문장을 보면 명문에는 온갖 수다가 나열식으로 다 들어가서 오히려 힘이 생긴다는 생각이 든다. 셰익스피어의 『로미오와 줄리엣』에서 줄리엣의 죽음 장면을 보면 로미오가 무엇무엇 같은 내 사랑을 얘기하는데 자신이 상상할 수 있는 이미지를 한도 없이 늘어놓아 한참을 건너뛰어 읽어도 여전히 장미꽃보다도 아름답고, 보석보다도 빛나고 하며 그치지 않아서 놀랐던 적이 있다. 이 점은 판소리 여섯 마당에서도 마찬가지다. 대가들은 이렇게 본 대로 느낀 대로 쏟아내면서 명문 소리를 듣는데 내가 그렇게 흉내 냈다가는 유치하다는 말 듣기 십상이다. 그렇다면 대가의 특권은 누가 뭐라든 맘대로 수다를 떨 수 있다는 것인가. 아마도 그런 것 같다.

임백호의 『남명소승』

한라산 최초의 등반기는 선조 때 문인 백호(白湖) 임제(林悌, 1549~87)가 쓴 『남명소승(南溟小乘)』이다. 임백호는 낭만과 풍류에서 조선시대 으뜸가는 인물이었다. 1577년, 29세에 알성문과에 급제하자 제주목사로 부임한 부친 임진(林晋)에게 이 소식을 전하려고 제주를 찾아갔다. 이때 그는 한라산을 등반하고 '남쪽 바다 산을 오른 작은 글'이라는 뜻의 『남명소승』을 남겼다.

임백호는 제주로 가는 행장에 임금이 내려준 어사화 두 송이와 거문고 한 벌, 그리고 보검(寶劍) 한 자루만 얹고 갔다고 한다. 요즘으로 치면 합격증에 기타 하나와 멋진 가방 하나만 들고 간 것이다.

임백호는 훗날 35세 때 서도병마사에 임명되어 임지로 가는 길에 개성(송도)에 있는 황진이의 무덤을 찾아가 술상을 차려놓고 제사 지내며 "청초(靑草) 우거진 골에 자느냐 누웠느냐/홍안(紅顔)은 어디 두고 백골만 묻혔느냐/잔 받아 권할 이 없으니 그를 서러워하노라"라는 시를 지었다가 조정에서 사대부로서 채신을 잃은 행위라고 문제되어 임지에 도착하기도 전에 파직당했던 낭만파였다.

『남명소승』은 수려한 문장과 시편들로 구성된 기행문학의 백미로 1577년 음력 11월 3일 나주 본가에서 출발하여 이듬해 3월 5일 다시 집으로 돌아올 때까지 행정(行程)을 일기체로 쓴 글이다. 그중 7일간의 한라산 등반기는 미사여구를 동반하지 않고 발길 간 대로 기록한 내용인데 마치 그와 함께 백록담까지 오르는 듯한 기분을 잔잔히 전해준다. 2월 12일자에는 이렇게 쓰여 있다.

구름이 자욱해서 정상에 오르지를 못하고 존자암에 머물러 있었다. (…) 어제까지 성중에 있으면서 멀리 한라산 중턱을 바라보면 흰 구름이 항상 덮여 있었다. 지금은 내 몸이 백운 위에 있음을 깨닫게 된다. 이에 장난스러운 시 한 편을 짓고 「백운편(白雲編)」이라 제목을 붙였다.

하계(下界)에선 흰 구름 높은 줄만 알고
흰 구름 위에 사람 있는 줄 모르겠지
(…)
가슴속 울끈불끈 불평스러운 일들을
하늘문을 두드리고 한번 씻어보리라

참 오묘한 뉘앙스가 있다. 이럴 때는 또 시인의 마음과 눈이 부러워진다.

| **오백장군봉** | 절벽 날카로운 봉우리 수백 개가 병풍처럼 둘러 있어 오백장군봉, 오백나한봉이라는 이름을 얻었다. 옆으로 난 진달래 능선을 따라 올라가다보면 마침내는 발아래로 깊숙한 숲까지 보게 된다.

설문대할망

오백장군봉에는 설문대할망 전설이 있다. 설문대할망은 제주의 창조신이다. 할망은 키가 엄청나게 커서 한라산을 베개 삼고 누우면 다리는 현재 제주시 앞바다에 있는 관탈섬에 걸쳐졌다. 빨래할 때는 관탈섬에 빨래를 놓고, 팔은 한라산 꼭대기를 짚고 서서 발로 빨래를 문질러 빨았다고 한다. 앉아서 빨 때는 한라산에 엉덩이를 걸치고 한 다리는 마라도에 걸치고 우도를 빨래판 삼았다고 한다. 할망이 치마폭에 흙을 담아 나를 때 치마의 터진 구멍으로 조금씩 새어나온 흙더미가 오름이며, 마지막으로 날라다 부은 게 한라산이다.

이 할망에게는 아들이 500명이나 있었는데 흉년이 들어 먹을 게 없자 아들을 위해 큰 솥에 죽을 끓이다가 미끄러져서 할망이 솥에 빠져 죽었

| **오백장군봉 설경** | 눈 내리는 날 영실에 오르면 흩날리는 눈보라가 오백장군봉을 감싸안으면서 맴돌며 번지기 기법을 절묘하게 구사하는 흑백의 수묵화가 된다.

다고 한다. 그것도 모르고 아들들은 죽을 맛있게 먹었다. 늦게 온 막내아들이 죽을 푸다 사람 뼈를 발견하자 비로소 어머니 설문대할망이 빠져 죽은 걸 알고 형들을 떠나 서쪽 바다로 가서 차귀도의 바위가 되었고 다른 형제들은 잘못을 뉘우치고 목숨을 끊어 오백장군바위가 되었단다. 지금도 한라산에 붉게 피어나는 진달래·철쭉은 그들이 흘린 눈물이라고 한다. 이 오백장군봉 전설은 어느 때인가 불교적 이미지로 바뀌어 지금은 오백나한봉이라고도 불린다.

조선시대 문인들의 한라산 기행문을 보면 한결같이 영실로 올라 오백장군봉의 경관을 예찬했으나 누구도 설문대할망의 전설은 전혀 언급하지 않았다. 아마도 조선시대 문인들은 말 같지도 않은 이런 이야기에 관심도 없고 황당한 얘기가 오히려 한심스럽게 들렸을지도 모른다.

그러나 혹시 이 전설이 근래에 만들어진 것이 아닌가 하는 의문도 있다. 설문대할망의 죽음은 한라산 물장오리의 깊이가 얼마인지 재보려고 갔다가 그만 영원히 돌아오지 못했다는 비장한 전설이 따로 있다. 죽을 끓이다 빠져 죽었다는 것은 가난한 시절의 이야기이며, 물장오리의 밑모를 심연으로 들어가 나오지 못한다는 것은 한라산의 신비함과 함께한 것이다.

옛 문인들의 한라산 기행문

위정척사의 면암(勉菴) 최익현(崔益鉉, 1833~1906)은 고종 10년(1873) 제주도로 유배되었다가 2년 뒤 풀려나자 기다렸다는 듯이 백록담까지 등반하고는 「유한라산기(遊漢拏山記)」라는 기행문을 쓰면서 다음과 같이 말했다.

이 산을 오른 사람이 수백 년 동안에 높은 벼슬아치〔官長〕 몇 사람에 불과했을 뿐이어서, 옛날 현인(賢人)들의 거필(巨筆)로는 한 번도 그 진면목을 적어놓은 것이 없다. 그런 까닭에, 세상의 호사가들이 신산(神山)이라는 허무하고 황당한 말로 어지럽힐 뿐이고 다른 면은 조금도 소개되지 않았으니, 이것이 어찌 산이 지니고 있는 본연의 모습이라고 하겠는가.

한라산은 그에 값하는 명문이 드물다는 말은 한라산의 치명적인 약점을 지적한 것이다. 그 이유는 옛날엔 여간해서 오를 수 없었기 때문이다. 조선시대 문인 묵객들로 일부러 오직 한라산을 보기 위해 제주도를 다녀간 사람은 한 명도 없었다.

조선시대 한라산 기행문을 남긴 분은 열 명도 안 된다. 임백호는 아버지 만나러 왔다가 올랐고, 청음(淸陰) 김상헌(金尙憲)은 사건을 수습하기 위해 안무사로 왔다가 올라간 것이다. 면암은 귀양살이 왔다가 풀려나자 올라간 것이고 제주목사 중에는 이형상과 이원진(李元鎭), 제주판관 중에는 김치(金緻)가 남긴 한라산 기행문이 전부다.

금강산을 노래한 시와 글을 모으면 도서관이 되고 그림을 모으면 박물관이 될 정도다. 지리산은 점필재 김종직, 탁영 김일손, 남명 조식 같은 대학자가 쓴 천하명문의 등반기를 얻었다. 그러나 한라산은 그런 당대의 명문 거유(巨儒)의 방문을 받지 못했다.

면암의 말대로 명산은 그것을 노래한 시와 글이 있어 그 가치와 명성을 더해간다. 마치 미술의 역사는 그것에 대한 해석의 역사까지도 포함되는 것과 같은 이치다. 명작은 뛰어난 명품 해설이 더해져 그 내용이 풍부해지고 더욱 가치가 살아나게 되듯이 지금이라도 한라산과 제주도에 대한 기행문이 많이 나오기를 간절히 기다린다. 본래 애국심은 국토에 대한 사랑에서 시작된다.

영실답사 제2막, 진달래 능선

오백장군봉에 봄이 오면 기암절벽 사이마다 털진달래와 산철쭉이 연이어 피어나면서 검고 송곳처럼 날카로운 바위들과 흔연히 어울린다. 그 조화로움엔 가히 환상적이라는 표현밖에 나오지 않는다. 산허리를 타고 한 굽이 돌면 발아래로는 저 멀리 서귀포 모슬포의 해안가 마을과 가파도·마라도가 한눈에 들어온다. 그 너머로는 아련한 푸른빛의 망망대해다. 날개를 달고 뛰어내리면 무사히 거기까지 갈 것 같은 넓디넓은 시계(視界)를 제공해준다.

| **영실의 진달래 능선** | 진달래가 활짝 핀 영실의 능선은 행복에 가득 찬 평화로움 그 자체가 된다. 산자락 전체가 더 이상 화려할 수 없는 진분홍빛을 발한다.

언제 올라도 한라산 영실은 아름답다. 오백장군봉을 안방에 드리운 병풍 그림처럼 둘러놓고, 그것을 멀찍이서 바라보며 느린 걸음으로 돌계단을 밟으며 바쁠 것도 힘들 것도 없이 오르노라면 마음이 들뜰 것도 같지만 거기엔 아름다움뿐만 아니라 장엄함과 아늑함이 곁들여 있기에 우리는 함부로 감정을 놀리지 못하고 아래 한 번, 위 한 번, 좌우로 한 번씩 발을 옮기며 그 풍광에 느긋이 취하게 된다.

봄철 오백장군봉을 다 굽어볼 수 있는 산등성이에 오르면 진달래인지 철쭉인지 떼판으로 피어난 분홍빛 꽃의 제전을 만날 수 있다. 바람 많은 한라산의 나무들은 항시 윗등이 빠빠하고 미끈하게, 혹은 두툼하고 둥글게 말려 있는데 진달래 철쭉 같은 관목은 상고머리를 한 듯 둥글고도 둥글게 무리 지어 이어진다. 어떤 나무는 스포츠형, 깍두기형으로 반듯하게 깎여 있다. 자연의 바람이 만들어낸 이 아름다움 앞에 인간의 손길이 만드는 인공미가 얼마나 초라한지 여실히 보여준다. 가위질을 거의 본능적으로 하는 일본 정원사나 원예가가 보면 절로 무릎을 꿇을 일이다. 이 대목에선 시 한 수가 절로 나올 만한데 노산(鷺山) 이은상(李殷相)이 한라산을 등반하면서 영실의 진달래를 노래한 것은 참으로 아련한 여운을 남기는 절창이다.

높으나 높은 산에 / 흙도 아닌 조약돌을
실오라기 틈을 지어 / 외로이 피는 꽃이
정답고 애처로워라 / 불같은 사랑이 쏟아지네

한 송이 꺾고 잘라 / 품음 직도 하건마는
내게 와 저게 도로 / 불행할 줄 아옵기로
이대로 서로 나뉘어 / 그리면서 사오리다

—「한라산 등반기」

진달래인가 철쭉인가

영실에서는 1967년 5월부터 매년 한라산 철쭉제가 열린다. 한국문화유산답사회는 1991년 제41차 정기 답사 때 이 한라산 철쭉제에 참여했다. 2박 3일의 마지막 밤, 이튿날 영실의 철쭉제만 남겨둔 상태에서 강요배·김상철·문무병 등 문화패들과 술판을 벌였다.

내일 한라산 철쭉제에 참가하고 돌아갈 것이라고 했더니 요배가 갑자기 언성을 높여 "그게 철쭉꽃이 아니라 진달래란 말입니다. 한라산 털진달래예요. 철쭉은 더 있어야 펴요, 젠장!" 요배의 이 취중 발언으로 술판에서 논쟁이 붙었다. 제주 사람들끼리도 진달래다 철쭉이다 서로 주장한다. 나는 논쟁엔 끼어들지 않고 듣기만 했다.

이튿날 영실로 올라 한쪽으로는 오백장군봉, 한쪽으로는 굽이치는 구릉을 다 굽어볼 수 있는 산등성에 다다랐을 때 이것이 진달래인가 철쭉인가를 살펴보니 틀림없이 진달래였다.

둘을 구별하는 여러 방법 중 진달래는 꽃이 피고서 잎이 나고 철쭉은 잎이 나고 꽃이 핀다는 사실과 진달래는 맑은 참꽃이고 철쭉은 진물 나는 개꽃이라는 사실에 입각하건대 그때 영실에 피어 있는 것은 진달래였다. 철쭉은 이제 잎이 돋고 있었다. 나는 이것을 다른 사람들에게도 확인해보고 싶었다.

팔도 아줌마론 1 – 강원도와 전라도 아줌마

영실 산허리 중간쯤 마침 넓은 바위가 있어 거기에 길게 앉아 있자니 오르내리는 탐방객들이 쉼 없이 지나간다. 그때 웬 할머니가 양산을 쓰고 올라오는데 힘도 안 드는지 잘도 걷는다. 한라산에서 파라솔을 쓸 정도로 촌스러움을 순정적으로 간직한 분이라면 필시 시골 사람일 것 같았다. 나는 할머니를 부를 때 꼭 아주머니라고 한다. 그래야 상대방도 기분 좋아하고 질문에 대답도 잘해준다.

"아주머니, 어디서 오세요?"
"태백이래요."

'이래요'는 강원도말의 중요한 어법이다. 강원도 출신 학생은 이름을 물어봐도 "홍길동이래요"라고 대답할 정도로 간접화법이 몸에 배어 있다. 나는 물었다.

"아주머니, 이 꽃이 진달래예요, 철쭉이에요?"

아주머니는 내 질문에 성실히 꽃을 살피고 꽃 한 송이를 따서 씹어도 보고는 대답했다.

"진달래요."

조금 있자니 이번엔 아주머니과(科) 할머니들이 이야기꽃을 피우며 성큼성큼 올라온다. 나는 정을 한껏 당겨서 말을 걸었다. 질문은 하난데 대답은 여러 갈래다.

"아주머니들은 뭐가 그렇게 좋으세요?"
"아, 좋지, 그라믄 안 좋아요?"
"안 좋아도 좋아해야지, 대금이 을마가 들었는디."
"아주머니, 어디서 오셨어요?"
"승주유."
"승주라믄 아능가, 순천이라 해야지."
"근데, 아주머니 저 꽃이 진달래예요, 철쭉이에요?"

아주머니들은 나의 뜻밖의 '쉬운' 질문에 꽃 쪽에 눈길을 한 번 주더니 여태 따로 하던 대답을 한목소리로 냈다.

"이건 무조건 진달래여."

그때 그 합창 소리는 꼭 대통령 선거에서 "우린 무조건 DJ여" 하던 소리와 그렇게 똑같을 수 없었다.

팔도 아줌마론 2 - 충청도와 서울 아줌마

또 얼마를 지나자 이번엔 할머니과(科) 아주머니가 올라왔다. 얼굴엔 여유가 배어 있고 걸음도 몸짓도 보통 한가로운 게 아니다. 나는 길게 물어봤다.

"아주머니 힘드세유?"
"아니유."
"어디서 오셨어요?"

아주머니는 나의 질문에 바로 대답하지 않고 내 얼굴과 곁에 있는 일행의 얼굴을 반반으로 갈라본 다음에 대답했다.

"홍성유."

충청도 사람을 보통 느리다고들 하는데 정확히 말해서 대단히 신중한 것이다. 그 신중함이 넘쳐서 자기 의사를 빨리 혹은 먼저 나타내지 않고 상대방이 질문한 뜻을 완벽하게 이해해야 대답한다. 그것은 문화의 차이다. 지금 홍성 아주머니의 느린 대답도 그런 것이었다. 나는 다시 물었다.

"아주머니 이게 진달래유, 철쭉이유?"

그러자 아주머니가 나를 빤히 쳐다보고는 대답했다.

"그건 왜 물어유?"

충청도 사람과는 대화하기가 그렇게 힘들다. 그러는 중에 벌써 산에서 내려오는 도회적 분위기의 젊은 아주머니 두 분이 있어 길을 비켜주면서 그쪽으로 말을 돌렸다.

"어이쿠, 벌써 내려가세요?"
"우리는 본래 빨라요."
"어디에서 오셨어요?"
"말소리 들으면 몰라요? 서울이지 어디예요. 근데 얼른 안 가고 여기서 뭐 하고 계세요?"
"이 꽃이 철쭉인가 진달랜가 몰라서 이 아주머니에게 물어보고 있는 거예요."
"아니, 철쭉제라잖아요. 그것도 모르고 왔어요?"

서울 아주머니들은 이렇게 내지르듯 말하고는 잰걸음으로 내려가버렸다. 그러자 홍성 아주머니는 그때까지 가지 않고 기다렸다가 서울 아주머니들이 떠난 뒤 내게 다가와서 천천히 알려주었다.

"이건 진달랜디유."

충청도 아주머니는 내 물음에 무슨 다른 속뜻이 있는 것이 아니라 진짜 몰라서 물어본 것임을 확인하고 이제 대답을 해도 아무런 지장이 없다고 판난뇌기에 가르쳐주신 것이었다.

팔도 아줌마론 3 – 경상도 아줌마

그러고 나서 한참 뒤 이번엔 붉은 재킷이 화사해 보이는 진짜 아주머니가 내 앞 바위에 서서 뒷짐을 지고 좌우로 반 바퀴씩 휘둘러보고는 감탄사를 발했다.

"좃타!"

경상도가 분명했다. 경상도 사람의 중요한 특성 중 하나는 분명하고 확실할수록 짧게 말한다는 점이다. 확실할 때는 '입니다'조차 붙이지 않는다. 대구에서 학생들에게 "너 이름이 뭐니?"라고 물으면, "홍길동" 하고 대답하지 "홍길동입니다"라고 대답하는 학생을 10년간 한 명도 보지 못했다. 나는 일부러 경상도 사투리로 물었다. 그래야 대답이 잘 나오니까.

"아지매! 어디서 오셨능교?"
"마산!"

여지없다. 나는 지체 없이 물었다.

"아지매, 이게 진달랭교, 철쭉잉교?"

나의 느닷없는 질문에 아주머니는 조금도 성실성을 보이지 않았다. 경상도 사람은 자신에게 크게 이해관계가 없는 일에는 잘 개입하지 않는다. 확실하면 '입니다'도 빼버릴 정도로 빠르지만 불확실하면 외면해 버리거나 슬며시 넘어간다. 그럴 때 대답하는 경상도 방식이 따로 있다. 마산 아주머니는 고개를 휘젓듯이 한 바퀴 둘러보고는 이렇게 대답했다.

"진달래나, 철쭉이나."

진달래면 어떻고 철쭉이면 어떠냐, 대세에 지장 없는 것 아니냐는 식이다. 경상도 사람들이 대선 때 "우리가 남이가!" 하고 나온 것에는 이런 지방 문화적 특성이 들어 있는 것이었다.

이쯤에서 나는 아줌마들과의 대화를 거두어들였다. 이 과정에서 한라산의 위력을 다시 한번 느꼈다. 지금도 해마다 80만 명이 한라산에 오른다. 조선 천지에 제주도가 아니면 어떻게 팔도 아줌마들을 이렇게 한자리에서 만날 것이며 이렇게 편한 대화를 나눌까? 한라산은 철쭉제든 진달래축제든 무얼 해도 성공할 수 있는 민족의 명산이 분명하다.

영실답사 제3막, 구상나무 자생군락

영실 기암은 사람에게 많은 기(氣)를 불어넣어준다는 속설이 있다. 대지의 기, 바다의 기, 설문대할망이 보내주는 기를 한껏 들이켜며 풍광에 취해 좀처럼 떨어지지 않는 발걸음을 옮기다보면 어느새 구상나무 자생지에 도착하게 된다. 검고 울퉁불퉁한 바위를 징검다리 삼아 건너뛰면서 구상나무 숲길을 지나노라면 자연의 원형질 속에 내가 묻혀가는 듯한 맑은 기상이 발끝부터 가슴속까지 느껴진다. 영실이 인간에게 기를 선사한다는 게 바로 이런 것인가 보다.

구상나무는 소나뭇과에 속하는 상록교목으로 전 세계에서 우리나라

제주도·지리산·덕유산·무등산에서만 자생하고 있다. 키는 18미터에 달하며 오래된 줄기의 껍질은 거칠다. 어린 가지에는 털이 약간 있으며 황록색을 띠지만 자라면서 털이 없어지고 갈색으로 변하며, 멀리서 보면 나무 전체가 아름다운 은색이다.

구상나무는 소나뭇과 전나무속으로, 원래 지구 북반구 한대지방이 고향인 고산식물이다. 빙하기 때 빙하를 따라 남쪽으로 내려왔다가 빙하기가 끝나자 고지대에 서식하던 전나무속 수종이 미처 물러가지 못하고 고지대에 고립되어 오늘에 이르게 된 것이란다. 가을부터 정확한 삼각뿔 모양의 보랏빛 솔방울이 맺힌다.

구상나무는 한라산 해발 1,500미터부터 1,800미터 사이에서 집중적으로 자라고 있다. 영실의 키 큰 구상나무들은 곧잘 바람과 폭설 때문에 많이 쓰러져 있다. 그렇게 고사목이 된 구상나무는 그 죽음조차 아름답게 비칠 때가 많다. 그러나 그 고사목은 단순히 기후나 병으로 고사한 게 아니라 멸종의 과정이란다.

지구온난화로 기온이 상승할수록 고산식물은 고지대로 이동할 것인데 이미 1,800미터까지 왔으니 한라산 정상에 다다르면 결국 더 이상 오를 곳이 없어 멸종의 길에 들어설 수밖에 없다는 것이다. 기후변화에 따른 고산식물의 위험성을 측정한 연구에서 구상나무는 위험 2등급으로 발표되었다.

윌슨의 구상나무 명명

구상나무의 학명(學名)은 Abies koreana이다. 분비나무 계통을 뜻하는 Abies에 koreana가 붙은 것은 한국이 토종이라는 의미로, 이를 명명한 사람은 영국인 식물학자 어니스트 헨리 윌슨(E. H. Wilson, 1876~1930)이다.

프랑스 신부로 왕벚나무 표본의 첫 채집자인 타케(E. J. Taquet, 1873~1952)와 포리(U. Faurie, 1847~1915)는 1901년부터 수십 년 동안 전 세계를 돌아다니며 수만여 점의 식물종을 채집해 구미 여러 나라에 제공했다. 특히 포리는 1907년 5월부터 10월까지 6개월 동안 한라산에서 '구상나무'를 채집하여 미국 하버드대 아널드식물원의 식물분류학자인 윌슨에게 제공했다. 그는 이것이 평범한 분비나무인 줄로 알았다.

윌슨은 포리가 준 표본을 보고 무엇인가 다른 종인 것 같다는 생각이 들어 1917년에 제주에 왔다. 그는 타케와 일본인 식물학자 나카이 다케노신(中井猛之進)과 함께 한라산에 올라가 구상나무를 채집했다. 그리고 윌슨은 정밀 연구 끝에 1920년 아널드식물원 연구보고서 1호에 이 구상나무는 다른 곳에 존재하는 분비나무와는 전혀 다른 종으로 지구상에 유일한 '신종(新種)'이라며 구상나무라 명명했다.

월슨은 이 나무의 이름을 지을 때 제주인들이 '쿠살낭'이라고 부르는 것에서 따왔다고 한다. '쿠살'은 성게, '낭'은 나무를 가리키는 것으로 구상나무의 잎이 흡사 성게 가시처럼 생겼다는 데에서 유래했다고 한다.

그러나 제주인들은 이 나무를 상낭(향나무)이라고 해서 제사에 올리는 향으로 사용해왔다. 실제로 구상나무에서 풍기는 향기는 대단히 고상하고 또 매우 진하여 폐부에 스미는 듯하다. 이런 구상나무 숲길이 있어 한라산 등반에서는 나의 발길이 자꾸만 영실 쪽으로 향하는지도 모르겠다.

월슨은 동양의 식물을 연구한 몇 안 되는 서양 식물학자로 특히 경제적 가치가 높은 목본식물을 위주로 채집하고 연구했다. 월슨은 아널드식물원에서 구상나무를 변종시켜 '아비에스 코레아나 월슨'을 만들어냈다. 모양이 아름다워 관상수·공원수 등으로 좋으며, 재질이 훌륭하여 가구재 및 건축재 등으로 사용된다. 특히 이 나무는 크리스마스트리로 가장 많이, 그리고 가장 비싸게 팔리는 나무로 유럽에서는 'Korean fir'로 통한다. 그 로열티로 받는 액수가 어마어마하단다.

지금 아널드식물원에는 월슨이 그때 한라산에서 종자를 가져다 심은 구상나무가 하늘로 치솟아 자라고 있다. 월슨의 별명은 '식물 사냥꾼'(plant hunter)이었는데 그는 이를 오히려 자랑스럽게 생각했다는 것이다. 지금 우리는 그가 개발한 구상나무 크리스마스트리를 사려면 로열티를 내야 한다. 종자의 보존이 얼마나 중요하고 제국주의가 총칼만 앞세운 것이 아니라는 것을 잘 말해준다.

| 선작지왓과 윗세오름 | 1700고지에 이처럼 드넓은 고원이 펼쳐진다는 것이 신비롭기만 하다. 『오름나그네』의 저자 김종철은 여기에 진달래가 피어날 때면 미쳐버리고 싶어진다고 했다.

영실답사 제4막, 윗세오름

구상나무 숲길을 빠져나오면 오름의 아랫자락을 돌아나가는 편안한 산길로 접어든다. 윗세오름에 다가온 것이다. 길가엔 한라산 노루들이 찾아온다는 노루샘도 있다.

그러고 나면 홀연히 한라산 주봉의 남쪽 벼랑이 드라마틱하게 펼쳐진다. 그 순간의 놀라움과 황홀함이란! 봄이면 진달래가 꽃바다를 이루는 선작지왓 벌판 너머로 가마솥 같아서 부악(釜岳)이라고도 부르고 머리털이 없어서 두무악(頭無岳)이라고도 부르는 한라산 백록담 봉우리와 마주하는 것은 알프스 산길을 가다가 갑자기 몽블랑 영봉을 만나는 것만큼이나 감동적이라고 한 산사나이는 말했다.

윗세오름은 영실과 어리목 코스가 만나는 한라산 등반의 중간 휴식처로 탐승객(探勝客)이 간편히 식사를 할 만한 산장도 있고 대피소도 있으며 국립공원 직원이 상주하고 있다. 윗세오름은 1100고지에서 위쪽으로 있는 세 오름(삼형제오름)이라 해서 '윗' 자가 붙었다. 뭉쳐 부르면 윗세오름이지만 세 오름 모두 독자적인 이름이 있어 위로부터 붉은오름·누운 오름·새끼오름이다. 이들을 삼형제에 빗대어 큰오름(1,740미터), 샛오름 (1,711미터), 족은오름(1,698미터)이라고도 한다.

큰오름인 붉은오름은 남사면에 붉은 흙이 드러나 있어 한라산의 강렬한 야성미를 보여주고, 새끼오름인 족은오름은 영실로 통하는 길목에서 아주 귀염성 있게 다가온다. 길게 누운 듯한 누운오름은 누운향나무와 잔디로 뒤덮였고 꼭대기에 망대 같은 바위가 있어 방목으로 마소를 키우는 테우리들은 망오름이라고 한다.

바로 이 누운오름의 남쪽 자락이 선작지왓이다. 크고 작은 작지(자갈)들이 많아 생작지왓이라고도 한다. 선작지왓은 한라산 최고의 절경으로 꼽을 만한 곳이다. 『오름나그네』는 말한다.

늦봄, 진달래꽃 진분홍 바다의 넘실거림에 묻혀 앉으면 그만 미쳐버리고 싶어진다.

겐테 박사의 한라산 측정

한라산 높이가 1,950미터라는 것을 처음 측량한 사람은 독일인 지크프리트 겐테(S. Genthe, 1870~1904)이다. 그는 지리학 박사이자 신문사 기자로 『퀼른 신문』 1901년 10월 13일자부터 1902년 11월 30일자까지 '코리아, 지크프리트 겐테 박사의 여행기'를 연재했다. 이 글에서 그는 한라산 정상에서 아네로이드(Aneroid) 기압계로 1,950미터라는 것을 측정했음을 명확히 하고 있다.

제주의 한 신문기자가 제주대 송성회 교수가 번역한 「겐테 박사의 제주여행기」를 읽다가 이런 사실을 발견하고 신문에 발표함으로써 세상에 알려지게 되었다. 그동안은 막연히 1915년 무렵 일제강점기에 측량된 것으로만 알고 있었던 것이다.

겐테 박사는 일찍이 극동 항해 중 제주 근해를 지나면서 한라산을 보고 큰 감동을 받았다고 한다. 그는 이렇게 말했다.

세상을 널리 돌아다니면서 항해 도중에 한 번도 도중에 내려줄 수 없느냐는 어리석은 질문을 한 적이 없었지만, 이번에는 정말로 저 섬에 들어가 산을 오르는 것이 가능하냐고 선장에게 물었다.

그때 일본인 선장은 큰 배가 닿을 접안 시설이 없고 주민들이 난폭해서 힘들 것이라고 대답했단다. 그때는 바로 이재수의 난이 일어난 무렵이었던 것이다. 그래도 겐테 박사는 제주를 찾아와 꿈에 그리던 한라산에 올라 높이를 정확히 측량하고 다음과 같은 백록담 인상을 남겼다.

믿어지지 않을 만큼 크고 찬란한 파노라마가 끝없이 사방으로 펼쳐진다. 이처럼 형언할 수 없을 정도로 방대하고 감동적인 파노라마가 제주의 한라산처럼 펼쳐지는 곳은 분명 지구상에서 그리 많지 않을 것이다. 이는 바다 한가운데 위치하여 모든 대륙으로부터 100킬로미터 이상 떨어져 있으면서 아주 가파르고 끝없는 해수면에서 거의 2,000미터 높이에 있는 이곳까지 해수면이 활짝 열리며 우리 눈높이까지 밀려올 듯 솟구쳐오른다. 한라산 정상에 서면 시야를 가리는 것이 아무것도 없다. (…)

| 백록담 | 백록담에 오른 이들은 한결같이 그 적막의 고요한 모습이 명상적이고 선적이며 비현실의 세계 같다고 했다. 정지용은 '깨다 졸다 기도조차 잊었더니라'라고 했다.

무한한 공간 한가운데 거대하게 우뚝 솟아 있는 높은 산 위에 있으면 마치 왕이라도 된 것 같은 느낌이 든다. 주위 사방에는 오직 하늘과 바다의 빛나는 푸르름뿐이다. 태양은 하루 생애의 절정에 이르러 있었건만 아주 가볍고 투명한 베일이 멀리 떨어진 파노라마에 아직 남아 있었다. 물과 공기의 경계가 섞여서 한없는 비현실적인 푸른빛의 세계에서 헤엄치고 날아다니고 대롱대롱 매달려 있기라도 하듯, 뚜렷한 공간적인 경계가 없이 동화 같은 무한으로 이어져 있다.

그는 한라산 정상에 올라선 순간 그 험난한 산길을 올라온 수고로움을 잊게 해준 것은 자신이 최초로 이 산의 높이를 측량했다는 사실보다도 오랜 떠돌이 신세로 결코 보지 못했던 자기 자신의 내면을 인식하게 된 것이었다면서 한라산 백록담은 영원히 잊지 못할 것이라고 했다. 그는 이 글을 쓴 지 2년 뒤 불행히도 교통사고로 사망했다. 그가 쓴 연재물은 동료에 의해 『코리아』(1905)라는 제목으로 출간되었다.

정지용의 「백록담: 한라산 소묘」

나는 산사나이가 되지 못했다. 백두대간 종주 같은 건 해낼 자신도 없고 또 그럴 의사도 없다. 산사나이들은 정상에 올랐을 때 한없는 희열을 느낀다고 말하지만 나는 오히려 정상 가까이까지만 가고 만다. 그렇게 산이 지닌 신비로움을 잃지 않고 지키려 한다.

내가 정상에 오르길 거의 기피하는 까닭은 대학생 시절 덕유산을 등반한 다음부터 생긴 선입견 때문이다. 정상에 올랐을 때 나는 희열이 아니라 허망함을 느꼈다. 정상을 밟고 모진 바람을 맞으며 넓은 하늘과 일망무제의 하계를 내려다보면서 나는 호쾌한 기상을 느낀 것이 아니라 차라리 허전했다. 그 아래 어느만큼쯤에서 내 발길을 돌렸다면 나는 그 산을 다시 찾았을 것 같다. 몇 번의 기회가 있었어도 백록담에 오르지 않은 것은 그 때문이다.

그러면 남들은 산정에 올라 어떤 감정일까? 백록담에서 느끼는 감상은 무엇일까? 정상에 오른 쾌감일까? 만세라도 부르고 싶은 해방감일까? 아마도 그런 마음은 잠시뿐일 것이다. 대자연 앞에서 느끼는 왜소함이나 두려움까지는 아니라 할지라도 어제까지의 속세에서는 일어나지 않았던, 미미한 자연의 한 존재로서 자아의 발견일 가능성이 크다.

「향수」와 「고향」으로 널리 사랑받는 정지용(鄭芝溶, 1902~50)이 39세 되는 1941년에 간행한 시집 『백록담』에는 '한라산 소묘'라는 부제가 붙은 모두 아홉 개의 시편이 있는데 평소 그의 시와 아주 다르다. 그 마지막 시는 이렇다.

가재도 기지 않는 백록담 푸른 물에 하늘이 돈다. 불구(不具)에 가깝도록 고단한 나의 다리를 돌아 소가 갔다. 쫓겨온 실구름 일말(一抹)에도 백록담은 흐리운다. 나의 얼굴에 한나절 포긴 백록담은 쓸쓸하다. 나는 깨다 졸다 기도(祈禱)조차 잊었더니라.

정제된 언어, 명징스러운 이미지, 모더니스트다운 간결성, 수화 김환기의 초기 그림 같은 서정성을 갖춘 정지용도 백록담에 이르러서는 그 어느 것도 아닌 비움으로 돌아섰다. "아무렇지도 않고 예쁠 것도 없는 아내"를 말한 그런 허허로움이다. 서귀포 남성마을 시(詩)공원에는 정지용의 「백록담」 전문을 새긴 시비(詩碑)가 세워져 있다.

삼양리 검은 모래야 너도 한라산이지, 그렇지?

나는 한라산을 무한대로 사랑하고 무한대로 예찬하고 싶다. 그러나 우리는 한라산을 말하면서 곧잘 잊어버리는 게 하나 있다. 그것은 제주섬이 곧 한라산이고 한라산이 곧 제주섬이라는 사실이다. 잠깐 생각해보면 바로 알 수 있는 일이지만 마음속에 그렇게 새기지 못하는 경우가 많다. 그래서 한라산은 산이면서 또한 인간이 살 수 있는 넉넉한 땅 6억 평을 만들어주었다는 고마움을 잊곤 한다.

면암 최익현은 「유한라산기」에서 다음과 같이 말했다.

경내 6, 7만 호가 이곳을 근거로 살아가니, 나라와 백성에게 미치는 이로움이 어찌 금강산이나 지리산처럼 사람들에게 관광이나 제공하는 산들과 비길 수 있겠는가?

생각하는 마음이 깊은 대학자의 말은 이렇게 달랐다. 그리고 뜨거운 가슴을 갖고 사는 시인의 눈도 남다르다. 고은 시인은 젊은 시절 여러 해를 제주에서 보내면서 많은 시와 글을 남겼다. 그중 『그믐밤』이라는 시집에서 한라산을 이렇게 읊었다.

제주 사람은
한라산이 몽땅 구름에 묻혀야
그때 한라산을 바라본다
그것도 딱 한 번 바라보고 그만둬버린다
정작 한라산 전체가 드러나 있는 때는
그 커다란 아름다움에도 불구하고
거기에 한라산이 있는지 없는지 모른다……
괜히 어제오늘 건너온 사람들이
해발 몇 미터의 한라산을 어쩌구저쩌구 한다
삼양리 검은 모래야
너 또한 한라산이지, 그렇지

—「한라산」

2012.

전설은 유물을 만나 현실로 돌아온다

삼성혈 / 돌하르방 / 삼사석 / 일도 이도 삼도 /
삼양동 선사유적지 / 삼양동 검은 모래

공부하는 여행으로서 답사

답사라는 것에 무슨 일정한 형식이 있는 것은 아니지만 그 개념은 책에서 읽고 사진으로만 보던 것을 현장에서 확인하는 것이다. 그래서 밟을 답(踏) 자에 조사할 사(査) 자를 쓴다. 그러나 답사의 기본은 여행이고 관광이다. 그래서 학생들이 답사를 간다면 좋아하는 것이다. 그러나 여행, 관광과 다른 것은 공부하는 여행, 공부하는 관광이라는 점일 것이다.

그런데 제주답사는 여행 이상의 것이 아닐 것이라는 생각을 갖기 쉽다. 우리 학생들도 제주답사는 육지의 그것과 달리 산과 들과 바다를 맘껏 즐긴다는 들뜬 마음으로 제주에 온다. 그것을 잘 알기에 첫날은 '제주답사 일번지'로 제주의 동북쪽 조천, 구좌를 다녀왔다.

그러나 두번째 날은 공부하는 여행으로서 답사를 본격적으로 시작했다. 제주의 역사를 말해주는 탐라국의 옛 자취를 찾아보면서 제주의 뿌리, 제주의 오리지널리티를 확인하고 또 제주가 조선시대 들어와 본격적으로 육지와 동화하면서 한편으로 비슷하지만 한편으로는 아주 다른 문화의 내용을 갖고 있는 정체성, 즉 아이덴티티를 보여주는 유물들을 찾아가는 것으로 일정을 짰다.

유적 사이의 이동 거리가 멀지 않기 때문에 길을 따라가면서 유적지를 들르는 것이 아니라 유적지를 시대순으로 찾아가는 방식을 취했다. 그래야 시대 개념이 머릿속에 들어오기 때문이다.

제주인의 정체성, 삼성혈

우리의 탐라국 답사는 탐라인의 발상지 전설을 갖고 있는 삼성혈(三姓穴, 사적 제134호)부터 잡았다. 이를 위해서 숙소를 삼성혈 가까이로 하고 아침 일찍 식사 전에 산책 삼아 다녀왔다. 학생들은 이를 '해장 답사'라고 한다. 해장 답사의 장점은 관광객이 전혀 붐비지 않을 때 우리끼리 느긋이 즐길 수 있다는 데 있다.

새벽 공기가 아직 차게 느껴지지만, 육지에서는 도저히 맛볼 수 없는 신선한 공기에 절로 심호흡을 한번 길게 해보게 된다. 바람이 많아 나쁜 공기가 머무를 수 없는 곳이 제주도이다. 제주 사람들 하는 말이 김포공항에만 내려도 코가 답답해진다고 한다. 삼다도에서 바람, 그것은 삶을 옥죄는 굴레이기도 했지만 싱싱하게 살 수 있는 복이기도 하다.

우리는 삼성혈 자리로 모였다. 탐라의 개벽 시조인 고을나(高乙那)·양을나(良乙那)·부을나(夫乙那)라는 삼신인(三神人)이 이곳에서 동시에 태어났다. 이들이 땅에서 솟아난 구멍이 삼성혈이다. 옛 이름은 모흥혈(毛興穴)이라고도 한다. 움푹 팬 구덩이에 세 개의 혈(구멍)이 품(品) 자 모양

| **삼성혈** | 삼성혈은 고·양·부 3성 시조의 탄생 설화를 간직한 곳이자 탐라국의 출발을 말해주는 제주 아이덴티티의 유적이기도 하다.

으로 나 있다. 이 구멍은 비가 와도 빗물이 고이지 않고 눈이 내려도 그 안에 눈이 쌓이지 않는다. 위쪽 구멍은 둘레가 여섯 자고 아래의 두 구멍은 각기 석 자인데 그 깊이가 바다와 통한다고 한다.

주위에는 수령 500년 이상의 노송들과 녹나무, 조록나무 등 수십 종의 고목이 울창하게 서 있어 전설적인 분위기를 뒷받침해준다. 그리고 노목들이 모두 신하가 읍(揖)하듯 혈 쪽으로 수그려서 경건함과 신비로움을 동시에 자아낸다. 사실 구멍에 물이 고이지 않는 것은 제주 화산 지역의 한 특징이고 나무가 이쪽으로 향하는 것은 식물의 향일성 때문이지만 그것이 삼성혈 전설과 어울리니 그 또한 그럴듯하다.

| **삼성혈 숭보당과 전사청** | 삼성혈은 조선왕조에서도 존중해주어 한때는 삼성사라는 사액까지 내려주었고, 사우 철폐령 이후에는 전사청과 삼성전이 중건되어 오늘에 이르고 있다.

삼성혈, 그후 이야기

삼성혈공원 안에 전시실이 있어 들어가보니 삼신인 이야기가 그림과 함께 패널에 쓰여 있다. 디자인화되지 않은 긴 설명문이어서 간명하게 들어오지 않았지만 공부하러 온 것인지라 참고 읽었다.

삼신인은 수렵 생활을 하며 살다 지금의 온평리 바닷가에 떠밀려온 나무궤짝 안에서 나온 세 여인을 맞이하게 된다. 이들은 벽랑국(碧浪國), 즉 푸른 파도의 나라에서 온 세 공주였다고 한다. 나무궤짝 속에서는 망아지와 오곡의 씨앗이 나왔다고 한다. 벽랑국 공주들이 타고 온 나무궤짝이 발견된 해안을 황루알이라고 부르는데, 황루알에는 세 공주가 바위에 디딘 발자국이 남아 있다고 한다.

이 전설은 당시부터 제주에서는 농경 생활이 시작되었음을 말해주는 것이다. 세 사람은 활을 쏘아 각자 살 곳을 정했다. 그것이 일도(一徒), 이

| **삼성혈 제례 장면** | 삼성혈은 후손들이 지내는 제와 별도로 매년 12월 10일 제주도지사 주재하에 건시제(乾始祭)를 지내 탐라국의 전통을 이어가고 있다.

도(二徒), 삼도(三徒)의 내력이다. 지금 삼성혈이 있는 곳은 이도1동이다.

삼신인과 벽랑국 공주가 결혼하여 낳은 자손이 고양부(高梁夫), 제주 고씨, 제주 양씨, 제주 부씨다. 세월이 많이 흘러 탐라가 신라 내물왕 18년(373)에 신라에 입조해 성씨를 하사(賜姓)받을 때 양(良)을 양(梁)으로 고쳤다고 한다(한편으로는 고을나는 제주시 쪽, 양을나는 안덕 쪽, 부을나는 구좌 쪽으로 떨어졌다는 설도 있다).

삼성혈이 성역화된 것은 중종 때 제주목사 이수동에 의해서였고 이어서 숙종과 영조 연간에 제를 봉행했다. 정조는 여기에 '삼성사(三姓祠)'라는 사액을 내려주었는데, 고종 때 사우(祠宇, 사당)철폐령으로 수난을 당하다가 그후 재건운동으로 1889년부터 전사청·삼성전이 중건되어 오늘에 이른다.

이런 사실을 보면 조선왕조는 제주의 삼성혈을 존중해주었음을 알 수 있다. 특히 조선왕조는 조상에게 존경과 감사를 표하는 세례를 기의 이데올로기처럼 삼았기 때문에 이를 무시할 수 없었을 것이다. 이 전통이 오늘날까지 남아 매년 12월 10일에는 도지사 주재하에 제주도민이 혈단(穴壇)에서 건시제(乾始祭)를 지낸다. 그리고 고·양·부 3성의 후손들은 이와 별도로 매년 양력 4월 10일에 춘제(春祭), 10월 10일에 추제(秋祭)를 삼성전에서 지내는데 헌관은 3성이 돌아가며 맡는다.

삼성혈 유적지는 그 이상 볼거리가 있는 곳은 아니다. 그러나 내가 삼성혈을 귀하게 생각하는 것은 무엇보다도 여기에서 지금도 변함없이 제를 지내고 있다는 사실이다. 그것은 제주도의 아이덴티티와 오리지널리티를 말해주는 하나의 징표이기도 하다.

무료입장과 유료입장

삼성혈을 둘러보고 나오는데 과대표 학생이 나에게 다가와 묻는다.

"선생님, 이게 다예요?"
"응, 뭐가 어때서?"
"근데 단체로도 입장료를 2,000원씩이나 받아요? 국립박물관도 무료인데……"

이것은 학생 입장에서 나올 만한 질문 내지 억울함이다. 유적지에 가서 입장료를 내는 것은 당연하다. 그래야 관리비와 인건비를 확보할 수 있다. 그런데 이것이 이상하고 아깝게 생각되도록 만든 것은 국립박물관 무료입장 때문이다. 그 엄청난 시설에 빛나는 유물도 공짜로 보는데 이까짓 것에 2,000원씩이나 내느냐고 물을 만한 것이다.

국립박물관 무료입장은 이명박정부가 인수위 시절부터 내린 조치다. 이른바 문화복지 차원의 발상이었던 것 같다. 그러나 이로 인해 전국의 500여 박물관들은 엄청난 피해를 입고 있다. 이것은 박물관 문화를 죽이는 일이었다. 박물관 무료입장 뒤 신난 것은 유치원과 어린이집이다. 야외수업한다고 항시 아이들로 바글거린다. 비 오는 날은 더하다. 한 나라 문화유산의 권위와 자랑을 모아놓은 박물관이 어린이 놀이터로 변해버리고 말았다.

더욱이 청소년의 경우도 단돈 1,000원이라도 내고 들어올 때하고 무료로 들어올 때는 관람하는 태도가 다르다. 그건 돈의 힘이고 굴레이다. 수강료가 비싸면 악착같이 들으러 가고 무료면 대충 듣게 되는 것과 같다. 연극 공연에서도 무료입장객이 많은 날은 관객 반응이라는 것이 없어서 배우들이 연기할 맛이 안 난다고 한다. 무료가 좋은 것 같지만 유료가 교육적으로 더 좋은 것이다.

국제적인 시각에서 볼 때 입장료가 없다고 하면 가치가 떨어지는 줄로 알기도 한다. 반대로 비싸면 그 박물관은 유물이 좋다는 표시로 생각하기도 한다. 그래서 세계 선진국 박물관들에는 불문율이 있다. 매주 월요일은 휴관이고 토·일요일에 문을 연다. 그리고 화요일 또는 수요일은 무료로 하고 저녁 9시까지 문을 연다. 그렇게 하면서 관람 질서를 유지하고 돈이 없는 사람은 무료 개장에 맞춰 오라는 것이다. 영국박물관이 무료입장인 것은 소장 유물에 약탈 문화재가 많아 국제적 비난을 받을까봐 그러는 것이니 별도의 얘기다.

내가 이 대목에서 화가 나는 것은 왜 박물관 입장료를 경제 관료가 정하느냐는 것이다. 박물관 관계자들에게 물어보면, 백이면 백 사람 다 무료입장을 반대할 것이다.

외국에 나가면 고궁 입장료가 10달러, 20달러인데 우리 경복궁은 아

직도 3,000원이다. 그래서 어떤 일본인은 매표소 숫자를 보고 3,000엔
(円)을 준비하기도 한다. 이런 고궁에 300엔 내고 들어간다는 것은 상상
도 할 수 없기 때문이다. 삼성혈 입장료가 2,000원인 것은 적정가지만 무
료입장에 길든 학생들에게는 너무도 가혹하거나 억울했던 것이다.

내가 조사한 바에 의하면 각국의 박물관·고궁 입장료는 대개 그 나라
영화관 입장료와 비슷하거나 약간 싸다. 내 맘대로 한다면 국립중앙박물
관 입장료는 5,000원으로 하고 매주 수요일은 무료로 밤 늦게까지 오픈
하겠다.

오리지널 돌하르방

학생들이 입장료 때문에 아침부터 너무 억울해하는 것 같아 나는 그
허전함을 채워주려고 모두들 홍살문 앞에 모이게 했다. 그리고 영조
30년(1754)에 제작했다는 돌하르방을 감상하라고 했다.

삼성혈 입구의 돌하르방 한 쌍은 진짜 명작이다. 나는 서슴없이 제주
의 돌하르방 중 가장 대표적인 것으로 관덕정 돌하르방과 함께 이것을
꼽는다. 제주도 곳곳에 수많은 돌하르방이 널려 있기 때문에 사람들은
낱낱의 돌하르방에는 거의 무신경하고 어느 것이 오리지널인지 알기도
힘들다. 또 성읍과 대정에서 약간 다르게 생긴 돌하르방을 보면 저것도
돌하르방인가 하고 약간 당황스러워하기도 한다. 제주에 있는 오리지널
돌하르방은 모두 47기이다.

이 사실을 안다는 것은 민속학적으로 미술사적으로 또 제주의 멋과
고유 가치를 이해하는 데 매우 중요한 과제다. 나는 학생들에게 돌하르
방 이야기를 강의식으로 들려주었다.

| **삼성혈 입구 돌하르방** | 제주의 오리지널 돌하르방 47기 중 가장 의젓하게 잘생긴 작품으로 꼽히고 있다. 침묵의 권위 같은 것이 느껴지면서도 친근미를 잃지 않고 있다.

　"제주 어디 가나 보게 되는 돌하르방은 언제부터 만들어졌는지 확실히 말할 수는 없지만 최소한 18세기부터 내려오는 오리지널 돌하르방은 모두 47기입니다. 제주목 23기, 대정현 12기, 정의현 12기 등인데 그중 2기는 경복궁에 있는 국립민속박물관 정원에 옮겨졌고 현재 45기가 제주도에 남아 있어요.

　그중에서 유적지에 남아 있는 것은 제주 관덕정 앞뒤에 4기, 삼성혈 입구에 4기, 성읍 동문·서문·남문 터에 4기씩 모두 12기, 대정읍성 서문 터에 4기 등 24기뿐입니다. 나머지는 제자리를 떠나 지금은 흩어져 있답니다.

| **성읍의 돌하르방** | 옛 정의현 읍성 대문 앞에 세워진 성읍 돌하르방은 통통한 얼굴에 동그란 벙거지를 쓴 아주 야무진 모습을 보여준다.

삼성혈, 관덕정이 제주답사의 필수 코스인 이유는 그곳에 있는 돌하르방이 제주 돌하르방의 전형성을 가장 잘 보여주고 또 가장 잘생겼기 때문입니다."

학생들에게 자세히 현황을 얘기해주지는 않았지만, 정확히 말하자면 제주시청 현관(2기), 제주대학교(4기), 제주목 관아(2기, 근래에 제주공항에서 이전), KBS제주방송총국 현관(2기), 돌문화공원(옛 목석원, 1기), 대정 인성리 회관 앞(2기), 대정 안성리 마을(1기), 대정 보성초등학교(5기)에 돌하르방이 있다. 학생들은 나의 강의가 빨리 끝나기를 바라는 눈치였지만 나는 설명을 이어갔다.

"제주의 돌하르방은 본래 읍성의 대문 앞에 세워진 지킴이였습니다. 육지의 장승들이 사찰장승이거나 마을장승인 것과는 아주 다르죠.
조선시대 제주에는 제주목(濟州牧)과 정의현(旌義縣)·대정현(大靜縣),
1목 2현이 설치되었고 각 현마다 읍성이 둘려 있었어요. 정의현 읍성인
성읍의 대문 앞과 대정읍성 서문터에는 지금도 그대로 서 있습니다.

이에 비해 제주성은 거의 다 허물어져 지금 제자리에 남아 있는 것
은 하나도 없습니다. 『증보탐라지』에서 증언하기를 제주성의 3문이
헐리면서 여기 있던 돌하르방 2기는 관덕정 앞, 2기는 삼성혈 입구로
옮겨 세웠다고 합니다.

그러나 1914년 일제가 토지측량을 실시할 때 남긴 기록사진에서
제주성 동문 밖 마주 보는 두 쌍의 돌하르방 사진은 정말로 향토색 짙
은 옛 제주의 표정이랍니다."

이쯤에서 나는 설명을 미치고 나머지 돌하르방 얘기는 저녁에 하기로
하고 숙소로 돌아가 아침식사를 하자고 했다. 학생들은 어마 좋아라 하
고 줄달음질쳐 빠져나갔다.

제주 돌하르방 비교론

저녁 강의에서는 PPT를 사용해 돌하르방들을 비교하며 설명해주었
다. 삼성혈 돌하르방은 키가 234센티미터로 가장 크다. 굳게 다문 입, 부
리부리한 눈, 이마의 주름과 볼의 근육, 그리고 우람한 가슴근육은 지킴
이로서 당당하고 근엄하다. 왼쪽 분은 정면정관에 조금은 인자해 보이지
만 오른쪽 분은 고개를 약간 돌리고 노려보는 품이 제법 무섭다. 인체 비
례와 이목구비는 분명 과장과 변형을 가한 것이지만 마치 살아 있는 듯
한 생동감을 느끼게 한다. 그것이 예술이다.

| 대정읍성의 돌하르방 | 옛 대정현 읍성 대문 앞에 있던 돌하르방은 제주목, 정의현의 그것과는 달리 아주 서민적이고 해학적인 모습을 보여주어 제주 세 고을이 서로 다른 모습의 돌하르방을 세웠던 것을 알 수 있다.

정의현의 돌하르방은 얼굴이 공처럼 동그랗고 눈초리가 조금 올라가 있다. 전체적으로 넓적한 느낌을 주며 양손을 배 쪽에 공손히 얹어 단아한 모습이다.

대정의 돌하르방은 키도 작고 몸집도 작다. 다른 지역 돌하르방에 비해 코가 낮고 입이 작고 눈 주위가 움푹하여 소박하고 친근한 느낌을 준다. 양손이 가지런히 위아래로 놓였으나 개중에는 두 손을 깍지 낀 것도 있어 주먹을 불끈 쥔 모습이 아니다.

재미있는 것은 제주목 돌하르방이 정의현, 대정현의 그것보다 크다는 점이다. 제주목의 돌하르방은 평균신장이 182센티미터다. 정의현의 돌하르방은 145센티미터, 대정현의 돌하르방은 136센티미터다. 목사 고을

580

하고 현감 고을의 차이 같은 것이다.

이처럼 제주의 오리지널 돌하르방은 저마다의 표정과 특징이 있다. 예술적 안목을 기르는 방법은 좋은 작품을 많이 보는 것이 첫째고, 둘째는 비슷한 작품을 면밀히 비교하면서 상대적인 가치를 따져보는 것이다. 그런 시각적 경험이 축적되면 절대평가에서도 어느 정도 소견을 갖게 된다. 제주의 오리지널 돌하르방은 그런 점에서 더없이 좋은 미술사적 안목 배양의 교육장이기도 하다.

돌장승과 옹중석

돌하르방이 언제부터 만들어져 세워졌는지 그 역사적 유래를 말해주는 정확한 기록은 없다. 다만 1918년에 김석익(金錫翼)이 지은 『탐라기년(耽羅紀年)』에 "영조 30년(1754)에 목사 김몽규(金夢奎)가 옹중석(翁仲石)을 성문 밖에 세웠다"는 기록이 있다.

옹중석이란 중국 진시황 때 장수인 완옹중(完翁仲) 이야기에 나오는 수호상이다. 진나라가 흉노의 침입을 막느라 만리장성을 쌓을 때 완옹중이 매우 용맹하여 흉노족이 벌벌 떨었다고 한다. 그가 죽자 진시황은 구리로 그의 형상을 만들어 성문 앞에 세워놓았다. 흉노는 완옹중이 죽었다는 소문을 듣고 진나라에 쳐들어왔는데 멀리 성문 앞에 서 있는 완옹중을 보고 그대로 도망갔다고 한다. 이후 성문 앞에는 수호상으로 옹중석을 세웠다고 한다.

본래 조선시대 문인들은 똑같은 것을 말해도 민간에서는 잘 쓰지 않는 유식한 단어, 특히 중국 고사에 나오는 말을 이끌어다 씀으로써 자신의 학식이 높음을 은연중 나타내곤 했다. 결국 그가 말한 옹중석은 지킴이, '가짜 인물상', 제주도말로 '우석목(偶石木)', 육지로 치면 장승이다.

이로 미루어볼 때 돌하르방은 1754년 무렵, 또는 그 이전에 만들어졌다는 것을 알 수 있다. 그리고 관덕정과 삼성혈 앞 돌하르방이 중요한 것은 조각 자체가 가장 멋있을 뿐만 아니라, 절대연대 내지 하한연대가 있어 더욱 가치가 있기 때문이다.

담수계의 『증보탐라지』

돌하르방에 대한 기록을 조사하면서 내가 새삼 놀란 것은 향토사에 대한 제주인들의 치밀한 기록들이다. 제주의 역사 기록으로 빼놓을 수 없는 중요한 책은 1953년에 제주의 관(官)도 아닌 민(民)에서 펴낸 『증보탐라지(增補耽羅誌)』이다. 이 문헌은 광복 직후 일제의 식민정책으로 말살된 민족문화를 되살리고자 제주도의 석학 12명이 '담수계(淡水契)'를 조직해 제주도의 옛 지지(地誌)들을 보완하고 재정리한 책이다.

경제 사정이 열악해서 질 낮은 갱지에다 철필로 기름종이를 긁어 프린트한 데다 문장도 문법에 어긋난 곳이 많지만 저자 개인이나 한두 명의 감수자를 두고 편찬된 이전 탐라지들과 달리 광범하고 객관화된 정보를 다뤄 제주사 연구의 핵심 자료로 평가된다. 이런 학술사업에 민에서 계를 조직해냈다는 것은 정말로 존경스러운 일이며 이런 제주인들의 열정과 저력과 애향심이 있어 제주가 이만큼이라도 민속을 지켜오고 있는 것이다. 참으로 대단한 제주도이고 제주인이다.

이 책은 돌아가신 홍순만(洪淳晩) 선생이 제주문화원장으로 계실 때 '역주(譯註)'본을 펴낸 것이 있어 지금은 편하게 이용할 수 있게 되었다. 언젠가 '제주학'이라는 것이 튼실한 뼈대를 갖추게 될 때 우리는 담수계의 어른들과 홍순만 선생 같은 향토사학자의 이름과 공을 대서특필해야 할 것이다.

아이들이 이름 지은 돌하르방

돌하르방이란 말은 근래에 생긴 것이다. 이전에는 고을마다 다양하게 불려 제주도에서도 통일된 명칭이 없었다. 육지에서도 장승은 벅수·장군·할머니·할아버지라고 지방마다 달리 불렸고 생김도 달랐다. 제주도에선 우석목·무석목·벅수머리·돌영감·수문장·장군석·옹중석·돌미륵·백하르방 등 여러 가지 명칭으로 불렸다. 그중 우석목이 가장 널리 쓰이는 명칭이었다. 그런데 1971년 지방문화재로 지정되면서 돌하르방이라는 명칭으로 등록한 것이 급속하게 퍼져 아주 오래된 이름처럼 되었다.

평생 제주의 민속을 연구하신 고 김영돈(金榮墩) 선생께 들은 이야기인데 당시 문화재위원들이 명칭을 고민하다 아이들 사이에서 일종의 애칭으로 널리 불리던 돌하르방으로 정했다고 한다. 참으로 현명한 선택이었다. 이미 대중적 검증을 거친 애칭을 붙였기 때문에 우리가 더 친숙하게 부르고 있는 것이다. 제주를 자주 다니다보면 자연히 알게 되겠지만 제주는 육지와 달리 민의 생각, 민의 역할이 여러 면에서 잘 반영되어 있다.

돌하르방은 제주도의 상징 유물이고, 제주도의 마스코트다. 그래서 제주도에는 무수히 많은 돌하르방이 있고 지금도 갖가지 크기로 제작되어 정원 조각으로, 식당이나 여관 대문 앞 지킴이로 세워졌고, 다리의 수호상으로 관광지 이정표로 쓰이기도 한다. 관광 기념품으로 가장 특색 있고 인기 있는 것도 제주도 화산석으로 만든 돌하르방이다.

이처럼 돌하르방은 제주인의 삶 속에 깊이 들어앉아 있다. 이런 돌하르방을 가장 멋지게 노래한 것은 제주의 시인 고 김광협(金光協)이 제주어로 지은 「돌할으방 어디 감수광」(『돌할으방 어디 감수광』, 태광문화사 1984)이다.

돌할으방 어디 감수광	돌하르방 어디 가시나요
돌할으방 어딜 감수광	돌하르방 어디를 가시나요
어드레 어떵ᄒ연 감수광	어디로 어째서 가시나요
이레 갔닥 저레 갔닥	이리 갔다 저리 갔다
저레 갔닥 이레 갔닥	저리 갔다 이리 갔다
아명 아명 ᄒ여봅써	아무리 아무리 해보세요
이디도 기정 저디도 기정	여기도 벼랑 저기도 벼랑
저디도 바당 이디도 바당	저기도 바다 여기도 바다
바당드레 감수광 어드레 감수광	바다로 가세요 어디로 가세요
아무 디도 가지 말앙	아무 데도 가지 말고
이 섬을 지켜줍써	이 섬을 지켜주세요
제주섬을 슬퍼줍써	제주섬을 살펴주세요

—「돌할으방 어디 감수광」 부분

제주어에서 아래아(ㆍ) 발음은 '아'와 '오' 중간음으로 육지에서는 거의
다 사라지고 서부 경남 지방에만 약간 남았는데, 제주어에는 원형 그대
로 남아 있다. 그래서 제주 어린애들이 '츰 크래커'를 발음하는 것이 육
지인에게는 '촘 크래커'로 들린다.

아담한 옛 삼사석비

삼성혈에 딸린 유적으로는 혼인지(婚姻池)와 삼사석(三射石)이 있다.
혼인지는 성산읍 온평리에 있는 아담한 연못으로 답사 코스로 연결되지
않아 화북에 있는 삼사석으로 향했다.

삼사석은 6차선 큰길가 화북 주공아파트 단지 건너편에 있어 전설의

고향치고는 주변 환경이 너무 현대적인 데다 주차할 곳도 마땅치 않다. 삼성혈에서 보면 동쪽 방면에 있다. 일주도로(1132번)를 타고 가다 오현고등학교와 화북동 주민센터를 지나면 왼편에 있는데 새로 지은 길 이름이 '삼사석로'로 되어 있지만 눈을 크게 뜨고 정신 바짝 차리지 않으면 그냥 지나치기 일쑤다.

어렵사리 삼사석유적지에 도달하면 큰길가의 한쪽 넓은 돌계단 위로 한자로 '삼사석지(三射石址)'라고 쓴 거대한 유적비가 있어 옳게 찾아온 것이 안심된다. 그러나 이 또한 황당한 현대식 유적비다. 원래의 삼사석은 이 거대한 유적비 옆에 입구도 출구도 없는 넓은 돌담 안에 아주 작은 돌집 하나, 아주 작은 비석 하나가 서 있을 뿐이다. 유적지를 알리는 비가 원래의 비석보다 족히 열 배는 더 크다.

삼사석은 일명 '시사석(矢射石)'이라 하며 이곳 사람들은 '살맞은돌'이라고 부른다. 3성이 모여 화살을 쏘아 살 곳을 정했는데, 그때 쏜 화살이 꽂혔던 돌덩어리들을 보관한 곳이다. 지름 55센티미터 정도의 현무암으로 영조 11년(1735)에 제주도 사람 양종창이 비각처럼 생긴 돌집을 짓고 보존한 것이다. 높이 1미터, 정면너비 1미터, 측면 67센티미터의 제주도식 돌보호각이 아주 아담하다.

제주도에서는 무엇이든지 돌로 두르는 풍습이 있다. 집에는 돌담, 밭에는 밭담, 무덤에는 산담이 있듯이, 비석이고 유물이고 귀중한 것은 돌집에 보존한다. 삼사석 유적지 안을 돌담으로 친 것도 그래서다. 이는 또하나의 중요한 제주만의 풍광이라 할 수 있다.

삼사석 옆에는 제주목사 김정(金淨)이 세운 작고 조촐한 비가 서 있다. '삼사석비'라는 단정한 해서체 비문 양옆에는 이를 기리는 비명이 새겨져 있다.

| 삼사석 | 삼사석은 옛날 고양부 3성이 활을 쏘아 서로의 터전을 정했다는 전설을 간직한 '살맞은돌'을 모아놓은 곳
이다. 작고 아담한 제주도식 비석과 돌보호각이 아주 소탈한 멋을 보여준다. 그러나 바로 곁에 근래에 엄청 거대한 삼
사석비가 세워져 예스러운 분위기에 상처를 주었다.

毛興穴古 (모흥혈고)	모흥혈의 아득한 옛날
矢射石留 (시사석류)	화살 맞은 돌 그대로 남아
神人異蹟 (신인이적)	삼신인의 기이한 자취
交嘆千秋 (교탄천추)	세월이 바뀌어도 오래도록 비추리

그리고 비의 뒷면에는 1930년에 고씨 세 분이 다시 고치고 담장을 세
웠다는 기록이 있다. 나는 이 삼사석에 오면 제주도 서정이 물씬 풍기는
조촐하면서도 정성 어린 옛사람들의 유적지 관리 자세와, 티를 내려고
어울리지 않는 거대한 비석을 세우는 오늘의 자세를 비교하게 된다. 그
래서 안목 있는 분들은 입을 모아 "제주는 건드리지 않는 것이 오히려 좋
다"는 역설을 말하곤 한다.

그러나저러나 이 고양부는 어디서 활을 쏘았을까. 전설에 의하면 물

장오리 옆에 있는 쌀손장오리오름에서 쏘았다는 이야기가 따로 전하고
있다.

제주의 정겨운 마을 이름

삼사석의 전설적 유물은 아주 오래전부터 내려오는 것이어서『신증동
국여지승람(新增東國輿地勝覽)』에 "주 동쪽 12리에 있다. 고로(古老)들이
말하기를 삼성(三姓)이 터를 정할 때 활을 쏜바 그 자취가 지금도 남아
있다"고 했다.

이리하여 화살이 떨어진 곳이 일도, 이도, 삼도인데『고려사』에는 "양
을나가 사는 곳을 일도(一都), 고을나가 사는 곳을 이도(二都), 부을나가
사는 곳을 삼도(三都)라 한다"고 했다. 여기서 도(都)는 크게는 도읍, 작
게는 마을이라는 뜻이 될 것이다. 그런데 앞의 삼성혈에서 설명했듯이
도(都)를 무리 도(徒)로 표현하기도 한다. 이에 대해 숙종 때 목사를 지
낸 이형상이 기록한 제주 박물지인『남환박물(南宦博物)』에는 이렇게 나
와 있다.

세 사람이 나누어 살던 곳을 도(徒)라 하였다. (……) 지금 제주성 안을
세 부분으로 나누어 '일내, 이내, 삼내'라 한다. 도(徒)는 도(都) 자의
잘못인 듯하다. 방언으로 도(徒)는 내(乃)라고 하는데 아마 그 당시 일
컫던 말일 것이다.

이리하여 제주어와 제주 민속을 연구하는 분들은 중세국어 표기에서
한자를 빌려 이두식으로 표기한 것을 분석하여 대체로 일도는 일내, 이
도는 이내, 삼도는 삼내로 보며, 여기서 내(乃)는 마을을 뜻하는 것으로

해석하고 있다. 그래서 현용준(玄容駿) 선생이 채록한 제주 무가(巫歌)에 이런 사설이 있다.

  "일내 일도, 이내 이도, 삼내 삼도리(三徒里)로 갈라······"

이처럼 동네 이름 하나를 고증하는 데에도 여러 문헌과 학자가 동원되는 것이 제주도다. 그리고 그 하나하나를 추적해가는 것이 여간 흥미롭지 않다.

제주도는 2006년 7월 1일자로 제주특별자치도가 되었다. 그만큼 행정적으로도 독립적 지위가 인정된 것이다. 이에 따라 제주의 행정구역은 제주시와 서귀포시 둘로 나뉜다. 제주시는 4읍, 3면, 19개 행정동으로 개편되고 인구 40만 명이라고 하지만 실제로 제주시의 배후지 역할을 한 한라산 산북지역(山北地域)의 옛 북제주군, 한림읍·애월읍·구좌읍·조천읍·한경면·추자면·우도면 등 4읍 3면을 빼면 인구 30만의 아담한 도시다.

행정상 19개동으로 통폐합하고 도심의 동네엔 1동, 2동 하고 귀를 붙였지만 역시 상가리·하귀리·김녕리·외도리 하고 옛날식으로 불러야 제주의 맛이 살아난다. 제주의 동네 이름은 그 생성 과정 자체가 민속이어서 『제주도 마을이름의 종합적 연구』(오창명 지음)라는 두 권짜리 책이 나와 있을 정도다.

그래서 제주도에 한번 빠지면 거기서 나오기 힘들다. 제주에 민속학자가 많은 것은 이 때문이며 육지인은 감히 거기에 명함을 내밀지 못한다. 또 제주인이 아니고는 그 민속의 본질을 체감하지 못한다. 그래서 나의 소망 중 하나는 나를 대신하여 제주의 문화유산을 속속들이 밝혀내제주학을 크게 일으킬 제자 하나를 얻는 것이다.

마을의 탄생, 삼양동 선사유적지

우리는 미술사학과 답사답게 이번에는 삼양동 선사유적지로 향했다. 여기는 1999년 사적 제416호로 지정될 정도로 제주도뿐만 아니라 우리 나라 선사시대(원삼국시대)의 대표적 유적이다. 1970년대에 고인돌 3기가 보고되면서 알려졌고, 1986년에는 초기 철기시대, 원삼국시대의 적갈 색 토기와 돌도끼 등이 출토되었다. 그뒤 1997년 삼양동 일대 아파트 부 지를 위한 구획 정리 중 선사시대 유물이 발견되자 제주대학교박물관이 본격적으로 발굴에 들어갔고, 제주시는 기꺼이 아파트를 포기하고 이 선 사유적기념관을 건립하게 된 것이다. 마구잡이 개발이 한창이어서 도처 에서 유적지가 사라지던 시절에 파격적으로 보존 조치를 취한 데 대해 학계에서는 제주시장에게 감사장을 전달하기도 했다.

2차에 걸친 발굴 결과, 기원전 1세기를 전후한 시기의 집터 236기를 비롯하여 당시의 석축 담장, 쓰레기 폐기장, 마을 외곽을 두르고 있던 도 랑 유구 등을 발견함으로써 대규모 마을 유적이 확인되었다.

집터 내부에서 구멍띠토기·점토대토기·적갈색 항아리 등 600여 점의 토기류, 돌도끼·갈돌·숫돌 등 150여 점의 석기류, 철제 도끼·손칼 등의 철기류, 동검·검파두식 등의 청동기류, 콩·보리 등의 탄화 곡물, 그리고 중국제 환옥 등 다양한 유물이 출토되었다.

삼양동 선사유적지는 기원 전후 탐라국 형성기의 사회상을 밝혀주는 지금까지 조사된 남한 최대의 마을 유적이며, 원삼국시대의 초기 복합 사회 모습을 총체적으로 보여준다는 점에서 매우 중요하다. 지금 전시관 에는 이때 출토된 유물이 전시되어 있고, 야외에는 당시 가옥 형태로 집 터를 복원해놓았으니 우리 학생들은 이런 역사적·고고학적 사항을 머리 에 두고 유물들을 하나씩 확인하게 될 것이다.

| 삼양동 선사유적지 | 삼양동에서는 기원전 1세기의 집터 236기가 발견되었다. 이는 우리나라 최대의 선사시대 마을 유적이자 삼성혈의 탐라국이 출발했던 시기를 유물로써 증언해준다.

　그러나 나는 우리 학생들이 전시관의 깨진 질그릇이나 야외의 초가집을 보면서 어떤 감동을 받으리라고 기대하지는 않는다. 실제로 감동을 줄 명작이 있는 것도 아니다. 이 유물들은 어떤 역사성이 있고 어떤 전설과 연관되어 있다고 할 때 의미가 있고 가슴에 새겨볼 그 무엇이 있는 것이다. 나는 학생들에게 그 점을 따로 강조해 말했다.

삼성혈과 삼양동 유적의 관계는?

　고양부의 삼성혈과 시사석의 전설은 아직 탐라국이라는 국가가 건설되지 못했음을 말해주는 것이며 이들은 각자 마을을 형성하고 그 마을의 규모가 커지면서 성읍으로 발전하게 된다. 이때를 고고학에서는 군장국가라고 한다. king이 다스리는 kingdom이 아직 못 되고, chief가

다스리던 chiefdom 시절이다. 기원전 1천 년부터 형성된 한반도의 여러 chiefdom은 기원전 1세기 초기 철기시대로 들어가면서 상황이 급변한다.

부여·고구려·백제·삼한·신라·가야 등의 여러 chiefdom이 고대국가로 발전하려고 각축을 벌이며 이 다툼은 기원후 3세기 삼국의 정립과 고대국가의 탄생으로 결말을 보게 된다. 이 기원전 1세기에서 기원후 3세기를 고고학에서는 원삼국시대라고 하는데, 삼양동에 있는 원삼국시대 대규모 주거지가 바로 그 유적이다.

그러니까 삼성혈, 시사석의 전설은 삼양동 선사유적지를 만남으로써 실체감을 갖게 되고, 삼양동 선사유적지는 삼성혈과 시사석이 곁에 있어 선사인의 체취를 갖추게 된다.

고고학자와 민속학자들은 학문적 신중성 때문에 이런 것을 잘 연결시키려고 하지 않는다. 지금 학문의 경향이 너도나도 학문간 융합·복합으로 나아가고 있다. 틀리면 나중에 시정할지언정 이 삼양동 유적은 삼성혈과 직결되는 것이며 최소한 무관한 것은 절대 아니다.

동계 조구명의 우리나라 자존심

삼양동 선사유적지 바로 아래는 유명한 삼양동 검은 모래 해변이다. 요즘 삼양동 검은 모래 해안에서는 의외로 중국인 관광객들이 신발을 벗어 들고 떼 지어 거닐고 있는 것을 볼 수 있다. 혹자는 왜 중국인들이 제주도를 열광적으로 좋아하는지 이해가 가지 않는다고 하는데 그 이유는 간단하다. 중국인들은 바다를 구경하거나 즐기기가 쉽지 않기 때문이다. 특히 제주도는 섬 어디에 있더라도 몇십 분 안에 바다로 나아갈 수 있는 넓이이다. 즉 항시 바다를 곁에 둔 섬 안에 있다는 인식을 준다.

요즘 중국 관광객들이 제주에 몰려드는 것을 보면서 나는 조선 영조 때 문사인 동계(東谿) 조구명(趙龜命, 1693~1737)이 동시대 지식인들에게 퍼부었던 비판이 생각났다. 동계는 대단한 민족적 프라이드를 갖고 있어서 윤용(尹愹)이라는 화가가 중국풍으로 그린 그림을 보고서는 '손가락을 부러뜨리고 싶었다' 했을 정도였다. 그는 조선 선비들이 중국에 대해 막연히 한없는 동경을 보내는 작태에 대해 이렇게 말했다.

> 우리나라 사람들은 중국에 태어나 그 산천을 널리 구경하지 못함을 항상 한스러워하는데, 사실상 천하의 구경거리로는 바다보다 큰 것이 없다. 그런데 중국 사람들은 오월(吳越)의 높은 산이나 곤명지(昆明池)에 있는 사람이 아니면 제아무리 유람하기 좋아한다고 이름난 사람일지라도 바다 구경 한 번 하기가 어렵다. 그런데 우리나라 사람들은 발돋움만 하면 바로 천하의 큰 구경거리를 마련할 수가 있으니 무엇 때문에 유독 저들을 부러워하랴.
>
> ─『동계집(東谿集)』'형님의 남행록 뒤에 제하다(題伯氏南行錄後)'

우리는 바다를 늘 대하고 있어 그 가치를 깊이 인식하지 않고 살아가지만 중국의 내륙인들 입장에선 제주도의 아름다운 바다를 보면 거기에 반하지 않을 수 없는 것이다. 게다가 삼양동 검은 모래 해변은 시내에서 차로 불과 15분 거리에 있지 않은가.

삼양동 검은 모래 해변에서

또 여름이면 일본인들이 여기를 많이 찾아온다. 온천욕을 광적으로 즐기는 일본인들은 모래찜질도 좋아한다. 일본 규슈(九州)의 이부스키(指宿)호텔 사우나가 가운을 입은 채 검은 모래를 뒤집어쓰는 찜질로 유명하다. 그런데 삼양동 검은 모래 해변은 그런 인공 시설이 아니라 자연 그대로의 노천 찜질방이니 소문이 날 만도 하다.

잘고 검은 모래로 찜질하면 신경통·관절염·비만증·피부염·감기 예방·무좀 등에 효과가 있고, 특히 불임 치료에 좋다고 한다. 우리나라 사람들은 건강에 좋다는 것과 피부에 좋다는 것에 약한 것인지 강한 것인지, 소문만 나면 몰려들지 않는가. 그래서 여름이면 남녀노소, 외국인, 육지인 가릴 것 없이 검은 모래를 덮어쓰고 모래찜질을 즐긴다.

이에 제주시 삼양동에서는 한국기초과학지원연구원 서울센터에 모래 성분 분석을 의뢰했다. 성분 분석 결과 삼양해수욕장의 검은 모래에는 철분 7퍼센트를 비롯해 바나듐과 지르코늄이 다량 함유되어 있다는 보고서를 받았다고 한다. 그러나 이것이 신경통·관절염·피부병에 좋은지 아닌지는 임상 실험을 거쳐야 하는 것이기 때문에 한방전문의와 제주대 의과대학에 용역 의뢰할 참이라는 것이다.

그 결과가 어떻게 나오든 여기 삼양리 검은 모래 해변은 제주인들이 명상의 산책을 즐기는 곳이다. 그런데 여기에 오시는 분 중 과연 몇 분이 바로 위에 있는 삼양동 유적전시관을 다녀갔고 이 유적이 탐라의 역사에 어떤 의미를 지니는지 제대로 인식했을까 의문이다.

그러나 이는 관람객의 불찰이 아니다. 내가 이 대목에서 더 중요하게 생각하는 것은 전문가들이 학문적 신중성을 지킨다고 막연히 선사시대 유적지라고 했기 때문에 일반인들의 관심이 멀어졌다는 사실이다. 선사시대 유적지란 가봤자 깨진 질그릇 도편이나 돌칼 같은 유물을 전시하고 원시적인 움집이나 복원한 곳이니 뭐 볼 게 있고, 무슨 감동이 있겠느냐 싶어 지레 외면하는 것이다. 만약에 여기가 삼성혈과 시사석 전설을 뒷받침해주는 구체적인 탐라국 탄생 초기의 유적이라고 알려준다면 궁금해서라도 와보지 않을 것인가. 그래서 나는 단호히 주장한다.

| **삼양동 검은 모래** | 삼양동 해변에는 백사장이 아니라 검은 모래가 깔려 있다. 이는 제주 해변에서만 볼 수 있는 독특한 풍광으로 요즘에는 검은 모래 찜질이 유행하여 한여름에는 외지인들로 붐빈다.

"전설이 유물을 만나면 현실적 실체감을 얻게 되고, 유물은 전설을 만나면서 스토리텔링을 갖추게 된다."

이런 생각을 하면서 나는 탐라국 시절이나 지금이나 변함없을 삼양동 검은 모래 해변을 학생들과 오랫동안 거닐었다. 해수욕객도 찜질객도 없는 철 이른 모래사장은 역사적 상상력을 일으키기에 충분한 고요의 해변이었다.

2012.

탐라국에서 제주도로 넘어가면서

탐라국에서 제주군으로 / 불탑사 오층석탑 / 고려왕조의 이미지 /
항파두리 항몽유적지 / 제주목 관아 / 관덕정 / 관덕정 돌하르방

탐라국에서 제주군으로

본격적으로 답사하기 전에 탐라국 얘기를 하고 넘어가야겠다. 독자적
인 문화를 갖고 있던 탐라국은 결국 고대왕국으로 발전하지 못했다. 탐
라는 우선 고대국가로 성장할 만한 물적·인적 토대가 약했다. 육지에서
삼국이 고대국가로 발전하고 고대국가 생리상 영토 확장을 꾀할 때 탐
라국이 찾은 독자적 생존 방식은 조공 외교였다.

조공은 결코 복속을 의미하지 않는다. 그것은 강대국 주변 약소국의
한 생존 방식이었다. 백제와 신라가 거대한 제국인 중국에 외교·국방상
으로 취한 조치와 같은 맥락이다. 『삼국사기』 백제 문주왕 2년(476)조를
보면 "탐라국에서 방물(方物)을 바치니 왕은 기뻐하며 사자에게 은솔(恩
率)이라는 벼슬을 내렸다"고 했다. 탐라는 백제 멸망 때까지 조공 관계를

지속한 것으로 보인다.

백제의 비호를 받은 탐라는 신라로부터는 완전히 독립되어 있었다. 그래서 신라 선덕여왕이 자장율사의 제안을 받아들여 645년에 황룡사에 9층탑을 세우고 각층에 신라가 물리칠 외적을 상징할 때 1층 일본, 2층 중화, 3층 오월에 이어 4층을 탐라로 지목했다(5층은 응유, 6층은 말갈, 7층은 거란, 8층은 여진, 9층은 예맥이다).

그러나 백제 멸망 이후에는 통일신라와 조공 관계를 맺는다. 『삼국사기』를 보면 "660년 신라가 백제를 멸망시키자 백제에 신속(臣屬)하던 탐라국주(耽羅國主) 도동음률이 신라에 내항(來降)하였다"고 했다. 그리고 통일신라 멸망 이후에는 다시 고려에 조공했다. 『고려사』 태조 21년(938)에 "탐라국 태자 말로가 와서 알현하니 성주와 왕자에게 작위를 내려주었다"고 하였다.

탐라국이 조공 관계에서 완전히 육지부의 한반도 역사 속에 편입된 것은 숙종 10년(1105)이다. 이때 탐라국은 고려의 지방 행정구역의 하나인 탐라군(耽羅郡)으로 바뀌면서 독립적 지위는 막을 내리게 되었다. 그리고 고종 원년(1214)에 탐라군을 제주군이라고 고쳐 부르면서 탐라는 제주를 일컫는 옛 지명이 되었다.

혹자는 사료의 몇몇 사항을 근거로 탐라가 해상왕국이었다고 힘주어 말하지만 그렇지 않았다는 사료가 더 많다. 탐라가 왕국이었다고 해야 제주도가 더 위대하고 자랑스러운 것은 아니다. 그랬다면 결국 제주는 육지와 다른 나라로 독립해나가 한국의 역사와 궤를 같이하지 못했을 것이고 그 운명이 제주에게 희망적이었으리라고 장담할 수도 없다. 아무튼 제주는 당당한 자기 몫을 지닌 고려왕조의 일원이 되었다.

제주 신들의 교대 기간, 신구간

탐라국에서 제주군으로 바뀌면서 제주에 일어난 큰 변화는 당시의 고려왕조의 국가 이데올로기인 불교가 들어오게 된 것이다. 그렇다고 제주에 불교가 성행한 것은 아니었다. 제주에는 이미 1만 8천 신이 자리잡고 있어 불교가 비집고 들어올 틈이 아주 좁았다.

제주인들의 민간신앙이 얼마나 강했는가는 지금도 제주인들이 지키는 신구간(新舊間)이라는 풍습만 보아도 알 수 있다. 제주도에서는 가옥 수리, 이사, 묘소의 이장 등은 꼭 신구간에 해야 탈이 없다고 한다. 신구간은 대한(大寒) 후 5일부터 입춘(立春) 전 3일까지 일주일을 말한다.

이때에는 여러 신들이 임기를 마치고 천상에 올라가고 새로운 신들이 내려오는 교대 기간이므로 지상에 신령이 없어 평소에 금기되던 일을 해도 아무 탈이 없다는 것이다. 귀신 모르게 해치우는 것이다. 그래서 지금도 제주엔 이삿짐센터가 제대로 영업을 할 수 없단다. 너나없이 이때 몰리기 때문에.

이게 언젯적 얘기인데 21세기 개명천지에서 있을 수 있는 일이냐고 말할 육지인도 있을 것이다. 그러나 신을 한 번이라도 믿어본 사람이라면 절대로 그렇게 비웃지 못할 것이다. 그게 신앙의 힘이고 민속의 저력이다.

절 오백에 당 오백이라구?

제주 사람들 입에 붙어 있는 말 중 하나가 "제주엔 절 오백, 당 오백이 있다"는 것이다. 이 말은 당치도 않다. 절 오백은 있지도 않았고, 있을 수도 없었다. 문헌으로 보아도 없고 유적으로 보면 더더욱 없다. 그래서 채제공이 쓴 「만덕전(萬德傳)」을 보면 불교문화가 없었음을 말하고 있다.

문헌상으로 확인되는 고려시대 절 이름은 대여섯 개에 불과하고 폐사지까지 포함해서 유적으로 남은 것도 대여섯 곳뿐이다. 조선 초에 편찬된 『동국여지승람』에 나오는 사찰 이름도 열 곳이 안 된다. 그럼에도 절 오백에 당 오백이라는 말이 생긴 것은 당이 오백이나 된다는 것을 강조하기 위하여 매김씨로 붙였을 따름이라고 보인다.

꼭 절이 많아야 자랑인 것도 아니고, 문명인 것도 아니다. 나는 제주의 전설과 속담을 읽으면서 후대에 깊은 뜻 없이 무심코 만들어진 것이나 설화를 왜곡한 것은 폐기해가야 한다고 생각한다. 설문대할망 같은 위대한 여신이 똥을 싸서 오름이 되었다느니, 빤스를 안 만들어주어서 다리를 놓다 말았다느니 하는 것은 거의 악의적인 희화(戲化)로만 들린다.

육지에서 2박 3일 답사를 하면 불교 유적이 반 이상을 넘어 절에 가도 탑, 폐사지에 가도 탑, 버스에서 내리기만 해도 탑이었는데 제주도에 남아 있는 유일한 고려시대 탑은 삼양동 불탑사의 오층석탑 하나뿐이다. 이 것은 제주도에서 유일하게 보물로 지정된 건조물로 보물 제1187호이다.

불탑사 오층석탑

삼양동 검은 모래 해변에서 불과 차로 5분 거리에 있는 같은 동네 불탑사는 원래 원당사라는 고려시대 절터에 세워진 절이다. 그래서 불탑사 오층석탑은 '원당사터 오층석탑'이라고 불리기도 한다.

전형적인 고려시대 오층석탑으로 한눈에 보기에도 훤칠한 인상을 줄 정도로 좁고 가늘게 올라갔다. 게다가 기단부가 좁고 5층의 탑신이 심하게 좁아져서 아주 가냘픈 인상을 주며 지붕돌의 네 귀퉁이 끝이 살짝

| 불탑사 오층석탑 | 제주에 남아 있는 유일한 고려시대 석탑으로 보물로 지정된 유일한 석조문화재이기도 하다. 고려시대 유행한 5층 석탑 형식을 따르고 있지만 화산암을 이용한 질감과 색감이 제주만의 멋스러움을 보여준다.

들려 경쾌한 느낌을 더한다. 기단은 뒷면을 뺀 세 면에 안상(眼象)을 얕게 새겼는데, 무늬의 바닥선이 꽃무늬처럼 솟아나도록 조각했다. 탑신의 1층 몸돌 남쪽 면에는 불상을 모시는 감실을 만들었고 특별한 장식을 두지 않은 간략한 형식을 취하고 있다. 제주도 현무암으로 축조되었지만 그 빛깔이 그냥 검은색이 아니라 명품 패션들이 잘 쓰는 차콜그레이(charcoal grey) 빛을 띠어 육지의 화강암 석탑에 익숙한 사람에게는 별격으로 느껴질 것이다. 어떤 답사객은 "그리움에 지친 듯한 핼쑥한 모습"이라고 했다.

통일신라가 삼층석탑의 시대였다면 고려시대는 다층탑으로 변한 것이 특색인데 그중 많은 것이 오층석탑이었다. 그러면서 부여 무량사 오층석탑처럼 중량감을 보여주는 것도 있고, 서산 보원사 오층석탑처럼 정연한 차례줄임이 멋스러운 것도 있는데 이 불탑사 오층석탑은 진도 개골산의 오층석탑과 비슷한 인상으로 좁은 체형에 큰 키의 훤칠한 몸맵씨를 자랑하고 있다.

미술사학과 학생으로 제주도에 와서 이런 조형미를 갖춘 문화유산을 만나기 힘들어서인지, 아니면 귀신 나올 것 같은 본향당을 다녀온 뒤라 그런지 학생들이 의외로 진지하게 탑돌이를 하듯 이 각도 저 각도에서 탑을 살핀다. 학생들의 이런 모습을 신통하게 보고 있자니 그것은 이 탑의 아름다움보다도 탑 주변을 제주도 현무암으로 단아하게 돌담을 둘러서 그 환경이 아늑했기 때문이라는 것을 알았다.

원당사에서 불탑사로

전해지기로 원당사는 원나라 순제의 기황후가 발원한 절이라고 한다. 그래서 원나라 원(元) 자를 써서 원당사(元堂寺)라고 했다는 것이다. 그러나 이것은 말이 안 된다. 그게 사실이라면 소원할 때 원 자를 써서 원당사(願堂寺)라고 해야 맞다.

원당사는 세 번의 화재로 소실되었다고 한다. 조선 효종 4년(1653)까지는 존속했지만 숙종 28년(1702)에는 마침내 훼철되고 석탑만 덩그러니 남게 되었다. 그후 1914년에 다시 중건되었는데 그때 이름을 불탑사로 바꾸었다고 한다. 이 이름은 뭔가 잘못 지은 것 같다. 탑은 곧 불탑이고 절마다 불탑이 있는데 왜 이런 원론적인 이름을 지었을까. 아마도 오서독스한 절이라는 점을 내세웠던 것이 아닌가 싶다. 주변에 하도 당이 많으니까 불탑을 강조한 것, 아니면 고려시대 불탑을 모시고 있는 절쯤으로 좋게 해석해줄 수도 있겠다.

이후 4·3사건을 거치면서 폐허가 되었다가 근래에 와서 중창(重創)을 보게 된 것이 오늘의 절이다. 때문에 석탑 이외에 특별한 볼거리는 없다. 그러나 잘 다듬은 현무암 위에 지붕을 낮게 얹은 소박한 산문(山門) 역시 현무암으로 쌓은 높은 담장에 뚫린 암문으로 들어서는 그윽함이 있고 감귤나무며 해묵은 배롱나무, 동백나무, 대나무가 그늘을 짙게 드리우는 자연 그대로의 분위기가 있어 제주도 절집의 독특한 분위기를 맛볼 수 있다.

현재의 불탑사는 조계종 사찰인데 그 앞에는 원당사라는 태고종 사찰이 들어서 있어서 초행자들을 헷갈리게 한다.

고려 역사의 일그러진 이미지

우리의 제주답사 고려시대 두번째 유적지는 항파두리 항몽유적지였다. 불탑사에서 항파두리로 가자면 옛날 제주시 동쪽 끝에서 서쪽 끝으로 일주도로를 타고 가야 해서 제주도답사로는 제법한 거리다. 차로 족히 30분은 걸린다. 나는 시간을 벌기 위해 버스 안에서 강의를 시작했다.

우리는 고려시대 역사에 대하여 정말로 이상한 선입견을 갖고 있다. 우리가 갖고 있는 고려시대 역사상에 대한 일그러진 이미지는 당시 동아시아 국제 정세의 변동 속에서 고려가 겪었던 일을 나열식으로 강조하기 때문에 생겼다. 이를테면 다음과 같다.

"10세기에 건국한 고려는 11세기에 3차에 걸친 30년간의 거란족 침입이 있었고, 12세기에는 여진족의 금나라 침공을 받았으며, 12세기엔 이자겸의 난, 무신란이 일어났다. 13세기엔 만적의 난으로 상징되는 노비 반란이 전국으로 퍼졌고, 뒤이어 몽골의 침입을 받아 27년간 항쟁을 벌이고 결국은 원나라의 부마국으로 되어 70여 년간 원의 간섭을 받게 되었다. 그리고 14세기 중엽 공민왕 때는 홍건적의 침입을 받았다."

이런 전란과 혼란 속에서 무슨 문화의 창달이 있었을까 싶어진다. 그래서 나는 『한국미술사 강의』(눌와) 제2권을 펴내면서 고려의 이미지를 이렇게 설명했다.

"이는 500여 년간 있었던 동아시아의 전란이자 어느 시대 어느 왕조에서나 일어났던 사회적 갈등일 뿐이다. 오히려 동시대 중국의 전란은 더 심했다. 송나라는 금나라의 침공으로 남쪽으로 밀려난 뒤 남송으로 명맥을 유지하다가 몽골에 망했고, 거란의 요, 여진의 금, 몽골의 원은 모두 100여 년을 지속하다가 끝내 자기 문화를 지키지 못하고 역사 속에서 사라졌다. 이에 비하면 고려는 수많은 전란에도 근 500년을 지속한 저력 있고 건강한 나라였다."

고려왕조의 잘못된 이미지는 바로잡아야 한다. 박종기의 『새로 쓴

5백년 고려사』(푸른역사 2008)는 우리들의 일그러진 역사상을 많이 바로 잡아준다. 나로 말할 것 같으면 고려왕조 '사생팬'이다.

대몽항쟁과 '불개토풍'의 약속

항파두리의 역사적 의의를 알자면 대몽항쟁의 객관적 사실부터 확인 해야 한다. 한 나라의 힘이 약할 수는 있다. 그러나 전쟁에서 지는 방식 엔 여러 가지가 있다. 박종기 교수는 역사 속에서 '저항은 자주, 화해는 사대'라는 인식부터 고쳐야 한다고 역설한다.

몽골은 막강한 전투력을 갖추고 아시아 전역과 동유럽에 걸친 민족들 을 모두 정복하고 칸(汗)이 지배하는 칸국과 원나라를 세워 세계 역사상 유례없는 대제국을 건설했다.

고종 19년(1232)에 시작된 몽골과의 전쟁에서 고려는 맥없이 굴복하 지 않았다. 강화도로 왕도를 옮기고 무려 27년에 걸친 7차 침입을 온몸 으로 막아내며 버텼다. 몽골 입장에서도 이런 쇠귀신 같은 나라는 보지 못했다.

전쟁이 힘들기는 몽골도 마찬가지였다. 훗날 고려 원종이 된 태자가 원나라 세조인 쿠빌라이를 만나 강화의 뜻을 밝혔을 때 그는 이렇게 기 뻐했다.

"고려는 만 리나 되는 큰 나라이다. 옛날 당태종도 정복하지 못했는 데 그 태자가 찾아왔으니 하늘의 뜻이다"

결국 고종 46년(1259) 몽골은 고려왕조와 강화 협정을 맺으면서 고려 의 자주권을 용인하는 대신 사위의 나라로 삼아 간접적으로 지배하는 것을 제안했다. 이에 고려는 '불개토풍(不改土風)', 즉 고려의 제도와 풍속을 바꾸지 않는다는 약속을 요구했다. 이 약속은 원나라와의 갈등이 일어날 때마다 전가의 보도로 사용되었다. 이로써 고려는 비록 원의 간섭을 받았지만 왕조의 전통을 유지할 수 있게 된 것이다. 민족사로 볼 때 자주독립을 잃은 것으로 비칠 수도 있지만 이는 고려왕조의 생존을 위한 불가피한 선택이기도 했다.

결국 고려는 끈질긴 항쟁의 대가로 다른 민족들처럼 칸이나 대원제국의 직접 지배를 받지 않고 사위 나라가 되었다. 그것은 고려로 보면 수모를 당한 것이지만 원나라 입장에서는 오히려 대접을 해준 셈이었다. 그런 대접은 27년간의 항쟁이 얻어낸 결과였다.

몽골군은 천하무적이었다. 폴란드까지 쳐들어갔다. 폴란드 사람들이 하는 얘기가 있다. 폴란드와 러시아는 앙숙이다. 때문에 지난 '유로 2012' 축구 경기에서 폴란드와 러시아 훌리건의 싸움 같은 일이 벌어진 것이다. 그러나 폴란드는 힘으로는 지기 때문에 분통할 뿐이다. 그래서 폴란드 사람들이 자조적으로 하는 말이 있다. 몽골군이 다시 한번 폴란드를 쳐들어왔으면 좋겠다는 것이다. 왜냐하면 그렇게 되면 폴란드는 한 방 맞지만, 러시아는 올 때 맞고 갈 때 맞고 두 방 맞는다는 것이다. 그런 몽골군에 맞서 27년을 버틴 것이다. 그리하여 다시없을 세계 제국의 사위 나라가 되었으니 그것은 수모이긴 해도 한편으로는 대접인 셈이었다. 그것을 수모라고만 한다면 싸워서 이기지 못한 것은 다 역사의 죄악이 된다.

삼별초의 대몽항쟁

몽골과의 강화 협정에 삼별초는 반항하고 몽골과 끝까지 항쟁할 뜻을 보였다. 우리는 이것을 장렬한 애국심을 발현한 역사의 한 장면으로 생각하고 있다.

그러나 삼별초는 그럴 수밖에 없었던 사정도 있었다. 그들은 최씨 무인정권의 별동대였다. 몽골과의 강화는 곧 무신정권의 몰락이고 고려 왕정복고라는 의미를 갖고 있는 것이어서 삼별초에게는 선택의 여지가 없었다. 얼핏 비유하자면 미국의 이라크 침공 때 후세인의 공화국수비대 비슷한 처지였다.

왕권을 되찾은 원종은 원종 11년(1270) 삼별초를 해산하기로 결정했다. 그러나 배중손(襄仲孫) 대장이 이끄는 삼별초는 이에 반기를 들고 강화도에서 왕족 온(溫)을 왕으로 내세우고 봉기했다. 그래서 삼별초의 난이라고 하는 것이다.

진압군이 강화도로 쳐들어가자 삼별초는 1천여 함선을 징발하여 고려 정부의 재화와 백성을 싣고 진도로 가서 용장사를 행궁으로 삼고 용장산성을 쌓으며 저항했다. 그러나 1271년 음력 5월 김방경과 흔도(忻都)가 지휘하는 여몽연합군이 공격하여 용장산성은 함락되고 배중손은 전사했다. 이때 김통정(金通精)이 이끄는 잔존 삼별초가 탐라로 건너와 거점을 잡은 곳이 바로 이곳 항파두리이다.

항파두리 항몽유적지

항파두리(缸坡頭里)는 '항바두리'라는 제주어의 한자 차용 표기로 항은 항아리, 바두리는 둘레라는 뜻으로 항아리 가장자리처럼 둥글게 돌아간다는 뜻이다. 김통정의 삼별초가 쌓은 항파두리성은 둘레가 6킬로미터 되는 토성으로 성안에는 둘레 750미터의 정사각형 석성도 있다. 항파두리 자체가 해발 150미터이기 때문에 여기서는 애월 바닷가가 훤히 내려다보인다. 명월포(지금의 한림항)로 들어올 토벌대를 막기 위한 성이었다.

| 항파두리성 | 대몽항쟁기 삼별초의 마지막 항쟁지인 항파두리에는 긴 토성이 남아 있다. '항파두리'는 항아리 주둥이처럼 둥글게 돌아간 모습을 표현하는 제주어이다.

탐라에서 삼별초는 자체적으로 조직을 정비하고 방어 시설의 구축에 주력했으나 여몽연합군의 공격을 막지 못하고 원종 14년(1273) 음력 4월 2년 만에 전멸하고 말았다. 김통정은 붉은오름에서 장렬하게 전사한 것으로 알려져 있다.

삼별초항쟁 이후 성은 무너져 훗날 고성리(古城里)라는 이름을 갖게 되었는데 1977년 정부는 총공사비 7억 4,500만 원이라는 당시로서는 거액을 들여 성곽 일부를 보수하고 전시관과 순의비(殉義碑)를 세웠다. 이는 사실 문화재로서 복원한 것이 아니라 제3공화국 때 군사 유적들을 성역화하는 일련의 사업 중 하나로 행해진 것이었다. 그래서 기념관 건물은 박정희 때의 천편일률적인 콘크리트에 미색 수성페인트가 칠해지고 민족기록화라는 이름의 상투적인 역사화들이 걸려 있는 것이다. 처음부

터 끝까지 획일적인 관제 복원이어서 아무 영문 모르고 온 사람들은 역사의 내용과 유적 관리 형식이 맞지 않아 혼란스러워한다.

항파두리성 주변엔 김통정 장군이 몸을 날렸다가 떨어진 지점이 발자국처럼 파여 그곳에서 샘이 솟는다고 전해지는 '장수물'이 있는데, 이런 전설이 생길 정도로 김통정은 제주에서 신화적 인물이 되어 여러 전설을 낳았다. 그것은 그의 용맹성에 대한 경의와 그가 민폐를 크게 끼치지 않았다는 것을 암시해주는 것으로 보인다.

이 삼별초의 항쟁에 대하여 학자들의 역사적 평가는 제각기 다르지만 나는 이렇게 생각한다. 삼별초가 끝까지 항쟁하지 않을 수 없는 궁지에 몰렸던 것은 사실이지만, 몽골에 끝까지 저항하는 고려인이 있었다는 것은 자주성을 회복하려는 고려의 의지가 얼마나 강한가를 보여주었다는 역사적 의의도 적지 않다. 그러나 삼별초가 항파두리에 들어와 항쟁함으로써 이후 제주도가 입은 고통과 피해는 참으로 뼈아픈 것이었다.

항파두리 고성에 와서 부잣집 정원처럼 정비된 이 슬픈 유적지 한쪽을 거니노라면 이 모든 상념이 일어나며 마음이 편해지지 않는다.

삼별초 이후 제주도

항파두리를 떠나 우리는 이제 제주 시내에 있는 제주목 관아로 향했다. 시내로 들어가는 버스에서 나는 다시 마이크를 잡고 삼별초 그후의 역사를 이야기해주었다. 이 이야기를 모르고서는 제주의 역사를 말할 수 없다. 처음 듣는 사람은 아마도 모두 아, 제주의 역사가 그랬었구나 하고 같은 민족으로서 제주에 대해 무관심했던 것이 미안해질 것이다. 감동도 없는 항파두리에 굳이 학생들을 데리고 와야만 했던 이유이기도 하다.

원종 14년(1273)에 제주의 삼별초군을 토벌한 직후 원나라는 탐라국초토사(耽羅國招討司)를 설치했고 곧바로 '탐라국 군민 도다루가치 총관부(耽羅國 軍民 都達魯花赤 摠管府)'라고 명칭을 바꾸고 다루가치를 파견하여 직접 관할했다.

다루가치(達魯花赤, darughachi)는 점령지 통치관이라는 의미다. 관인(官印)을 갖는 군대의 사령관으로 관할 행정 전반의 결정권을 가졌고 원칙적으로 몽골인만이 임명되었다.

즉, 육지부의 고려와 달리 탐라는 원나라가 직접 관할했던 것이다. 그 이유는 탐라를 목마장(牧馬場)으로 이용하려 했기 때문이다. 결국 이때부터 탐라는 원나라 14개의 국영 목장 중 하나가 되어 3만 필의 말을 사육했다. 이렇게 제주도는 근 100년간 몽골에 예속된 채 식민지 지배를 받는 쓰라린 역사를 겪었다.

원나라 말기 공민왕은 반원 정책을 펴 쌍성총관부를 회복하면서 영토 회복을 꾀했다. 이때 탐라군민총관부에도 군대를 파견했다. 그러나 말을 키우던 몽골인인 목호(牧胡)들의 저항에 부딪혔다. 고려 조정에서 파견한 순무사(巡撫使)가 목호들에게 살해될 정도였다. 1366년에 100척의 군선을 파견했지만 이 역시 목호에게 밀려 퇴각했다.

게다가 이후 명나라가 원나라를 멸망시키면서 원나라 땅은 명나라에 귀속하는 것이 마땅하다며 영유권 주장을 하고 나섰고, 원나라 황족들의 귀양지로 제주도를 생각하고 있었다. 목호들은 그네들 편이었다.

이에 공민왕 23년(1374) 최영 장군은 대대적으로 제주도를 토벌하여 목호들의 반란은 진압되었다. 목호들이 마지막으로 퇴각한 곳이 서귀포 외돌개 건너편 범섬이었다. 최영 장군은 법환포구와 범섬 사이에 배다리〔船橋〕를 놓아 목호들을 섬멸했다. 이리하여 탐라는 다시 고려왕조의 제주목으로 환원되었다.

그리고 고려가 망하고 조선왕조가 들어서면서 태조 2년(1393) 12월에 제주목사 여의손(呂義孫)이 부임하면서 탐라는 육지의 여느 지방 행정기구와 똑같이 중앙에서 관리가 파견되는 목사 고을이 되었다. 이때부터 사실상 제주는 한반도의 일원으로 확실하게 편입되었다고 할 수 있다. 우리는 일제 35년 식민지 지배를 받은 것을 치욕으로 생각하는데 제주인들은 거기에 100년을 더한 135년을 식민지 백성으로 살아간 아픔이 따로 있었던 것이다.

제주목 관아의 복원

조정에서 파견된 제주목사가 근무하던 제주목 관아는 근래에 복원되었다. 제주목 관아는 일제강점기 때 관덕정만 남기고 다 훼철되고, 20여

년 전만 해도 그 자리에 제주경찰서와 민가들이 들어앉으면서 흔적조차 볼 수 없게 되었다. 그래서 한동안 이곳을 '목관아지(牧官衙址)'라 불렀다.

제주목 관아는 1991년부터 본격적인 발굴·정비 사업에 들어가 1993년에는 국가사적 제380호로 지정되었고, 발굴조사로 초석과 기단석을 확인하고 1999년부터 복원을 시작해 2002년에 1차 복원이 완료됐다. 대지 면적 약 2만 제곱미터(약 6,050평)에 소요 예산은 약 170억 원이나 들었다. 이것이 지금 볼 수 있는 제주목 관아다. 복원에 소요된 기와 5만여 장은 전량 제주 시민의 헌와(獻瓦)로 모아졌으니 제주인의 복원 의지가 얼마나 컸는지 알 수 있다.

그리하여 목관아지는 명실공히 제주목 관아로 바뀌게 되었다. 바깥대문, 중간대문을 비롯해 제주목사의 집무실인 홍화각(弘化閣), 집정실인 연희각(延曦閣), 연회장으로 쓰였던 우연당(友蓮堂), 휴식 장소였던 귤림당(橘林堂), 2층 누각인 망경루(望京樓)가 복원되었다.

복원된 제주목 관아를 보면서 사람들은 과연 복원을 제대로 했는지 의심한다. 뭔가 예스럽지 않고 생경스러워 테마파크 같다고도 한다. 복원 자체는 철저한 고증으로 차질 없이 이루어졌다. 그럼에도 그렇게 느끼는 이유는 중후한 연륜을 말해줄 아름다운 나무가 없고 건물에서 사람의 체취가 느껴지지 않기 때문이다.

모처럼 복원된 제주목 관아에 생기를 불어넣을 방안을 생각해본 적이 있다. 새로 지은 관아 건물에서 많은 문화 행사를 열어 사람의 체온을 건물에 실어주어야 하고, 야간에도 개방하여 집과 사람을 친하게 만들어주어야 한다. 그리고 대문 앞 관덕정 광장에도 사람들이 즐겨 모여야 한다. 올레꾼이고 관광객이고 여기에 오면 무슨 행사가 있고, 사람이 모여 있어야 공간의 의미가 살아난다. 제주에 이런 좋은 공간을 만들어놓고 무슨 귀물인 양 손도 못 대고 바라만 보는 듯해 안타깝다. 아니 너무도 아

| 제주목 관아 | 한동안 빈터로 남아 있어 '목관아지'라고 불리던 이 자리에 제주목의 옛 관아 기본 건물을 복원했다. 이로써 서울에 경복궁이 있다면 제주엔 제주목 관아가 있다고 할 수도 있는데 아직 이 공간은 그런 수준으로 활용되지는 못하고 있다.

깝다. 한옥은 사람이 들어가 살 때 비로소 생명을 얻는다.

제주의 심장, 관덕정

제주에서 가장 상징적인 역사적 건물은 제주목 관아 앞에 있는 관덕정(觀德亭, 보물 제322호)이다. 단층 팔작지붕으로 앞면 5칸, 옆면 4칸의 130여 제곱미터(40여 평)에 이르는 제법 당당한 전통 건축이다. 26개의 둥근 기둥이 건물을 든든히 떠받들고, 내부는 사방을 모두 개방하고 우물마루를 넓게 깔아 시원스러운 느낌을 준다. 활짝 날개를 편 지붕선이 제법 웅장하면서 날렵함을 자랑하는데 처마를 받치려고 기둥 위에 얹은 새 부리 모양 장식이 아름답다.

| 관덕정 | 관덕정은 제주목 관아의 부속 건물로 활쏘기 대회가 열릴 때 본부석 기능을 한 건물이다. 그래서 사방이 다 뚫려 있다. 세종 때 처음 지어졌다고 하나 이후 수차례 중건과 보수를 거듭했고 현재의 건물은 17세기 양식이다.

　이 관덕정은 제주목 관아의 부속 건물로 세종 30년(1448)에 처음 세웠다고 전해진다. 이후 성종, 숙종, 영조 대에 걸쳐 중창하고 현재의 건물은 철종 원년(1850)에 재건한 것을 1969년과 2006년에 보수한 것이다. 건축 기법 자체는 17세기 양식이다.

　내부는 네 개의 높은 기둥을 세워 대들보를 받친 일곱 량 집인데 특이하게도 다양한 벽화가 그려져 있다. 그림의 내용은 아주 다양해서 적벽대첩도(赤壁大捷圖)·대수렵도(大狩獵圖), 진중에서 거문고를 켜는 진중서성탄금도(陣中西城彈琴圖), 네 늙은이가 바둑을 두는 상산사호(商山四皓), 연회를 그린 홍문연도(鴻門宴圖), 장수를 기리는 십장생도(十長生圖), 그리고 두보의 시 '양주의 귤밭을 술에 취해 지나가네'라는 시구를 소재로 제주의 특산물인 귤을 노래한 '취과양주귤만헌(醉過揚州橘滿軒)'

| 관덕정의 '탐라형승' 편액 | 관덕정 안에는 '호남제일정'이라는 현판 아래 대단히 크고 장중한 글씨체인 '탐라형승' 편액이 걸려 있다. 보기에도 호방한 이 편액은 아계 이산해 또는 정조 때 제주목사인 김영수의 글씨라고도 전한다.

등이다. 필치는 그리 뛰어나지 않지만 한옥에 이처럼 벽화가 다양하게 남아 있는 예는 아주 드물다.

기존의 해설을 보면 대개 관덕정은 군사훈련청으로 창건했다고 한다. 그러나 이 관덕정 건물은 결코 관리의 집무실이 아니었다. 사방이 개방된 공간인 것만 보아도 그렇다. 관덕정이란 고유명사라기보다 보통명사에 가까워서 현재 대구 관덕정 등 세 곳이 있다. 그리하여 보물 제322호로 지정된 이 건물의 명칭은 '제주 관덕정'으로 바뀌었다.

관덕(觀德)이란 '사자소이관성덕야(射者所以觀盛德也)', 즉 '활을 쏜다는 것은 훌륭한 덕을 보기 위함이다'에서 따온 이름이다. 옛사람에게 활쏘기란 단순히 무술만 의미하지 않으며 육예(六藝)의 하나였다. 『주례(周禮)』에서 이르는 여섯 가지 기예는 예(禮)·악(樂)·사(射)·어(御)·서(書)·수(數)다. 예의범절·음악·활쏘기·말타기·서예·산수 여섯 가지가 교양필수였다. 그래서 활쏘기 대회가 자주 열렸다.

중요한 옥외 행사가 벌어지는 관아 앞마당에 설치한 '붙박이 차일' 같은 건물이 관덕정이다. 여기서는 관이 주도하는 많은 옥외 행사가 벌어졌지만 그 대표적인 행사가 활쏘기였기 때문에 관덕정이라는 현판이 달려 있는 것이다. 이런 연유로 제주 관아가 다 훼철된 뒤에도 관덕정 앞마당은 제주의 광장으로 그 기능을 이어가게 되었다.

관덕정 편액은 장중한 해서체로 가히 명필의 작품이다. 청음 김상헌이 제주에 안무사로 다녀오고 나서 지은 『남사록』을 보면 본래 안평대군(安平大君)의 글씨였으나 화재로 소실되었고 현재의 현판은 선조 때 영의정을 지낸 아계(鵝溪) 이산해(李山海)의 작품이라고 했는데 정조 때 제주목사인 김영수의 글씨라고도 전한다.

제주의 광장으로서 관덕정 앞마당

관덕정 앞마당은 일제강점기에도 제주의 살아 있는 광장이었다. 비록 앞마당이라고 불러야 더 어울릴 만큼 좁은 공간이지만 제주에서 큰 행사와 각종 기념식은 모두 여기에서 열렸다. 제주의 이정표도 이 관덕정 입석(立石)을 기준으로 했다.

제주에서 최초로 5일장이 열린 곳도 이곳이고, 이재수의 난이 일어났을 때 분노한 군중이 천주교도들에게 보복을 자행했던 곳도 여기다. 4·3사건이라는 엄청난 사태를 불러일으킨 1947년 3월 1일의 삼일절 행사가 열린 곳도 이 관덕정 앞마당이었으며, 4·3사건의 지도자였던 장두(壯頭) 이덕구가 처형된 곳도 여기다. 제주에서 큰 행사는 으레 여기에서 치러졌다. 중·고등학생을 시내에 모이게 할 때면 관덕정 앞으로 오게 했고, 무슨 큰일이 일어나면 도민·시민은 약속이나 한 듯이 자연스럽게 여기로 모여들었다. 이는 도시의 광장이 갖는 중요한 기능이었다.

| **옛 관덕정 광장** | 관덕정 앞마당에서는 조선시대에 활쏘기뿐만 아니라 대중 집회도 열렸고, 근대사회로 들어와서는 본격적인 광장 기능을 함으로써 제주의 큰 집회와 사건은 모두 여기에서 일어났다. 역사적으로 제주의 심장 같은 공간이었다.

그러나 지금의 관덕정 앞은 그야말로 옛 관아 앞마당으로 전락했다. 관광버스만 잠시 주차하는 죽은 공간이 되었다. 제주시가 신도시로 변모하는 과정에서 관덕정 앞 광장을 잃어버린 것은 너무도 큰 상실이다. 현대 도시로의 탈바꿈이야 어쩔 수 없는 시대의 추세이고 시청·도청이 모두 새 청사로 이전하게 된 사정을 무어라 탓할 수 없는 일이지만 시청·도청의 건물만 생각했지 도시의 중심이 될 광장을 가져야 한다는 생각을 전혀 하지 않았다니 참으로 애석한 일이다. 지금 제주 사람들은 무슨 일이 있을 때 어디로 모이는지 모르겠다.

광장을 잃어버린 도시. 그것은 제주뿐만 아니라 우리나라 모든 도시의 문제점이고 커다란 상실이다. 서울의 경우 이제는 시청 앞 광장, 광화문광장이 만들어져 '붉은 악마'의 응원도 벌어지고 시민 집회, 관제 행사가 열리면서 광장의 기능을 회복해가듯이 제주도 어떤 식으로든 광장을 만들어야 한다.

관덕정 앞마당을 이대로 둔다면 이는 결국 제주인의 커다란 정신적 손실이다. 비록 좁은 앞마당으로 전락해버렸지만 좁으면 좁은 대로 광장으로서 기능은 다시 살려 아무 일 없어도 그리 나가보고 싶은 광장으로 회복하는 게 제주인의 삶뿐만 아니라 관광 제주의 가장 중요한 과제라고 생각한다. 제주에 이런 광장이 없다보니 제주시에 머무는 관광객들은 저녁에 다운타운으로서 제주를 느끼러 나갈 공간이 없어 모두 호텔방에 머물거나 노래방과 술집을 전전할 뿐이다.

광장은 인위적으로 만들 수 있지만 광장 문화는 강제로 만들어지지 않는다. 관덕정 앞마당은 광장으로서 연륜이 있기 때문에 작은 계기만 주면 반드시 되살아날 수 있는 공간이다. 저녁때 여기에 야시장, 또는 포장마차나 야외 찻집이 열린다면 베네치아의 산마르코광장 같은 운치가 느껴질 것이고 활기가 넘칠 것이다. 제주인들이여, 관덕정 앞마당을 광장으로 다시 살리자.

제주의 상징, 관덕정 돌하르방

관덕정 앞마당이 아무리 썰렁하고 제주목 관아가 아무리 테마파크처럼 옛 맛이 나지 않는다고 투정을 해도 관덕정에 정이 가고 관덕정에 와야 비로소 제주에 온 듯한 것은 마치 광화문과 경복궁을 보지 않고 서울을 보았다고 말하기 어려운 사정과 같다.

더욱이 관덕정 앞에는 명작 중의 명작인 한 쌍의 돌하르방이 있다. 장승의 기본 모습대로 퉁방울눈에 주먹코를 하고 한 손은 가슴에, 한 손은 배에 움켜쥐고 머리에는 벙거지를 쓰고 있지만 유독 관덕정 돌하르방이 멋있고 힘 있고 재미있게 느껴지는 이유는 그 표정과 몸짓의 표현에 있다.

| **관덕정 돌하르방** | 제주의 옛 돌하르방 47기 중 최고의 명작으로 꼽히고 또 우리에게 제주의 상징으로 알려진 이미지이다. 위엄 있으면서도 유머도 있고 인간미도 넘친다.

통방울눈과 주먹코는 한껏 과장해 절집의 사천왕처럼 무섭고 이국적인 풍모다. 그런데 그 사나운 표정과는 어울리지 않게 벙거지를 꺼벙하게 올려 써 웃음이 절로 나온다. 마치 차렷 자세를 한 육군 헌병이 철모를 장난스럽게 걸친 것과 같다.

게다가 고개를 6시 5분으로 비스듬히 숙이고 몸을 왼쪽 또는 오른쪽으로 약 80도로 비틀어 정면정관(正面正觀)을 피했다. 덕분에 관덕정 돌하르방에서는 생동감과 인간적인 친밀감이 동시에 느껴진다. 그래서 관덕정 돌하르방은 계층과 지역과 시대를 넘어 누구나 좋아하는 형상이 되어 마침내 제주의 마스코트로 각광받고 있다.

그러면 왜 관덕정 돌하르방이 육지의 어느 돌장승보다 명작이 될 수

| 제주성 동문 앞의 돌하르방 | 옛 사진을 보면 현재의 돌하르방은 제주성 입구에 세워져 있었음을 볼 수 있는데 이 성벽이 철거되면서 관덕정 앞, 삼성혈 입구 등 곳곳에 뿔뿔이 흩어지게 되었다.

있었는가 하는 물음이 일어난다. 그것은 육지의 돌장승이 마을장승이든 사찰장승이든 민(民)의 소산임에 비해 관덕정 돌하르방은 민의 욕구를 관(官)이 구현해주었기 때문이다. 민의 거칠고 미숙한 점을 관의 손길로 세련되게 마무리했다 하겠다. 여기에서 우리는 참된 문화 창조의 방향을 배울 수 있다. 그 명제는 다음과 같다.

"관이 민에게 강제하면 생명 없는 관제(官制) 작품이 되지만 민이 요구하는 것을 관이 받아들이면 명작이 나온다."

몽골의 훈촐로

돌하르방을 이야기하다보면 꼭 나오는 질문은 돌하르방의 기원이 외국에 있지 않느냐는 말이다. 실제로 혹자는 몽골·발칸, 혹자는 미국 원주민, 혹자는 인도네시아 발리, 나아가서는 이스터섬까지 멀리서 그 기원을 끌어내려고 한다.

몽골에서 찾는 주장은 울란바토르대학 바이에르 교수가 몽골 각 지역에는 '훈촐로'라는 500여 기의 석상이 흩어져 있는데 제주의 돌하르방과 무척 흡사하다고 주장한 예가 대표적이다.

그러나 석인상(石人像)이라는 수호상은 세계 공통의 민속으로 몽골·발칸·아메리카·인도네시아 발리·이스터 등에서 각자의 민중 신앙으로 자연스럽게 생성됐다. 모두 인간의 일이기 때문에 비슷하고, 모두 다른 민족이므로 차이가 있는 것이다. 프랑스 부르고뉴 지역의 돌멘(dolmen)과 우리 지석묘가 비슷한 것도 이 때문이다.

| 몽골 훈촐로 | 몽골에는 훈촐로라는 이와 같은 석상들이 있다. 몽골 학자 중에는 제주 돌하르방의 연원과 연결시키는 이도 있다.

이런 주장들은 기본적으로 우리 문화가 자생적이거나 독자적인 것이 아니라 어디에선가 이입됐다는 선입견에서 나온 혐의가 짙다. 하르방은 할아버지의 제주어일 따름이고 돌하르방의 형태적 기원은 이제 우리가 찾아갈 제주시 동서쪽에 남은 고려시대 석불인 동자복과 서자복의 미륵을 보면 알 수 있다.

동자복과 서자복

옛 제주성 바깥 동쪽과 서쪽에 한 쌍의 석상이 성을 지키듯 서 있다. 제주 사람들은 이를 '복신(福神)미륵' '자복(資福)미륵'이라 부르며 대개 동자복·서자복이라고 한다. 복을 가져오는 복신으로 여기서 미륵은 불교적 의미보다 민속적 의미가 강하여 신통력 있는 석상이라는 뜻이 담겨 있

| 서자복상 | 제주에는 '복신미륵' '자복미륵'이라 불리는 석상이 제주시 동서 양쪽에 세워져 있다. 아마도 고려시대에 민간신앙과 불교 신앙이 결합하면서 세워진 것으로 생각된다. 서쪽에 있는 서자복상 곁에는 기자석(祈子石)이 지금도 놓여 있다.

다. 이 한 쌍의 복신미륵은 일찍이 제주도민속자료 제1호로 지정됐다.

동자복미륵은 건입동 주민센터 길 건너편 주택가 입구에 있고 서자복미륵은 용담1동 용화사 경내에 있다. 고려시대에 제작됐다고 보이는 높이 2.7미터의 이 두 미륵상은 생김새와 크기가 아주 비슷하다. 서자복은 달걀형의 온화한 얼굴에 벙거지를 썼고 코를 크게 새긴 점이 특이하며 두 손을 가슴 부분에 가볍게 얹었다. 동자복은 차양이 빙 둘러진 너부죽한 모자를 썼고, 커다란 귀, 우뚝한 코, 지그시 다문 입, 인자스레 내려다보는 눈매 등 자비로운 모습이 일품이다. 몸에는 예복을 걸쳤고, 두 손은 가슴에 정중히 모았는데, 그 소맷자락이 유난히 선명하다.

상당한 거리에 따로 떨어져 있지만 동서에 마주 보며 있으니 분명히 한 쌍으로 제작됐음을 알 수 있다. 그러나 어떤 동기로 이렇게 세워졌는

| **동자복상** | 서자복상과 쌍을 이루는 이 석상 역시 불교와 민간신앙의 결합을 보여주는데 본래 여기에는 만수사라는 절이 있었다고 한다. 이런 석상의 전통이 훗날 돌하르방 조각에 영향을 준 것으로 보인다.

지는 아직 불분명하다. 다만 서자복미륵은 속칭 동한두기의 해륜사, 일명 서자복사(지금의 용화사) 자리에 있고 건물은 조선 숙종 20년(1694)에 불타 없어졌다.

동자복미륵이 있는 동네는 예전에 '미륵밧'이라는 밭이었는데 『신증동국여지승람』에 "만수사(萬壽寺)는 일명 동자복이다"라고 했다. 또 『남환박물』에서는 "성안에 원래 승려가 없어 사찰이 모두 철회되었는데 제주성 동쪽에 만수사가 있고, 서쪽에 해륜사가 있어 각각 불상은 있지만 항시 지키는 사람이 없어서 마을에서 한 사람을 지키게 했다"고 했다.

제주의 불상들이 모두 그러하듯이 절이 없어지면서 이 미륵은 민간에서 복신으로 둔갑해 계속 숭배되어왔으며 용왕 신앙과 뒤섞여 해상 어업의 안전과 풍어, 출타 가족의 행운을 지켜준다고 믿으면서 자복미륵이 되었다.

복신 옆에는 높이 약 70센티미터의 동자미륵이 있는데 그 형태가 꼭 남자 성기 모양이고 여기에 걸터앉아 치성을 드리면 아들을 얻는다는 생식 신으로 전해진다. 전하기로 이 동자미륵은 본래 경질(硬質)의 까만 현무암으로 여인네들이 하도 여기에 걸터앉아 비비대며 치성을 드려 동자 머리에 해당하는 남근석이 반질반질하게 윤이 났다고 한다. 그런데 어느 날 누가 이를 훔쳐가는 바람에 지금은 새 돌로 깎아놓아 효험이 없어졌다며 애석해한다.

한두기마을

서자복미륵이 있는 동한두기마을 입구에는 '한두기마을 유래'가 까만 대리석에 다음과 같이 새겨져 있다.

예로부터 물이 좋으면 사람이 모여 와 살았다. 조선 정조시대 제주 읍지(濟州邑誌)에 의하면 마을 이름을 대독포리(大獨浦里)라 하고 목 마른 말이 물을 먹는다 하여 갈마수(또는 가막소)라고 한 물을 중심으로 마을이 형성되었다. 본래 대독포리는 한두기(한데기)의 이두 표기다. 한두기는 용담동의 발상지며 한내의 머리란 뜻이다.

용담동은 오늘날 용담1동, 용담2동이라는 밋밋한 행정동 명칭을 가졌지만 용담1동에는 한독잇개을, 버렁개을, 한내밧을 등의 옛 이름이, 용담2동에는 한독이을, 먹돌새기, 새정드르, 닷그내을, 어영을, 홀개을 등의 옛 이름이 있다. 이 아름다운 마을 이름은 정말로 지키고 싶은 제주의 무형 유산이다.

| **용담마을 큰길가 마을 벽화** | 용담마을은 한두기마을이라는 이름이 있고 그 동쪽은 동한두기라고 불리고 있다. 한두기마을 큰길가에는 마을 주민의 초상을 설치해놓고 '용담마을, 삶은 지속된다'는 표어를 내걸었다. 여기에서 제주인들의 고향을 지키려는 의지와 저력을 엿볼 수 있다.

제주올레 제17코스 중 뒷부분은 용두암에서 용연을 거쳐 동한두기(갈마수)마을과 무근성 지나 관덕정에 이르는 길로 제주 역사의 향기가 짙게 서려 있다. 용두암은 해안가 기암괴석이 용머리 같아 신비감을 자아내고 용연은 예나 지금이나 '놀이 한마당'이 벌어지는 물가이다. 한여름 밤 여기에서 불 밝히고 뱃놀이를 하는 용연야범(龍淵夜泛)은 '영주12경'의 하나로 꼽힌다. 그리고 용연으로 흘러드는 한내[大川] 동쪽 마을을 동한두기, 서쪽을 서한두기라고 불렀던 것이다. 올레꾼들이 이 마을 앞을 지나면서 그 동네 이름을 새겨본다면 이는 마음을 즐겁게 해주는 유효한 스토리텔링이다.

용담동에서 탑동으로 내려가는 큰길가 축대에는 용담동 어린이 200명, 어른 200명의 초상화 패널이 길 양쪽에 장하게 늘어서 있다. 마을 벽화의 주제는 '용담마을, 삶은 지속된다'이다. 이 거대한 설치미술 한쪽

| 용두암 | 제주의 아름다움은 오름, 나무뿐만 아니라 기암괴석에도 있다. 제주 해안에는 기암괴석이 즐비한데 그중에서도 압권은 역시 용두암이다.

에 있는 안내판에는 다음과 같은 글이 실려 있다.

마을은 개인 가족을 넘어서서 만나는 최초의 사회입니다. 전통적 존재성의 상실은 우리들 가슴속에 전통 마을의 향수를 더욱 오롯이 기억하게 만드는 근원적인 이유가 되는 것인지도 모릅니다.

어떻게 해서든지 마을의 전통을 지켜보려는 제주인의 안간힘이 글귀와 벽화에 그렇게 서려 있다. 이것은 제주인의 향토애가 거의 본능적임을 말해준다.

2012.

제주의 삼보(三寶)와 영주십경(瀛州十景)

무근성 / 오현단 / 귤림서원 / 향현사 / 제주성터 / 『탐라순력도』 /
사라봉 / 만덕 할머니 / 김만덕 기념탑 / 한라수목원 / 제주어

무근성과 탐라국 칠성대

동한두기에서 제주목 관아로 가는 길을 '무근성'이라고 한다. 이는 '묵은 성[舊城]'에서 나온 말로 옛 탐라국 시절의 성터를 일컫는 것이다. 조선시대에 들어와 제주가 팽창하면서 제주성을 더 바깥쪽에서 축조하면서 탐라국 성터는 성 안쪽으로 편입되어 무근성이 된 것이다.

탐라국의 궁궐도 무근성 어디쯤이었다. 전하기로는 고·양·부 3성이 탐라를 삼도로 나누어 차지하고 북두칠성 모양을 본떠 칠성대(七星坮)라는 제단을 월대(月臺) 형식으로 쌓았다고 한다.

그런데 1735년 부임한 김정 목사는 이 월대를 고쳐 쌓고는 그 이름을 '선덕대(宣德臺)'라고 명명했다. 지금 관덕정 뒤에 있는 월대가 바로 선덕대이니 탐라국 시절이나 조선시대나 이 일대는 제주의 중심이었던 것이다.

| 무근성의 골목길 | 무근성은 묵은 성이라는 옛 성터를 뜻하는 것으로 탐라국 시절의 성터를 말한다. 현재 제주목 관아 인근으로 제주에서 가장 유서 깊은 동네이며 서울로 치면 북촌에 해당한다.

따라서 관덕정 일대 무근성은 제주의 오랜 연륜을 지닌 묵은 동네로 서울로 치면 북촌 이상의 무게를 지닌다. 지금도 제주에서 무근성에 산다면 일단 알아주니 무근성의 낱낱 건물들은 비록 문화재적 가치가 적다 해도 이 동네 자체가 지니는 문화유산적 가치는 말할 수 없이 크다. 현기영의 『지상에 숟가락 하나』에 나오는 개교한 지 100년이 넘은 제주 북초등학교도 이 무근성 안에 있다.

지금 무근성에서 탐라의 옛 자취를 볼 수는 없다. 그러나 느낄 수는 있다. 『사진으로 보는 제주의 옛 모습』(제주시 2009)에는 그 잔영이 남아 있어 역사의 뒤안길을 보는 듯한 진중함도 느껴진다. 2009년 제주특별자치도는 무근성 일대를 대상으로 한 도시재생사업 용역에 착수했다는 보도가 있었다. 이것이 어떤 방향에서 추진될지 아는 바 없지만 탐라국 이래 제주인의 체취가 진하게 밴 무근성 골목길의 역사성을 어떤 식으로

| 무근성 빗돌과 선덕대 | 선덕대 뒤쪽 안동네에는 무근성임을 알려주는 빗돌이 세워져 있다. 본래 탐라국 시절에 있었던 월대를 고쳐 쌓으면서 이름을 선덕대라고 했다. 지금 관덕정 뒤편에 있는 월대가 선덕대이다.

든 살려냈으면 하는 마음이 간절하다.

오현단과 오현고등학교

제주의 옛 향기는 오현단(五賢壇)에 이르러야 느낄 수 있다. 오현단은 제주를 다녀간 조선시대 다섯 명현(名賢)의 위패를 모신 곳이다. 조선시대엔 대개 30개월 임기로 부임해온 목사가 국초부터 1905년까지 총 287명이었다. 또 제주판관, 정의현감, 대정현감이 각각 그만큼 육지에서 왔다. 여기에다 제주로 유배 온 문신이 200여 명이나 된다. 이들 중 후대에 널리 존숭받는 다섯 분을 모신 곳이 오현단이다.

사람들은 의외로 오현단을 잘 모른다. 안다고 하는 이도 오현단을 제주에 유배 온 분 중 뛰어난 선비 다섯 분을 모신 곳으로만 알고 있다. 그러나 그렇지가 않다. 귀양객은 세 명, 목사가 한 명, 위무사로 업무차 잠깐 다녀간 분이 한 명이다.

내 친구들 중에서 제주에 자주 가지만 연신 공항과 골프장만 오갈 뿐이고 그러면서도 제주도에는 볼 것이 없다는 식으로 말하는 이가 있으면 화가 나기도 했다. 몇 해 전에는 이런 친구들을 이끌고 제주답사를 안내했다. 이들은 지난 이삼십 년간 번질나게 제주에 왔다면서도 관덕정에 처음 와봤다는 친구도 있었다. 관덕정 돌하르방을 본 다음 "이제 오현단으로 간다. 걸어서 15분쯤 걸린다"라고 하자 내 뒤를 졸졸 따라왔다. 얼마쯤 걸었을 때 한 친구가 "야, 오현단이 무언지는 말 안 하고 무조건 데려가냐?"라고 했다. 약간 놀랐다.

"그러면 너 오현고등학교는 아냐?"
"알지, 우리 과(科)에도 오현고등학교 나온 선배가 있었는데."

오현고등학교는 알면서 오현단은 모른단다. 오늘날 오현중·고등학교는 화북 별도봉 기슭으로 이전했지만 1972년까지는 이곳 오현단 옆에 있었다. 믿기지 않는 얘기 같지만 일제강점기까지 제주도에는 인문계 고등학교가 하나도 없었다. 그래서 제주 출신 중에는 광주제일고를 나온 분이 많다. 광복 후 1946년에 오현중학교가 개교하면서 제주의 인재들이 여기로 모여들어 그 명성이 육지에까지 자자해졌다.

오현단의 문화재 안내판을 보면 '제주 문화와 교학 발전에 공이 있는 다섯 분의 현인을 기리기 위해 세운 단'으로 되어 있다. 제주도를 다룬 모든 책에 이렇게 설명되어 있다. 그러나 이분들은 '제주의 교화'에 공이 있어서가 아니라 '충절과 학문'이 후세에 크게 존숭받게 된 분들이다.

| 오현단 | 제주와 인연 있는 다섯 분의 성현을 기린 단으로 본래는 귤림서원에 모셔져 있었는데 서원이 철폐되자 단을 만들고 조촐한 조두석 5기를 세웠다. 참으로 소박하면서도 진정성 있는 제단이다.

충암(沖菴) 김정(金淨, 1486~1521): 제주에 유배되었다 죽었음

동계(桐溪) 정온(鄭蘊, 1569~1641): 제주에 10년간 유배되었음

청음(淸陰) 김상헌(金尙憲, 1570~1652): 제주에 안무사로 다녀갔음

규암(圭菴) 송인수(宋麟壽, 1487~1547): 제주목사로 부임했음

우암(尤菴) 송시열(宋時烈, 1607~89): 제주에 유배되었음

이중 규암 송인수는 제주목사로 부임했으나 불과 몇 달 만에 육지로 돌아갔고, 우암 송시열은 83세 되던 해 3월에 제주로 귀양 와 5월에 국문(鞠問)을 받으러 육지로 불려가던 중 6월에 정읍에서 사약을 받았다. 김상헌도 제주에 머문 기간은 2개월도 안 된다. 제주를 교화할 틈도 없었던 분들이다.

귤림서원의 성립 과정

오현단은 원래 이곳에 있던 귤림서원(橘林書院)에 배향된 분들을 위한 단이다. 고종 8년(1871) 흥선대원군의 서원철폐령으로 귤림서원이 헐리게 되자 고종 29년(1892)에 귤림서원 옛터에 조촐한 제단을 만들고 오현을 기리니 그것이 바로 오늘의 오현단이다.

오현단의 출발은 중종 15년(1520)에 제주에 유배된 충암 김정을 기리기 위해 선조 11년(1578)에 가락천(嘉樂泉) 동쪽에 충암묘를 지은 것에서 시작된다.

16세기 중엽, 소수서원을 시작으로 전국에 서원이 우후죽순으로 건립되면서 지방 사학 시대로 들어섰지만 이후 1백 년이 지나도록 제주에는 서원이 하나도 세워지지 않았다. 일제강점기에 인문계 고등학교 하나 없었듯이 제주에 문명이 미치기까지는 항시 이렇게 오래 걸렸다.

그러던 중 효종 9년(1658)에 제주목사로 부임한 이괴(李襘)는 향교 옆에 초가집 6칸을 짓고 학생 중 뛰어난 스무 명을 선발하여 관비로 가르치는 교육사업에 뜻을 보였다. 이괴 목사는 임기가 만료되는 현종 원년(1660)에 세종 때 판윤을 지낸 고득종의 집터에 12칸짜리 학사를 짓고 장수당(藏修堂)이라 이름했다.

그로부터 5년 뒤인 현종 6년(1665)에 제주판관으로 부임한 최진남은 그해 봄 궁벽진 곳에 있는 충암묘를 장수당 곁으로 옮기고 귤림서원이라는 현판을 달았다. 이리하여 제주에 처음으로 사(祠, 충암묘)와 재(齋, 장수당)를 갖춘 번듯한 서원이 세워졌다.

서원에는 충절과 학문으로 내남이 모두 인정하는 분을 모셔야 했다. 비록 사약을 받고 죽임을 당했어도 훗날 복권되어 시호(諡號)를 받은 공(公)이 아니면 안 되었다. 그리고 원칙적으로 국가(예조)로부터 공인받아야 했다.

그런데 『조선왕조실록』 숙종 1년(1675) 9월 25일자에는 부호군 이선 (李選)이 제주도를 순무(巡撫)하고 돌아와 임금에게 보고한 마흔 가지 잘못의 하나로 귤림서원의 배향 문제가 나온다. 내용인즉 귤림서원이 충암 김정, 청음 김상헌, 동계 정온을 배향함은 마땅하나 이인 목사가 유림과 상의 없이 자신의 조부 이약동을 3현 위에 모셨는데 이는 철거해야 마땅하다고 했다. 왕은 이 건의를 받아들였다.

그리고 7년 뒤인 숙종 8년(1682) 6월 23일 제주 유생이 충암 김정, 동계 정온, 규암 송인수, 청음 김상헌 네 분을 모시는 서원을 세우고자 하니 사액을 내려달라는 요청을 조정에 올렸다. 숙종은 이를 받아들여 현판을 내려주었다. 그리고 숙종 21년(1695)에는 제주 유생들이 귤림서원에 우암 송시열도 함께 배향하게 해달라고 상소하여 임금이 이를 허락했다. 이리하여 귤림서원은 사액서원으로 오현을 모시게 됐다.

오현의 충절과 학문

오현이 존숭받은 이유는 충절과 학문이었다. 충암은 조광조와 함께 사림파를 대표하는 문신으로 대사헌·형조판서에 이르렀으나 기묘사화 때 제주도로 유배되었다가 결국 사사(賜死)되었다. 훗날 조광조와 함께 복관되어 영의정에 오르고 문간공(文簡公)이라는 시호를 받았다. 그는 제주에서 세상을 떠났는데 그가 지은 『제주풍토록』은 이후 제주 관련 기록의 범본이 되었다.

청음 김상헌은 병자호란 때 절의를 지킨 충절의 상징이다. 청음은 32세에 제주에서 일어난 반역 사건의 안무사로 제주를 다녀가며 『남사록』이라는 저서를 남겼다. 동계 정온은 병자호란 때 청나라에 항복하자

자결을 시도했으나 이루지 못하자 세상을 버리고 덕유산으로 들어가 고사리만 먹고 지내다 순절한 분이다. 동계는 곧은 말을 잘해서 한때 제주 대정에 10년간 유배된 적이 있었다.

규암 송인수는 중종 29년(1534) 3월에 제주목사로 부임했다가 6월에 병에 걸려 고향에 돌아갔는데, 정적인 김안로 무리들이 후임이 없는데 자리를 이탈했다고 고해바쳐 사천으로 유배되었다. 그후 복권되어 대사헌이 되었고 바른말을 잘했다.

그리고 우암 송시열은 노론의 영수로 비록 사약을 받았지만 사후 노론의 시대에 들어서면서 당연히 추앙받았다.

이들은 모두 충절로 숭앙받을 만한 분임이 틀림없지만 당색이 모두 서인과 노론으로 이어진다. 충암은 당파 이전 인물이지만 조광조와 같은 노선이었고, 동계는 북인에서 갈라선 분이며, 청음·규암·우암은 서인과 노론의 골수였다. 귤림서원의 사액을 건의한 김석주는 당시 노론의 실세였다.

고득종의 향현사와 이약동의 영혜사

사실 제주 출신으로 높은 벼슬에 올라 존경받을 만한 문인으로는 세종 때 고득종(高得宗)이 있다. 그는 부친을 따라 10세 때 상경하여 제주 출신으로는 처음으로 문과에 합격하여 벼슬길에 올랐다. 그는 제주 목마장에 관한 임금의 자문에 응하면서 세종의 총애를 받았다. 안견의 「몽유도원도」에 찬시를 쓸 정도로 안평대군과 가까웠다. 그는 한성판윤 등을 지냈고 기록상 제주에 세 번 다녀간 제주의 출향(出鄕) 인사였다. 귤림서원은 바로 고득종의 집터였다. 훗날 이원조 목사는 헌종 9년(1843)에 고득종을 모신 사당을 세워주니 그것이 바로 오현단 곁에 있는 향현사(鄕

| **향현사** | 제주 출신으로 조선왕조 세종 때 문신이었던 고득종을 모신 사당이다. 본래 여기가 그의 생가터였다.

賢祠)다.

또 제주 문명의 교화에 공이 있자면 산천단을 세우고 돌아갈 때 말채찍 하나 가져가지 않은 이약동 목사가 훨씬 크다. 그의 손자 이인 목사는 이런 할아버지가 제주의 서원에 모셔져야 당연하다고 생각해 귤림서원에 배향되도록 했는데 이것이 사사로이 한 일이라고 철회되었던 것이다. 그로부터 20여 년 뒤 이익태 목사는 숙종 21년(1695)에 귤림서원에서 조금 떨어진 곳에 영혜사(永惠祠)라는 사당을 짓고 그 위패를 모셨다. 이처럼 고득종과 이약동은 비록 오현에 들지는 못했지만 제주인들에게 그렇게 기림을 받았다.

| **오늘날의 오현단** | 오현단엔 무수히 많은 비석이 난립하여 어지럽기 그지없다. 조상을 위하는 방식에 대하여 깊이 생각해보게 한다. 이미 오현은 문중의 조상이 아니라 제주의 역사 속 공인이니 사사로운 위선사업은 여기에서 허락될 수 없는 일이다.

오현단과 난립한 비석들

이런 유서 깊은 내력이 있는 오현단이지만 막상 오현단에 오면 사람들은 대부분 크게 실망하고 만다. 우선 안으로 들어가는 입구를 콘크리트 2층 건물로 된 노인회관이 가로막고 있다. 하고많은 땅 중에 여기에다 노인회관을 지은 이유가 무엇인지 답답할 따름이다.

그리고 안으로 들어서면 웬 비가 그렇게 많은지 눈이 어지러울 정도다. 다 세어보지 않았지만 족히 10여 개의 비가 난립해 있다. 그중 충암 김정 적거(謫居) 유허비(철종 3년, 1852), 우암 송시열의 영조 18년(1742)비와 순조 원년(1801)비, 귤림서원 묘정비(廟庭碑, 철종 원년, 1850) 등 네 개는 오현단이 세워지기 전부터 있었고 향현사 유허비(고종 30년, 1893)도 있을 자리에 있을 만하다.

그러나 느닷없이 노봉 김정 흥학비(蘆峰 金政 興學碑), 제주 향로당 건축비, 제주 향로당 재건공로비, 높직한 오각형 기둥에 오현의 이름을 큰 글씨로 새긴 오현단 비는 정말로 봐주기 힘들다. 또 충암 김정의 유허비를 문중에서 왜 새로 세웠는지는 이해하기조차 힘들다. 게다가 여기저기에 오현의 시 한 수씩을 새겨놓은 시비가 널려 있으니 그 어지러움은 심해도 보통 심하지 않다. 내가 가자고 해서 반강제로 끌려온 친구들이 투정 어린 말투로 한마디씩 내뱉는다.

"도대체 어느 게 오현단이냐?"

다섯 개의 토막돌에 나무 한 그루

오현단 자체는 아주 감동적이고 소박한 제단이다. 이 검소함에는 제주의 전통과 특징이 잘 나타나 있을 뿐만 아니라 그 소탈함에서 풍기는 진정성은 어느 거대한 비석보다 열배 백배 진하다.

오현단은 작은 토막돌 다섯 개를 한자(33센티미터) 간격으로 세워놓은 게 전부다. 돌 하나의 크기가 높이 45센티미터, 너비 22센티미터, 두께 15센티미터니 메줏덩이만 한데 이런 비석을 도마 같다고 해서 도마 조(俎) 자를 써서 '조석', 또는 '조두석(俎頭石)'이라고 한다. 거기에는 오현의 이름 석 자조차 새겨넣지 않았다.

제주의 수많은 제단에서 감동받는 까닭은 바로 이런 검소하고 소박한 제주만의 표정이 있어서다. 삼성혈의 혈단, 산천단의 제단, 시사석의 돌집, 각 마을 신당의 제단들, 그리고 오현단의 다섯 조두석 등은 제주인의 심성과 제주의 자연, 제주의 민속과 더불어 잘 어울리는 제주의 자랑으로 삼을 만하다. 그런데 이 모든 곳에 열 배는 더 큰 새 제단을 바로 곁에

| 오현단 '증주벽립' | '증주벽립'은 '증자와 주자가 이 벽에 서 있도다'라는 뜻으로 서울 성균관에 있는 우암 송시열의 글씨를 탁본하여 새겨놓은 것이다.

세워놓았으니 안타깝기 그지없다.

　토막돌 다섯 개가 줄지어 있는 오현단 바로 뒤에는 누가 심었는지 아니면 씨앗이 날아와 자랐는지 일찍부터 검양옻나무 한 그루가 자리잡아 이 제단의 연륜과 기품을 살려주고 있다. 검양옻나무의 '검양'은 검붉은 빛을 말하는 '거멍'이 변하여 된 말이니 '검은 옻나무'인 셈이다. 그래서 가을날 단풍 들 때 오면 정말 곱고 아름답다.

　오현단에서 내력 있는 자취는 자연석에 새겨진 우암 송시열 '증주벽립(曾朱壁立)'이라는 글씨다. '증자와 주자가 이 벽에 서 있도다'라는 뜻의 이 글씨는 서울 성균관에 있는 우암의 글씨를 탁본하여 철종 7년(1856)에 새겨놓은 것이다. 우암의 후대 영향력은 이렇게 강했다.

　제주시는 귤림서원 복원계획이 있단다. 장수당은 이미 2004년에 복원되었고 향현사는 2007년에 복원되었다. 그러나 중요하기로는 서원의 복원보다 노인회관인 향로당을 다른 곳으로 옮기고 난립한 비석들만이라도 정비하여 오현단이 지닌 진정성을 살리는 게 급선무이다.

제주성터

오현단 뒷벽은 바로 옛 제주성이다. 제주 시내를 빙 둘러 축조했던 제주성은 성곽의 둘레가 4,394척(약 1,424미터), 높이 11척(약 3.3미터)으로 동·서·남문이 있었다고 했다.

그러나 일제강점기에 들어와 제주성은 처참하게 파괴된다. 일제는 1925년부터 1928년까지 제주항을 개발할 때 성벽을 허물어 바다를 매립하는 골재로 사용했단다. 결국 바닷가에서 약간 멀리 떨어진 오현단 부근의 격대 세 곳은 높이 약 4미터, 길이 약 160미터만 남았다. 간신히 살아남은 이 성벽의 잔편을 보면 제주성은 제주 현무암을 이용하여 빈 틈새가 거의 없게 견고히 쌓았으며 성곽에 계단이 남아 있어 안쪽과 바깥쪽을 구분했음도 확인된다.

오현단과 제주성터에 오면 무엇보다도 이곳에 귤림서원이 자리잡을 때의 이야기가 떠오르며 당시의 풍광을 그려보게 된다. 여기는 고득종과 그의 두 아들이 모두 문과에 급제하여 명당으로 일컬어진 곳이다. 이 천하의 명당자리가 그동안 이렇게 방치되었다니 참으로 안타까운 일이다.

얼마 전 다시 제주성터와 오현단에 가보니 지금 제주시에서는 제주도 기념물 제3호인 이 제주성터를 복원하여 역사공원으로 정비하는 작업을 진행한다는 거대한 복원계획도가 세워져 있었다. 반가운 마음이 일면서도 혹여 이것이 오현단의 어지러운 비석 같은 일로 반복되면 어쩔 것인가 걱정되어 부디 귤림서원 시절의 그 분위기가 복원되기를 축수해보았다.

| 제주성 | 성벽 길이 약 1,400미터에 달하던 제주성은 오늘날 약 150미터만 남아 있다. 그러나 제주도는 가능한 한 복원해나갈 계획이라고 하니 그때를 기대해보게 된다.

이형상의 『남환박물』과 『탐라순력도』

나의 탐라국 순례는 여기서 끝맺을 수도 있다. 그러나 제주를 알고 싶고 또 의미 있게 답사하려면 무조건 제주민속자연사박물관과 국립제주박물관을 들러야 한다. 여기를 가야 제주의 지질과 자연과 역사의 기본을 알게 되고 그래야 우리가 다니는 답사처의 자연적, 역사적, 민속학적, 인류학적, 미술사적 의미를 가늠할 수 있다. 그것은 어느 나라, 어느 도시를 가든 답사와 관광의 기본이다.

여기서 내가 그 유물들을 일일이 거론하며 설명할 여유는 없지만 국립제주박물관에 전시된 이형상 목사가 제작한 『탐라순력도(耽羅巡歷圖)』(보물 제652-6호)만은 자세히 볼 필요가 있다. 그림 자체는 명화라 할수 없지만 카메라가 없던 시절 기록화로서 이렇게 생생히 전해주는 예는 다시없다.

이형상(李衡祥, 1653~1733)의 자는 중옥(仲玉), 호는 병와(瓶窩)라 했고 여러 벼슬을 거쳐 한성부윤에 이르렀으며 뒤에 청백리에 오른 분이다. 그가 제주목사에 부임한 때는 숙종 28년(1702) 6월이었다. 원래 목사의 임기는 3년이었으나 제주로 유배 온 오시복의 편의를 봐줬다가 이듬해 6월 물러났다.

이형상은 실학자적 사고를 갖고 적극적으로 관직을 수행한 뛰어난 행정 관료였다. 역대의 지방관 중에서 이형상처럼 자신이 책임 맡은 관내의 물산을 철저하게 조사하여 기록하고 그것을 행정에 반영한 이는 역대 제주목사 총 287명 중 유일하고, 또 조선왕조 500년 역사 속에서도 다시 찾아보기 힘들다.

이형상이 제주목사를 지낸 기간은 숙종 28년(1702) 6월부터 이듬해 6월까지 불과 1년간이었다. 그 1년간의 재임 기간에 그는 『탐라순력도』와 제주의 사정을 기록한 『남환박물』(이상규·오창명 옮김, 푸른역사 2009)이라는 명저를 남겼다.

『남환박물』은 당시 제주의 모든 것을 기록하고 있다. 남환(南宦)이란 '남쪽 벼슬아치'란 뜻으로 제주목사를 일컫는 말이니 '제주목사가 본 제주 박물지'란 뜻이다. 그는 직접 제주 곳곳을 다니며 수집한 내용과 기존 기록을 참고하며 제주의 모든 정황을 입체적으로 구성해놓았다. 37항목에 걸쳐 제주의 역사·지리·물산·자연 생태·봉수·풍습 등 백과사전식 내용이 상세하다. 특히 섬의 특성을 잘 살려 일반 읍지에는 잘 나타나지 않는 기후 특성과 동식물의 현황까지도 기록했다. 당시 제주 사람들의 삶의 현장을 생생하게 되살려놓은 최고의 그리고 최초의 제주 민속 인문지리서다.

『탐라순력도』의 제작 경위는 무엇보다도 이형상 목사 자신이 쓴 서문

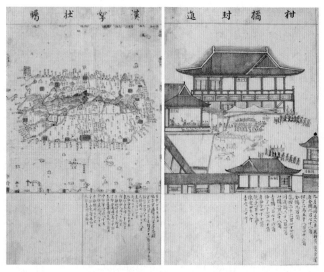

| 「탐라순력도」 | 「한라장촉(漢拏壯囑)」(왼쪽)은 제주도의 전반적 실태를 기록한 지도이다. 「감귤봉진(柑橘封進)」(오른쪽)은 조정에 진상할 귤을 제주목 관아 망경대 앞에서 점검하는 그림이다.

에 잘 나타나 있다.

봄가을로 매번 목사(節制使)가 직접 방어의 실태와 군민의 풍속을 살피는데 이를 순력(巡歷)이라 한다. 나는 전례에 따라 10월 그믐날 출발해 한 달 만에 돌아왔다. (…) 화공(畵工) 김남길(金南吉)로 하여금 40도(圖)를 그리게 하고 또 오노필(吳老筆)에게 비단으로 장식해 한 권의 첩(帖)으로 꾸미고 '탐라순력도'라 했다.

『탐라순력도』는 제1도 「한라장촉(漢拏壯囑)」에서 제41도 「호연금서 (浩然琴書)」로 끝나는데 그의 순력은 조천·김녕·정의·대정·명월·애월·

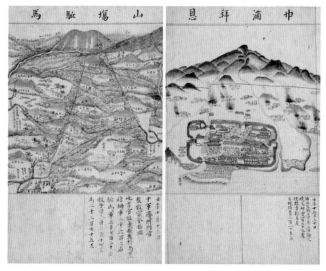

| 『탐라순력도』 | 「산장구마(山場駈馬)」(왼쪽)는 제주목사가 말목장을 점검하는 그림으로 이때 국마가 2,375필이라고 기록되어 있으며 목장의 경계 구실을 하는 긴 잣성들이 나타나 있다. 「건포배은(巾浦拜恩)」(오른쪽)은 건입포에서 임금께 절을 올리는 그림으로 여기에는 신당을 불태우는 장면이 그려져 있다. 이때 농민으로 귀속시킨 무당이 285명이라고 기록되어 있다.

제주 각지에서 벌어진 양로·조점·사후·시사 등을 주제로 엮여 있다. 모든 것이 사실에 충실하여 각 행사 때 동원된 인원과 말 등의 숫자가 기록되어 있다.

이 기록이 얼마나 사실에 충실했는가는 제주의 역사와 현황을 자세히 말한 데서도 볼 수 있다.

숙종 29년에 내가 재주가 없으면서도 외람되게 절제사의 명을 받았다. 곧 영(營)에 도착해 장부를 점검해보았다. 세 고을(제주·정의·대정)의 인구는 9,552호, 남녀 4만 3,515명, 밭은 3,640결(結)이다. 64개 목장에 국마(國馬)가 9,372필, 국우(國牛)가 703두다. 41개 과수원 내에 감(柑)이 299그루, 귤(橘)이 2,978그루, 유자(柚子)가 3,778그루, 치자(梔子)가 326그루다. (…) 17명의 훈장과 68명의 교사장(敎射長, 활쏘기 교사)을 나누어 배치했고 유생은 480명, 무사는 1,700여 명이다.

이형상이 제주목사로 재임하면서 남긴 업적은 아주 많다. 그의 행장에는 제주인을 교화한 내용이 다음과 같이 기록되어 있다.

탐라의 속된 풍속을 변혁할 생각으로 세 고을에 있는 문묘를 보수하고 이름 있는 선비를 선발하여 훈장으로 정하여 학업을 독려하고 삼성사를 세웠다. 동성 간의 혼인, 처가 있으면서 처를 취하는 자, 남녀가 함께 목욕하기, 여자의 나체 등을 조례로 금했다.

그러나 무격(巫覡)의 폐해가 크다고 129개 신당을 불지르고 무당 285명의 안적(案籍)을 불사르고 귀농시킨 것에 대해서는 조치가 과연 옳았는가 찬반이 있을 수 있다. 그가 이런 단호한 조치를 내린 까닭은 워낙 폐해가 컸기 때문이라고 당당히 말하고 있지만 그는 본질이 정통 유학자였기 때문에 과격한 조치를 내린 면도 없지 않을 것 같다.

아무튼 그는 제주목사 직을 성실히 수행했다고 자부하며 백록담에서 얻은 구상나무 고사목으로 만든 거문고와 시를 쓴 책 몇 권만 갖고 제주도를 떠났다.

사라봉 낙조와 영주십경

국립제주박물관 뒷산은 제주 사람들이 즐겨 찾는 사라봉(해발 148미터)

| **사라봉 낙조** | 제주시 사라봉에서 바라보는 낙조는 영주십경의 하나로 꼽히는 제주의 장관이다.

이다. 사라봉 동쪽 옆에 비슷한 크기의 별도봉(해발 136미터)이 있어 비행기에서 내려다보거나 한라산 중턱에서 바라보면 아름답게 짝을 이룬다. 별도봉 북쪽은 급경사이며 절벽이 바다 밑으로 깎여내려 바다와 조화로운 절경을 이루고 있어 일명 '자살바위'라고도 불리는데 거기엔 '다시 한번 생각해보라'는 조각 팻말이 있다.

사라봉은 수목이 울창하여 꿩, 비둘기 같은 산새 소리도 끊이지 않는다. 바다 쪽으로 바짝 붙어 있어 아랫자락엔 사라봉 등대가 앞바다를 비춰주고, 정상엔 팔각정 정자가 있어 거기서 노을 지는 바다를 내다보는 경치는 '사봉낙조(紗峰落照)'라고 하여 영주(瀛州)십경의 하나로 꼽힌다.

제주의 아름다운 풍광 중 베스트 10으로 뽑은 것을 영주십경이라고 하는데 이는 제주의 시인 매계(梅溪) 이한우(李漢雨, 1818~81)가 선정한 것이다. 역대로 많은 문인들이 제주의 아름다움을 손꼽아왔다. 그러나 제주목사로 왔던 이익태, 이형상, 이원조 등의 제주 10경, 8경은 역시 그들이 육지인이고 관리였기 때문에 자신이 본 제주의 동북쪽에 치우쳐 있다. 이한우는 제주 전역을 대상으로 꼽았고 그것이 오늘날 제주의 명승지와 일치하여 영주십경으로 고착된 것이다. 즉 역사적 검증과 대중적 동의를 얻은 것이다.

    1. 성산출일(城山出日): 성산의 해돋이

    2. 사봉낙조(紗峰落照): 사라봉의 저녁노을

    3. 영구춘화(瀛邱春花): 영구(속칭 들렝귀)의 봄꽃

    4. 정방하폭(正房夏瀑): 정방폭포의 여름

    5. 귤림추색(橘林秋色): 귤림의 가을빛

    6. 녹담만설(鹿潭晩雪): 백록담의 늦겨울 눈

    7. 영실기암(靈室奇巖): 영실의 기이한 바위들

    8. 산방굴사(山房窟寺): 산방산의 굴사

    9. 산포조어(山浦釣魚): 산지포구의 고기잡이

    10. 고수목마(古藪牧馬): 곶자왈에 방목한 말

    사라봉의 서북쪽이 바다에 임해 있으니 석양 때 사라봉에 오르면 붉은 태양이 수평선으로 빠지는 낙조와 지는 해가 뿌린 홍채가 바다를 물들이는데 그것이 얼마나 장관일까는 능히 상상이 간다. 그래서 만약 제주 시내에 숙소를 잡은 답사객이라면 아침 산책은 한라수목원에서 하고, 저녁 산책은 사라봉으로 가라고 권한다. 그게 아니더라도 사라봉 초입엔 너무도 유명한 김만덕(金萬德) 할머니의 추모비가 있어 한 번은 기쁜 마음으로 다녀올 만하다.

김만덕 할머니의 『조선왕조실록』 기록

제주 의녀(醫女) 김만덕(1739~1812)
의 일생에 대해서는 드라마화되어 널
리 알려져 있어 내가 굳이 길게 답사기
에 옮길 필요가 있을까 싶은 생각이 들
기도 한다. 그러나 역사적 실존 인물
들이 간혹 소설과 드라마로 각색되면
서 없던 이야기가 마구 만들어짐으로
써 원래 인간상의 실체감을 상실하는
경우가 많아 어디까지가 사실이고 무
엇이 허구인지 궁금하게 만들기도 한
다. 그 점에서 역사소설과 드라마는 죄
가 많고 전기(傳記)와 평전(評傳)이야

| 김만덕 초상 | 정부에서 표준영정으로 그린
김만덕 초상이다. 윤여환의 작품으로 제주 여
인상을 아주 단아하게 표현했다.

말로 역사적 인물을 기리는 바람직한 형식이라고 생각한다. 그리고 무엇
보다도 엄연한 객관적 사실 그 자체가 변질되지 않아야 신뢰를 얻게 된
다. 그런 생각에 여기서 나는 김만덕 여사를 증언한 역사적 기록들을 가
감 없이 제공하고자 한다. 그 첫번째 기록은 『조선왕조실록』 정조 20년
(1796) 11월 25일자 기사이다.

제주의 기생 만덕이 재물을 풀어서 굶주리는 백성들의 목숨을 구했
다고 제주목사가 보고했다. 상을 주려고 하자, 만덕은 사양하면서 바
다를 건너 상경하여 금강산을 유람하기를 원했다. 임금은 이를 허락해
주고 나서 그가 가는 길목의 고을들로 하여금 양식을 지급하게 했다.

| **김만덕 묘소** | 사라봉에 큰길이 생기면서 이곳으로 이장해놓았는데 그 위치가 향(向)도 맞지 않고 길가를 등지고 있어서 안쓰럽기만 하다.

이에 대한 정확한 내력은 당시 78세의 노재상이었던 번암 채제공이 쓴 「만덕전(傳)」(『번암집』 권55)에 상세하다.

채제공의 「만덕전」

만덕은 성이 '김'이고 탐라의 양갓집 딸이었다. 어려서 부모를 잃고 의지할 곳이 없어서 기생에게 의탁하여 살아가게 되었다. 점점 자라자 관에서 만덕의 이름을 기생의 명단(妓案)에 올렸다. 만덕은 비록 머리를 숙여 기생으로 일했지만, 스스로는 기생으로 여기지 않았다.

나이 스무 살이 넘어서, 그의 사정을 관에 읍소하니 관에서 이를 불쌍히 여겨 기생 명단에서 삭제하고 다시 양민으로 돌아가게 했다. 만덕은 비록 집에 하인을 두었지만, 탐라 남자를 남편으로 맞이하지는 않았다.

그녀는 재화를 늘리는 일에 능해서 물건의 귀천을 때에 맞게 팔고 때에 맞게 저축하기를 잘하여, 수십 년에 이르러 자못 부자로 이름이 났다.

정조 19년(1795)에 탐라에 큰 기근이 들어 백성들이 죽어가기에 이르니 임금은 배에 곡식을 싣고 가서 먹이라고 명했다. 고래가 뛰는 바다 팔백 리를 범선이 베틀의 북처럼 왕래했지만 때에 맞게 이르지 못했다.

이때 만덕은 천금을 내어 육지에서 쌀을 사니, 여러 군현의 뱃사공들이 때에 맞게 이르렀다. 만덕은 그중 10분의 1을 취하여 친족을 살리고, 그 나머지는 모두 관청에 실어보냈다. 굶주린 사람들이 이 소식을 듣고 관청의 뜰에 구름같이 모여들었다. 남녀 모두가 만덕의 은혜를 칭송하며 '우리를 살린 자는 만덕이다'라고 했다.

진휼(賑恤)이 끝나고 제주목사가 그 사실을 조정에 아뢰니, 정조 임금은 이를 기특하게 여겨 만덕의 소원을 들어주라고 한다. 만덕은 서울에 들어가 임금이 계신 곳을 멀리서 우러러보고, 이어서 금강산에 들어가 일만이천 봉우리를 보고 싶다고 했다.

본래 탐라의 여인은 바다를 건너 육지에 오르지 못하도록 하는 '출륙금지령'이 있었지만, 만덕은 정조의 특별한 조치로 서울에 올라올 수 있었고 채제공을 만나고 마침내 왕과 왕비에게 문안을 드리게 되었다. 그리고 반년 후에 만덕은 금강산의 아름다운 경관을 둘러보고 제주로 돌아갔다.

김만덕 할머니를 기리는 마음

채제공의 증언대로 김만덕은 서울에 오자 일약 유명 인사가 되었다. 이가환, 박제가, 조수삼 등이 만남을 기념하는 시문을 지어주었다. 이가

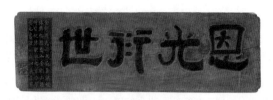

| 추사 김정희의 편액 '은광연세' | 제주 유배 중 추사는 김만덕을 기리는 마음을 '은광연세' 네 글자에 담았다. '은혜의 빛이 온 세상에 뻗어나간다'는 뜻이다.

환은 60세 만덕의 얼굴이 사십대로 보였다고 했다. 홍도(紅桃)란 기생도 만덕을 자랑스럽게 생각하며 시를 지었다. 당시 김만덕은 하나의 전설이 되어갔다. 그녀의 눈동자가 중동(重瞳, 겹으로 된 눈동자)이라는 소문이 크게 확산되었다. 다산 정약용은 만덕을 자기 집으로 불러 확인해 밝힌 뒤에 '겹눈동자의 변증(重瞳辨)'이란 한 편의 글을 썼다. 그리고 문인들이 김만덕을 송별하며 지은 시문이 한 권의 첩으로 만들어지자 다산은 여기에 발문까지 지어주었다(『여유당전서』「시문집」제14권).

김만덕에 대한 이런 사실적 기록들을 접하다보면, 김만덕만 위대한 것이 아니라 정조대왕과 정조시대 문화 자체가 얼마나 인간미 있고 위대한 시절이었는가를 엿보게도 한다.

김만덕은 제주로 돌아와 살다가 1812년 74세로 세상을 떠났다. 묘소는 생전의 유언에 따라 제주 성안이 한눈에 조감되는 사라봉 '가으니마루' 길가에 묻혔다. 사후에도 '만덕 할머니'로 불리며 도민들의 추앙을 받았다. 유재건은 『이향견문록(里鄕見聞錄)』에 「만덕전」을 실어 양민 출신 명사로 대접했다.

추사 김정희는 제주에 유배 왔을 때 만덕 할머니의 선행을 듣고는 그의 3대손인 김종주에게 '은광연세(恩光衍世)'라는 편액을 써주며 기렸다. '은혜의 빛이 온 세상에 뻗어나간다'라는 뜻이다. 이 편액은 집안 대

| **김만덕 기념탑** | 김만덕 할머니를 기린다고 세운 기념탑이다. 김만덕과는 아무런 상관없는 엄청난 '뽈대'일 뿐이다.

대로 내려오다가 6대손인 김균이 2010년 기증하여 현재 국립제주박물관에 전시되어 있다.

김만덕의 묘는 사라봉에 등산로가 닦이면서 1977년 모충사를 건립하고 현 위치로 이장됐다. 그리고 제주 내외 도민 17만여 명의 성금으로 조성된 20미터 높이의 거대한 '의녀반수(醫女班首) 김만덕 의인 묘' 탑이 세워졌다. 묘소 옆에는 '만덕관'이 세워져 김만덕의 일대기를 소개하고 있다. 그리고 정부에서는 국가 표준영정으로 김만덕 초상을 봉안했다. 현재 제주도에서는 만덕상을 제정, 한라문화제 때마다 모범 여인에게 수상함으로써 만덕 할머니의 선행을 기념하고 있다.

그러나 김만덕의 묘소 또한 엄청난 '뽈대' 때문에 진정성이 크게 손상되었다. 정작 기려야 할 묘소는 북향을 한 채 길바닥에 나앉은 초라한 모습이 되었다.

아, 정말로 너무한다. 그간 칭송해온 대로 그냥 '만덕 할머니'라고 했

| **김만덕 묘소와 기념탑** | 이미 이장된 묘소와 돈 들여 세운 뿔대를 어쩔 수 없다면 최소한 출입구를 다시 만들어 묘소를 앞에 두고 뿔대를 뒤로해야 그나마 예를 갖추었다고 할 수 있을 것이다.

으면 더 존경이 가고 친근하련만 '의녀반수 김만덕 의인'이라고 억지로 관직을 강조했어야 한단 말인가. 거창한 호칭보다 만덕 할머니 같은 평민도 노블레스 오블리주, 가진 자의 사회적 책무를 실천했다는 것이 더 중요하다.

나는 지금 아무런 권한이 없지만 국민의 한 사람으로 다시 정비해달라고 제주도에 정중하면서도 강력하게 요구했다. 출입구만이라도 새로 내어 묘소를 남향으로 바로잡아 참배객이 오면 먼저 만덕 할머니 묘소에 예를 올리고 저 멀리 있는 '뿔대'는 이 묘소의 후광으로 삼으라고. 그러면 훨씬 만덕 할머니의 진정성을 기리는 마음이 일어날 것이라고. 실무자는 예산을 세워 그렇게 하겠다고 대답했다. 내가 끝까지 두고 볼 거다.

| **한라수목원** | 제주인의 산책 공원으로 더없이 훌륭한 곳이다. 나는 제주에서 쪽시간이 나면 여기에 와서 제주의 나무를 익히며 공부하곤 한다.

한라수목원

제주에 와서 쪽시간이 남으면 나는 으레 한라수목원으로 간다. 1993년에 개원한 한라수목원은 해발 267미터의 광이오름 정상까지 굉장히 넓은 면적에 조성되었다. 다 둘러보는 데 한 시간 이상 걸린다. 수목원은 자생식물 790종, 도외 수종 310종과 약 10만여 본의 식물을 전시하고 있다고 자랑하는데 내가 즐겨 가는 곳은 초입에 있는 키큰나무, 키작은나무들을 종류별로 심어 관찰할 수 있게 해놓은 지역이다. 거기엔 내가 좋아하는 제주의 나무들이 다 들어 있다. 고맙게도 수목원에선 월별로 볼만한 식물을 제시하고 있는데 이에 따라 철 따라 변하는 제주의 나무를 한껏 즐기며 나무 이름을 익히고 나무와 친해지고 있다.

1월: 수선화, 백량금, 동백나무

2월: 복수초, 매실나무, 생강나무

3월: 털진달래

4월: 왕벚나무

5월: 산철쭉, 구상나무

6월: 은목서, 멀구슬나무, 구실잣밤나무

7월: 담팔수

8월: 협죽도

9월: 아왜나무, 배롱나무

10월: 먼나무

한라수목원은 시내에서 불과 차로 10분 안짝에 있어 제주 시민들이 아침 산책을 즐기는 곳으로 되었다. 안내원도 없고 해설사도 없다. 그런데 입장료가 무료이다보니 입장료 없는 곳만 데리고 다니는 싸구려 중국인 관광객과 죄 없는 중고생 수학여행의 필수 코스가 되다시피 한다. 이게 과연 옳은가는 생각해볼 일이다.

제주어의 멋

한라수목원 넓은 주차장 한쪽엔 큰 입간판에 '제주어를 배워보세요'라며 여러 사례를 적어놓았는데 그게 여간 신기하고 재미있는 것이 아니다.

"혼저 옵서예"(어서 오십시오)

"그것도 막 조추마씸"(그것도 아주 좋습니다)

"아명 ᄀᆞ랑봐도 몰라마씸"(아무리 말해봐도 모릅니다)

"무신거옌 ᄀ람신디 몰르쿠다"(뭐라고 말하는지 모르겠습니다)

제주도는 삼다도(三多島)라 해서 바람, 돌, 여자가 많다고 한다. 또 제주도는 삼무(三無)라 해서 거지, 도둑, 대문이 없다고 한다. 여기에 운을 맞추어 요즘은 제주에 삼보(三寶)가 있다며 자연, 민속, 언어 세 가지를 꼽고 있다. 제주어(濟州語)는 사투리가 아니라 지방 언어이다. 제주어는 훈민정음의 아래아(·)가 살아 있을 뿐만 아니라 표준어에 없는 시제도 있다. 무엇보다도 제주의 환경과 역사 속에서 엄청난 단어가 생성되었다. 그런 제주어가 사라져가고 있다. 언어는 문화를 담는 그릇이다. 제주어의 소멸은 단지 언어가 없어지는 것이 아니라 제주의 전통과 문화, 제주어로 전해져오는 수많은 지식과 신화가 사라지는 것을 의미한다.

2007년 제주도는 '제주어 보전 및 육성' 조례안을 만들면서 제주 방언이 아닌 '제주어'라고 공식화했다. 유네스코에서도 이를 받아들여 2010년 12월 제주어를 다섯 가지 소멸 위기 단계 중 4단계인 '아주 심각한 위기에 처한 언어'로 분류했다.

실제로 제주어는 이미 생명을 다한 언어인지도 모른다. 왜냐하면 더이상 제주어가 생성되지 않기 때문이다. 지금 우리가 할 수 있는 일은 남은 것이라도 지키는 일밖에 없다. 아직 제주어를 사용하는 칠팔십대 노인들을 취재하지 않으면 살아 있는 제주어 사전들이 소멸해버릴 것이다. 그분들이 얼마를 더 사실까.

아프리카의 대표적인 작가 아마두 앙파테 바(Amadou Hampâté Bâ, 1901~91)는 유네스코 연설에서 아프리카에서 "노인 한 사람이 죽는 것은 도서관 하나가 불타는 것과 같다"고 했다.

제주도와 제주도민, 그리고 뜻있는 언어학자들은 제주어를 보전하기 위해 안간힘을 쓰고 있다. 송상조 박사는『제주말 큰사전』(한국문화사

2007)을 펴냈다. 제주대학교 국어문화원 제주어센터(원장 강영봉)가 주관하는 '2012 제주어 말하기 대회'에는 초·중·고생 55명이 '제줏말 골암시메 들어봅서'를 제목으로 겨루었다. 2008년엔 사단법인 제주어보전회가 설립되어 격월간으로 소식지 『덩드렁마께』(넓은 돌 위에서 짚을 두드리는 방망이)를 발간하고 있다. 그리고 '제주어 선생 육성 교육'도 실시하고 있다. 국립국어원도 '제주어 표기법 통일' '제주어생활사전' 발간을 추진할 예정이란다.

그러나 제주어는 누구보다도 제주인들이 끝까지 지켜내고 말 것이라고 굳게 믿는다. 그것은 제주인의 남다른 애향심과 문화적 저력을 알기 때문이다. 제주는 역사적으로 관이 안 하면 민에서라도 하고 만 위대한 전통이 있다.

나는 이렇게 생각한다. '제주말을 옛날 거라고 하지 말고 사랑하면서 더 많이 쓰면 그게 제주말 살리는 길입니다. 제주에서 제주 사람들이 살면서 제주말을 말해가면 제주말이 왜 없어지겠습니까?' 이를 제주말로 옮기면 다음과 같다.

"제주말을 옛날 거엔 허지말앙 스랑허멍 더 하영 쓰민 그게 제주말 살리는 질이주마씸. 제주에서 제주사름덜이 살멍 제주말을 골아가민 제주말이 무사 어서집네까?"

2012.

불로초를 찾아 오고, 태풍에 실려 오고

명월성 / 명월리 팽나무 군락 / 백난아「찔레꽃」/ 산방산 /
하멜상선전시관 /『하멜 보고서』/ 서복전시관

제주의 도로망

제주도는 동서로 73킬로미터, 남북이 31킬로미터, 둘레가 200여 킬로
미터로 섬으로서 작지도 크지도 않다. 도로는 기본적으로 해안선을 따
라 섬 전체를 한 바퀴 도는 일주도로와 남북을 가로지르는 관통도로가
나 있다. 섬을 자동차로 한 바퀴 도는 데 한나절이면 되고 남북을 가로질
러 가는 데는 한 시간이면 족하다. 제주의 교통망은 거미줄처럼 잘 엮여
있다.

섬을 한 바퀴 도는 길은 두 가닥이다. 중산간마을을 이어가는 1136번
중산간 일주도로는 약 180킬로미터이며 일주도로라 불리는 1132번 도
로는 중간중간에 해안선이 끊어져 있기는 해도 바닷가 마을과 포구를
헤집으면서 해안선의 곡선을 따라 바다를 끼고 도는 길로 약 220킬로미

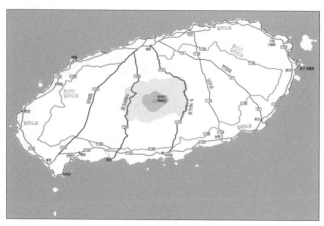

| 제주도 도로망 | 제주의 도로망은 거미줄처럼 잘 연결되어 있다.

터에 이른다.

제주시와 서귀포시를 곧장 이어주는 남북 관통도로는 세 줄기로 되어 있다. 제주시 한라산 서쪽 신비의 도로(도깨비도로)에서 어리목고개 너머 중문에 이르는 옛 산길이 가장 먼저 생겼을 듯하다. 여기에 만든 찻길이 1100고지를 지난다고 해서 1100도로(1139번)라는 이름이 생겨났다.

한라산 동쪽 허리를 타고 넘는 길은 1961년 5·16군사쿠데타 직후 강제 동원된 국토재건대가 제주시 산천단에서 서귀포시 돈내코에 이르는 험난한 산길을 뚫어 만든 속칭 5·16도로(1131번)다. 1970년대에는 북동쪽에서 남서쪽으로 반듯하게 산업도로가 뚫렸는데 제주와 대정을 잇는 이 서부산업도로는 오늘날에는 이름이 바뀌어 평화로(1135번)로 불리고, 제주와 표선을 잇는 동부산업도로는 번영로(97번)로 불리고 있다. 그리고 남원에서 조천으로 직접 이어지는 남조로(1118번)가 개설돼 어디에서 떠나도 섬의 남북을 한 시간 안에 도달할 수 있다.

그중에서 내가 가장 좋아하는 길은 중산간마을을 이어가는 1136번 일주도로다. 친구도 옛 친구가 좋고, 선생님도 어릴 적 선생님이 더 가슴에 남듯이 길도 옛길이 정감이 넘친다. 길이란 본래 마을과 마을을 이으면서 생겨났다. 그래서 제주인의 삶 속에 형성된 이 오래된 길은 훗날 도시계획으로 새로 닦은 반듯한 직선 도로와는 달리 형질을 변경하지 않고 지형에 따라 아주 자연스러운 곡선을 그리며 느릿느릿하게 연결되어 있다.

바삐 가려는 사람에겐 불편하지만 제주 허씨 입장에선 이 길이 제격이다. 중산간지대를 타고 넘는 길이기에 위로는 한라산, 아래로는 바다가 따라붙는다. 동네를 지날 때마다 삼다도 바람을 잘도 견디는 해묵은 팽나무가 각 마을의 랜드마크로 나타나고, 길게 이어지는 밭담 속에선 철 따라 작물을 키워내고, 곶자왈 황무지에서는 제주 말들이 평화롭게 풀을 뜯는 광경도 보인다. 둥근 사발을 엎어놓은 듯한 오름의 능선이 겹겹이 펼쳐지기도 하고, 넓은 바다가 장쾌하게 펼쳐지기도 한다. 이것이 제주도의 보편적 표정이다.

정겹기 그지없는 이 2차선 도로를 요즘 4차선으로 넓히는 일이 벌어지고 있다. 육지와 같이 국도를 4차선 직선화하는 사업의 일환인 것 같은데 제주의 특수성을 생각지 않고 마구잡이로 적용하는 것 아닌가 우려된다. 덩달아 곳곳에서 샛길, 지방도조차 새로 닦고 있으니 개발 과잉이 제주의 자연과 향토적 서정을 다 망가뜨리고 있는 셈이다.

빨리 갈 인생들은 평화로, 번영로, 남조로로 가면 될 것이 아닌가. 무엇이 불편하다고 이 정겨운 옛길, 그래서 제주 허씨들을 위한 무한한 관광자원을 갈아엎는단 말인가. 길 하나 넓히는 데에는 굴삭기가 와서 며칠만 일하면 끝이지만 그 길을 다시 원상 복구하기란 영원히 불가능하다. 제주 사람들은 먼 훗날 이것을 크게 후회할 것이다.

몇 해 전, 중문에서 열린 '이건음악회'에 초대받아 가는 길에 나는 일행들에게 지금 곧장 호텔에 가봤자 짐 풀고 기다릴 일밖에 없으니 제주의 옛길을 따라가보는 것이 어떻겠느냐고 제안했더니, 모두들 박수를 치면서 동의했다.

우리는 하귀·애월·납읍·한림·저지·서광·구억·화순으로 돌아갔다. 가다가 잠시 샛길로 빠져 삼나무 방풍림이 줄지어 선 목장길로 들어서기도 했고, 팽나무가 인상적인 마을길을 거쳐 돌아나오기도 했다. 그렇게 해서 호텔에 도착하니 평소보다 30분밖에 더 걸리지 않았다. 제주를 무시로 드나들었다는 일행들은 이제야 처음으로 제주의 살결을 느낀 것 같다며 고마워했다.

그 가운데 한 분은 다음에 와서도 꼭 그 길을 가고 싶은데 어떻게 찾아가면 되느냐고 물었다. 그러나 나는 대충만 알려줄 수 있을 뿐, 정확하게는 가르쳐주기가 어렵다고 했다.

왜냐하면 제주의 길에는 따로 이정표가 없기 때문이다. 육지의 경우 국도에는 2킬로미터, 4킬로미터마다 도로 번호와 귀착지까지의 거리를 알려주는 말뚝이 있어 자신의 현 위치가 어디인지 가늠할 수 있도록 해준다. 그러나 제주의 길에는 그런 표지가 없다. 가다가 네거리가 나오면 다행이지만 삼거리가 나오면 어디로 행선지를 정해야 할지 난감해진다. 표지판이 없을 경우 현재의 내 위치를 제대로 알아야 방향을 잡을 것이 아닌가.

제주도 행정의 답답함과 난맥상은 바로 여기에 있다. 58만 제주 도민을 위한 행정도 중요하지만 1년이면 600만 명, 곧 1천 만명이 찾아올 관광객 중심의 행정도 중요하다. 그런데 관광객이라는 소비자 입장을 전혀 고려치 않고, 또 관광은 목적지 못지않게 목적지로 가는 길이 중요하다는 배려와 생각이 없는 것이다.

제주 서남쪽의 식물원들

나는 이제 제주의 서남쪽, 산방산에서 모슬포까지 답사를 떠난다. 이번에는 제주 허씨가 되어 홀로 가련다. 누굴 만날 일도, 강의할 일도 없고, 새 자료를 찾아볼 일도, 돌아가서 글 쓰는 일도 없어 내 발길 눈길 닿는 대로 가련다. 휴대폰도 꺼놓고 가다가 무료하면 창문 꼭 닫고 소리 높여 노래도 부르면서 제주 서남쪽 중산간지대를 타고 도는 그 길로 가련다. 첫 기착지는 산방산이다.

일주도로를 따라 산방산에 이르는 길을 가다보면 제주에 처음 인간이 정착해 들어와 산 곳이 이쪽일 것이라는 생각이 든다. 동북쪽에 비해 중산간지대에서 해안지대로 뻗어내린 들판이 아주 넓어 들판의 푸름에서는 풍요로움이 느껴지고 옹기종기 모여앉은 마을들도 가구 수가 많고 집도 번듯해 보인다. 이것은 어떤 숫자가 아니라 내 눈에 비친 인상을 말하는 것뿐인데 그런 풍요로움과 평화로움을 느끼며 이 길을 지났다.

역사적으로 보아도 애월의 빌레못동굴은 제주도에서 가장 유명한 구석기유적지이고 한경면 고산리는 한반도에서 가장 오래된 기원전 1만 년의 신석기유적지다. 또 다른 신석기유적지인 곽지리도 애월에 있다.

제주의 서남쪽으로 가는 길에는 식물원도 즐비하다. 협재에는 한림공원, 저지리에는 생각하는 정원이라는 분재예술원, 방림원, 서광에는 오설록 녹차박물관, 구억리에는 매화원, 동백꽃만 500종이 있는 안덕의 카멜리아 힐, 그리고 중문에 이르면 여미지가 있다. 식물원이 아닌 천연의 자연림도 있다. 납읍리엔 천연 난대림지대, 월령리엔 선인장 자생지가 있어 일부러 찾아가기도 했다. 그래서 나의 제주 서남쪽 답삿길은 항시 도착 예정 시간을 한 시간쯤 여유를 두면서 잡았다. 이번엔 한림의 명월리 팽나무들을 보고 가야겠다.

비양도를 바라보는 명월성

명월리 팽나무 군락지로 들어가기 위해 한림읍 쪽으로 향하면 길가에
바짝 붙어 있는 명월성(제주특별자치도 기념물 제29호)이 먼저 눈에 들어온다.
문화재 명칭은 명월성지(明月城址)인데, 나는 이 터 '지(址)'에 불만이 많
다. 그냥 명월성이라고 불러도 큰 무리가 없는 것이다.

문화재 이름을 지으면서 일찍부터 무너진 것, 승려가 살지 않는 절터
에는 '지' 자를 붙인다는 원칙을 정해놓아 명월성이 멀쩡히 보이는데도
명월성지라고 고집한다. 일부만 남아 있어 그런다고 주장한다면 경복궁
도 25퍼센트밖에 안 남았으니 경복궁지라고 해야 할 것 아닌가.

제주 사람들은 '목관아지'라면 다 알지만 육지인이 처음 들으면 '목아
지'를 잘못 발음했나 의심한다. 추사 유배지는 '추사 적거지(謫居地)'라
고 해서 무슨 말인지 모르게 되어 있다. 문화재청장 시절 이를 하나씩 고
쳐나가 '목관아지'는 '제주목 관아'로 '추사 적거지'는 '김정희 유배지'로
고쳤다. 그런데 이런 것을 다 고치려면 1만 점의 유물·유적을 손봐야 하
고, 백과사전을 비롯해 문화재 안내서를 다 고쳐야 하는 사회적 비용이
만만치 않아 계기가 있을 때마다 고쳐갈 수밖에 없다. 다 고치려면 아마
백 년은 족히 걸릴 것 같다.

아무튼 나는 명월성이라고 부르련다. 명월성은 조선 중종 5년(1510)
비양도에 왜구들이 배를 대는 것에 대비해 목성으로 축조한 것을 선조
25년(1592) 석성으로 개축한 진지로 높이 8척에 둘레 약 3,000척이었다.
제법 길고 큰 진(鎭)이어서 여러 건물이 있었고 동·서·남쪽에 성문이 있
었다. 현재는 대부분의 건물과 성곽이 유실되고 도로에 의해 잘려나갔지
만 차를 타고 지나가다보면 한번 내려 들어가보고 싶은 충동이 일어날 정
도로 제법 장하다. 특히 남문의 옹성(甕城)과 동쪽 성벽의 치성(雉城)을

| 명월성 | 명월포(지금 한림항)와 비양도에 왜구가 나타나는 것을 대비해 쌓은 진지이다. 조선 중종 때 목성으로 축조되고 선조 때 석성으로 개축되었는데 이후에도 제주 서쪽을 방어하는 군사시설 기능을 해왔다.

보면 굳센 진지 역할을 해냈을 것 같은 튼실함이 있다. 옹성은 항아리처럼 두른 성이라는 뜻이고, 치성은 꿩머리처럼 볼록 나온 성이라는 뜻이다.

명월성에 들어가서 서쪽 바다를 바라보면 한림읍과 한림항구가 한눈에 들어오고 바로 앞에 비양도가 바다를 가로막고 있다. 한림항의 옛 이름은 명월포였다. 비양도는 제주에서 마지막 화산이 터져 생겨났다는 아름다운 섬이다. 제주의 화북, 조천이 요즘으로 쳐서 여객항이었다면 명월포는 화물선·군함이 들어오던 항구였다. 진상품을 실은 배가 한양으로 들락거렸고, 고려시대에는 삼별초, 여몽연합군도 이곳으로 들어왔다. 고려 말 목호의 난 때 최영 장군도 명월포로 들어왔으니 이 항구와 성곽의 중요성을 알 만하지 않은가.

새로 복원된 명월성 한쪽에는 비석들이 있고 또 그 옆에 엄청나게 큰

| 명월성 팽나무 군락 | 수령 400년까지 되는 노거수 팽나무 65그루가 명월천변을 따라 줄지어 있다. 이리 굽고 저리 굽으면서 자란 굴곡진 팽나무 줄기에는 모진 바람을 이긴 강한 생명력이 서려 있다.

까만 빗돌이 있어서 가보았더니 세상에 역대 만호(萬戶)들의 이름을 빼곡히 새겨 새로 세운 것이었다. 아, 21세기 문화재 정비사업이라는 것이 믿기지 않는다. 문화재청장을 지낸 사람이 어떻게 그렇게 말할 수 있느냐고 되물을지 모른다. 그러나 이 명월성은 제주도 기념물이라는 지방문화재이기 때문에 문화재청장은 여기서 무슨 일이 일어났는지 알 수가 없다. 이참에 우리 문화재 행정을 위하여 호소한다면, 문화재청도 산림청, 조달청 등 다른 청처럼 전국에 지청을 두어야 제대로 문화재를 관리할 수 있다. 국보인 강릉 객사문의 관리자가 강릉시장이고, 서울 숭례문의 관리자가 서울특별시 중구청장이라는 사실을 사람들은 잘 모른다. 나도 청장이 되기 전에는 몰랐다. 문화재청에 제주지청이 있다면 이런 일은 일어나지 않는다.

명월리 팽나무 군락

명월리는 조그마한 동네지만 상동, 중동, 하동 세 마을로 나뉘어 있고 명월리 팽나무 군락(제주특별자치도 기념물 제19호)은 중동마을 가운데로 흐르는 명월천변에 있다. 나이가 100년생에서 400년생 정도 되는 팽나무 노거수 65그루가 계곡을 따라 숲을 이루고 있다. 키큰나무는 13미터에 이르고 둘레가 5미터 넘는 것도 10여 그루나 있다. 팽나무 사이사이에 거대한 푸조나무도 보이고, 바위틈 곳곳에는 산유자나무, 호랑가시나무 같은 난대성 수종들 100여 그루가 어우러져 있다. 언제 찾아도 장쾌한 기상을 보여주는 숲이다.

명월리 팽나무들은 마을의 정자나무로 길러진 팽나무와 전혀 다른 모습이다. 눈보라 비바람에 시달려 이리 굽고 저리 굽으면서 야무진 근육질 같은 줄기와 가지의 그 힘찬 기상이 계곡을 덮고 길을 덮으며, 나 같은 사람들이 그 기를 받으러 여기 찾아온다. 이 숲이 이렇게 장기간 원형대로 보존될 수 있었던 것은 팽나무가 천성상 오래 살기도 하지만 명월마을 사람들이 이곳을 신령스러운 장소로 인식하고 보호하면서 쉼터로 삼아왔기 때문이다.

| **명월대** | 명월천 한쪽에는 풍류를 즐기던 사람들이 야외무대로 삼았던 명월대가 남아 있다.

또 이곳은 옛날 관리와 선비 들이 피서를 하며 풍류를 즐겼던 명소이기도 하다. 명월천이라고도 부르는 이 계곡은 여기에서 약 3킬로미터를 흘러 한림읍 옹포리 해안가에 이르는 옹포천의 상류이다. 제주도 하천은 비가 오

지 않을 때는 물이 흐르지 않는 무수천이 많다. 화산암으로 이루어진 지하로 물이 스며 내려가기 때문이다. 그런데 이 계곡엔 비교적 물이 많아 계곡 아래쪽에는 팔각형의 석축을 3단으로 쌓고 그 위에 원형의 반석을 올려놓은 명월대(제주특별자치도 기념물 제7호)와 돌다리가 있다.

명월리는 14세기 초에 들어선 마을인데 처음에는 제주 고씨가 들어왔고 다음에 진주 진씨가 하동에 자리잡고 뒤이어 군위 오씨가 중동에 들어오면서 집성촌을 이루어 살았다고 한다. 그런 유서 깊은 동네이기 때문에 이런 팽나무 군락을 갖고 있는 것이다.

백난아의 「찔레꽃」

명월리 팽나무 군락 한쪽에는 '장수마을'이라는 푯말과 재일교포가 마을을 위해 희사한 것을 기리는 공로비들이 서 있다. 그리고 팽나무 우거진 명월대 건너편에는 이제는 폐교가 되어버린 '명월국민학교'가 있다. 여기는 제주 갈옷 '몽생이' 작업장이 들어와 있는데 학교 정문 옆에는 '국민가수 백난아 기념비'가 세워져 있다.

"찔레꽃 붉게 피는 남쪽나라 내 고향/언덕 위에 초가삼간 그립습니다/자주 고름 입에 물고 눈물 젖어/이별가를 불러주던 못 잊을 동무야."

「찔레꽃」의 가수 백난아(白蘭兒)의 본명은 오금숙으로 명월리 군위 오씨이다. 1927년 명월에서 가난한 어부의 딸로 태어나 세 살 때 만주로 이주하였다. 열일곱 살에 함경도 회령에서 열린 전국가요콩쿠르에 2위로 입상하면서 가수로서 발을 내디뎠고, 당시 심사위원이었던 가수 백년설이 스카우트하여 수양딸로 삼고 자기의 성씨를 물려줘 백난아라는 예명을 지어주었다. 「낭랑 18세」 「찔레꽃」을 취입하여 사랑받게 되었다.

이런 사실을 알고 보면 이 노래의 3절 "연분홍 봄바람이 돌아드는 북

간도 /아름다운 찔레꽃이 피었습니다"가 새삼스럽고 백난아가 왜 그렇게 애절하게 불렀는지도 알겠다. 마지막 가사가 원래는 '동무야'였는데 이 단어를 북한에서 달리 사용하는 바람에 우리는 '사람아'로 바꾸어 부른다는 것은 여기 와서 알았다.

그러나 우리가 알고 있는 찔레꽃은 흰색인데 왜 붉게 피었다고 하는지는 이해가 가지 않는다. 여기에는 갖가지 설도 있고 추측도 있는데 식물학자 박상진 교수에게 여쭈어보니 줄기에 잔가시가 많아 잘 찔리는 해당화의 별칭이 찔레꽃이란다.

폐교 앞에는 조그마한 조립식 건물이 하나 있다. 한 평 남짓한 건물 문을 열어젖히면 안에는 음향기기가 있어 단추를 누르면 백난아의 애잔한 목소리가 팽나무 우거진 명월대 위로 울려퍼진다. 그런데 지난번 갔을 때는 자물쇠로 잠겨 있어 듣지 못하고 떠났다.

거룩하고도 신비로운 산방산

명월리를 떠나 금악리, 저지리, 서광리, 구억리를 지나면 벌써 저 멀리로 산방산(山房山)이 거룩한 모습으로 불쑥 머리를 내민다. 가까이 가면 갈수록 산방산은 더욱 거센 기세로 치솟아오른다.

산방산은 평탄한 지형 위에 우뚝 솟은 타원형의 돔형 화산으로 범종 모양이어서 유식하게 종상화산(鐘狀火山)이라고 한다. 표고 395미터(비고 345미터)니 그 스케일이 결코 만만치 않음을 알 수 있다. 오름의 왕국에 어떻게 이런 오름의 이단아가 생겨났는지 의아하다. 그 기이한 경관으로 나라에서는 이 산을 명승 제77호로 지정했고 신화의 나라 제주엔 그럴듯한 전설이 생겼다.

옛날 한 사냥꾼이 한라산에 사슴을 잡으러 갔으나 사슴을 만나지 못해 끝내는 정상까지 올라갔는데 마침내 사슴 한 마리를 만나 급하게 활을 쏜다는 것이 빗나가 하늘 쪽으로 올라가버리고 말았다. 그 화살이 공교롭게도 옥황상제의 엉덩이에 꽂혔단다. 그러자 신경질이 난 옥황상제는 홧김에 한라산 정상 봉우리를 집어던졌고 그 바람에 한라산 정상에 백록담이라는 우묵한 구멍이 생기고 그것이 튕겨져 떨어진 것이 산방산이 되었다는 것이다. 그래서 산방산을 번쩍 들어다 백록담에 꽂으면 꼭 들어맞는다고 한다.

그러나 지질학자들은 산방산 조면암은 75만 년 전, 백록담 조면암은 2만 5천 년 전에 형성됐다고 말한다. 식생도 백록담과 아주 다르다고 한다.

동네 사람들은 "산방산이 갓 쓰면 비가 온다"고 하는데 지나가는 사람들은 스케일이 큰 제주 신화 설문대할망의 전설에 걸맞은 대지의 남근석 같다고 말하기도 한다.

| 산방산 | 오름의 섬에 이처럼 불쑥 솟은 바위산이 있다는 것이 신기하다. 장대한 기상의 산방산이 있음으로 해서 제주의 서남쪽은 동쪽의 성산 일출봉과 달리 색다른 풍광을 선사해준다.

산방산과 일출봉의 앙상블

제주도는 평면이건 입면이건 조형적으로 아름답다. 제주도의 입면으로 말할 것 같으면 한라산 산자락이 바다를 향해 흘러내린 모습이 마치 치마폭을 넓게 펼치고 앉아 있는 여인네의 모습과 같다.

제주도의 평면은 지도를 펴놓고 보면 바로 알 수 있듯이 운동장 트랙처럼 생긴 타원형이다. 그래서 아름다운 것이다. 동그란 원이거나 사다리꼴이거나 또는 S자나 T자로 굽어지고 꺾어졌다면 평면이 아름답다고 말하지 않을 것이다.

옛날 그리스의 소피스트들은 하도 궤변을 잘 늘어놓아 무엇 하나 의견의 일치를 보지 못했다. 그런 소피스트들 사이에서 세상에서 가장 아름다운 도형이 무엇이냐는 논쟁이 벌어졌는데 역시나 원이다, 아니다 정

사각형이다, 아니다 마름모꼴이다라며 온갖 논리와 궤변이 다 나왔다. 이때 한 사람이 "타원형이다"라고 주장하자 모두들 거기에 승복하고 말았다고 한다. 왜냐하면 타원형에는 '다양의 통일'이 들어 있기 때문이다. 직각으로 만나는 대각선에는 일정한 비례식이 성립하는 질서가 있고 모든 도형으로 변화할 수 있는 개연성이 있으며 또 모든 도형을 흡수할 수 있기 때문이라고 한다.

　제주도는 그런 타원형이면서 해안선의 곡선이 아주 자연스럽다. 요란하게 리아스식 곡선을 그리는 것도 아니고 그렇다고 밋밋한 것도 아니다. 여기에다 동북쪽의 성산 일출봉과 섭지코지, 서남쪽의 산방산과 용머리 해안이 절묘한 대비를 이루며 강한 악센트를 가한다. 그것은 참으로 잘 어울리는 한 쌍의 앙상블이다. 둘은 비슷하면서도 색다른 멋을 보여준다.

　성산 일출봉은 정상에 올라 장대한 굼부리를 볼 때 제멋이 있다면 산

| **산방굴에서 내다본 풍경** | 산방굴사는 산방굴이라는 자연 석굴 안에 불상을 모신 절로 굴 앞에서 내다보이는 바다는 선적인 고요함이 있다.

방산은 거기에 오르기보다 멀리서 가까이서 바라볼 때 그 신비감이 더하다. 섭지코지는 해안선 높은 벼랑에서 바다를 내려다볼 때 그 맛이 살아나지만 용머리해안은 바다 쪽으로 내려가 깎아지른 벼랑을 바라볼 때절로 탄성을 지르게 된다. 그래서 한라산·성산 일출봉·산방산을 제주의3대 산이라 부르고 그 아름다움과 신비로움이 서로 다르기에 나라에서는 이들을 제각각 천연기념물로 지정했다.

산방산 서남쪽 중턱 해발 200여 미터 되는 곳에는 암벽 속으로 깊이파인 산방굴(山房窟)이 있어 그 안에 불상을 안치한 산방굴사가 있다. 그런데 요즘은 길바닥에 나앉은 거대한 금동불상이 거만스러워 보여 얼른 시선을 딴 데로 돌리게 된다.

이 산방굴사에서 발아래로 내려다보이는 용머리해안 풍경이 장관이다. 그래서 많은 제주목사·대정현감, 심지어는 유배 온 문인이 바위 곳곳에 새겨놓은 시구가 남아 있고, 이 풍광이 영주십경의 하나가 되었다.

산방굴사에서 용머리해안에 이르는 길은 바다로 향하는 가파른 비탈이다. 비탈길 중간쯤에는 반듯하게 축조된 연대가 있다. 여기에서 먼바다와 산방산의 아름다운 풍광을 번갈아 바라보노라면 그 옛날의 이야기들이 절로 떠오른다.

하멜상선전시관

누구보다 먼저 생각나는 사람은 1653년 바타비아(자카르타)를 떠나 일본 나가사키(長崎)로 향하던 중 일행 36명과 함께 제주도에 표착한 네덜란드인 헨드릭 하멜(Hendrik Hamel, 1630~92)이다. 산방산 아랫자락에서 용머리해안에 이르는 비탈길목에는, 1980년 국제문화협회와 네덜란드왕국 문화역사재단이 『하멜 표류기』를 근거로 그가 표착했다고 알려진 이곳에 세운 '하멜 기념비'가 있다.

그리고 2003년 하멜 표착 350주년을 맞아 서귀포시(당시 남제주군)가 하멜이 타고 온 스페르베르호(전시관에는 '스페르웨르호'로 표기됨)를 용머리해안가에 재현해놓고 배 안을 전시관으로 꾸며놓았다. 배의 길이가 36미터가 넘는 거대한 범선이다. 마침 당시는 2002한일월드컵에서 네덜란드인 감독 히딩크 열풍이 일던 터라 기념관의 끝머리를 월드컵 4강 진출 기념실로 꾸며놓았다.

그런데 여기에 두 가지 문제가 있다. 하나는 스페르베르호를 재현하는 것까지는 좋지만 그 크기가 원래의 80퍼센트라는 점이다. 왜 실물 크

| 하멜상선전시관 | 하멜이 표착할 때 타고 온 스페르베르호를 복원하여 전시관으로 삼은 것이다. 멀리서 보아도 그럴듯하고 의도도 좋았다. 다만 예산이 부족해서 실물 크기가 아니라 80퍼센트 축소했다니 그게 아쉽다.

기로 하지 않았는지를 알아보았더니 예산이 그것밖에 안 되었기 때문이란다. 이것이 우리나라 행정의 현주소다. 또 다른 문제는 여기가 하멜이 표착한 곳이 아니라는 주장이다. 그동안 용머리해안을 하멜 표착지로 본것은 이 부근에서 발굴된 네덜란드인 유골 등을 근거로 했던 것이다. 그러나 1999년에 이익태(李益泰)의 『지영록(知瀛錄)』이 발견되면서 표착지 논란이 촉발됐다.

1694년부터 96년까지 제주목사를 지낸 이익태는 제주에 부임하기까지의 과정과 제주에 머무는 동안의 일상을 이 책에 상세히 썼다. 여기에 각 나라 사람의 표류 기록도 담았는데 「서양국 표인기(西洋國漂人記)」에는 1653년 음력 7월 24일에 "서양인 헨드릭 얌센 등 64명이 함께 탄 배가 대정현 차귀진 아래 대야수(大也水) 해변에서 부서졌다"고 쓰여 있다.

1653년 음력 7월 24일은 양력으로 8월 16일로『하멜 보고서』에 기록된 8월 15일과 16일 새벽 사이의 제주 표착 기록과 일치한다.

『하멜 보고서』에 따르더라도 하멜 일행은 표착한 곳에서 대정현 관아로 오는 시간이 대여섯 시간에 이른다고 나와 있다.『지영록』에 기록된 '대야수'가 어디인지는 확실치 않다. 그러나 고산리와 신도리 마을 사람들이 부르는 '대물' 혹은 '큰물'로 본다면 현재의 수월봉 부근과 차귀도에 해당한다.

2003년, 하멜 표착 350주년을 기념해 국립제주박물관에서「항해와 표류의 역사」특별전을 준비할 당시 나는 명지대 국제한국학연구소장으로 이 전시에 관여했다. 전시의 당면 문제는 표착지를 어디로 표기할 것인가였다. 국립제주박물관 학예사들은 논란 많은 하멜의 항로와 표착지를 정확히 탐색하고자 하멜이 표착한 날짜인 8월 15일에 작은 배를 한 척 빌려 먼바다로 나가보았다. 해류가 어떻게 흐르는지를 관찰하기 위해서였다. 그런데 대만 쪽에서 제주로 향해 오는 도중 태풍 루사의 세력이 예상 밖으로 갑자기 커지는 바람에 배가 요동을 쳐 온갖 고생을 다하고 간신히 죽지 않고 제주 해안에 '표착'했다.

그날 전시팀장인 이귀영(현 고궁박물관 전시과장)은 죽다 살아난 것에 대해 안도의 한숨을 내쉬듯 가쁜 숨을 몰아쉬면서 내게 전화를 걸어왔다.

"우리 박물관 사람들이 하멜의 표착지를 찾는다고 바다로 나갔다가 돌풍을 만나 죽을 뻔했어요. 그런데 배가 태풍에 떠밀려 도착한 곳이 바로 차귀도였어요. 그러니까 하멜의 표착지는 차귀도가 맞을 것 같아요."
"그랬어? 죽으려고 작정을 했나. 그 날씨에 바다로 나가다니."
"학예사들은 오히려 태풍 루사가 고맙기만 하다고 하는데요."

죽다 살아난 것보다 사실을 증명했다는 것을 더 기뻐했다니, 그것은 큐레이터를 천직(天職)으로 여기며 살아가는 사람만이 할 수 있는 이야기이다.

그런 이유로 최근 제주시 신도2리 향민회는 '하멜 표착지 확인 및 표지석 설치 요청'을 당국에 올렸다. 그러나 이미 큰돈을 들여 세워놓은 80퍼센트짜리 하멜 선박을 어쩌겠는가?

하멜의 제주도 표착

하멜은 1630년 네덜란드 호르큼 시에서 태어났다. 1651년 네덜란드 동인도연합회사(V.O.C.)에 서기로 취직해 자바섬의 바타비아에서 근무했다. 그는 바타비아를 거점으로 하여 페르시아 등지를 오가며 무역을 했다. 제주도 표착 시 하멜 일행이 탔던 스페르베르호는 30문의 함포가 장착된 3층 갑판의 540톤급 범선으로, 하멜이 이미 바타비아에서 근무하고 있었던 1653년 바타비아에 도착한 것이다.

그러다 1653년, 대만을 거쳐 일본 나가사키로 가던 중 태풍을 만나 표류하다 8월 16일 제주도에 표착했다. 선원 64명 중 36명만 살아남았다. 스페르베르호에는 녹피·명반·설탕 등 많은 무역상품이 실려 있었다. 난파된 배에서 건진 이 물품들을 조선 정부는 모두 돌려주었고, 그들은 그것을 팔아 살림에 보태 썼다.

조정에서는 26년 전 네덜란드인으로 조선에 표착해 귀화한 박연(朴燕, 벨테브레 J. J. Weltevree, 1595~?)을 통역으로 내세워 자세한 경위를 조사했다. 박연은 조선 여자와 결혼해 두 자녀를 두었고 무과에 급제해 훈련도감에 근무하면서 병자호란에도 참전했고 전쟁 후 병기 개발에 큰 공을 세웠다.

하멜 일행은 일단 제주도에 억류돼 있었는데 표착 10개월 만인 1654년 5월 탈출을 감행하다 붙들려 모두 서울로 압송되어 효종의 신문을 받았다. 임금은 이들에게 호패를 내려주며 훈련도감의 박연 아래 배속시켰다. 표류된 외국인을 송환한 예가 없다는 이유를 들어 붙잡아두고 북벌 정책에 쓸 요량이었다.

그러나 이들은 조선에 귀화할 생각이 없었다. 그뒤로 일행 중 두 명이 청나라 사신이 지나는 길에 네덜란드 복장을 하고 불쑥 나타나 고국에 돌아갈 수 있게 도와달라고 호소하는 긴급 데모 사건을 벌였다. 이 일이 외교 문제로 번질 공산이 커지자 조정에서는 청나라 사신에게 뇌물을 주어 입막음을 했다. 그러고는 이들을 처형하자는 의견이 나왔다. 그러나 인평대군의 인도적 주장으로 모두 강진으로 유배시켰다. 이리하여 1656년 3월 이들은 강진 병영성에서 유배 생활을 시작했다.

하멜 일행은 각종 잡역에 동원됐고 한 달에 두 번은 점호를 받으며 주로 병영성과 장터의 풀을 뽑는 일을 했다. 훗날 하멜은 보고서에 이렇게 기록했다.

"오늘도 마당의 풀을 뽑았다."

아! 웬수 같은 풀, 정말로 징그럽다. 농사지어본 사람은 알꺼다. 요즘 부여 반교리에서 주말을 보내며 밭일을 할 때면 하멜 생각이 많이 났다.

하멜 일행의 탈출

하멜 일행은 병마절도사의 지시에 따라 가혹한 사역을 당하기도 했고 인간적인 대우를 받기도 했다. 하멜은 흉년과 질병이 유행할 때 동네 사람이나 승려에게 도움을 받았던 고마움을 기록하기도 했다.

그렇게 7년을 보낸 1663년 잇따른 흉년으로 하멜 일행은 여수·순천·남원으로 분산 수용됐다. 여수좌수사는 이들에게 하루 170미터의 새끼를 꼬게 하고 겨울비를 맞으며 점호 자세로 온종일 서 있게 하는 등 고통을 주기도 했다. 꿈도 없이 억류 생활을 계속하던 하멜 일행은 다시 탈출을 결행하기로 결심했다.

우선 작은 배 한 척을 두 배 값으로 구입해놓고 1666년 9월 4일 밤, 8명이 탈출했다. 풍랑을 넘고 넘어 이들은 3일 뒤 일본 고토(五島)에 표착했다. 그리고 곧 나가사키의 본사로 인계돼 마침내 자유를 얻었다. 조선에 표착한 지 13년 28일 만의 일이었다.

하멜은 나가사키에 체류한 1년 동안 지난 13년간 겪은 일을 아주 상세하게 기록한 보고서를 작성했다. 그가 이 보고서를 쓴 것은 서기로서의 임무이기도 했지만 무엇보다 13년간의 임금을 요구하는 서류의 첨부 자료로서였다. 그래서 그는 아주 사실적으로 때로는 고생한 것을 강조하며 연도별, 날짜별로 기술했다.

회사의 심의위원회는 배상금을 지급하라는 결정을 내렸다. 그러면서 회사는 하멜 일행에게 배의 난파 책임도 동시에 물어 결국 소액의 보상비만 지급했다. 그때나 지금이나 보상금을 타먹는다는 것은 참으로 지난한 일인가보다. 다행스러운 점은 조선에 남아 있던 나머지 8명도 외교 협상을 통해 송환돼 1668년 모두 본국으로 돌아갔다는 사실이다. 출범후 20년 만의 귀향이었다.

하멜은 이후 동인도회사에 복직돼 회계사로 근무하면서 한 차례 동방을 다시 다녀갔고, 1692년 62세로 세상을 떠났다. 그때까지 그는 독신이었다. 어떤 소설가는 조선에 두고 온 아내를 잊지 못해 결혼하지 않았다고 했는데 『하멜 보고서』에 그런 얘기는 나오지 않는다.

보상금을 받기 위한 『하멜 보고서』

하멜의 보고서는 곧바로 책으로 출간돼 선풍적인 인기를 끌었다. 당시 유럽에서는 구텐베르크 활자 혁명으로 새로운 책의 출간이 요즘 새 영화가 나온 것 이상으로 대단한 화제였다. 출간 1년 뒤 프랑스어판이 나왔고 또 이듬해에는 독일어판, 그리고 영어판이 속속 출간됐다. 이를 계기로 '코리아'는 유럽의 모든 나라에 알려지게 됐다.

영어판 『하멜 보고서』는 1917년 재미교포 잡지인 『태평양』에 연재되었는데 육당 최남선은 국내에서 발행된 잡지 『청춘』에 이를 전재했다. 역사학자 두계 이병도는 1936년 이를 『조선왕조실록』의 내용과 고증을 곁들여 『진단학보』에 발표했고, 1939년에는 『하멜 표류기』(박문서관)라는 제목의 단행본이 출간되었다. 그후 이 보고서는 『하멜 표류기』로 우리에게 알려지게 되었다.

그러나 1668년 암스테르담에서 출판된 책은 『스페르베르호의 불행한 항해일지』라는 긴 이름으로, 하멜과 선원들의 이야기에다 독자의 흥미를 끌기 위하여 황당무계한 이야기까지 덧붙이고, 내용과 관계없는 삽화까지 곁들여 장사 본위로 각색한 책이었다.

근래에 와서는 네덜란드의 학자 후틴크(B. Hoetink)가 네덜란드 식민지 관계 기록 문서를 조사하는 과정에서 『하멜 일지』와 『조선에 관한 기술』의 정본을 발견해 김태진 교수가 1996년 이를 번역 출간했고, 2003년에는 하멜 표착 350주년을 맞아 유동익 씨가 17세기 네덜란드 고어를 직접 번역해 『하멜 보고서』(중앙M&B 2003)로 출간했다.

이제 우리는 『하멜 표류기』가 아니라 『하멜 보고서』임을 확실하게 알 수 있게 됐다. 이 보고서는 기행문학이 아니었음에도 당시로서는 귀한 이국 이야기였기 때문에 기행문학으로 대접받아 유럽의 유명한 기행문

학 전집에 포함됐고, 결국 조선왕조 500년 역사상 외국인이 쓴 최초의 가장 충실한 조선 견문록이 됐다. 여기서 우리는 기행문의 생명은 문체가 아니라 그 내용의 절절함에 있음을 교훈으로 얻는다.

「하멜 보고서」 서양에 코리아를 알린 최초의 기행문으로 기억되고 있지만 사실은 하멜이 보상금을 받기 위해 작성한 보고서이다.

하멜과 『하멜 보고서』를 생각하노라면 한 가지 아쉬움이 절로 일어난다. 그것은 하멜 표착이라는 계기가 있었음에도 조선이 국제 교역에 눈을 뜨지 못한 점이다. 그리고 참으로 이상한 사실은 네덜란드와 우리나라가 정식 외교 관계를 맺은 것은 19세기 말 개항기가 아니라 1961년이라는 점이다. 조선왕조뿐만 아니라 대한민국도 1960년대까지는 여전히 국제사회에 대해서 거의 문맹이었다는 얘기다.

황당한 서복전시관

사실 하멜보다 먼저 제주에 온 이방인은 불로초를 구하러 온 서불(徐市)이다. 서귀포 정방폭포 가는 길에는 서불의 이야기로 꾸며놓은 '서복전시관'이 있다.

서불은 서복(徐福)이라고도 하는 진시황 때의 유명한 방사(方士)였다. 사마천(司馬遷)의 『사기(史記)』를 보면 진시황 28년(기원전 219) 천하를 통일한 진시황은 동순(東巡)길에 나서서 낭야산에 오른다. 낭야산은 칭다오(青島)에서 26킬로미터가량 떨어진 바닷가 야산(해발 200미터)이다. 이때

| **서불과차 각석** | 서불이 새겼다고 전하는 이 글씨는 '서불과차(徐市過此)'로 판독되기도 한다. 서귀포, 남해, 거제 도에 똑같은 형상의 글씨가 새겨져 있다.

서불이 "바다 건너에 삼신산이 있는데 이름을 봉래산·방장산·영주산이라고 합니다. 거기에 신선들이 살고 있습니다. 청하건대 동남동녀와 함께 신선을 찾으려고 합니다" 하여 마침내 떠나게 되었는데 서불은 들판과 넓은 못을 얻게 되자 그곳에 머물러 왕이 되고 결국 돌아오지 않았다는 것이다.

서불이 우리나라에 왔다는 전설적인 자취는 바위 글씨에 남아 있다. 지금도 무슨 글자인지 확인되지 않은 채 비슷한 글자가 '상주리 석각'으로 불리는 남해 금산, 거제 해금강, 그리고 서귀포시 정방폭포 암벽에 새겨져 있다. 이를 사람들은 '서불과차(徐市過此)'라고 읽으면서 '서불이 여기를 지나갔다'고 해석한다. 서귀포라는 이름도 '서불이 돌아갔다'에서 나왔다고 한다.

일본인들은 그렇게 떠난 서불이 일본으로 건너가 후쿠오카(福岡)와

와카야마(和歌山)에 머물렀다는 전설과 자취가 있다고 말한다. 심지어는 규슈 지방 사가현(佐賀縣) 일대에서는 서불이 전수해준 벼농사 기술, 의약에 관한 지식, 포경술 등이 남아 있다고 말하기도 한다.

이리하여 중국 낭야산과 일본 후쿠오카에는 서불 기념관과 조각 동상이 세워져 있는데 서귀포시가 중국 관광객을 유치하려고 1999년부터 2007년까지 서복공원, 중국식 정원 등을 조성한 것이 바로 서복전시관이다. 그러나 가보면 황당하고 눈앞이 캄캄해지는 징그러운 '서불이센터'이다. 차라리 거기에 「창부타령」 한 자락이나 새겨놓으면 어떨까 싶다.

통일천하 진시황은 아방궁을 높이 짓고／만리장성 쌓은 후에 육국 제후 조공받고／삼천궁녀 시위할 제 장생불사를 하려 하고／동남동녀 오백 인을 삼신산으로 보낸 후에／불사약은 못 구하고 소식조차 돈절했네／사구평대 저문 날에 여산 황초뿐이로다／아서라 쓸데없다 부귀공명 뜬구름이니 아니 놀고 어이하리

2012.

아, 다녀가셨군요

무태장어 / 용머리해안 / 형제섬 / 사계리 사람 발자국 화석 /
일본군 진지동굴 / 송악산 / 알뜨르 비행장 / 백조일손지묘 / 「빈 산」

문화재청의 천연기념물

나는 문화재청장을 지내면서 내 전공 밖인 천연기념물 관리 때문에 고
생을 많이 했다. 사람들은 제주마가 천연기념물이라면 제주마 전체가 천
연기념물인 줄로 알지만 꼭 그렇지는 않다. 동물의 경우 중요한 종을 보
존하기 위하여 그 일부분에 보호 조치를 내린 것이다.

이를테면 진돗개(제53호), 오골계(제265호), 제주마(제347호), 삽살개(제
368호) 등은 국가(문화재청)가 지정한 사육 책임자가 있고 이들이 최소한
의 종을 확보하면서 우량종을 키우도록 한다. 진돗개는 진도군, 오골계
는 연산 지산농원, 제주마는 제주도 축산진흥원, 삽살개는 경산의 삽살
개보존회 등이다. 그리고 대략 제주마는 160마리, 진돗개는 1만 마리, 오
골계는 1천 마리, 삽살개는 300마리 정도를 기본적으로 유지한다. 그러

니까 육지 어느 가정집에서 키우는 진돗개가 모두 천연기념물은 아니며, 여느 오골계를 먹는다 해도 문화재보호법에 저촉되지는 않는다.

들짐승은 그런대로 관리할 수 있다. 그러나 날짐승은 골치 아프다. 오골계의 경우 그놈의 조류인플루엔자가 인근에 발생하면 연산에 있는 천연기념물 오골계를 강원도로, 경상북도로 피신시켰다가 데려와야 한다. 철새는 더욱 심각하다. 겨울철새인 검독수리(천연기념물 제243-2호)는 몽골에서 봄과 여름을 지내다 오는데 이게 잘 올까 걱정이고, 노랑부리저어새는 태국에서 가을과 겨울을 보내고 봄에 오는데 과연 제때 오는지도 신경 써야 한다.

정부 조직에 부, 처, 청이 있는데 부(部)는 대개 정책에 관계되지만 청(廳)은 현장을 갖고 있다. 따라서 관할 업무가 곧바로 일상 현장에 나타나고 사고도 자주 일어난다. 그래서 청장들은 하루도 편할 날이 없다. 한번은 정부 내 청장 10여 명이 모처럼 다 모여 이야기를 나누던 중 서로 자기 일이 골치 아프고 업무 범위가 넓다고 하소연한 적이 있다.

먼저 산림청장이 자신이 관리하는 면적은 남한 땅 300억 평 중 3분의 2인 200억 평이나 된다고 했다. 이에 경찰청장은 에누리 없이 300억 평의 인구를 대상으로 한다고 맞받았다. 그러자 해양경찰청장은 바다는 육지의 네 배이므로 1,200억 평이라고 하여 자신이 관리하는 영역이 가장 넓다면서 문화재청장은 얼마나 되느냐고 아주 가볍게 물어왔다. 이에 나는 이렇게 대답했다.

"직접 관리하는 것은 고궁과 왕릉이지만 300억 평에 산재한 문화재와 땅속의 매장문화재, 그리고 1,200억 평 바다에 빠져 있는 해양 수중문화재, 게다가 몽골에 있는 검독수리와 태국에 있는 노랑부리저어새까지 하면 헤아릴 수가 없습니다."

청장들은 한바탕 웃고 모두가 문화재청의 업무 범위가 가장 넓은 것으로 인정할 찰나였다. 그러나 '인생도처유상수'였다. 기상청장이 빙그레 웃으며 이렇게 말했다.

"나는 업무 면적이 평수로 계산이 되지 않습니다."

무태장어

천연기념물 중에서 나를 가장 신경 쓰게 만든 것은 제주도 무태장어 서식지(천연기념물 제27호)였다. 장어의 일종인 무태장어(Giant Eel)는 대형 어종으로 사람 키만 하고 길이가 2미터까지 자란다. 뱀장어과에 속하며 한반도 남부, 일본열도 중남부, 대만, 중국 대륙 남부, 인도네시아, 필리핀, 아프리카 대륙에 분포하는 열대성 대형 뱀장어다.

열대성 어종이라서 한반도는 무태장어 분포의 북쪽 한계선이다. 때로는 탐진강·섬진강·거제도·영덕 오십천 등의 하천에서도 발견된다는 보고가 있지만 현재 확인되는 곳은 제주도뿐이다. 만약 제주도에서도 발견되지 않으면 천연기념물에서 해제해야 한다. 마치 호랑이가 천연기념물이 아닌 것과 같다.

무태장어는 몸은 원통형으로 길고, 꼬리는 옆으로 납작하며, 미세한 비늘이 피부 속에 묻혀 있다. 육식성이며 수중의 바위틈이나 그 밖의 장애물 사이에 숨어 있다가 야간에 은어·망둥어·새우 등을 대량으로 포식한다고 한다. 현재 무태장어는 천지연폭포가 흘러내려 바닷물과 만나는 천지천(天池川)에 서식하는 것으로 확인됐다.

언젠가 문화재위원회 천연기념물분과 위원인 서울대 이창복 교수에

무태장어 Giant mottled eel
(*Anguilla marmorata* Quoy et Gaimard)

유럽과 아시아 그리고 북미지역의 해안과 강, 호수
등에 분포한다. 5~8년간 담수에서 서식하다가 성어가
되면 깊은 바다로 나가 산란하고 부화 후 난류를 따라
하천으로 거슬러 올라간다.
1.5m 이상 크게 자라면 무게가 6kg까지 나가며 몸빛은
황갈색 바탕에 작은 반점이 흩어져 있다.
어류, 갑각류, 조개류나 벌레 등을 잡아먹는다.

| 무태장어 보통 장어보다 몇 배나 더 큰 무태장어는 그 서식지가 천연기념물로 보호되고 있는데 천지
연과 천제연 폭포 아래에서 서식하고 있는 것이 확인되었다.

게 무태장어는 도대체 바닷고기냐 민물고기냐고 물어보았다. 이에 이교
수가 들려준 장어 이야기는 정말로 나 혼자 알고 있기에는 너무도 신기
하고 상징하는 바가 컸다. 이교수는 이렇게 풀어갔다.

우리가 바다에 대해 알고 있는 것은 우주에 대해 알고 있는 것보다 적
다. 대단한 아이러니다. 사람들은 흔히 장어는 민물과 바닷물이 만나는
강가에 산다고 오해하고 있다. 그러나 그렇지 않다. 무태장어를 비롯하
여 장어가 어디에서 산란하고 오는지는 아직도 확실치 않고 대략 필리
핀 루손(Luzon)섬 부근이리라 추정한다. 장어의 일생은 연어의 일생과
정반대여서 바다에서 산란하여 민물에서 5~10년간 서식하다가 다시 깊
은 바다로 돌아가 알을 낳는다. 그래서 해마다 봄이 되면 새끼장어는 바
다에서 거슬러오고, 가을에는 강에서 성장한 장어가 번식을 위해 먼바
다로 나간다.

| 천지연폭포 | 너무도 유명한 천지연폭포는 언제나 관광객으로 만원인데, 명불허전이라고 그 장쾌하면서도 아늑한 분위기는 제주의 자랑으로 삼을 만하다. 폭포 위쪽으로 자생하고 있는 담팔수 여섯 그루는 천연기념물이다.

바닷 속 깊은 곳에서 부화한 치어는 바다 위에 떠서 쿠로시오 해류 같은 해류에 실려 민물이 있는 곳으로 편안히 이동한다. 무려 반년 동안의 긴 여정이다. 이 시기의 장어는 떠다니고 이동하기 쉽게 버들잎처럼 납작하여 '버들잎뱀장어'(렙토세팔루스leptocephalus)라고 불린다.

대륙에 가까워지면서 버들잎뱀장어는 점점 몸이 원통형으로 변하면서 바다 밑으로 가라앉아 해류와 조류를 타고 민물과 만나는 한반도의 임진강, 풍천강, 제주도 천지천 하구에 도달한다. 이 시기 장어는 실처럼 가늘고 몸의 길이가 5~8센티미터 정도여서 실뱀장어라고 한다.

실뱀장어는 하구에서 민물 적응 기간을 갖는다. 그래서 사람들이 하구에 산다고 오해하는 것이다. 그러다 강으로 거슬러올라가 마침내 뱀장어·무태장어가 된다. 그리하여 민물에 살면서 몸집을 키운다. 옛날엔 개울에도 살았던 장어가 오늘날 희귀하게 된 것은 강이 댐과 보로 막혀 장어가 살 터전을 잃었기 때문이다.

그리고 5~10년 지나 마침내 성장을 다한 장어는 산란할 때가 되면 일단 8~10월쯤 강 하구로 내려와 자신이 태어난 태평양 심연까지 이동하기 위해 바닷물 적응 기간을 갖는다. 이래서 또 하구에서 산다고 생각하는 것이다.

어려서는 해류에 편하게 실려왔지만 이번에는 해류를 거슬러 온 힘으로 헤엄쳐야 한다. 그 거리가 무려 3,000킬로미터에 이른다. 장어는 그 먼 거리를 이동하는 동안 아무것도 먹지 못한다. 그래서 장어는 멀고도 먼 귀향길을 위하여 자기 몸에서 노폐물을 완전히 제거하고 몸을 최대한 에너지 덩어리로 만들어둔다. 그 장어 중에서 가장 크고 강력한 힘을 갖고 있는 것이 무태장어다. 그래서 사람들은 장어를 최고의 보양식으로 인정하는 것이다.

그리하여 마침내 산란지에 도착하면 알을 낳고 장렬하게 세상을 떠난다. 이것이 장어의 일생이다. 장어의 회귀를 알고 보면, 같은 동물이지만 인간은 너무도 무책임하고 게으르다는 생각을 갖게 한다.

2008년 문화재청은 공식적으로 천지연과 천제연 폭포 아래로 흐르는 천지천에서 무태장어를 확인했다.

용머리해안

하멜상선전시관을 둘러본 다음 나의 발길은 자연스레 사계리 용머리해안으로 옮겨진다. 용머리해안은 해안선을 이루는 절벽의 모양이 용이 머리를 들고 바다로 들어가는 모습과 닮아 용머리라는 이름이 붙었다. 특히 산방산 위에서 내려다보면 진짜 용이 바닷물 속으로 들어가는 형상이다.

| **용머리해안** | 위에서 내려다볼 때는 용머리처럼 보였지만 막상 해안가로 내려가면 거대한 절벽들이 자연에 대한 경외심을 일으킨다.

용머리해안은 밖에서 보면 평범한 벼랑처럼 보이지만 좁은 통로를 따라 바닷가로 내려가면 수천만 년간 층층이 쌓인 사암층 암벽이 장관을 연출한다. 바닷속 세 개의 화구에서 분출된 화산 쇄설물이 쌓여 만들어진 해안으로 성산 일출봉·수월봉과 달리 화구가 이동하며 생성된 곳이기 때문에 지형적 가치가 크다. 제주도에서 가장 오래된 수성화산(水性火山)으로, 해안의 절벽은 오랜 기간 퇴적과 침식으로 용의 머리 모양처럼 만들어져 경관적 가치도 뛰어나다. 그래서 천연기념물 526호로 지정되어 있다.

입장료가 필요한 용머리해안에는 입구·출구가 두 군데 있다. 어느 쪽으로 들어갔다 나와도 된다. 개인적으로 하멜상선전시관 옆의 모래사장 쪽으로 천천히 돌아보곤 한다. 산책로를 따라 걷다보면 사암층의 신비로운 모습이 점입가경으로 들어오며 절로 감탄사를 연발하게 된다. 어느 쪽에서 보아도 겹겹이 쌓인 사암층 암벽의 모습은 자연의 신비로움 그 자체다. 기암괴석을 바라보며 거센 바닷바람을 맞으면 제주의 아름다움과 신비감은 절정에 달한다. 한쪽은 기이하고 신비로운 사암층이고 또 다른 한쪽은 에메랄드빛 바다로 이어진다.

신혼여행객들이 기념사진을 찍으러 가장 많이 몰리는 곳이기도 하다. 걷다보면 곳곳에 물웅덩이가 나타나고 앉을 만한 자리에는 사계리 어촌계 해녀들이 바다에서 갓 잡아올린 소라·멍게·전복과 싱싱한 생선회를 파는 좌판을 벌이고 있다. 여느 곳 같았으면 그것이 못마땅해 보였을지 모르지만 용머리해안에서는 그것이 하나의 풍광이고 별미로 용납된다. 소주 한잔을 들이켜지 않고는 정녕 여기를 지나갈 수도, 떠날 수도 없다.

형제섬이 보이는 해안길

올레길이 열리기 전, 제주를 걷고 싶을 때 내가 즐겨 찾던 곳은 사계리해안에서 형제섬을 바라보면서 한반도 최남단 산인 송악산에 올라 멀리 마라도와 가파도를 조망하고 모슬포 알뜨르들판으로 내려오는 해안길이었다. 제주올레 제10코스의 절반인 이 길은 제주의 바다와 산과 들을 모두 맛보고 즐길 수 있기 때문에 일찍이 '한국의 아름다운 길 100선' 등에 빠지지 않고 선정됐고 올레꾼들도 첫손을 꼽는 제주올레의 하이라이트다.

사계리는 유명한 관광지이지만 주변에 큰 식당이 많지는 않다. 대신 제주 토박이들이 편하게 즐겨 찾는 곳이 있어 군대 음식 같은 관광지 음식과는 다른 제주의 참맛을 볼 수 있다. 답삿길에 대개는 여기서 식사를 했다. 학생들을 데려오면 아침식사로 형제식당에서 성겟국을, 좀 여유

| 형제섬이 보이는 사계리 풍경 | 20여 년 전(1993)만 하여도 제주의 들판은 관광지 풍광이 아니라 인간이 살아가는 살내음이 있었다. 지금은 많이 달라졌지만 나는 아직도 이 길을 좋아한다.

있는 분들과 오게 되면 저녁식사로 진미식당에서 다금바리를 먹곤 했다. 그래야 제주에 온 것 같았다.

사계리 앞바다 저만치에는 형제섬이 둥실 떠 있고 오른쪽으로는 해안길이 바짝 붙어 있다. 이 해안길은 송악산까지 가벼운 호를 그리며 이어진다. 아무런 상념 없이 이 길을 걷다보면 발걸음 옮길 때마다 형제섬의 모습이 조금씩 달라진다. 사계리에서 볼 때는 두 봉우리가 붙어 있는 듯했는데, 크고 작은 두 봉우리가 점점 벌어지더니 마침내는 완전히 둘로 갈라져나간다. '아 그래서 형제섬이구나'라고 생각하고 다시 발길을 옮기다 뒤돌아보면 두 봉우리는 다시 붙어 하나가 된다. 형제란 이렇게 둘이면서 하나고 하나면서 둘이라는 것을 말해주는 듯하다.

사계리 해안길은 제주의 여느 해변과 마찬가지로 파도소리가 쉼 없이 이어진다. 똑같은 바닷소리지만 이 해안길 파도소리는 참으로 청량하고 아름답다. 그래서인지 이 해안에 있는 펜션들의 간판을 보면 저마다 '파도소리' '바닷소리'가 환상적이라는 것을 강조한 이름들이다. 나도 그 이름에 이끌려 한 번 묵은 적이 있는데 밤새 들려오는 파도소리, 바닷소리를 듣다가 나도 모르게 잠들었다. 그리고 창밖이 밝아지면서 저절로 눈이 떠지니 멀리 수평선에서 붉은 해가 솟아오르고 있었다. 머리를 드러내며 서서히 떠오른 태양이 마침내 수평선까지 올라왔을 때는 그 붉은 기운을 수평선에 드리우면서 오메가(Ω) 자를 그려 보이고는 도움닫기하듯 치솟아오르는 것이었다. 아, 정말로 장엄한 일출이었다. 집주인에게 물어보니 이곳의 일출은 유난히 아름다워 사진작가들이 많이 찾아온다며 힘주어 자랑한다.

사계리 발자국 화석

사계리해안에는 '제주 사람 발자국과 동물 발자국 화석'이 있다. 2003년 10월 한국교원대 김정률 교수와 진주교육대 김경수 교수에 의해 처음 발견된 이 화석은 전문용어로 말해서 플라이스토세인 약 1만 9천 년에서 2만 5천 년 전(문화재청의 연대 조사 결과는 6,800~7,600년 전으로 추정) 사이에 생성된 것이라고 한다. 사계리와 모슬포에서는 100여 개의 사람 발자국 화석을 포함해 조류 발자국 화석, 우제류(偶蹄類)의 발자국 화석, 어류의 생흔 화석(고생물의 활동을 보여주는 화석), 다양한 무척추동물의 생흔 화석, 식물 화석 등 모두 여덟 곳에서 총 100여 점 이상이 발견되었다. 고고학, 고인류학, 고생물학 분야에서 연구 가치가 높아 국가지정문화재 천연기념물 제464호로 지정되었다.

아시아에서는 중국에 이어 두번째로 발견된 사계리해안의 사람 발자국 화석은, 그간 우리가 구석기시대 유적을 대개는 뗀석기와 동물뼈로만

| **사계리 사람 발자국 화석** | 2만 년 혹은 7천 년 전 사람과 동물이 지나간 발자국이 화석으로 남아 있어 역사적·문학적 상상력을 일으킨다. 여기는 무엇보다도 형제섬과 산방산이 보이고 파도소리가 시원해서 답사객의 발길을 오래 붙잡아놓는다.

확인했던 것에 비해 구체적인 선조들의 발자국을 확인했다는 점에서 신기하고 중요하다.

이 화석은 마침 내가 문화재청장일 때 발견되고 천연기념물로 지정되어서 제주에 가면 관계자들에게 그 안부를 묻곤 했는데 안타까운 소식이 들려왔다. 문화재로 지정된 이후 보존 상태를 주기적으로 관찰해보니 유난히도 거센 파도에 의한 침식으로 발자국 화석의 표면이 점점 마모되면서 선명한 윤곽이 점점 퇴색되어간단다. 그래서 급기야 레플리카(replica, 사본) 제작과 구제 발굴을 위한 조사작업에 들어갔다는 것이다.

아, 이를 어쩌나! 나는 파도소리가 좋아 이 길을 사랑했는데 그 파도 때문에 천연기념물이 자연 손상되고 있다니. 이런 모순이 있을 수 있나. 그러나 이 사람 발자국이 또 저 파도 덕분에 생겨났으니 파도를 마냥 원망할 일도 아니다.

2만 년 전 선조의 발자국을 물끄러미 바라보고 있자면 무언가 머릿속을 스치고 지나가는 상념이 있을 만하지 않은가. 나는 직업이 직업인지라 그저 떠돌이 사냥꾼이었던 구석기인들이 그때도 제주도에 살았구나, 그리고 조가비라도 주우려고 여기까지 내려왔구나 정도를 생각할 뿐이었다. 그러나 시인의 눈과 마음은 역시 달랐다. 시인 이대흠(李戴欠)은 이렇게 노래했다.

다녀가셨군요…… 당신
당신이 오지 않는다고 달만 보며 지낸 밤이 얼마였는데
당신이 다녀간 흔적이 이렇게 선명히 남아 있다니요
물방울이 바위에 닿듯 당신은 투명한 마음 발자국을 남기었으니
그 발자국 몇 번이나 찍혔기에 화석이 되었을까요

아파서 말을 잃은, …… 당신
눈이 멀도록 그저 바라다보기만 하였을 당신
다녀갈 때마다 당신은 또 얼마나 울었을까요
몹쓸 바람 모슬포 바람에 당신 귀는 또 얼마나 쇠었을까요
(…)
소금 간 들어 썩지 않을 그리움, 입 잃고 눈먼 사랑 하나
당신이 남긴 발자국에 새겨봅니다
다녀가셨군요…… 당신
　　　　　　　　　—「사계리 발자국 화석」 부분(『귀가 서럽다』, 창비 2010)

| 송악산과 진지동굴 | 절울이오름이라고도 불리는 송악산은 제주 서남쪽의 마침표 같은 오름으로 바다를 내려다보며 걷는 산길이 사뭇 행복하다. 절벽 아래로는 일제가 파놓은 진지동굴이 줄지어 있다.(사진 오희삼)

송악산 절벽의 일본군 진지동굴

사계리 해안길을 돌아나와 송악산으로 발을 옮기면 갑자기 떠들썩하고 분주한 관광단지로 들어서게 된다. 음식점, 상점이 모여 있고 관광버스와 제주 허씨가 줄을 잇고 있다. 바다 쪽을 내려다보면 선착장에 모여 있는 사람들을 볼 수 있다. 마라도·가파도로 가는 유람선 선착장이다.

송악산을 떠받치고 있는 듯한 가파른 벼랑이 바다에서 곧게 치솟아 있는데 절벽 아래쪽으로는 둥글게 파인 동굴 입구 같은 것이 줄지어 있다. 사람들이 들어갔다 나오기도 하고 사진을 찍으려고 입구에서 포즈를 취하기도 한다. 이 동굴은 일제강점기 태평양전쟁이라고 불린 2차대전 때 일제가 만든 군사시설이다.

전쟁이 막바지에 이른 1945년, 일제는 '결7호(決七號) 작전'이라는 군

| **해안 절벽의 진지동굴** | 송악산 아래 절벽엔 일제가 태평양전쟁 때 파놓은 진지동굴이 줄지어 있다. 이 군사시설을 위해 제주인들은 혹독한 사역에 동원되는 아픔을 겪어야 했다. 어떤 동굴은 ㄷ자로 서로 연결되어 있다.

사작전으로 제주도를 일본 본토 사수를 위한 최후의 보루로 삼았고, 관동군 등 정예 병력 6~7만여 명을 제주도에 주둔시켰다. 당시 제주도 인구가 약 25만이었음을 감안하면 엄청난 수다. 이들은 여러 해안 기지와 알뜨르 비행장, 작전 수행을 위한 도로와 진지, 땅굴 등 각종 군사시설을 건설했다. 여기에 제주 사람들을 강제로 동원했고 무리한 식량 지원을 요구했다. 이때 성산 일출봉과 송악산 해안에도 기지를 세우고 포대 및 토치카, 벙커 등을 설치했다.

일본군은 송악산 지하에도 대규모 땅굴을 파고 지하 진지를 구축했으며, 송악산 알오름 쪽의 땅굴은 군수물자 트럭까지 드나들 수 있도록 크고 넓게 건설하고, 서로 다른 지역에서 파들어간 땅굴들이 거미줄처럼 이어지게 만들었다. 송악산 해안 절벽에는 15개의 인공 동굴이 뚫려 있다. 폭 3~4미터, 길이 20여 미터에 이르는 이 굴들은 어뢰정을 숨겨놓고

| **진지동굴 소묘** | 진지동굴은 일제의 식민지 지배와 전쟁의 상처이지만 세월이 흐르면서 여기는 신혼부부들이 즐겨 사진 찍는 곳이 되었고, 동굴 안에서 형제섬을 바라보며 느긋이 쉬어가는 곳이 되었다.

연합군의 공격에 대비했던 곳이다.

다행히도 연합군은 제주도가 아니라 오키나와(沖繩)로 상륙했다. 그러지 않았다면 제주가 옥쇄 지역이 되어 오키나와처럼 수십만 명이 희생되었을지도 모르는 일이다. 이제는 그 전쟁의 상처가 유적이 되어 관광객, 신혼부부가 그 동굴 입구에서 기념사진을 찍고 있으니 세월이 무심한가, 역사가 무심한가?

절울이오름, 혹은 송악산

송악산은 해발 104미터의 낮은 산이지만 그 높이가 액면 그대로이기 때문에 그 산행길이 결코 가볍지가 않다. 그렇다고 힘든 것도 아니니 적당한 산행길이고 즐거운 올레길이라 할 수 있다.

그러나 이 산을 오를 때는 본래 이름은 송악산이 아니라 절울이오름 이라고 알고 넘어가야 그 서정이 제대로 일어난다. 『오름나그네』에서 김 종철 선생은 이렇게 말했다.

'절울이'는 물결(절)이 운다는 뜻. (⋯) 물결이 왜 우는 걸까, 산이 물 결을 빌어 우는 걸까⋯⋯ '절울이', 되살려주고 싶은 이름이다.

소나무가 울창하다고 해서 언제부터인가 송악산이라고 불렀다는데 지금도 부분적으로 솔밭이 있긴 하지만 본래는 동백나무·후박나무·느 릅나무가 우거진 전형적인 제주의 야산이었다고 한다. 그런데 뱀이 많아 언젠가 불을 질러 나무를 다 태운 바람에 빈 산에 풀이 자라 목장이 되었 단다. 그렇게 불이 난 자리에 다시는 야생 나무가 자라지 않고 산성화된 땅에 강한 소나무들 차지가 되었고 급기야 송악산이라는 이름을 얻게 되 었단다. 그래서 절울이오름엔 목장도 많고 드문드문 솔밭도 펼쳐져 있다.

절울이오름 정상에 오르면 누구나 아, 하는 탄성을 지른다. 바람이 모 질어 몸을 가누기 힘들고 모자는 눌러쓰지 않으면 벌써 날아갔을 것이 다. 깊숙이 파인 분화구는 깔때기 모양으로 깊이가 69미터란다. 이것은 제2분화구이고 주봉 너머 북서쪽엔 이보다 깊이는 얕지만 훨씬 크고 넓 은 제1분화구가 따로 있다. 주봉이 생기고 두번째 화산 폭발로 주봉 안 에서 제2분화구가 생겨 산마루가 이처럼 너울 같은 기복을 이루는 장관 을 연출한 것이다.

절울이오름 정상에 오르면 북쪽으로는 산방산과 한라산이 장엄하게 펼쳐지고, 남쪽으로는 마라도·가파도가 커다란 맷방석 모양으로 바다 위에 둥실 떠 있다. 동쪽에는 너른 바다가 멀리멀리 물러나 있고, 서쪽에 는 알뜨르들판이 길게 펼쳐져 있다. 그리고 비스듬한 경사면을 내려다보면 낮은 오름들이 신라 고분처럼 이마를 맞대고 봉긋이 솟아올라 있다. 사방팔방으로 펼쳐지는 이 아름다운 전망 때문에 절울이오름 코스를 제주올레 중 으뜸으로 꼽는 이가 많다.

그러나 절울이오름에서 내려다보는 경관의 주제는 역시 바다다. 바다를 바라보면서 일어나는 생각은 사람마다 다를 것이고 바다를 읊은 시는 동서고금에 수없이 많을 것이다. 그중 제주의 시인은 또 어떻게 노래했을까? 2005년에 작고한 김종두라는 제주 시인이 순전히 제주어로만 쓴 시집 『사는 게 뭣 산디』(2000)에 나오는 「제주바당」이다. 프랑스 시든 영국 시든 한시든 제주 시든 시는 원어로 읽어야 제맛이다.

흔도 끝도 어신	한도 끝도 없는
제주바당은	제주바다는
절도 쎄구나.	물결도 거칠구나
무슨 흔이 이성	무슨 한이 있어
늘이 늘마다	날이 날마다
요영 절만 지 싱고.	이렇게 파도만 치는 걸까
흔맺힌 귀양길	한맺힌 귀양길
썰갯물 내치던 통곡	쏠개물 쏟아내던 통곡
아 — 좀들지 못흔	아 — 잠들지 못한
원혼들의 울음이여	원혼들의 울음이여
절쎈 바당이여	거친 파도 바다여

알뜨르 비행장

절울이오름 아래쪽은 알뜨르들판이다. 북쪽으로는 산방산·단산·모슬

| 알뜨르 비행장 격납고 | 태평양전쟁 말기에 일제는 알뜨르 비행장에 20개의 비행기 격납고를 만들었다. 견고한 콘크리트 돔으로 축조하고 그 위를 흙과 풀로 덮어 위장한 이 격납고들은 일제가 마지막 옥쇄 작전지의 하나로 제주도를 생각하고 있었음을 말해준다.

봉 등 여럿의 작은 오름과 어우러지고 한라산의 긴 줄기가 파노라마로 펼쳐진다. 남쪽으로는 바다가 넘실대는 풍광 좋은 너른 들판이 있는, 제주도에서 보기 드물게 갖가지 밭작물이 쑥쑥 크는 비옥한 땅이다. 제주에선 이렇게 넓은 들판이 없다. 지금도 알뜨르들판에선 감자와 마늘이 풍성하게 자라고 있다. 일제는 중일전쟁을 일으키면서 중국 대륙 침략을 위한 전진기지로 알뜨르평야에 비행장을 건설했다.

일제가 처음 비행장 건설을 계획한 것은 1926년이었고 이후 1936년까지 10년 동안 1차로 20만 평을 닦았다. 남북 방향으로 길게 들어선 활주로는 길이 1,400미터, 폭 70미터 규모로 잔디를 깔았다. 1937년 중일전쟁이 발발하자 일본 나가사키현의 오무라(大村) 항공기지가 이곳에 주둔해 중국 난징(南京)과 상하이(上海) 등 중국 대륙 공격을 위한 해양 거점으로 활용됐다.

난징 폭격을 위해 일본 규슈의 오무라 비행장을 이륙한 폭격기들은 단번에 중국까지 비행할 수가 없었다. 급유를 위한 중간 기착지가 바로 이곳 모슬포였다. 이곳에서 출격한 전투기가 700킬로미터 정도 떨어진 중국 난징을 폭격했는데 당시 공습은 36회, 연 600기의 전투기가 총 300톤의 폭탄을 쏟아부었다고 한다.

그리고 일본군은 1937년에 2차로 80만 평으로 늘리기 시작했고 태평양전쟁을 치르면서 1945년 패망할 때까지 비행장을 확장해 해군 항공대 2,500여 명과 전투기 25대를 배치했다. 가미카제(神風) 조종사들도 이곳에서 훈련을 받았다. 이때 폭 20미터, 높이 4미터, 길이 10.5미터 규모의 격납고가 총 20개 건설되었으며, 훈련기인 잠자리비행기(아카톰보)를 숨겨두었다(그중 19개는 원형이 그대로 남아 있다).

격납고 근처에는 대공포 진지와 정비고, 막사로 사용했던 건물들의 흔적도 있다. 또 비행장 동북쪽 탄약고터는 거의 원형대로 남아 있으며, 그 안에는 탄약고 두 개와 2층으로 만들어진 복도가 있다. 지하 벙커, 방공호, 섯알오름 고사포 진지도 있다. 그중 높이 솟은 콘크리트 물탱크는 이 쓰라린 군사시설의 추모비인 양 지금도 그대로 남아 있다.

| 알뜨르 비행장 훈련기 모형 | 알뜨르 비행장에서는 가미카제 특공대 조종사들의 훈련장이기도 했다. 그들의 훈련기는 잠자리 모양의 빨간색이어서 '아카톰보'라고 불렸다.

알뜨르 비행장은 2006년 등록문화재(근대문화유산) 제39호로 지정됐다. 정부는 이 알뜨르 비행장을 중심으로 모슬포 전적지를 '제주평화대공원'으로 조성해 2017년까지 완공할 예정이다. 거기에는 각종 유적지를 정비해

전시관·기념관·전쟁체험관·위령탑·기념조형물·편의시설 등을 설치하고 평화를 테마로 한 관광 코스도 만들 것이라고 한다.

그러나 그 모습이 어떻게 될지 나는 잘 알지 못한다. 지금도 알뜨르 비행장 인근에서는 국방부로부터 땅을 빌린 주민들이 감자 농사에 한창이다. 제주도 냄새가 물씬 풍기는 검붉은 땅에, 장대하게 펼쳐진 감자밭 사이로 입을 크게 벌리고 있는 콘크리트 격납고들이 완성한 절묘한 대비보다 역사적 경관을 더 잘 전해주는 것이 또 있을까 의문이다. 어쩌면 지금 이대로가 전쟁의 상처를 이겨나가는 평화공원의 모습이 아닐까 근심스러운 마음으로 그 사업을 지켜보고 있다. 혹시나 예의 '뽈대'라도 하나 서는 날에는 망해도 보통 망하는 것이 아닐 텐데.

백조일손지묘

풍요롭고 아름다운 알뜨르들판에 일제의 군사시설이 들어선 것은 잔인한 대지의 학살이었다. 그런데 이 땅의 팔자였을까, 아니면 제주 할망의 못된 짓이 일으킨 날벼락이었을까. 한국전쟁이 발발하자 알뜨르에는 또 한번, 이번에는 진짜로 잔인한 학살이 일어난다. 그 유적이 '백 할아버지 한 자손의 무덤'이라는 뜻의 백조일손지묘(百祖一孫之墓)다.

한국전쟁이 발발하자 정부는 좌익세력이 북한 공산군에 동조할지도 모른다는 생각에서 각 지구 계엄사에 좌익분자 체포·구금을 명령했다. 제주지구 계엄 당국은 불순분자를 색출한다는 미명하에 보도연맹원, 4·3사건 때 체포되었다가 석방된 사람과 무고한 양민을 예비검속이라는 이름으로 검거했다. 이 '예비검속'으로 검거된 대정·한림 일대의 제주 도민이 193명에 이르렀는데 1950년 8월 20일 새벽 2시부터 섯알오름에서 모조리 학살당했다.

| **백조일손지묘** | '백 할아버지 한 자손의 무덤'이라는 이 무덤은 4·3사건의 후유증이 얼마나 슬프고 비참했는지를 말해주는 유적이다. 한국전쟁이 일어나자 예비검속으로 학살당한 132명의 시신을 7년 만에 수습하면서 뼈만 추려 봉분을 만든 공동묘지이다.

　새벽 2시에 처형된 이들의 시신은 유족들이 수습이나마 했으나, 새벽 5시에 처형된 132명은 사건 은폐를 위해 유족에게 시신조차 양도되지 않았다. 1953년, 전쟁이 끝나고도 당국은 시신을 양도하지 않았다. 사건이 일어난 지 6년 8개월 만인 1957년 4월 8일에야 유족들은 시신을 수습할 수 있었다. 그러나 부러진 팔·다리·등뼈 등이 뒤섞여 있어 도저히 누구의 유골인지 알 수 없었다. 이에 유족들은 132명의 희생자를 한 조상으로 함께 모시자는 데 의견을 모았다. 누구의 시신인지 가리지 않고 칠성판 위에 머리 하나, 팔 둘, 등뼈 하나, 다리 둘 등을 이어 맞추어 132명의 봉분을 만들고 그 이름을 '백조일손지묘'라 지었다.

　알뜨르들판 섯알오름에서 동쪽으로 조금 떨어진 사계리 공동묘지에는 아무런 경계도 없이 애기무덤만 한 크기의 봉분들을 가지런히 따로 모아 돌담을 돌려놓았고, 까맣고 작은 대리석에 무덤의 내력을 슬프게 새겨놓았다. 아무 영문도 모르고 온 사람들도 그 처연한 무덤과 사연에 눈물을 흘리지 않을 수 없다.

글로만 보던 4·3사건을 내가 처음 눈물로 접한 곳이 바로 이 백조일손 지묘였다. 이곳은 민족상잔이었던 한국전쟁의 비극적 현장이자 유적으로, 우리 가슴에 깊은 경각심을 일깨워준다. 1987년 6월항쟁이 일어나기 전만 해도 이곳을 다녀온다는 것이 사상적으로 의심받을 만한 일이어서 숨죽이면서도 사죄하는 마음으로 찾아오지 않을 수 없었다.

6월항쟁이 일어나고 민주화 바람이 불면서 4·3사건의 희생자들이 복권되어 마침내 정부로부터 공식적인 사과가 있은 다음에는 후련한 마음으로 이곳에 와 비명에 간 그분들의 넋을 위로할 수 있었다.

그런데, 어느 해인가 이 백조일손지묘는 마치 작은 현충원처럼 거창하고 말끔하게 조성됐다. 예의 위령비 '뽈대'도 높이 세워졌다. 그것은 거창 양민 학살 유적지와 마찬가지로 역사 유적의 진정성을 분식해버린 처사였다. 이렇게 해 유족과 땅속의 원혼들이 얼마나 위로받았을지는 알 길이 없다. 다만 전에는 일부러 와서 분향하고 마음으로 그분들의 명복을 빌던 사람들이 이렇게 단장된 후로는 덜 찾아온다는 얘기만 들린다. 나도 그후로는 그쪽으로 발길이 좀처럼 닿지 않는다.

건축을 포함하여 미술은 아름답고 위대하다는 생각을 갖고 있어서 미술평론, 미술사 연구를 업으로 삼고 살아가고 있지만 역사에서 현실에서 미술의 횡포와 해독도 만만치 않다. 문학, 음악, 무용 등 모든 예술이 다 그럴 것이다. 그러나 특히 미술의 해독이 시나 노래보다 심한 이유가, 시나 노래는 안 읽고 안 부르면 그만이지만 미술은 싫어도 보고 살아야 한다는 점에서 치명적이기 때문이다.

김지하의 「빈 산」

백조일손지묘를 떠나 숙소로 가기 위해 대정 쪽으로 향하니 이제는 바다를 등지고 한라산을 비껴보며 달리게 된다. 땅거미가 내리면서 한라산 자락 아래로 둥글게 둥글게 이어지는 오름의 능선이 무거운 침묵 속에 그 육중한 몸체만 드러내고 있다.

어둔 녘의 오름들을 보고 있으면 답삿길에 들뜬 기분이 가라앉으면서 가볍게 눈을 감아보게 된다. 제주의 저녁 오름을 보면 나도 모르게 떠오르는 시가 하나 있다. 김지하의 「빈 산」이다(『타는 목마름으로』, 창비 1982).

빈 산
아무도 더는
오르지 않는 저 빈 산

해와 바람이
부딪쳐 우는 외로운 벌거숭이 산
아아 빈 산
이제는 우리가 죽어
없어져도 상여로도 떠나지 못할 저 아득한 산
빈 산

너무 길어라
대낮 몸부림이 너무 고달퍼라
지금은 숨어
깊고 깊은 저 흙 속에 저 침묵한 산맥 속에

숨어 타는 숯이야 내일은 아무도
불꽃일 줄도 몰라라

한줌 흙을 쥐고 울부짖는 사람아
네가 죽을 저 산에 죽어
끝없이 죽어
산에
저 빈 산에 아아

불꽃일 줄도 몰라라
내일은 한 그루 새푸른
솔일 줄도 몰라라

김지하 시인의 최고 명작으로 꼽히는 이「빈 산」은 일찍이 작곡가 이종구 교수(한양대) 작곡으로 김민기에 의해 노래로 불려졌다. 그런데 김민기는 어느 날 더는 노래를 부르지 않게 되면서 이「빈 산」은 레코드, 테이프, CD 어느 것으로도 남은 것이 없다. 아, 정말로 명곡인데.

그래서 이 노래는 연극인 임진택이 술자리에서 사람들의 청을 받아 부를 때에만 들을 수 있고, 어쩌다 이애주가 춤사위와「새야 새야」를 곁들여 부르는 것을 들을 수 있을 뿐이다.

나는 차창을 내리고 진양조 느린 가락으로 시작하는「빈 산」을 부르면서 숙소로 돌아갔다.

2012.

세한도를 그릴 거나, 수선화를 노래할 거나

유배지로 가는 길 / 위리안치 / 아내에게 보낸 편지 / 찾아오는
제자들 / 「세한도」 / 추사의 귤중옥 / 수선화를 노래하며 / 방송

폐허가 된 옛 고을 대정

조선시대에 제주 세 고을이란 제주목과 동북쪽의 정의현, 남서쪽의
대정현을 일컫는다. 그중 제주목은 제주목 관아가 있고, 정의현은 읍성
자체가 남아 있어 성읍 민속마을이 중요민속자료로 지정될 정도로 옛
모습이 남아 있다. 그러나 대정현의 자취는 허망할 정도로 거의 다 사라
졌다. 오직 대정읍성의 한 자락과 대정향교가 남아 있어 여기가 옛 고을
이었음을 말해줄 따름이다.

이렇게 된 데에는 이유가 있다. 제주목은 관덕정으로 대표되는 제주
시 다운타운의 핵심으로 이어졌고, 정의현은 현대화의 상처를 크게 받
지 않았다. 이에 비해 대정은 일제강점기와 근현대를 거치면서 해체되어
버렸다. 우선 서귀포시가 형성되면서 고을의 무게중심이 그쪽으로 이동

했다. 부산이 생기면서 동래가 외지로 밀려난 것과 비슷하다. 대정 아랫
동네인 모슬포항은 지금껏 초라한 옛 모습이다. 태평양전쟁 때는 알뜨르
넓은 들에 가미카제 특공대의 격납고와 활주로가 들어앉았다. 그리고 해
방 뒤에는 대정의 중심지에 육군 제1훈련소가 설치되어 드넓은 면적이
군사훈련장으로 바뀌어 남아날 것이 없었다.

그 바람에 대정읍성은 모조리 헐리고 오직 북쪽 성벽만 간신히 살아
남았고 읍내에서 멀찍이 떨어져 단산 아래 있는 대정향교가 목숨을 구
했을 뿐이다. 게다가 서귀포시나, 특급 호텔이 모여 있는 중문단지로 가
는 길조차 대정을 비켜서 났으니 대정은 세상에 주목받을 일도 없고 관
광객의 발길이 닿을 일도 없게 되었다. 이것은 제주도로서도 큰 손실이
고 국가적으로도 그대로 둘 수는 없는 일이다.

그래서 제주도와 문화재청에서는 대정읍성의 북쪽 잔편을 국가사적
으로 지정하기 위해 복원했고, 읍성 안쪽에 바짝 붙어 있는 추사 유배지
에 제주 추사관이라는 기념관을 지어 이미 복원된 '추사 적거지(謫居址)'
와 짝을 이루어놓으니 이제는 여기가 옛 고을 대정의 초입인 것만은 명
확히 알 수 있게 되었다. 그래서 대정답사는 추사 유배지가 핵심이다.

귀양살이에서 완성된 추사체

사실 추사 유배지로 말할 것 같으면 무엇을 볼 게 있고 없고를 떠나 대
한민국 국민이면 모름지기 한 번쯤은 찾아가볼 만한 곳이다. 여기는 추
사 선생이 9년간 유배 살던 곳으로 유명한 「세한도」가 그려진 명작의 고
향이다. 더욱이 그 유명한 추사체는 바로 제주도 귀양살이 때 완성되었
다는 것이 당대부터의 정설(定說)이다.

연암 박지원의 손자로 임술민란 때 안핵사(按覈使)를, 셔면호 사건 때

706

| 추사 김정희 초상 | 추사의 제자인 소치 허련이 그린 추사의 초상이다. 갖은 풍파를 겪으면서도 자신의 학예를 높은 차원에서 완성한 인품이 잘 나타나 있다.

평안감사를 지냈던 환재(瓛齋) 박규수(朴珪壽)는 글씨에 있어서도 대안목의 소유자였다. 박규수는 일찍이 추사체의 변천 과정을 이렇게 말했다.

추사의 글씨는 어려서부터 늙을 때까지 그 서체가 여러 차례 바뀌었다. 어렸을 적에는 오직 (당시의 모더니즘 경향인) 동기창체에 뜻을 두었고, 중세(24세)에 연경을 다녀온 후에는 청나라 옹방강체를 열심히 본받았다. (그래서 이 무렵 추사의 글씨는) 너무 기름지고 획이 두껍고 골기(骨氣)

가 적었다는 흠이 있었다. 그러나 소동파·미불·이북해·구양순 [등 역대 대가를 열심히 공부하여] 글씨의 진수를 얻게 되었다.

그리고 만년에 [제주도 귀양살이로] 바다를 건너갔다 돌아온 다음부터 는 남에게 구속받고 본뜨는 경향이 다시는 없게 되고, 여러 대가의 장 점을 모아서 스스로 일가를 이루게 되니 신(神)이 오는 듯, 기(氣)가 오는 듯, 바다의 조수가 밀려오는 듯했다. 그래서 내가 후생 소년들에 게 추사체를 함부로 흉내 내지 말라고 한 것이다.([ ] 안은 인용자)

조선시대 행형 제도에서 유배형이 갖는 미덕은 결과적으로 학문과 예 술에 전념할 수 있는 '강제적인 기회'를 제공했다는 점이다. 다산의 사상 은 18년 유배 생활에서 결실을 맺고 그의 '북엇국 백반' 같은 해맑은 글 씨체를 보여주었듯이, 추사체는 제주도 귀양살이 9년이 낳은 것이었다. 조선 후기 동국진체(東國眞體)라는 조선적인 서체를 완성한 원교(圓嶠) 이광사(李匡師)는 해남 신지도에 30년 유배하면서 이룩했고, 신영복 선 생의 어깨동무하는 듯한 '연대체'는 20년 감옥살이에서 얻은 것이었으 니 우리나라 명필은 다 '유배체'라고 할 만하다.

귀공자에서 유배객으로

추사(秋史) 김정희(金正喜, 1786~1856)는 경주 김씨로 정조 10년 예산 에서 태어났다. 고조할아버지는 영의정을 지냈고, 증조할아버지 월성위 는 영조대왕의 사위였으며, 아버지 김노경(金魯敬)은 이조판서를 지냈 다. 명문 출신으로 왕가의 사돈집 귀공자였다.

어려서부터 영특하여 박제가의 가르침을 받았고 24세 때 동지부사로 가는 아버지를 따라 자제군관 자격으로 연경(燕京)에 갔다가 청나라 석학 옹방강(翁方綱)과 완원(阮元)을 만났다. 옹방강은 그에게 금석학을 훈도했고 완원은 그를 제자로 삼아 완당(阮堂)이라는 호를 내려주었다.

35세 때 과거에 합격하여 규장각 대교(待敎), 성균관 대사성(大司成)을 지냈다. 김경연·김유근·조인영·권돈인·신위·홍현주 같은 당대의 문인과 벗했으며, 조희룡·허련·이상적·강위·전기·이하응 같은 제자를 두었다. 또 초의선사(艸衣禪師, 1786~1866)와 벗하며 불교와 차에 깊은 조예가 있었다. 그는 섭지선·유희해 같은 중국 학자와 서신으로 교류하여 그 명성이 중국에도 널리 퍼졌다.

그가 지향하는 학문과 예술의 세계는 '입고출신(入古出新)', 즉 '고전으로 들어가서 새것으로 나온다'는 모토를 갖고 있던 고증학(考證學)에 바탕을 두었다.

헌종 6년(1840), 55세 되던 해에 추사는 병조참판으로, 그해 겨울에는 동지부사가 되어 30년 만에 다시 연경에 가게 되었다. 그러나 이때 정변이 일어났다. 안동 김씨 세력가들이 10년 전에 마무리되었던 한 사건을 들먹이며 추사에게 정치적 공세를 가했다. 추사는 형틀에서 모진 형벌과 고문을 당하여 죽음 직전까지 이르렀다. 이때 그의 벗인 우의정 조인영(趙寅永)이 왕에게 상소문을 올려 죽음만은 면하게 해달라고 호소함으로써 간신히 목숨을 구하게 됐다. 헌종 6년 9월 2일 추사에게는 다음과 같은 형벌을 내려졌다.

"추사 김정희를 원악도(遠惡島)에 위리안치(圍籬安置)시키라."

눈앞에 있던 영광의 연경길이 아픔의 귀양길로 바뀐 것이다.

| 납읍 포제단 | 천연기념물 제375호인 제주 납읍리의 난대림은 늘푸른나무들이 아름답게 우거져 제주 천연의 모습을 전해준다. 그 숲속에는 포제단이 있는데 그곳은 제를 정결하게 지내기 위해 제관들이 합숙하는 곳이다.

유배지로 가는 길

추사는 지체 없이 유배지로 떠났다. 육지 천 리, 바다 천 리의 멀고 먼 길이다. 쉬지 않고 가도 족히 한 달은 걸리는 행로다. 추사의 유배길에는 금오랑(金吾郎), 즉 의금부 관리가 행형관으로 대정까지 동행했으며, 집에서는 머슴 봉이가 완도까지 따랐다.

전설에 따르면 추사는 귀양길에 전주에서 창암(蒼巖) 이삼만(李三晚)을 만나 서예를 논하고, 해남 대흥사 일지암에서 초의선사를 만나 원교 이광사의 현판을 떼고 자신의 글씨를 달게 했다고 한다. 그리고 완도에서 제주 가는 배를 탄 때는 25일 뒤인 9월 27일이었다. 제주로 향하는 뱃길은 죽을 고비를 겪는 아슬아슬한 항로였다. 민규호(閔奎鎬)는 『완당 김공 소전』을 쓰면서 이렇게 말했다.

제주는 옛 탐라인데 큰 바다가 사이에 끼어 있어 거리가 매우 멀고 바람이 많이 분다. 그런데 공이 이곳을 건널 적에는 유난히 큰 파도 속에서 천둥 벼락까지 만나, 죽고 사는 일이 순간에 달렸다. 배에 탄 사람들은 모두 넋을 잃고 서로 부둥켜안고 통곡했고, 뱃사공도 다리가 떨려 감히 전진하지 못했다.

그러나 공은 뱃머리에 꼼짝 않고 앉아서 소리 높여 시를 읊으니 시 읊는 소리가 파도소리에 지지 않고 오르내렸다. 이때 공은 손을 들어 어느 곳을 가리키며 '사공아, 힘껏 키를 끌어당겨 저쪽으로 향하라!' 했다. 그러자 배는 바람을 타고 항해가 빨라져 마침내 아침에 출발하여 저녁에 제주에 당도하니 제주 사람들이 '날아서 건너온 것 같다'고 했다.

추사의 일대기에는 이런 전설 같은 이야기가 많았다.

그리고 이튿날 대정을 향해 하루 종일 걸었다. 화북에서 대정까지는 80릿길. 쓸쓸한 가을날의 서정을 안고 추사는 그해 10월 2일 대정현에 도착했다.

위리안치라는 형벌

추사에게 내려진 형벌은 '위리안치'였다. '위리안치'는 유배지의 가시울타리 안에서만 기거하는 중형이다. 조선시대 행형 제도에서 유형(流刑)이라는 형벌은 죄인을 먼 곳에 격리시키는 제도인데, 죄질과 죄인의 신분, 유배 장소에 따라 배(配)·적(謫)·찬(竄)·방(放)·천(遷)·사(徙) 등으로 이름과 형식이 다양했다. 그중에서 가장 많이 시행된 것은 주군(州郡)안치와 위리안치였다.

주군안치는 일정한 지방(州·郡·縣) 안에 머물게 하는 것으로 그곳에서는 자유로운 활동이 가능했다. 강진에 유배된 다산 정약용이 주군안치였다. 그러나 위리안치는 대단히 가혹했다. 위리안치는 가시나무, 대개 탱자나무 울타리로 집의 사면을 둘러 보수주인(保授主人, 감호하는 주인)만 출입이 가능했다.

많은 사람들이 다산과 추사를 비교하면서 다산은 귀양살이를 통해 현실을 발견했는데 추사는 그러지 못했다고 말하곤 한다. 그러나 그 이유는 주군안치와 위리안치라는 유배 방식의 차이에도 있었다. 다산은 읍내를 돌아다니며 현실을 살필 수 있었지만, 추사는 가시울타리 안에 갇혀 있을 수밖에 없었다. 그래서 추사는 현실 대신 자아를 재발견하는 계기를 가졌는지도 모른다.

추사가 대정으로 와서 집을 잡고 가시울타리를 두르고 유배처로 삼은 곳은 대정읍성 안동네 송계순의 집이었다.

추사는 귀양살이 집을 장만하고 나서 아내에게 편지를 보내 "집은 넉넉히 몸놀림할 만한 데를 얻어 오히려 과한 듯하오"라며 짐짓 안심시켰다. 그러나 그것은 말뿐이지 예산의 추사 고택과 비교해보면 특급 호텔과 허름한 민박집의 차이보다도 더했을 것이다.

그후 추사는 무슨 사연에서인지 거처를 같은 동네 강도순의 집으로 옮기고, 또 유배가 끝날 무렵에는 식수(食水)의 불편 때문에 안덕계곡 쪽으로 다시 거처를 옮겼다고 전해진다. 지금 추사 유배지는 강도순의 집터에 편지로 말한 송계순의 집을 복원한 것이다.

아내에게 보낸 편지

추사의 기약 없는 귀양살이는 이렇게 시작됐다. 귀양살이의 어려움은

| 추사 유배지 | 추사는 대정에 유배되어 8년 3개월간 귀양살이를 했다. 전후 세 차례 집을 옮겼는데 여기는 강도순의 집터에 그가 처음 살던 송계순의 집 모양을 편지에서 말한 대로 복원한 것이다.

한두 가지가 아니었다. 낯선 풍토, 입에 맞지 않는 음식, 잦은 질병으로 모진 고생을 했다. 그리고 학문과 예술을 함께 논할 상대가 없는 외로움도 있었다. 추사는 그 괴로움과 외로움을 오직 편지로 달랬다.

그는 제주 유배 시절에 무수한 편지를 썼다. 『완당선생전집』 전10권 중 다섯 권이 편지다. 추사 사후 문집으로 가장 먼저 간행된 것은 본격적인 시문(詩文)이 아니라 『완당척독(阮堂尺牘)』이라는 편지 모음이었다. 유배지에서 추사는 날마다 편지를 간절히 기다렸다.

만일 그대의 서신이 아니면 무엇으로 이 눈을 열겠는가? 하루가 한 해같이 긴데 온종일 듣는 것은 단지 참새와 까마귀 소리뿐. 그대의 서신을 접하면 마치 쑥대가 무성한 산길에서 담소(談笑) 소리를 듣는 듯

| 유배지에서 보낸 추사의 편지 | 추사는 제주 귀양살이 시절 인편만 있으면 가족과 벗에게 부지런히 편지를 보냈다. 특히 그의 편지는 단순한 안부만이 아니라 서정적인 표현이 곁들여 있어 사후에 유고로 맨 먼저 나온 책이 『완당척독』이라는 편지 모음이었다.

한 기쁨이 있다네. (장인식에게 보낸 편지)

귀양살이에서 정신적 고통이 외로움이라면 육체적으로 견디기 어려운 것은 음식이었다. 추사는 아내에게 보낸 한글 편지에서 이렇게 요구했다.

서울서 내려온 장맛이 다 소금꽃이 피어 쓰고 짜서 비위를 면치 못하오니 하루하루가 민망합니다. (…) 진장(陳醬)을 (…) 다소간 사 보내게 하여주십시오. 변변치 아니한 진장은 얻어 보내도 부질없습니다. 그곳 윤씨에게 진장이 요사이도 있는지 물어보십시오.

민어를 연하고 무름한 것으로 가려 사서 보내게 하십시오. 내려온 것은 살이 썩어 먹을 길이 없습니다. 겨자는 맛난 것이 있을 것이니 넉

714

넉히 얻어 보내십시오. (…) 가을 뒤의 좋은 것으로 사오 접이 되든 못되든 선편에 부치고 어란(魚卵)도 거기서 먹을 만한 것을 구하여 보내십시오.

귀양지에 앉아서 장을 보내라, 민어를 말려서 보내달라는 말이 민망하게 들리기도 한다. 그러나 그것은 정치범으로 교도소에 들어가 특식을 사먹는 것과 진배없는 일이다. 그러나 한양에서 대정까지는 머나먼 길, 다른 것도 아닌 음식을 그곳까지 배달하기란 보통 일이 아니었다.

일껏 해서 보낸 반찬은 마른 것 외는 다 상하여 먹을 길이 없습니다. 약식과 인절미가 아깝습니다. 쉬 와도 성히 오기 어려운데 일곱 달 만에도 오고 쉬어야 두어 달 만에 오는 것이 어찌 성히 올까 보오. 서울서 보낸 김치(沈菜)는 워낙에 소금을 지나치게 한 것이라 맛은 변했으나 그래도 김치에 주린 입이라 견디고 먹습니다.

추사가 밑반찬을 보내달라고 한 것은 섬의 음식이 입에 맞지 않는 것도 있지만 이 궁벽한 바다 끝 마을에서는 음식 재료를 살 길이 없었기 때문이다.

끊임없는 질병 호소

추사의 편지와 음식·옷 등 물품은 주로 집안 하인들이 부지런히 오가며 전달해주었다. 이런 처지에 놓인 추사에게 뜻밖에도 구인(救人)이 나타났다. 강경 뱃사람 양봉신이란 분이 추사의 귀양살이를 보필해주겠다고 자원해 나선 것이었다.

이런 것을 보면 완당은 인복(人福)이 대단했다는 생각이 든다. 스승 박제가, 연경의 옹방강과 완원, 여러 중인 계급 제자를 둔 것, 죽음의 문턱에서 벗 조인영의 구원을 받은 것, 초의와 권돈인(權敦仁, 1783~1859) 같은 평생 지우(知友)를 얻은 것, 이 모두가 큰 복이 아닐 수 없다. 제주도에서도 그의 인복은 끊이지 않았다. 소치(小癡) 허련(許鍊, 1808~93), 강위(姜瑋, 1820~84), 박혜백(朴蕙百, ?~?) 같은 제자가 유배지로 찾아와 그와 벗해주었으며, 오진사라는 제주의 문사를 만났고 나중에는 제주목사 장인식에게 큰 도움을 받기도 했다. 본래 복은 덕으로 인하여 받게 된다고 하니 추사는 인덕이 높은 분이어서 그런 인복이 있었던 듯하다.

귀양살이 동안 추사는 몸이 계속 편치 않았고 잦은 질병으로 큰 고생을 했다. 낯선 풍토의 나쁜 기운, 이른바 장기(瘴氣) 때문에 고생이 더했다. 그의 말대로 '독우(毒雨)·독열(毒熱)·독풍(毒風)'이 심하여 병고의 나날을 보냈다.

게다가 추사는 눈병도 앓았다. 추사의 편지 중엔 이런 말이 단골로 등장한다. "눈이 침침하여 제대로 쓰지 못하겠다." "안질이 근자에 더하여 간신히 적는다." "안화(眼花)가 피어 앞이 어른거린다." 안화는 눈곱이 끼는 것을 이른 듯하지만 어쩌면 백내장을 앓았는지도 모를 일이다. 게다가 그곳에는 약도 의원도 없었으니 고통이 더욱 심했다.

이 죄인은 지금까지 목숨을 부지하고 있으나…… 온갖 질병이 침범해오므로 눈과 귀와 코와 혀가 아프지 않은 데가 없습니다. 하지만 의원도 없고 약도 없으므로, 오직 그대로 내버려둘 뿐입니다. (신관호에게 보낸 편지)

추사는 귀양살이 9년간 편지마다 이런 아픔을 호소했다. 이런 편지를 볼 때면 그의 간고했던 삶이 애처로워지면서 가슴이 저려오기도 한다.

아내의 죽음

추사의 부인 예안(禮安) 이씨에겐 자식이 없었다. 그래서 추사는 소실을 두어 37세에 서자 상우(商佑)를 낳았다. 그러나 서자로는 집안을 잇게 할 수 없는 일이었다. 추사는 유배 중에 일을 당하면 큰일이다 싶었던지 유배 온 이듬해 집안에서 13촌 되는 상무(商懋)를 양자로 들였다. 그렇게 양자를 들여 대를 잇게 하고 며느리를 맞이하면서 손자까지 보게 되어 마음의 안정을 찾았다. 그러나 그것은 잠깐이었다.

헌종 8년(1842) 11월 13일, 남달리 금슬이 좋았고, 귀양살이의 옷가지와 음식을 챙겨주던 아내가 지병을 이기지 못하고 끝내 세상을 등지고 말았다. 추사가 그 부음을 듣게 된 것은 한 달 뒤인 12월 15일이었다. 그래서 추사는 아내가 죽은 것도 모르고 11월 18일자 편지에 "우록정(麀鹿錠)을 자시어보라"며 쾌차를 비는 간절한 마음을 적기도 했다.

아내의 부음을 듣고 추사는 고향을 향해 엎드려 피눈물을 흘리며 복받치는 감정을 억제하지 못하고 오열했다. 그리고 다시 정신을 차리고 책상 앞에 단정히 앉아 눈물의 애서문(哀逝文)을 지었다.

임인년 11월 13일 부인이 예산의 집에서 일생을 마쳤으나 다음 달 15일 저녁에야 비로소 부고가 해상에 전해왔다. 그래서 지아비 김정희는 위패를 설치하여 곡하고 생리(生離)와 사별(死別)을 비참히 여긴다. 영영 가서 돌이킬 수 없음을 느끼면서 두어 줄의 글을 엮어 본가에 부치니 이 글이 당도하는 날 제물을 차리고 궤연 앞에 고하게 하길 바란다. (…)

어허! 어허! 무릇 사람이 다 죽어갈망정 유독 부인만은 죽어서는 안될 처지가 아니겠소. (…) 부인이 끝내 먼저 죽고 말았으니 먼저 죽어가는 것이 무엇이 유쾌하고 만족스러워서 나로 하여금 두 눈만 뻔히 뜨고 홀로 살게 한단 말이오. 푸른 바다와 같이, 긴 하늘과 같이 나의 한은 다함이 없을 따름이외다.

초의와 제자들의 방문

아내를 잃고 더욱 외로움에 빠져 있던 헌종 9년(1843) 봄, 추사의 동갑내기로 평생지기였던 일지암(一枝庵)의 초의선사가 추사의 상처를 위로해주려고 바다를 건너왔다. 얼마나 고맙고 반가웠을까? 그러던 초의는 제주에 온 지 어느덧 6개월이 되었을 때 일지암으로 돌아가겠다고 했다. 추사는 "산중에 무슨 급한 일이 있겠느냐"며 초의를 붙잡았지만 그는 기어이 떠나고 말았다.

그렇게 육지로 돌아간 초의가 말을 타다가 살이 벗겨졌다는 소식을 듣고 추사는 위로 편지를 보냈다. 추사는 초의에게 편지를 보낼 때면 꼭 장난기가 발동했다. 초의의 약을 올리는 듯한 글투였다.

얼마 전에 들으니 안마(鞍馬)를 이기지 못하여 볼깃살이 벗겨져나가는 쓰라림을 겪는다니 자못 염려가 되네. 크게 상처를 입지는 않았는가? 내 말을 듣지 않고 망행(妄行)·망동(妄動)을 하였으니 어찌 쌤통이 아니겠나.

사슴 가죽을 아주 얇게 조각을 내어 그 상처의 크기대로 오려서 쌀밥풀로 되게 이겨 붙이면 제일 좋다고 하네. 이는 중의 가죽이 사슴 가죽과 통하는 데가 있다는 걸세. 그 가죽을 붙이고서 곧장 몸을 일으켜

꼭 돌아와야만 하네.(초의에게 보낸 편지)

추사의 귀양살이에는 항시 누군가가 있어 말벗이 되어주었다. 인덕이 높고 인복이 많았던 추사였기에 귀양살이 중에 많은 사람이 그를 찾아와 함께 지내주었다. 추사의 충실한 제자는 역시 소치 허련이었다. 허소치는 전후 세 차례나 추사의 유배지를 찾아와 머물며 같이 보냈다.

서자인 상우는 근 1년간 아버지의 귀양살이 바라지를 했다. 그때

| 초의선사 초상 | 추사와 동갑으로 평생의 벗이었던 초의는 추사가 아내의 죽음을 당하자 이를 위로하기 위해 유배지로 찾아와 6개월을 함께 지냈다.

추사는 아들을 위하여 난초 그림 한 폭을 시범으로 그려주었다. 이것이 유명한 「시우란(示佑蘭)」이라는 작품이다. 또 붓을 잘 만드는 필장(筆匠)인 박혜백이 한동안 곁에서 추사를 위해 붓을 만들어주고 글씨를 배우며 지냈다.

그리고 헌종 12년(1846), 추사 회갑 되던 해에는 개항기 학자인 강위(姜瑋, 1820~84)가 찾아왔다. 강위는 일찍이 과거를 포기하고 당시 이단으로 몰려 있던 민노행(閔魯行) 밑에서 공부했는데, 선생이 일찍 세상을 떠나면서 "추사를 찾아가서 공부를 이어가라"라고 유언을 남겨 이곳까지 찾아온 것이다.

| **「세한도」** | 추사가 남긴 불후의 명작인 「세한도」는 제작 과정, 여기에 첨가된 시문들, 그리고 그 이후의 전래 과정이 모두 하나의 드라마 같은 이야기로 엮어진다.

「세한도」 제작 과정

헌종 10년(1844), 추사 나이 59세, 제주도에 유배 온 지 5년째 되었을 때 추사는 생애 최고의 명작으로 손꼽히는 「세한도(歲寒圖)」(국보 제180호)를 제작했다. 동그란 창이 나 있는 소담한 서재와 노송 한 그루와 곰솔 세 그루가 그려진 단아한 문인화다. 그러나 이 소산한 그림이 우리를 감격시키는 것은 아름답고 강인한 추사체의 발문과 그 내용에 있다.

「세한도」는 추사가 그의 제자인 우선(藕船) 이상적(李尙迪, 1804~65)에게 그려준 것이다. 역관(譯官)인 이상적은 스승이 귀양살이하는 동안에 정성을 다해 해마다 연경에서 구해온 책을 보내주었다.

세상은 흐르는 물살처럼 오로지 권세와 이익에만 수없이 찾아가서 부탁하는 것이 상례인데 그대는 많은 고생을 하여 겨우 손에 넣은 그 책들을 권세가에게 기증하지 않고 바다 바깥에 있는 초췌하고 초라한

나에게 보내주었도다. (…) 공자께서 '날이 차가워진(歲寒) 뒤에야 소나무·잣나무가 시들지 않는다는 것을 안다'고 했는데 (…) 그대와 나의 관계는 전이라고 더한 것도 아니고 후라고 덜한 것도 아니다. (…) 아! 쓸쓸한 이 마음이여! 완당 노인이 쓰다.(「세한도」 '발문' 중에서)

이상적은 그해 10월, 동지사를 수행하여 연경에 갈 때 이 「세한도」를 가지고 가서 청나라 학자 16명의 시와 글을 받았다. 이것이 「세한도」의 '청유십육가(淸儒十六家) 제찬'이다.

「세한도」의 소장자 이동 과정

이렇게 꾸며진 「세한도」 두루마리는 이상적 사후 그의 제자 김병선에게 넘어갔고 그뒤 휘문고등학교 설립자인 민영휘의 소유가 되었다가 그의 아들 민규식이 후지쓰카 치카시(藤塚鄰)에게 팔아넘겼다.

후지쓰카는 일본의 대표적인 중국철학 연구자로 청나라 경학(經學)이 그의 전공이었다. 청나라 금석학을 연구하면서 그는 당시 조선에도이 학문이 전파되어 박제가, 유득공, 김정희 등 많은 조선 학자들이 중국 학자들과 실시간으로 교류했다는 사실을 알고는 자못 놀랐다. 그는 1924년 경성제국대학 교수로 부임하여 서울로 왔다.

서울로 온 후지쓰카는 인사동 고서점에서 실학자들의 관계 자료를 수집하여 새로운 많은 사실을 밝혀내는 논문을 발표했다. 그리고 추사 관계 책과 글씨, 편지는 닥치는 대로 모았다. 인사동에서 추사의 글씨 값은 후지쓰카가 다 올려놓았다는 말이 있을 정도였다. 그리고 그가 도쿄제국대학에 박사학위 논문으로 제출한 것은 「청조문화의 동점(東漸)과 김정희」였다. 이 책에서 후지쓰카는 단정적으로 이렇게 말했다.

이리하여 청나라 학문은 조선의 영특한 천재 추사 김정희를 만나집대성되었으니 청조학 연구의 제1인자는 김정희이다.

그러던 1944년 여름, 후지쓰카는 태평양전쟁 말기 다른 일본인과 마찬가지로 살림살이를 싸들고 일본으로 귀국했다. 서예가이자 당대의 서화 수집가였던 소전(素田) 손재형(孫在馨)은 이 사실을 뒤늦게 알고는 나라의 보물이 일본으로 건너가버리고 말았다고 크게 걱정하다가 마침내 비장한 각오로 부관(釜關) 연락선을 타고 일본으로 건너가 도쿄의 후지쓰카 집을 찾아갔다.

당시는 미군의 공습이 한창인 때였고 후지쓰카는 노환으로 누워 있었다. 소전은 후지쓰카를 만나 막무가내로 「세한도」를 넘겨달라고 졸랐다. 그러나 후지쓰카는 단호히 거절했다. 소전은 뜻을 버리지 않고 무려 두

달간 매일 찾아가 졸랐다.

　그러던 12월 어느 날, 후지쓰카는 소전의 열정에 굴복하여 맏아들 아키나오를 앞에 두고 자신이 죽으면 소전에게 넘겨주겠다고 약속했다. 그러나 소전은 여기에 만족하지 않고 묵묵히 바라보기만 했다고 한다. 그러자 마침내 후지쓰카는 소전에게 「세한도」를 건네주며 어떤 보상도 받지 않겠으니 잘만 보존해달라고 했다.

　소전이 「세한도」를 가지고 귀국하고 나서 석 달쯤 지난 1945년 3월 10일, 후지쓰카 가족이 공습을 피해 소개(疏開)해 있던 사이에 그의 서재는 폭격을 당했다. 「세한도」는 이렇게 운명적으로 이 세상에 살아남았다. 소전은 어수선한 해방 공간에서는 「세한도」를 공개하지 않고 5년이 지나서야 세상에 알렸다. 추사 예술 연구의 제1인자 위창 오세창, 추사 학술 연구의 제1인자 위당 정인보, 그리고 당시 부통령인 성재 이시영 세 분이 발문을 써주었다. 위창은 소전을 이렇게 극찬했다.

　소전이 전장터에 가서 나라의 보물을 구해왔도다. 목숨보다 국보를 소중히 생각한 선비의 마음이 아니고서야 있을 수 있는 일이겠는가. 소전은 영구히 잘 보존할지어다.

　그러나 이 약속은 지켜지지 않았다. 훗날 소전은 국회의원에 출마하여 선거 자금에 쪼들리게 되자 그의 수장품 중 겸재의 「인왕제색도」와 「금강전도」를 당시 삼성물산 이병철 사장에게 양도했고, 「세한도」는 차마 팔 수 없어서 저당을 잡히고 돈을 끌어다 썼다. 저당 잡혔던 「세한도」는 미술품 수장가 손세기에게 넘어갔고 지금은 그 아들 손창근 씨가 소장하고 있다.

　후지쓰카의 아들 아키나오는 아버지의 논문을 단행본으로 간행했고,

부친이 모은 나머지 추사 자료 2천 점을 2007년에 과천문화원에 기증했다. 정부에선 그에게 훈장을 수여했고 그는 한 달 뒤 세상을 떠났다.

추사의 귤중옥

한 해, 두 해, 세 해, 네 해…… 추사의 귀양살이는 기약 없이 이어졌다. 사람들은 귀양살이라고 하면 으레 외롭고 쓸쓸하고 갑갑했던 모습만 상상한다. 그러나 인생은 야릇한 것이어서 감옥에서도 웃음이 있고, 지옥에서도 기쁨이 있는 법이다. 귀양살이에 익숙해지면서 추사는 점점 제주의 서정에 빠져들어갔다. 추사는 자신이 귀양 살고 있는 집의 당호를 '귤중옥(橘中屋)'이라고 했다. 귤나무 속에 있는 집이라는 뜻이다.

매화·대나무·연꽃·국화는 어디에나 있지만 귤만은 오직 내 고을의 전유물이다. 겉과 속이 다 깨끗하고 빛깔은 푸르고 누런데 우뚝한 지조와 꽃답고 향기로운 덕은 다른 것들과 비교할 바가 아니다. 이로써 내 집의 액호(額號)를 귤중옥으로 삼는다.

추사의 귤중옥 돌담 밑에는 수선화가 무리 지어 피어나고 있었다. 제주의 수선화는 참으로 명물이다. 하얗고 노란 수선화는 저마다 표정이 있다. 눈이 내리는 날 검은 현무암 돌담 곁에서 겨울바람에 시달리며 향기를 품는 다소곳한 자태를 보면 누군들 가슴이 아리지 않을 수 없고, 반하지 않을 수 없다. 하얀 수선화는 청순하기 그지없고 노란 수선화는 고귀한 기품을 발한다. 하얀 꽃잎에 노란 꽃술이 봉긋이 솟아 있는 수선화는 마치 백옥으로 빚은 받침에 금으로 만든 잔이 얹혀 있는 것 같다 해서 금잔옥대(金盞玉臺)라고 한다. 이와 달리 꽃잎도 꽃술도 하얀 건 은잔옥

| 추사 유배지 안채 | 추사는 자신이 살고 있는 이 집을 '귤중옥'이라 이름 지었다. 매화나 연꽃은 육지에서도 볼 수 있으나 귤만은 제주가 아니면 볼 수 없다며 허허로운 마음으로 귀양살이를 받아들였다. 담장 너머로는 하귤 한 그루가 있다.

대(銀盞玉臺)라 부른다.

추사는 본래부터 수선화를 유난히 좋아했다. 24세 때 중국에 가서 처음 이 사랑스러운 꽃을 보고 반해 귀국 후 화분에 심은 수선화를 서재 한쪽에 두고 늘 즐겼다. 다산 정약용 선생에게 수선화를 고려자기 화분에 심어 선물로 보내기도 했다. 그런데 추사가 제주에 귀양살이 와보니 그런 수선화가 지천으로 널려 있는 것이 아닌가.

그러나 제주 토착민들은 이것이 귀한 줄을 몰라서 소와 말에게 먹이거나 짓밟아버리며, 또한 그것이 보리밭에 많이 나기 때문에 시골의 장정이나 아이들이 한결같이 호미로 파내어버렸다. 그러나 파내도 다시 나곤 하기 때문에 이것을 마치 원수 보듯 하고 있으니, 하나의 사물이 제자리를 얻지 못하면 이런 곤궁한 처지에 놓인다며 은근히 자신의 처지에 비교했다. 그래서 추사는 수선화를 노래하는 시도 짓고, 그림도 지으며

| **추사 유배지의 수선화** | 추사는 일찍부터 수선화를 좋아했다. 육지에서는 귀한 이 수선화가 제주에 지천으로 널려 있어 농부들이 원수 보듯 하는 것을 보면서 사물이 장소를 잘못 만나면 당하는 것이 이러하다고 자신의 처지에 빗대어 말하곤 했다.

제주의 서정을 노래하곤 했다.

유배객이 읊은 제주의 서정

위리안치된 유배객 추사는 법적으로는 탱자나무 울타리를 벗어날 수 없는 신세였다. 그러나 항시 예외는 있는 법이어서 대정현감의 배려로 마을 이곳저곳을 산책 삼아 다닐 수 있었다. 그때마다 추사는 제주인의 삶을 엿볼 수 있었고, 이채로운 제주의 풍광을 시로 읊었다.

제주도 특유의 민속 유물인 연자방아를 보면서 "사람 열이 드는 것을 말 하나로 해낸다"고 신기해하면서 「마마(馬磨)」라는 시를 읊었다. 그런가 하면 「시골집(村舍)」이라는 시를 보면 '장독대 맨드라미'를 아주 느긋한 서정으로 노래한다. 「대정 시골집(大靜村舍)」에서는 어느 집에 들어가

| 추사의 「수선화부」 탁본 | 추사의 그림과 글씨는 후대에 사모하는 이가 많아 여러 가지 탁본으로 간행되었다. 그 중 수선화를 노래한 「수선화부」 마지막에는 몽당붓으로 아무렇게나 그렸다는 수선화 두 송이 그림이 실려 있다.

보니 관에서 보낸 공문으로 도배해놓았는데 글자가 뒤집힌 것도 있었고 거꾸로 붙어 있는 것도 있다며 재미있어했다.

우리가 귀양살이하는 추사의 모습을 상상할 수 있게 해주는 것은 제자 허소치가 소동파가 하이난(海南)섬에 귀양 살 때 모습을 그린 「동파입극도(東坡笠屐圖)」를 번안하여 그린 「완당선생해천일립상(阮堂先生海天一笠像)」이다. 갓(笠) 쓰고 나막신(屐) 신은 처연한 모습이 오히려 허허로워 보인다. 실제로 추사는 방 한쪽에 「동파입극도」를 걸어놓고 자신의 처지를 영광스럽게도, 그리고 슬프게도 소동파에 비하면서 위로받았다.

귀양살이 말년에는 추사를 진심으로 존경했던 장인식이 제주목사로 부임해 큰 도움을 받았다. 추사는 열흘이 멀다 하고 편지를 보냈다. 그 때문에 추사의 유배지 편지 중에서 가장 여유롭고 멋있는 편지는 제주목사 장인식에게 보낸 것이다.

한 번 비 내리고 한 번 바람 부는 사이에 봄이 떠나는 길을 재촉하여 하마 푸른 잎은 두터워지고 붉은 꽃은 여위어감을 깨닫게 되니 여러 모로 마음이 산란하여 걷잡지 못하겠구려. 다름 아니오라……

추사는 유생들과도 접촉하게 되어 대정향교에 '의문당(疑問堂)'이라는 현판을 써주었다. 그리고 타고난 교사이기도 한 추사는 제주의 청년들을 열성으로 가르쳤다. 동생에게 부탁하여 『통감(通鑑)』『맹자(孟子)』 등의 교재를 보내오게도 했다. 그리하여 추사는 제주의 제자로 강사공(姜師孔)·박혜백(朴蕙百)·허숙(許璹)·이시형(李時亨)·김여추(金麗錐)·이한우(李漢雨)·김구오(金九五)·강도순(姜道淳)·강기석(姜琦奭)·김좌겸(金左謙)·홍석호(洪錫祜) 등을 둘 수 있게 되었다.

추사는 제주목사의 배려로 대정을 떠나 제주까지 다녀오기도 했다. 추사는 제주에 와서 오현단에 있는 귤림서원도 찾아갔다. 오현 중에서도 당신이 존경해 마지않는 우암 송시열 선생의 유허비 앞에서는 만감이 교차하는 쓸쓸한 마음이 일어났다. 한 촌로에게서 우암은 여든 넘은 늙은 유배객이면서도 죽던 당년까지 생강을 심었다는 얘기를 전해듣고는 감회에 젖은 시 한 수를 읊었다.

또 김만덕 할머니의 선행을 듣고는 그의 3대손인 김종주에게 '은혜의 빛이 온 세상에 뻗어나간다'라는 뜻으로 '은광연세(恩光衍世)'라는 편액을 써주며 기렸다. 추사는 제주목에 와서는 삼별초의 유적지도 찾아보고 싶어했다. 그런데 당시에는 항파두리의 항몽유적지가 어디였는지 추사는 찾을 수 없었고, 원나라가 다루가치를 두고 통치했다고 하는데 그 흔적도 보이지 않는다고 안타까워했다. 추사는 열정적이고도 탁월한 답사가였다.

왕성한 독서열과 끊임없는 글씨 주문

그러나 추사의 진정한 벗은 역시 책이었다. 추사는 귀양살이의 나날 속에서 참으로 열심히 책을 읽고 글씨를 쓰며 학예(學藝)에 열중했다. 추사가 자필로 쓴 장서 목록을 보면 약 7천 권을 헤아린다. 추사는 이 책들을 제주도로 가져와 보았다. 집에 있는 책을 찾아 보내는 일은 주로 막내 아우 상희(相喜)가 했다.

이뿐 아니라 추사는 제주도에 앉아서도 여전히 연경 학계의 새로운 동향과 신간 서적을 접했다. 그 심부름은 「세한도」의 주인공인 이상적이 변함없이 해주었다.

추사가 제주도에서 보고 싶어한 것은 책만이 아니었다. 어떤 면에서는 책보다도 서첩(書帖)을 곁에 두고 보고 싶어했는지 모른다. 추사는 서첩을 보내달라고 연신 동생에게 편지를 보냈다.

청나라 유석암의 『청애당첩(淸愛堂帖)』을 인편에 부쳐 보내준다면 매우 다행스럽겠네. 예전부터 죽기 전에 보고 싶었던 것들을 점차로 가져다가 하나씩 볼 계획일세. 비록 별도의 경비가 들더라도 그렇게 해주겠는가?

추사의 지적 욕구와 학구열은 이처럼 엄청스러웠다. 한편 추사는 제주도 유배 시절에도 많은 사람에게 작품을 부탁받았다. 위로는 임금으로부터 아래로는 제주의 관리까지, 멀리는 중국 연경으로부터 가까이는 집안의 형제와 벗의 요구까지 그는 언제나 무엇인가를 써야 하는 글빚, 글씨빚을 지고 귀양살이를 살았다.

종이와 먹이 넉넉지 않아 맘껏 연습하기 어려울 때도 있고 몸이 아파

| **추사의 '무량수각' 현판** | 추사는 귀양살이 내려오면서 해남 대흥사에 '무량수각'(위)이라는 현판을 써주었고, 또 그후 고향 예산의 화암사를 중수하자 '무량수각'(아래)을 써주게 되었다. 이 두 글씨에서 보이는 차이는 곧 추사가 제주도 귀양살이를 하면서 추사체를 형성하게 되는 과정을 잘 말해준다. 앞의 글씨는 살이 찌고 윤기가 나는데 뒤의 글씨는 군더더기 없이 필획의 골기만 남기고 있다.

편지조차 못 쓸 때도 있는데, 부탁한 사람은 그런 사정을 모르고 재촉만 하니 답답한 것은 오히려 추사 쪽인 경우가 많았다. 헌종은 유배 중인 추사에게 글씨를 요구했다.

그때 추사는 몸이 아파 제대로 글씨를 쓸 수 없는 상태였지만 현판 글씨로 「목련리각(木連理閣)」「홍두(紅豆)」두 점을 올려 바쳤다고 한다. 그러나 이 작품들은 현재 전해지지 않는다.

이런 과정에서 추사는 박규수의 말대로 "남에게 구속받고 본뜨는 경향이 다시는 없게 되고, 여러 대가의 장점을 모아서 스스로 일가를 이루게 된 것"이다. 입고출신의 새로운 경지를 이렇게 제주도에서 이룩한 것이다.

방송(放送)

제주 유배 생활이 어언 9년째 접어든 헌종 14년(1848) 어느 봄날이었

730

다. 추사는 곧 풀려날 것 같은 예감이 스치고 지나갔다.

새해가 되고 보니 해상에 머무른 지가 꼭 9년이 되었네. 가는 것은 굽히고 오는 것은 펴지는 법이라, 굽히고 펴짐이 서로 감응하는 이치는 어긋나지 않는가 보네. (…) 나같이 험난한 곤경에 빠진 사람도 빛나는 천일(天日) 가운데서 벗어나지 않는지라, 묵묵히 기도하여 마지않네. (막내아우 상희에게 보낸 편지)

인간에게 예감이란 참으로 무서우리만큼 신통하다. 그해 겨울 12월 6일, 추사는 마침내 귀양살이에서 풀려났다. 햇수로 9년, 만으로 8년 3개월 만의 석방이었다. 이 기쁜 석방 소식이 추사에게 전해진 것은 보름가량 뒤인 12월 19일이었다.

추사는 9년 귀양살이 살림을 정리하고 이듬해 1월 7일, 대정 유배지를 떠나 제주 화북에 도착했으나 바람이 맞지 않아 며칠이 지나도록 좀처럼 배가 뜨지 못했다.

화북에는 용왕을 모신 해신당이 있다. 추사는 바다의 용왕에게 비는 간절한 제문을 지어 바쳤다. 그 절절함에 해신도 감동했음인가. 추사는 마침내 돛단배에 몸을 싣고 바다 건너 완도로 왔다. 지금도 화북 해신당에는 장인식 목사가 세운 해신당 비가 하나 서 있다. 위패의 글씨는 장인식 목사가 추사체로 쓴 것이다.

『조선왕조실록』의 추사 김정희 졸기

나의 이 긴 추사 이야기는 내가 『완당평전』(전 3권, 학고재 2002)에서 길고도 길게 얘기한 것을 줄이고 줄여 옮긴 것이다. 제주답사 때면 누구에게나 해주는 이야기인데, 요즘은 내 현직이 제주 추사관 명예관장이어서 요청이 더 많다.

1998년 4월 3일, 4·3사건 50주년을 맞아 제주도에서는 많은 행사가 열렸다. 그중 하나가 제주답사였다. 4·3 때 주민들이 피란해 있던 안덕의 큰넙궤(넓은 굴)가 공개되어 버스 세 대에 나누어 타고 거기로 가는 길에 추사 유배지도 들르게 되었다. 그때 함께했던 현기영 선생, 화가 박재동, 건축가 김홍식 등이 부추겨 제주에서 대정까지 오도록, 지금까지 이글에 쓴 얘기보다 더 긴 얘기를 쉼 없이 들려주었다. 똑같은 얘기인데도 제주에서 하면 더 잘된다.

30년 경력의 관광버스 운전기사는 매일 안내원들이 교본대로 매 지점마다 똑같은 얘기, 똑같은 유머를 말하는 것을 들어 거의 다 외우고 있었는데 갑자기 웬 젊은이 — 그때는 나도 정말 젊었다 — 가 책도 안 보고 쉼 없이 얘기하는 것이 신기했던 모양이다. 대정 추사 유배지 앞에 당도하여 버스에서 내리니 운전기사가 박재동에게 뭐라고 묻는 것 같더니 재동이가 배꼽을 잡고 웃으면서 내게 와 운전기사의 말을 전해주었다.

"저 남자 안내원, 어디 가서 쎄게 교육받고 왔군요."

나의 추사 이야기는 아직도 멀었다. 그후 추사는 용산 한강변에서 살다가 3년 만에 다시 함경도 북청으로 귀양 가서 1년을 살고 과천 과지초당(瓜地草堂)으로 돌아와 어렵게 살면서도 수많은 명작을 남기고 1856년 10월 10일 71세로 세상을 떠났다. 그 이야기는 과천 과지초당 답사 때나 다시 하기로 하고 추사 김정희에 대한 공식적이고도 권위적인 역사적 평가를 내린, 『조선왕조실록』에 실린 졸기(卒記)로 이 글을 끝맺고자 한다.

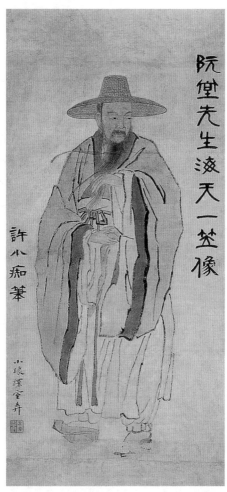

阮堂先生海天一笠像

許小痴筆

小癡深堂弁

| **「완당선생해천일립상」** | 소치 허련이 그린 추사 선생 귀양살이 모습이다. 이 그림은 소동파가 하이난에 유배되었을 때 나막신 신고 도롱이 입은 모습을 그린 「동파입극도」를 번안하여 그린 것이다. 세상 사람들은 추사의 삶과 학예가 소동파와 비슷했다고 말하곤 했다.

철종 7년(1856), 10월 10일. 전(前) 참판 김정희가 죽었다. 김정희는 이조판서 김노경의 아들로 총명하고 기억력이 투철하여 여러 가지 책을 널리 읽었으며, 금석문과 그림과 역사에 깊이 통달했고, 초서·해서·전서·예서에서 참다운 경지를 신기하게 깨달았다.

때로는 하지 않아도 될 일을 잘했으나 사람들은 그것을 비판할 수 없었으며, 그의 아우 김명희와 더불어 (…) 올연히 당세의 대가가 되었다. 젊어서부터 영특한 이름을 드날렸으나 중도에 가화(家禍)를 만나 남쪽으로 귀양 가고 북쪽으로 유배 가며 온갖 풍상을 다 겪으며, 혹은 세상의 쓰임을 당하고 혹은 세상의 버림을 받으며 나아가기도 하고 또는 물러나기도 했으니 세상에선 송나라의 소동파와 비슷하다고 했다.

2012.

모슬포 모진 바람은 지금도 여전하고

제주 추사관 / 대정읍성 / 삼의사비 / 대정향교 / 인성리 방사탑 /
육군 제1훈련소 / 강병대 교회 / 모슬포

옛 추사 기념관 유감

사람이 나중에 어떻게 될지 모르니 항상 말을 조심해야 한다는 경고를 무시하고 나는 미술평론을 하면서 신랄한 비판을 많이 해왔다. 평소에 내가 문화재청장을 하리라고는 1초도 생각한 일이 없었다. 그래서 '문화유산답사기'를 쓰면서 또 평론을 하면서 문화재 행정의 답답함에 대해 아무 거리낌 없이 비판을 해왔다. 마치 당장 고치지 않으면 나라가 망할 것처럼 쓴 글도 있다.

그런데 내가 문화재청장이 되었다. 나는 그 말값을 치르느라 고생을 많이 했다. 그중 『완당평전』에서 제주 추사 유배지 앞에 있던 기념관의 망측스러움에 대해 비판한 것은 지금 생각하면 심해도 보통 심한 것이 아니었다. 그 글을 가감없이 옮기면 다음과 같다. 제목부터가 '대정 추사

적거지 유감'이다.

　제주도 남제주군에서는 1983년, 완당의 유배지 중 그가 가장 오래 거주했던 강도순의 집(대정읍 안성리 1662번지)을 복원하고 그 앞에 추사 유물전시관을 세웠다. 강도순의 집은 고증에 따라 60평 대지에 제주도말로 안거리·밖거리·모거리·이문거리·연자마 등 초가 5채로 새로 지어졌다.

　제주도로서는 모처럼의 뜻깊은 문화 유적지 개발사업이었다. 그러나 추사 유물기념관은 대단히 잘못된 건물이다. 육중한 기념관이 귀양살이 집을 가로막고 있어 유배처 분위기가 전혀 없다. 게다가 위리안치당했던 그의 거처도 탱자나무 울타리가 아니라 튼튼한 돌담으로 둘러쳐져 말이 복원이지 복원이라고 할 수 없다.

　게다가 기념관 전시실에는 추사의 진작(眞作)은 고사하고 제대로 된 탁본조차 전시된 것이 없다. 제주 관아와 대정향교에 써준 것으로 전하는 '송죽당(松竹堂)' '의문당(疑問堂)' 현판 같은, 제주 시절 완당의 수적(手跡)이라도 보여주면 그나마 의미라도 있을 텐데 원본은 고사하고 그 사진조차 없다. 복제품을 걸어놓았지만 그나마 부실하고 반 이상은 가짜 탁본을 전시하고 있어 볼 때마다 미안하고 안쓰러운 마음을 금할 길 없다.

　문화는 하드웨어보다 소프트웨어에 충실할 때 제빛을 발하는 법이다. 전시관을 생각했으면서 전시 내용과 운영 방법을 갖추지 못했음은 결국 겉껍질만 흉내 내고 속알갱이가 없는 허망뿐이다.

　눈이 까다롭기 그지없던 완당이 이것을 보았다면 그 심정이 얼마나 비통했을까!

문화재청이 할 수 없는 일

이렇게 말해놓고 문화재청장이 되었으니 이를 고치지 않을 수 없는 일이었다. 그러나 행정상 문화재청에서는 이 기념관을 헐고 추사관을 새로 지을 수 있는 권한이 전혀 없다. 문화재청은 국보, 보물, 사적, 무형문화재(인간문화재), 천연기념물 등 국가지정문화재에 한해서만 예산을 세우고 집행은 지방자치단체에 위임한다. 제주 추사관, 유배 시설 건물 모두 국가는 고사하고 지방문화재도 아니었다. 행정에는 책임 소재를 명백히 한 칸막이가 아주 견고해서 이것은 법을 고치지 않는 한 허물 수가 없다.

나는 문화재청 간부회의 때 이 고민을 털어놓고 실무적으로 해결책을 모색해달라고 했다. 모두들 그건 제주도의 일이고 기념관은 문화관광부 사안이지 문화재청 예산으로 할 수 있는 것이 아니라고 콧방귀도 꾸지 않았다. 행정을 안 해본 청장이 오니까 저런 얘기를 한다는 식이었다.

맞는 말이다. 그러나 국민은 그것이 문화재청 일인지 문화부 일인지 제주도 일인지 구별해서 말하지 않으니, 문제의식을 갖고 있는 부서에서 고치든지 고치게 해야 사명을 다하는 것 아닌가. 내가 청장이 되어서 깨달은 사실 중 하나는 우리나라 공무원들은 귀신 같은 존재들이어서 되는 일도 안 되게 하지만 안 되는 일도 되게 하는 비상한 재주가 있다는 것이다. 회의를 마치고 점심식사 후 자리로 돌아오니 사적 담당 과장이 찾아와 이렇게 코치해주었다.

"청장님, 제주 추사관을 새로 지으려면 추사 유배지로는 안 되고 그 앞에 있는 대정읍성을 국가사적으로 지정하면 사적지 주변 정비사업으로 예산을 편성할 수 있습니다."

| **대정읍성** | 제주의 옛 세 고을 중 하나로 서남쪽의 중심지였던 대정현의 옛 자취를 말해주는 읍성이다. 다 허물어지고 잔편만 이렇게 남아 있는데 바로 이 안쪽에 추사 유배지가 있다.

그것 봐라! 사실 대정읍성은 국가사적으로 지정할 만했다. 그래서 전문위원을 파견하고 문화재위원들의 검토를 거쳐 일사천리로 추진했는데 뜻밖의 걸림돌이 나타났다. 아무리 문화재라도 국가문화재로 지정되면 현상 변경을 허가받아야 하는 제약이 있어, 500미터 이내의 땅주인, 건물주 동의를 받아야 하는데, 대정 주민들이 동의해주지 않았다. 여러 번 설득하고 간곡히 빌기도 했지만 몇몇 분이 끝까지 동의해주지 않았다. 대정읍성은 지금껏 문화재로 지정되지 못하고 있다.

나는 또 한 번 간부회의 때 이 문제를 거론했다. 제발 할 수 있는 비책을 알려달라고 애처롭게 호소하는 식으로 말했다. 그러자 이번엔 유형문화재를 담당하는 과장이 찾아왔다.

"제주도에 추사 유물로 국보나 보물이 있으면 가능합니다. 누구에게 기증받아오실 수 없나요?"

이런 답답한 일이 있나. 누가 추사 작품도 아니고 추사의 보물을 기증해주겠는가. 그러나 가만히 생각해보니 퍼뜩 떠오르는 것이 있었다.

보물 제547호 '예산 김정희종가 유물'

추사의 유물 중 보물로 지정된 것에는 1971년에 추사 집안에 마지막으로 남아 있던 추사 초상화, 붓, 벼루 등을 보물 제547호로 지정한 '예산 김정희종가 유물'이 있다.

나는 『완당평전』을 쓰기 위하여 추사 관계 유물을 20년간 조사했다. 인사동에 추사 작품이 매물로 나왔다고 하면 사진을 찍어두면서 자료를 챙기곤 했다. 간찰(簡札), 책, 탁본 등 값이 비교적 저렴한 것은 마누라 몰래 빼둔 '답사기' 인세로 사둔 것도 있다.

그런데 어느 날 예산 추사 고택에 전래되던 것이 분명한 일괄 유물이 매물로 나왔다. 영조가 자신의 사위인 추사 증조할아버지 김한신(金漢藎)의 죽음을 애도한 글도 있고, 추사가 지나간 책력을 스크랩북 삼아 자신의 작품들을 끼워넣어둔 것만 17점이나 되었다. 나는 이 자료를 사진으로 찍고 싶었다. 그러나 주인은 팔면 팔았지 사진은 절대로 못 찍게 했다. 값도 내가 감당할 수 있는 액수가 아니었다.

나는 내 친구인 부국문화재단 남상규 회장을 찾아갔다. 그는 부국철강 회장으로 고향 광주에 박물관을 세우려고 작품을 하나씩 모으고 있었다. 나는 그에게 이 작품을 구입하면 나중에 유용하게 사용될 것이라고 했다. 그래서 남회장이 이를 구입했고 나는 이 자료를 『완당평전』 제3권 자료집에 모두 공개했다. 따지고 보면 이 유물들은 기왕에 지정된

'보물 제547호'처럼 같은 추사 고택 전래 유물로 지정 신청하면 당연히 '보물 제547-2호'로 지정될 수 있는 것이었다.

그때 남회장은 서울시가 삼풍에서 인수받아 소유하던 여미지식물원을 공개 경매에 붙이자 이를 낙찰받아 박물관보다 식물원에 더 관심과 애정을 쏟고 있는 것으로 보였다. 나는 남회장을 찾아가 제주 추사관의 사정을 말하고 그 작품들을 제주도에 기증해주면 보물로 신청해서 일을 추진할 수 있을 것 같다며 간곡히 부탁했다. 내 말을 다 들은 상규는 이렇게 말했다.

"자네가 중요한 것이고 요담에 요긴할 것이라고 해서 산 것이니 자네가 알아서 하게. 어차피 내가 돈 된다고 산 것도 아니었고 나는 여미지식물원에 전념하고 있어서 박물관은 언제 될지도 모르네. 여러 사람이 볼 수 있으면 좋은 일이지."

그리하여 이 유물들은 '보물 제547-2호'로 지정되었고 제주 추사관 건립을 착수할 수 있게 되었다.

내 친구 남상규

남상규 회장은 나와 대학 동창이다. 그는 국문과 출신으로 우리 또래

| 보물 제 547-2호 예산 김정희종가 유물 | 예산 추사 고택에 전래되던 경주 김씨 월성위 집안 유물들 중 뿔뿔이 흩어졌던 것의 하나로 여미지식물원 남상규 회장이 제주 추사관에 기증한 것이다.

1. 신해년 책력 표지: 묵은 책력을 스크랩북으로 하여 추사의 작품 초고 17점이 들어 있다. '길상여의관(吉相如意館)'은 추사의 호 중 하나로 추사의 글씨이다.

2. '춘축(春祝)': 영조대왕이 추사의 증조모인 화순옹주에게 보내준 새봄맞이 글이다.

3. 전서: 신해년 책력에 들어 있는 작품으로 갑골문에 가까운 전서 글씨다.

4. 행서: 추사 중년의 글씨체를 보여준다.

에서 으뜸가는 문학청년으로 서울대 문리대 학보 『형성』의 편집장을 지냈다. 그는 문학작품을 감상하는 안목이 뛰어났다. 대학 3학년 때인 1969년 고 조태일 시인이 『시인』이라는 문학잡지를 창간했는데 거기에 신인 작품으로 김지하의 「황토」 외 4편이 실렸다. 이 시는 이미지 구사가 기존의 시들과 달리 신선하고 강하기는 한데 하도 파격적이어서 이게 시로서 잘 쓴 것인지 거친 것인지 판단이 안 되었다. 내가 최재현(전 서강대 사회학과 교수, 1991년 작고)에게 보여주었더니 그는 "이건 상규에게 물어봐야 돼, 지금 학림다방에 있어"라고 했다.

나는 학림다방에 있는 상규를 찾아가 여기 신인의 시가 실렸다며 잡지를 건네자 상규는 어디 보자면서 「황토」를 펼치고 눈으로 읽어갔다. "황톳길에 선연한/핏자국 핏자국 따라/나는 간다 애비야/네가 죽었고/지금은 검고 해만 타는 곳……" 나는 상규의 평가가 어떻게 나올까 궁금하여 시를 읽어가는 그의 얼굴만 뚫어져라 보고 있는데 그 곱고 하얀 얼굴이 점점 빨개지더니 이 긴 시의 마지막 구절 "부줏머리 갯가에 숭어가 뛸 때/가마니 속에서 네가 죽은 곳"까지 읽고 끝낼 때는 홍조가 가득했다. 그러고는 잡지를 덮고 나를 쳐다보면서 "정말 잘 썼다. 이미지 구사가 굉장한 시인이네. 누구야?"라고 하는 것이었다. 지금도 빨개져가던 그의 얼굴이 눈에 선하다.

대학 졸업 후 우리는 서로 다른 길을 갔다. 상규는 사업을 하면서도 문학을 잊지 못해 뒤늦게 대학원에도 진학했다고 들었다. 나는 그가 언젠가는 사업을 덮고 문학으로 나올 줄 알았다. 그런데 어느 날 광주에 있는 상규가 서울에 올라왔는데 나를 좀 보자고 했다. 내가 인사동 동산방화랑에 전시 보러 가는 길이니 거기서 만나자고 했다. 감나무를 잘 그리는 김애영이라는 화가의 전시회였는데 상규는 좋은 화가라며 나보다 오래 작품을 감상하고 정작 보자고 한 이유는 좀처럼 말하지 않는 것이었다.

화랑을 나오면서 내가 왜 보자고 했느냐고 묻자 그는 보통이 하나를 건네면서 "이거 내게는 더 이상 필요하지 않을 것 같네. 자네가 갖게. 집에 가서 풀어봐" 하는 것이었다. 집에 와 조심스레 보자기를 풀어보니 번스타인(J. M. Bernstein)의 *The Philosophy of the Novel*을 비롯하여 그 시절 정말로 구하기 힘든 예술과 문학에 관한 원서 다섯 권이 들어 있었다. 나는 보자기를 덮고 상규가 결국 이쪽으로 오지 않는구나라며 애석해했다.

그런 상규였기에 사업이 번창하자 박물관을 먼저 생각했고, 지금은 그 골치 아픈 여미지식물원을 제대로 만들어보겠다고 얼굴이 새까매지도록 열심이다. 어느 사업가가 말하기를 돈을 버는 것은 기술이지만 그 돈을 사회와 문화를 위해 쓰는 것은 예술이라고 했으니 그는 이렇게 예술로 돌아온 것이기도 하다.

감자 창고 같은 제주 추사관

유물들은 마침내 문화재위원회에서 심의하여 보물 제547-2호로 지정되었고 문화재청은 새 제주 추사관 건립을 위해 70억의 예산을 제주도에 내려줄 수 있게 되었다. 그러나 이것만으로 제주 추사관의 전시 내용을 채울 수는 없었다. 미술관이 되기 위해서는 100점 이상의 유물이 필요했다.

나는 그동안 『완당평전』을 쓰기 위해 모은 간찰과 탁본 30점을 모두 기증했다. 남의 보물을 기증받으면서 내 것이라고 갖고 있을 수가 없었다. 그리고 1986년, 추사 탄신 200주년을 맞아 결성된 친목회 '추사동호회' 회원들에게 이 전시관을 위해 작품들을 기증해달라고 부탁했다. 회장인 고 청관재 조재진, 일암관 신성수 회장, 서예가 한상봉, 조계종 불

| 제주 추사관 전경과 실내 | 건축가 승효상이 설계한 제주 추사관은 전시실을 지하에 배치하고 위층은 「세한도」에 나오는 건물처럼 아무런 치장이 없는 단아하고 정중한 건물이다. 사람들이 꼭 감자 창고 같다고 말하는 소박미가 있다.

교중앙박물관장 홍선스님, 고미술 화랑으로 동산방 박주환, 공화랑 공창호, 가나화랑 이호재, 학고재 우찬규 사장 등이 시고(詩稿)·간찰·탁본·현판 등을 서너 점씩 기증했다. 그것이 지금 제주 추사관에 전시된 100여 점의 유물들이다.

제주도는 당시 유배문화관 용역을 맡고 있던 건축가 승효상에게 제주 추사관 설계를 의뢰했다. 그것이 현재의 추사관이다. 누가 설계해도 피해갈 수 없는 「세한도」에 나오는 집의 이미지를 띤 겸손한 건물인데 동네 사람들은 꼭 감자 창고 같다고 말한다. 개관식 때 건축가는 그 점에 대해 이렇게 말했다.

"일반적 기념관에 비하면 추사관의 건축은 4백 평이 되지 않는 비

교적 작은 규모지만, 추사관이 놓이는 장소와 유배 살던 집을 감안할 때 대단히 큰 볼륨일 수밖에 없다. 만약 이 규모가 지상에 그대로 노출된다면 대정읍성 성벽과 유배 살던 집은 물론이고 인근의 작은 집들을 압도하는 건축으로 대두될 것이며 이는 유배당한 이를 기리는 목적에 반하는 일이다. 따라서 대부분의 볼륨을 지하에 묻어 형태를 나타내지 않는 것이 타당하며, 그래야 은거와 유배를 기념하는 건축으로서도 더욱 설득력이 있다.

　주민들은 이 건물을 감자 창고로 불렀다. 아마도 뭔가 화려한 건축을 기대했던 것에 대한 실망이 섞인 비아냥으로 들렸다. 그러나 그렇다면 내 의도가 성공한 것이다. 이 건축은 그저 그런 감자 창고로 보여야 했다. 그만큼 내 건축 형태에 대한 부질없는 욕망을 절제한 결과였

으니 위대한 예술가 추사에 대한 외경심으로서도 그렇게 나를 죽이는
게 마땅했다. 나는 감자 창고라는 별칭이 자랑스럽다."

임옥상의 추사 흉상

건축가의 의도대로 지하층의 전시를 다 보고 계단을 타고 오르면 "완
벽하게 비워진 공간"이 남아 있었다. 나는 제주 추사관의 명예관장을 맡
고 있어 전시장을 하나씩 보완해가는데 추사의 흉상이 하나는 있어야겠
다는 생각을 했다. 요즘 설치미술에 미쳐서 조각을 열심히 하고 있는 화
가 임옥상이 어느 날 제주 추사관으로 나를 찾아와 추사관 건축디자인
에 감탄하면서 이렇게 말했다.

"야, 승효상의 대표작이다. 공간 운영이 기막히네요. 그런데 저 지상
층의 빈 공간을 그대로 둘 거예요?"

"뭔가 놓기는 놓아야겠지. 승효상은 아마 베를린에 있는 전쟁기념관
처럼 케테 콜비츠의 「피에타」라는 작품 하나만 덩그러니 놓고 나머지를
다 비워두는 엄숙한 공간을 생각하는 모양인데, 아직은 결정 안 했어."

"아, 그렇다면 내게 떠오른 생각이 있네요. '내 실력을 믿고' 추사 초
상조각을 내게 맡겨줄 수 없을까요?"

"실력? 네가 무슨 실력이 있어, 조각도 할 줄 알아?"

"그래서 내가 믿으라고 했잖아요. 한번 기회를 주세요, 네? 형님."

나는 뭔가 감이 잡혔다는 그의 말을 신뢰하여 작은 흉상을 의뢰했다.
지금 놓인 그 흉상을 보면 무쇠의 거칠고 녹슨 질감을 살리면서 시선을
아래쪽으로 지그시 내린 것이 이제까지 본 조각가들의 동상과는 확실히

| 베를린 전쟁기념관 피에타상 | 베를린 전쟁기념관에는 오직 케테 콜비츠의 「피에타」(그리스도의 죽음을 슬퍼하는 성모 마리아) 조각 하나만 설치하여 긴장되면서도 엄숙한 공간을 연출해냈다.

| 제주 추사관 추모의 공간 | 제주 추사관 2층은 추사 선생을 추모하는 긴장된 공간으로 설계되었다. 건축가는 여기에 작은 초상 조각을 배치해 베를린 전쟁기념관처럼 비어 있는 긴장된 공간의 경건함을 나타내려고 했는데 등신대 초상이 공간을 차지해버렸다. 건축적 공간이 조각의 전시장으로 바뀌어버렸다.

달랐다. 추사의 이미지에 너무도 잘 맞는다.

승효상에게 흉상을 보러 같이 오라고 했다. 셋이서 지하전시실을 둘러보고 난 뒤 건축가를 앞세우고 비워진 공간의 흉상을 보러 올라갔다. 임옥상과 나는 승효상이 건축가 입장에서 뭐라고 할지가 궁금했다. 한참 침묵이 흐른 뒤 드디어 승효상이 입을 열고 임옥상에게 말했다.

"흉상이 왜 이렇게 커! 기껏 비워두었는데 여기를 다 채워버렸구먼."

| 추사 흉상 | 임옥상이 무쇠를 소재로 제작한 이 초상 조각에는 고난받는 한 시대 지성인의 분위기가 잘 살아 있다.

그리고 밖으로 나오면서 승효상은 내게 귀엣말로 말했다.

"작품 자체는 진짜 잘 만들었구먼. 그 대신 난 망했어요. 이제 추사
관 온 사람은 승효상은 기억 못하고 임옥상만 칭찬하게 생겼구먼."

실제로 오는 사람마다 건물은 감자 창고 같고 조각은 멋있다고들 한
다. 그러나 안목 있는 이들은 다르다. 이건음악회의 박영주 회장은 이 집
을 보고 이렇게 말했다.

"어떻게 제주도에 이런 멋진 현대식 건축이 생겼어요? 이런 건물은

서울에도 없잖아요. 외국서 손님 오면 여길 데려와야겠구먼."

대정읍성과 대정 삼의사비

추사 유배지에서 큰길로 나오면 대정읍성의 높은 성벽이 길게 펼쳐진
다. 제주 추사관은 대정읍성과 맞붙어 있어 서로 시너지 효과가 일어난
다. 잔편만 남았지만 옛 대정읍의 면모를 능히 상상할 수 있는 역사적 분
위기가 있다. 한길과 맞닿아 있는데 가로수로 심은 먼나무 행렬이 너무
도 멋있고 아름답다. 늦가을이 되면 빨간 열매가 달려 겨우내 선홍빛을
발하는데 이것이 눈발 속에서 반짝일 때는 그보다 아름다울 수가 없다.
그래서 육지 사람들은 이 나무를 잘 모르다가 제주에 와서 처음 보고는
곧잘 "저것은 무슨 나무요?"라고 물어본다. "먼나무"라고 대답하면 "저
나무 말이에요"라고 해서 질문과 대답이 몇 번 엇갈리곤 한다.

대정읍성은 조선 태종 16년(1416), 제주도에 대정현이 설치되고 2년 뒤
에 축조됐다. 성벽의 둘레는 약 1,614미터이고, 높이는 약 5미터이다. 산
과 계곡을 끼고 있는 다른 읍성과는 달리 집과 밭들 사이에 있어 전쟁을
방비했다기보다 백성들을 보호하기 위한 높은 울타리라는 느낌을 준다.

성벽 앞에는 하르방 4기가 우리를 빙긋이 쳐다본다. 최근에 만들어진
게 아니라 오리지널이다. 어딘지 유머가 느껴지는 이 하르방은 제주시에
있는 것과도 다르고 성읍 쪽의 것과도 또 다른 대정 특유의 모습이다. 민
중적 이미지가 훨씬 강하다고나 할까. 민화 같은 소탈함이 있다고 할까.

근래에는 성벽 한쪽에 '삼의사비(三義士碑)'라는 비석을 새로 세워놓
았는데 이는 1901년에 일어난 신축교란(辛丑敎亂), 일명 이재수의 난 때
장두 역할을 하다 처형된 이재수, 오대현, 강우백 세 분의 넋을 기리기
위한 것이다. 이 비가 근래에 여기에 세워지게 되기까지의 쓸쓸한 이야

| **대정읍성 돌하르방** | 대정읍성의 지킴이로 서 있던 돌하르방의 옛 사진이다. 지금은 대정 곳곳에 따로 떨어져 있고 대정읍성 북문에 4기가 서 있다.

기를 하자니 심란해진다.

이재수의 난은 현기영의 『변방에 우짖는 새』로 소설화되었고 영화로도 만들어져서 제법 알려진 편이라고 하지만 일반인들과 마찬가지로 나도 그 내용을 잘 모른다. 이 비문에 쓰여 있는 것을 보면 한마디로 대정에서 포교 활동을 하던 프랑스인 천주교 신부가 부패한 관리와 결탁하여 대정 주민들을 학대하고 수탈하자 이에 주민들이 봉기하여 천주교 신자를 관덕정 앞에서 살해하는 사건이 일어나, 결국 난리를 진압하기 위해 관군이 파견되고 프랑스 함대까지 동원되었다. 수백 명의 사망자를 냈고 민중을 이끈 장두들이 처형되고 끝난 사건이다.

신축교란은 민중 봉기였기 때문에 누구도 추모비를 세워주지 않았다. 그러다 60년 뒤 다시 신축년으로 돌아온 1961년에 주민들이 대정읍 보성리 홍살문 거리에 시멘트로 만든 1미터 정도의 조촐한 비를 세워두었

| 이재수의 난 '삼의사비' | 1901년 신축년에는 대정에서 천주교와 민중 간의 갈등이 일어났다. 속칭 이재수의 난이라 불리는 이 사건은 대정 주민을 이끌었던 세 명의 장두가 모두 처형되면서 마무리되었다. 대정청년회에서 불의에 저항한 세 명을 의사(義士)로 받들어 기념비를 세운 것이다.

다. 그러나 박정희 군사정권 때 이도 철거되어 농협 뒤쪽 드랫물이라는 구석진 곳으로 옮겨졌다. 그 비석이 그토록 초라한 데다 버림받고 있어 1997년 대정읍 청년회에서 비석을 새로 만들어 여기에 세우고 시멘트비는 땅에 묻었다고 한다.

그런데 4월 20일 제막식을 앞두고 주민과 천주교도 사이에 갈등이 일어나 연기할 수밖에 없었다고 한다. 문제는 뒷면에 있는 비문을 두고 천주교 측에서 차단지를 붙이며 항의한 것이었다. 낮에 천주교 측에서 차단지를 붙이면 밤에는 마을 사람들이 찢는 식의 숨바꼭질이 4개월간 계속되었다고 한다. 결국 천주교 측이 물러섬으로써 1997년 8월 비문의 수정 없이 제막했다. 그것이 '삼의사비'이다.

천주교 측은 신축민란의 진행 과정을 부정하는 것은 아니었다고 한다. 문제는 첫 문장과 뒷부분의 문장이었다. 첫 문장은 이렇다. "여기 세우는 이 비는 무릇 종교가 본연의 역할을 저버리고 권세를 등에 업었을 때 그 폐단이 어떠한가를 보여주는 교훈적 표석이 될 것이다." 왜 사건의 설명에 앞서 이런 개념 규정부터 먼저 시작했느냐는 것이다.

그리고 뒷부분의 "대정은 본시 의기남아의 고장으로 조선 후기 이곳은 민중 봉기의 진원지가 되어왔는데 1801년 황사영(黃嗣永)의 백서사건으로 그의 아내 정난주(丁蘭珠)가 유배되어온 후 딱 100년 만에 일어난 이재수란(李在守亂)은 후세에 암시하는 바가 자못 크다"라는 대목이었다.

무슨 뜻이냐 하면, 1801년 신유박해로 황사영이 11월 5일 처형되었으며 가산은 몰수당하고 가족은 노비로 처해져 그의 어머니는 거제도로, 아들은 추자도로, 아내 정난주는 제주도 대정으로 보내졌다. 정난주는 노비 신분으로 대정에 끌려왔음에도 불구하고 '서울 할머니'라 불리며 이웃들의 칭송을 받으며 살다가 1838년에 사망했다고 한다. 1994년 천주교 제주교구는 100주년 기념사업으로 대정에 있는 정난주의 묘를 새롭게 단장하고 '순교자 정난주 마리아 묘'로 성역화했다.

천주교 측은 그런데 왜 관계도 없는 정난주 이야기를 비문에 들먹였느냐는 것이었다. 그래도 양보하여 그대로 세워졌다니 오늘의 천주교는 옛 신축년 같지는 않았음을 보여준다.

대정향교 가는 길

큰길로 나아가 길 건너 사계리로 가는 골목길로 접어들면 추사가 제주 마을을 노래했던 대로 길가엔 철 따라 꽃이 피어나고 제주 돌담 너머로는 집집마다 늘푸른나무로 앞마당 뒷마당을 장식하고 있다. 제주 추사 유배지 답사는 대정향교로 이어질 때 더욱 깊은 뜻을 새길 수 있고 아름다운 제주의 또 다른 표정을 만끽할 수 있다. 대정향교는 추사 유배지에서 10리(4킬로미터) 떨어진 안덕면 사계리 단산(簞山) 아래에 자리잡았다.

추사 유배지에서 대정향교에 이르는 길은 제주올레 코스에 들어 있지 않다. 그러나 한 시간 남짓 걸리는 이 길은 역사의 향기를 만끽할 수 있을 뿐만 아니라 단산의 기이한 풍광과 밭담이 장대하게 펼쳐지는 제주 들판의 아름다움이 있고 또 길목에선 제주의 또 다른 돌문화인 잘생긴 방사탑을 만날 수 있는, 그야말로 아름다운 제주의 풍광과 인문정신이 만나는 환상적인 '올레길'이다.

이것이 서운했는지 '추사 유배길'이라는 또 다른 걷기 코스가 만들어져 인연의 길(오설록에서 추사 유배지), 집념의 길(대정마을과 대정향교), 사색의 길(안덕계곡)이라는 이름으로 안내판이 붙어 있어 길을 잃지 않고 찾아갈 수 있다.

인성리 농협을 지나면 이내 우뚝 솟은 산방산과 단산의 기이한 모습이 통째로 들어온다. 단산은 표고 158미터(비고 113미터)의 낮은 산이지만 각진 세 봉우리가 연이어 있는 것이 마치 거대한 박쥐가 날개를 편 모습을 연상시킨다고 하여 바구미(박쥐)오름이라고 한다. 그러나 그 명칭에 대해서는 이론도 있다. 단산의 단(簞) 자는 바구니 단 자로 단산을 혹은 바굼지(바구니)오름이라고도 한다는 것이다. 어느 것이 정확한지 모르지만 단산은 박쥐 같기도 하고 바구니 같기도 하다.

단산을 마주 보고 곧장 뻗은 길은 사뭇 길고 길 양옆으로 펼쳐지는 들판은 아주 넓다. 사계리바닷가로 향한 비탈진 들판이어서 더욱 넓고 시원스러워 보인다. 밭에선 철 맞추어 감자가 한창 자라고 겹겹이 길게 줄지어 늘어선 밭담들은 아름다운 제주의 풍광을 남김없이 보여준다. 그리고 길 중간쯤에는 이른바 방사탑 2기가 오롯이 세워져 있다.

| 대정향교 가는 길 | 제주 추사관에서 대정향교로 가기 위해 인성리 들판길로 들어서면 멀리 박쥐 같기도 하고 바구니 같기도 한 단산 아래로 긴 밭담과 방사탑이 제주 들판의 독특한 서정을 보여준다.

인성리 방사탑

방사탑(防邪塔)은 풍수지리적으로 마을 어느 한 방위(方位)에 불길한 징조가 비친다거나 어느 지형의 허한 곳을 비보(裨補)한 탑이다. 탑은 원통형이나 사다리꼴 또는 네모뿔 형태로 좌우·음양·남북 대칭으로 쌓는 것이 보통이다.

탑 꼭대기에는 돌하르방이나 동자석처럼 생긴 석상, 또는 까마귀나 매를 닮은 돌을 올려놓는다. 까마귀와 매는 주로 돌로 만들지만 비자나무나 참나무처럼 비바람에 좀처럼 썩지 않는 단단한 나무로 만들기도 한다. 까마귀로 하여금 궂은 것을 모조리 쪼아먹게 한다는 속뜻이 있다.

탑 속에는 밥주걱이나 솥을 묻어두는데, 밥주걱을 묻는 이유는 솥의 밥을 긁어 담듯 재물을 마을로 담아들이라는 뜻이고, 솥을 묻는 이유는

솥이 무서운 불도 끄떡없이 이겨
내듯 마을의 재난을 없애달라는
뜻을 담고 있다.

제주 지역의 이 액막이 방사탑
들은 마을마다 명칭이 조금씩 다
르다. 대개 '거욱대' '거왁' '극대'
라고 부른다. 어떤 마을에서는 거
욱대와 방사탑을 구분하기도 하
지만 방사탑은 다양한 명칭으로
불리는 거욱대를 총괄하기 위해
만들어낸 학술적 용어일 뿐, 제주
사람들이 직접 사용하는 명칭은
아니다. 육지의 돌장승이 제주도
에서 돌하르방이 되었듯이 육지

| 인성리 방사탑 | 방사탑은 거욱대라고도 하는데 풍
수상 지세가 약한 곳을 보완한다는 벽사(辟邪)의 의미
를 갖고 있다. 방사탑 위에는 까마귀 모양의 돌이나 동
자석을 올려놓는다.

의 솟대가 거욱대로 나타났다는 설도 있다.

이 방사탑은 50년 전만 해도 제주 전역에서 쉽게 볼 수 있었으나 근래
에는 원형을 갖추고 있는 것을 찾아보기가 힘들고 방사의 의미는 희석
된 채 탑동 제주해변공연장이나 산굼부리 같은 관광지 입구에 쓸데없이
크게 세워진 조형물로 변해버렸다.

제주도는 1995년이 되어서야 이 거욱대, 방사탑의 존재에 주목하여
17기를 시도민속자료로 지정했다. 1997년 제주대박물관의 조사에 의하
면 제주도에 39기의 방사탑이 있는 것으로 밝혀졌다. 그중에서 인성리
방사탑은 원형이 가장 잘 보존되었고 또 거욱대의 성스러운 모습이 잘
살아 있다.

인성리에서 단산으로 가는 길에 '개죽은 물'이라는 못 근처에 '알뱅디'

라고 불리는 넓은 평지가 있다. 이곳은 방위가 허하고 약하여 액이 있는 곳으로 마을에 불이 자주 나고 마소가 병들어 죽었다고 한다. 바로 이곳의 부정을 막기 위하여 4기의 방사탑을 세웠다는 것이다. 반(半)풍수 입장에서 보아도 비탈진 들판이 휑해 보이는 바로 그 자리에 우뚝 서 있어 더욱 거룩해 보인다.

그러나 육군 제1훈련소가 이곳에 생기던 1950년대에 군대에서 막사를 짓는 데 사용하려고 허물어 가서 지금은 2기만 남아 있는데 그나마 동쪽 방사탑은 윗부분이 많이 허물어졌고 서탑만 이 외로운 들판을 지키고 있다.

대정향교

인성리 들판길이 단산 자락에 다다르면 왼쪽으로는 산 정상으로 오르는 길이 나 있고 곧장 고갯마루를 넘으면 대정향교가 나온다. 단산 남쪽 산자락에 자리잡은 대정향교는 멀리서 보나 가까이서 보나 오붓한 인상을 준다. 특이하게도 동쪽으로 나 있는 작은 대문 옆으로는 늠름한 팽나무와 잘생긴 소나무가 우리의 눈을 사로잡는다. 전하는 말로는 강사공(姜師孔)이라는 분이 순조 11년(1811)에 삼강오륜을 상징하여 소나무 세 그루와 팽나무 다섯 그루를 대성전 뜰에 심은 것인데 지금은 세 그루만 남았다고 한다. 그런데 그 소나무의 생김새가 마치 추사의 「세한도」에 나오는 것과 흡사해 사람들은 곧잘 추사가 이 소나무를 그린 것이라고 말하고 싶어한다.

조선왕조는 주자학을 건국 이데올로기로 삼으면서 개국 초부터 현마다 향교를 설치해 공자를 모신 사당 역할을 하며 지방 교육을 맡게 했다. 대정향교는 태종 16년(1416)에 세워졌다. 처음에는 북성(北城) 안에 있었

| 대정향교 전경 | 대정향교는 온전히 잘 보존되어왔고 또 지금도 유림에서 잘 관리하고 있어 제주답사 중 만나기 힘든 한옥의 멋을 맛볼 수 있다. 답사객들은 향교에 있는 노송을 보면서 꼭 「세한도」에 나오는 소나무 같다고 말하곤 한다.

으나 중간에 동문 밖으로 옮겼고, 다시 서성 안으로 옮겼으나 효종 4년 (1653) 이원진 목사가 현재의 위치로 이건하여 오늘에 이르렀다.

대정향교는 전학후묘(前學後廟)라는 향교의 기본 구조를 갖추었다. 앞에는 명륜당이라는 배움의 공간을, 뒤에는 대성전이라는 묘실을 배치했다. 명륜당 양옆으로는 학생들의 기숙사인 동재(東齋)와 서재(西齋)가 대칭으로 배치되어 있다. 집이 낮고 제주도의 다른 건축물처럼 지붕은 합각이며 수키와가 이어지는 곳에는 회를 사용해 거센 바람에 날아가지 않도록 단단하게 발라놓았다. 그래서 대정향교에 들어가면 반드시 허리를 수그리고 자세를 낮추어야 하는데 이는 말없이 단정한 몸가짐과 겸손한 마음자리를 추스르라고 일러주는 듯하다.

'명륜당(明倫堂)'이라는 현판은 순조 때 변경붕(邊景鵬) 현감이 주자의 필치를 본받아 쓴 것이며, 추사가 쓴 '의문당'이라는 현판도 걸려 있다. 이 현판의 원본은 제주 추사관에 전시되어 있는데 뒷면에는 "헌종 12년 (1846) 11월 강사공이 유배 중인 추사 김정희에게 액자 글씨를 청해 받아 향원(鄕員) 오재복(吳在福)이 공자 탄신 2479년인 무진년 봄에 걸었다"고 쓰여 있다. 이는 추사가 제주에 남긴 가장 확실한 현판 글씨이기도 하다.

모슬포

산방산에서 출발하여 하멜상선전시관, 사계리 사람 발자국, 송악산, 알뜨르 비행장, 백조일손지묘, 제주 추사관, 대정향교를 거치면서 제주의 서남쪽을 두루 돌아본 나의 발길은 이제 긴 여정을 끝내기 위해 모슬포로 향한다.

모슬포는 제주도 서남쪽 끝 태평양을 내다보는 바닷가 마을로 요즘은 방어축제장으로 알려져 육지 사람들도 곧잘 오는 모양이지만 여간해서는 관광객이 찾지 않는 곳이다. 그러나 모슬포는 제주의 중요한 항구 중 하나다. 가파도·마라도로 가는 유람선은 송악산 서쪽에서 출발하지만 제주인들이 드나드는 도항선은 이곳 모슬포에서 떠난다.

모슬포는 그 이름이 어딘지 낯익어 제주에 오면 한 번쯤 가보고 싶어진다. 그러나 지도상에 모슬포라는 동네는 없다. 제주의 역사를 설명할 때면 고산리 신석기유적지 다음에는 '상모리' 청동기시대 유적지가 등장한다. 나는 오랫동안 상모리가 어딘지 모르고 그냥 외워서 기억해왔을 뿐이었다. 그러다 제주를 뻔질나게 드나들면서 학문적 내지는 직업적 본능으로 그곳을 한번 찾아가보고 싶었다. 그리하여 당도한 곳이 다름 아닌 모슬포였다. 모슬포가 아래위 동네로 나뉘면서 상모리, 하모리가 되었다는 것이다.

그때 느낀 감정은 황당함이 반이고 배신감이 반이었다. 모슬포 선사유적지라고 했으면 이미지도 떠오르고, 외우기도 쉽고, 기억에도 선명했을 것 아닌가.

제주의 땅이름에는 탐라의 서정이 듬뿍 들어 있다. 어승생·성판악·섭지코지·돈내코·빌레못·외돌개·종달리·가시리·삼달리·아라동…… 뜻을 모르고 이름만 들어도 섬나라의 풍광과 서정이 절로 일어난다. 이 아름다운 탐라 토속의 이름들이 세월의 흐름 속에 하나둘씩 한자어로 바뀌어갔다. 그래도 애월리·세화리·모슬포 등에는 육지인의 가슴을 울리는 애잔한 향취가 살아 있다. 그런데 세월은 야속하게도 이 아름답고 정겨운 탐라어를 되찾아오기는커녕 아무런 의미도 없는 싱거운 지시어로 바꾸어 상모리, 구좌 등으로 변해갔다.

다행히도 제주에는 제주의 땅이름을 온전히 복원하는 작업에 평생을 바치는 분이 있어 박용후의 『제주도 옛 땅이름 연구』(제주문화 1992), 오창명의 『제주도 마을이름의 종합적 연구』 같은 책을 통해 모슬포의 유래를 실수 없이 알아볼 수 있다.

모슬포(毛瑟浦, 摹瑟浦)는 '모실개'의 한자식 표기다. 모실은 모래, 개는 갯가를 말한다. 실제로 모슬포에는 모래가 많다. 모슬포는 일찍부터 위아래 마을로 나뉘어 웃모실개ᄆᆞ을, 알모실개ᄆᆞ을로 불렸다. 이것이 상모슬리, 하모슬리라고 불리다가 급기야 아무도 알아차리기 힘든 상모리, 하모리로 둔갑해버린 것이다.

모슬포는 바람이 대단히 모질다. 모슬포의 모실이 모래라더니 모슬포 바람에는 모래가 섞여 날린다. 그래서 사람들은 모슬포는 '몹쓸 바람'에서 나왔다고 주장하기도 한다. 그런 '몹쓸포'가 한국전쟁 때는 한술 더 떠서 '못살포'로 불리던 시절이 있었다.

모슬포의 육군 제1훈련소 자취

모슬포 가는 길에는 한국전쟁 때의 군사 유적지들이 있다. 육군훈련소라면 누구든 논산에 있는 연무대를 떠올릴 것이다. 대부분의 징집 대상자와 마찬가지로 나도 논산훈련소 출신이다. 그런데 그 엄청난 규모의 연무대는 육군 제2훈련소라고 불렸고 나이 든 분들은 지금도 그렇게 알고 있을 것이다. 그때 나는 거기가 왜 제2훈련소인지, 그렇다면 제1훈련소는 어디 있는지 알지 못했다. 또 이에 대해서는 누구도 말해주는 일이 없었다.

세월이 한참 흘러서 처음으로 대정 추사 유배지에 왔다가 모슬포라는 이름에 끌려 남쪽으로 발길을 옮길 때 비로소 여기에 육군 제1훈련소가 있었음을 알게 되었다. 지금도 4차선 일주도로(1132번 국도) 양쪽으로 높이 4.5미터, 가로세로 2미터의 시멘트 기둥이 생뚱맞게 서 있는데 여기가 당시 제1훈련소 정문이었다는 것이다. 훈련소 정문 두 기둥 사이가 17미터나 되니 그 규모가 얼마나 컸을까는 상상이 가고도 남음이 있었다. 두 기둥 한쪽 면에는 간판을 걸었던 구부러진 철근이 남아 있다.

세월이 무심하여 시멘트 기둥 두 개만 남아 있지만 여기에 서린 역사의 의미를 진실로 지울 수는 없다. 여기부터 모슬포 쪽, 동네 이름으로 상모리 일대가 육군 제1훈련소 자리였다. 지금 대정여고 자리도 훈련소 영역이었다.

| 육군 제1훈련소 정문 기둥 | 1·4후퇴 때 대구에 있던 제1훈련소를 이곳 모슬포로 옮겼다. 전쟁이 끝난 뒤 훈련소는 폐쇄되고 도로가 생겼는데 당시 훈련소 정문 기둥이 한길 양쪽에 남아 있다.

나는 2007년 당시 문화재청 근대문화재과의 김성범 과장에게 한국전쟁 당시 유적을 근대문화재로 등록하는 작업을 지시했다. 문화재위원과 군사 전문가로 조사단을 꾸려 현재 남아 있는 군사유적을 조사한 결과 모슬포 육군 제1훈련소의 자취는 마침내 대한민국 등록문화재 제409호로 등록되었다. 이때 나는 이 슬프고도 아픈 역사의 흔적에 대해 공부할 수 있었다.

1950년 6월 25일 한국전쟁이 일어나자 육군은 8월 14일 대구에 제1훈련소를 창설했다. 1951년 1·4후퇴가 시작되자 육군은 만약의 사태에 대비하여 1월 21일 제1훈련소를 이곳 모슬포로 옮겼다. 당시 제1훈련소장은 백인엽(白仁燁) 준장이었다. 전쟁이 점점 치열해지자 11월에는 논산에 제2훈련소를 창설했다. 설립 당시 이승만 대통령이 연무대(鍊武臺)라는 휘호를 부여했다. 이후 한국전쟁 중 거제도의 제3훈련소를 비롯하여 제7훈련소까지 창설했다.

한국전쟁 후에는 제2훈련소를 제외한 모든 훈련소가 폐쇄됐다. 제1훈련소가 문을 닫은 것은 1956년 1월이었다. 이후 논산 연무대는 계속 제2훈련소라는 명칭을 사용하다가 1999년 2월에야 비로소 육군훈련소로 이름을 바꿨다. 이것이 육군 제1훈련소와 제2훈련소의 내력이다.

모슬포 육군 제1훈련소는 조용하던 이 섬마을을 10만 명을 수용하는 거대한 천막 도시로 탈바꿈시켰다. 제1훈련소는 강한 병사를 키우는 터전이란 뜻으로 강병대(強兵臺)라고 이름 지었다. 강병대는 1951년 창설 때부터 56년 해체되기까지 50만 명의 장병을 훈련시켜 전선에 투입했다. 훈련소 신병 양성 기간은 16주였지만 낙동강전투 당시에는 전선에 투입시키는 데 2주가량이 걸렸다고 한다.

제1훈련소는 참으로 대단한 규모의 천막 도시였다. 10만 명을 수용하는 거대한 부대의 막사가 거의 천막이었다. 수많은 피란민과 훈련병 가족이 연일 몰려들어 모슬포를 중심으로 대정면에서 상주하는 인구가 무려 7만 명을 넘었다. 제1훈련소에 이어 모슬포에는 군 야전병원인 98병원이 들어서고, 육군 제29사단이 창설되었으며 임시로 대정초등학교에 공군사관학교를 이전해왔다. 때문에 대정초등학교 교정에는 공군사관학교 훈적비가 세워져 있다. 이와 함께 공군도 모슬포 알뜨르 비행장을 모슬포공항이라 부르면서 정부 고위 인사는 물론 외국 귀빈과 장성급들의 이동과 급한 물자 수송을 담당했고, 이때부터 미 공군이 모슬포 비행장에 부대를 배치하여 미군까지도 모슬포에 주둔하게 됐다. 게다가 거제도 포로수용소가 포화 상태가 되자 이곳 모슬포에 중공군 포로수용소가 세 군데나 들어섰다고 한다.

모슬포는 땅은 넓었지만 훈련소로는 불편함이 많았다. 우선 물이 부족했다. 제주도는 화산지대여서 빗물이 모여 흐르지 않고 모두 지하로 흡수된다. 그러니 강이 있을 수 없고, 따라서 물이 부족할 수밖에 없다. 바람과 비가 많은 것도 훈련소로 좋은 입지 조건이 아니다. 훈련 시설과 천막이 비에 젖고 바람에 날려 훈련에 지장이 많았다. 모슬포는 물과 먹을거리가 절대적으로 부족했다. 의약품까지 부족하여 훈련 중 사망한 장정들이 부지기수였다고 전해진다. 이때부터 모슬포가 '못살포'라는 슬픈 이름으로 불리기도 했다.

강병대 교회

모슬포는 한국전쟁 당시 육군 제1훈련소와 많은 군대가 주둔해 있었지만 지금 옛 모습대로 남아 있는 것은 겨우 몇 채의 건물뿐이다. 제1훈련소 지휘소(등록문화재 제409호)도 일부가 남아 있을 뿐이다. 이 건물은 일제의 오무라(大村)부대 병사(兵舍)로, 제주 돌로 벽을 쌓아 별도의 기둥이 없는 납작한 돌집이다. 외관이 엄격한 대칭을 이루고 돌벽이 아주 강해 한눈에 군사시설이라는 것을 알 수 있다.

해병대 병사(등록문화재 제410호)는 해병 3기생들부터 훈련받던 숙소와 세면장이 있는 긴 건물이다. 한국전쟁 당시 인천상륙작전에 투입된 해병 4기생도 여기서 배출되었는데 이 역시 돌집이어서 오늘날까지 형체를 유지하고 있다. 이 밖에는 대정여고 안에 있는 제98병원터, 대정초등학교의 공군사관학교터, 제29사단 발상지터가 확인돼 그곳에 기념비와 충혼탑 '뿔대'를 세운 것이니 그것을 유적이라 말할 수는 없다. 여러모로 군사기지 모슬포의 옛 모습을 상기시켜주는 유적으로는 부족할 뿐이다.

그나마 원형이 가장 잘 남아 있는 것은 1952년 5월 장도영(張都暎) 훈련소장이 세운 군인교회인 강병대 교회(등록문화재 제38호)다. 총건평 180평 중 90평은 지금도 준공 당시 예배당의 모습이 그대로 보존되어 교

| **강병대 교회** | 1952년 공병대가 세운 군인 교회로 강병대 교회라는 이름을 갖고 있다. 한국전쟁 당시 모슬포가 군대 주둔지였다는 것을 말해주는 구체적인 건물로 근대문화유산으로 인정되어 등록문화재 제38호로 등록되었다.

회로 사용하고 있다. 공병대가 건축했다는 이 교회당은 제주의 토속적 재료인 현무암을 사용해 쌓은 벽체 위에 목조 트러스를 올린 뒤 함석지 붕을 얹은 건물로 특별한 장식은 없다. 그러나 단순성·견고성을 강조하는 군대 건축의 강인한 힘이 여실히 느껴지면서 모슬포 육군 제1훈련소 의 한 단면을 유감없이 보여주니 여기에서 우리는 역사적 상상력을 발휘하여 모슬포의 사연 많고 아픈 역사를 억지로라도 기억해볼 수 있게 된다.

비록 군사시설은 아니지만 그와 연관된 추억의 공간도 있었다. 그중 하나가 제1훈련소 장병들을 위해 1951년 가수·배우 등 연예인들로 구성 된 군예대(軍藝隊)가 기거하면서 활동하던 2층 목조건물이다. 훈련병들 을 위로하고 사기를 높여주기 위해 조직된 군예대에는 황해·주선태·구 봉서·박시춘·유호·남인수·황금심·신카나리아 등 당대의 명배우와 유명 작사·작곡가와 가수들이 있었다. 이들은 위문 공연을 하고 군가를 작곡하는 것이 주 임무였지만 짬을 이용하여 가요도 만들었다. 그중 대표적인 노래가 유호 작사, 박시춘 작곡, 황금심 노래의 「삼다도 소식」이다.

이 군예대 건물은 1910년대에 지어진 목조건물로 도로변에 있었는데 도로 확장공사로 몇 해 전에 헐렸다. 당시 대정역사문화연구회 등 지역 관련 단체가 보존을 건의했지만 행정상 어떤 조치도 불가능해 후에 길 안쪽에 복원하기로 했다고 한다. 그나마 자취를 남기게 된 것을 다행으로 삼아야겠다.

모슬포 바람

제주의 서남쪽 끝 모슬포는 이처럼 일제강점기와 한국전쟁을 치르면서 모진 수난을 겪었다. 그러나 이제는 반세기도 더 된 이야기여서 사람들은 그 아프고 슬픈 이야기를 다 잊어버리고 신나는 방어축제로 포구가 들썩거린다. 모슬포의 모진 바람이 그 모든 아픔을 쓸어간 것이라면 얼마나 좋으랴.

그러나 우리에겐 아직도 남아 있는 역사의 미결 과제가 있어 마냥 즐거워할 수만은 없다. 언제 어느 때 가도 모질게 부는 모슬포 바람이 귓가를 아리게 스치고 지나갈 때면 지난날의 내력이 홀연히 들려온다. 특히나 제주인들 가슴 깊은 곳에 파묻힌 옹어리가 침묵의 눈빛으로 드러나곤 한다. 시인 정진규의 「모슬포 바람」이라는 시에는 그런 사정이 다 녹아 있다.

지난봄 제주 가서 보고 온 노오란 유채꽃들은 모로 누워 일어날 줄 몰랐다 노오랗게 기절해 있었다 모슬포의 유채꽃들은 그랬다 모슬포

의 바람 탓이었다 모슬포의 바람은 어찌나 빠른지 정갱이도 무릎도
발바닥도 없이 달려만 가고 있었다 아랫도리가 없어진 지가 사뭇 오
래된 눈치였다 염치가 없었다 다만, 이따금씩이 아니라 연이어 귓쌈
만 세차게 후려쳤다 내가 무엇을 잘못했을까 알 수가 없었다 송악산
민둥산엔 네 발굽 땅 속 깊게 묻은 채 떨고 섰는 오직 비루먹은 조랑말
한 마리, 그도 무엇을 잘못했는지 연이어 귓쌈만 세차게 얻어맞고 있
었다 추사 선생의 대정마을로 내려와보니 입 굳게 다문 채 제주사람
들은 그 바람의 모진 내력들을 속속들이 다 알고 있는 눈치였다.

―「모슬포 바람」 전문(『도둑이 다녀가셨다』, 세계사 2000)

2012.

순종을 지키고 고향을 지키련다

천연기념물 347호 제주마 / 제주마 방목장 / 사려니 숲길 /
교래리 토종닭 / 가시리마을 / 조랑말박물관

자네, 가시리마을 가봤어?

2012년 1월 나는 제주도 답사기를 위하여 겨울 제주도로 떠나기로 했다. 특별히 계절을 가린 것은 아니었는데 이상하게도 겨울엔 제주도를 별로 다녀오지 않아서 눈 덮인 제주도 사진이 아주 드물었다. 이번엔 떠나는 길에 버스 한 대를 빌려 답사기에 실명으로 등장하는 친구들, 화가, 문인, 국학 연구자 선후배들, 그리고 내 연구실 연구원, 책의 디자이너들, 창비 인문팀 식구들, 그리고 내 작은아들 등 모두 40명으로 답사단을 꾸려 원 없이 즐기다 왔다. 버스 안에서는 나의 제주도 답사기 리허설을 늘어놓아 대중적 검증도 받았다. 그런데 2박 3일의 둘째 날 저녁에 화가 김정헌 형이 나에게 은근슬쩍 하는 말이 있었다.

"당신 제주답사 얘기를 들어보니까 중요한 것 하나가 빠져 있어. 제주의 역사, 민속, 미술, 용암동굴, 오름, 나무 이야기, 거기에 해녀 이야기까지 썼으면서 제주 말(馬) 얘기가 빠졌다는 것은 보통 실수가 아냐. 이건 실수가 아니라 실례야."

아! 그건 미처 생각지 못했던 부분이다. 더욱이 영주십경 중에는 한라산 초원지대에서 한가로이 풀을 뜯는 조랑말떼를 일컫는 '고수목마(古藪牧馬)'가 있지 않은가. 정헌이 형은 이어서 나에게 권했다.

"자네 가시리마을 가봤어?"
"아뇨."
"거기가 조선시대 제일가는 목장인 갑마장(甲馬場)이 있던 동네로 조랑말박물관을 짓고 있는데 금년 여름에 오픈하려고 건물 뼈대는 다 완성해놓았어요. 거길 가보라구. 내가 좋은 친구를 소개해줄게. 당신 문화연대에 있던 지금종이라구 알지?"
"알죠."
"그 친구가 제주도로 낙향해서 가시리에 정착해서 살고 있어. 조랑말박물관 관장을 맡게 될 거래."
"그래요? 그러면 내일 당장 일정을 바꿔 그리로 갑시다."
"내일 아침에 가자구? 하여튼, 당신은 빨라!"

그리하여 우리는 제주의 서남쪽 답사를 포기하고 이튿날 아침 일찍 가시리로 향했다. 가시리에서 나는 새로운 것을 많이 보고 느끼고 배웠다. 정말로 가시리마을 이야기를 쓰지 않고는 제주 답사기를 마무리할 수 없다는 생각이 깊이 들었다.

우리 일행이 가시리에 간 날은 눈보라가 엄청나게 휘몰아쳐 밖을 전혀 볼 수 없어서 마을 입구에 있는 디자인카페에서 동네 분들 얘기만 돌아가며 듣고 뼈대만 선 조랑말박물관 옥상에서 눈보라 속에 가물거리는 따라비오름만 바라보고 돌아왔다.

이후 나는 가시리를 네 번 더 다녀왔다. 그러나 누군가 이 분야 전문가에게 조언을 구하지 않고는 제주마 답사기를 쓸 수가 없었다. 비상 대책을 쓰기로 했다. 나는 답사기를 쓰면서 청장 재직 이전이나 이후나 단 한 번도 관의 도움을 받아본 적이 없다. 그러나 이번에는 안 되겠다 싶어서 신세 지기로 했다.

마침 제주도 문화정책과의 박용범 씨가 '탐라국의 정체성에 대하여'라는 특별강연회를 부탁해왔다. 나는 그날 오후 강연에 앞서 가시리 조랑말박물관에 전문가와 함께 가준다는 조건으로 허락했다. 그리하여 2012년 7월 11일 아침 일찍 내려가 축산정책과의 말산업육성 담당인 오운용 농업연구관과 같이 가시리로 떠나게 되었다.

천연기념물 347호 제주마

제주 말은 1999년 12월 제주대에서 개최된 '제주마의 보존 및 활용' 심포지엄에서 공식 명칭을 '제주마'로 하기로 결정하고 이듬해 1월 1일부터 부르기 시작했다. 원래는 조랑물이라고도 하고 과하마(果下馬), 토마(土馬), 삼척마(三尺馬)라고도 불렀다. 목과 다리가 짧고 키가 3척밖에 안 되어 삼척마라고도 하고, 과실나무 아래로도 지나다닌다고 해서 과하마라고도 했으며, 토종말이기 때문에 토마라고도 했던 것이다. 이외에도 제주마는 최근까지 제주 재래마, 제주 조랑말, 제주도 재래종, 재래종 말 등 여러 가지로 불려왔다.

| **제주마** | 제주마는 약 150마리를 천연기념물로 지정하여 축산진흥원에서 종자를 보존하면서 우량종을 만들어가고 있다. 흰 조랑말 엉덩이에 143번이라고 찍혀 있다.

조랑말이라는 명칭은 순우리말이라는 설과 몽골어에서 나왔다는 설이 있다. 순우리말 설은 조롱박처럼 '작다'는 의미에서 '조롱물'이라고 부르던 것이 변형된 것이라는 견해다. 몽골어 유래설은 두 가지이다. 하나는 몽골에도 '조롱물'이 있으니 여기서 유래했단 것으로, 이 말은 몽골 말중 낙타처럼 비정상적으로 걷는 말을 칭한다고 한다. 그리고 몽골의 승마 기법 중에는 아래위 진동 없이 아주 매끄럽게 달리는 것을 '조로모리'라고 하는데 여기서 조랑말이 나왔다는 설이다.

역사적 기록을 보면 제주마는 제주에 본래 있던 향마(鄕馬)인 소형마에 중형 이상의 크기를 갖는 몽골 말 또는 아라비아말 계통의 혈통이 유입되어 제주도의 기후와 환경에 적응하여 번식한 가축으로 추정된다. 외국의 큰 말 종자들에 비해 몸집이 작지만 체질이 강하고 성질이 온순하며 강인한 발굽과 지구력은 세계가 알아준다고 한다. 보통 하루 32킬로미터씩 22일간 연일 행군할 정도로 강인한 체질과 인내심을 갖고 있다. 편자를 대지 않은 상태에서 산간 험로를 행군해도 발굽이 찢기거나 변형된 것을 찾아볼 수 없을 정도라고 한다.

해방 전까지만 해도 제주마는 근 2만 마리가 사육되었던 것 같다. 그러나 1960년대 들어와 자동차 문화가 급속히 보급되면서 말의 수요와 경제적 가치가 하락함에 따라 사육 두수가 급격히 감소하여 1960년에는 1만 2천 마리, 1980년대에 들어와서는 2천 마리대로 떨어지게 되었다. 급기야 문화재청에서는 멸종 방지를 위해 1986년 2월, 천연기념물 제347호로 지정했다. 당시 조사된 제주마 사육 두수는 1,347필이었다. 이때 제주마 암말 65필, 수말 5필을 지정하여 제주도 축산진흥원에서 사육·관리할 수 있도록 조치한 것이다.

제주마라고 해서 모두가 천연기념물은 아니다. 내가 청장 시절 보고받기로는 약 150마리다. 한 마리의 수컷 종마는 대개 20~30마리 암말을 거느린다. DNA 검사와 엄격한 외모 심사 기준을 통과해야만 천연기념물로 보호받고 대접받는 것이다.

사람들은 천연기념물로 지정되어 있으면 그것이 가치 있고 귀중한 것으로 생각하지만, 사실 제주마가 천연기념물로 지정되었다는 것은 쓸쓸한 이야기이다. 제주에 제주마가 많이 길러졌으면 굳이 천연기념물로 지정할 필요가 없었다. 한우가 그렇게 우수한 종자지만 천연기념물로 지정하지 않은 것은 더 우수한 종으로 발전하는 것을 인위적인 보호가 아니라 자연에 그대로 맡기기 위해서다.

순종의 보호와 종의 진화 문제

나는 가시리로 가는 차 안에서 오연구관에게 물었다.

"지금은 몇 마리를 종마로 보호하고 있습니까?"

"여전히 150두 정도를 기르고 있습니다."

"농가와 축산진흥원에서 기르는 제주마는 몇 두나 되나요?"

"약 1,500두 됩니다."

"일반 말은요?"

"우리나라에 약 3만 두, 그중 제주도에 2만 2천 두가 사육되고 있어요."

"농가에서 기르는 제주마의 최종 목표는 무엇입니까?"

"현재로서는 경마장에 입사하여 경주용으로 활용하는 게 최종 목표라고 해도 과언이 아닙니다. 아이들 키워 좋은 대학 넣는 게 목표이듯이요."

"지금 제주 경마장에서는 제주마로만 경마를 하나요?"

"제주마와 교잡마인 제주산마 두 마종을 활용하여 경주를 하고 있습니다."

경마가 제주마 사육을 늘리는 좋은 계기가 된 것은 틀림없다. 그러나 제주마 보존을 놓고 볼 때는 경마가 꼭 옳다고 할 수 없지 않은가. 경주마는 잘 뛰는 놈이 최고 아닌가. 제주마의 순종을 보존한다는 것은 알겠지만 우량종으로 발전시키는 것은 안 된단 말인가. 나는 이 점도 물었다.

"농가에서 원하는 씨수마는 경마를 통해서 경주 능력이 검증된 말입니다. 그런 점에서 현재 종마로 활용되고 있는 씨수마가 꼭 우수마라고 할 수만은 없습니다. 말은 경주용 외에도 관광용 승마, 말고기, 말총, 비누와 화장품 재료 등으로 널리 이용되니까 여기에 맞게 보존

개량해야 합니다. 그러나 아직까지 축산진흥원의 제주마 번식 체계는 제주마의 유전적 다양성을 보존하는 쪽에 맞춰져 있습니다."

"왜 그런데요?"

"경주 능력이 검증된 우수 씨수마 중심의 번식은 가계 구조를 단순화할 수 있고, 이를 통해 근친교배가 이루어지면 제주마가 지닌 여러 가지 유전적인 특성이 소실될 수도 있으니까요."

"아, 그렇군요. 그러나 이러다간 말 산업은 죽을 수밖에 없는 것 아닙니까?"

"그래서 앞으로 제주마도 산업적으로 이용 가치가 높은 마종으로 개량하기 위해 축산진흥원을 말 개량 기관으로 지정하는 등 여러 가지 노력을 기울여야 합니다. 소, 돼지, 닭을 키우면 그걸로 돈 벌고 생계를 유지하잖아요. 말은 그렇지가 않습니다."

"그러면 어떻게 해야 하나요."

"그래서 얼마 전에 말산업 육성법이 통과되었습니다."

정말로 힘든 일이다. 순종을 보호하기 위해 제주마의 혈통 구조를 체계적으로 유지하면서, 한편으로는 종의 개량을 위해 선발과 교배를 해야 하는데 이때 근친교배에 의한 순종 변질 위험도 막아야 하니, 이건 우리가 연립방정식 배웠다고 미적분 문제 풀지 못하는 것과 진배없는 일이다. 그래도 이를 연구하는 축산연구원이 우리 주변에 있다는 것이 얼마나 다행이고 든든한가.

견월악의 제주마 방목장

나의 제주마 답사는 이른바 제주마 방목장이라고 불리는 축산진흥원

| **견월악의 제주마 방목장** | 축산진흥원에서 천연기념물로 지정된 제주마를 기르는 견월악의 방목장이다. 언제 가도 조랑말들이 평화롭게 풀을 뜯고 있는 것을 볼 수 있다.

제주마 종마장을 첫 기착지로 삼았다. 5·16도로라 불리는 1131번 도로를 타고 산천단을 지나면 비탈진 오름의 능선에서 천연기념물 제주마들이 평화롭게 풀을 뜯으며 노니는 것을 볼 수 있다. 이 길은 제주도 길치고는 곧게 뻗어 있고 시야도 넓게 열려 있어 제주 허씨들이 신나게 달리다가 딱지를 많이 떼이는 곳이다.

그러다 말들이 노니는 것을 보면 길가에 마련된 주차장에 세워놓고 한참을 놀다 간다. 대개는 어린아이를 태우고 온 제주 허씨들이다. 아이들은 어른들과 달라서 동물에 관심이 많다. 고성공룡박물관이 우리나라 박물관 중에서 입장객 수가 세번째로 많은 것은 어린아이는 절대로 그 앞을 그냥 지나칠 수 없기 때문이다. 사진과 화면으로만 보아온 말들이 풀밭에서 뛰노는 것을 보고 호기심과 흥분을 느끼지 않는 어린이가 있다면 그건 어린애답지 않은 노릇이고 아이를 데리고 여행을 하면서 여기를 그냥 지나치는 것은 부모의 정서 내지 육아 지식에 문제가 있는 것이다.

그런데 이 종마장 방목지는 무려 30만 평(약 99헥타르)이나 되어 어떤 때는 주차장 건너편 저쪽에서 제주마들이 놀고 있을 경우가 많은데 그때는 길가에 제주 허씨들이 줄지어 주차해놓고 아이들은 목장 울타리에 올라 사진을 찍는 것을 볼 수 있다. 길가에 잠시 주차할 공간을 갓길처럼 해놓아 관람객의 편의를 주고 있는 것이다.

제주마 색깔은 원래 40여 종에 달했으나 현재는 그리 다양한 상태가 아니며 일부 한정된 색깔만 존재한다고 한다. 천연기념물 제주마를 세분하면 12가지 모색(毛色)이 있는데 이것을 비슷한 것끼리 묶어 가라(흑색), 월라(얼룩이), 적다(밤색), 유마(적갈색), 총마(회색) 다섯 가지로 부르고 있다. 월라는 다시 가라월라(검은색-백색 얼룩말), 적다월라(밤색 혹은 적갈색-백색 얼룩말)로 세분된다. 제주도에서 통용되는 모색명은 고어에 일부 제주어가 가미된 것으로 보고 있다.

제주마 방목장이 있는 이곳을 견월악이라고 한다. 나는 처음 들었을 때 아마도 어깨 견(肩)에 달 월(月) 자일 것이며 저 능선 어깨에 달이 걸려 있을 때 아름다워 그런 이름이 생겼으려니 하고 누구에게 묻지도 않고 찾아보지도 않았다. 그러나 글을 쓰기 위해 조사해보니 내 예측은 형편없이 빗나갔다.

한자로는 개 견(犬) 자에 달 월(月) 자로 흔히 '개가 달을 보고 짖는다'는 뜻으로 새기고 있으나 본래는 가오리처럼 생겼다고 해서 '개오리(가오리)오름'이라고 불렸는데 이것을 한자로 표기하면서 가오리가 '견월'로 바뀐 것이라고 한다. 한글학회에서 나온 『한국지명총람』(1992)에도 그렇게 설명되어 있다.

도로변에서는 잘 보이지 않지만 실제로는 크고 작은 세 개의 오름으로 구성되어 개오리오름, 즉은개오리오름, 샛개오리오름이라고 부른다

| **사려니숲으로 가는 길** | 제주마 방목지를 떠나 비자림로로 꺾어들어서기 무섭게 길 양옆으로 키 큰 삼나무들이 줄
지어 달리며 하늘을 좁고 가느다랗게 만들어 처음 온 사람이면 누구나 탄성을 지르게 한다.

고 한다. 이런 사실을 알게 되면 제주어가 변질되었을 때의 황당함과 딱
딱함, 변질되지 않았을 때의 정겨움과 순박함이 극명하게 비교되면서 그
어원을 밝혀내는 작업이란 마치 제주마의 순종을 지키려는 노력 못지않
다는 생각을 하게 된다.

삼나무 숲길을 가며

　제주마 방목지를 떠나 가시리로 가자면, 가던 길(5·16도로)을 타고 조금
더 가다가 왼쪽으로 갈라지는 비자림로(1112번 도로)와 만나면 여기서 꺾
어들어야 한다. 이 길은 교래리, 산굼부리, 비자림으로 연결되는 한적한
길로 삼나무 가로수가 제주에서도 가장 아름답다.

비자림로로 꺾어들어서기 무섭게 길 양옆으로 키 큰 삼나무들이 줄지어 달리며 하늘을 좁고 가느다랗게 만들어 처음 온 사람이면 우리나라에도 이런 길이 있단 말인가 싶어 누구나 탄성을 지르게 한다.

삼(杉)나무는 일본에 특히 많아 영어로는 '재패니즈 시더'(Japanese cedar)라고도 불리며 일본인들은 '스기(すぎ)'라고 한다.

삼나무 목재는 향기가 나고 붉은빛이 감도는 갈색으로 목조건축, 다리, 가구 등을 만드는 데 쓰인다. 특히 일본에서는 배를 만드는 데 많이 이용했는데 이 삼나무는 가벼운 만큼 약하다는 것이 흠이다. 그래서 우리나라에서는 목조건축이나 배를 만들 때는 사용하지 않았다. 임진왜란 때 쳐들어온 일본 배가 대개 삼나무로 만든 것이었는데 이순신 장군은 이 약점을 알고 뱃머리를 단단한 느티나무로 댄 판옥선(板屋船)으로 박치기를 해서 섬멸할 수 있었다고 한다(마치 김일 선수가 박치기로 일본 프로레슬링을 평정했듯이.ㅎㅎ).

삼나무는 또 속성수로 어디에서나 잘 자라기 때문에 1960년대 치산녹화(治山綠化) 때 제주도에 심기 시작한 것이 오늘날에는 제주도의 한 표정이 되었다. 방풍림으로 이용되어 과수원 울타리로 둘러지기도 했고, 헐벗은 산을 푸르게 만들기 위한 재조림용(再造林用)으로 이용되어 이와 같이 장대한 숲을 이루게 된 것이다.

| 사려니숲으로 가는 길에 불법 주차된 자동차들 |

삼나무숲을 가로질러 얼마만큼 가다보면 갑자기 길가에 승용차들이 길게 늘어서 있는 것이 보여 이게 무슨 일인가 싶어진다. 여기가 근래에 사람들이 많이 찾아오는 사려니 숲길 입구다.

| **사려니숲** | 삼나무, 편백나무, 산딸나무, 때죽나무, 제주조릿대, 큰천남성 등이 빽빽이 들어차 있는 사려니 숲길은 천연림의 그윽한 아름다움을 보여준다

박용범 씨가 성실한 공무원답게 한마디를 던진다.

"여기가 큰 문제예요. 길가에 저렇게 주차해놓으면 안 되는데, 여기가 제주도에서 교통사고가 가장 많이 나는 곳이 되었어요. 안쪽에 주차장이 있는데도 항시 저렇거든요."

사실 이것은 방문객들의 민도(民度)의 문제이다. 만약 주차장이 꽉 찼으면 오늘은 안 되겠네 하고 돌아가거나 다른 쪽 출입구를 찾아가야 한다. 선진국 같으면 죄다 벌금을 매기고 순식간에 다 견인해버렸을 것이다.

이름도 아련한 사려니 숲길

'사려니'는 '숲 안'을 뜻하는 제주어로, 사려니 숲길은 유네스코가 지정한 생물권보전지역이다. 제주시 봉개동 절물오름, 남쪽 비자림로에서 물찻오름을 지나 남원읍 한남리 사려니오름까지 이어지는 약 15킬로미터의 숲길이다. 해발 고도 500~600미터에 위치한 사려니 숲길은 한라산 허릿자락을 휘감아도는 완만한 평탄 지형으로 주변에는 여섯 오름이 있고 천미천, 서중천 같은 계곡도 있다. 물찻오름은 백록담과 함께 몇 안되는 담수호로 사려니 숲길은 본래 물찻오름을 가기 위해 다니던 길에 임도(林道)를 내면서 휴양림 산책길로 개방한 것이다.

전형적인 온대산지인 사려니 숲길은 천연림으로 졸참나무, 서어나무가 우세하게 차지하고 있고, 산딸나무, 때죽나무, 단풍나무 등이 자생하고 있으며 산림녹화사업으로 심은 삼나무, 편백나무가 빽빽이 들어차 있다. 서어나무가 자라고 있다는 것은 땅이 안정되었다는 의미라니 이 천연림은 오래도록 이 모습을 지닐 것 같다.

나무 아래로는 풀들이 무성하게 자라 감히 안쪽으로 들어갈 엄두도 내지 못하게 하는데 코브라처럼 생기고 독성이 강한 큰천남성의 꼬부라진 꽃들이 고개를 들고 있어 천연림 같은 분위기를 자아낸다.

사려니 숲길의 식생은 78과 254종이 분포하고 있고 환경부가 지정한 보호종인 노루, 제주족제비, 오소리 등이 서식하고 있다. 또한 천연기념물인 참매, 팔색조, 삼광조, 소쩍새, 황조롱이 등의 조류와 파충류 등이 서식하고 있다. 이런 천연림 속의 숲길이니 사람들이 좋아하지 않을 수 없는 일이다. 도종환 시인은 「사려니 숲길」이라는 시를 한 편 지었다.(『세시에서 다섯시 사이』, 창비 2011)

오래 걷고 싶은 길 하나 있으면 얼마나 좋을까

나보다 다섯배 열배나 큰 나무들이

몇시간씩 우리를 가려주는 길

(…)

용암처럼 끓어오르는 것들을 주체하기 어려운 날

마음도 건천이 된 지 오래인 날

(…)

나도 그대도 단풍드는 날 오리라는 걸

받아들이게 하는 가을 서어나무 길

(…)

문득 짐을 싸서 그곳으로 가고 싶은

길 하나 있으면 얼마나 좋을까

한라산 중산간

신역(神域)으로 뻗어 있는 사려니 숲길 같은

　사실 나도 제주도에서 가장 감동받은 것은 천연림이었다. 우리나라엔
없는 줄 알았는데 발길 닿지 않은 무서운 천연림이 있다는 것이 얼마나
고마웠는지 모른다.
　사려니 숲길을 개방하기 전에 내가 놀라운 마음으로 찾아간 곳은 절
물휴양림이다. 제주시 봉개동 제주4·3평화공원에서 안쪽으로 더 들어가
거친오름, 노루생태관찰원을 지나 숲 안쪽 깊숙이 들어앉은 절물자연휴
양림은 차를 타고 그 입구까지만 다녀오는 것으로 내 몸속이 자연 치유
되는 것만 같은 기분을 얻곤 했다. 사려니 숲길 비자림로 입구 건너편이
바로 절물휴양림으로 길 없이 숲으로 연결되어 있다.
　사려니 숲길의 전 구간은 일 년에 딱 한 차례 개방한다. 몇 해 전부터

5월이면 사려니숲길위원회가 주최하는 '사려니 숲길 걷기' 행사가 열린다. 사려니 숲길을 걷다보면 곳곳엔 붉은색 작은 알갱이 화산석인 '송이'가 포장재로 깔려 있다. 화산쇄설물인 송이는 화산 분화로 분출되는 고체 물질이다. 이 송이는 1990년대 말 보존자원으로 분류되었고, 2010년 대법원에서도 인정한 제주도의 공공자산이 되어 제주도 밖으로의 반출은 금지되어 있다. 습기를 촉촉이 머금은 송이를 밟으면 '사각사각' 소리가 난다. 그렇게 사려니 숲길을 걷는 것은 환상적인 기쁨을 넘어 감성의 사치라는 미안함까지 들 때가 많다. 어떤 이는 아예 양말까지 벗고 맨발로 걷고 있었다.

거기까지는 안 가봤지만 사려니오름 정상에 서면 동쪽으로 성산 일출봉, 남쪽으로 서귀포 바다와 문섬, 범섬, 서쪽으로는 산방산, 북쪽으로는 물찻오름, 붉은오름 등 오름의 동산이 한눈에 들어온단다. 그것은 분명 제주에서 가장 아름다운 전망을 갖고 있을 것 같다. 나는 이것을 저금해둔 셈 치고 아끼고 아끼며 가지 않고 있다.

2012년 7월 21일 나는 또 한 차례 가시리로 가는 길에 이 사려니 숲길 앞을 지나게 되었다. 주차장에 차를 세워두고 조기 앞까지만 갔다 오겠다고 삼나무 숲속 송이길을 걷고 있는데 갑자기 날이 어두워지더니 소나기가 내리기 시작해 얼른 돌아와 부지런히 차를 몰고 나왔다. 억수같이 쏟아지는 빗속을 도저히 운전하고 가기 힘들어 따라비오름을 곁에 두고 갓길로 비켜서서 한 30분이 지나자 비는 여전하나 그래도 갈 만하여 가시리로 향했다. 그날 숙소로 돌아와 인터넷으로 뉴스를 보니 '제주 숲길서 등산객 40여 명 고립됐다 구조'라는 기사가 떠 있었다.

〔제주 연합뉴스〕 21일 오후 3시 20분께 사려니 숲길을 걷던 도내·외 등산객 40여 명이 계곡물이 불어나면서 고립됐다가 119구조대에

| **교래리마을 아치** | 교래리는 토종닭 유통특구이자 삼다수마을임을 자랑스럽게 생각하며 마을 입구에 환영 아치를
세워놓았다.

의해 1시간 25분 만인 오후 4시 45분께 구조됐다. 119구조대는 계곡
양쪽에 밧줄을 설치해 이들을 구조했다.

그래서 비올 때 제주에선 일기예보를 잘 들어야 하고 이럴 때는 당황
하지 말고 '인간 구호천사' 119삼춘들이 올 때까지 가만히 기다리는 것
이 상책이다.

교래리 토종닭마을을 지나며

사려니숲을 떠나 다시 가시리로 향하면 이내 교래사거리가 나온다.
교래리로 들어서면 '삼다수마을 토종닭 유통특구'라 쓰여 있는 환영 아
치가 우리를 맞이한다. 오운용 연구관이 묻지도 않았는데 설명해준다.

"2009년 10월에 조천읍 교래리마을을 토종닭 유통특구로 지정했습니다. 교래리는 지난 1970년대 말부터 토종닭을 사육해 도민과 관광객들에게 토종닭마을로 알려져왔습니다."

"오선생은 닭도 잘 알아요?"

"잘 모릅니다. 저는 말이 전공이지 닭은 잘 몰라요."

"그러면 내 얘기가 맞나 틀리나만 말해봐요."

반교리 우리 동네에는 닭 키우는 집도 있고 양계장도 있다. 개도 많이 키우는데 이 병아리, 강아지 자라는 것을 보면 내셔널지오그래픽의 다큐멘터리 「동물의 세계」를 보는 것처럼 재미있고 신기하다.

짐승이 어미와 떨어지는 데는 기간이 있다. 강아지는 50일 만에 어미젖을 떼고 이때 분양한다. 삼호식당에서 호피 진돗개 한 마리를 분양받기로 했는데 아주머니 말씀이 여름 강아지는 50일, 겨울 강아지는 60일은 되어야 한다며 두 달 뒤에 가져가라고 했다. 그선에 가져다 우유 먹이며 키울 수도 있지만 그렇게 키운 개는 어미에게 배운 것이 없어서 나중에 어미 노릇을 하지 못한단다. 닭의 생육 기간은 정확지 않지만 50일 정도 되는 것 같다. 하림통닭은 양계장에서 45일 된 닭을 받아가기 때문에 닭이 작고 또 살이 연하다.

옆집 닭장에서 키우는 어미닭이 병아리를 보살피는 모양을 보면 닭은 끔찍스러운 모성애 덩어리이다. 어쩌다 지렁이나 지네를 잡으면 이걸 잘게 쪼개서 병아리에게 나누어주는데, 어릴 적 아버지 생신날 같은 때 풍로에 숭숭이 쇠판을 올려놓고 불고기를 구우면서 엄마는 안 잡수시고 우리들 육남매 밥 위에 얹어주시던 모습을 떠올리게 한다.

그러던 어미닭이 50일 정도가 되면 돌연 새끼와 정을 떼기 시작한다.

어미닭을 쫓아오는 새끼닭을 외면하면서 도망가고 밀쳐낸다. 새끼닭이 본성대로 어미닭을 쫓아가면 어미닭은 그 뾰족한 부리로 사정없이 쪼아 댄다. 그것도 눈썹 위 가장 아픈 곳을 냅다 찍어대고는 푸드덕 날아 횃대 위로 올라가 먼 데 딴 곳을 바라본다. 새끼닭은 아파서 자지러지는 소리 를 내고 물러나서 횃대 위에 있는 어미닭을 쳐다보며 우리 엄마가 왜 저 러나 이상해한다. 그러면서 새끼닭은 홀로 사는 법을 익혀간다.

그게 동물의 세계이다. 일단 키워놓으면 그다음은 자신이 알아서 살 아가는 것이다. 사람만 다르다. 키워서 교육시켜주고 나중에 결혼식까지 봐주고 딴살림이 날 때까지 부둥켜안고 산다. 새끼가 짝짓기할 때까지 보살펴주는 동물은 사람밖에 없다. 그래서 자식은 부모에게 효도할 의무 가 있는 것이다. 효도는 도덕이기도 하지만 동물 중에서 인간만이 행하 는 자연의 생리이기도 한 것이다.

오운용 연구원은 여기까지의 내 얘기를 귀담아듣기만 하고 아무 말이 없었다. 맞든 틀리든 나는 닭을 그렇게 알고 있다. 이때 박용범 씨가 "여 기서 토종닭으로 점심하고 갈까요?" 하고 물었다. 여기서 먹으려면 후박 나무 여남은 그루가 장하게 마당을 장식하고 있는 성미가든이 운치도 좋고 맛도 있다. 닭고기 샤부샤부에 녹두죽을 곁들이는 것이 일품이다. 나는 여기를 생각하고 있었는데 순간 오운용 연구원이 끼어들었다.

"조금 참았다가 말고기를 잡수시는 것이 어떨까요? 표선에 제주산마 를 활용해서 제대로 말고기 맛을 내기 위해 노력하는 식당이 있어요. 기 왕 제주마를 조사하러 오셨으니 거기로 가시죠. 말고기 안 드시나요?"

"안 먹어봤지만, 글 쓰려면 먹어는 봐야겠지."

| **교래 자연휴양림** | 제주의 독특한 지형인 곶자왈에서 아무렇게나 자란 나무들이 천연림을 이루고 있다. 요즘은 탐방로가 설치되어 한 차례 산책을 즐기며 나무의 생명력과 싱그러움을 배울 만하다.

교래 자연휴양림의 곶자왈

교래리 토종닭집들을 지나 다시 갈 길로 들어서니 산굼부리가 나온다. 너무도 유명한 관광지이기 때문에 나도 한 번 올라가본 적이 있다. 명불허전이라고 고소영, 장동건이 주연한 영화 「연풍연가」(1999)의 촬영지인 산굼부리는 제주의 많은 굼부리 중에서 가장 크기 때문에 산굼부리라는 이름이 붙은 장쾌한 곳이다. 다랑쉬오름의 굼부리를 보면 귀엽고 사랑스러운 감정이 일어나지만 산굼부리에 오르면 화산이 터질 때 얼마나 폭발적이었을까 무서운 감정이 일어난다.

산굼부리를 지나면서 내가 무엇을 잃어버린 사람처럼 차창 밖 이쪽저쪽을 두리번거리니까 박용범 씨가 불안한 듯 물어왔다.

"뭘 잃어버리셨습니까?"

"전에 교래리 자연휴양림을 다녀간 적이 있는데 이 근처가 아닌가요?"

"아닙니다. 벌써 지나왔습니다. 교래사거리에서 돌문화공원 쪽으로 꺾어가야 나옵니다. 거기도 가보셨어요? 교수님은 맨날 그렇게 돌아다니시고 공부는 언제 하십니까?"

"에이 이 사람, 나는 보러 다니는 것이 공부야."

"그러면 글은 언제 쓰시나요? 우렁각시가 써주시나요?"

"아니, 유바타가."

교래리 자연휴양림은 사려니 숲길과는 전혀 다른 자연림이다. 사려니 숲은 삼나무 편백나무의 인공 재조림을 통해 숲이 무성해진 곳으로 인간의 간섭이 만들어낸 자연공원이라 할 수 있다. 그러나 교래리 자연휴양림은 이곳 지질의 특성인 곶자왈 지역에서 자생하는 나무들이 있고 비록 벌목에 의해 1차 원시림은 파괴되었지만 2차 자연림을 형성하면서 자연 생태계가 천이하고 있는 과정을 보여준다.

교래리 자연휴양림은 전형적인 곶자왈 지역이다. 곶자왈은 제주에만 있는 특이한 지형으로 '곶'은 숲을 의미하고 '자왈'은 가시나무와 넝쿨이 헝클어진 상태로 엉켜 있는 것을 뜻한다. 왜 이런 현상이 일어났느냐 하면, 화산 폭발 때 점성이 높은 크고 작은 암괴가 쪼개지면서 분출되어 들쭉날쭉한 요철 지형을 이룬 것이다. 엄청난 양의 암괴덩어리가 쌓여 있기 때문에 지하수가 많이 함유되어 있다. 이 지역이 삼다수마을이 된 것은 그런 이유이다.

또 이 돌은 수분을 함유하고 있기 때문에 양치식물이 살기에 아주 좋은 환경이고 보온·보습 효과를 일으켜 북방한계 식물과 남방한계 식물이 공존하는 숲을 이루어갔다.

곳자왈에서 자라는 나무들을 보면 아래쪽은 종가시나무, 위쪽은 때죽나무가 우점하고 있고 꾸지뽕나무, 초피나무가 많다. 여기에다 덩굴식물들은 곳자왈이 제 세상이라도 되는 듯 복분자, 으름덩굴, 환삼덩굴, 댕댕이덩굴이 이리저리 엉키어 사람이 접근도 못 하게 한다. 교래리 자연휴양림은 이런 곳자왈의 생태를 가장 잘 보여주어서 나는 한 차례 감동적으로 답사한 적이 있었다. 카이스트 정재승 교수도 여기가 제주에서 가장 깊은 감동이 있는 곳이라 했다.

옛날엔 곳자왈이라면 농사지을 수 없는 땅이어서 황무지가 될 수밖에 없었다. 제주의 곳자왈은 서쪽의 애월과 서남쪽 한경, 안덕 지역에 형성되어 있고 동쪽은 조천·함덕·구좌·성산까지 넓게 퍼져 있다.

특히 동쪽의 곳자왈 지역은 정말로 방대한 면적이다. 이 곳자왈 평지에서 자랄 수 있는 것은 풀뿐이었다. 여기가 제주마의 종가가 될 수밖에 없었던 것은 이런 자연환경 때문이었음을 알 수 있다.

말고기 요리

우리는 먼저 표선으로 가서 말고기로 점심부터 먹기로 했다. 차를 타고 가는데 집사람이 전화로 어디에서 강연해달라고 부탁해서 안 할 거라고 했는데도 자꾸 휴대폰 번호를 가르쳐달라는데 어떻게 하느냐고 물어왔다. 가르쳐주지 말라고 대답하고 나 지금 말고기 먹으러 간다고 하니까 집사람이 대뜸 하는 소리가 먹지 말라는 것이다.

"그건 냄새나고 질기다는데 왜 먹으려고 해요."
"글 쓰려구."
"글 쓴다구 맛있어진답니까?"

곁에서 집사람 하는 얘기가 들렸는지 전화를 끊자마자 오연구관이 말을 이어간다.

"맞는 얘기입니다. 잘못 먹으면 그렇죠. 우리가 쇠고기를 맛있게 먹는 것은 처음부터 식육(食肉)을 목적으로 길렀고, 30개월령까지 단계별로 비육(肥育)을 해서 도축하기 때문에 맛있을 수밖에 없죠."

"30개월 미만일 때가 맛있다는 얘깁니까?"

"꼭 그런 것만은 아니고 한우는 보통 30개월령 이전에 근육과 골격이 다 자라고 비육을 거치면서 살코기 사이에 지방이 끼어 고소한 맛을 내게 합니다. 살코기 사이에 낀 지방을 마블링(marbling), 근내지방도라고 해서 고급육 평가 기준의 가장 중요한 항목입니다. 한우를 비육하는 경우 전체 쇠고기 생산비 중 사료비가 차지하는 비율이 40퍼센트 정도 되는데 30개월령 이상 되면 먹는 사료량에 비해서 무게가 더 이상 늘어나지 않게 되죠. 다시 말해 사료 효율이 떨어지게 되는 겁니다."

"그럼 말고기는 어떤가요?"

"현재 유통되고 있는 말고기는 대부분 경마용과 승마용으로 쓰이다가 효용 가치가 떨어진 말인데, 체계적인 비육 과정을 거치지 않고 있기 때문에 맛이 없다, 질기다는 인식을 갖게 된 것입니다."

제주도엔 말고기 식당이 50여 곳 있단다. 그중 고우니가든 등 소문난 집이 몇 군데 있지만 우리는 표선해수욕장 인근 청정제주마장으로 갔다. 오연구관은 말고기 이야기를 이어갔다.

"말은 다섯 살까지 성장합니다. 이 말을 살코기가 좋게 하려면 비육

과정을 거쳐야 합니다. 영어로 '패트닝'(fattening)이라고 하지요. 콩도 주고 당근도 주고 해서 정성껏 살을 찌운 다음에 잡아야 맛있죠."

"그런데 왜 그렇게 안 해요?"

"쇠고기는 등급이 있잖아요. 소는 갈비가 18개인데 그중 7번과 8번 늑골 사이에서 육질 평가를 합니다. 육질은 여러 평가 항목이 있는데 대리석 무늬처럼 살코기 사이에 지방이 낀 정도, 즉 미블링 스코어가 가장 중요합니다. 이걸 가지고 5등급으로 나누고 있어요. 그런데 말고 기는 아직 등급제가 시행되지 않아서 비육을 하든 안 하든 똑같은 값을 쳐주니 맛있는 말고기를 생산하고자 하는 동기부여가 안 되는 거죠."

이쯤에서 식당 주인이 우리들 대화에 끼어들었다.

"말이라는 놈이 성질이 아주 깔끔해서 한 우리에 한 마리밖에 못 키워요. 세 마리를 함께 두면 어느 날 한 마리는 발길에 차여 갈비뼈가 부러져 구석에 박혀 있어요."

그래서 사육 시설이 많이 필요하단다. 이건 소하고 너무 다르다. 시골에 있는 외사촌형님이 일흔 넘어서까지 형수님과 단 두 분이 소 40마리를 먹이는 것을 보고 힘들지 않느냐고 물으니 두 가지가 자동으로 해결되기 때문에 가능하단다. 분뇨는 분재원 같은 곳에서 실어가기 때문에 걱정할 것이 없고, 먹이를 먹일 때는 소들이 알아서 질서를 지킨다는 것이다. 구유에다 사료를 넣고 종을 쳐서 소를 부르면 일렬로 들어와 자기 자리 앞에 서는데 만약에 4번과 5번 소의 자리가 바뀌어 있으면 전부 다 밖으로 나갔다 다시 들어와 제자리에 선 다음에야 먹이를 먹는단다.

식당 주인은 도청에서 직원이 나왔기 때문인지 말고기 식당의 애로를 한껏 늘어놓고는 말고기 육회, 철판구이, 말 대창, 말고기 뼈에서 추출한 마골즙을 내놓으면서 영양가가 어떻게 좋다는 말을 일러주고는 요리하던 가위를 들고 일어서며 큰 소리로 말했다.

"자, 드셔보세요. 말고기 맛이 어떤지."

진짜 맛있었다. 말고기를 먹었는지 30개월 미만 소의 부드러운 등심을 먹었는지 구별이 가지 않았고 냄새도 없었다. 지금 제주에서는 연간 2천 두의 말이 식육으로 도축된다고 한다.

| 가시리마을 디자인카페 | 가시리 마을회관 격인 디자인카페는 현대적이면서도 소탈하게 꾸며져 격조를 갖춘 주민 복합공간이라는 분위기가 있다.

가시리마을 디자인카페에서

말고기로 배를 한껏 채운 뒤 우리는 답사 목적지인 가시리에 도착했다. 말로만 듣던 가시리는 엄청난 규모의 동네였다. 마을 주민이 450가구에 1,200명이라고 한다. 면적도 표선면의 42퍼센트 되는 드넓은 지역이다. 이 동네에 있는 오름만 해도 따라비오름 등 여섯 개나 된다. 게다가 약 220만 평(727헥타르)에 이르는 옛 목장이 마을 공동소유라는 것이다.

이런 엄청난 동네가 제주도에, 대한민국에 있다는 것이 신기했다. 그런데 마을 문화회관 이름도 가시리 디자인카페라고 붙이고 내부 시설도 현대적이면서도 시골스럽게 멋진 공간으로 꾸며놓았다.

이장님께 이 마을 내력을 들어보니 가시리는 600년 역사의 목축문화를 산출한 마을로, 제주 산마장 중 최대 규모를 가진 녹산장(鹿山場)이 있던 곳이자 조선시대 최고의 말을 사육했던 갑마장이 있던 곳이며, 지금 녹산장엔 대한항공의 제동목장이 들어서 있고, 갑마장은 마을 공동목장이 되어 있단다.

더욱 놀랍게도 한창 개관 준비를 하고 있는 조랑말박물관(2012년 가을 개관함)은 이 가시리마을에서 지어 운영하는 것이란다. 국립, 도립, 시립, 군립이 아니고 우리나라에서 처음 생기는 리립(里立)박물관이다.

어떻게 이게 가능했는가를 이장님께 물었더니 그것은 2005년부터 농식품부에서 전국적으로 벌인 '농촌마을종합개발사업'을 신청하여 64억을 지원받고, 또 신문화공간조성사업으로 20억을 확보하고 행안부에서 추진하는 친환경생활공간조성사업의 지원을 받아 이룩한 것이라고 한다.

가시리 사람들은 먼저 레지던시(residency) 사업을 벌였다고 한다. 문화예술인들에게 빈집을 내주고 6개월 동안 창작 활동을 하고 돌아가게 했다는 것이다. 조건은 일주일에 하루는 주민들과 어울려 재능 기부를 하는 것이었다. 그러자 영화감독, 화가, 대금 연주자, 작곡가, 요가 전문가, 디자이너, 요리사, 행위예술가, 생태 건축가 등이 몰려들었고 마을에선 예술인 창작지원센터를 운영하면서 가시리 예술인회도 조직했단다.

이들이 6개월 조건으로 왔는데 한 번 와서는 아예 가시리 사람이 되어서 나가질 않는다는 것이다. 지금종 씨, 김정헌 형도 그중 하나였던 것이다. 현재까지 퇴촌 명령을 받은 사람은 화가 한 사람뿐이고 지금도 삼사십 명의 문화예술인들이 상주하고 있단다. 지금 전국적으로 농촌마을 개조사업이 한창인데 이런 성공 사례는 다른 곳에서 찾아보기 힘들 듯하다.

조랑말박물관의 한국 마정사

조랑말박물관은 가시리에서 북쪽으로 큰길을 두고 따라비오름과 마주한 곳에 위치해 있다. 설계를 공개 입찰했다는 이 박물관은 노출콘크

| **조랑말박물관** | 노출콘크리트 구조의 작은 박물관이지만 제주마의 역사를 한눈에 보여준다. 가시리 리립박물관이라는 사실이 놀랍다.

리트 건물로 둥글게 돌아간 디자인이 제법 멋있고 현대적이다. 감자 창고 같은 제주 추사관만큼이나 제주에서 보기 드물게 친환경적이고 검소한 기풍의 건물이다.

내가 세번째 방문했을 때는 완성된 전시 패널이 진열되어 있었고 단지 관련 유물을 수집 중인지라 관장 예정자 지금종 씨는 몽골로 말 관계 자료를 구하러 갔다고 했다. 벌써 박물관 경험이 있는 학예원 두 명이 배치되어 정말로 모던하게 전시실을 꾸며가고 있었다. 건물의 형태대로 둥글게 돌아가면서 패널을 읽어보니 제주도 마정사가 한눈에 들어온다.

탐라국시대의 말은 교역물이자 조공물로서 중요한 역할을 담당했는데 이때의 말은 과하마가 주종이었던 듯하다. 이후 북방에서 중대형의 마종이 들어오고, 제주의 말은 천혜의 환경에서 개량되어가면서 제주마

| **조랑말박물관 내부** | 전시실의 패널 설명과 설치들이 아주 친절하고 친숙하게 되어 있어 교육관의 기능을 충실히 해내고 있다.

가 된다. 13세기 후반, 고려가 원의 침략을 받고 결국 강화를 맺게 될 때 제주는 원나라의 직할령이 되었다. 제주에 원나라 14대 목장의 하나를 운영하기 위한 것이었다.

조선은 말의 증산에 힘써 국마장을 설치하고 관리 체계를 갖추기 시작했다. 조선 초 제주의 말 사육은 주로 해안 평야지대에서 이루어져 민가의 농작물 피해가 많아, 제주 출신의 중앙관리 고득종은 '목장을 한라산 중턱으로 옮기고 경계에 돌담을 쌓을 것'을 건의하게 된다. 그의 건의가 받아들여져 해발 200미터 지경에 경작지대와 목장지대의 경계를 나타내는 돌담이 축조된다. 이후 국마장은 제주 중산간지대를 빙 둘러 열 개의 목장으로 나뉘어 십소장(十所場) 체제로 운영된다. 그중 가장 크고 좋은 말을 키우는 갑마장을 가시리에 두었다.

그러나 말과 축산물은 진상의 명목하에 대부분 반출됐고, 말을 직접 사육하는 하위 계급인 테우리들은 온갖 노역에 시달렸다. 결국 제주국영 목장은 광무 4년(1899)에 폐지된다. 우수한 종자의 말을 계속 반출한 결과 열등한 종자의 말이 너무 많아지는 문제를 해결하지 못했기 때문이다.

광복 이후 1957년 최초로 국립제주목장이 개설되고, 1970년대에는 기업 목장과 전업 목장들이 들어서며 마을 공동목장지에 각종 축산진 흥사업들이 시행됐다. 그러나 운송 수단이 변화하면서 제주마의 가치가 떨어져 사육 두수가 감소하고 한때 멸종 위기에 이르기도 했다. 이에 제 주마를 천연기념물로 지정하면서 혈통과 종을 보전하기 위한 노력들이 전개된다.

조랑말박물관 옥상에서

전시실을 둘러보고 옥상에 오르니 사방으로 오름 능선에 감싸인 넓은 초원이 펼쳐진다. 동쪽으로 눈을 돌리니 방목된 말들이 뛰놀던 목장이 있는데 멀리로 잣성이 보인다. 잣성은 세 가지가 있단다. 하나는 말이 산 으로 올라가 길을 잃지 않게 한 것으로 상잣성이라 하고, 말들이 농작물 을 해치지 못하도록 아래쪽으로 내려오지 못하게 하기 위해 쌓은 것을 하잣성이라고 한다. 중잣성은 상하 잣성 사이에 쌓은 것이다. 이 잣성들 은 제주도 화산암으로 백리장성을 이어간다. 그것은 집담, 밭담, 산담에 이은 또 하나의 제주 돌문화로 담이 아닌 성이다. 중간엔 마장의 경계를 이루는 간성이 있고, 산마장을 관리하던 목감막(牧監幕)도 있으며 테우 리들이 고된 노역에 지친 몸을 쉬게 했던 임시 테우리막도 있단다. 휘파 람 하나로 말들을 몰고 다니던 테우리들의 고단했던 삶의 자취가 그렇 게 느껴진다.

서쪽으로 향하니 그리움으로 가득 찬 따라비오름의 능선이 아련히 펼

| 따라비오름 가을 억새밭 | 따라비오름은 가을 억새가 피어날 때 가장 아름답다고 한다.

쳐진다. 따라비는 '땅할아버지'라는 뜻으로 따라비오름은 한자로는 지조
악(地祖岳)이라 표기한다. 이 오름이 땅할아버지가 된 것은 주변을 둘러
싸고 있는 오름들이 어머니인 모지오름(母地岳), 아들인 장자오름, 그리
고 새끼오름으로, 따라비오름과 함께 마치 한가족처럼 보이기 때문이었
다고 한다.

　따라비오름은 세 개의 굼부리가 중첩되면서 만들어진 부드러운 곡
선으로 아름답기가 용눈이오름만큼이나 대단하다. 여기 사람들은 이
따라비오름이 오름의 여왕이라고 한다. 나는 일찍부터 이 따라비오름
을 꼭 오르고 싶었지만 한 번은 폭설로, 한 번은 폭우로 돌아가고 말았
다. 따라비오름이 마치 나에게 오지 말라고 하는 것 같다고 쓸쓸히 말
하자 가시리 농촌마을종합개발사업 사무장인 이선희 삼춘이 이렇게 위

| 녹산장 유채꽃 | 제주도에서 유채꽃이 가장 많이 심어진 곳으로 봄이면 유채꽃 축제가 열린다.

로했다.

"그건 따라비오름이 가을에 오라는 뜻일 거예요. 억새꽃 흐드러질 때면 그렇게 환상적일 수가 없어요. 두 시간이면 돌아나올 수 있으니 가을에 꼭 옵서예."

그러자 곁에 있던 이장님이 한마디 더 거든다.

"녹산장 봄 유채꽃은 어쩌고! 갑마장과 녹산장을 관통하는 녹산로는 제주에서 가장 아름다운 유채꽃길로 '한국의 아름다운 길 100선'에 이미 꼽혔어요. 또 가시리 10경에서 제1경이 녹산유채(鹿山油菜)인걸요."

나는 그 모든 것을 나의 제주답사 미완의 여로로 남겨두고 금년 가을에 다시 올 날을 기약하며 가시리를 떠났다.

2012.

잊어서는 안 될 그분들을 기리며

헌마공신 김만일 / 재일동포 공덕비 / 위미 동백나무 울타리 /
감귤박물관 / 이중섭 미술관 / 이즈미 세이이치 / 돈내코 /
석주명 흉상

'헌마공신' 김만일

내가 2012년 7월 21일, 네번째로 가시리를 찾아간 것은 산마장(山馬場), 그 넓은 땅이 가시리마을 공동소유가 되었는가에 대해 좀 더 알아보기 위한 것도 있었지만 더 큰 이유는 제주도 답사기를 마무리하면서 이분들을 이야기하지 않고는 크게 후회할 것이고 또 끝낼 수도 없다는 나 자신의 강렬한 요구 때문이었다. 그 첫번째 인물은 헌마공신 김만일의 이야기이다. 김만일을 모르고는 산마장도, 가시리 공동목장도 그 내력을 알 수 없다.

헌마공신(獻馬功臣) 김만일(金萬鎰, 1550~1632)은 경주 김씨로 선조 때 남원읍 의귀리 중산간지대에서 1만 마리의 말을 키우던 제주의 부호였다. 임진왜란이 일어나 육지부 목장들이 황폐해지자 김만일은 자신이

기르던 말 500두를 국가에 기증했다. 조정에선 그 말을 표선에 있는 제10마장에서 기르도록 하고 김만일을 종2품 오위도총부(五衛都摠府) 부총관(副摠管)으로 임명했다.

이때부터 김만일은 선조 27년, 선조 33년, 광해군 12년, 인조 5년에 걸쳐 모두 1,300여 마리가 넘는 말을 헌마했다. 이에 인조 6년(1628)에는 종1품(지금의 부총리급) 숭정대부에 제수되었다. 이리하여 김만일의 이름 앞에는 헌마공신이라는 칭호가 따라붙게 되었다. 그리고 그의 아들 김대길과 손자 또한 국가가 필요로 할 때마다 헌마했다고 한다.

이후 효종 9년(1658) 나라에선 제10마장 내에 있던 동서별목장(東西別牧場)을 산마장으로 개편하면서 김만일의 아들 김대길을 초대 산장 감목관으로 임명하고 그의 개인 목장도 산마장에 흡수시킨 뒤 자손 대대로 산마감목관(山馬監牧官)을 맡도록 했다. 이리하여 김만일의 경주 김씨 후손들은 고종 32년(1895) 공마제가 폐지될 때까지 무려 238년 동안 산마장의 말 사육을 책임지게 되고 제주마 육성에 크게 이바지했다. 그들은 나라에 재산을 바쳤고 나라는 후손들에게 경영을 맡긴다는 약속을 200년 넘게 지켰다.

이후 산마장은 숙종 때 침장, 상장, 녹산장으로 개편되는데 그중 녹산장이 가장 커서 동서 75리, 남북 30리였다고 한다. 녹산장은 큰사슴이오름, 작은사슴이오름, 따라비오름, 여문영아리오름, 붉은오름 등을 연결하는 거대한 목장으로 녹산장이라는 이름도 큰사슴이오름에서 나온 것이라고 한다. 그리고 정조 때 말에 등급을 매겨 갑마장을 지정할 때 북쪽의 녹산장, 동쪽의 제10소장, 남쪽의 남원 신흥리까지가 900여 헥타르라는 방대한 규모였다. 해마다 4월이면 열리는 가시리 유채꽃큰잔치는 바로 따라비오름에서 큰사슴이오름 사이의 20만 평 대초지에서 열렸다.

조선시대 국영목장인 10소장의 공마제가 폐지된 뒤 일제강점기에 조

| 제주마의 고향 기념비 | 헌마공신 김만일을 기리기 위해 남원읍 마을회관 앞마당에 세운 기념비이다. 비석에는 '제주마의 본향(本鄕) 의귀(衣貴)'라고 쓰여 있다.

선총독부는 목야지의 황폐화를 막기 위하여 마을별로 목장조합을 구성하게 하여 1933년 갑마장을 중심으로 마을 공동목장을 설치하게 되었다. 후로 가시리가 지금껏 마을 조합원 공동명의로 이 목장을 운영하게 된 것이었다.

지금 남원 의귀리에는 김만일의 묘소가 있다. 제주도는 그가 조선시대 제주 목마장의 최대 지주로 헌마공신이라는 역사적 사실과 17세기 제주 분묘의 가치를 인정하여 제주도기념물로 지정했고, 의귀리 사람들은 2008년 4월 25일 의귀리가 '제주마의 본향(本鄕)'이라는 것을 알리고 김만일의 헌마정신을 기리는 비를 마을회관 앞에 세웠다. 비문을 읽어보니 김만일은 조선시대 제주인으로서 가장 높은 벼슬에 오른 분이기도 했다.

제주인들의 기부정신

　김만일의 헌마와 가시리 공동목장은 우리에게 시사하는 바가 매우 크다. 김만일의 헌마는 김만덕 여사의 구휼 못지않은 노블레스 오블리주이다. 자신의 부는 나누어 써야 한다는 제주 사람들의 각별한 생각이 어디에서 비롯되었는지는 인류학적으로 규명해볼 만한 일이다.

　지금도 제주의 묵은 동네를 다니다보면 수많은 공덕비들을 볼 수 있는데 그중에는 이 동네 출신인 재일동포 아무개가 헌금한 것에 감사하는 공덕비들이 거의 반드시 하나 이상 있어 한편으로 놀랍고 신기하다는 생각을 한 적이 있다.

　남원에서 본 것만 하더라도 남원2리의 '향리 출신 재일동포 송덕비'(1978), 태흥리의 '태흥 출신 재일동포 공덕비'(1964), 위미리의 '위미 전기기금 재일교포 희사금 송덕비'(1967), 하례리의 '재일교포 전화개발 후원회 공적비', 하례리에 재일교포가 기금을 낸 '문화관 건축 기념비', 신흥리의 '재일교포 독지 기념비'(1966). 하도 신기하여 남원읍사무소에 들러 이런 비가 또 어디 있는가를 물었더니 읍사무소에 이미 비치된 '재일동포 기부자에 대한 공덕비(송덕비) 현황'이라는 리스트를 복사해주는 것이었다. 무려 24곳이다. 놀라지 않을 수 없었다.

　이런 일은 육지 어느 곳에서도 볼 수 없는 일이다. 도대체 무엇이 이들에게 이런 아름다운 공동체 의식을 심어주었을까. 지금 내가 생각할 수 있는 것은 본향당 신앙이다. 영혼의 주민센터인 이 본향당은 제주인들의 마음의 고향이다. 지금 오사카(大阪)에 있는 재일동포 대다수가 제주도 출신이다. 일본 도쿄대학 인류학과의 이즈미 세이이치(泉靖一)가 「도쿄에 있어서의 제주도인」이라는 논문을 발표한 것은 1950년인데 그가 도쿄 X지구 한 곳을 면접조사할 때 이 지역에만도 제주인이 500세

| 재일동포 공덕비 | 제주의 각 마을에는 재일교포 출향 인사가 고향을 위해 기부해준 것에 감사하는 공덕비가 즐비하다. 전기가설공사, 장학사업, 문화회관 건립 등 기부 내용도 여러 가지인데 제주인들에겐 이런 기부 문화가 몸에 배어 있음을 명확히 알려준다.

대 2,000명이 살고 있었다고 한다. 이들은 일제강점기인 1920년대와 1948년 4·3 때 그야말로 혈혈단신 거친 바다를 건너 일본에 가서 새 삶을 꾸려간 분들이다. 이들이 어쩌다 고향에 찾아오면 먼저 찾는 곳이 본향당이라고 한다.

본향당에서 할망에게 신고할 때 없는 사람은 소지에 촛불 하나만 가져오는 것이 허용되지만 있는 사람이 그렇게 하면 할망이 보답을 해줄리가 없다는 믿음이 지금도 있다. 그들에게 오색천을 가져오라 색동옷을해오라는 것은 할망이 그것을 입고 싶어서가 아니었다. 그렇게 부자는부자답게 행동하라는 노블레스 오블리주의 지침이 아니었을까. 그렇게생활의 인이 박인 사람들은 자연스럽게 기부의 정신을 익혔던 것이 아닐까. 나는 그렇게 생각된다.

아랍처럼 빈부의 격차가 심한 곳도 없다. 그러나 그들은 부자를 증오하지 않는다. 부자는 부자답게 알라(Allah)의 이름으로 사회에 기부한다고 생각하기 때문이다. 1퍼센트와 99퍼센트의 갈등이 심화되고 있는 작금의 세태를 보면서 나는 제주인들의 기부정신과 본향당 신앙의 영험을다시금 생각해보게 된다.

위미리의 동백나무 울타리

남원에 온 이상 제주도기념물 제39호로 지정된 위미리의 동백나무군락을 보러 가지 않을 수 없다. 동백꽃 만발할 때 가겠노라고 마음속으로만 품고 있었지만 이제 제주도 답사기를 마무리하기 위해서는 한여름강한 빗줄기 속이라도 더 이상 미뤄둘 수는 없었기 때문이다.

제주 허씨를 몰고 내비게이션을 치니 위미리를 지나는 우회도로 남쪽약 500미터 되는 바닷가로 안내하면서 내비가 종료되었다. 나는 처음엔

| 위미 동백나무 울타리 | 100년 전 현맹춘 할머니가 척박한 땅을 가꾸기 위해 한라산 동백나무 씨를 심어 방풍림으로 조성한 것이 오늘날에는 장관을 이루는 숲으로 성장했다. 안쪽에는 야자수가 재배되고 있다.

이 동백나무군락이 동산을 이루고 있는 줄 알았는데 와서 보니 거대한 과수밭 울타리였다.

이 동백나무숲은 열일곱 살 나이에 위미리마을에 시집온 현맹춘 (1858~1933)이라는 할머니가 해초 캐기와 품팔이를 하는 등 어려운 생활환경에서도 아껴가며 돈을 모아 만들기 시작한 것이다. 처음에 35냥으로 '버둑'이라는 돌멩이와 암반투성이의 황무지를 사들여 개간하면서 바닷바람을 막기 위해 한라산에서 동백 씨앗을 따다가 이곳에 뿌려 방풍림을 만들었다. 그뒤로는 농사가 잘되었다. 사람들은 이 숲을 '버둑할망돔박숲(버둑할머니동백숲)'이라고 부른다.

그 끈질긴 집념과 피땀 어린 정성으로 오늘날의 기름진 땅과 울창한 동백나무군락을 일군 것이다. 울타리 방풍림으로 아주 배게 심어서 현재 이 나무들은 자람 경쟁을 심하게 하는 바람에 줄기는 가늘어 가슴둘레가 30센티미터 정도인 것이 대부분이지만 키는 한결같이 10미터에서 12미터에 달한다. 그중 굵은 동백은 가슴둘레가 족히 1.5미터인 것도 있어 수령 100년의 연륜을 느끼게 해준다.

지금 동백 울타리 안에는 야자수가 잘 자라고 있는데 그 평수가 얼마인지는 모르겠고 차로 한 바퀴 돌아보니 족히 2, 3천 평은 되어 보였다. 동백나무들은 울타리 바깥쪽으로 쏠려 있고, 마침 동백 열매들이 쏟아져 내리기에 떨어진 열매를 보니 큰 것은 자두만 한 것도 있었다. 역시 동백은 남쪽 나라의 나무라는 생각이 들었다.

독립가에게 보내는 경의

현맹춘 삼촌이 우리에게 들려주는 교훈은 나무를 심는 분들의 위대함이다. 현맹춘 삼촌은 당신이 심은 이 동백나무가 이렇게 장하게 자라고 나 같은 후대인이 찾아와 이를 예찬하리라고는 상상도 기대도 하지 않았을 것이다. 현맹춘 삼촌을 꼭 독림가(篤林家)라고 할 수는 없지만 나는 육림가들이야말로 말 없는 애국자라고 생각하고 있다.

내가 문화재청장이 되고 얼마 안 있어 청와대에서 갑자기 연락이 왔다. 대통령께서 주말에 조연환(曺連煥) 산림청장과 함께 부부동반으로 청와대에 들어와 북악산을 등반하고 점심을 같이하자는 것이다. 그래서 일요일에 우리는 북악산 정상까지 등반하고 점심을 하면서 이런저런 이야기를 하게 되었다.

그때 내가 먼저 세상에는 좋은 일 하면서 좋은 소리 못 듣는 분들이 있는데 그중 하나가 미술품 컬렉터라고 했다. 미술품 컬렉터가 있어서 우리 미술문화가 발전할 수 있고 또 고미술품 컬렉터들의 마지막 모습을 보면 자신이 미술관을 세우거나 수집품을 박물관에 기증하는 것으로 끝난다는 사실을 간송미술관, 호암미술관, 호림박물관, 박병래, 이홍근, 이병창, 김지태, 서재식, 남궁련, 이양선, 김용두 등의 사례를 들어 이야기했다. 그럼에도 사람들은 미술품 컬렉터들을 마치 돈이 넘쳐서 골동 취미에 빠진 사람이거나 투기하는 사람으로 생각하는 경향이 있는데 이런 분위기를 국민들에게 올바로 인식시키는 것이 문화재청장으로서 가장 어려운 부분이라고 했다.

노무현 대통령은 내 얘기를 듣고 나서 자신도 미술품 컬렉터를 그런 관점에서는 생각하지 못했는데 이제 그분들의 문화에 대한 공헌이 있음을 알게 해주어 고맙다고 하셨다.

그러자 이어서 산림청장은 산림청에도 그런 사항이 있다며 세상엔 나무를 좋아하여 나무를 많이 심는 독림가가 많은데 이분들을 몇십만 평, 몇백만 평 땅을 갖고 있는 부동산 투기꾼으로 보는 경향이 있다면서 사실 독림가들은 자신이 심은 나무의 최종 형태는 보지도 못할 것을 잘 알면서도 나무를 심는 사람들이라고 강조하고 대통령께서 언제 기회 있을 때 이런 독림가의 현장을 찾아가 격려해주시면 큰 힘이 되겠다고 청을 올렸다. 역대 어느 대통령도 이런 일을 못 해봤다고 강조했다. 이야기를 다 들은 노대통령은 꼭 그렇게 하겠노라고 그 자리에서 언약을 했다.

그러고 난 뒤 나는 산림청장을 만나면 어느 수목원에 모시고 갔다왔느냐고 물었는데 그때마다 아무 연락이 없다고 했다. 대통령이 그 많은 일을 하면서 점심 먹다가 한 이런 얘기가 뭐 머릿속에 남아 있겠느냐며 다 잊어버렸을 것이고 그때 열심히 들어주신 것만으로 고마울 뿐이라고 했다. 나는 그렇지 않을 것이라고 했다. 꼭 연락이 올 것이라고 장담했다.

그리고 몇 달 뒤 노대통령은 정말로 독림가를 만나러 가자고 했고, 산림청장은 당시 독림가협회 김태원 회장의 청양군 정산면의 밤나무 농장을 둘러보았고 이후 300명의 독림가들을 청와대로 초청하여 만찬을 베

| 남원 해안도로 풍경 | 남원 해안도로를 따라가다보면 그냥 지나치기 너무도 아까운 아름다운 해안 풍경이 나타난다. 유적지도 관광지도 아닌 이 평범한 풍광에서 오히려 제주의 숨결과 속살을 만나는 것 같다.

풀면서 "당신들이야말로 진정한 애국자이심을 알았습니다. 세상을 위해 이렇게 묵묵히 일해오심에 경의를 표합니다"라는 격려 아닌 감사의 말을 전했다고 한다.(조연환『산이 있었기에』, 시사출판사 2011)

지금 제주에 근 30곳의 골프장이 있으나 내가 '골' 자도 꺼내지 않으면서 식물원, 수목원, 휴양림, 천연림에 대해서는 지나는 길마다 언급하고 있는 것은 이런 이유 때문이다.

감귤의 고장

남원에서 서귀포로 가는 해안도로는 정말로 아름답다. 한쪽으로는 바다가 크게 열려 있고 한쪽으로는 한라산이 아랫자락까지 한눈에 들어온다. 똑같은 한라산이지만 북쪽에서 보는 한라산은 간혹 독수리 같은 위

| 하례초등학교와 한라산 | 하례초등학교는 한라산 긴 자락을 배산으로 하고 있어 참으로 복받은 학교라는 생각을 하며 이 학교가 오래 유지되기를 축수하듯 기원했다.

용이 느껴지는데 남쪽에서 보는 한라산은 길고 결이 곱고 평화롭게 느껴진다. 하례초등학교를 지날 때는 학교 건물 뒤로 한라산이 치마폭을 드리운 듯 넓고 길게 퍼져 있어 기어이 학교 안으로 들어가 이 학교 학생들을 마냥 부럽게 생각하면서 사진 한 장 찍고 말았다.

바닷가로 달리다보면 방파제 아래로 아무렇게나 널려 있는 시커먼 바닷돌이 밀려오는 파도에 이리저리 뒹굴린다. 그래서 남원 쪽 갯돌들은 모난 것이 없이 동글동글하다. 이 검고 동그란 갯돌들이 바다 저 밑까지 퍼져들어가 바다는 검고 묵직한 색을 발하며, 파도가 해안가에 이르러 부서질 때는 희디흰 포말이 더욱 희게 보인다. 갯돌도 바닷빛도 온통 검은빛인지라 포말은 더욱 하얗게 빛나고 열 갈래 스무 갈래로 부서지는 포말의 끝자락이 허공에 흩어질 때까지 남김없이 보여준다. 나는 이 길을 가면서 단 한 번도 그냥 지나간 적이 없고, 또 이 길을 가게 되면 얼마

| 귤밭 너머 한라산 | 제주에서도 귤은 남원 지방이 유명하다. 귤밭 너머 구름 뒤로 보이는 한라산은 제주의 전형을 말해주는 또 하나의 표정이다.

만큼 가다 빨간 등대가 나타나면 사진을 찍고 가려는 기대를 갖고 떠난다. 그날도 어김없이 뚝방에 앉아 한참을 두고 먼바다를 보며 쉬어갔다. 그날 따라 파도소리는 왜 그렇게 처얼썩 하고 크고 빠르게 덤벼드는지.

해안도로에서 일주도로 큰길로 빠져나오니 길가에는 한 집 걸러 한 집이 감귤가게다. 같은 제주도 감귤이라도 산남(한라산 남쪽) 귤을 알아준다더니 천지 빛깔이 귤이다. 청정 제주에서 노랗게 영근 감귤, 달콤한 맛과 그윽한 향기의 감귤, 그것은 제주도의 또 하나의 얼굴이다. 제주 동물의 상징이 조랑말이라면 과일은 단연코 감귤이다.

서귀포 감귤박물관

서귀포시 월라봉 기슭 저 멀리 한라산이 굽어보고 있는 언덕에 서귀포 감귤박물관이 자리잡고 있다. 2005년에 개관한 이 박물관은 감귤의 역사와 종류, 재배 방법, 감귤의 발생을 전시해놓았고, 세계 감귤의 모습을 패널, 사진, 동영상으로 자세히 설명해주고 있다.

그리고 유리온실인 세계감귤전시관에는 한국, 일본, 유럽, 아시아, 아메리카 등 여러 나라에서 자라는 감귤 140여 품종이 식재되어 언제 가도 상큼한 귤내음을 맡을 수 있고, 감귤 꽃과 열매가 달려 있는 생생한 현장을 만나볼 수 있다. 2012년 7월 내가 다시 이곳을 찾아갔을 때는 거짓말 보태 어린애 머리만 한 큼직한 하귤이 탐스럽게 달려 있고 나무 아래로는 여남은 개의 하귤이 떨어져 뒹굴고 있었다.

전시장을 둘러보니 엄청나게 자세히 감귤을 설명해놓아 너무 어려웠다. 답사기를 쓰려니 참을성을 갖고 읽어야만 했는데 눈길을 끄는 것이 있었다.

우리나라는 세계의 감귤류 재배지 중에서 가장 북부에 있으므로 재배 품종은 제한적일 수밖에 없는데 1911년 일본에서 도입된, 추위에 잘 견디는 귤나무가 주종을 이루고 있다고 한다. 1960년대 초까지만 해도 서귀포를 중심으로 한 제주도 산남에서만 감귤류가 생산되었으나 그동안 많은 시험 재배 결과 최근에는 해발고도 200미터 이하의 제주도 일원과 육지의 남부 지방 통영·고흥·완도·거제·남해 등지에서도 감귤류가 재배되고 있다고 한다.

감귤류의 종류를 보니 제주도 감귤은 낮은 온도에 가장 잘 견디는 종자이고 시트론(citron), 레몬(lemon), 그레이프프루트(grape fruit, 자몽), 사워 오렌지(sour orange), 당귤, 유자(柚子), 귤, 탱자, 금감(金柑, 낑깡) 등이 모두 여기 해당한단다.

| **감귤박물관** | 제주를 대표하는 과일인 감귤의 특성과 세계 귤의 종류 등을 전시한 박물관으로 2005년에 개관했다.

힘들게 패널을 읽어가다가 나는 그레이프프루트에서 옛날 생각이 떠올라 혼자 웃었다. 중학교 때 나는 선생님에게 곤란한 질문을 많이 해서 미움도 샀고 귀여움도 받았다. 역사선생님이 한니발 장군의 로마 정벌을 얘기하면서 한니발이 코끼리를 타고 알프스를 넘어 로마로 진군할 때 갈증을 느끼는 병사들에게 저 산 너머에 '신포도'가 있다고 하니 병사들이 침을 꼴깍 삼키면서 산을 넘었다는 얘기였다. 이때 내가 선생님께 질문했다. "포도가 달지 왜 시어요? 신포도라는 종자가 따로 있나요?" 그러자 선생님은 저 녀석이 또 쓸데없는 질문을 한다고 꿀밤을 때리고 지나갔다.

나는 이것이 억울했다. 차라리 한니발과 거의 비슷한 시기에 『삼국지』에서 조조기 병사들이 목말라하는 것을 보고 저 너머 석류가 있다고 해서 병사들이 침을 꼴깍 삼키게 했다는 얘기와 곁들여주었으면 더 재미있었을 것이라고 생각했다. 나중에 한니발 장군의 이 이야기를 읽어보니 그때 한니발이 말한 것은 신포도가 아니라 그레이프프루트, 즉 자몽이었다. 그런데 당시 번역하는 사람이 자몽이라는 것을 먹어본 적도, 본 적도, 들은 적도 없으니까 '그레이프'를 포도라고 하고, 문맥상 시어야 하니까 신포도라고 한 것이었다. 오역이라기보다 의역이었던 것이다. 그러나 그 역사선생님은 나의 호기심을 좋게 보아서 이담에 대학 갈 때 역사학과 가라고 하셨던 좋은 분이었다.

임백호의 귤유보(橘柚譜)

서귀포 감귤박물관을 비롯하여 우리나라 공공 전시관들을 보면 안타까울 때가 많다. 이 전시장에는 최소한 백호 임제의 「귤유보(橘柚譜)」를 소개했어야 한다. 조선시대 학자들이 우리의 자연과 자연적 자산에 얼마나 섬세했는가는 흑산도로 유배 간 정약전 선생이 유배 중에 편찬한 『자산어보(玆山魚譜)』라는 물고기 도감이 잘 말해준다. 귤에 관해서 그 종류를 본 대로 조사하여 귤과 유자의 족보를 처음 말한 것은 임백호의 「귤유보」이다.

유자(柚) 호남·영남의 연해에도 역시 많다. 잎은 두껍고 작으며 그 열매는 가을에 노랗게 익는데 껍질이 두껍다.

당유자(唐柚) 나무는 유자와 같은데 꽃이 희고 그 열매는 형상이 참외와 같으면서 조금 작으며 껍질은 울퉁불퉁하다. 여자귤(荔子橘)같이 생긴 것이 있는데 화과보(花菓譜)를 살펴보면 여자귤(荔子橘)이 나오니 곧 이것이 아닌가 한다.

감귤(柑) 그 열매는 껍질이 얇고 매끄러우며 유자보다 작다. 빛은 노랗고 맛은 달면서 시다.

| 감귤 | 1. 유자 2. 감귤 3. 문단 4. 향문감 5. 그레이프프루트 6. 한라봉

유감(乳柑) 감귤과 흡사한데 약간 작고 껍질이 두껍지만 맛은 더 달고 물이 많으며 빛은 다 청황색인데 한겨울이면 아주 푸르다.

대금귤(大金橘) 껍질은 감귤과 같고 빛깔은 황금 같다. 크기는 유감과 같으면서 맛은 유감이 나은 편이다.

소금귤(小金橘) 빛깔과 맛은 금귤과 같은데 그 열매가 금귤보다 훨씬 작다.

동정귤(洞庭橘) 금귤과 같은데 빛깔과 맛은 그만 못하다. 소금귤보다 약간 크다.

청귤(靑橘) 껍질은 당유(唐柚)와 같고 작기는 동정귤과 같으며 빛깔은 푸르고 맛은 대단히 신데, 겨울을 지나고 여름으로 들면 맛이 달고 물이 많다.

산귤(山橘) 청귤과 꼭 같은데 빛깔이 노랗고 씨가 많으며 맛이 시다.

| 이중섭 미술관 | 서귀포에는 이중섭이 한국전쟁 중 1년간 피란살이를 했던 집을 복원하고 그의 예술을 기리는 미술관이 있다.

임백호가 제주에 머문 기간은 아주 짧았다. 그 틈에 이런 조사를 했으니 그를 더 이상 낭만의 시인이라고만 하면 안 될 것이다. 이 귤보에 해당하는 귤의 실물이나 사진을 함께 전시했다면 그것은 제주의 아이덴티티를 찾아가는 제주학으로서 식물학의 한 성과였을 것이다.

임백호 이후 정운경(鄭運經, 1699~1753)의 『귤보』(1732), 조정철(趙貞喆, 1751~1831)의 「귤유품제(橘柚品題)」가 있으니 이를 곁들이면 금상첨화가 아니었을까.

서귀포의 이중섭 미술관

이제 나는 서귀포로 들어가 나의 긴 여정을 마칠 때가 되었다. 서귀포를 얘기하자면 그것 또한 한 차례 답삿길이 된다. 천지연폭포, 정방폭포,

엉또폭포, 쇠소깍, 외돌개, 주상절리, 여미지식물원…… 그러나 이 모두는 군이 내 답사기가 아니라도 익히 잘 알려져 있고 내가 남보다 더 잘 설명할 수 있는 곳들이 아니다.

다만 이중섭 미술관에 대해서만 간략한 소개와 내 소견을 말해두고자 한다. 대향(大鄉) 이중섭(李仲燮, 1916~56)은 우리나라 근대미술에서 「황소」 「달과 까마귀」 「부부」 등 주옥같은 몇 점의 명화를 남기고 41세에 세상을 떠난 비운의 화가이다.

사람들은 그를 전설적인 화가, 천재 화가라고도 칭송하지만 내가 보기엔 예술적 재능, 대상의 특질을 귀신같이 포착하여 거기에 자신의 감정을 실어넣는 것은 뛰어났지만 성격상으로는 대단한 에고이스트였고 사회성에 문제가 많았던, 그래서 비극적으로 인생을 마감한 아까운 화가였다.

그는 평양 윗고을인 평원군에서 태어나 오산고등학교를 졸업하고 20세 때 도쿄의 제국미술대학에 유학하면서 화가로 활동했고 여러 전시회에 출품했다. 25세 때 일본 여성 마사코(한국 이름 이남덕)와 연애를 시작했으나 여자 집안의 반대로 결혼을 미루다가 28세인 1943년에 원산으로 귀국했다. 1945년 30세 때 한국으로 찾아온 이남덕과 결혼하여 태성, 태현 두 아들을 낳았다. 이때부터 한국전쟁이 일어나는 1950년까지 5년간은 이중섭이 가장 행복했던 시절이었다.

35세 때인 1950년 한국전쟁이 일어나자 원산을 떠나 부산으로 피란하고 이듬해인 1951년 1월부터 12월까지 서귀포에 안착하여 네 가족이 피란의 고통 속에서도 단란한 한때를 보냈다. 지금 이중섭 미술관 아래쪽에 있는 초가집엔 그가 살았다는 아주 작은 방이 있다. 이 좁은 방에서 네 식구가 살았다는 게 믿기지 않지만 그는 아주 행복해했다.

그러나 1951년 12월 부산으로 이사하고 1952년 7월에 부인과 두 아들

이 일본으로 간 후에는 가족에 대한 그리움으로 몸부림치게 된다. 종군
화가로 근무하기도 했지만 부산 르네상스다방에 앉아 은지화를 그리며
그리움을 달랬다. 1953년 이중섭은 시인 구상(具常)의 도움으로 여권을
구해 일본의 처갓집을 방문하여 아내와 두 아들을 만나보고 열흘 만에
돌아왔다.

귀국 후에도 가족에 대한 그리움으로 괴로워하면서 무절제한 생활을
하고 통영, 진주 등지에서 출품하곤 했다. 그리고 1955년 1월, 40세 때
서울 미도파화랑에서 생애 처음이자 마지막이 된 개인전을 열었다. 그러
나 6월 정신분열증 증세를 보여 성누가병원에 입원했고 1956년 9월 적
십자병원에서 생을 마감했다. 병명은 영양실조와 간염이었다. 사망한 지
사흘 만에 친구들이 수소문해서 찾아오니 시신과 밀린 병원비 청구서만
있었다고 한다. 친구들은 화장한 뒤 그의 유해를 망우리공동묘지에 안장
했다.

그의 일생을 보면 우리가 동정은 할지언정 특별히 존경할 면은 보이지
않는다. 그러나 그의 작품을 보면 인간이 가질 수 있는 그리움의 감정이
넘쳐흐른다. 이중섭은 화풍이나 시대사조엔 관심이 없었다. 그는 어떤 대
상을 그리든 자신의 감정을 실어 대상을 변형시키고 화면을 재구성하면
서 감동의 폭을 극대화했다. 그리고 그 주제는 언제나 그리움이었다.

그리움의 예술가로는 시인 김소월(金素月) 같은 분이 없다. 그러나 소
월의 그리움은 가져보지 못한 것에 대한 그리움이다. 그의 「초혼」 같은
시를 보면 "불러도 주인 없는 이름이여!/부르다가 내가 죽을 이름이여!"
라며 그리움을 극대화했다. 그러나 이중섭의 그리움은 가졌던 행복을 잃
은 데에서 비롯된 그리움이기 때문에 더욱 절박해 보인다. 황혼에 울부
짖는 「황소」의 눈망울에는 깊은 고독의 그림자가 서려 있고, 두 마리 닭
이 입맞춤하는 「부부」에서는 끝모를 그리움의 감정이 표출된다. 우리 근

| **이중섭 「서귀포의 환상, 낙원」** | 이중섭의 작품 중 아주 예외적이라 할 만큼 평화롭고 행복에 가득 찬 분위기가 있다. 실제로 이중섭은 서귀포 피란시절을 더없이 행복하게 생각했다.

대미술에서 이처럼 절실하게 자신의 감정을 대상에 실어보낸 화가는 없었다.

우리 근대미술에서 박수근(朴壽根)이 대상을 철저히 객관화하여 고단했던 우리네 삶을 담아냈다면 이중섭은 주관적 감성의 표출로서 예술을 구현했으니 두 분의 대가가 있어 우리 미술은 외롭지 않게 되었다.

그런 이중섭이 1년간 피란생활을 한 서귀포는 한국 근대미술의 한 현장이 되고도 남아 그렇게 기념관을 갖게 된 것이다. 그런 딱한 삶을 산 이중섭이었지만 서귀포 시절만큼은, 궁핍했을지언정 마음은 행복하고 안정되었기에 그 시절 그의 그림 「섶섬이 보이는 풍경」 「서귀포의 환상, 낙원」 등은 대상이 긍정적으로 포착되어 아주 따뜻하고 편안하고 행복해 보인다. 이중섭으로서는 대단히 예외적인 작품이라고 할 것인데, 정신분열을 일으키는 고통 속에서 그린 것은 명화라 하고 행복했던 시절

| **이중섭 「황소」** | 이중섭 예술의 가장 큰 매력은 그리움의 감정을 극대화시킨 것이라고 할 때 이 황혼에 울 부짖는 황소 그림이 가장 이중섭답다고 할 만하다.

에 그린 것은 예외적이라 말하고 있으니, 인생이 묘한 것인가 평론이 잔 인한 것인가. 그러나 고독하고 불우할 때 명화가 나온 것은 이중섭뿐만 이 아니니 그것을 예술의 생리(生理)로 돌려야 할 것이다.

제주학의 선구자들

내가 서귀포의 천하절경들을 뒤로하고 마지막 답사지를 돈내코로 향 하는 이유는 '제주학의 선구자' 석주명을 만나는 것으로 이 책을 마무리 하기 위해서다. 육지 사람들에겐 잘 전해지지 않은 소식이지만 2011년 한 해는 '제주학에 대한 논의가 그 어느 해보다 뜨거웠다.'(『제민일보』 2011. 11. 3)

제주발전연구원 제주학연구센터는 개소 기념으로 '제주학의 발전방

안 모색을 위한 세미나'를 개최했고, 1997년에 출범한 제주학회는 제 36차 전국학술대회 주제로 '제주학 연구의 성과와 과제'를 내걸었으며, 제주문화재단은 '제주학의 선구자: 제주를 빛내다'를 주제로 하여 연속 강좌를 열었다. 오랫동안 논의되어온 제주학이 그 뿌리를 찾고, 학문적 틀을 만들어가는 구체적인 성과이고 노력이어서 여간 반가운 것이 아니었다. 여기에 참여한 학자들은 제주인에 국한하지 않았고 전국의 각 분야 학자들이 동원되어 그 의의를 더욱 깊게 한다.

또 제주학의 선구자로 지목한 분들 역시 제주인에 국한하지 않고 국내는 물론 외국 학자들의 노력을 가치 있게 받아들이는 연구 자세에 경의를 표하게 된다. 이들이 제주학의 선구자로 주목하는 여섯 분은 다음과 같다.

1. 일찍이 제주학을 부르짖은 나비 박사 석주명(石宙明, 1908~50)
2. 왕벚나무 표본을 채집해 세계에 알린 프랑스 신부 타케(E. J. Taquet, 1873~1952)
3. 제주 특산 식물의 하나인 구상나무를 명명한 영국인 윌슨(E. H. Wilson, 1876~1930)
4. 1930년대 제주 도민의 생활상을 기록한 『제주도(濟州島)』의 저자 이즈미 세이이치(泉靖一, 1915~70)
5. 제주인이 쓴 첫 제주통사로 평가되고 있는 『탐라기년(耽羅紀年)』의 심재(心齋) 김석익(金錫翼, 1885~1956)
6. 제주사의 토대를 닦은 향토사학자 김태능(金泰能, 1906~72)

이 중 이즈미 세이이치의 저서 『제주도』(1966)는 인류학적 입장에서 본 제주학 개론의 사실상 첫번째 저서이다.

이즈미 세이이치의 『제주도』

일본 메이지대학 인류학과 교수 이즈미 세이이치의 평생 연구는 『제주도』한 권으로 압축된다. 마치 동양철학자 후지쓰카 치카시(藤塚隣)의 연구가 「추사 김정희」로 요약되듯이.

경성제국대학 국문학과 학생으로 산악부 대장을 맡고 있던 이즈미는 1935년 12월 30일 한라산 등반에 나서 관음사 코스로 올라 개미목산장까지 무사히 도착했다. 이튿날 마침내 백록담 정상에 올랐으나 순간 풍속 40미터의 강풍과 눈보라 속에서 동료 마에가와 도모하루(前川智春)가 조난당했다. 그는 한라산 조난사 내지 한국산악사의 첫 희생자였다. 이즈미는 7일간 수색했지만 아무런 흔적도 찾지 못했다. 제주 사람들은 심방(무녀)에게 물어보았는데 죽지 않았다고 했다. 이때 이즈미는 제주 심방을 처음 접했고 그렇게 믿고 싶어했다.

이즈미는 서울로 돌아가 아베 선생에게 조난 사실을 보고했다. 이에 아베 선생은 "해군 항공대에서는 비행기 날개의 작은 파편만 찾아도 조난 원인을 알 수 있다고 들었는데 이같이 동화 같은 보고밖에 못 하느냐"고 질책했다. 그래서 1월 말 다시 제주도를 찾아갔으나 역시 시신을 발견하지 못했고 5월 초순 사체가 발견되었다는 전보를 서울에서 받았다.

이후 이즈미는 전공을 인류학으로 바꾸고 제주도를 연구하기 시작했다. 제주도는 처음부터 그에게 강렬하고도 이질적인 세계였으며, 제주 심방의 신탁을 들은 뒤 그네들의 사고와 삶의 방식에 깊은 관심이 일어났다고 했다. 1938년 졸업논문으로 제출한 것이 「제주도: 그 사회인류학적 연구」였다. 이후 그는 일본으로 돌아가 메이지대학 인류학과 교수가 되었다. 그는 제주도 연구를 계속하고 싶어했다. 그러나 1945년 해방이 되면서 한일 국교가 단절되어 제주에 올 수 없었다. 대신 그는 「도쿄에

| 이즈미 세이이치 『제주도』 | 30년에 걸쳐 쓴 세 편의 제주도 논문을 묶어 펴낸 그의 저서 『제주도』에는 처음 교래리에서 만난 청년을 30년 뒤 다시 찾아 인류학적 보고 형식으로 찍은 정면, 측면 사진이 실려 있다.

있어서의 제주도인」을 인류학적으로 연구하여 1950년에 논문으로 발표했다.

그리고 그가 다시 제주도를 찾게 된 것은 1965년 한일국교정상화가 된 뒤 1966년 관광비자로 입국했을 때였다. 30년 만에 제주도에 다시 와 옛 학우였던 김택규, 이두현, 장주근 등 국내 인류학·민속학자와 제주대 현평효, 현용준 교수와 당시 학생이었던 고복실, 송상조의 협력을 받고 당시만 해도 쉬쉬하던 4·3사건 관계 자료를 김민주 씨에게 얻어 제주도의 지난 30년의 변화를 조사했다.

이때 이즈미는 30년 전에 조사했던 교래리로 갔다. 당시 그가 논문에서 제주인의 얼굴로 제시했던 사람의 정면, 측면 사진을 갖고 가서 그분을 찾았다. 4·3 이후 마을이 불타 30년 전과는 전혀 다른 이 마을에서 수소문 끝에 그분을 만났다. 그 30년 사이 그분은 너무도 변해 알아볼 수 없을 정도였다. 그 얼굴엔 지난 30년간의 제주도가 다 서려 있는 듯했다. 그분을 만나자마자 이즈미는 한없이 눈물을 펑펑 쏟았다고 한다.

귀국 후 이즈미는 학부 논문과 이후 연구를 '제주도민속지' '도쿄의 제주인' '제주도에 있어서 30년' 등 3부로 묶어 1966년 『제주도』(東京大學出版會)라는 단행본 연구서를 출간했다. 이 책은 제주도에 관한 연구서를 넘어서 인류학적 조사 방법과 분석, 서술의 한 전범을 제시한 명저로 평가되고 있다. 그리고 1970년 고혈압이 있던 55세의 이즈미는 엎드려 구두끈을 매다가 쓰러져 사망하고 말았다. 일본인이 쓴 제주도 기행문으로는 '일본의 국사(國師)'로 불렸던 시바 료타로(司馬遼)의 『탐라기행』(우리말 번역본은 학고재에서 출간)이 있지만 이즈미의 『제주도』야말로 진실로 제주도를 사랑하는 마음으로 쓴 저서이다.

그는 인류학자이자 산악인이었다. 그는 『알프』라는 산악 잡지에 1967년부터 4년째 등반기를 연재 중이었다. 동료는 이 글을 묶어 유고집 『머나먼 산』(新潮社 1971)으로 출간했다. 이 책을 보니 그는 한라산뿐만 아니라 금강산, 백두산, 지리산 등 조선의 명산을 두루 섭렵했고 뉴기니, 중앙아시아도 탐험했다. 그중 제주도 한라산을 길게 언급하면서 인류학으로 전향하게 된 동기에 대해 이렇게 말했다.

"마에가와 군이 살아 있다는 제주 심방의 신탁은 맞지 않았지만, 그들은 그들의 논리나 사고의 체계가 있었다. (…) 나는 마에가와 군이 잠들어 있는 제주도를 제주인의 입장에서 진지하게 그려내고 싶다는 생각을 하게 되었다."

| **석주명을 기리는 작은 공간** | 서귀포 토평사거리의 그가 한때 근무했던 경성제대 생약연구소(현 제주대 아열대농업생명과학연구소) 한쪽에 그를 기리는 흉상이 세워져 있다.

석주명 선생의 흉상 앞에서

2011년 10월, 제주대학교 탐라문화연구소에서는 '학문 융복합의 선구자 석주명을 조명하다'라는 대규모 심포지엄이 이틀간 열렸다. 석주명 선생은 정녕 그런 분이었다. 나비 박사, 에스페란토 초기 운동가, 산악인, 그리고 제주학의 선구자.

내가 석주명 선생을 알게 된 것은 조선 말기의 화가인 남계우(南啓宇, 1811~88)의 나비 그림에 대한 그의 평 때문이었다. 나비를 잘 그려 '남나비'라는 별명을 얻었던 남계우는 수백 수천 마리의 나비를 잡아 책갈피에 끼워놓고 실물을 창에 대고 그렸다는데, 과연 나비 박사는 이를 어떻게 보았을까 궁금해서였다. 놀랍게도 석주명은 남나비의 그림이 워낙 정확해서 무려 37종의 나비를 암수까지 구분해낼 수 있었다고 한다. 그리고 남계우의 나비 그림이야말로 일본의 국보로 지정된 마루야마 오쿄

| 석주명 흉상 | 우리는 그를 나비 박사라고 부르지만 그는 또한 제주학을 부르짖은 선구자이기도 했다.

(圓山應擧, 1733~95)의 『곤충도보(昆蟲圖譜)』보다 훨씬 훌륭하다고 극찬했다. 그의 생물학엔 이미 인문학적 사고가 깊이 들어 있었다.

석주명은 1908년 평양에서 부유한 집안의 아들로 태어났다. 개성 송도고등학교를 졸업한 뒤 가고시마(鹿兒島)농림전문학교 박물과(생물과)에 다니면서 은사의 권유대로 조선의 나비에 대해서 연구했다. "한 분야에 10년간 집중하면 그 분야의 전문가가 된다"는 지도교수의 충고를 받아들인 것이었다. 1929년 졸업 후 대학에 진학하지 않고 함흥 영생고보와 모교인 송도고보에서 박물교사가 되었다. 그는 전국 산하를 돌아다니며 무려 75만 마리 표본을 만들었다. 그리고 이를 계통분류하여 같은 종이면서 다른 이름을 갖고 있는 844개를 퇴출시키고 한국의 나비를 248종으로 정리했다. 한반도 지도에 그가 나비를 채집한 곳을 빨간 점으로 표시해놓은 것을 보면 빈 곳이 없을 정도로 새빨갛다. 놀라운 탐사의 여정이었다.

초급대학밖에 나오지 않은 식민지의 이십대 교사가 제국대학 교수들의 연구를 뒤집어놓으면서 세계적 주목을 받게 되어 도쿄제국대학에서 초청 발표를 하고 영국 왕립아시아학회 조선지부의 지원을 받아 『조선산 나비 총목록』(*A Synonymic List of Butterflies of Korea* 1940)을 펴냈다.

1942년 경성제국대학 생약연구소의 촉탁으로 송도고등학교를 떠날

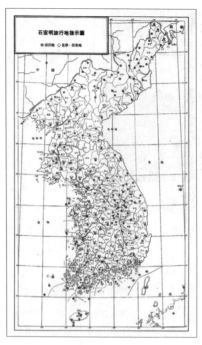

| 석주명 선생이 나비를 채집한 곳 | 석주명 선생이 나비를 채집하면서 그린 지도에는 자신이 채집한 곳을 빨간 동그라미로 표시했는데 전국 어느 한 구석 빠진 곳이 없다.

때 석주명은 중요한 표본만을 챙긴 채 70만 마리의 나비 표본을 모두 불태워버렸다. 그가 떠난 뒤 관리자가 없으면 병충해의 원인이 될 것을 우려했기 때문이라고 한다. 석주명은 1943년 4월 생약연구소의 제주도시험장에 자원하여 제주도로 왔다. 이때부터 2년여 동안 그는 제주도 나비뿐만 아니라 '제주학(濟州學)'을 부르짖으며 '제주도 총서' 여섯 권을 펴냈다.

제1권 『제주도 방언집』(1947)

제2권 『제주도 생명조사서 : 제주도 인구론』(1949)

제3권 『제주도 관계 문헌집』(1949)

제4권 『제주도 수필 : 제주도의 자연과 인문』(1949, 이하 유고)

제5권 『제주도 곤충상』(1970)

제6권 『제주도 자료집』(1971)

해방 후 1945년에는 수원 농사시험장의 병리곤충학부장, 1946년에는 국립과학박물관 동물학부장을 지내면서 나비 연구, 에스페란토어 보급, 제주도 연구, 한국산악회 활동, 국토구명사업에 열과 성을 다했다. 1950년 한국전쟁 중 석주명은 서울에 남아 있었다. 그러나 국립과학관이 불타면서 그의 나비 표본 15만 점이 모두 불타버렸다.

그리고 그해 10월 6일 빈대떡집에서 술 취한 청년들과 시비가 붙었다. 석주명은 "나는 나비밖에 모르는 사람이다"라고 했으나 그들은 인민군 소좌라며 총을 쏘고 사라졌다. 향년 42세였다.

석주명에게는 한국복식사로 유명한 단국대박물관 석주선기념관의 석주선(石宙善)이라는 여동생이 있었다. 석주선은 일찍이 옛 복식 자료를 수집하여 60여 벌을 갖고 있었다. 그런데 1·4후퇴로 인천에서 부산으로 피란가는 배를 타는데 자신의 이 복식 자료와 오빠 석주명의 미간행 원고 뭉치 중 하나밖에 가져갈 수가 없었다. 석주선은 고민 끝에 자신의 복식 자료를 포기하고 오빠의 원고를 짊어지고 피란갔다. 이것이 훗날 간행된 『한국산 접류 분포도』라는 지도 500장, 『한국산 접류의 연구』, '제주도 총서' 제4, 5, 6권이다.

그런 석주명이었는데 세상은 나비 박사 석주명을 잊어가고 있었다.

다행히 전기 작가 이병철의 집요한 추적 끝에 1989년 『석주명 평전』이라는 명저가 나오면서 그는 세상에 다시 알려지기 시작했고, 마침내 2009년 3월에 '과학기술인 명예의 전당'에 헌정되었다.

그 짧은 기간에 수많은 연구 업적을 남기면서 '제주도 총서' 여섯 권을 펴냈다는 것도 놀라운데 언어, 사회, 문학, 자연, 그리고 자료집까지 집대성했으니 그는 가히 제주학의 선구였다. 이는 제주도를 사랑하지 않고는 할 수 없는 일이었다. 실제로 그는 스스로 반(半)제주인이라고 했다.

나는 제주학의 선구자, 우리가 잊어서는 안 되는 석주명 선생의 흉상이 있는 돈내코 토평사거리를 나의 제주 답사기의 마지막 종점으로 삼으려 한다.

돈내코로 가는 길

토평사거리는 제주 사람들이 돈내코라고 부르는 곳에 있다. 토평은 한자로 '吐平' 또는 '土坪'이라고 표기하는데 옛 문헌에는 '돗드르ᄆ을'로 되어 있다. '드르'는 들판을 가리키는 제주어이고, '돗'은 돼지를 가리키는 것이라고도 하나 그것이 왜 토(土, 吐)가 되었는지는 유래가 명확지 않다고 한다. 그런데 돈내코의 돈은 돼지, 내는 하천, 코는 입구를 뜻하는 것으로 '멧돼지들이 물을 먹었던 하천 입구'를 말하는 것으로 해석되고 있다.

돈내코로 가는 길은 제2산록도로(1115번)가 제격이다. 특히 탐라대학교에서 돈내코로 가는 길은 2차선 도로가 파도처럼 일렁이며 곧게 쭉 뻗어 있어 신나게 달릴 수 있다. 돈내코는 한라산 등반 코스의 초입 중 하나로 1994년부터 자연휴식년제로 인해 등산로가 폐쇄되었다가 2009년부터 15년 만에 개방된 한라산 비경의 하나이다. 그리고 돈내코에는 천연

| 돈내코로 가는 길 | 한라산 남쪽 산자락을 가로지르는 제2산록도로는 곧은 길이 마치 파도처럼 굴곡을 이루며 길게 뻗어 있다.

기념물 제191호로 지정된 제주한란의 자생지(천연기념물 제432호)가 있다.

이곳에서 자생하는 제주한란은 특히 잎의 선이 빼어나고 꽃의 형태가 학이 날개를 펴고 있는 것처럼 날렵하고 모양과 색상이 다양하여 '난초의 여왕'이라 불린다. 추울 때 꽃이 핀다 하여 '한란(寒蘭)'이라 부르며, 9월에 꽃대가 올라와서 10월 중순부터 피기 시작하며 11월 중순까지 개화한다. 제주한란은 한 줄기의 꽃대에 많은 꽃을 피우며 잎의 모양과 향기가 좋아 줄기 하나에 여러 개의 꽃을 피울 때면 더욱 아름답다.

2002년 이전에는 자생 한란이 50여 촉에 지나지 않아 2004년 멸종위기 야생식물 1급으로 지정하고 지속적인 생태계 복원사업을 벌여, 현재 개체 수가 3,500여 촉에 이르고 있어 지금은 생태공원에서 일반에 공개하고 있다.

| **서귀포 귤빛여성합창단** | 2005년에 창단한 단원 35명의 여성합창단이다. 나는 여기서 제주인의 아름다운 삶의 모습을 본다.

    아름다운 풍광과 한란의 향기를 간직하고 있는 토평동네거리 한쪽에는 몇 해 전에 석주명 선생의 흉상이 세워졌다. 석주명 선생이 한때 근무했던 경성제대 생약연구소 제주도시험장, 오늘날 제주대학교 아열대 농업생명과학연구소가 있는 한 모서리다. 노랑나비 빛깔의 입간판은 눈에 띄게 아름다운데 저 안쪽에 석주명 선생이 해맑은 모습으로 나를 맞아준다. 유감스럽게도 흉상을 너무 작게 만들어 왜소해 보였다. 아마도 등신대를 염두에 둔 것 같은데, 본래 등신대 조각이란 본래 크기보다 20~30퍼센트는 크게 해야 실물대로 보인다는 사실을 간과한 모양이다.

    그러나 지금 여기에 그분의 조각을 보러 온 것은 아니다. 나는 삼가 고인의 명복을 빌고 꽃 한 송이를 바치며, 당신이 제창한 제주학이 반석에 오를 것이라고 속으로 아뢰면서 나도 그런 날을 기대하며 이 책을 썼다고 말씀드렸다.

    그리고 선생의 영전에 노래 한 곡을 바치고 싶어졌다. 선생께 들려드리고 싶은 노래는 '서귀포 귤빛여성합창단'이 제주어로 노래한 「도대지기(등대지기)」다(제주어 가사는 제주도 삼춘들이 알려준 대로 옮긴 것이다. 귤빛여성합창단의 가사는 이와 약간 다르다).

얼어붙은 돌 그르메	얼어붙은 달 그림자
물절 우티 ᄀ득ᄒ고	물결 위에 차고
ᄒᆫ저슬에 사나운 절	한겨울에 거센 파도
모둡는 족은 섬	모으는 작은 섬
생각ᄒ서 저 도대를	생각하라 저 등대를
직허는 사ᄅᆷ의	지키는 사람의
훌륭지고 곱들락헌	거룩하고 아름다운
ᄉ랑의 ᄆ심을	사랑의 마음을

2012.

답사 일정표와 안내 지도

이 책에 실린 글을 길잡이로 직접 답사하실 독자분을 위하여 실제 현장답사를 토대로 작성한 일정표와 안내도를 실었습니다. 시간표는 휴일·평일에 따라 차이가 있을 수 있습니다.

일러두기

1. 서울을 비롯한 다른 지역에서 출발해도 오후 1시경에 1차 목적지나 주요 접근지(고속도로 나들목 등)에 도착하는 것으로 일정을 설계했다.

2. 답사일정은 1박 2일을 원칙으로 하며 늦어도 1시경에는 출발지로 떠나는 것으로 했다.

3. 이 책에 소개된 유적지를 답사하는 것을 기본으로 하되 상황에 따라 코스를 추가하거나 삭제했으며 일부 코스는 나누기도 했다.

남도답사 일번지 1 — 월출산과 강진

첫째 날

13 : 00   나주시 영산포(영산대교)
13 : 20   나주 반남면 신촌리 고분군
13 : 50   출발
14 : 20   도갑사
15 : 30   출발
15 : 55   월남사터
16 : 25   출발(오설록 영암다원 주변 산책)
16 : 40   무위사
17 : 40   출발
18 : 00   강진 읍내 숙식

둘째 날

09 : 00   영랑 생가
09 : 20   출발
09 : 30   다산초당(다산유물전시관 관람 포함)
10 : 30   걸어서 산 넘어 백련사로 출발
10 : 50   백련사
11 : 40   출발
12 : 00   강진 읍내에서 점심
13 : 00   출발
13 : 20   대구면 사당리 고려청자 가마터
          (강진 청자박물관)
14 : 00   출발
14 : 10   마량 앞바다와 까막섬 상록수림
          (천연기념물 제172호)
15 : 00   귀가

＊답사 일정 중 첫날 나주 반남면 신촌리 고분군을 경유하지 않거나 다음 날 대구면 사당리 고려청자 가마터나 마량 앞바다를 들르지 않을 경우에는 강진군 병영면 성동리의 전라병영성(사적 제397호)과 병영마을을 답사할 수 있다. 하멜 일행이 쌓았다는 병영마을의 돌담길은 문화재청의 등록문화재로 지정된 곳이다. (전라병영성: 전남 강진군 병영면 지로리)

＊강진 일대에는 호텔은 없으나 여관은 여러 곳 있으며 읍내에는 한정식으로 이름난 맛집들이 많다. 여름철에는 별미인 짱뚱어탕도 맛볼 수 있다.

＊강진 일대 답사는 사철을 가리지 않지만 백련사 동백림(천연기념물 제151호)에서 꽃이 만발하는 3월 중순은 환상적이다. 영암 도갑사 일대는 벚나무길로 유명한데 꽃놀이객들로 인해 간혹 차가 막힐 때도 있다.

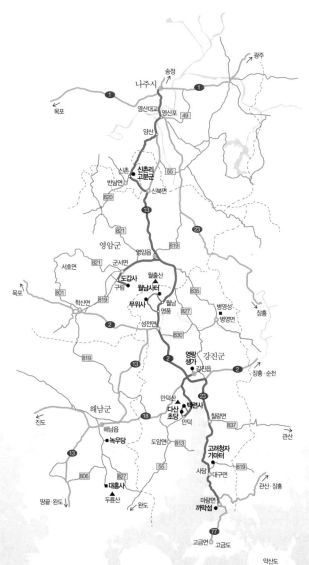

송정
광주
나주시
1
1
목포
영산대교 영산포
49
양산
신촌 신촌리
고분군
반남면
신북면
55
820
13
821
23
영암군
영암읍
819
서호면
821 군서면
도갑사 월출산
목포 구림 월남사터
801 819 무위사 월남 835
학산면 영풍 827
성전면 병영성
2 병영면
830 장흥
819
영랑
생가 강진군
13 2
2 장흥·순천
강진읍
24
만덕산
백련사
다산
해남군 초당
진도 18 만덕
칠량면
837
해남읍 녹우당 도암면 관산
813
13
고려청자
55 기마터
806 819
827 사당
대흥사 대구면
땅끝·완도 관산·장흥
두륜산 마량면
완도 까막섬
77
고금면
고금도
완도 약산도
신지도

남도답사 일번지 2 — 강진과 해남

첫째 날

13 : 00　서해안고속도로 목포IC
14 : 00　월남사터
14 : 20　출발
14 : 30　무위사
15 : 30　출발
16 : 00　백련사
16 : 30　걸어서 산 넘어 백련사로 출발
16 : 50　다산초당
17 : 30　출발
18 : 20　대흥사 입구 도착, 숙식

둘째 날

08 : 30　출발
08 : 45　대흥사
10 : 00　출발
10 : 40　미황사
11 : 40　출발
12 : 10　땅끝(점심식사)
13 : 30　출발
14 : 20　녹우당
15 : 00　귀가

---

* 대흥사에서 일지암까지는 30분가량 산행을 해야 한다. 일지암까지 둘러보면서 위에서 제시하는 답사 일정을 모두 마치려면 아침 7시에 출발하는 것이 좋다.

* 대흥사 입구 관광단지는 주차장이 넓고 숙박 시설이 많아 숙식에 불편함이 없다. 그러나 여름 휴가철에는 관광객들이 몰려 간혹 숙박할 곳이 없는 경우가 있다. 이럴 경우 가까운 해남 읍내에서 숙박하는 방법이 있다.

* 대흥사와 접하고 있는 유선관은 전통 한옥으로 꾸며진 숙소로 일반 여관에서 숙박하는 것과는 또 다른 체험이며 숙식이 가능하다. 영화와 방송을 통해 유명해진 곳이라 주말에는 예약이 필수적이다. (유선관: 전라남도 해남군 삼산면 구림리 799, 061-534-2959)

* 대흥사와 땅끝마을 주변에는 식당이 많지만 제대로 차려진 남도한정식을 맛보려면 해남 읍내의 전통 있는 식당을 찾는 것이 좋다.

* 강진과 해남 일대는 서울을 비롯한 중부 지역에서 사는 사람들이 답사하려면 1박 2일로는 일정이 매우 빠듯하다. 답사 일정을 연장해 완도의 보길도까지 2박 3일로 다녀보는 것도 권장할 만하다.

추가코스 : 강진과 해남 / 완도
땅끝 → 노화도(산양) 경유 → 보길도 고산 윤선도 유적지 → 숙박 → 예송리해수욕장 → 노화도(동천항) → 완도(화흥포항) → 정도리 구계등(명승 제3호) → 장도 청해진 유적 → 해남 녹우당 → 귀가

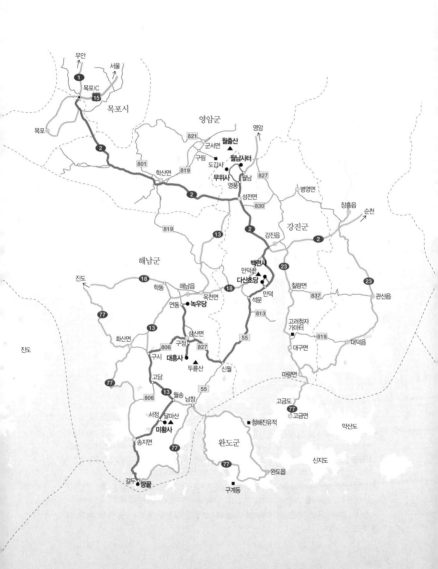

무안
서울
① 목포IC
15
목포시
목포
영암군
2
821
월출산
군서면
801
구림 819 월남사터
학산면 도갑사
무위사 월남
영품 827
2 병영면
성전면 장흥읍 순천
830
강진읍 강진군
819 2
13
2
백련사
해남군 만덕산
다산초당
18 칠량면
진도 학동 만덕
해남읍 오천면 23 837
77 연동 녹우당 석문
13 18 고려청자
화산면 삼산면 813 가마터
806 구정 827 55 관산읍
구시 대흥사 대구면 819 대덕읍
고담 두륜산 신월
77 마량면
806 13 월송 55
남창 고금도
서정 달마산 77 고금면
미황사 청해진유적 악산도
송지면 완도군
77 신지도
갈두 땅끝 완도읍
구계등
진도

지리산 주변, 섬진강을 따라 만나는
환상의 승탑여행 — 구례와 하동

첫째 날

13 : 00 순천-완주고속도로 황전IC

13 : 20 화엄사

14 : 30 출발

14 : 45 천은사

15 : 00 출발

15 : 20 운조루

16 : 00 출발
    (19번 국도 섬진강변 휴식 포함)

16 : 40 연곡사

17 : 40 출발

18 : 00 쌍계사 입구 숙소 도착

둘째 날

09 : 00 출발

09 : 10 쌍계사

10 : 30 출발

10 : 45 칠불사

11 : 30 출발

12 : 00 점심식사
    (악양 평사리 고소산성 입구)

13 : 00 평사리와 고소산성
    (소설 『토지』의 무대)

14 : 30 귀가

---

* 19번 국도를 따라가는 섬진강은 때묻지 않은 강변 경관을 자랑하고 있지만 오고 가는 차량과 주변의 가로수 가드레일로 인해 차 안에서는 아름다운 풍광을 즐기기 어렵다. 황전IC로 돌아가는 귀가 때는 답사를 연장하여 하동읍 섬진강에 펼쳐진 하동 송림(천연기념물 제445호)에 들른 뒤 강을 건너 861번 지방도로를 이용하면 국 도보다 한적하여 섬진강의 본모습을 제대로 볼 수 있다. 화계의 남도대교를 건너도 된다.

* 3월 말 매화가 필 때와 4월 벚꽃이 필 때면 꽃축제와 상춘객으로 섬진강 주변은 매우 혼잡하다. 호젓한 답사를 즐기려면 되도록 이때를 피하는 것이 좋고, 이 시기에 답사를 하려면 주말보다는 평일이 낫다.

* 쌍계사 입구에 있는 하동차문화전시관에서는 5월 말부터 10월 말까지 유료로 직접 녹차를 덖어볼 수 있는 체 험 학습도 할 수 있다.

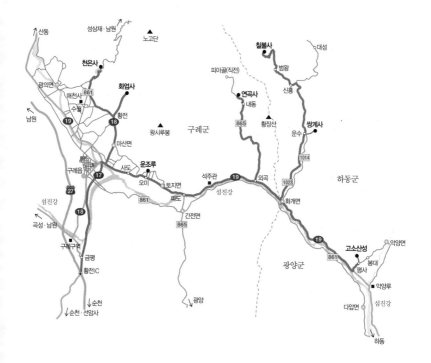

↑산동
성삼재·남원
노고단
천은사
칠불사
대성
광의면
매천사
861
화엄사
피아골(직전)
범왕
수월
연곡사
18
황전
내동
신흥
865
19
왕시루봉
구례군
황장산
쌍계사
남원
운수
마산면
쌍계사
운조루
사도
1014
구례읍
17
석주관
외곡
1023
하동군
오미
토지면
19
섬진강
27
861
파도
화개면
섬진강
간전면
곡성·남원
865
구례구역
19
금평
고소산성
악양면
황전IC
861
봉대
광양군
평사
악양루
↓순천
광양
섬진강
↓순천·선암사
다압면
하동

산사의 미학 — 곡성과 순천

첫째 날

13:00 호남고속도로 석곡IC
      보성강변에서 휴식 및 강변 풍경 조망
13:50 태안사
15:00 출발
15:40 선암사(대각암까지)
18:00 선암사 입구 숙소

둘째 날

09:00 출발
09:30 낙안읍성
10:30 출발
10:40 벌교 홍교와 보성여관
      (소설 『태백산맥』의 무대)
11:35 출발
12:10 송광사 입구 점심식사
13:10 송광사(불일암까지)
14:40 귀가

---

* 선암사는 사철 뛰어난 사찰 경관을 자랑하지만 특히 3월 중순경 선암사 일대에서 피어나는 매화꽃이 장관을 이룬다. 선암사에는 무우전 백매와 무우전 홍매가 천연기념물로 지정되었으며 인근 낙안읍성과 송광사에도 오래된 고매가 많아 봄철 선암사 일대를 답사하려면 이 시기를 택해 탐매 여행과 함께할 것을 권한다.

* 한편 4월 중순경에는 태안사에서 선암사로 가다보면 나오는 순천 월등면 소재지 송산마을과 두지마을은 두 메산골의 환상적인 복사꽃으로 유명하다. 이때 답사를 한다면 일정을 조절해서라도 꼭 꽃놀이를 즐기길 권한다.

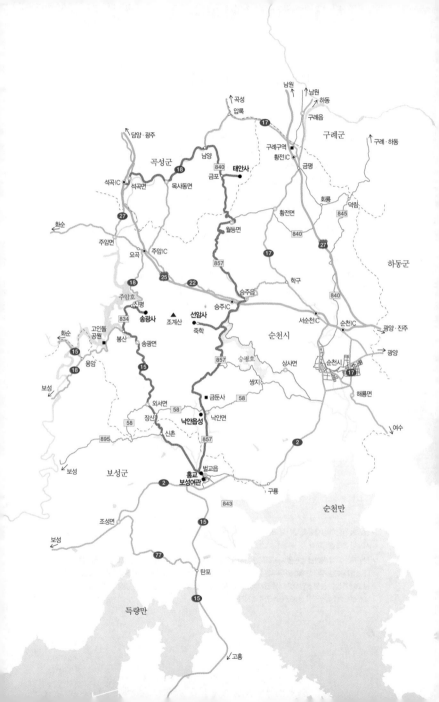

곡성↑

남원

남원↑ 하동↑

담양·광주

곡성군

석곡IC
석곡면
목사동면

압록

구례읍

구례·하동↑

구례구역
황전IC
금평

구례군

남양
840
금포
태안사

화순

주암면
요곡
주암IC
27

18

25
22

857

월동면

황전면
840

27

화룡
덕림
845

하동군

주암호
시평
송광사
834
봉산
고인돌
공원
송광면
15
외서면
장산
신촌
58
895

조계산
죽학
선암사

승주읍
승주IC

학구

857

서순천IC
순천IC
광양·진주↑

17

순천시

승평호
쌍지
금둔사
58
낙안읍성
낙안면
857

상사면

순천시

광양

해룡면

여수↓

화순

15
18

용암

보성↓

보성

보성↓

조성면

2

843

순천만

15

벌교읍
홍교
보성여관

77

구룡

탄포

15

득량만

고흥↓

담양의 원림과 조계산 선암사

첫째 날

13 : 00 호남고속도로 동광주IC
13 : 20 식영정, 환벽당, 취가정
         (지실마을과 가사문학관)
14 : 50 출발
15 : 00 소쇄원
15 : 45 출발
16 : 00 명옥헌
16 : 55 출발
18 : 00 숙소(선암사 입구)

둘째 날

08 : 40 출발
09 : 00 선암사
10 : 30 출발
11 : 00 낙안읍성
11 : 50 출발
12 : 00 점심: 벌교 홍교와 보성여관
         (소설 『태백산맥』의 무대)
13 : 00 출발
13 : 30 순천 고인돌공원
13 : 50 출발
14 : 05 송광사
15 : 00 귀가

＊ 담양의 원림과 정자 문화 답사는 배롱나무꽃이 피는 한여름철이 좋지만 이때는 광주를 비롯한 인근 지역의 피
서객이 몰려 혼잡하다.

＊ 선암사는 사철 뛰어난 경관을 자랑하지만 특히 3월 중순경 선암사 일대에서 피어나는 매화꽃이 장관을 이룬
다. 선암사에는 무우전 백매와 무우전 홍매가 천연기념물로 지정되었으며 인근 낙안읍성과 송광사에도 오래
된 고매가 많아 봄철 선암사 일대를 답사하려면 이 시기를 택해 탐매 여행과 함께하는 것을 권한다. (선암사: 전
남 순천시 승주읍 죽학리 산 802, 061-754-5247)

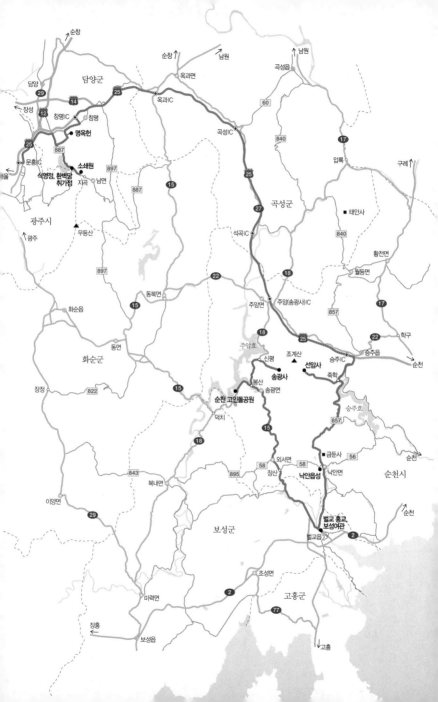

이루어지지 않은 왕도의 꿈—익산과 완주

당일 답사

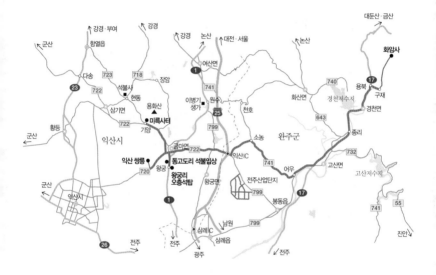

군산 ↗강경·부여   ↑강경   ↑강경 ↑논산 ↑대전·서울   ↗논산   대둔산·금산

군산   ◉함열읍   ↗17 화암사

        다송 723   718   장암   ↑여산면   740   용북
   23   722   석불사   1   구재
                     현동   이병기   원수   화산면   경천저수지
   군산   황등 삼기면   용화산   생가   천호   ◎경천면
                         기양 ▲   25   643
                              ●미륵사터   799   종리
          익산시   732
                         금마면 722   소농   완주군
              익산 쌍릉●   ●동고도리 석불입상   ●익산IC   고산면 고산저수지
              720   왕궁 왕궁리   741   어우   고산면
   군산   오층석탑   왕궁면   741   55
         익산시   전주산업단지
                                                                                              진안
   26   ↙전주   1   ●심례IC 남원 799 봉동읍 17
                         ↓전주 심례읍 799
                         광주   ↙전주

농민전쟁의 현장과 변산반도

첫째 날

둘째 날

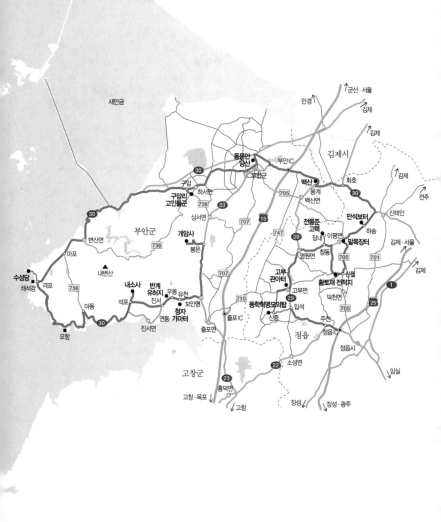

새만금

군산·서울
만경
김제

동문안
당산
부안군
부안IC
김제시
구암
하서면
구암리
고인돌군
상서면
백산
용계
화호
백산면
전봉준
고택
만석보터
신태인
변산면
개암사
장내
이평면
말목장터
하송
내변산
봉은
영원면
청동
고부
관아터
황토재 전적지
반계
유허지
우동
우천
보안면
고부면
삼별
석포
진서
청자
가마터
연동
동학혁명모의탑
덕천면
수성당
격포
마포
진서면
줄포IC
입석
신중
채석강
줄포면
정읍
마동
전주
김제
김제
김제·서울
705
30
30
736
23
707
15
747
29
705
701
707
710
29
705
1
25
김제·서울
임실
주천
정읍
정읍시
부안군
모항
고창군
22
소성면
23
흥덕면
장성
장성·광주
고창·목포
고창
정읍

반계
유허지

고창 선운사와 변산반도 일주

첫째 날

13 : 00 서해안고속도로 고창IC

13 : 20 모양읍성과 신재효 고택
(판소리박물관)

14 : 30 출발

14 : 40 고창 도산리 탁자식 고인돌

15 : 10 출발

15 : 00 고창 상갑리 고인돌군

15 : 30 출발

16 : 00 선운사 → 도솔암과 낙조대

18 : 30 숙소(선운사 입구)

둘째 날

08 : 40 출발

09 : 00 미당 서정주 시문학관과
안현(벽화)마을

09 : 50 출발

10 : 30 내소사

11 : 30 출발

12 : 00 채석강 도착, 점심식사

13 : 00 출발

13 : 15 수성당

13 : 45 출발

14 : 20 구암리 고인돌군

14 : 40 부안 동문안 당산

15 : 00 귀가

＊ 고창 선운사와 변산반도 일주 답사는 출발지에 따라 위에서 제시하는 역순으로도 할 수 있다.

＊ 선운사 도솔암까지는 승용차가 다닐 수 있으나 시간을 넉넉히 잡고 걸어서 다녀오는 것도 좋다.(선운사: 전라북도 고창군 아산면 삼인리 500, 063−561−1422)

＊ 선운사 동백은 4월 말까지 볼 수 있다. 그러나 동백 군락은 보호림으로 지정되어 숲 속으로 들어갈 수 없다. 9월 말부터 10월 초순까지는 선운사 주변으로 상사화가 만개하고 10월 말에는 미당 서정주 문학관 주변에서 국화축제가 열린다.

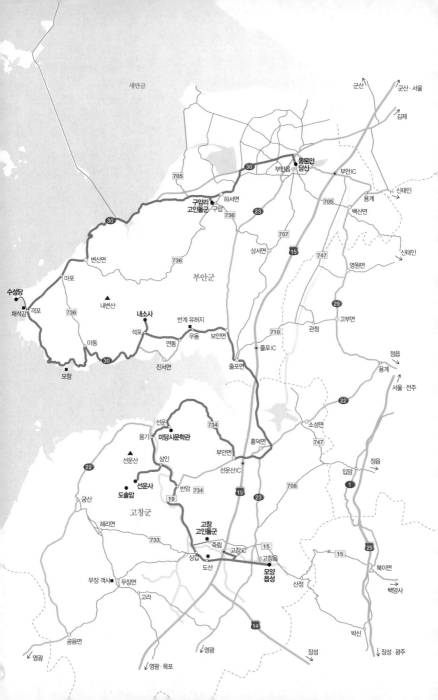

여행자를 위한
나의 문화유산답사기 2
전라·제주권

초판 1쇄 발행 2016년 6월 15일
초판 11쇄 발행 2024년 3월 29일

지은이 / 유홍준
펴낸이 / 염종선
책임편집 / 창비 교양출판부
디자인 / 디자인 비따
펴낸곳 / (주)창비
등록 / 1986년 8월 5일 제85호
주소 / 10881 경기도 파주시 회동길 184
전화 / 031-955-3333
팩시밀리 / 영업 031-955-3399 편집 031-955-3400
홈페이지 / www.changbi.com
전자우편 / nonfic@changbi.com

© 유홍준 2016
ISBN 978-89-364-7292-4 04810
     978-89-364-7965-7 (세트)